50 große Romane des 20. Jahrhunderts | **Paul Auster** – Stadt aus Glas • **Jurek Becker** – Bronsteins Kinder • **Thomas Bernhard** – Der Untergeher • **Italo Calvino** – Wenn ein Reisender in einer Winternacht • **Elias Canetti** – Die Stimmen von Marrakesch • **Bruce Chatwin** – Traumpfade • **Joseph Conrad** – Herz der Finsternis • **Julio Cortázar** – Der Verfolger • **Marguerite Duras** – Der Liebhaber • **Friedrich Dürrenmatt** – Der Richter und sein Henker • **Umberto Eco** – Der Name der Rose • **William Faulkner** – Die Freistatt • **F. Scott Fitzgerald** – Der große Gatsby • **Edward M. Forster** – Wiedersehen in Howards End • **Max Frisch** – Mein Name sei Gantenbein • **Günter Grass** – Katz und Maus • **Julien Green** – Leviathan • **Graham Greene** – Der dritte Mann • **Peter Handke** – Die Angst des Tormanns beim Elfmeter • **Hermann Hesse** – Unterm Rad • **Patricia Highsmith** – Der talentierte Mr. Ripley • **Peter Høeg** – Fräulein Smillas Gespür für Schnee • **John Irving** – Das Hotel New Hampshire • **Uwe Johnson** – Mutmassungen über Jakob • **James Joyce** – Ein Porträt des Künstlers als junger Mann • **Franz Kafka** – Amerika • **Eduard von Keyserling** – Wellen • **Wolfgang Koeppen** – Das Treibhaus • **Milan Kunder**a ... liche Leichtigkeit des Seins • **Siegfried Lenz** – D... dische System • **W. Somerset Maugham** – Der Ma... einsamer Jäger • **Ian McEwan** – Der Zementgart... **es Nooteboom** – Allerseelen • **Michael Ondaatje** ... **etti** – Das kurze Leben • **Marcel Proust** – Eine Lie... **ainer Maria Rilke** – Die Aufzeichnungen des Malte Laurids Brigge • **Arthur Schnitzler** – Traumnovelle • **Jorge Semprún** – Was für ein schöner Sonntag! • **Georges Simenon** – Der Mann, der den Zügen nachsah • **Claude Simon** – Die Akazie • **John Steinbeck** – Tortilla Flat • **Botho Strauß** – Paare, Passanten • **Andrzej Szczypiorski** – Die schöne Frau Seidenman • **Martin Walser** – Ehen in Philippsburg • **Oscar Wilde** – Das Bildnis des Dorian Gray • **Marguerite Yourcenar** – Der Fangschuß | **Ausgewählt von der Feuilletonredaktion der Süddeutschen Zeitung | 2004–2005**

Siegfried Lenz

Deutschstunde

Siegfried Lenz

Deutschstunde

Roman

Süddeutsche Zeitung | Bibliothek

Bibliografische Information Der Deutschen Bibliothek
Die Deutsche Bibliothek verzeichnet diese Publikation in der Deutschen Nationalbibliografie;
detaillierte bibliografische Daten sind im Internet über http.//dnb.ddb.de abrufbar.

Lizenzausgabe der Süddeutsche Zeitung GmbH, München
für die Süddeutsche Zeitung | Bibliothek 2004

Umschlag: Szene aus der gleichnamigen Verfilmung mit Wolfgang Büttner
Foto: WDR/Cinetext Bildarchiv
Autorenfoto: Wulf Harder
Umschlaggestaltung und Layout: Eberhard Wolf
Klappentexte: Ralf Hertel
Satz: vmi, J. Echter
Druck und Bindearbeiten: Ebner & Spiegel, Ulm
Printed in Germany
ISBN 3-937793-29-1

Für L. H. L.

1 Die Strafarbeit

Sie haben mir eine Strafarbeit gegeben. Joswig selbst hat mich in mein festes Zimmer gebracht, hat die Gitter vor dem Fenster beklopft, den Strohsack massiert, hat sodann, unser Lieblingswärter, meinen metallenen Schrank durchforscht und mein altes Versteck hinter dem Spiegel. Schweigend, schweigend und gekränkt hat er weiterhin den Tisch inspiziert und den mit Kerben bedeckten Hocker, hat dem Ausguß sein Interesse gewidmet, hat sogar, mit forderndem Knöchel, dem Fensterbrett ein paar pochende Fragen gestellt, den Ofen auf Neutralität untersucht, und danach ist er zu mir gekommen, um mich gemächlich abzutasten von der Schulter bis zum Knie und sich beweisen zu lassen, daß ich nichts Schädliches in meinen Taschen trug. Dann hat er vorwurfsvoll das Heft auf meinen Tisch gelegt, das Aufsatzheft – auf dem grauen Etikett steht: Deutsche Aufsätze von Siggi Jepsen –, ist grußlos zur Tür gegangen, enttäuscht, gekränkt in seiner Güte; denn unter den Strafen, die man uns gelegentlich zuerkennt, leidet Joswig, unser Lieblingswärter, empfindlicher, auch länger und folgenreicher als wir. Nicht durch Worte, aber durch die Art, wie er abschloß, hat er mir seinen Kummer zu verstehen gegeben: lustlos, mit stochernder Ratlosigkeit fuhr sein Schlüssel ins Schloß, er zauderte vor der ersten Drehung, verharrte wiederum, ließ das Schloß noch einmal aufschnappen und beantwortete sogleich diese Unentschiedenheit, sich selbst verweisend, mit zwei schroffen Umdrehungen. Niemand anders als Karl Joswig, ein zierlicher, scheuer Mann, hat mich zur Strafarbeit eingeschlossen.

Obwohl ich fast einen Tag lang so sitze, kann und kann ich nicht anfangen: schau ich zum Fenster hinaus, fließt da durch mein weiches Spiegelbild die Elbe; mach ich die Augen zu, hört sie nicht auf zu fließen, ganz bedeckt mit bläulich schimmerndem Treibeis. Ich muß die Schlepper verfolgen, die mit krustigem, befendertem Bug graue Schnittmuster entwerfen, muß dem Strom zusehen, wie er von seinem Überfluß Eisschollen an unseren Strand abgibt, sie hinaufdrückt, knirschend höherschiebt bis zu den trockenen Schilfstoppeln, wo er sie vergißt. Widerwillig beobachte ich die Krähen, die, scheint's, eine Verabredung bei Stade haben: von Wedel her, von Finkenwerder und Hahnöfer-Sand schwingen sie einzeln heran, vereinigen sich über unserer Insel zu einem Schwarm, steigen und wenden in verwinkeltem Flug, bis sie sich auf einmal einem günstigen Wind anbieten, der sie nach Stade wirft. Das knotige Weidengebüsch lenkt mich ab, das glasiert ist und mit trockenem Reif gepudert; der weiße Maschendraht, die Werkräume, die Warntafeln am Strand, die hartgefrorenen Klumpen des Gemüselandes, das wir im Frühjahr unter Aufsicht der Wärter selbst bebauen: alles und sogar die Sonne lenkt mich ab, die, wie durch Milchglas getrübt, lange, keilförmige Schatten fordert. Und bin ich trotzdem einmal nahe daran, anzufangen, fällt mein Blick unweigerlich auf den zerschrammten, an Ketten hängenden Anlegeponton, an dem die gedrungene, messingblitzende Barkasse aus Hamburg festmacht, um pro Woche, sagen wir mal, bis zu zwölfhundert Psychologen abzusetzen, die sich geradezu krankhaft für schwer erziehbare Jugendliche interessieren. Ich kann nicht wegsehen, wenn sie den gekrümmten Strandweg heraufkommen, ins blaue Direktionsgebäude geführt werden und nach üblicher Begrüßung, womöglich auch nach Ermahnungen zu Vorsicht und unauffälligem Forschen, ungeduldig hinausdrängen, scheinbar absichtslos über unsere Insel schwärmen und sich an meine Freunde heranmachen: an Pelle Kastner zum Beispiel, an Eddi Sillus und den jähzornigen Kurtchen Nickel. Vielleicht interessieren sie sich deshalb so für uns, weil die Direktion errechnet hat, daß jeder, der auf dieser Insel gebessert worden ist, nach seiner Entlassung mit achtzigprozentiger Wahrscheinlichkeit nicht wieder straffällig wird. Wenn Joswig mich nicht zur Strafarbeit eingeschlossen hätte, wären sie jetzt wohl auch hinter mir her, würden meinen Lebenslauf unter ihr wissenschaftliches Brennglas halten und sich bemühen, ein Bild von mir zu gewinnen. Aber ich muß die doppelte Deutschstunde nachholen, muß die Arbeit liefern, die ein hagerer, schreckhafter Doktor Korbjuhn und unser Direktor Himpel von mir erwarten. Auf Hahnöfer-Sand, der Nachbarinsel, die ebenfalls elbabwärts liegt Richtung Twielenfleth Wischhafen und auf der, wie bei uns, schwer erziehbare Jugendliche festgehalten und gebessert werden, wäre das nicht möglich: zwar gleichen sich die beiden Inseln sehr, zwar werden sie vom gleichen öltrüben Wasser belagert, von den gleichen Schiffen passiert, von den gleichen Möwen beansprucht, doch auf Hahnöfer-Sand gibt es keinen Doktor Korbjuhn, keine Deutschstunden, keine Aufsatzthemen, unter denen, Ehrenwort, die meisten sogar körperlich leiden. Viele von uns möchten daher lieber auf Hahnöfer-Sand gebessert werden, wo die seegehenden Schiffe zuerst vorbeikommen und wo die knatternde, zerrissene Flamme über der Raffinerie jeden dauerhaft grüßt.

Auf der Schwesterinsel, das ist sicher, hätte ich keine Strafarbeit erhalten, denn dort kann nicht geschehen, was bei uns geschah: hier genügte es, daß ein hagerer, nach Salbe riechender Mensch auf Korbjuhnsche Art in den Klassenraum trat, uns höhnisch, aber auch schreckhaft musterte, sich ein »Guten-Morgen-Herr-Doktor« wünschen ließ und ohne Ankündigung, ohne Warnung die Aufsatzhefte verteilte. Er sagte nichts. Er trat vielmehr, und ich meine: genußvoll, an die Tafel, ergriff die Kreide, hob die unansehnliche Hand und schrieb, während ihm der Ärmel bis zum Ellenbogen hinabrutschte, dabei einen trockenen, gelblichen, wenigstens hundertjährigen Arm freigab, das Thema an die Tafel, in seiner geduckten, schrägen Schrift, in der Schräge der Scheinheiligkeit. Es hieß: »Die Freuden der Pflicht.« Ich blickte erschrokken in die Klasse, sah nur gekrümmte Rücken, verstörte Gesichter; da lief ein Zischen von Bank zu Bank, Füße scharrten, Tischplatten wurden mit Seufzern gespickt. Ole Plötz, mein Nebenmann, bewegte seine fleischigen Lippen, las halblaut mit und bereitete seine Krämpfe vor. Charlie Friedländer, der begabt genug ist, nach Belieben blaß, grünlich, jedenfalls alarmierend ungesund zu erscheinen, so daß alle Erzieher ihn spontan von jeder Arbeit befreien – Charlie ließ bereits seine Atemkunst spielen, verfärbte sich zwar noch nicht, machte sich jedoch schon, unter geschickter Mitwirkung der Halsschlagader, Schweißperlen auf Stirn und Oberlippe. Ich zog meinen Taschenspiegel heraus, winkelte ihn in Richtung zum Fenster, fing mir etwas Sonne und warf die Sonne gegen die Tafel, worauf Doktor Korbjuhn sich erschreckt umwandte, mit zwei Schritten die Sicherheit des Katheders gewann und uns von dort herab befahl, anzufangen. Noch einmal flog sein trockener Arm hoch, sein Zeigefinger wies in fordernder Starre auf das Thema: »Die Freuden der Pflicht«, und um allen Fragen auszuweichen, verfügte er: Jeder kann schreiben, was er will; nur muß die Arbeit von den Freuden der Pflicht handeln.

Ich halte meine Strafarbeit – bei gleichzeitiger Einschließung und vorläufigem Besuchsverbot – für unverdient; denn man läßt mich nicht dafür büßen, daß meiner Erinnerung oder meiner Phantasie nichts gelang, vielmehr hat man mir diese Abgeschiedenheit verordnet, weil ich, gehorsam nach den Freuden der Pflicht suchend, plötzlich zuviel zu erzählen hatte, oder doch so viel, daß mir kein Anfang gelang, so sehr ich mich auch anstrengte. Da es nicht beliebige, da es die Freuden der Pflicht sein sollten, die Korbjuhn sich von uns entdeckt, beschrieben, ausgekostet, jedenfalls eindeutig bewiesen wünschte, konnte mir niemand anderes erscheinen als mein Vater Jens Ole Jepsen, seine Uniform, sein Dienstfahrrad, das Fernglas, der Regenumhang, seine in unablässigem Westwind segelnde Silhouette auf dem Kamm des Deiches. Unter Doktor Korbjuhns mahnendem Blick fiel er mir sogleich ein: im Frühjahr, nein, im Herbst, dann also an einem dunklen, windfrischen Tag im Sommer schob er sein Fahrrad wie immer zum schmächtigen Ziegelweg hinab, hielt, wie immer, unter dem Schild »Polizeiposten Rugbüll«, brachte die Pedale, indem er das Hinterrad hob, in die erwünschte Ausgangsstellung, verschaffte sich wie immer mit zwei Stößen den nötigen Schwung zum Aufsitzen und fuhr, zunächst schlingernd, stuckernd, vom Westwind aufgebauscht, ein Stück in Richtung zur Husumer Chaussee, die nach Heide und Hamburg weiterführt, bog beim Torfteich ab und fuhr, jetzt mit seitlichem Wind, an den maulwurfsgrauen Gräben entlang zum Deich, wie immer an der flügellosen Mühle vorbei, saß hinter der Holzbrücke ab und schob das Fahrrad schräg den wulstigen Deich hinauf, gewann dort oben, vor der Leere des Horizonts, eine unerwartete, den Raum betreffende Bedeutung, schwang sich abermals in den Sattel und segelte nun, eine einsame Tjalk, mit prallem, geblähtem und fast explodierendem Umhang, auf dem Kamm des Deiches entlang, nach Bleekenwarf, wie immer nach Bleekenwarf. Nie vergaß er seinen Auftrag. Wenn der Herbstwind Korvetten über den Himmel von Schleswig-Holstein trieb: mein Vater war unterwegs. Im scheckigen Frühjahr, bei Regen, an trüben Sonntagen, morgens und abends, in Krieg und Frieden schwang er sich auf sein Fahrrad und strampelte in die Sackgasse seiner Mission, die ihn immer nur nach Bleekenwarf führte von Ewigkeit zu Ewigkeit, Amen.

Dies Bild, wie gesagt, diese mühselige Fahrt, zu der der Außenposten der Landpolizei Rugbüll – der nördlichste Polizeiposten Deutschlands – andauernd aufbrach, gelang meiner Erinnerung sofort, und um Korbjuhn zu dienen, dachte ich mich noch näher heran, band mir einen Schal um, ließ mich auf den Gepäckträger des Dienstfahrrades setzen und fuhr einfach mit nach Bleekenwarf wie so oft, hielt mich, wie so oft, mit klammen Fingern am Koppel meines Vaters fest, während der Gepäckträger mir mit seinem harten Gestänge rote Flecken in die Oberschenkel kniff. Ich fuhr mit und sah uns gleichzeitig, gegen den Hintergrund unentbehrlicher Abendwolken, gemeinsam auf dem Deich entlangfahren, ich spürte die Windstöße frei und scharf von der Einöde des Watts und sah uns beide von fern schwanken unter denselben Windstößen, und ich hörte meinen Vater stöhnen vor Anstrengung, nicht verzweifelt oder zornig über den Wind, sondern nur ordnungsgemäß stöhnen und, wie mir schien, mit heimlicher Genugtuung. Am Watt, am schwarzen winterlichen Meer entlang, fuhren wir nach Bleekenwarf, das ich kannte wie kein Anwesen außer der zerfallenden Mühle und unserm Haus; ich sah es daliegen auf schmutzigem Erdsockel, von Erlen flankiert, deren Kronen scharf gestriegelt und nach

Osten hingebogen waren, ich versetzte mich vor das schwingende Holztor, öffnete es, blickte forschend auf Wohnhaus, Stall, Schuppen und das Atelier, aus dem mir, wie so oft, Max Ludwig Nansen zuwinkte, listig und vorsorglich drohend.

Sie hatten ihm damals verboten zu malen, und mein Vater, der Polizeiposten Rugbüll, hatte die Einhaltung des Malverbots zu überwachen durch alle Tages- und Jahreszeiten; er hatte, um das auch zu erwähnen, jede Erfahrung und Entstehung eines Bildes zu unterbinden, alle unerwünschten Behauptungen des Lichts, überhaupt polizeilich dafür zu sorgen, daß in Bleekenwarf nicht mehr gemalt wurde. Mein Vater und Max Ludwig Nansen kannten sich lange, ich meine: seit ihrer Kindheit, und da sie beide aus Glüserup stammten, wußten sie, was sie voneinander zu erwarten hatten, und vielleicht auch, was ihnen bevorstand und was einer dem anderen bereiten würde bei längerer Dauer der Lage.

Weniges liegt so wohlverwahrt im Tresor meiner Erinnerung wie die Begegnungen zwischen meinem Vater und Max Ludwig Nansen; deshalb schlug ich zuversichtlich mein Heft auf, legte meinen Taschenspiegel daneben und suchte die Fahrten meines Vaters nach Bleekenwarf zu beschreiben, nein, nicht allein die Fahrten, sondern auch all die Finten und Fallen, die er sich ausdachte für Nansen, die schlichten und komplizierten Listen, Pläne, die seinem langsamen Argwohn einfielen, Tricks, Täuschungen und, weil Doktor Korbjuhn es sich gewünscht hatte, schließlich auch die Freuden, die bei der Ausübung der Pflicht wohl abfielen. Es gelang nicht. Es glückte nicht. Immer wieder setzte ich an, schickte meinen Vater den Deich hinab, mit und ohne Umhang, bei Wind und bei Windstille, mittwochs und sonnabends: es half nicht. Da herrschte zuviel Unruhe, zuviel Bewegung und liederliche Fülle; noch bevor er Bleekenwarf erreichte, verlor ich ihn aus den Augen, weil es einen Aufruhr von Möwen gab, weil ein alter Torfkahn mit seiner Fracht kenterte oder ein Fallschirm über dem Watt schwebte.

Vor allem aber lief über den Vordergrund eine kleine, unternehmungslustige Flamme, die alle erinnerten Bilder und Begebenheiten versehrte, sie schmelzen und auflodern ließ, und, wenn die Flamme sie nicht erwischte, krümmte oder verkohlte oder, was auch vorkam, sie unter dem Zittern ihrer Glut verbarg.

So versuchte ich's von der anderen Seite, dachte mich nach Bleekenwarf, um hier meinen Anfang zu finden, und grauäugig, listig bot sich Max Ludwig Nansen an, mir beim Trichtern der Erinnerung zu helfen: er lenkte meinen Blick auf sich, trat mir zuliebe aus seinem Atelier, tappte durch den Sommergarten zu den oft gemalten Zinnien, stieg langsam den Deich hinauf, wobei sich ein schweres, beleidigtes Gelb über den Himmel legte, das von dunklem Blau durchzuckt wurde, hob ein Fernglas und blickte nur eine Sekunde in Richtung Rugbüll, das genügte, um plötzlich ins Haus zu stürzen und sich im Innern zu verstecken. Fast hatte ich einen Anfang gefunden, als das Fenster aufgestoßen wurde und Ditte, Max Ludwig Nansens Frau, mir, wie so oft, ein Stück Streuselkuchen herausreichte. Da bot sich einfach zu viel an; ich hörte eine Schulklasse in Bleekenwarf singen; ich sah wieder eine kleine Flamme, ich hörte die Geräusche, die mein Vater bei nächtlichem Aufbruch verursachte. Jutta und Jobst, die fremden Kinder, überraschten mich im Schilf. Jemand warf Farben in einen Tümpel, der in dramatischem Orange aufleuchtete. Ein Minister sprach in Bleekenwarf. Mein Vater salutierte. Große Autos mit fremdem Nummernschild hielten in Bleekenwarf. Mein Vater salutierte. Ich träumte in der zerfallenden Mühle, im Versteck, wo die Bilder lagen: mein Vater führte eine Flamme an der Leine, löste das Halsband und befahl der Flamme: »Such!«

Immer mehr verschränkte, überschnitt, verwirrte sich alles, bis mich auf einmal Korbjuhns warnender Blick traf; da reinigte ich, sozusagen, in gesammelter Anstrengung die von Gräben durchschnittene Ebene meiner Erinnerung, schüttelte die Nebenerscheinungen ab, um alles unverdeckt und leicht abbildbar vor mir zu haben, besonders meinen Vater und die Freuden der Pflicht. Ich erreichte es auch, hatte gerade alle entscheidenden Personen zu einer Paradeformation unter dem Deich aufgestellt, wollte sie auch schon vor mir defilieren lassen, als Ole Plötz, mein Nebenmann, aufschrie und sich in erfolgreichen Krämpfen aus der Bank fallen ließ. Der Schrei kappte alle Erinnerung, ein Anfang gelang mir nicht mehr, ich gab auf, und als Doktor Korbjuhn die Hefte einsammelte, gab ich ein leeres Heft ab.

Julius Korbjuhn konnte meine Schwierigkeiten nicht einsehen, glaubte mir nicht die Qual des Beginnens, konnte sich einfach nicht vorstellen, daß der Anker der Erinnerung nirgendwo faßte, die Kette straffte, sondern nur rasselnd und polternd, bestenfalls Schlamm aufwirbelnd über den tiefen Grund zog, so daß keine Ruhe eintrat, kein Stillstand, der nötig ist, um ein Netz über Vergangenes zu werfen.

Nachdem also dieser Deutschlehrer erstaunt mein Heft durchgeblättert hatte, rief er mich auf, betrachtete mich einerseits leicht angewidert, andererseits mit redlichen Bedenken, forderte eine Erklärung von mir und sah sich nicht in der Lage, mit dieser Erklärung zufrieden zu sein. Er bezweifelte den guten Willen sowohl meiner Erinnerung als auch meiner Phantasie, bestritt mir die Not des Anfangs, indem er nicht mehr sagte als: Du siehst nicht so aus, Siggi Jepsen, und behauptete mehrmals, daß die leeren Seiten gegen ihn gerichtet seien. Statt mir zu glauben, witterte er Widerstand, Aufsässigkeit und so weiter, und da für solche Lagen der Direktor zuständig ist, führte Korbjuhn mich nach der Deutschstunde, die mir nichts brachte als den Schmerz über eine tolle, verwakkelte, jedenfalls unknüpfbare Erinnerung, in das blaue Direktionsgebäude hinüber, wo im ersten Stock, gleich neben der Treppe, das Zimmer des Direktors liegt.

Direktor Himpel, wie immer in Windjacke und Knickerbocker, war von etwa zweiunddreißig Psychologen umgeben, die sich geradezu fanatisch interessiert zeigten an den Problemen jugendlicher Krimineller. Auf seinem Schreibtisch stand eine blaue Kaffeekanne, lagen fleckige Seiten von Notenpapier, einige davon bedeckt mit seinen hastigen, landschaftlich engagierten Kompositionen, knappe Lieder, in denen die Elbe vorkam, meerfeuchter Wind, gebeugter, aber zäher Strandhafer, leuchtender Möwenflug, aber auch flatternde Kopftücher sowie der dringende Ruf des Nebelhorns: unser Inselchor ist dazu ausersehen, all diese Lieder aus der Taufe zu heben.

Die Psychologen verstummten, als wir das Zimmer betraten, hörten zu, was Doktor Korbjuhn dem Direktor zu melden hatte. Die Meldung kam leise, doch ich konnte hören, daß da abermals von Widerstand die Rede war und von Aufsässigkeit, und wie um das zu belegen, überreichte Korbjuhn mein leeres Aufsatzheft dem Direktor; der wechselte einen besorgten Blick mit den Psychologen, trat auf mich zu, rollte mein Heft zusammen und schlug sich damit kurz auf das eigene Handgelenk, dann auf die Knickerbocker und verlangte eine Erklärung. Ich sah in gespannte Gesichter, hörte ein zartes Knacken hinter mir, das entstand, als Korbjuhn seine Finger auszog, litt unter der gesammelten Erwartung meiner Umgebung. Durch das breite Eckfenster, vor dem ein Klavier stand, sah ich hinaus auf die Elbe, erkannte zwei Krähen, die sich im Flug um etwas Schlaffes, Hängendes, vielleicht um ein Stück Darm, stritten, das sie sich wechselweise entrissen, hinabwürgten, ausspuckten, bis es auf eine Eisscholle fiel und dort von einer wachsamen Möwe geschnappt wurde. Da legte der Direktor mir eine Hand auf die Schulter, nickte mir fast kameradschaftlich zu und bat mich noch einmal, vor all den Psychologen, um eine Erklärung, worauf ich ihm von meiner Not erzählte: wie mir das Wichtigste zu dem gewünschten Thema zuerst einfiel, dann aber verwackelte; wie ich kein Geländer finden konnte, das mich allmählich in die Erinnerung hinabführte. Von den vielen Gesichtern erzählte ich ihm, von dem unüberschaubaren Gedränge und all den Bewegungen quer durch meine Erinnerung, die mir jeden Anfang vermadderten, jeden Versuch vereitelten, auch vergaß ich nicht zu erwähnen, daß die Freuden der Pflicht bei meinem Vater noch andauerten und daß ich sie deshalb, um ihnen gerecht zu werden, nur ungekürzt schildern könne, jedenfalls nicht in willkürlicher Auswahl.

Erstaunt, vielleicht sogar verständnisvoll hörte der Direktor mir zu, während die Diplompsychologen flüsterten, noch näher traten und sich dabei anstießen und erregt zuraunten »Wartenburgischer Wahrnehmungsdefekt« oder »Winkeltäuschung« oder sogar, was ich besonders widerlich fand, »Kognitive Hemmung«; da war ich schon bedient und so weiter, jedenfalls weigerte ich mich, in Anwesenheit dieser Leute, die mich unbedingt durchschauen wollten, noch mehr Erklärungen abzugeben: die Zeit auf dieser Insel hat mich genug gelehrt.

Nachdenklich zog der Direktor seine Hand von meiner Schulter, musterte sie kritisch, prüfte vielleicht, ob sie noch komplett war, und wandte sich dann, unter der erbarmungslosen Aufmerksamkeit seiner Besucher, zum Fenster, wo er ein Weilchen in den Hamburger Winter hinausblickte, sich wohl bei ihm Anregung und Rat holte, denn auf einmal wandte er sich mir zu und verkündete mit niedergeschlagenen Augen sein Urteil. Ich solle, so meinte er, in meine Zelle gebracht werden, in »anständige Abgeschiedenheit«, wie er sagte, und zwar nicht, um zu büßen, sondern um ungestört einzusehen, daß Deutschaufsätze geschrieben werden müssen. Er gab mir also eine Chance.

Er erläuterte, daß alle Ablenkungen, wie etwa Besuche meiner Schwester Hilke, von mir ferngehalten würden, daß ich meinen Pflichten – in der Besenwerkstatt und in der Inselbücherei – nicht nachzugehen brauchte, überhaupt versprach er, mich vor jeder Störung zu bewahren, und dafür erwartete er, daß ich, bei gleicher Essensration, meine Arbeit nachschrieb. Es kann ruhig, sagte er, dauern, solange es nötig ist. Ich solle den Freuden der Pflicht, sagte er, geduldig nachspüren. Ich meine, er sagte auch, ich solle alles bedachtsam tropfen und wachsen lassen, wie ein Stalaktit oder so; denn Erinnerung, das kann auch eine Falle sein, eine Gefahr, zumal die Zeit nichts, aber auch gar nichts heilt. Da horchten die Diplompsychologen auf, er aber schüttelte mir fast kameradschaftlich die Hand, Händeschütteln, darin hat er ja Erfahrung, ließ sodann Joswig rufen, unseren Lieblingswärter, machte ihn mit seinem Entschluß bekannt und sagte etwa: Einsamkeit, Siggi braucht nichts so sehr wie Zeit und Einsamkeit: achten Sie, daß er beides reichlich erhält. Danach gab er Joswig mein leeres Heft, und wir beide waren entlassen, schlenderten über den gefrorenen Platz – Joswig so bekümmert und vorwurfsvoll, als hätte ich ihm mit meiner Verurteilung zur Strafarbeit eine eigene Enttäuschung bereitet.

Dieser Mann, der sich für nichts mehr begeistern kann außer für seine Altgeldsammlung und den Gesang des Inselchors, er zog sich beleidigt in sich selbst zurück, als er mich in meine Zelle brachte. Darum umschloß ich seinen Unterarm und bat ihn, mich nach Möglichkeit weniger vorwurfsvoll zu behandeln. Er ging aber nicht darauf ein, sondern sagte nur: Denk, so sagte er, an Philipp Neff, womit er mich indirekt davor warnte, es diesem Philipp Neff gleichzutun, einem einäugigen Jungen, den sie ebenfalls verurteilt hatten, eine Deutscharbeit nachzuschreiben. Zwei Tage und zwei Nächte, so kann man erfahren, soll dieser Junge sich abgemüht haben, einen Anfang zu finden, einen genügsamen Grund – es ging, soviel ich weiß, um das Korbjuhnsche Thema: »Ein Mensch, der mir auffiel« –, am dritten Tag schlug er einen Wärter nieder, brach aus, würgte mit einer unter uns unvergessenen Wirkung den Hund des Direktor, konnte bis zum Strand fliehen und ertrank bei dem Versuch, die Elbe im September zu durchschwimmen. Das einzige Wort, das Philipp Neff, dieser tragische Beweis für Korbjuhns unheilvolle Tätigkeit, in sein Heft geschrieben und hinterlassen hatte, hieß: Karunkel – was immerhin vermuten ließ, daß ihm ein Mensch mit einer Fleischwarze besonders aufgefallen war. Jedenfalls war Philipp Neff mein Vorgänger in dem festen Zimmer, das man mir nach meiner Ankunft auf der Insel für schwer erziehbare Jugendliche zugewiesen hatte, und als Joswig mich an sein Los erinnerte, indem er mich davor warnte, es ihm gleichzutun, ergriff mich eine unbekannte Angst, eine schmerzhafte Ungeduld: ich drängte mich zum Tisch und fürchtete mich vor ihm, wollte mich auf die alte Spur setzen und bangte, sie nicht wiederfinden zu können, ich zauderte und forderte, druckste und begehrte, wollte und wollte nicht – was zur Folge hatte, daß ich nur teilnahmslos zusah, wie Joswig mein Zimmer untersuchte, nein, nicht allein untersuchte, sondern zur Strafarbeit freigab.

Fast einen Tag lang sitze ich nun so, und vielleicht hätte ich schon angefangen, wenn da nicht, zur Ablenkung, Schiffe über den winterlichen Strom aufkämen, die zuerst nicht zu sehen, nur zu hören sind: das schwache Dröhnen der Maschinen kündigt sie an, dann ein Stoßen und Poltern, das die Eisschollen hervorrufen, die splitternd an der eisernen Bordwand entlangtrudeln, und dann, während das Stampfen härter und bestimmbarer wird, gleiten sie aus dem Zinngrau des Horizonts mit ganz und gar verwaschenen Farben, feucht, vibrierend, eher eine Erscheinung der Luft als des Wassers, und ich muß sie aufnehmen mit dem Blick und begleiten, bis sie querab und vorüber sind. Mit ihren eisverkrusteten Steven und Relings und Entlüftern, mit ihren glasierten Aufbauten und rauhreifbesetzten Spanten gleiten sie durch die Starre. Was sie zurücklassen, ist ein breiter, ungenauer Schnitt im treibenden Eis, eine Rinne, die mäanderförmig gegen den Horizont läuft, schmaler wird, zuwächst. Und das Licht, auf das Licht über der winterlichen Elbe ist kein Verlaß: zinngrau wird zu schneegrau, violett bleibt nicht violett, rot verzichtet auf sein Komplement, und der Himmel Richtung Hamburg ist vielfach gefleckt wie von Prellungen.

Drüben am Ufer, woher mattes Hämmern bis zu mir herüberklingt, steht ein schmaler, schmutziger Nebelschweif, der mir wie eine entrollte Fahne aus Mullbinde vorkommt. Näher zu mir, mitten über dem Strom, hängt die Rußfahne des kleinen Eisbrechers »Emmy Guspel«, der vor einer Stunde mit rabiatem Bug durch das bläulich schimmernde Treibeis pflügte; die längliche Qualmwolke will nicht sinken, will sich nicht auflösen, weil der Frost Streik ausgerufen hat und darum vieles unerledigt bleibt, sogar die Atemstöße bleiben sichtbar. Zweimal ist die »Emmy Guspel« schon vorübergedampft, denn sie muß das Eis in Bewegung halten, muß verhindern, daß sich da eine Stauung von Schollen bildet, ein Eispfropf im Strom, der eine geschäftliche Thrombose hervorrufen könnte.

Schräg stehen die Warntafeln unten am verlassenen Strand; Eisschollen haben sich an den Pfählen gescheuert und sie dabei gelockert, das Hochwasser hat nachgedrückt, der Wind hat sie schiefgeweht, so daß die Wassersportler, die die Warnung vor allem betrifft, schon den Kopf schräg legen müßten, um zu erfahren, daß jedes Anlegen, Festmachen und Zelten auf unserer Insel verboten ist. Zum Sommer, das ist sicher, werden sie die Pfähle wieder richten, denn es sind besonders die Wassersportler, die die Besserung der jugendlichen Gefangenen auf der Insel gefährden könnten: das ist die Meinung des Direktors, und das ist auch, wie man erfahren kann, die Meinung, die der Hund des Direktors vertritt.

Nur in unseren Werkräumen ist der Kreislauf weder geschwächt noch unterbrochen: Weil sie uns hier mit den Vorzügen der Arbeit bekannt machen wollen, sogar einen erzieherischen Wert in der Arbeit entdeckt haben, achten sie, daß keine Stille entsteht: das Summen der Dynamos in der Elektrowerkstatt, das Ting-Tong fallender Hämmer in der Schmiede, das schroffe Zischgeräusch der Hobel in der Tischlerei und das Hacken und Kratzen aus unserer Besenwerkstatt hören nie auf, lassen den Winter vergessen und erinnern mich, daß ich meine Aufgabe noch vor mir habe. Ich muß anfangen.

Der Tisch ist sauber, alt, mit dunkelnden Kerben bedeckt, mit eckigen Initialen und Jahreszahlen, Zeichen, die an einen Augenblick der Bitterkeit, der Hoffnung, aber auch des Starrsinns erinnern. Mein Heft liegt aufgeschlagen vor mir, bereit, die Strafarbeit aufzunehmen. Ich kann mir keine Ablenkung mehr leisten, ich muß beginnen, ich muß den Schlüssel umdrehen, um den Tresor meiner Erinnerung, in dem alles verschlossen liegt, endlich zu öffnen, um all das hervorzuholen, was Korbjuhns Forderung erfüllt: ich soll ihm die Freuden der Pflicht bestätigen, ihre Wirkungen verfolgen, die in mir selbst enden, und zwar zur Strafe, ungestört, und so lange, bis der Nachweis gelungen ist. Ich bin bereit. Und da ich dabei voran muß, will ich zurückgehen, eine Auswahl treffen, einen Ort suchen, vielleicht doch den Polizeiposten Rugbüll, oder lieber gleich die ganze schleswig-holsteinische Ebene zwischen Glüserup, der Husumer Chaussee und dem Deich, das Land, das für mich nur von einem einzigen Weg durchschnitten ist, und der führt von Rugbüll nach Bleekenwarf. Auch wenn ich die Vergangenheit aus dem Schlaf wecken muß: ich muß anfangen.

Also.

2 Das Malverbot

Im Jahr dreiundvierzig, um mal so zu beginnen, an einem Freitag im April, morgens oder mittags, bereitete mein Vater Jens Ole Jepsen, der Polizeiposten der Außenstelle Rugbüll, der nördlichste Polizeiposten von Schleswig-Holstein, eine Dienstfahrt nach Bleekenwarf vor, um dem Maler Max Ludwig Nansen, den sie bei uns nur den Maler nannten und nie aufhörten, so zu nennen, ein in Berlin beschlossenes Malverbot zu überbringen. Ohne Eile suchte mein Vater Regenumhang, Fernglas, Koppel, Taschenlampe zusammen, machte sich mit absichtlichen Verzögerungen am Schreibtisch zu schaffen, knöpfte schon zum zweiten Mal den Uniformrock zu und linste – während ich vermummt und regungslos auf ihn wartete – immer wieder in den mißlungenen Frühlingstag hinaus und horchte auf den Wind. Es ging nicht nur Wind: dieser Nordwest belagerte in geräuschvollen Anläufen die Höfe, die Knicks und Baumreihen, erprobte mit Tumulten und Überfällen die Standhaftigkeit und formte sich eine Landschaft, eine schwarze Windlandschaft, krumm, zerzaust und voll unfaßbarer Bedeutung. Unser Wind, will ich meinen, machte die Dächer hellhörig und die Bäume prophetisch, er ließ die alte Mühle wachsen, fegte flach über die Gräben und brachte sie zum Phantasieren, oder er fiel über die Torfkähne her und plünderte die unförmigen Lasten.

Wenn bei uns Wind ging und so weiter, dann mußte man sich schon Ballast in die Taschen stecken – Nägelpakete oder Bleirohre oder Bügeleisen –, wenn man ihm gewachsen sein wollte. Solch ein Wind gehört zu uns, und wir konnten Max Ludwig Nansen nicht widersprechen, der Zinnadern platzen ließ, der wütendes Lila nahm und kaltes Weiß, wenn er den Nordwest sichtbar machen wollte – diesen wohlbekannten, uns zukommenden Nordwest, auf den mein Vater argwöhnisch horchte.

Ein Rauchschleier schwebte in der Küche. Ein nach Torf duftender, zuckender Rauchschleier schwebte im Wohnzimmer. Der Wind saß im Ofen und paffte uns das Haus voll, während mein Vater hin und her ging und offenbar nach Gründen suchte, um seinen Aufbruch zu verzögern, hier etwas ablegte, dort etwas aufnahm, die Gamaschen im Büro anlegte, das Dienstbuch am Eßtisch in der Küche aufschlug und immer noch etwas fand, was seine Pflicht hinausschob, bis er mit ärgerlichem Erstaunen feststellen mußte, daß etwas Neues aus ihm entstanden war, daß er sich gegen seinen Willen in einen vorschriftsmäßigen Landpolizisten verwandelt hatte, dem zur Erfüllung seines Auftrags nichts mehr fehlte als das Dienstfahrrad, das, gegen einen Sägebock gelehnt, im Schuppen stand.

So war es an diesem Tag vermutlich die aus Gewohnheit zustande gekommene äußere Dienstbereitschaft, die ihn schließlich zum Aufbruch zwang, nicht der Eifer, nicht die Berufsfreude und schon gar nicht die ihm zugefallene Aufgabe; er setzte sich wie so oft in Bewegung, anscheinend weil er komplett uniformiert und ausgerüstet war. Er variierte nicht seinen Gruß, bevor er ging, er trat wie immer auf den dämmrigen Flur, lauschte, rief gegen die geschlossenen Türen: Tschüß, nech!, erhielt von keiner Seite eine Antwort, war jedoch nicht verblüfft oder enttäuscht darüber, sondern tat so, als hätte man ihm geantwortet, denn er nickte befriedigt, zog mich nickend zur Haustür, wandte sich noch einmal an der Schwelle um und machte eine unbestimmte Geste des Abschieds, bevor der Wind uns aus dem Türrahmen riß.

Draußen legte er sich sogleich mit der Schulter gegen den Wind, senkte sein Gesicht – ein trockenes, leeres Gesicht, auf dem alles, jedes Lächeln, jeder Ausdruck von Mißtrauen oder Zustimmung sehr langsam entstand und dadurch eine unerhörte, wenn auch mitunter verzögerte Bedeutsamkeit erlangte, so daß es den Anschein hatte, als verstehe er alles zwar gründlich, aber zu spät – und ging vornübergebeugt über den Hof, auf dem der Wind spitze Kreisel drehte und eine Zeitung zerzauste, einen Sieg in Afrika, einen Sieg auf dem Atlantik, einen gewissermaßen entscheidenden Sieg an der Altmetallfront zerzauste und knüllte und gegen den Maschendraht unseres Gartens preßte. Er ging zum offenen Schuppen. Stöhnend hob er mich auf den Gepäckträger. Er packte das Fahrrad mit einer Hand an der Hinterkante des Sattels, mit der anderen an der Lenkstange und drehte es herum. Dann schob er es zum Ziegelweg hinab, hielt unter dem spitzen, auf unser Rotsteinhaus zielenden Schild »Polizeiposten Rugbüll«, brachte das linke Pedal in günstige Ausgangsstellung, saß auf und fuhr mit straff geblähtem Umhang, der zwischen den Beinen mit einer Klammer zusammengefaßt war, Richtung Bleekenwarf.

Das ging gut bis zur Mühle oder sogar fast bis zur Holmsenwarf mit ihren wippenden Hecken, denn so lange segelte er gebläht und kräftig gebauscht vor dem Wind, doch dann, als er sich gegen den Deich wandte, den Deich gebeugt erklomm, glich er sofort dem Mann auf dem Prospekt »Mit dem Fahrrad durch Schleswig-Holstein«, einem verbissenen Wanderer, der durch Versteifung, Krümmung und vom Sattel abgehobenem Gesäß bereitwillig die Mühsal erkennen ließ, mit der man sich hier fortbewegen muß auf der Suche nach heimischer Schönheit. Der Prospekt verriet jedoch nicht nur die Mühsal, er deutete auch das Maß der Geschicklichkeit an, das notwendig ist, um bei fallsüchtigem, seitlichem Nordwest mit dem Fahrrad auf dem Kamm des Deiches zu fahren; außerdem veranschaulichte er die in Windfahrten zweckmäßige Körperhaltung, ließ das Erlebnis des norddeutschen Horizonts ahnen, zeigte die schlohweißen Kraftlinien des Windes und bevorzugte als vertraute Garnierung des Deiches die gleichen blöden und verzottelten Schafe, die auch meinem Vater und mir nachblickten.

Da eine Beschreibung des Prospekts zwangsläufig zu einer Beschreibung meines Vaters werden muß, wie er auf dem Deich nach Bleekenwarf fuhr, möchte ich, zur Vervollständigung des Bildes, noch die Mantel-, Herings- und Lachmöwen erwähnen sowie die seltene Bürgermeistermöwe, die, dekorativ über dem erschöpften Radler verteilt, durch nachlässigen Druck etwas verwischt, wie weiße Staubtücher zum Trocknen in der Luft hingen.

Immer auf dem Kamm des Deiches entlang, auf dem schmalen Zwangskurs, der sich da braun im flachen Gras abzeichnete, die Stöße des Windes parierend, die blauen Augen gesenkt – so fuhr mein Vater mit seinem gefalteten, in der Brusttasche steckenden Auftrag den sanften Bogen des Wulstes aus, ohne Dringlichkeit, nur mühselig, so daß man vermuten konnte, sein Ziel sei das hölzerne, grau getünchte Gasthaus »Wattblick«, in dem er einen Grog trinken und mit Hinnerk Timmsen, dem Wirt, einen Handschlag, vielleicht sogar einige Sätze wechseln werde.

Wir fuhren nicht so weit. Noch vor dem Gasthaus, das mit Hilfe von zwei begehbaren Holzbrücken auf dem Deich ruhte – und mich immer an einen Hund erinnerte, der seine Vorderpfoten auf eine Mauer gelegt hat, um darüber wegsehen zu können –, drehten wir ab, gewannen in beherrschter Schußfahrt den erlaufenen Pfad neben dem Deichfuß und bogen von da in die lange Auffahrt nach Bleekenwarf ein, die von Erlen flankiert, von einem schwingenden Tor aus weißen Planken begrenzt war. Die Spannung wuchs. Die Erwartung nahm zu – wie immer bei uns, wenn sich einer im April, bei diesem barschen Nordwest, durch das unverstellte Blickfeld bewegt mit erklärtem Ziel.

Seufzend ließ uns das Holztor ein, das mein Vater bei langsamer Fahrt mit dem Fahrrad aufstieß, er fuhr an dem unbenutzten, rostroten Stall vorbei, am Teich, am Schuppen, sehr langsam, gerade als wünschte er, vorzeitig entdeckt zu werden, fuhr dicht an den schmalen Fenstern des Wohnhauses vorbei und warf noch einen Blick in das angebaute Atelier, bevor er abstieg, mich wie ein Paket auf den Boden stellte und das Fahrrad zum Eingang führte.

Da bei uns niemand den Eingang eines Anwesens unentdeckt erreicht, brauche ich meinen Vater nicht klopfen oder fordernd in das Halbdunkel des Flurs hineinrufen zu lassen, auch brauche ich nicht den Fall nahender Schritte zu beschreiben oder Überraschung explodieren zu lassen; es genügt vielmehr, daß er die Tür aufstößt, seine Hand durch den Umhang schiebt und sie sogleich warm umspannt und auf und ab geschüttelt fühlt, worauf ihm nur zu sagen bleibt: Tag,

Ditte –; denn die Frau des Malers war gewiß schon in dem Augenblick zur Tür gegangen, als wir in knapper Sturzfahrt den Deich verlassen hatten.

In ihrem langen, groben Kleid, das ihr das Aussehen einer strengen holsteinischen Dorfprophetin verlieh, ging sie uns voraus, erwischte in der Flurdunkelheit den Drücker der Wohnzimmertür, öffnete und bat meinen Vater, einzutreten. Mein Vater löste erst einmal die Klammer, die den Umhang zwischen den Oberschenkeln zusammenhielt – er spreizte dabei jedesmal seine Beine, gab in den Knien nach und fummelte so lange herum, bis er den Kopf der Klammer zwischen den Fingern hielt –, befreite sich vom Umhang, indem er nach unten wegtauchte, zog seine Uniformjacke glatt, öffnete ein wenig meine Vermummung und schob mich vor sich her in die Wohnstube.

Sie hatten eine sehr große Wohnstube auf Bleekenwarf, einen nicht allzu hohen, aber breiten und vielfenstrigen Raum, in dem mindestens neunhundert Hochzeitsgäste Platz gehabt hätten, und wenn nicht die, dann aber doch sieben Schulklassen einschließlich ihrer Lehrer, und das trotz der ausschweifenden Möbel, die dort herumstanden mit ihrer hochmütigen Raumverdrängung: schwere Truhen und Tische und Schränke, in die runenhafte Jahreszahlen eingekerbt waren und die einfach durch die gebieterische und dräuende Art ihres Dastehns Dauer beanspruchten. Auch die Stühle waren unverhältnismäßig schwer, gebieterisch; sie verpflichteten, möchte ich mal sagen, zu regungslosem Dasitzen und zu einem sehr sparsamen Mienenspiel. Das dunkle, plumpe Teegeschirr – sie nannten es Wittdüner Porzellan –, das auf einem Bord an der Wand stand, war nicht mehr in Gebrauch und lud zu Zielwürfen ein, aber der Maler und seine Frau waren duldsam und änderten nichts oder nur wenig, nachdem sie Bleekenwarf gekauft hatten von der Tochter des alten Frederiksen, der so skeptisch war, daß er sich, als er Selbstmord beging, vorsichtshalber die Ader öffnete, ehe er sich an einem der ungeheuren Schränke erhängte.

Sie änderten nichts am Mobiliar, wenig in der Küche, in der sich Pfannen, Töpfe, Fäßchen und Kannen streng ausgerichtet anboten; sie beließen an ihrem Platz die greisen Geschirrschränke mit den unbescheidenen Wittdüner Tellern und den maßlosen Terrinen und Schüsseln, sogar die Betten blieben an ihrem Ort, strenge, schmale Pritschen, die kargsten Zugeständnisse an die Nacht.

Aber mein Vater sollte endlich, zumal er schon im Wohnzimmer steht, die Tür hinter sich schließen und Doktor Theodor Busbeck begrüßen, der wie immer allein auf dem Sofa saß, auf dem harten, vielleicht dreißig Meter langen Ungetüm, nicht lesend oder schreibend, sondern wartend, seit Jahren wartend in Ergebenheit, sorgfältig gekleidet und voll geheimnisvoller Bereitschaft, so als könnte die Veränderung oder die Nachricht, die er erwartete, in jedem Augenblick eintreffen. Auf seinem blassen Gesicht war fast nichts zu erkennen, das heißt, jeder Ausdruck, den eine Erfahrung auf ihm zurückgelassen hatte, war von einer planvollen Vorsicht wieder entfernt, abgewaschen worden; aber bereits wir wußten immerhin so viel, daß er als erster die Bilder des Malers ausgestellt hatte und auf Bleekenwarf lebte, seit seine Galerie zwangsgeräumt und geschlossen worden war. Lächelnd ging er meinem Vater entgegen, begrüßte ihn, ließ sich die Windstärke bestätigen, nickte auch lächelnd zu mir herab und zog sich wieder zurück. Nimmst du Tee oder Schnaps, Jens, fragte die Frau des Malers, mir ist nach Schnaps.

Mein Vater winkte ab. Nichts, Ditte, sagte er, heute nichts, und er setzte sich nicht wie sonst auf den Fensterstuhl, trank nicht wie sonst, sprach nicht wie sonst von seinen Schmerzen in der Schulter, die ihn seit einem Sturz vom Fahrrad heimsuchten, und versäumte es auch, die Vorfälle und näheren Begebenheiten auszubreiten, über die der Polizeiposten Rugbüll herrschte und unterrichtet sein mußte, vom folgenschweren Hufschlag über Schwarzschlachtung bis zur ländlichen Brandstiftung. Er hatte nicht einmal einen Gruß von Rugbüll mitgebracht und vergaß auch, nach den fremden Kindern zu fragen, die der Maler aufgenommen hatte. Nichts, Ditte, sagte er, heute nichts.

Er setzte sich nicht. Er streifte mit den Fingerkuppen die Brusttasche. Er blickte durch das Fenster zum Atelier hinüber. Er schwieg und wartete, und Ditte und Doktor Busbeck sahen, daß er auf den Maler wartete, freudlos, unruhig sogar, soweit mein Vater überhaupt Unruhe zeigen konnte, jedenfalls ließ ihn das, was er zu tun hatte, nicht gleichgültig. Sein Blick fand keinen Halt – wie immer, wenn er betroffen, wenn er unsicher und erregt war auf seine friesische Weise: er sah jemanden an und sah ihn nicht an, sein Blick traf und glitt ab, hob sich und wich aus, wodurch er selbst unerreichbar blieb und sich jeder Befragung entzog. So wie er dastand in der sehr großen Wohnstube auf Bleekenwarf, beinahe widerwillig in der schlecht sitzenden Uniform, unsicher und mit einem Blick, der nichts bekennen wollte, ging von ihm ganz gewiß keine Bedrohung aus.

Da fragte die Frau des Malers gegen seinen Rücken: Ist was mit Max? Und als er nickte, nichts als steif vor sich hinnickte, erhob sich Doktor Busbeck, kam näher und nahm Dittes Arm und fragte zaghaft: Eine Entscheidung aus Berlin?

Mein Vater wandte sich überrascht, wenn auch zögernd, um, sah auf den kleinen Mann, der sich für seine Frage zu entschuldigen schien, der sich für alles zu entschuldigen schien, und antwortete nicht, weil er nicht mehr zu antworten brauchte; denn beide, die Frau des Malers und sein ältester Freund, gaben ihm durch ihr Schweigen zu erkennen, daß sie ihn verstanden hatten und auch schon wußten, welch eine Entscheidung es war, die er zu überbringen hatte.

Natürlich hätte Ditte ihn jetzt nach dem genauen Inhalt seines Auftrags fragen können, und mein Vater, denke ich, hätte bereitwillig, auch erleichtert geantwortet, doch sie forderten ihn nicht auf, mehr zu sagen, standen eine Weile nebeneinander, und dann sagte Busbeck für sich: Jetzt auch Max. Mich wundert nur, daß es nicht schon früher passierte, wie bei den andern. Während sie sich in gemeinsamem Entschluß dem Sofa zuwandten, sagte die Frau des Malers: Max arbeitet, er steht am Graben hinterm Garten.

Das war schon abgewandt gesprochen und enthielt für meinen Vater gleichermaßen Hinweis wie Verabschiedung, worauf ihm nichts anderes mehr übrigblieb, als die Stube zu verlassen, nachdem er mit einem Achselzucken angedeutet hatte, wie sehr er seine Mission bedaure und wie wenig er selbst mit der ganzen Sache zu schaffen habe. Er schnappte sich seinen Umhang vom Ständer, stieß mich an, und wir beide gingen hinaus.

Langsam bewegte er sich an der kahlen Front des Hauses entlang, eher bekümmert als selbstsicher, stieß die Gartenpforte auf, stand jetzt im Schutz der Hecken und setzte seine Lippen in Tätigkeit, ließ sie Worte und ganze Sätze vorsorglich probieren, wie so oft, wie immer, wenn ihm eine Begegnung mehr als das Übliche an Sprache abzuverlangen drohte, ging dann zwischen den gelockerten und aufgeräumten Beeten, an dem strohgedeckten Gartenhaus vorbei zum Graben, der Bleekenwarf umschloß, einem schilfgesäumten ruhenden Gewässer, das die Einsamkeit des Anwesens erhöhte.

Da stand der Maler Max Ludwig Nansen.

Er stand auf der geländerlosen Holzbrücke und arbeitete im Windschutz, und weil ich weiß, wie er arbeitete, möchte ich ihn nicht ohne Vorbereitung unterbrechen, indem ich meinen Vater dazu bringe, ihm auf die Schulter zu tippen, ich möchte die Begegnung verzögern, weil es kein beliebiges Zusammentreffen ist und ich zumindest erwähnen will, daß der Maler acht Jahre älter war als mein Vater, kleiner von Wuchs, wendiger, unbeherrschter, vielleicht auch listiger und starrsinniger, obwohl sie beide ihre Jugend in Glüserup verbracht hatten. Glüserup: Herrje.

Er trug einen Hut, einen Filzhut, den er tief in die Stirn zog, so daß die grauen Augen im geringen, aber unmittelbaren Schatten der Krempe lagen. Sein Mantel war alt, am Rükken durchgescheuert, es war der blaue Mantel mit den unerschöpflichen Taschen, in denen er, wie er uns einmal drohend sagte, sogar Kinder verschwinden lassen konnte, wenn sie ihn bei der Arbeit störten. Diesen graublauen Mantel trug er zu jeder Jahreszeit, draußen und drinnen, bei Sonne und bei Regen, womöglich schlief er auch in ihm; jedenfalls gehörte der eine zum andern. Manchmal allerdings, an gewissen Sommerabenden, wenn sich über dem Watt die schwerfälligen Konvois der Wolken versammelten, konnte man auch den Eindruck haben, daß es lediglich der Mantel und nicht der

Maler war, der da den Deich entlangwanderte und den Horizont inspizierte.

Was der Mantel nicht verbarg, das war nur ein Stück der zerknitterten Hose, und das waren die Schuhe, altmodische, aber sehr teure Schuhe, die bis zu den Knöcheln reichten und einen schmalen, schwarzen Wildledereinsatz hatten.

Wir waren es gewohnt, ihn so zu treffen, und so fand ihn auch mein Vater vor, der hinter der Hecke stand und, wie ich glaube, zufrieden gewesen wäre, wenn er nicht doch hätte stehen müssen, zumindest aber ohne den Auftrag, ohne das Papier in seiner Brusttasche und nicht zuletzt ohne Erinnerungen. Mein Vater beobachtete den Maler. Er beobachtete ihn nicht gespannt, nicht mit berufsmäßiger Aufmerksamkeit.

Der Maler arbeitete. Er hatte etwas mit der Mühle vor, mit der zerfallenden Mühle, die unbeweglich und flügellos im April stand. Leicht über ihren Drehkranz erhoben, stand sie wie eine plumpe Blume auf einem sehr kurzen Stengel, ein düsteres Gewächs, das seiner letzten Tage harrte. Max Ludwig Nansen machte etwas aus ihr, indem er sie entführte, in einen anderen Tag, eine andere Beziehung, in eine andere Dämmerung entführte, die da auf seinem Blatt herrschte. Und wie immer, während er arbeitete, redete der Maler; er sprach nicht mit sich selbst, er wandte sich an einen Balthasar, der neben ihm stand, an seinen Balthasar, den nur er sah und hörte und mit dem er schwatzte und zankte, dem er manchmal sogar eins mit dem Ellenbogen versetzte, so daß wir, obwohl wir keinen Balthasar sehen konnten, den unsichtbaren Gutachter auf einmal stöhnen hörten, und wenn nicht gleich stöhnen, so doch fluchen. Je länger wir hinter ihm standen, desto mehr begannen wir an Balthasar zu glauben, wir mußten ihn anerkennen, weil er sich mit seinen scharfen Atemzügen und seiner zischenden Enttäuschung bemerkbar machte und weil der Maler nicht aufhören wollte, ihn anzusprechen und ihn in ein Vertrauen zu ziehen, das er sogleich bedauerte. Auch jetzt, während mein Vater ihn beobachtete, stritt sich der Maler mit Balthasar, der auf den Bildern, in denen er gefangengesetzt war, einen violetten gesträubten Fuchspelz trug und schrägäugig war und einen Bart aus brodelndem Orange hatte, aus dem es glühend heraustropfte. Trotzdem blickte sich der Maler selten nach ihm um, er stand ziemlich fest bei der Arbeit, die Beine leicht gespreizt, beweglich in den Hüften, und zwar ebenso zur Seite wie nach vorn und hinten beweglich, und während der Kopf sich schräg legte, aus den Schultern hob, pendelte oder sich senkte wie zu einem Rammstoß, schien der rechte Arm von einer erstaunlichen Starre befallen: zäh wirkten seine Bewegungen, angestrengt, als ob da ein unberechenbarer, heikler Widerstand wirksam sei; doch obwohl der entscheidende Arm diese seltsame Versteifung zeigte, arbeitete sonst der ganze Körper des Malers mit.

Mit dem Verhalten seines Körpers bestätigte und beglaubigte er einfach das, was er gerade machte, und wenn er sich, etwa bei Windstille, den Wind vornahm, ihn zwischen Blau und Grün entstehen ließ, dann hörte man phantastische Flottillen in der Luft und das Schlagen von Segeln, und der Saum seines Mantels begann sogar zu flattern, und aus seiner Pfeife, falls er eine im Mund hatte, wurde der Rauch flach weggerissen – zumindest kommt es mir heute so vor, wenn ich daran denke.

Mein Vater sah ihm also bei der Arbeit zu, zögernd, bedrückt, er stand so lange da, bis er wohl die Blicke spürte, die uns aus dem Haus trafen, aus der Stube, die wir gerade verlassen hatten, da gingen wir langsam an der Hecke entlang, immer noch verfolgt von den Blicken, zwängten uns seitlich in einen Durchschlupf und standen gleich darauf am äußersten Rand der geländerlosen Holzbrücke.

Mein Vater sah in den Graben hinab und erkannte zwischen treibenden Schilfblättern und schwappender Entengrütze sich selbst, und dort gewahrte ihn auch der Maler, als er einen Schritt zur Seite machte und dabei in das stehende, nur von schwachen Schauern geriffelte Wasser hinabsah. Sie bemerkten und erkannten sich im dunklen Spiegel des Grabens, und wer weiß: vielleicht rief dies Erkennen eine blitzschnelle Erinnerung wach, die sie beide verband und die nicht aufhören würde, sie zu verbinden, eine Erinnerung, die sie in den kleinen schäbigen Hafen von Glüserup verschlug, wo sie im Schutz der Steinmole angelten oder auf dem Fluttor herumturnten oder sich auf dem gebleichten Deck eines Krabbenkutters sonnten. Aber nicht dies wird es wohl gewesen sein, woran sie beide unwillkürlich dachten, als sie einander im Spiegel des Grabens erkannten, vielmehr wird in ihrer Erinnerung nur der trübe Hafen gewesen sein, der Samstag, an dem mein Vater, als er neun war oder zehn, von dem glitschigen Tor stürzte, mit dem die Flut reguliert wurde, und der Maler wird noch einmal nach ihm getaucht und getaucht haben, so wie damals, bis er ihn endlich am Hemd erwischte, ihn hochzerrte und ihm einen Finger brechen mußte, um sich aus der Klammerung zu befreien.

Sie traten aufeinander zu, oben und unten, im Graben und auf der Brücke, gaben sich im Wasser und vor der Staffelei die Hand, begrüßten sich wie immer, indem sie, leicht zur Frage angehoben, den Vornamen des andern nannten: Jens? Max? Dann, während Max Ludwig Nansen sich schon wieder seiner Arbeit zuwandte, langte mein Vater in die Brusttasche, zog das Papier hervor, glättete es in der Schere zweier Finger und zauderte und überlegte im Rücken des Malers, mit welchen Worten er es überreichen sollte. Wahrscheinlich dachte er daran, das gestempelte und unterschriebene Verbot wortlos zu überreichen, allenfalls mit der Bemerkung: Da is was für dich aus Berlin, und gewiß hoffte er darauf, daß ihm unnötige Fragen erspart blieben, wenn er den Maler zunächst einmal selbst lesen ließ. Am liebsten hätte er die ganze Angelegenheit natürlich Okko Brodersen überlassen, dem einarmigen Postboten, aber da dies Verbot polizeilich übergeben werden mußte, war mein Vater, der Posten Rugbüll, dafür zuständig – wie er auch, und das würde er dem Maler noch beibringen müssen, dazu ausersehen war, die Einhaltung des Verbots zu überwachen.

Er hielt also den offenen Brief in der Hand und zauderte. Er blickte zur Mühle, auf das Bild, wieder zur Mühle und wieder zum Bild. Unwillkürlich trat er näher heran, blickte jetzt vom Bild zur Mühle, wieder zum Bild und wieder zur flügellosen Mühle, konnte nicht wiederfinden, was er suchte, und fragte: Was soll'n das abgeben, Max? Der Maler trat zur Seite, deutete auf den Großen Freund der Mühle, sagte: Der Große Freund der Mühle und machte dem erdgrünen Hügel weiter klumpige Schatten. Da wird auch mein Vater den Großen Freund der Mühle bemerkt haben, der sich still und braun aus dem Horizont erhob, ein milder Greis, bärtig, vielleicht wundertätig, ein Wesen von freundlicher Gedankenlosigkeit, das sich ins Riesenhafte auswuchs. Seine braunen, rot unterfeuerten Finger waren gespannt, gleich würde er sacht gegen einen Flügel der Mühle schnippen, den er offenbar selbst gerade angesetzt hatte, er würde die Flügel der Mühle, die tief unter ihm in sterbendem Grau lag, in Bewegung bringen, schneller, immer schneller, bis sie die Dunkelheit zerschnitten, bis sie, von mir aus gesehen, einen klaren Tag herausmahlten und ein besseres Licht. Es würde den Flügeln der Mühle gelingen, das stand fest, denn die Züge des Greises nahmen bereits eine einfältige Genugtuung vorweg, auch ließen sie erkennen, daß der Alte auf schläfrige Weise erfolgsgewohnt war. Der Mühlenteich meldete zwar violetten Zweifel an, doch dieser Zweifel würde nicht recht behalten; der Große Freund der Mühle entkräftete ihn durch seine entschlossene Zuneigung.

Das is vorbei, sagte mein Vater, die wird sich nich mehr drehn, und der Maler: Morgen geht's los, Jens, wart nur ab; morgen werden wir Mohn mahlen, daß es qualmt. Er unterbrach seine Arbeit, setzte die Pfeife in Brand, betrachtete mit pendelndem Kopf das Bild. Ohne hinzusehen, reichte er meinem Vater den Tabakbeutel, versicherte sich erst gar nicht, ob mein Vater sich eine Pfeife stopfte, sondern steckte den Beutel sogleich wieder in die unerschöpfliche Manteltasche und sagte: Da fehlt noch ein bißchen Wut, nicht Jens? Dunkelgrün fehlt noch – Wut; dann kann die Mühle losklappern.

Mein Vater hielt den Brief in der Hand, dicht am Körper hielt er ihn, in instinktiver Verborgenheit, aus der er ihn hervorziehen würde, wenn der Augenblick günstig wäre, denn er selbst traute es sich nicht zu, den Augenblick zu bestimmen. Er sagte: Die kriegt kein Wind mehr in Gang, auch keine Wut, Max, und der Maler: Die wird noch nach uns klappern, wart nur ab, morgen werden die Flügel um sich schlagen.

Vielleicht hätte mein Vater noch länger gezögert, wenn der letzte Satz nicht so zur Behauptung geraten wäre, jedenfalls streckte er auf einmal den Arm aus und, während er ihm den Brief hinhielt, drückte er sich so aus: Da, Max, da is was aus Berlin. Du hast es gleich zu lesen. Achtlos nahm der Maler den Brief aus seiner Hand und ließ ihn in der Manteltasche verschwinden, dann drehte er sich zu meinem Vater um, berührte ihn an der Schulter, stieß ihn noch einmal, und zwar kräftiger, in die Seite und sagte mit zusammengekniffenen Augen: Los, Jens, wir haun ab, solange Balthasar in der Mühle ist. Ich hab einen Genever, bei dem wächst dir an jeder Hand ein sechster Finger. Genever, mein Gott, nicht aus Holland, sondern aus der Schweiz, von einem Schweizer Museumsmenschen. Komm ins Atelier.

Doch mein Vater wollte nicht kommen, er zielte mit seinem Zeigefinger kurz in Richtung Manteltasche, sagte: Der Brief da, und nach einer Pause: Den Brief da hast du gleich zu lesen, Max, is aus Berlin, und weil ihm die mündliche Anweisung nicht auszureichen schien, trat er einen Schritt auf den Maler zu, wodurch sich dem die Brücke verengte und der Weg zum Haus. Also holte der Maler achselzuckend den Brief hervor, las den Absender – so, als wollte er dem Polizeiposten einen Gefallen tun –, nickte mit ruhiger Geringschätzung und sagte: Diese Idioten, diese; dann sah er schnell zu meinem Vater, und der Blick, der ihn traf, erstaunte ihn. Er zog den Brief aus dem Umschlag. Er las ihn stehend auf der Holzbrücke, und nachdem er ihn lange gelesen hatte – langsam, meine ich, und immer langsamer, stopfte er ihn zum zweiten Mal in die Tasche, verkrampfte sich, sah weg, sah über das flache Land unter dem Wind zur Mühle hinüber, schien sich durch einen Blick Rat zu holen: bei dem Labyrinth der Gräben und Kanäle, bei den zerzausten Knicks, bei dem Deich und den selbstbewußten Anwesen – ach was, er sah weg, um nicht meinen Vater ansehen zu müssen.

Ich habe mir das nicht ausgedacht, sagte mein Vater, und der Maler: Ich weiß. – Auch ändern kann ich nichts, sagte mein Vater. Ja, ich weiß, sagte der Maler und, seine Pfeife am Absatz ausklopfend: Ich hab' auch alles verstanden, bis auf die Unterschrift: die Unterschrift ist unleserlich. – Die haben viel zu unterschreiben, sagte mein Vater, und der Maler erbittert: Sie glauben es ja nicht, sie glauben es selbst nicht, diese Narren: Malverbot, Berufsverbot, vielleicht noch Eß- und Trinkverbot: so etwas kann einer doch nicht mit leserlichem Namen unterschreiben. Er betrachtete mit geneigtem Kopf, sich vergewissernd, den Großen Freund der Mühle, der es braun und begabt fast geschafft hatte, der die Flügel, wenn nicht heute, so doch morgen in ratternde Bewegung bringen würde, und in diese Betrachtung hinein sagte mein Vater in der Weise, wie er Sprache gebrauchte: Das Verbot hat mit Kenntnisnahme in Kraft gesetzt zu werden, steht das nicht so geschrieben, Max? – Ja, sagte der Maler verwundert, so steht es geschrieben, und mein Vater leise, aber gut genug zu verstehen: Das mein ich doch, ab sofort. Da packte der Maler sein Arbeitszeug zusammen, allein, ohne Hilfe des Polizeipostens Rugbüll, er erwartete wohl auch keine Hilfe.

Sie schlüpften hintereinander durch die Hecke, gingen mit steifen Schritten durch den Garten.

Sie gingen zum Atelier, das an das Wohnhaus angebaut worden war, so, wie der Maler es sich gewünscht hatte, ein Atelier mit Oberlicht, ebenerdig, mit fünfundfünfzig Nischen und Winkeln, die durch alte Schränke und vollgestopfte Regale gebildet wurden und durch zahlreiche harte, provisorische Lagerstätten, auf denen, wie ich manchmal glaubte, all die drolligen oder auch drohenden Geschöpfe des Malers schliefen, die gelben Propheten und Geldwechsler und Apostel, die Kobolde und die grünen, verschlagenen Marktleute. Da schliefen wohl auch die Slowenen und Strandtänzer, und natürlich auch die krummgewehten Feldarbeiter; ich hab die Lagerstätten im Atelier nie gezählt. Auch die Zahl der Bänke und der mit Leinwand bespannten Feldstühle ließ vermuten, daß hier mitunter das ganze phosphoreszierende Volk herumsaß, das er aus seiner Phantasie entlassen hatte, einschließlich der trägen, blonden Sünderinnen. Kisten stellten die Tische vor, Marmeladengläser und gravitätische Krüge die Vasen; es waren so viele Vasen, daß man schon einen Garten verwüsten mußte, um sie zu füllen, und sie waren gefüllt, immer, wenn ich im Atelier war, stand auf jedem Tisch ein Strauß, das flammte nur so und warb für sich.

In einer Ecke beim Ausguß, gegenüber der Tür, stand ein langer Tisch auf Böcken, die keramische Werkstatt, und darüber, auf einem Bord, trockneten Figuren und spitze Köpfe.

Sie kamen also herein, legten das Arbeitszeug ab, und der Maler ging, um aus der Holzkiste den Genever zu holen. Mein Vater setzte sich, stand auf, band den Umhang ab und setzte sich wieder. Er sah zu den schmalen Fenstern des Wohnhauses hinüber. Die Fenster waren leicht nach außen gewölbt und behielten alles für sich. In einer Kiste raschelte Holzwolle, Seidenpapier wurde zerrissen, dann schorrte etwas über den Atelierboden. Der Maler zog eine Flasche heraus, hielt sie hoch gegen das Licht, wischte sie am Mantel ab, hielt sie abermals gegen das Licht und war zufrieden. Er setzte die Flasche ab, angelte geschickt zwei Gläser von einem Bord, dicke, grüne, langstielige Gläser, die er ungeschickt, jedenfalls unsicherer als sonst, füllte, schob eins der Gläser meinem Vater hin und forderte ihn auf zu trinken.

Nicht wahr, Jens, sagte der Maler, nachdem sie getrunken hatten, und mein Vater, bestätigend: Weiß Gott, Max, weiß Gott. Der Maler füllte die Gläser noch einmal und stellte die Flasche hoch auf ein Bord, wo er sie nur mit Mühe wieder erreichen konnte, und dann saßen sie sich schweigend gegenüber, aufmerksam, aber nicht lauernd. Sie hörten, wie der Wind mit Getöse über das Haus ging und nebenan den Kamin untersuchte bis auf den Grund. Draußen auf dem Hof warf er eine Bande von Spatzen in die Luft und mischte sie mit einem Zug von Staren. Die Dachreiter und die Wetterfahne beruhigten sie nicht. Ein unbestimmter Brandgeruch war in der Luft, sie kannten den Geruch, hatten eine Erklärung für ihn: die Holländer brennen Torf, sagten sie beruhigt. Der Maler zeigte stumm auf das Glas, sie tranken, und danach stand mein Vater auf, durchflutet von der Wärme des Genevers, ging hin und her, ging so vom Tisch bis zu einem Eckregal, hob dort den Blick und ließ ihn auf dem Bild »Pierrot prüft eine Maske« ruhen, streifte auch den »Abend der Fohlen« und die »Zitronenfrau« und drehte wieder um und kam zum Tisch zurück – bis er endlich wußte, was er sagen wollte. Mit einer unbestimmten, aber doch umfassenden Bewegung gegen die Bilder sagte er: Und Berlin will das verbieten. Der Maler zuckte die Achseln. Es gibt andere Städte, sagte er, es gibt Kopenhagen und Zürich, es gibt London und New York, und es gibt Paris. – Berlin bleibt Berlin, sagte mein Vater, und dann: Warum glaubst du, Max? Warum verlangen sie es von dir? Warum sollst du aufhören zu malen? Der Maler zögerte. Vielleicht rede ich zuviel, sagte er. Reden? fragte mein Vater. Die Farbe, sagte der Maler, sie hat immer was zu erzählen: mitunter stellt sie sogar Behauptungen auf. Wer kennt schon die Farbe. – Im Brief steht noch was anderes, sagte mein Vater: da steht was von Gift. – Ich weiß, sagte der Maler mit säuerlichem Lächeln und, nach einer Pause: Gift mögen sie nicht. Aber ein bißchen Gift ist nötig – zur Klarheit. Er bog einen Blumenstengel zu sich herunter, ich glaube, es war eine Tulpe, schnippte mit den Fingern gegen die Blütenblätter wie der Große Freund der Mühle gegen die Flügel, schnippte oder schoß beinahe mit zielsicherem Zeigefinger die Blume nackt und ließ den Stengel wieder hochschnellen. Dann blickte er zur Flasche hinauf, holte sie jedoch nicht vom Bord. Mein Vater sah wohl ein, daß er Max Ludwig Nansen noch etwas schuldete, darum sagte er: Ich hab mir das alles nicht ausgedacht, Max, das kannst du mir glauben. Mit dem Berufsverbot habe ich nix zu tun, ich hab das alles nur zu überbringen.

Ich weiß, sagte der Maler, und dann: Diese Wahnsinnigen, als ob sie nicht wüßten, daß das unmöglich ist: Malverbot. Sie können vielleicht viel tun mit ihren Mitteln, sie können allerhand verhindern, mag sein, aber nicht dies: daß einer aufhört zu malen. Das haben schon andere versucht, lange vor ihnen. Sie brauchen doch nur nachzulesen: gegen unerwünschte Bilder hat es noch nie einen Schutz gegeben, nicht durch Verbannen, auch nicht durch Blendung, und wenn sie die Hände abhacken ließen, hat man eben mit dem Mund gemalt. Diese Narren, als ob sie nicht wüßten, daß es auch unsichtbare Bilder gibt.

Mein Vater umrundete knapp den Tisch, an dem der Maler saß, umkreiste ihn, fragte jedoch nicht weiter, sondern beschränkte sich darauf, festzustellen: Aber das Verbot is beschlossen und ausgesprochen, Max, das isses. – Ja, sagte der Maler, in Berlin, und er sah meinen Vater gespannt an, offen, wißbegierig, er ließ ihn nicht mehr mit seinen Blicken los, als wollte er ihn zu sagen zwingen, was er, der Maler, längst wußte, und ihm wird nicht entgangen sein, daß es meinem Vater schließlich nicht leichtfiel, zu erklären: Mich, Max – sie haben mich beauftragt, das Malverbot zu überwachen: daß du auch das nur weißt.

Dich? fragte der Maler, und mein Vater: Mich ja, ich bin am nächsten dran.

Sie sahen einander an, der eine sitzend, der andere stehend, maßen sich schweigend einen Augenblick, forschten wahrscheinlich nach den Kenntnissen, die sie übereinander besaßen, und stellten sich vor, wie sie miteinander verkehren würden in näherer Zukunft und so weiter, zumindest aber fragten sie sich, mit wem sie von nun an zu rechnen hätten, wenn sie sich hier oder dort begegneten. So, wie sie sich forschend musterten, wiederholten sie, meine ich, ein Bild des Malers, das einfach nur »Zwei am Zaun« hieß und auf dem zwei alte Männer, aufblickend in olivgrünem Licht, einander entdeckten, zwei, die sich lange gekannt haben mögen von Garten zu Garten, doch erst in diesem bestimmten Augenblick in erstaunter Abwehr wahrnahmen. Jedenfalls stelle ich mir vor, daß der Maler gern etwas anderes gefragt hätte, als er schließlich fragte: Und wie, Jens? Wie wirst du das Verbot überwachen? Mein Vater überhörte da schon die Vertraulichkeit, die in dieser Frage lag; er sagte: Sollst nur abwarten, Max.

Da stand auch der Maler auf, legte den Kopf ein wenig schräg und musterte meinen Vater gerade so, als ließe sich schon erkennen, wessen er fähig sei; und als mein Vater es für angebracht hielt, seinen Umhang zu nehmen und ihn zwischen den gespreizten Beinen mit einer Klammer zusammenzustecken, sagte der Maler: Wir aus Glüserup, was?, und mein Vater darauf, ohne den Kopf zu heben: Wir können auch nicht aus unserer Haut – wir aus Glüserup. – Dann behalt mich mal im Auge, sagte der Maler. Das soll sich wohl machen lassen, sagte mein Vater und streckte seine Hand aus, reichte sie Max Ludwig Nansen, der in sie einschlug und den Händedruck dauern ließ, während sie beide zur Tür gingen. Vor der Tür, die in den Garten führte, lösten sich ihre Hände. Mein Vater stand sehr dicht an der Tür, fast bedrängt von dem Maler, er konnte den Drücker nicht sehen, er vermutete ihn neben seiner Hüfte, und er griff mehrmals vorbei, bevor er ihn endlich ertastet hatte und ihn sogleich niederdrückte in dem Wunsch, sich aus der Reichweite des Malers herauszudrehen.

Der Wind riß ihn aus dem Türrahmen. Mein Vater hob unwillkürlich die Arme, breitete sie aus, doch bevor der Nordwest ihn anhob, legte er eine Schulter gegen den Wind und ging zu seinem Fahrrad.

Der Maler schloß die Tür gegen den Widerstand des Windes. Er trat an ein Fenster zum Hof. Wahrscheinlich wollte oder mußte er sogar schon sehen, wie mein Vater mit mir davonfuhr unter dem Wind. Mag sein, daß es ihn zum ersten Mal auch nach der Gewißheit verlangte, zu erfahren, ob mein Vater wirklich Bleekenwarf verließ, deshalb beobachtete er unsern mühseligen Aufbruch.

Ich schätze, daß auch Ditte und Doktor Busbeck uns nachblickten, bis wir am automatischen rot-weißen Leuchtfeuer waren, da wird Ditte gefragt haben: Ist es passiert?, und der Maler, ohne sich umzuwenden: Es ist passiert, und Jens soll das Verbot überwachen. – Jens? wird Ditte gefragt haben, und der Maler: Jens Ole Jepsen aus Glüserup: Er ist am nächsten dran.

3 Die Möwen

Das Guckloch in der Tür war besetzt. Ich spürte es gleich, brauchte nur den rinnenden, nadelfeinen Schmerz im Rücken zu deuten, um zu wissen, daß ein forschendes, sagen wir: kalt forschendes Auge sich hinter das Guckloch geklemmt hatte und mich beobachtete, während ich schrieb und schrieb. Zum ersten Mal fühlte ich mich beobachtet, als mein Vater und der Maler sich gerade zutranken; der lange, quälende Blick im Nacken wollte mich von da ab nicht mehr loslassen, lief prickelnd wie feiner Flugsand über meine Haut; dazu hörte ich vor meiner Zellentür tappende Schritte, Warnungen, auch halb erstickte Freudenrufe, so daß ich annehmen mußte, nicht weniger als zweihundertzwanzig Psychologen hätten sich auf dem zugigen Korridor eingefunden, um sich ungeduldig Aufschluß zu holen über mich und meine Strafarbeit.

Der Anblick, den ich ihnen vom Guckloch aus bot, muß sie so erregt haben, daß einige sich zu spontanen, unbeherrschten Ausrufen wie »Bulzer Symptom« oder »objektive Simultanschwelle« hinreißen ließen, und vielleicht, wer weiß, würde sich die Schlange auch jetzt noch am Guckloch vorbeischieben, wenn ich nicht den Auftritt gewaltsam beendet hätte: die Beunruhigung im Nacken, im Rücken den klopfenden Schmerz, sammelte ich in meinem Taschenspiegel das Licht der elektrischen Birne und warf es überraschend gegen das Guckloch. Der Strahl reinigte das Guckloch. Ein verstümmelter Ausruf war draußen zu hören, eine verstümmelte Warnung, dann ein Wogen und Trappeln und die Schritte einer Kolonne, die sich mit zunehmender Unachtsamkeit entfernte: mein Rücken war wieder entspannt, schmerzfrei.

Ich strich zufrieden über mein Aufsatzheft, machte neben dem Tisch einige Lockerungsübungen; da fuhr ein Schlüssel ins Schloß, die Tür sprang auf, und Joswig, immer noch gekränkt, trat wortlos, doch mit offener, fordernder Hand ein.

Er forderte den Aufsatz, er verlangte den Tribut der Deutschstunde, den Himpel oder Korbjuhn, vermutlich aber Direktor Himpel ihn gebeten hatte einzutreiben. Ich tat erstaunt, ich tat erschrocken, und ich konnte ihm einen zurechtweisenden Blick nicht ersparen, doch unser Lieblingswärter lenkte nur meine Aufmerksamkeit in die beginnende Morgendämmerung über der Elbe und sagte: Her mit dem Zeug, damit du hier rauskommst; gleichzeitig griff er sich mein Heft, bog es, ließ die Seiten surrend am Daumen vorbeilaufen und überzeugte sich dabei, daß ich nicht untätig gewesen war.

Ich meine, es lag väterliche Zufriedenheit in seiner Stimme, als er sodann feststellte: Na also, Siggi, was sein muß, gelingt auch, selbst wenn es sich um einen Aufsatz handelt. Anerkennend legte er mir eine Hand auf die Schulter, lächelte, nickte. Er wies mich darauf hin, daß ich die ganze Nacht geschrieben hatte. Er stellte mir eine Belobigung des Direktors in Aussicht. Dankbar sah er mich an und erbot sich, mein Heft in das Direktionsgebäude hinüberzutragen, wollte sich auch schon zur Tür entfernen, als ich ihn anrief und mein Heft zurückforderte. Unser Lieblingswärter blickte verständnislos, auch mißtrauisch, preßte das eingerollte Heft zusammen, hob es hoch und sagte: Aber die Strafe, Siggi, sie ist doch hiermit verbüßt.

Ich schüttelte den Kopf. Ich sagte: Die Strafe, sie hat gerade begonnen. »Die Freuden der Pflicht« wurden einstweilen nur vorbereitet, weiter nichts. Alles ist noch am Anfang.

Karl Joswig blätterte in meinem Anfangskapitel, zählte die Seiten und fragte ungläubig: Du bist nicht fertig, obwohl du die ganze Nacht geschrieben hast? – Die Entstehung, sagte ich, ich habe gerade die Entstehung der Freude, und er darauf, schon wieder leicht gekränkt: Muß es so lang ausfallen? – Die Freuden dauerten nun mal lange, sagte ich, und dann: Eine Strafarbeit soll man doch wohl ernst nehmen? Er bestätigte es. Wenn die Strafe erfolgreich verläuft, sagte er, ist auch die Besserung erfolgreich verlaufen. Eben, sagte ich. Du weißt, was ich von dir erwarte, sagte er. Ja, sagte ich. Du bist mir eine gelungene Strafarbeit schuldig, sagte er, darum wirst du in diesem festen Zimmer bleiben, bis du fertig bist. Du wirst allein essen. Du wirst allein schlafen. Du wirst entscheiden, wann du zu uns zurückkehren willst.

Danach erinnerte er mich daran, was Direktor Himpel mir aufgetragen hatte, wiederholte, daß meine Strafarbeit unbefristet sei und so weiter, und zum Schluß, bevor er ging, um mein Frühstück zu holen, gab er mir mein Heft zurück und fragte mit aufrichtiger Teilnahme: Sind es schlimme Sachen, mit denen sie dich plagen?

Die Freuden der Pflicht, sagte ich.

Das tut mir leid, sagte er, und, kaum hörbar, sehr leid, Siggi, und unwillkürlich griff er in die Tasche, zog zwei zerknitterte Zigaretten heraus, ein flaches Streichholzheft, warf alles schnell unter meine Matratze und sagte ausdruckslos: Das Rauchen auf den Zimmern ist verboten. – Ja, sagte ich.

Damit ging er, und seit dem Frühstück stehe ich am vergitterten Fenster, sehe in die Morgendämmerung über der Elbe, über den eisbedeckten Strom, in den starke Schlepper und der Eisbrecher »Emmy Guspel« ihre kurzlebigen Muster schneiden. Schräg stehen die Bojen unter dem Druck des treibenden Eises. Richtung Cuxhaven wurde am Himmel ein ockerfarbenes Transparent entrollt, neben dem sich jetzt Schneewolken formieren. Die kleine zerrissene Flamme der Ölraffinerie duckt sich unter zunehmenden Windstößen, die immer stärker und wütender werden und das Rattern der Niethämmer von der Werft bis zu mir herübertragen.

In unseren Werkstätten, auch in der Inselbibliothek, in der der Spezialist für Handtaschen, Ole Plötz, mich nun vertritt, haben sie längst mit der Arbeit begonnen, doch das bedrückt mich nicht, ich habe kein Verlangen nach der Nähe meiner Freunde, nicht einmal Charlie Friedländer fehlt mir, er, der jeden und alles nachmachen kann, Stimmen und Bewegungen, Korbjuhns Stimme zum Beispiel, Himpels Bewegungen. Ich möchte hierbleiben, allein, allein in dieser Zelle, die mir wie ein wippendes Sprungbrett vorkommt, auf das sie mich geschickt haben, ich muß runter, ich muß springen und tauchen, einmal und noch einmal, so lange, bis ich alles hochgebracht habe, die Dominosteine der Erinnerung sozusagen, die ich auf meinem Tisch ansetzen möchte, Stück für Stück.

Schon wieder läuft ein Tanker elbabwärts, es ist der sechste seit dem Frühstück und heißt »Kishu Maru« oder »Kushi Maru«, was liegt daran, er wird schon ankommen, ebenso wie die »Claire B. Napassis« und die »Betty Oetker«. Hoch liegen sie aus dem Wasser, ihre Schrauben schlagen durch die Luft, quirlen eine Eiswassersuppe, sie werden an Glückstadt vorbeilaufen und an Cuxhaven, und auf der Höhe der Inseln, denke ich mir, werden sie dem Zwangsweg nach Westen folgen – auf unserer Höhe beinahe.

Doch ich möchte mich da erst gar nicht einschiffen, um auf einmal in Dharan oder Caracas zu landen, ich kann mir keine Versetzung durch Strömung oder Laune leisten, denn ich muß meinem Kurs folgen, der auch ein Zwangskurs ist, und der führt nach Rugbüll, an die Pier der Erinnerung, wo alles gestapelt und bereit liegt. Meine Fracht liegt in Rugbüll. Rugbüll ist der Hafen der Bestimmung, zumindest aber Glüserup, darum sollten wir das Ruder nicht sich selbst überlassen.

Wie beharrlich sich alles anbietet und aufdrängt, jetzt, wo die Leinen losgeworfen sind, und wie zuverlässig es sich wieder herstellen läßt: ich rolle einfach das flache Land aus, schneide ein paar Gräben und dunkle Kanäle hinein, die ich mit holländischen Schleusen bestücke, setze auf künstlichen Hügeln die fünf Mühlen hin, die ich von unserem Schuppen aus sehen konnte – darunter auch meine flügellose Lieblingsmühle –, und lege um die Mühlen und die weiß und rostrot getünchten Anwesen den Deich wie die schützende Beuge eines Arms, stelle im Westen noch den rotbemützten Leuchtturm auf und lasse die Nordsee an den Buhnen auflaufen – dort, wo der Maler sie aus seiner Bretterbude beobachtete in ihren Anläufen und Stürzen und schäumenden Waschungen –, und jetzt brauche ich nur dem schmächtigen Ziegelweg zu folgen, um mein Rugbüll vor mir zu haben, das heißt zunächst das Schild »Polizeiposten Rugbüll«, unter dem ich so oft stand und auf meinen Vater wartete, manchmal auf meinen Großvater, selten auf Hilke, meine Schwester.

Wie regungslos jetzt alles zur Verfügung ist, das Land, das scharfe Licht, der Ziegelweg, die Torfteiche, das Schild, das an einen ausgebleichten Pfahl genagelt war, wie ruhig jetzt alles aufschwimmt aus unterseeischer Dämmerung, die Gesichter, die krummen Bäume, die Nachmittagsstunden, in denen der Wind sich legte, alles bringt sich in Erinnerung, und ich stehe wieder barfuß unter dem Schild, beobachte den Maler – oder nur den Mantel des Malers –, der schief über den Deich flattert und der Halbinsel zustrebt, und es ist Frühjahr bei uns im Norden mit salziger Luft und kaltem Wind, und ich warte wieder in meinem Versteck, in dem alten, radlosen Kastenwagen mit der aufwärtsgerichteten Deichsel, warte auf meine Schwester Hilke und auf ihren Verlobten, die gleich zur Halbinsel gehen werden, um Möweneier zu sammeln.

Ich hatte gequengelt und hatte sie gebeten, mich mitzunehmen zur Halbinsel, aber Hilke wollte nicht, Hilke entschied einfach: Das ist nichts für dich, und darum lag ich zusammengekauert auf der splittrigen Ladefläche des Kastenwagens, um sie zu erwarten und ihnen unbemerkt zu folgen, nach Möglichkeit unbemerkt. Mein Vater saß drinnen in seinem schmalen Büro, das ich nicht betreten durfte, und schrieb mit seiner schleifigen Handschrift Berichte, während meine Mutter sich im Schlafzimmer eingeschlossen hatte, wie so oft in jenem mißlungenen Frühjahr, in dem Hilke uns zum ersten Mal ihren Verlobten ins Haus gebracht hatte, ihren »Addi«, wie sie Adalbert Skowronnek nur nannte. Ich hörte, wie sie aus dem Haus kamen, sah sie durch einen Spalt am Schuppen vorbeigehen zum Weg, Hilke voran in ihrer befehlsgewohnten, rechthaberischen Art, er wie immer mit steifen Beinen einen Schritt zurückhängend. Da wurden keine Finger verschränkt, meine ich, kein Arm suchte sich eine Ruhestellung an der Hüfte – in dieser kreuzweis gelegten Art –, auch schien ihnen nichts an einer Unterhaltung durch Drucksignale zu liegen, während sie dem Ziegelweg zustrebten unter den zischenden Geräuschen ihrer Regenmäntel und sich dann dem Deich zuwandten, ohne zurückzublicken. Sie gingen so, als ob sie wußten, daß sie beobachtet wurden, gehemmt, mit viel zu gleichartigen Bewegungen, vor allem aber bemüht, nichts anderes hervorzurufen als den Eindruck, daß das einzige, was sie zu finden hofften, Möweneier seien. Die unwillkürliche Versteifung des Rückens, der schwere Schritt, der an einen Schritt in Bleischuhen erinnerte, die Vermeidung jeder Berührung – all das schien nur eine Folge davon, daß die Gardine vor dem Schlafzimmerfenster sich sanft bewegte, sich bauschend hob und zurückfiel oder auch eilig gerafft wurde.

Ich wußte genau, daß sie dort stand. Ich wußte, daß sie von dort herabblickte, mißbilligend und auf ihre Weise außer sich, mit hochmütig gekrümmten Lippen, das strenge, rötliche Gesicht unbeweglich. Zigeuner, hatte sie nur leise und fassungslos zu meinem Vater gesagt, als sie erfuhr, daß Addi Skowronnek Musiker war, Akkordeonspieler, und daß er in demselben Hamburger Hotel »Pazifik« arbeitete, in dem auch Hilke als Kellnerin tätig war: Zigeuner, und danach hatte sie sich im Schlafzimmer eingeschlossen, Gudrun Jepsen, die mütterliche Säulenfigur meines Lebens.

Ruhig blieb ich auf dem Kastenwagen liegen, die Schläfen an die Ladefläche gepreßt, ein Knie angezogen, ich beobachtete die Gardine und horchte auf die Stimmen, die sich entfernten, zum Deich hin, zum Meer hin, und ich wartete, bis ich keine Bewegung mehr hinter dem Schlafzimmerfenster bemerkte und die Stimmen unhörbar geworden waren, da drückte ich mich ab, sprang von meinem Wagen herunter und flitzte gleich zum Graben neben der Straße, in dem ich den beiden folgte, schräg gegen die Böschung gelegt.

Hilke trug den Bastkorb. Sie ging jetzt leicht geneigt, als wollte sie Anlauf nehmen zu einem Sprung, als wollte sie den Bereich des Hauses mit einem einzigen Sprung verlassen. Ihre weißen Schuhe, die sie mit Schlemmkreide geweißt hatte, leuchteten auf dem ziegelroten Weg. Das lange Haar, das sie im Haus offen trug, hatte sie unter den Kragen des Mantels gestopft, doch nicht fest genug, nicht tief genug, denn es schob oder drückte sich wieder in kräftigen Strähnen hervor, so daß sie von hinten halslos aussah und ihr Kopf wie eine abgeplattete Kugel. Ihre eng zusammenstehenden Beine mit den harten, zu weit nach innen gerutschten Waden waren mitunter kurz vor dem Stolpern, die Waden streiften sich manchmal, stießen gegeneinander, doch das spürte sie nicht und hatte es nie gespürt, wahrscheinlich, weil in ihrem Gang die gleiche rücksichtslose und blinde Energie lag wie in allen ihren Tätigkeiten und den Plänen, die sie verfolgte. Ameise, möchte ich sagen, rote Ameise. Nicht ein einziges Mal sah sie sich um, versicherte sich nicht, bestätigte sich nichts, während er, Addi, der Akkordeonspieler, immer wieder schnell und auch genau zurücksah und sich in einem Gang fortbewegte, in dem ein leichtes Zögern, eine leichte Unentschiedenheit lag, und ich mußte schon damit rechnen, daß er mich entdeckte oder daß ihm plötzlich etwas einfiel, was er lieber tun wollte als Möweneier sammeln. Er hatte die Hände in den Taschen und rauchte, weil er fror, und der Wind warf die kleinen, zuckenden Wolken über seine Schulter. Von Zeit zu Zeit sprang er herum und ging einige Schritte rückwärts gegen den Wind, wobei er sich tief zusammenkrümmte in seinem Regenmantel, und ich konnte dann sein Gesicht erkennen, ein blasses, fiebrig aufgerauhtes Gesicht, das nur eines einzigen Ausdrucks fähig schien, einer vergnügten Duldsamkeit, die er zur Begrüßung trug und die er auch nicht ablegte, als er merkte, daß meine Mutter ihn nicht zum Sitzen aufforderte und daß die Nachbarn, zu denen Hilke ihn hinschleppte, nicht eine einzige Frage an ihn richteten. Niemand konnte ihn ansehen, woran er litt, niemand erfuhr von ihm selbst, worüber er sich freute und wovor er sich fürchtete, weil er nichts als diese vergnügte Duldsamkeit zur Schau trug, mit der er bei uns auftauchte und sich für immer unserm Gedächtnis einprägte.

Aber sie dürfen mir nicht abhanden kommen hinterm Deich, ich muß sie im Auge behalten, und ich folge ihnen, wie ich ihnen damals folgte: an die Böschung des Grabens geduckt, schmal und aufrecht im Schutz der Schleuse, dann schon sorgloser im bergenden Schilfgürtel und schließlich knapp unter dem Kamm des Deiches, wo ich mich, falls sie sich umsahen, nur zu bücken brauchte, um nicht entdeckt zu werden. Sie überquerten den Deich dort, wo mein Vater sein Fahrrad hinaufschob auf seinen unzähligen Fahrten nach Bleekenwarf, zögerten oben nicht einen Augenblick in üblicher Bewunderung des Meeres, sondern stürzten gleich zur

Seeseite hinunter, zu dem Pfad, der neben dem befestigten Ufer entlanglief, die Krümmung des Deiches wiederholend bis zum Gasthaus »Wattblick«, bis zur Halbinsel.

Hier blieben sie stehen. Sie standen dicht nebeneinander. Hilke lehnte eine Schulter gegen seine Brust, deutete auf die Nordsee hinaus, wo ich nichts Bemerkenswertes erkennen konnte, beschrieb mit ausgestrecktem Arm einen langsamen Bogen, woraus hervorging, daß sie ihm die Nordsee schenkte samt allen Muscheln, Wellen und Minen und allen Wracks auf dem trüben Grund. Addi legte meiner Schwester eine Hand auf die Schulter. Er küßte sie. Dann nahm er ihr den Korb aus der Hand und gab ihr die Möglichkeit, ihn zu umarmen, doch Hilke umarmte ihn nicht, sondern sagte etwas, worauf er auch etwas sagte in gespannter Körperhaltung, zur sandhellen Spitze der Halbinsel deutete und nun seinerseits meiner Schwester ein Stück Nordsee schenkte, schätzungsweise anderthalb Quadratkilometer.

Das Meer schlug gegen die Steine der Uferbefestigung, es sprühte bis zu ihnen hin, und steile, schaumige Zungen schossen aus den Ritzen zwischen den Steinen hervor, fielen klatschend zurück, und draußen über der See wuchs eine dunkle Takelage aus Regenwolken, schob sich gebläht heran unter vollen Mars- und Bram- und Großsegeln, was Addi augenscheinlich veranlaßte, etwas zu sagen, worauf meine Schwester auch etwas sagte und sich lachend zurückbog, so daß ihm wohl nichts anderes übrigblieb, als ihren Arm zu packen in spielerischem Polizeigriff und sie abzuführen den fleckigen Pfad entlang.

Unmittelbar neben dem Pfad zog sich eine Flutlinie von Seetang, verdorrtem Pfeilgras und Geröll hin, und parallel zu ihr liefen andere, ältere Linien: jede große Flut hatte so ihre Markierung hinterlassen, ihren Erinnerungsstreifen, der von der winterlichen Kraft der See zeugte oder von ihrem winterlichen Grimm. Jede Flut hatte etwas anderes erbeutet, eine hatte weißgewaschenes Wurzelwerk aufs Land geschleudert, eine andere Korkstücke und einen zerschlagenen Kaninchenstall, da lagen Tangknollen und Muscheln und zerrissene Netze und jodfarbene Gewächse, die wie groteske Schleppen aussahen, und meine Schwester und der Akkordeonspieler gingen an allem vorbei zur Halbinsel. Sie stiegen nicht hinauf zum Gasthaus »Wattblick«, sie gingen auf der Seeseite vorbei, Hand in Hand jetzt, von sprühender Gischt getroffen, mit brennenden Gesichtern. Draußen, wo die Halbinsel flach in die Nordsee stach, waren die schafwolligen Schaumkronen der Strandwellen zu sehen, die aus schwarzer Weite anliefen und sich im seichten Grund zerschlugen, wie ein Lauffeuer schäumten sie heran, bergauf und bergab, begleitet von einem unablässigen Summton.

Die Halbinsel stand in der See wie ein scharfer Schiffsbug, sie stieg nur langsam an zu einem gefalteten Dünenbuckel, der baumlos war, mit hartem Strandhafer bedeckt. Dort nisteten die Möwen. Dort bauten sie ihre kümmerlichen Nester in jedem Frühjahr; zwischen der Hütte des Vogelwarts und der Hütte des Malers, die frei am Fuß einer Düne lag und ein niedriges, aber sehr breites Fenster zum Meer hin hatte.

Ich ging jetzt auf dem Deich im Schutz des Gasthauses, verlor Hilke und ihren Addi aus den Augen, den Akkordeonspieler, der, vermutlich auf Wunsch meiner Schwester, sein Akkordeon mitgeschleppt hatte zu uns und gewiß auch schon darauf gespielt hätte, wenn meine Mutter nicht jedesmal mit schweigender Mißbilligung aus dem Zimmer gegangen wäre, sobald er nach dem Instrument gegriffen hatte, das mit den silbernen oder versilberten Initialen A. S. geschmückt war. Mein Vater hätte sich gern sein Lieblingslied vorspielen lassen, und ich hätte mir auch gern ein Lied von Addi gewünscht, doch da meine Mutter es offensichtlich nicht duldete, stand das schwere Akkordeon nur in Hilkes Zimmer herum. Ich überlegte mir schon, das Instrument heimlich auszuprobieren, nachts in meinem alten Kastenwagen.

Auf der hölzernen Plattform des Gasthauses blieb ich stehen, linste durch eines der beiden Aussichtsfenster in den Gastraum, in dem nur ein einziger, dunkler Mann an einem leeren Tisch saß, der Mann streckte mir die Zunge heraus, tat so, als wolle er den Aschenbecher nach mir werfen, auf dem eine abgenagte Makrelengräte lag, da flitzte ich unter der Fensterfront hindurch und gleich wieder auf die Böschung des Deiches, wo ich Hilke und ihren Verlobten schräg vor mir hatte. Sie gingen hintereinander auf den Steinen der Uferbefestigung, bis das Land sich senkte und in den flachen, hellen Strand der Halbinsel auslief, und als sie den Strand überquerten, Hand in Hand wieder, gegen den Hintergrund der See, zwischen Treibholz und Tang – als sie durch die Einsamkeit den Dünen zustrebten, da hätte man sie durchaus für Timm und Tine halten können, das Paar aus Asmus Asmussens Roman »Meeresleuchten«.

Nein, das ist unwahrscheinlich, denn Timm hätte nicht besorgt auf die Regenwand über der Nordsee gezeigt, er hätte vor allem nicht gefroren, so wie Addi fror, auch hätte er sich nicht so tief und erschrocken weggeduckt, als eine Blaumantelmöwe mit angewinkelten Schwingen auf ihn hinabstürzte, ein weißes Geschoß, das sich mit pfeifendem Geräusch näherte. Addi war so erschrocken, daß er sich nicht nur duckte, sondern auch wegdrehte, als die Möwe auf ihn hinabstürzte, so daß er nicht sah, wie sie dicht über ihm den Sturz auffing und sich vom Wind emporreißen ließ in sichere Höhe, wo sie gellende Warnungen ausstieß und ein Keckern und Klagen. So fing es immer an. Eine Möwe eröffnete den Angriff. Eine Blaumantelmöwe. Eine Stummelmöwe. Eine Hutmöwe. Keine Möwe an unserer Küste gibt ihre Eier freiwillig heraus. Sie greifen an. Rotäugig, gelbschnäbelig. Sie fliegen Scheinangriffe.

Das hatte der Akkordeonspieler noch nicht erlebt, möchte ich annehmen, wie auf einmal zwei Millionen Möwen gellend aufstoben, eine silbergraue Wolke über der Halbinsel entstehen ließen, die rauschend und flatternd mit irrsinniger Empörung stieg und fiel, eine Wolke, die kurvte, sich verschob und klatschend formierte, wobei ein weißer Regen von Möwenfedern niederging, oder, das ist vielleicht besser, ein Schnee aus Daunen, der das Tal zwischen den Dünen füllte, locker und warm, so daß meine Schwester und ihr Verlobter ohne weiteres hätten schlafen gehen können, wenn sie es gewollt hätten. Mir sprang das Herz, um es mal so auszudrücken.

Sobald die Möwen von ihren kümmerlichen Nestern aufgestiegen waren und einen neuen lärmenden Himmel gezogen hatten, lief ich den Deich hinab zum Strand, fand Deckung hinter einem zerschlagenen Fischkasten und lag atemlos in dem Toben, das die Luft erfüllte, fest in meiner Hand den Stock, mit dem ich, wenn es sein mußte, einer der blaugrauen Tauchermöwen den Kopf abschlagen würde. Vielleicht würde ich ihr auch nur einen Flügel abschlagen, sie nach Hause tragen und ihr das Sprechen beibringen.

Die Möwen hatten mich längst entdeckt, auch über mir kreiste die Wolke, auch über mir klatschten und flatterten zornige Schwingen, und während die schweren Bürgermeistermöwen Höhe zu gewinnen suchten wie schwere Bomber, kurvten die wendigen Stummelmöwen dicht über dem Strand, in eleganter Wut stießen sie auf mich hinab, mit sausendem Luftzug, winkelten vor mir ab und zogen in steiler Kurve weit aufs Meer hinaus, wo sie sich zu neuen Angriffen formierten.

Ich sprang auf, zog meinen Stock in schnellen Kreisen über dem Kopf, so wie irgend jemand – aber wer nur? – es mit seinem Schwert getan hatte, um unter dem Regen trocken zu bleiben, und so verließ ich den Strand, fuchtelnd, schlagend, lief unter den pfeilschnellen Angriffen den beiden Spuren nach, den einzigen Spuren im feuchten Sand.

Nur ein kurzer, angestrengter Lauf zwischen den lieblosen Gelegen, in denen die blaugrünen, grauen und schwarzbraunen Eier lagen, dann sah ich sie wieder vor mir.

Addi war tot. Er lag auf dem Rücken. Eine Sturmmöwe hatte ihn getötet, oder zehn Heringsmöwen und neunzig elegante Seeschwalben. Sie hatten ihn durchlöchert, durchbohrt. Meine Schwester kniete neben ihm, machte sich gelassen und sachgemäß, jedenfalls klaglos, an seiner Kleidung zu schaffen – sie, die alles beherrschte, plante und festlegte und die alles ertragen konnte außer Unsicherheit und Zaudern – und senkte ihr Gesicht tief über sein Gesicht, umarmte ihn, legte sich über ihn, und sie schaffte es tatsächlich: Addis Beine machten wieder kurze stoßende, schlagende und zuckende Bewegungen, er warf seine Arme hoch, die Schultern wurden von einem Schüttelkrampf heimgesucht, sein Körper bäumte sich auf.

Ich vergaß alles. Meinen Stock gegen die stürzenden, klagenden Möwen schwenkend, lief ich zu ihnen hin, warf mich auf die Knie und sah, daß es durch Addis blaurot verfärbtes Gesicht zuckte, daß er die Kiefer aufeinanderpreßte und mit den Zähnen knirschte. Seine Finger waren gekrümmt, die Daumen fest in die Hand eingeschlagen. Seine Haut glänzte vor Schweiß. Wenn er den Mund öffnete, erkannte ich, daß seine Zungenspitze ganz vernarbt war.

Laß ihn, sagte meine Schwester, faß ihn nicht an. Sie hatte keine Zeit, um darüber erstaunt zu sein, daß ich plötzlich neben ihr war. Sie knöpfte Addis Hemd zu, streichelte scheu sein Gesicht, nicht erregt oder erschrocken, sondern scheu, und ich konnte beobachten, wie Addi sich unter ihrer Liebkosung beruhigte, aufseufzte und sich mit ängstlichem Lächeln erhob und mir zuwinkte, als er sah, daß ich mit meinem Stock die Möwen von ihm abhielt.

Hierhin und dorthin zuckte mein Stock, verblüffte die angreifenden Möwen, beendete ihren Sturz. Ich tat jetzt so, als hätte ich keine Zeit, auf die Vorwürfe einzugehen, die meine Schwester vorbereitete: ich focht für Addi. Ja. Ich kämpfte eine Kompaßrose frei. Mit Ausfallschritten, mit Sprüngen, mit Würfen aus dem Handgelenk setzte ich mich gegen die Vögel zur Wehr, während Hilke hastig Eier in den Bastkorb sammelte und Addi nur benommen dastand und sich den Nakken rieb, einen überraschend alten Nacken, wie ich feststellen mußte, durchfurcht und schon bißchen verledert.

Die Möwen wechselten auf einmal die Taktik. Sie hatten anscheinend gemerkt, daß sie mit Scheinangriffen nichts erreichten, nur einzelne Kamikaze-Vögel, Sturmmöwen vor allem, stürzten sich noch auf uns, die Schwimmfüße schön angelegt, mit aufgesperrtem, korallenrotem Schlund, mit Ju-87-Schwingen, doch das waren nur ein paar unaufgeklärte Nachzügler; denn die andern alle organisierten sich in flacher Wolke über uns, flatterten mit klatschendem Schlag auf der Stelle und griffen uns mit Geschrei an. Da Sturzflüge nicht halfen, sollte uns Möwengeschrei in die Flucht schlagen. Das kreischte. Das gellte. Das knarrte und keckerte. Das miaute. Spitz drang es ins Gehirn, ins Rückenmark, rief eine Gänsehaut hervor.

Addi hielt sich lächelnd die Ohren zu. Hilke sammelte gebückt Eier in den Bastkorb, getroffen und wieder getroffen von schrägem Möwenschiß. Ich warf meinen Stock nur noch in die Luft und verursachte damit federstäubenden Aufruhr. Mein Stock verschwand manchmal zwischen all den Leibern und Schwingen, und einmal traf ich eine Mantelmöwe an ihrem Bug, aber sie stürzte nicht, plumpste mir nicht vor die Füße. Ich konnte den erregten Möwenhimmel nicht durchlöchern. Ich konnte ihn nicht einschüchtern, auch nicht zur Ruhe bringen. Die Möwen lärmten, aber wir hielten dem Lärm stand.

Einmal schnappte eine Möwe nach meinem Bein, und weil mein Stock sie nicht traf, schleuderte ich ein Ei nach ihr, und das Ei zersprang auf ihrem Rücken, und das zerplatzende Dotter machte ihr gelbe Hoheitsabzeichen: nun flog sie für Brasilien.

Addi nickte mir anerkennend zu, er hatte den Treffer beobachtet, und er kam zu mir und zog mich unter seinen Regenmantel, weil uns von See her die ersten Böen anfuhren, die ersten scharfen Stöße, die den Strandhafer glatt an den Boden drückten und die den Sand in kleinen Fahnen emporrissen und ihn gegen meine nackten Beine warfen.

Er rief Hilke, die immer noch eifrig Eier sammelte. Er zeigte auf die Regenfront und auf die Nordsee. Kürzer war die Bogenlinie des Meeres, trüber, von einem weißlichen Vorhang verdeckt, der wehend auf uns zukam. Das Wasser blitzte und leuchtete im Vordergrund, und von den Kämmen riß der Wind glitzernde Schleppen auf.

Mach Schluß, rief Addi, aber meine Schwester hörte es nicht, oder sie hörte es und wollte nur noch den Korb vollsammeln, und so folgten wir ihr langsam, das heißt: ich bahnte uns einen Weg zu ihr zwischen den Möwen. Ich fühlte mich wohl unter Addis Regenmantel, erhielt mir nur einen Schlitz zum Sehen und Schlagen. Ich spürte die Wärme seines Körpers, lauschte auf seinen schnellgehenden Atem, empfand den leichten Druck seiner Hand als Wohltat auf meiner Schulter.

Mach Schluß, rief er wieder, denn plötzlich hörte der Wind auf, und es begann zu regnen. Hilke erschien klein und entrückt hinter der heftigen Schraffur des Regens, doch immer noch lief sie gebückt zwischen den lieblosen Gelegen, bis auf einmal ein Blitz über der See sprang oder vielmehr riß; das Wurzelwerk eines Blitzes riß im Erscheinen vor dem dunklen Horizont, und ein braver, ich möchte mal sagen, gemütlicher Donner rollte über die Nordsee heran; da richtete meine Schwester sich auf, blickte auf die See, dann auf uns, wies mit ausgestrecktem Arm auf ein Ziel und lief, von ihren nach innen gekehrten Waden stark behindert, gleich los in die bezeichnete Richtung, worauf uns nichts anderes übrigblieb, als ihr zu folgen.

Möwen stoben auf. Abwehrbereit sperrten sie ihre Schnäbel auf. Ein Wasserfall von irrsinnigem Geschrei stürzte auf uns herab, während wir vor Regen und Gewitter flohen, durch den Sand, durch das Dünental, über die Düne. Der Wind hatte wieder eingesetzt und warf uns den Regen entgegen, den Frühjahrsregen von Rugbüll, der den Gräben und Kanälen ihre Enge beweist, die Wiesen absaufen läßt, und der von den knochigen Hinterteilen des Viehs den getrockneten und verzottelten Winterspinat abwäscht.

Wenn es bei uns regnet, dann verliert das Land seine Offenheit, seine schutzlose Tiefe, ein zerstäubter Nebel hängt über ihm und nimmt einem die Sicht; alles wird niedrig, verkürzt sich oder wächst sich schwarz und knollenhaft aus, und es lohnt sich einfach nicht, unter irgendein Dach zu treten, um ein Ende des Regens abzuwarten, denn das Ende läßt sich nicht absehen, man kann es nur nach einem Erwachen glücklich feststellen. Wenn es nur geregnet hätte, wären wir gemächlich nach Hause gegangen, das nehme ich doch an, aber das Gewitter trieb uns zum Lauf über die Düne, die reißenden Blitze über der See, der Donner, die harten Böen; das war kein Gehen unter der Wucht dieses Unwetters, wir taumelten über den stumpfen und nassen Sand der Düne, immer noch Hilke folgend, die jetzt auf die Hütte des Malers zulief, die Hütte erreichte und sogleich die Tür aufriß, aber nicht schloß, sondern in der dunklen, vom Regen schraffierten Öffnung stehenblieb und uns winkte und zur Eile anspornte, bis wir bei ihr waren. Sie rief uns in die Hütte hinein. Sie warf die Tür zu und seufzte zufrieden auf.

Den Riegel, sagte der Maler, du mußt noch den Riegel vorschieben, und meine Schwester schlug mit ihrem Handballen gegen den Riegel, und dann standen wir triefend in der Hütte des Malers.

Ich tauchte gleich unter Addis Mantel hervor, ging um den Arbeitstisch herum an das breite Fenster und sah hinaus wie schon einmal und erwartete wie schon einmal, einen toten Mann in der Brandung zu erkennen, einen toten Flieger, den die Wellen gegen den Strand warfen und den der Sog dem Meer zurückgewann, und vielleicht wußte der Maler, wonach ich Ausschau hielt, denn er sagte nur lächelnd: Gewitter, heute gibt's nur Gewitter.

Ich hatte ihn ja oft zu seiner Hütte begleitet, und ich hatte neben ihm auf dem Arbeitstisch gesessen, wenn er die Entstehung oder das Ende einer Welle beobachtete oder die Wolken oder das herrschsüchtige Licht über dem Meer, und damals, als wir gemeinsam den toten Flieger entdeckten, hatte er mich lange festgehalten auf dem Tisch und nur den weich driftenden, rollenden, entspannt treibenden Körper beobachtet, der den Rhythmus der Dünung so in sich aufgenommen hatte, daß er selbst leicht dünte und sich schlaff überschlug, ja, und es dauerte mir viel zu lange, bis wir endlich hinabliefen und den toten Flieger auf den Strand zogen.

Nur Gewitter, sagte er und lächelte in der Dämmerung, dann zog er ein großes Taschentuch heraus und trocknete mir das Gesicht ab, während ich die flockige Brandung absuchte und nach seiner Auffassung nicht still genug hielt, denn er befahl mir mehrmals: Still, halt doch mal still, Witt-Witt. Er war der einzige, der mich so nannte, warum auch nicht: Witt-Witt ist der eilige, besorgte Ruf der Strandläufer, mehr fällt ihnen nicht ein, vielleicht fiel dem Maler auch nicht mehr zu mir ein, jedenfalls nannte er mich so, und auf Witt-Witt sah ich mich nun um oder kam näher oder hielt still. Max Ludwig Nansen rieb mir auch das Haar trocken und den Hals und die Beine, und danach reichte er sein großes Taschentuch Hilke, die sich ebenfalls abzureiben begann und dann mit den Fingern ihr nasses, langes Haar strählte und preßte. Rauh und stoßweise kam der Wind von der See und rief hinter der Tür Tumulte hervor. Keine Möwe war jetzt zu sehen, nicht mal die Wächter waren in der Luft. Das Meer schäumte und glitzerte, und ich bückte mich, legte den Kopf tief zur Seite, sah über das Schäumen und Glitzern hin und dachte mir das Meer als Himmel und den dunklen Himmel als Meer, und als ich hochsah und mich umdrehte, entdeckte ich sie.

Jutta hockte lautlos und unbeweglich neben dem Schrank, sie hockte im Schneidersitz auf dem Boden, die Hände im Schoß, die mageren Schenkel so gespreizt, daß sich der Stoff ihres Kleides straff spannte, und ich sah, daß sie lächelte und nur das verstörte und fassungslose Lächeln von Addi erwiderte. Ich wunderte mich. Ich sah von einem zum andern, von Juttas knochigem, spottlustigem Windhundgesicht zu Addi, der nur steif und nutzlos dastand, eine verwunderte Kleiderpuppe und so weiter, deren ganze Verwunderung einem sechzehnjährigen Mädchen mit magerem Nacken, mit mageren Schenkeln und schnellen, unternehmungslustigen Augen galt – eben Jutta, die nie meinte, was sie sagte, und die Bleekenwarf verhext hatte, seit der Maler sie mit ihrem kleinen, gewalttätigen Bruder Jobst aufgenommen hatte nach dem Tod ihrer Eltern, die ebenfalls Maler gewesen waren.

Jedenfalls versuchte ich, dies stumme Erkennungsspiel zu begreifen, und ich wollte etwas sagen, doch da sagte schon meine Schwester: Reib dich ab, Addi, der Regen ist kalt, und gleichzeitig drückte sie ihm das Taschentuch in die Hand und stieß ihn auf ihre Art mit dem Ellenbogen auffordernd in die Seite, worauf er sie verständnislos anblickte, doch in schweigendem Gehorsam begann, sich abzurubbeln. Und während er das riesige Taschentuch gebrauchte, sagte Hilke zum Maler: Das ist Addi, mein Verlobter, er ist hier nur zu Besuch, und der Maler darauf, lächelnd in die Ecke weisend: Und das ist Jutta, sie wohnt bei uns mit ihrem Bruder. Darauf gab Hilke Jutta die Hand, Addi gab dem Maler die Hand, und nachdem ich Jutta die Hand gegeben hatte, gab ihr auch Addi die Hand, wobei mir einfiel, daß ich Max Ludwig Nansen noch gar nicht die Hand gegeben hatte und dies tat und damit erreichte, daß Hilke ihr Versäumnis begriff und schnell noch dem Maler die Hand gab, und fast hätte ich auch noch Hilke die Hand gegeben, wenn der Maler nicht zwischen uns getreten wäre, um seine Pfeife von einem Bord zu nehmen.

Ich hoffe, das geht bald vorüber, sagte Hilke. Das Gewitter, sagte der Maler, nicht der Regen. – Das hast du davon, sagte Hilke zu mir, warum bist du uns nachgegangen, und ich darauf: Ich bin schon naß, und ich sah, wie die Männer sich überrascht und in belustigter Anerkennung zublinzelten über meinen Kopf hinweg, und Addi bot dem Maler eine Zigarette an, doch der hielt nur seine Pfeife hoch und lehnte ab. Der Maler setzte seine Pfeife in Brand, trat ans Fenster der Hütte und sah hinaus in den Wind, in die Dunkelheit über dem Meer, wo vermutlich wieder etwas geschah, was nur er ausmachen konnte mit seinen grauen geduldigen Augen. Ich hatte ihm schon anzusehen gelernt, wenn er in einen Anblick unsichtbarer Vorgänge, Bewegungen, Erscheinungen vertieft war, auch kannte ich die Haltung, die er einnahm, wenn er sich mit seinem Balthasar besprach oder mit ihm zankte. Es genügte mir, ihn zu beobachten, ich brauchte gar nicht seinem Blick zu folgen, um zu wissen, daß er seine Aufmerksamkeit an das phantastische Volk verloren hatte, das sein Auge überall erweckte: Regenkönige, Wolkenmacher, Wellengänger, Steuerleute der Luft, Nebelmänner, die großen Freunde der Mühlen, des Strandes und der Gärten: sie erhoben sich und zeigten sich ihm, sobald sein Blick sie lossprach von ihrem geduckten, heimlichen Leben.

Paffend stand er vor dem Fenster und starrte hinaus in die Brandung, mit verengten Augen, den Kopf gesenkt wie zu einem Rammstoß, während Jutta geräuschlos hervorkam aus der Dämmerung, lächelnd ihre starken Schneidezähne entblößte und sich von neuem Addis erstaunten Fragen stellte.

Da hörte ich Hilke auflachen. Sie schwenkte ein Blatt in der Hand. Sie hatte es unter einer Mappe vom Arbeitstisch weggezogen, ohne daß der Maler es gemerkt hatte. Was ist? fragte ich. Komm, sagte sie, komm nur, Siggi. Sie sah auf das Blatt und lachte wieder. Was fehlt dir? fragte ich, und sie legte das Blatt flach auf den Tisch, glättete es und fragte: Erkennst du ihn? Ja?

Möwen, sagte ich, lauter Möwen, denn zuerst erkannte ich nichts anderes als dies: eine stürzende, eine brütende, eine schwebend patrouillierende Möwe, doch dann entdeckte ich, daß jede Möwe eine polizeiliche Dienstmütze trug und einen Hoheitsadler auf dem gewölbten Bug, und dies nicht allein: alle Möwen glichen meinem Vater, sie hatten das lange, schläfrige Gesicht des Polizeipostens Rugbüll, und an ihren dreizehigen Füßen trugen sie sehr kleine Gamaschenstiefel, wie mein Vater sie trug. Tu das man in die Mappe, sagte der Maler mit zögernder Stimme, aber Hilke wollte nicht, Hilke bettelte: Schenk mir das, ja, bitte, schenk mir das, und der Maler wieder: Tu das in die Mappe, sag ich, und als Hilke das Blatt einfach zusammenrollen wollte, nahm er es ihr aus der Hand, schob es in die Mappe und sagte: Das könnt ihr nicht haben, das brauche ich noch. Dann zog er die Mappe zu sich herüber und legte einen Karton mit alten Farbtuben darauf. Wie heißt denn das Blatt, fragte Hilke.

Steht noch nicht fest, sagte der Maler, vielleicht aber »Lachmöwen im Dienst«, ich weiß noch nicht.

Dann nicht, sagte Hilke plötzlich, aber warum zeichnest du nicht mich? Du hast es mir einmal versprochen, oder mich und Addi; komm Addi, und meine Schwester griff nach dem Arm ihres Verlobten und schob ihn energisch dem Maler entgegen, mit einer Geste, die kaum etwas anderes besagen konnte als: dieser Mann läßt sich viel leichter porträtieren als vergleichbare Männer, nur zu. Es geht nicht, sagte der Maler. Warum, fragte meine Schwester, warum geht es nicht? – Ich hab mir die Hand verbrüht, sagte der Maler, und Hilke: Richtig verbrüht? und der Maler nickend: Auf lange Zeit verbrüht.

Das Gewitter stand jetzt über der Halbinsel, und es liegt nahe, schulmäßig zündende Blitze zu beschreiben, auf Böen und alle Variationen des Donners einzugehen, ich könnte die Verlorenheit der Hütte am Fuß der Dünen bestätigen, das Ächzen des Holzes unter Sturmstößen, die Bodenplanken könnte ich erzittern und den Kitt an der Scheibe platzen lassen: Gewitter von See her sind ja bei uns häufig verzeichnete Geschehnisse.

Aber nicht das Gewitter bedeutet meiner Erinnerung etwas, sondern die Feststellung meiner Schwester, daß die Hütte zu lange einen Besen entbehrt hatte oder eine ordnende Hand; das stellte sie fest beim Reißen der Blitze, und was jedem mißglückt wäre – ihr gelang es: Hilke entdeckte prompt die verborgene Handeule mit den steif gebogenen Borsten, fragte erst gar nicht, ob jemand etwas dagegen hätte, zog den Mantel aus, schubste die Hocker zur Seite und begann zu fegen. Zielbewußt kehrte sie den Sand in eine Ecke, drängte uns alle zum Arbeitstisch und setzte bei der Tür an. Sie türmte die Hocker aufeinander. Sie ordnete Liegendes auf den Regalen. Den vernachlässigten Spirituskocher wedelte sie rein. Hin und her bewegte sie sich mit ruhigem Eifer und fand die Hütte zu klein für ihre Geschäftigkeit und zögerte, die Hocker an ihren Platz zurückzustellen, weil das ein Ende bedeutet hätte.

Und Jutta. Jutta kauerte lächelnd auf einem hölzernen Schlafgestell, ihre starken Schneidezähne schimmerten, ihr Blick ruhte auf Addi, der sich verlegen hierhin und dorthin schubsen ließ. Er hätte gern etwas gesagt, womöglich hätte er am liebsten einen Fuß auf den wieselnden kleinen Besen gesetzt und zugetreten, das möchte ich annehmen, doch er schwieg nur und fügte sich gehorsam in alles, was Hilke ihm zumutete.

Ich weiß noch den Augenblick, wie er zusammenzuckte, ich weiß auch noch sein Erschrecken, als es auf einmal draußen an die Tür der Hütte klopfte, mitten im Gewitter fielen die Schläge gegen die Tür, und wir sahen uns alle ratlos an und zauderten, und schließlich war es der Maler, der den Riegel aufzog und öffnete, obwohl Addi unmittelbar neben der Tür stand. Der Maler brauchte den Drücker nur loszulassen, der Wind warf die Tür an die Hüttenwand.

Gegen das Grau der Sanddünen, mit flatterndem Umhang, von Blitzen erhellt, die über sein Gesicht wetterten, verharrte mein Vater vor dem Eingang, ein behäbiger Nis, von mir aus, ein schwerfälliger Regenspuk, der uns lange im unklaren darüber ließ, was er wollte, denn er machte keine Anstalten, zu uns hereinzukommen, verharrte nur bedeutungsvoll und schien Spaß an unserer Unruhe zu finden, doch plötzlich sagte er tonlos: Siggi?

Hier, sagte ich und flitzte gleich zu ihm, und er stieß einen Arm aus seinem Umhang, packte mich am Gelenk und riß mich zu sich nach draußen, wandte sich wortlos um und zerrte mich durch den Wolkenbruch zum Deich.

Keine Ermahnung. Keine Drohung. Ich hörte nur sein leises Schnaufen und spürte die zornige Klammer am Handgelenk, während wir über die Dünen stolperten und dann hinauf auf den Deich, wo das Dienstfahrrad lag. Mein Vater sagte kein einziges Wort, und ich wagte nichts zu sagen, weil meine Angst mir vorauslief, weil ich in der Tiefe meiner Angst wußte, was mich erwartete, ein Wort hätte nichts geändert, und so saß ich verkrampft auf der Querstange, hielt mich ganz fest, während er anschob und aufsaß und es fertigbrachte, bei seitlichen Böen unter dem Gewitter anzutreten und den Deich hinabzufahren, ohne auch nur ein einziges Mal abzusteigen. Ich wußte, was ihm dieser Weg abverlangte an Kraft und Aufmerksamkeit. Ich hörte ihn dicht an meinem Kopf schnaufen und keuchen, hörte ihn ächzen, wenn er mit heftigen Regungen Windstöße parierte. Wenn er zumindest geflucht hätte! Wenn er mir nur eine geschmiert hätte, als er mich aus der Hütte riß! Alles wäre leichter gewesen, und ich hätte mich sogar mit meiner Angst befreunden können. Aber mein Vater schwieg auf der ganzen Fahrt, er strafte mich mit einem Schweigen, das die endgültige Strafe erst ankündigte, das war so üblich bei ihm: alles wurde angekündigt, vorbedeutet, er war kein Mann der Überraschung, und wenn er, sagen wir mal, aus beruflichen Gründen einzuschreiten hatte, dann tat er es nur selten ohne den Hinweis: Achtung, ich schreite jetzt ein.

Wortlos fuhren wir also den Deich hinab und dann über den Ziegelweg nach Hause; an der Treppe ließ er mich abspringen, befahl mir mit einer Bewegung des Zeigefingers, das Fahrrad in den Schuppen zu bringen, und als ich zurückkam, packte er wieder mein Handgelenk und zog mich ins Haus. Im Gehen befreite er sich aus dem Umhang, vermied es, mir in die Augen zu blicken – gerade als fürchte er, seine angesammelte Enttäuschung oder Wut könnte sich zu früh entladen –, und ging hinter mir die Treppe hinauf zu meinem

Zimmer, in dem schon Licht brannte. Seit sie meinen älteren Bruder Klaas nach seiner Selbstverstümmelung abgeholt hatten, wohnte ich allein in dem Zimmer, mir gehörten die Wände und das Fensterbrett, ich hatte den ausziehbaren Tisch für mich, der ganz bedeckt war von einer blauen Meereskarte aus Leinwand, auf der die riskantesten Seeschlachten geschlagen wurden, und ich besaß sogar einen Schlüssel und konnte mein Zimmer abschließen. Es brannte Licht. Ich sah das Licht durch die Ritzen schimmern und wußte da auch gleich, wer im Zimmer hochaufgerichtet neben dem Schrank stand mit festem, strengem Haarknoten und gekrümmten Lippen, ich sah meine Mutter durch die geschlossene Tür in all ihrer anmaßenden Starre, und als Vater öffnete, blieb ich ohne Überraschung auf der Schwelle stehen. Er stieß mich ins Zimmer. Er blickte erwartungsvoll auf Gudrun Jepsen, die sich nicht rührte, die mich ansah wie von weit her. Er wartete sehr lange, ehe er sagte: Da ist er, und danach schräg durch das Zimmer ging mit großer Beflissenheit, fragend auf meine Mutter sah, den Stock unter meinem Bett hervorzog, wieder fragend auf meine Mutter sah, und dann zurückkam und sagte: Runter mit den Hosen. Ich wußte, daß er das sagen würde, doch ich tat nichts, um seinem Befehl zuvorzukommen, ich zog meine Hosen aus, reichte sie ihm, sah zu, wie er die nassen Hosen sorgfältig glättete und auf den Tisch legte, bückte mich noch nicht, sondern wartete erst den Befehl: Bück dich! ab, legte die Handflächen auf die zitternden Oberschenkel und richtete mich blitzschnell auf, bevor der erste Schlag erfolgt war.

Mißbilligend, ich meine sogar befremdet, ließ er den Stock sinken, suchte den Blick meiner Mutter, als ob er sich entschuldigen müßte für mein Versagen, doch meine Mutter rührte sich nicht. Der Stock hob sich wieder, ich bückte mich, spannte mein nacktes Gesäß und sah seitwärts auf meine Mutter, mit zusammengepreßten Zähnen, und auch diesmal richtete ich mich blitzschnell vor dem Schlag auf. Ich machte zwei Lockerungsschritte. Ich massierte einmal kurz mein Gesäß, trat zurück und krümmte mich unter dem immer noch erhobenen Stock. Diesmal war ich entschlossen, den Schlag hinzunehmen, doch bevor der Stock pfeifend niedersauste, wurden die Nägel des Fußbodens lebendig, Krebse kniffen sich in meinen Kniekehlen fest, ein Albatros hieb auf meinen Nacken ein, da war nichts zu machen: ich fiel auf die Knie und wimmerte.

Das hatte meine Mutter mir wohl nicht zugetraut, sie erwachte aus ihrer Starre, sie ließ die Hände sinken und blickte mich einmal mit müder Geringschätzung an, bevor sie achtlos und nicht mehr interessiert an meiner Bestrafung aus dem Zimmer ging. Verblüfft sah ihr mein Vater nach, wollte sie wahrscheinlich zurückhalten, murmelte ihr auch etwas hinterher, doch meine Mutter war schon draußen auf dem Gang, im Schlafzimmer, der Schlüssel drehte sich schon knackend herum.

Da zuckte mein Vater die Achseln, musterte mich verlegen, auch lustlos, und ich erkannte meine Chance: ich lächelte ihn wimmernd an und machte sogar einen Versuch, ihm zuzuzwinkern wie einem Komplizen nach bestandener Gefahr, doch das Zwinkern gelang mir augenscheinlich nicht, es geriet wohl mehr zur Grimasse, worauf mein Vater auf seine Taschenuhr blickte, mich lustlos am Hemd packte und zum Tisch schleppte. Sorgfältig drückte er meinen Oberkörper auf den Tisch hinab. Ich stemmte mich leicht ab. Er drückte wieder. Ich stemmte mich leicht ab. Er hieb mir mit der flachen Hand auf die Nackenwirbel. Ich schlug auf den Tisch auf und stemmte mich leicht ab. Unter meinem Gesicht lag die blaue Meereskarte aus Leinwand, dehnten sich die Ozeane, über die ich träumerisch herrschte, wenn ich die großen Seeschlachten nachspielte: hier hatte ich mein Lepanto, mein Trafalgar geschlagen, hier hatten sich Skagerrak wiederholt und Scapa Flow und Orkney und die Gefechte von Falkland: schiffbrüchig trieb ich jetzt in den Gewässern meiner erträumten Triumphe, mit gestrichenen Segeln.

Ich hatte nicht damit gerechnet, daß schon der erste Schlag diesen siedenden Schmerz hervorrufen würde, weil doch Lustlosigkeit den Stock führte und eine gewisse Verdrossenheit, doch schon nach dem ersten Schlag lief ein heißer Striemen über mein Gesäß, und da ich mich aufbäumte, zwang mich die Linke meines Vaters nieder, tauchte mich in ein brennendes, tiefes Meer von Schmerz und Unterlegenheit, während die Rechte den Stock hob und ihn herabsausen ließ, scharf genug, aber auch eigentümlich zerstreut. Nachdem ich begonnen hatte, nach jedem Schlag mit einem hohen, trockenen, etwas übertriebenen Schrei zu reagieren, lauschte mein Vater von Zeit zu Zeit auf den Gang hinaus, wartend auf das Erscheinen meiner Mutter, der er mit meinen Schreien doch eine Entschädigung bot für ihre Enttäuschung.

Da die Geräusche meiner Bestrafung ihr Ohr erreichten in der Einsamkeit und Kühle des Schlafzimmers, konnte sie doch nicht gleichgültig bleiben, dachte er, und hörte nicht auf, den Kopf zu wenden, zu lauschen und hinüberzuspähen. Mein Vater. Der ewige Ausführer. Der tadellose Vollstrecker. Meine Mutter tauchte nicht mehr auf. Selbst als ich nur noch einen kurzen, erstickten Schrei ausstieß, der ihr neu sein mußte, erschien sie nicht, was meinen Vater offensichtlich mutlos machte: die letzten Schläge fielen nur noch mechanisch, und als ich mich umsah zu ihm, winkte er mich mit dem Stock zum Bett hinüber.

Ich ließ mich fallen. Die Stockspitze fuhr unter mein Kinn. Er zwang mich, zu ihm aufzusehen, und durch den Schleier der Tränen erschien er mir erschöpft und unglücklich, aber als wollte er diesen Eindruck bestreiten, fragte er mit angehobener Stimme: Was hast du zu sagen? Weil ich ihm eine Wiederholung der Frage ersparen wollte, antwortete ich rasch: Ich hab bei Gewitter im Haus zu sein. Er nickte und war zufrieden, zog die Stockspitze von meinem Kinn. Du hast bei Gewitter zu Hause zu sein, sagte er, ja: das verlangt deine Mutter, und das verlang auch ich: bei Gewitter – zu Hause.

Dann zerrte er die Bettdecke unter meinem Körper hervor, deckte mich zu und saß tatenlos auf dem Holzstuhl vor meinem Ozean, das Gesicht lauschend zur Schräge verzogen und hilflos, da er ohne Auftrag war und ohne Auftrag nur ein halber Mensch. Er war nicht ungeübt in stillem, trägem Dasitzen, auch genügte er sich durchaus in ereignislosen Winterstunden, in denen er ausdauernd den Ofen beobachten konnte, aber am meisten holte er doch ohne Zweifel aus sich heraus, wenn ihm eine überschaubare und unmißverständliche Aufgabe anvertraut wurde, in deren Verfolgung er, sagen wir mal, Fragen ausdenken und sie stellen mußte.

Ich wimmerte überzeugend. Ich beobachtete ihn mit einem Auge am Ellenbogen vorbei; die Striemen brannten, die Bettdecke lastete mit unerträglichem Gewicht auf der gesprungenen Haut, und ich wünschte ihn mir fort, verlangte nichts mehr, als allein zu sein, aber er ging und ging nicht und konnte mein Wimmern ertragen und alles. Auf einmal stand er sogar auf und kam zu mir, tippte mir leicht auf die Schulter und meinte etwa: Du brauchst nicht mehr zu verstehn, als du gesagt bekommst, das genügt: hast du mich verstanden? Ich sagte: Ja, und, um ihn loszuwerden, noch einmal: Ja. – Brauchbare Menschen müssen sich fügen, sagte er, und ich hastig darauf: Ja, Vater, ja, und er wieder monoton und bedachtsam: Aus dir machen wir was Brauchbares, wirst sehn. Und plötzlich fragte er: Hat er gearbeitet, der Maler? Ich verstand ihn nicht schnell genug, und so fragte er abermals: In der Hütte, der Maler, hat er gearbeitet, als ihr da wart? Da sah ich erstaunt zu ihm auf und erkannte, daß einiges abhing von meiner Antwort und daß mein Wissen etwas bedeutete, und ich tat, als ob ich Schwierigkeiten hätte mit meiner Erinnerung oder, das ist vielleicht genauer, als ob die Schmerzen, die er mir beigebracht hatte, nun mein Gedächtnis verdunkelten. Möwen, sagte ich schließlich: Er hat uns Möwen gezeigt, und jede Möwe sah aus wie du. Mein Vater wollte da noch mehr wissen, viel mehr konnte ich ihm nicht sagen, aber das, was er erfahren hatte, war ja auch schon genug, um ihn zu verwandeln: vorbei war seine Unschlüssigkeit, er schien auf einmal erwacht, gelenkig, hellhörig, er zeigte regsames Mienenspiel, er legte sich einen Ausdruck von überraschter Erbitterung zu und sah kurz aus dem Fenster mit einem Blick, in dem Warnung und Enttäuschung zugleich lagen – zumindest bilde ich mir das ein –, und dann, nie werde ich es vergessen, setzte er sich auf mein Bett, sah mich dringend an, prüfend, ja, auch inständig und sagte langsam: Wir werden zusammenarbeiten, Siggi. Ich brauche dich. Du wirst mir helfen. Gegen uns beide, da kann es keiner aufnehmen – nicht mal er. Du wirst für mich arbeiten, und ich werde aus dir dafür etwas Ordentliches machen. Es ist nötig. Und jetzt hör zu! Wimmer nicht mehr. Hör zu!

4 Der Geburtstag

Immer höher, schneller und steiler. Immer kraftvoller die Schwünge. Immer näher der breiten, zerzausten Krone des alten Apfelbaums, den noch Frederiksen gesetzt hatte, als er jung war. Das sauste nur so, wenn die Schaukel an zitternd straffen Seilen zurückfiel aus grüner Dämmerung, die Ringe knarrten, ein scharfer Luftzug entstand, und über Juttas gestrecktem, ausbalanciertem Körper flog das Muster der Geästschatten. Hoch stieg sie auf, hielt sich eine Sekunde still in der Luft, stürzte, und in diesen Sturz mischte ich mich ein, indem ich das vorbeifliegende Schaukelbrett oder Juttas Hüfte oder ihren kleinen Hintern blitzschnell erwischte und vorwärts, aufwärts stieß in die Krone des Apfelbaums; wie von einem Katapult schnellte sie hinauf mit flatterndem Kleid, mit gespreizten Beinen, und der sausende Luftzug modellierte an ihr herum, zerrte ihr Haar nach hinten oder ließ das knochige, spottlustige Gesicht noch schärfer werden. Sie war darauf aus, sich mit der Schaukel zu überschlagen, und ich war darauf aus, ihr den nötigen Schwung zu liefern, aber wir schafften es nicht, selbst, als sie sich breitbeinig auf das Schaukelbrett stellte, schafften wir es nicht, weil der Ast zu krumm war oder der Schwung nicht groß genug: damals in des Malers Garten, an Doktor Busbecks sechzigstem Geburtstag. Und als Jutta merkte, daß ich es nicht schaffen würde, ließ sie sich wieder auf das Schaukelbrett hinab und schwang lächelnd und ehrgeizlos hin und her und hörte nicht auf, mich anzusehen auf eine von niemandem geschulte Art, bis sie mich auf einmal in der Grätsche ihrer mageren braunen Beine fing und festhielt: da wußte ich einfach nicht, was ich noch hätte wahrnehmen können außer ihre Nähe. Jedenfalls begriff ich ihre Nähe, und sie begriff, daß ich begriff, das möchte ich behaupten, und ich befahl mir, ganz ruhig zu sein und abzuwarten, was da noch geschehen könnte, aber es geschah nichts weiter: Jutta küßte mich nur trocken und nachlässig, öffnete die Klammer ihrer Beine, rutschte von der Schaukel und lief zum Haus hinüber, wo Ditte sich aus einem der vierhundert Fenster hinauslehnte und auf flacher Hand einige Stücke blaßgelben Streuselkuchen hielt, so wie man etwas den Vögeln hinhält.

Ich schnappte meinen Stock und lief hinterher. Ich sprang über die Blumenbeete und Stauden und versuchte, den Weg abzukürzen, doch all unsere Eile lohnte sich nicht, denn noch bevor Jutta oder ich am Fenster waren, sah ich Jobst aus dem strohgedeckten Gartenhaus hervorbrechen oder rollen, ein gewalttätiger Kugelblitz, ein feistes, aber flinkes Ungeheuer mit sehr kurzen Fingern und aufgeworfenen Lippen, das achtlos durch großen Mohn und Zinnien stampfte, durch all die miteinander rivalisierenden Farben, und natürlich war er als erster am Fenster, riß die Kuchenstücke von Dittes Hand, schob sich zwei in die Tasche und schlang das dritte herunter mit genußvoll geschlossenen Augen. Ihm war anzusehen, daß er nichts herausrücken würde von dem erbeuteten Kuchen – nie hat der mal etwas gelockert, was in seinen Besitz geraten war –, darum versuchte Ditte erst gar nicht, ihn mit mahnenden Worten zu überzeugen, sondern winkte uns in die Wohnstube hinein.

Ich hätte Jutta gern eingeholt in der Düsternis des Flurs, aber sie war mir voraus, sie antwortete nicht auf meinen Anruf, öffnete schon die Tür, als ich noch nach ihr tastete zwischen einem Spalier von Kübeln, Besen und Truhen. Sie ließ die Tür offen. Sie wandte sich nicht einmal um. Die Stille machte mich mißtrauisch, und ich ging leise bis zur Türschwelle und glaubte die Wohnstube leer und verlassen und dachte: Wo steigt denn nur der Geburtstag, wenn nicht hier, doch dann, als ich zögernd eintrat und mich umwandte, erschrak ich, wie jeder erschrocken wäre, der die Wohnstube betreten hätte mit meinen Erwartungen: an dem schmalen, unbegrenzten Geburtstagstisch saß feierlich altersgraues Meergetier und trank schweigend Kaffee und würgte schweigend, ganz versenkt in eigensinnige Kontemplation, trokkenen Sandkuchen und Nußtorten und blaßgelben Streuselkuchen herunter. Stelzbeinige Hummer, Krabben und Taschenkrebse hockten auf den hochmütigen, geschnitzten Sesseln von Bleekenwarf; hier und da verursachten harte, gepanzerte Glieder ein trockenes Knacken, eine Tasse klapperte, wenn knochige Hummerscheren sie absetzten, und einige streiften mich mit einem Blick aus gleichgültigen Stielaugen, unerschütterlich, mit der monumentalen Gleichgültigkeit gewisser Gottheiten, das möchte ich meinen. Dabei glich diese schweigende Versammlung von Meergetier durchaus Leuten, die ich kannte: zwei sahen aus wie die alten Holmsens von Holmsenwarf, ich glaubte Pastor Treplin zu entdecken und Lehrer Plönnies, und dann machte ich meinen Vater aus und sogar Hilke und Addi, und neben der zartesten Meerforelle, die so sehr Doktor Busbeck glich, saß mit abweisendem Gesicht und strengem Haarknoten als Zackenbarsch meine Mutter. Einer allerdings flatterte, quakte und bewegte sich lustig wie ein Laternenfisch, und das war der Maler.

Es war auch der Maler, der plötzlich rief: Laß man die Kinder am lütten Tisch ätn, aber da war Ditte schon neben mir und zog mich zu dem kleinen Tisch und drückte mich sanft nieder auf einen altmodischen Stuhl, der mich sogleich zwang, still zu sitzen und den Körper steif aufrecht zu halten, weil ich sonst auf der leicht abgeschrägten Sitzfläche ins Rutschen gekommen wäre. Ditte nahm mir den mit Reißnägeln besetzten Stock aus der Hand und legte ihn aufs Fensterbrett. Sie forderte Jutta auf, mir Milch einzuschenken, und drehte den runden Kuchenteller ein wenig, etwa um das Maß einer Viertelstunde. Dann langt man zu, sagte sie freundlich und klopfte mir den Nacken, bevor sie zurückkehrte zu der phantastischen Versammlung und sich dort auch gleich verwandeln ließ, als flache Seezunge Platz nahm.

Ich vergaß den Kuchen, ich vergaß auch die Milch. Unablässig beobachtete ich Jutta, die mir gegenübersaß und an deren Aufmerksamkeit mir auf einmal so viel gelegen war, daß ich ihr stumm befahl, mich anzusehen, und als dies mißlang, sie unter dem Tisch anstieß einmal und noch einmal, bis sie ihre Füße zurückzog – nicht vorwurfsvoll, sondern mit einem Gesicht, das erstarrt war vor Abwesenheit. Ich wußte nicht, was sie überlegte, träumte, erwog, ich sah nur in ihre dunklen, abwesenden Augen, in denen die Flammen der schrägstehenden Sonne glänzten; ich verfolgte, wie ihre starken Schneidezähne sich in den Kuchen senkten, abbissen, während ihr Blick an mir vorbeilief quer durch die Wohnstube, in der auch jetzt die Stille vieler Jahre lag und die Einsamkeit vergangener Winter.

Juttas rot-weiß kariertes Kleid, die dünnen Arme, das strähnige Haar, die blassen Lippen, die jedes Wort in jedem Augenblick widerrufen konnten: wie leicht die Erinnerung daran gelingt und wie wenig zu tun ist, um sie noch einmal an den kleinen Tisch zu bitten mir gegenüber, und wie prompt ich mein Erstaunen darüber wiederholen kann, daß sie die Schaukel und meine Anstrengungen an der Schaukel so schnell vergessen hatte. Aber so war Jutta: in einer Sekunde noch anwesend, beteiligt oder mitverschworen, zog sie sich in der nächsten zurück. So war sie eben, aber ich hatte doch nicht damit gerechnet, daß sie plötzlich aufstehen und, den Streuselkuchen locker zwischen den Zähnen, quer durch die Stube zum Geburtstagstisch gehen, dort mit Addi Skowronnek kurz flüstern würde – so in einer Art, daß er allenfalls Überraschung, aber keinen Protest äußern konnte –, worauf sie sich geduckt zurückzog gegen die Tür hin und verschwand, ohne mir zuzuwinken.

Da verzichtete ich darauf, ihr zu folgen. Ich legte meinen Kuchen auf ihren Teller, ich goß meine Milch in ihr Glas. Ich setzte mich auf ihren Stuhl und sah nicht einmal durch das Fenster, wo ich sie im Garten, vor der Hecke, auf der geländerlosen Holzbrücke ohne Mühe hätte wiederfinden können. Die essende Versammlung vor Augen, begann auch ich zu essen, und weil auf dem kleinen Tisch noch ein dritter Teller und ein drittes Glas standen, aß ich vorsorglich den ganzen Kuchen, trank die ganze Milch – nein, das ist unwahrscheinlich: den Rest der Milch goß ich in den tiefen Kuchenteller und weckte die Katze, die auf dem dritten, auf Jobsts Stuhl hochrückig, mit eingeschlagenen Pfoten schlief, und lenkte ihren schrägen, glimmenden Blick auf die Geburtstagsmilch, die sie mit eingerollter Zunge, zunächst prüfend, dann hastig zu schlecken begann. Hinterher reinigte die Katze den Teller, so daß ich ihn wieder auf den Tisch stellen konnte, streckte sich tief, flach, leckte sich die Schenkel und kam mit vorsichtigen, langsamen Schritten auf meinen Schoß, drehte sich mehrmals um eine angenommene Achse und brach wie berechnet zusammen. Sie schlug eine gekrümmte Vorderpfote in meine Hand und schnurrte.

Ich sah auf die schweigende Gesellschaft, die immer noch würgte und schluckte und blubberte und sich bedeutungsvoll räusperte an dem unendlichen Tisch, der sich in ferner Trübnis hinzog, womöglich bis in die Trübnis des Watts und der Priele, und jetzt erkannte ich auch meinen Großvater, Per Arne Scheßel, den gierigen Esser und Heimatkundler, sowie den Deichgrafen Bultjohann und Andersen, einen zweiundneunzigjährigen Kapitän aus Glüserup, der mindestens in fünfundfünfzig Kulturfilmen als Kapitän herhalten mußte, weil sein ebenmäßig silbriger Bartkranz so gesucht war und die wäßrige Leere seines Blicks ohne weiteres als Fernweh ausgegeben werden konnte. Wenn ich alle aufzählen wollte, die an diesem Tisch saßen, wäre der Winter vorbei und die Elbe eisfrei, darum möchte ich nur noch Hilde Isenbüttel erwähnen und den ehemaligen Vogelwart Kohlschmidt; sie machte ich aus unter den beschuppten, bogenlippigen Gästen, und ich übersah auch nicht, daß eine phosphoreszierende Garnele mit kräftigen Waden mir unaufhörlich Zeichen machte, die nichts anderes besagen sollten als: Wenn du Torte willst, komm her.

Ich wollte keine Torte. Ich wartete darauf, daß der Geburtstag begann, aber die Gesellschaft sah nicht so aus, als würde sie je aufhören zu essen, denn da seufzte, stöhnte, kapitulierte keiner vor dem unaufhörlich kreisenden Angebot der Kuchentürme und Torten, und am wenigsten mein heimatkundlicher Großvater, der wie ein weiser, mit Seepokken besetzter Hummer dahockte und langsam, aber beständig ganze Kuchenplatten in sich hineinbrockte, wodurch er den Kulturfilm-Kapitän offensichtlich herausforderte, es ihm gleichzutun. Wenn gegessen wurde bei uns, dann wurde gegessen, und zwar schon deshalb, weil, wie mein Großvater sagte, beim Essen die Zeit gleichmäßig vergeht, und daran schien ihnen allen gelegen, sogar der uniformierte Schellfisch, den man mit meinem Vater verwechseln konnte, löffelte nur deshalb holzschuhgroße Stücke von Nuß- und Honigtorten, um das unmerkliche Verstreichen der Zeit möglich zu machen.

Auch die Frauen waren darauf aus, den Widerstand der Zeit zu überspielen: während sie sich schläfrig über ein Stück hermachten, faßten sie schon das nächste ins Auge, und wenn sie zu würgen anfingen oder die Kinnbacken erlahmten, ließen sie dampfende Ströme von Kaffee fließen.

Aufschlußreich sind die Einzelheiten, die sich an einer Glüseruper Kaffeetafel bemerken lassen: sieht man von der trägen Gier ab, die zu dem verblüffenden Eingeständnis bereit ist, daß man einen Gastgeber schädigen muß, so sind vor allem rühmenswert die neun vorgeschriebenen Gebäcksorten, die in festgelegter Folge herumgereicht werden müssen, die Näpfe voller Würfelzucker, den man in den Kaffee tunkt, bevor man ihn zerkaut, ferner die Schüsseln geschlagener Sahne, die man sich auf den Kaffee kleckst, nachdem man zuvor klaren Schnaps dazugegossen hat.

Doch ich will diese Einzelheiten, aus denen durchaus eine Geschichte entstehen kann, nicht weiter ausspielen, möchte mir auch versagen, das Schweigen zu deuten, das am Tisch herrschte, vielmehr möchte ich, mit zugegebener Ungeduld, den Maler veranlassen, sich von seinem hohen geschnitzten Sessel zu erheben, zur Stirnseite des Tisches zu gehen, geradewegs zu Doktor Busbeck, der ja immerhin seinen sechzigsten Geburtstag hatte.

Ich meine, Busbeck erschien noch zarter, verlegener, als der Maler auf ihn zuging, wie eine Muschel nach einer Berührung schmolz er in sich zusammen, wurde grau, unscheinbar, warf noch einmal den Kopf zur Seite und blickte hinter sich, als vermutete er dort noch einen Busbeck, der weniger Schwierigkeiten hatte, mit der Aufmerksamkeit fertig zu werden, der er auf einmal ausgesetzt war. Der Maler beugte sich leicht über ihn in verdienter Vertraulichkeit, tätschelte ihm den Rücken und sprach ihm so Mut zu und sagte: Lieber Teo, liebe Freunde, und der liebe Teo duckte sich unter dieser Anrede, während die lieben Freunde schmunzelnd die Blicke hoben und den kleinen Mann noch verlegener machten, wenn das überhaupt möglich war.

Ich bin kein Freund von großen Worten, sagte der Maler und hatte ausnahmsweise recht damit und hielt sich auch an diese Feststellung, denn er beschränkte sich darauf, Busbeck an einen dreißig Jahre zurückliegenden Abend in Köln zu erinnern: wenn ich ihn recht verstanden habe, muß Ditte damals krank gewesen sein, sie lag zwar nicht in einem eiskalten, aber doch schäbigen Zimmer einer schäbigen Pension, vielleicht war auch eine Wäscheleine durchs Zimmer gespannt und die elektrische Birne von der Wirtin eigenhändig rausgedreht. Daß man die Miete schuldig war seit Monaten, vervollständigt nur die Vorstellung. Jedenfalls lag Ditte im Bett, ihr Atem ging allem Anschein nach mühselig, und der Maler, der sich erfolglos als Lehrer an einer Kunstgewerbeschule beworben hatte, wusch gerade das geliehene Geschirr ab, als ein Doktor Busbeck die unbeleuchteten Holztreppen zu ihnen hinauffand und mit erstaunlicher Scheu fragte, ob er etwas sehen dürfe. Das wollte man ihm nicht abschlagen. Man setzte ihn in eine Ecke am Fenster – so verstand ich's – und gab ihm Gelegenheit, einige Mappen durchzusehen, und da er so wenig spürbar war in seiner Anwesenheit, ebenso leicht zu übersehen wie zu überhören, hatte man ihn – so verstand ich's – beinahe schon vergessen und war auf alles andere gefaßt als darauf, daß der Besucher auf einmal an den wachstuchbespannten Tisch treten würde mit zehn Blättern in der Hand. Wortlos zählte er vierhundert Goldmark auf den Tisch und fragte dann lediglich, ob er wiederkommen dürfte. Da diese Frage als Bitte geäußert war, mochte sich ihr der Maler – wie er sagte – nicht widersetzen.

So etwas kann also durchaus auch geschehen, und der Maler erinnerte sich und Busbeck heiter an diesen Märztag in Köln, er wußte sogar das Datum, und unter häufiger Benutzung des Partizips dankte er seinem Freund für mitunter nachsichtig praktizierte Freundschaft durch dreißig Jahre. Und nun bist du bei uns in Bleekenwarf, Teo. Wir vergessen nicht, was du für uns. In Köln, aber auch in Luzern und Amsterdam. Denkend an die gemeinsamen Kämpfe gegen den großen Schalberg. Deshalb möchten wir dir heute an deinem sechzigsten. Mich in diesem Kreis umblickend, kann ich nur allgemeines Einverständnis. Ja, Teo.

Die Katze fuhr auf und sprang erschrocken von meinem Schoß, als sie sich an dem unabsehbaren Geburtstagstisch erhoben und auf Doktor Busbecks Wohl tranken, indem sie den weißen Klaren zittrig zum Mund führten und ihn hinunterkippten auf eine Weise, als müßten sie zunächst einen Widerwillen überwinden. Geräuschvoll setzten sie die Gläser auf dem Tisch ab und zerrten die Stühle ruckend, umständlich wieder zu sich heran, während er, Doktor Busbeck, stehen blieb, zart und beweglich in seiner Verlegenheit und sich zu entschuldigen schien dafür, daß die Gesellschaft sich seinetwegen hatte erheben müssen. Er trat hinter den Stuhl. Er sah auf seine Hände hinab, die über die geschnitzte Lehne strichen. Dann sagte er, was er wohl schon oft gedacht hatte, stattete dem Maler und Ditte, aber auch allen anderen, seinen Dank ab und bedauerte, daß er ihnen zur Last falle schon so lange Zeit. Er ließ ahnen, daß dies nur ein vorläufiges Leben für ihn sein könne und daß die Würde der Vergangenheit ihm nicht mehr bedeute als die Würde der Gegenwart. Ich meine, er wagte es auch, von seiner Hoffnung zu sprechen und davon, daß er eines Tages an seinen Platz zurückkehren dürfte, an dem er nützlich sein könnte. Nicht ein einziges Mal, während er sprach, warf er einen Blick auf die Versammlung, nur Ditte sah er ab und zu an mit schrägem Hals und seitwärts gelegtem Kopf, und die Frau des Malers hielt ständig ein Lächeln für ihn bereit. Und wieder dankte er. Und wieder fühlte er sich geborgen, einbezogen, ausgezeichnet, ja, ausgezeichnet durch die Freundschaft eines Mannes, der draußen – er sagte einfach: draußen und bedachte vielleicht gar nicht die mitgesagte Bedeutung – als einer der größten Dramatiker des Lichts galt und so weiter. Und zum Schluß verbeugte er sich tatsächlich vor Ditte und der ganzen phantastischen Versammlung, griff hastig nach seinem Glas und kippte den Klaren, den ihm der Maler hingeschoben hatte. Danach war ihm

Erleichterung anzumerken. Er nickte heiter über den Tisch diesem zu und jenem. Er schob die gesteiften Manschetten mehrmals geduldig unter den Jackenärmel. Er bat darum, ihm das Glas von neuem zu füllen mit weißem Klaren. Er wischte sich über die Stirn und war zufrieden.

Doktor Busbeck konnte auch zufrieden sein, da er doch sah, wieviel er uns anging, und als Max Ludwig Nansen sagte: Nu woll'n wir uns mal den Geschenktisch bekieken, hob Doktor Busbeck das blasse, ungezeichnete Gesicht und saß nur noch da, bis zwei ihn kurzerhand emporzogen aus seinem Stuhl und ihn vorangehen ließen zum Atelier, wo der Maler oder Ditte oder wahrscheinlich alle beide einen Geschenktisch aufgestellt und geschmückt hatten. Ich glitt sofort von meinem Stuhl, als die Gesellschaft sich erhob, war als erster in der Flurdämmerung und dann auch an der Tür zum Atelier, doch ein ärgerliches Zeichen meines Vaters hielt mich davon ab, auch als erster am Geschenktisch zu sein, aber als vierter war ich doch da. Was lag auf dem Tisch? Was hatten die zwischen Rugbüll und Glüserup für einen, der nicht zu ihnen gehörte, der aber durch Geschehnisse, die sie fast begriffen, in ihre Mitte verschlagen war, erübrigen wollen? Ich weiß noch die Schlipsnadel. Ich weiß noch die Flasche Korn und den Obstkuchen und den Kaffeewärmer und die Socken und ein Buch – Verfasser: Per Arne Scheßel im Selbstverlag – und ein Karton Talglichter. Ich weiß noch den Beutel Tabak. Den Schal weiß ich noch und ohne Zweifel die Flasche Kosakenkaffee, weil die von uns stammte. Ich weiß vor allem aber das Bild: »Segel lösen sich in Licht auf.«

Das Bild stand an der Rückseite des Tisches gegen die Wand gelehnt, neben ihm hatten die Flaschen Posten bezogen, vor ihm krümmten sich dienstbar die Socken, der Kaffeewärmer plusterte sich auf, der Obstkuchen warb um Vertrauen, und der Schal schlängelte sich um die Talglichter, als wollte er sie sanft ersticken: alle Geschenke waren auf sich bedacht, doch sie konnten nicht verhindern, daß das Bild sie in ihrer schlichten Dienstbarkeit herabsetzte.

Ich trat in Doktor Busbecks Blick und sah, wie er in das Licht des Bildes geriet, wie er auf das Bild zuging, zaghaft, mit ausgestreckter Hand, meinetwegen auch ungläubig, und ich sah auch, wie er das Bild leicht mit den Fingerspitzen berührte und gleich wieder zurücktrat und die Augen zusammenkniff und plötzlich kurz die Schultern hob, als ob er erschauerte. Da vereinigten sich Himmel und Meer. Da überredete ein weiches Zitronengelb ein lichtes Blau zur Selbstaufgabe. Schwebende Segel ließen Ferne vermuten, ließen eine abgeschlossene Geschichte vermuten und büßten ihr Weiß ein, um die erträumte Vereinigung ganz gelingen zu lassen. Die Segel lösten sich auf und erreichten durch ihre Auflösung, daß nichts mehr übrigblieb als Licht, und das Licht kam mir vor wie ein einziges Loblied. Wieder ging Doktor Busbeck mit ausgestreckter Hand gegen das Bild vor, und da sagte der Maler: Wie du siehst, Teo, ich hab noch ein bißchen dran zu tun. – Das ist fertig, sagte Busbeck, und der Maler darauf: Das Weiß, das will noch zuviel seggen. Und Teo Busbeck sagte auch: Das ist zuviel, Max, das kann ich nicht annehmen; doch der Maler zwinkerte ihm nur zu und sagte: Das sollst du auch erst, wenn's fertig ist.

Sie standen jetzt alle um den Geschenktisch herum, schätzten, verglichen, begutachteten, rechneten den Wert in Mark und Pfennig aus, ließen schnelle taxierende Blicke wandern, um womöglich herauszufinden, wer was mitgebracht hatte: darüber hätte man dann sprechen können auf dem Heimweg. Sie nahmen die Geschenke zur Hand, ließen bewunderndes Interesse laut werden, reichten die Geschenke herum mit Hinweisen und ließen nichts unberührt, ungeprüft. Niemand wagte, ein Geschenk flüchtig oder gering zu behandeln. Sie hoben die Flaschen schnalzend hoch, stießen eine Faust in den Kaffeewärmer, steckten sich spaßeshalber die Schlipsnadel an, und Per Arne Scheßel versuchte, seine verdammten heimatkundlichen Erläuterungen anhand seines Buches zu geben, das er aufgeschlagen herumreichte. Das staunte und gab sich bewundernd und lobbereit. Das nickte, pfiff durch die Zähne. Das ertastete und erkundete, und Andersen, der Kulturfilm-Kapitän, zielte mit seinem braunen, knotigen Stock auf das Bild und sagte: Dat schallt woll in 'n Ärmelkanal sien? In 'n Ärmelkanal do hebt wi immer son

Wetter haft. – In Glüserup ist das, sagte Bultjohann, in meinem Bezirk, und der Maler klopfte beiden auf die Schulter und gab beiden wortlos recht.

Sie legten die Geschenke zurück und drängten sich jetzt um das Bild und redeten, und ich ließ sie reden, denn barfuß auf der geländerlosen Holzbrücke vor der Hecke im Staudengarten lief Jutta und trug etwas, und ich sah noch durch die Scheibe, wie sie mit der schwarzen Last ins Gartenhaus flitzte: da zwängte ich mich durch den Kreis der bedenklich nikkenden Bildbetrachter, holte meinen Stock aus dem Wohnzimmer, und als ich aus dem Fenster in den Garten sprang, kam Addi mir nach. Auch er sprang aus dem Fenster und lief quer über die Beete zum Gartenhaus, vielleicht hatte auch er Jutta gesehen, vielleicht hatte er sogar ein Zeichen von ihr bekommen, jedenfalls stürzte er an mir vorbei und knuffte mich in die Seite, als er mich überholte.

Auf dem gewellten schwarzen Erdboden im Gartenhaus lag Addis Akkordeon. Jutta stand spreizbeinig dahinter, gefaßt auf eine Auseinandersetzung, in spöttischer Erwartung, doch Addi sagte nichts, protestierte nicht, sondern starrte sie nur fassungslos an und schüttelte den Kopf. Spiel, sagte sie. Addi rührte sich nicht. Spiel doch, sagte sie, heute ist Geburtstag. Addi zuckte die Achseln. Dann spiel leise, sagte Jutta, und ich sagte: Leise, ja, nur für uns, und Addi schüttelte den Kopf. Früher hatte ich auch ein Akkordeon, sagte Jutta, ich hatte sogar zwei; und ich konnte auch spielen. – Dann spiel du, sagte ich, doch sie zeigte auf Addi und sagte: Er soll spielen, es ist sein Kasten. – Deine Mutter, sagte Addi zu mir, sie will es nicht. – Aber die andern wollen es, sagte ich, und dann wandten wir uns gleichzeitig zum Eingang, von woher ein Schatten fiel, wo Jobst stand, feist und grinsend, als ob er uns ertappt hätte. Er sah auf den Kasten, auf uns, wieder auf den Kasten, kam herein mit seinem stampfenden Schritt, befreite das Akkordeon aus dem Etui und löste die Lederriemen, und warum soll ich noch weiter verzögern, hinausschieben, was dann doch festgestellt werden muß: Addi fuhr beidhändig in die Lederschlingen, nickte uns auffordernd zu, und wir stellten uns in einer Reihe hinter ihm auf, und mit Alo-Ahe marschierten wir aus dem strohgedeckten Gartenhaus, jeder die Hände auf den Hüften seines Vordermanns.

Jutta hielt sich an Addis Hüfte fest, ich hielt mich an Juttas schmaler, knochiger Hüfte fest, und der warme Druck an meiner Hüfte, das waren die fleischigen Finger von Jobst. Entlang dem Gartenweg zum Atelier marschierten wir, wiegend, tänzelnd, gebeugt vor allem, und der Wind wehte, Addi spielte, und Hawaii sang seine allerschönsten Lieder in Bleekenwarf.

Drinnen klopften sie an die Scheiben und winkten uns zu, und unser etwas kurz geratener musikalischer Lindwurm schaukelte am Atelier, dann an den vierhundert Fenstern der Wohnstube vorbei, auf und ab zogen wir über die schwarzen Gartenwege, werbend, auffordernd, und ich weiß noch, daß Hilke die erste war, die sich unserem wiegenden Zug anschloß, und nach Hilke kamen Pastor Treplin und Holmsen und der Vogelwart Kohlschmidt und Ditte, und Ditte war es, die im Vorübergehen meinen Vater am Gelenk packte und seine Hand auf ihre Hüfte zog, und auf einmal hatte unser Zug einen eigenen Sog, eine unwiderstehliche Kraft, die sich aneignete und einverleibte, was am Weg stand, eine fröhlich schaukelnde Gewalt, die keinen mehr unbeteiligt ließ, der uns zu nahe geriet, so daß unsere Reihe wuchs und wuchs und schon mehrere Buchten warf. Auch der Maler war jetzt im Zug und der Deichgraf Bultjohann und Hilde Isenbüttel; nur meine Mutter fehlte, und ich wußte, daß sie nichts bewegen würde, sich uns anzuschließen: selbst der strenge Schatten ihrer Erscheinung in der Tiefe des Ateliers drückte noch hochmütige Weigerung aus: Gudrun Jepsen, geborene Scheßel. Dabei hätte sie sich doch ein Beispiel nehmen können an Kapitän Andersen, der mit seinen zweiundneunzig Jahren zumindest den Versuch machte, unsern wiegenden Lindwurm durch die Lüneburger Heide, durch den wunderschönen Sand zu begleiten: der photogene Greis drängte sich zwischen Addi und Jutta, beugte sich knackend nach vorn, und mir war, als ob ich es rascheln hörte, als ob da trockene Mohnkapseln aufbrachen und Mohn aus seinen Hosenbeinen rieselte, und der Alte schaukelte tatsächlich einige Meter mit, bis er, sozusagen, seinen herbstlichen Mohn verstreut hatte und atemlos zur Seite ausscherte. Addi führte uns, und Jutta hielt ihn an den Hüften fest und lenkte ihn, und nachdem wir durch den Garten gezogen waren, zwängten wir uns durch die Hecke und trappelten über die Holzbrücke, über die Wiese, den Deich hinauf und beinahe auf dem Grund der Nordsee bis nach England, wenn Addi sich nicht anders entschlossen hätte. Er machte eine gewaltsame Wendung, und als wir den Deich wieder hinabdrängten, wiederholte unser langer, wogender Körper ziemlich getreu die Bewegungen, die der Balg seines Akkordeons beschrieb unter Druck und Zug. Wir schoben uns wieder in Richtung Bleekenwarf, an dem Spalier der Erlen vorbei, die sich im Graben spiegelten und mit ihrem Spiegelbild nicht zufrieden sein konnten, da der Wind den Spiegel krüllte und beunruhigte, so daß die Stämme hin und her wedelten wie in einem unterseeischen Sturm. Um die Kette wenigstens nicht bei mir reißen zu lassen, hatte ich Jutta mit beiden Händen umfaßt, Jutta hatte auch Addi umfaßt, und ebenso umfaßten sich auch einige andere.

Und ich weiß noch, als wir ans schwingende Tor kamen, stand Okko Brodersen da, der einarmige Postbote. Sein Fahrrad lehnte am Außenpfosten. Er hatte ein Papier in der Hand und hielt es hoch – zum Zeichen, daß er berechtigt sei, sich hier aufzuhalten. Mitmachen, rief Jutta, und ich wiederholte: Mitmachen, und wir bedrängten ihn ganz schön und verleibten ihn uns ein mitsamt der Post, die er gebracht hatte. Am rostroten Stall vorbei, am Teich, am Schuppen, und als wir um das Atelier bogen, blickte ich zurück und sah, daß der Gänsemarsch sich aufgelöst hatte oder dabei war, sich aufzulösen, erschöpft und begeistert, immerhin auch begeistert – was meine Mutter doch erkannt haben muß. Doch selbst in seiner Auflösung folgte der Zug noch Addi, der spielend in den Garten einbog und dort Berliner Luft Luft Luft herstellte oder zumindest ahnen ließ, worauf einige begannen, Tische und Stühle herauszutragen nach vorsorglicher Beobachtung des Himmels über der Nordsee. Die glänzenden Ritzen zwischen den dunklen Wolken ermutigten uns, desgleichen die blauen Tümpel und das flockige Weiß schnell ziehender Wolken über uns. Wir verlegten den Geburtstag in den Garten.

So, und nun möchte ich keinen daran hindern, sich den kurzen Transport der Möbel vorzustellen, das Anheben, Abnehmen, das verkantete Bugsieren durch offene Fenster, überhaupt den gutgelaunten Tumult eines Umzugs ins Freie, den Addi mit »La Paloma« und »Rolling home« begleitete, denn ich muß meinen Stock suchen, ich muß meinen mit Reißzwekken besetzten Stock wiederfinden, den ich irgendwo hingelegt hatte, als sich der Zug bildete. Aber wo? Im Wohnzimmer? Im Atelier? Ich ging die Wege ab. Ich inspizierte die Stauden. Auf dem Hof suchte ich und am Schuppen. Mein Stock lag auf keinem Fensterbrett. Er schwamm nicht im Teich. Habt ihr meinen Stock gesehen? fragte ich die beiden Männer am Teich. Mein Vater und Max Ludwig Nansen schwiegen. Sie antworteten nicht, schüttelten nicht einmal den Kopf, sondern schwiegen nur erregt, und ich suchte weiter, bis ich auf einmal einen Verdacht hatte und zurückschlenderte zum Teich, auf dem ein altes weißes Entenpaar vier jungen Enten Formationsschwimmen beibrachte. Im Schutz der gefällten, übereinanderliegenden Pappelstämme bewegte ich mich auf die alten Freunde aus Glüserup zu, schlüpfte durch einen Spalt in einen Hohlraum unter den Stämmen und sah durch einen fast ebenmäßigen Lichtschlitz den Maler und meinen Vater abgeschnitten in der Hüfte vor mir stehen, so nah, daß ich die Beutelung ihrer Taschen erkennen und sogar vermuten konnte, was sie in den Taschen trugen. Glatt und kühl war der Boden meines Verstecks, und der Wind fiel scharf durch die Ritzen zwischen den Stämmen ein. Indem ich mich hob oder in die Hocke ging, konnte ich die Männer verkleinern oder wachsen lassen, doch ihre Gesichter bekam ich nicht zu sehen, ihre Gesichter blieben außerhalb meiner Perspektive.

Zuerst merkte ich, daß der Maler da einen Brief in den Händen hielt, einen rot durchkreuzten Eilbrief, den er offensichtlich bereits gelesen hatte und den er nun meinem Vater zurückreichte, herrisch und außer sich, mit einer kurzen, heftigen Bewegung, und da wußte ich schon, daß mein Vater, vor der Wahl – entweder den Inhalt des Briefes mündlich zu wiederholen oder den Brief selbst sprechen zu lassen – sich wie immer für das entschieden hatte, was ihn am wenigsten beanspruchte. Er hatte den Maler einfach lesen lassen und nahm den Brief nun ruhig an sich mit seinen rötlich behaarten Händen und faltete ihn sorgsam, während der Maler sagte: Ihr seid verrückt, Jens, ihr könnt euch das nicht anmaßen.

Mir entging nicht, daß er von einer Mehrzahl sprach, der er meinen Vater jetzt schon ohne weiteres zuzählte. Ihr habt kein Recht dazu, sagte der Maler, und mein Vater darauf: Ich hab das nich geschrieben, Max, ich maß mir auch nix an, und er konnte seine Hände nicht daran hindern, eine Bewegung unbestimmter Hilflosigkeit zu machen. Nein, sagte der Maler, du maßt dir das nicht an, du sorgst nur dafür, daß sie sich ihre Anmaßung leisten können.

Was soll ich denn machen? fragte mein Vater kühl, und der Maler: Die Bilder von zwei Jahren – weißt du, was das heißt? Ihr habt mir Berufsverbot gegeben. Genügt euch das nicht? Was werdet ihr euch noch ausdenken? Ihr könnt doch nicht Bilder beschlagnahmen, die niemand zu Gesicht bekommen hat. Die nur Ditte kennt und allenfalls Teo. – Du hast den Brief gelesen, sagte mein Vater. Ja, sagte der Maler, ich hab ihn gelesen. – Dann weißt du auch, sagte mein Vater, daß verfügt worden ist, alle Bilder aus den letzten beiden Jahren einzuziehen: ich hab sie morgen verpackt auf der Dienststelle in Husum abzuliefern.

Sie schwiegen, ich blickte durch den Lichtschlitz zur Seite und sah zwei schmale Hosenbeine rund wie Ofenrohre aus der Haustür treten und hörte eine Stimme rufen: Wir vermissen euch, wann kommt ihr? Worauf der Maler und mein Vater zurückriefen: Gleich, wir kommen gleich. Das beruhigte die Ofenrohre, denn sie schritten steif wieder ins Haus hinein, und nach einer Weile hörte ich meinen Vater sagen: Vielleicht, Max, werden die Bilder zurückgeschickt eines Tages? Die Kammer prüft sie nur und schickt sie dir zurück? Es klang sogar glaubwürdig, wenn mein Vater, der Polizeiposten Rugbüll, so etwa fragte oder als Möglichkeit erwähnte, und niemand mochte ihm ein anderes Wissen zutrauen neben dem, das er mit seinen

Worten bekanntgab. Der Maler schien so verblüfft, daß er Zeit brauchte zu einer Antwort. Jens, sagte er dann in einem Ton von Bitterkeit und Nachsicht, mein Gott, Jens, wann wirst du merken, daß sie Angst haben und daß es die Angst ist, die ihnen rät, sowas zu tun: Berufsverbote auszusprechen, Bilder zu beschlagnahmen. Zurückschicken? Vielleicht in einer Urne. Die Streichhölzer, Jens, sind in den Dienst der Kunstkritik getreten – der Kunstbetrachtung, wie sie sagen.

Mein Vater stand dem Maler ohne Verlegenheit gegenüber, es gelang ihm sogar, in seiner Haltung ungeduldiges Begehren auszudrücken, das erkannte ich ohne Schwierigkeit, und ich war nicht überrascht, als er sagte: Is in Berlin verfügt worden, das genügt. Du selbst hast den Brief gelesen, Max. Ich muß dich auffordern, zugegen zu sein bei der Sichtung der Bilder. – Willst du die Bilder verhaften? fragte der Maler, und mein Vater darauf trocken und unnachsichtig: Wir werden feststellen, welche Bilder eingezogen werden müssen. Ich schreib mir alles auf, damit sie morgen abgeholt werden können.

Ich muß mir die Augen wischen, sagte der Maler. Wisch sie nur, sagte mein Vater, dabei wird sich nichts verändern. – Ihr wißt nicht mehr, was ihr tut, sagte der Maler, und da rutschte meinem Vater der Satz raus: Ich tu nur meine Pflicht, Max. Da sah ich auf die Hände des Malers, kräftige, erfahrene Hände, die er sachte hob vor dem Leib und schnell in die Luft greifen ließ, und ich verfolgte auch, wie er die Finger zuerst spreizte und dann zur Faust schloß, als sei dies eine Entscheidung. Die Hände meines Vaters dagegen hingen schlaff und bereit an der Hosennaht, zwei gehorsame Wesen möchte ich mal sagen, jedenfalls machten sie sich nicht besonders bemerkbar. Gehen wir, Max? fragte er. Der Maler rührte sich nicht. Nur daß die sehn, ich hab meine Pflicht getan, sagte mein Vater, und der Maler plötzlich: Es wird euch nicht helfen. Es hat noch keinem geholfen. Holt euch, was euch Angst macht. Beschlagnahmt, zerschneidet, verbrennt: was einmal gewonnen ist, wird dableiben.

So kannst du nicht zu mir sprechen, sagte mein Vater. Zu dir? sagte der Maler, zu dir kann ich noch ganz anders sprechen: wenn ich dich nicht rausgeholt hätte damals, wärst du heute bei den Fischen.

Einmal muß man quitt sein, sagte mein Vater, und der Maler darauf: Hör zu, Jens, es gibt Dinge, die kann man nicht aufgeben. Ich habe damals nicht aufgegeben, als ich nach dir tauchte, und ich kann ebensowenig diesmal aufgeben. Damit du klar siehst: ich werde weiter malen. Ich werde unsichtbare Bilder machen. Es wird so viel Licht in ihnen sein, daß ihr nichts erkennen werdet. Unsichtbare Bilder.

Mein Vater hob die Hand, sichelte langsam in Höhe des Koppels und sagte warnend: Du weißt, Max, wozu ich verpflichtet bin. – Ja, sagte der Maler, ja, ich weiß, und damit du es genau weißt: es kotzt mich an, wenn ihr von Pflicht redet. Wenn ihr von Pflicht redet, müssen sich andere auf was gefaßt machen. Mein Vater trat einen Schritt gegen den Maler vor, zwängte beide Daumen unters Koppel und straffte sich tatsächlich und sagte: ich frag nich nach den Möwenbildern – damit sind wir quitt. Aber ab heute, Max, paß auf! Mehr habe ich dir nicht zu raten: paß auf. – Ich bin darauf eingestellt, sagte der Maler, und mein Vater, nach einer Weile: Gehn wir, Max? – Wie du willst, sagte der Maler, gehn wir; doch bevor er ging, sagte er noch mit zögernder Stimme: Aber laß hier keinen was merken, Jens, vor allem ihn nicht: Teo. Der Polizeiposten Rugbüll schwieg, und ich nahm an, er sei einverstanden.

An meinem Lichtschlitz vorbei gingen sie nacheinander über den leeren, windigen Hof, ich hätte sie berühren, hätte sie erschrecken oder streifen können, doch ich tat es nicht, sondern ging tief in die Hocke und ließ die Männer aufwachsen in der Fortbewegung, und nachdem sie im Haus verschwunden waren, untersuchte ich erst einmal das neue Versteck, maß und prüfte und fand heraus, daß genügend Platz auch für zwei vorhanden wäre, etwa für Jutta und mich. Dann schlüpfte ich durch den Spalt hinaus, stand allein am Teich und bereitete den Enten ein rasches Skagerrak, indem ich vor, hinter und zwischen ihnen dekorative Fontänen aufspringen ließ. Ich gebrauchte unterschiedliche Kaliber dabei; das schwappte, wellte, kippte, warf sich schlank empor, so daß die Enten gezwungen waren, ihre Formation immer wieder zu ändern, um den Geschossen auszuweichen, und bevor ich in den Garten zurücklief, gab ich ihnen noch ein Gefühl für Sperrfeuer, wobei eine der jungen Enten die Beherrschung verlor, aus dem Verband ausscherte und sich, mit klatschendem Flügelschlag über das Wasser laufend, in das Planquadrat verirrte, wo meine Geschosse niedergingen: wäre sie bei den Alten geblieben, hätte sie keinen Treffer eingefangen.

Jedenfalls beeilte ich mich, in den Garten zu kommen, wo Addi immer noch spielte, das Lied von einem Mädchen spielte, das um jeden Preis, trotz bedenklichem Wellengetose, an die Seite ihres fernen Matrosen wollte, weil sie angeblich mit ihm zusammengehörte wie der Wind und das Meer und so weiter. Und zu dieser Melodie wurde auf dem großen Rasenplatz getanzt – nein, nicht getanzt: Hilde Isenbüttel vor allem, der Lehrer Plönnies, aber auch die alten Holmsens, stampften, trampelten, klotzten herum und schoben sich zäh und nachdenklich umeinander, um sich Appetit zu verschaffen für das bevorstehende Abendbrot. Ich merkte mir nicht genau, wer sich da alles Bewegung verschaffte, mich interessierte auch nicht, wer da auf Stühlen und Bänken saß unter wandernden Schatten – regungsloses, doch aufmerksames Meeresgetier –, denn ich hatte auf den ersten Blick die beiden Männer in der Tiefe des Ateliers entdeckt, schräg hintereinander stehend, mit angehobenen Schultern der eine, mit gesenktem Gesicht der andere. Ich linste durch die Scheiben. Sie waren allein im Atelier. Sie standen vor Doktor Busbecks Geschenktisch. Ich legte meine Hände neben meinem Gesicht auf die Scheibe, und jetzt, da die Blendung aufhörte, sah ich, daß sie vor dem Bild standen, auf dem Segel sich in Licht auflösten, und ich merkte, daß ein zäher Prozeß um das Bild geführt wurde: fordernd stieß der Zeigefinger meines Vaters auf das Bild herab, worauf der Maler sich mit seinem Körper davorstellte, da wurde beansprucht und verweigert, begehrt und zurückgewiesen – alles lautlos, in erregtem Aquariumschweigen; ich sah, wie sie sich stritten und zu überzeugen versuchten, und auf einmal nahm sich der Maler eine Farbtube, drückte einen kurzen Wurm raus, bückte sich vor dem

Bild und veränderte oder vervollständigte etwas, indem er die Fingerkuppe, dann die Seite des Fingers und schließlich, wie so oft, den Handballen gebrauchte, während mein Vater steif und drohend hinter ihm stand wie ein Seezeichen in gefährlicher Strömung. Der Maler richtete sich auf, wischte sich die Finger ab. Ich erkannte einen Ausdruck von vorsichtiger Geringschätzung auf seinem Gesicht. Er blinzelte meinen Vater an, und der bedachte sich, nickte, schien keinen Einwand zu finden, jedenfalls nicht so rasch. Das nutzte der Maler aus, indem er meinen Vater abdrängte in uneinsehbare Winkel. Ich wußte, wie dieser Prozeß ausgegangen war. Ich wandte mich um, suchte Doktor Busbeck und sah ihn Arm in Arm mit Ditte unter dem Geästschatten des alten Apfelbaums: die Schatten strichen ihn durch.

Ich überlegte, ob ich durch eines der offenen Fenster in die Wohnstube klettern und von dort aus versuchen sollte, in das Atelier zu schlüpfen, als Addi plötzlich mitten im Lied abbrach und hinfiel wie einmal schon, und wie einmal schon mit den Beinen stieß und zuckte, sich aufbäumte und mit den Zähnen knirschte. Ich flitzte sofort zu ihm, aber vor mir war Hilke schon da, und wie in den Dünen kniete Hilke neben ihm und befreite ihn zuerst von der Last des ausgezogenen gekrümmten Instruments, das seine Brust umschloß gleich einer Schwimmweste.

Geht weg, sagte sie, geht weg, aber die andern kamen von allen Seiten heran, drängten näher, bildeten einen Kreis aus Betroffenheit, aus Staunen und wohl auch Furcht, denn sie sagten nichts, stießen sich nicht einmal an, sondern wechselten nur Blicke über Addi hinweg, dessen Gesicht sich verfärbt hatte, dessen Lippen fest aufeinandergepreßt waren. Alle standen sie da mit vorgeschobener Schulter: die Holmsens, die eben noch getanzt hatten, Pastor Treplin und der Vogelwart Kohlschmidt und der Deichgraf Bultjohann. Mein Großvater stand schweigend da, desgleichen Plönnies und Kapitän Andersen. Und hoch aufgerichtet, weniger betroffen als in herrischer Gleichgültigkeit, stand meine Mutter etwas außerhalb des Rings und beobachtete nicht Addi, sondern Hilke.

Nur einer zwängte sich durch den Kreis mit leisen, dringenden Worten, und das war Doktor Busbeck. Er wartete nicht. Er brauchte sich nicht zu erkundigen. Er bat um Durchlaß, kniete sich gegenüber von Hilke hin, zog sein Taschentuch und trocknete das schweißbedeckte Gesicht, wobei Addi selbst schon wieder die Augen öffnete und freundlich, vor allem verständnislos um sich sah.

Hei mutt wat to äten hebben, rief der Kulturfilm-Kapitän. Niemand stimmte ihm zu. Jetzt geht es, sagte Hilke, jetzt ist es vorbei, während Addi sich mühsam aufstützte, sich mit Doktor Busbecks Hilfe erhob und verwirrt den Kreis musterte, der ihn umgab. Da konnte Hilke doch gar nichts Besseres einfallen, als seinen Arm zu nehmen und lächelnd mit ihm zunächst zur Schaukel hinunterzugehen, dann auf dem äußeren geschwungenen Weg weiter zum Gartenhaus, so daß der Versammlung einfach nichts anderes übrigblieb, als sich zu zerstreuen, obwohl einige, und besonders Per Arne Scheßel, nicht aufhörten, unter schweren Lidern auf die Stelle zu blicken, wo Addi gelegen hatte. Und dann sah ich, wie Addi meinen Stock am Gartenhaus aufhob, ihn Hilke zeigte und zu Hilke offensichtlich sagte: Das ist doch Siggis Stock, worauf ich hochsprang mit emporgeworfenen Armen und: Hier, hier rief, und nachdem Addi mich entdeckt hatte, warf er den Stock durch den Garten unter die Schaukel, wo ich ihn mir holte.

Ich wollte ihm zuwinken, doch ich tat es nicht, als ich sah, daß meine Mutter ihnen den Weg abschnitt und versuchte, sie am entlegenen alten Brunnen zu stellen, dort bei der Laube aus Flieder. Unter der Schaukel setzte ich mich hin, entfaltete mein blaues Taschentuch und befestigte es mit den Reißnägeln am Stock, und mit flatternder, blauer Fahne marschierte ich zurück, mitten in den Geburtstag hinein, immer wieder an Bänken, Tischen und Stühlen vorbei, wo man zuhauf saß, rauchte und flüsterte, nachdenklich zischte. Ich ließ meine Fahne flattern, ich warf sie hoch in die Luft, obwohl doch niemand in Rugbüll war, der es hätte erkennen und daraus seine Schlüsse ziehen können.

Bis hierher, einstweilen nur bis hierher, denn ich kann nicht verschweigen, daß es in dem Augenblick, in dem ich meine blaue Fahne hoch in Luft warf, an meine Zellentür klopfte, sehr scheu, sehr verhalten klopfte, aber immer noch deutlich genug, so daß ich aus meiner Erinnerung regelrecht herausgeklopft wurde, mein Heft schloß und mich ärgerlich zur Tür drehte. Hinter dem Guckloch bewegte sich etwas, Braun löste Weiß ab. Ein glühender Knopf begann da zu rotieren. Blitzend sprangen einige Lichtpfeile zu mir herein. Ich stand wider Willen auf, als die Tür unerträglich langsam geöffnet wurde, wie in einem Kriminalfilm tat sie sich auf, gleichmäßig, eindringlich knarrend, jedenfalls mit einer Verzögerung, die auf keinen guten Besuch schließen läßt – da hätten nur noch wehende Gardinen gefehlt und ein Buch, das sich selbst aufblättert –, und weil ich dem Geburtstag in Bleekenwarf nicht zu lange fernbleiben wollte, sagte ich höflich: Komm rein, es zieht.

Er trat schnell ein, steppte zur Seite und überließ es Karl Joswig, den ich hinter ihm auf dem Korridor entdeckte, die Tür von außen zu schließen. Er war offensichtlich verlegen, seine Mundwinkel zuckten; er kam mir, wenn ich heute daran denke, wie ein junger Tierpfleger vor, der sich zum ersten Mal in den Käfig gewagt hat. Unsicher, doch sympathisch lächelte der junge Psychologe, tänzelte auf der Stelle hin und her. Die knappe Verbeugung, zu der er ansetzte, konnte ihm nicht gelingen, da er zu nah an der Tür stand. Er war drei, vielleicht fünf Jahre älter als ich, feingliedrig, sehr blaß. Seine Kleidung gefiel mir: sie war sportlich und etwas nachlässig. Ich konnte mir nicht erklären, warum er die linke Hand krampfhaft geschlossen hielt – vielleicht hielt er dort, sozusagen, ein Stück Zucker für mich bereit, vielleicht aber auch eine Waffe. Da ich ihn nicht gerufen hatte, begnügte ich mich damit, ihn schweigend zu mustern, wobei ich ihn mit einem Blick maß, in dem ärgerliches Erstaunen lag; mein Blick forderte ihn auf, sich kurz zu fassen.

Herr Jepsen? fragte er liebenswürdig, worauf ich nach kurzem Zögern ziemlich zugeknöpft antwortete: Allerdings. Diese Antwort schien ihn keineswegs zu entmutigen, er drückte sich mit dem Gesäß von der Tür ab, bot mir eine kraftlose Hand an und sagte: Mackenroth, Wolfgang Mackenroth;

es freut mich, Ihnen zu begegnen. Er lächelte mir freundlich zu, zog seinen Mantel aus, legte ihn auf den Tisch, und mit einer Vertraulichkeit, die durch nichts gerechtfertigt war, legte er eine Hand auf meinen Ellenbogen, sah mich zuversichtlich an und fragte mich mit einer Geste, ob er meinen Stuhl haben könne. Ich schüttelte bedauernd den Kopf. Er konnte den Stuhl nicht haben. Falls Sie es nicht wissen, sagte ich, hier wird gearbeitet: ich befinde mich mitten in einer Strafarbeit.

Das war ihm bekannt. Der junge Psychologe wußte, was mir zugestoßen war, sparte nicht mit Anerkennung für mein Unternehmen, entschuldigte sich sogar für die Störung und berief sich auf eine Sondererlaubnis, die Direktor Himpel ihm ausnahmsweise gegeben hatte. Bitte, sagte er, bitte Herr Jepsen, Sie müssen mir helfen, es hängt einiges von Ihnen ab. Ich zog die Schultern hoch, ich murmelte höflich: Schmier ab, Junge, mir hilft auch keiner, und um ihm zu zeigen, daß ich keine Zeit für ihn hatte, setzte ich mich auf den einzigen Stuhl in meiner Zelle und spielte mit dem Taschenspiegel. Mein Taschenspiegel borgte sich Licht bei der elektrischen Birne, ließ den Lichtstrahl über Ofen, Ausguß, Fenster wandern, unterhielt sich kurz mit dem Guckloch, hinter dem Joswigs Auge Wache hielt, dekorierte die Decke mit ein paar flüchtigen Lichtgirlanden und schnitt lautlos die Zellentür in schmale Streifen. Da der junge Psychologe immer noch nicht ging, putzte ich mir zuletzt mit dem Lichtstrahl die Schuhe und tat alles, was man tut, wenn man sich allein fühlt. Ich übersah meinen Besuch, ich schlug mein Heft wieder auf und versuchte, mich lesend dem Garten von Bleekenwarf zu nähern. Wolfgang Mackenroth blieb. Er blieb und betrachtete mich aufmerksam und freundlich wie ein gerade erworbenes Eigentum, möchte ich mal sagen, einen noch ungewohnten Besitz, den man erst entdecken muß, und weil ich gegen meinen Willen spürte, daß dieser Wissenschaftler mir einfach durch sein kumpelhaftes Verhalten auf unerwünschte Weise sympathisch zu werden begann, fragte ich ihn, ob er sich nicht in der Tür geirrt habe. Sie, sagte er, Sie, Herr Jepsen und ich, wir sollten uns verbünden, und dann fing er an, mich mit seinen Absichten bekannt zu machen. Der junge Psychologe war gezwungen, eine Diplomarbeit zu schreiben. Das Unternehmen, das er seine freiwillige Strafarbeit nannte, sollte ihn wissenschaftlich weiterbringen. Geschickt für uns beide Zigaretten drehend, seinen Hals massierend, schlug er mir vor, Objekt seiner Diplomarbeit zu werden. Ich sollte eingehen in seine Diplomarbeit, wie er sagte, sollte sorgfältig verarbeitet werden. Ein wissenschaftliches Begräbnis erster Klasse sollte ich also erhalten. Mein kompletter Fall, so schlug er mit sympathischer Selbstironie vor, sollte von ihm aufbereitet werden, mit allen Höhen und Tiefen und so weiter. Einen Titel hatte er schon in der Tasche: Kunst und Kriminalität, so sollte die Arbeit heißen, dargestellt am Fall des Siggi J. Damit aber diese Diplomarbeit nicht nur gelinge, sondern in der wissenschaftlichen Welt geziemende – er sagte: geziemende Beachtung finde, sei meine Hilfe unerläßlich. Dafür bot er mir zwinkernd eine witzige Entschädigung an: ein sehr seltenes Angstgefühl, das, wie er meinte, die wahre Triebfeder meiner einmaligen Aktionen gewesen sei, wollte er die Jepsen-Phobie nennen – was mir die Möglichkeit bot, eines Tages das Wörterbuch der Psychologie zu erreichen.

Nachdem so der junge Wissenschaftler, mit der Sondererlaubnis von Direktor Himpel, all seine Pläne freimütig vor mir ausgebreitet hatte, blieb er neben dem Tisch stehen, legte mir eine Hand auf die Schulter, beugte sein Gesicht zu mir herab und inszenierte ein Lächeln, wie man es vielleicht unter Komplizen tauscht, aber doch wohl kaum zwischen einem Psychologen und einem jugendlichen Gefangenen. Das Lächeln verwirrte mich, und ich brachte es nicht fertig, ihn schweigend abblitzen zu lassen, zumal er flüsternd weitersprach und flüsternd erläuterte, wie er sich die Tendenz seiner Diplomarbeit vorstellte: verteidigen wollte er mich, freisprechen und bestätigen; meine Bilderdiebstähle wollte er rechtfertigen, und die Gründung meiner privaten Galerie in der alten Mühle wollte er als positive Leistung anerkennen; überhaupt versprach er, in mir den Grenzfall herauszuarbeiten und für mich eine Rechtsprechung zu fordern, die es noch nicht gab. Der leise, rechtschaffene Fanatismus, mit dem er mir alles entwickelte, machte ihn glaubwürdig. Ich muß zugeben, daß unter den zwölfhundert dressurbesessenen Psychologen, die unsere Insel mitunter in eine wissenschaftliche Manege verwandelten, Wolfgang Mackenroth der einzige war, dem ich bereit war, wenn auch mit Vorsicht, mein Vertrauen zu schenken.

Was mich nur ein bißchen an ihm störte, war, daß er zuviel von mir wußte. Er hatte meine Akte ganz gelesen, er war unterrichtet. Zuerst spielte ich mit dem Gedanken, ihm bei seiner Strafarbeit zu helfen und mir dabei seine Hilfe für meine Strafarbeit zu sichern, vor allem, wenn er sich bereitfinden würde, für den Nachschub von Zigaretten zu sorgen, doch als ich heraushörte, daß er mit Direktor Himpel beinahe befreundet war, ließ ich diesen Gedanken wieder fallen. Ich musterte ihn ausgiebig: das kleine blasse Gesicht, den schlanken Hals, seine zarten Hände; ich hörte kritisch auf seine Stimme, und obwohl er bei mir, je länger sein Besuch dauerte, nicht verlor, sondern noch gewann, sagte ich ihm, daß mir sein Angebot zu überraschend gekommen sei: Ich bedauerte. Ich erbat Bedenkzeit.

Aber besuchen, sagte er, besuchen darf ich Sie doch von Zeit zu Zeit? Das erlaubte ich ihm, und um ihn loszuwerden, nickte ich auch zu seinem Vorschlag, mir hin und wieder, in unregelmäßigen Abständen, ausgewählte, vor allem wohl kritische Abschnitte aus seiner Diplomarbeit hereinzureichen – er sagte: hereinzureichen. Er bedankte sich. Hastig, als fürchte er, ich könnte mein Einverständnis widerrufen, zog er seinen Mantel an, sagte: Ich werde Sie nicht enttäuschen, Herr Jepsen, gab mir freundschaftlich die Hand, ging zur Tür und klopfte von innen, worauf Karl Joswig, ohne sichtbar zu werden, die Tür öffnete und den jungen Psychologen herausließ. Ich horchte auf seine Schritte, er ging weg, er hatte es eilig.

Seitdem sitze ich an dem kerbenbedeckten Tisch und versuche, zur Geburtstagsfeier zurückzukehren, mich hinabzutasten an der Kette der Erinnerung, hier zu wohnen und dort zu sein, dort in Bleekenwarf, im Garten des Malers, unter feierlichem Meeresgetier, das auf das Abendbrot wartet. Ich könnte das Abendbrot auftragen lassen, ich könnte zunächst auch, vielleicht zu Ehren von Doktor Busbeck, einen großen Sonnenuntergang entwerfen, in dem Rot und Gelb sich pathetisch unterhalten, und schließlich ließe sich wohl auch in etwa achttausend Meter Höhe der Luftkampf beschreiben, der uns damals für einige Minuten beschäftigte, doch das alles kann nichts daran ändern, daß ich der erste war, der die Geburtstagsfeier verließ. Ich verließ sie nicht freiwillig.

Wo war es? Wo schnappte sie mich? An der Schaukel, in der Laube, auf der Holzbrücke? Die blaue Fahne hatte ich jedenfalls in der Hand, und ich war auf der Suche nach etwas, der Wind hatte nachgelassen. Auf einmal stand meine Mutter vor mir, streng, sehr erregt, sie wollte etwas sagen und konnte es nicht, nur ein kurzes Stöhnen gelang ihr, und dann bleckte sie das gelbliche Gebiß, wie so oft, wenn sie außer sich war, wenn sie verletzt und enttäuscht war. Sie griff nach meiner Hand. Sie preßte meine Hand gegen ihre Hüfte. Ruckartig wandte sie sich um, warf den Kopf in den Nacken – gerade so weit, wie es der feste, mit Netz und Haarnadeln gesicherte und an eine glänzende Geschwulst erinnernde Haarknoten erlaubte, und riß mich mit aus dem Garten, aus dem Geburtstag. Mit ihrem erschreckenden Gang, der fast etwas Panisches hatte, lief die flache, hochgewachsene Frau mir voraus und zerrte mich über den Rasen, am Atelier vorbei über den Hof, immer noch ohne ein Wort und auch achtlos an dem Kulturfilm-Kapitän Andersen vorbei, der uns nichts anderes zugerufen hatte als: Bald gibt es was zu essen, und mit mir im Schlepp stieß sie das schwingende Holztor auf und stürzte über die lange, mit Erlen flankierte Auffahrt zum Deich, den wir gebückt erklommen und, ohne zurückzublicken auf Bleekenwarf, wieder verließen, indem wir zur Seeseite hinunterstolperten.

Aus mittlerer Entfernung, denke ich mir, mußte Gudrun Jepsen etwa den Eindruck einer Mutter gemacht haben, die in überzeugender Verzweiflung mit ihrem Sohn in die Nordsee gehen will. Schon überlegte ich, was ich tun sollte, wie groß vor allem meine Verpflichtung war, Mutter watend durch die Brandung zu begleiten und mit ihr gehorsam vor der Wrackboje zu versinken, als sie wieder die Richtung änderte und unter dem Deich weiterging, unsichtbar jetzt für alle, die uns von Bleekenwarf nachgeblickt hätten. Sie ließ meine Hand los. Sie befahl mir, voranzugehen, und ich fragte sie, ohne mich umzudrehen, warum wir den Geburtstag so plötzlich verlassen hatten. Ich bekam keine Antwort. Da fragte ich sie, ob Vater auch den Geburtstag verlassen hatte oder gleich verlassen würde, und sie schnaubte leicht und schwieg. Sie schwieg, bis wir am rotbemützten automatischen Feuer waren, da sagte sie: Schnell, komm schnell, ich muß ein Beruhigungspulver nehmen, ich muß mich hinlegen, und danach überholte sie mich und achtete nicht mehr darauf, ob ich ihr noch folgen konnte.

Aber ich hielt mich dicht hinter ihr, sprang neben ihr die Treppe hinauf und trat mit ihr zusammen in die Küche, wo sie gleich hinauflangte zu dem blanken, peinlich ausgerichteten Spalier der Reis-, Grieß-, Mehl-, Sago-, Graupenbehälter, die mit allem gefüllt waren, nur nicht mit dem, was die goldumrandete Aufschrift versprach; sie stülpte einen Behälter um, fischte sich aus einem Hügel von Röhrchen, Schachteln und Blechkästen eine kleine Spitztüte, deren Inhalt sie in ein Wasserglas schüttete und sitzend mit geschlossenen Augen trank. Ich stand neben ihr in angstvollem Gehorsam, zu dem sie mich gebracht hatte, und betrachtete sie interessiert und vorwurfsvoll: das spitze Kinn, die rotblonden Wimpern, die Nasenlöcher, die gekrümmten Lippen, und ich wagte nicht, sie zu berühren. Meine Mutter stemmte die Arme auf den Rand der Sitzfläche. Sie streckte ihren Körper. Für einen Augenblick hielt sie den Atem an. Ich fragte sie, ob das Pulver ihr schon helfe, und gleich darauf, ob ich zurück dürfe zum Geburtstag nach Bleekenwarf, und weil sie mir keine Antwort geben wollte, fragte ich, warum wir so schnell laufen mußten unter dem Deich. Jetzt sah sie mich aus schmalen Augen an, stand auf und befahl mir, ihr zu folgen.

Wir gingen nach oben, an meinem Zimmer vorbei, stiegen auf den Boden und öffneten die Tür zur Bodenkammer, in der Addi wohnte. Da stand sein Pappkoffer. Auf dem Fensterbrett blinkte sein Rasierzeug. Ein Pullover lag da. Unter dem

Schemel warteten neue Segeltuchschuhe auf schönes Wetter. Eine Schirmmütze, ein Schal, ein Stapel Taschentücher lagen auf der Kommode, und auf dem Kopfkissen des Bettes lag ein Buch »Wir nahmen Narvik«. Pack alles zusammen, sagte meine Mutter, und, weil ich mich nicht rührte: Pack alles in den Koffer. Nochmals mußte sie mich auffordern, Addis Sachen in seinen Pappkoffer zu legen, und als ich es dann tat unter ihren kontrollierenden Blicken, sagte sie leise: Wir dürfen nichts vergessen, er soll alles mitnehmen, alles. Sie reichte mir einen billigen, gewiß unbenutzten Fotoapparat zu und sagte: Steck den zwischen die Socken. Einen Schlips legte sie selbst zusammen und steckte ihn unter die Oberhemden. Wir falteten, knifften, preßten, stauten, bis nichts mehr in der Kammer an Addi erinnerte, außer seinem Koffer; und als Gudrun Jepsen den Koffer aufnahm und hinaustrug, konnte niemand den Widerwillen übersehen, der ihre Hand versteifen ließ. Was dachte ich mir dabei? Ich dachte zuerst, daß sie Addi mit einem besseren Zimmer belohnen wollte, hoffte auch schon, ihn als Zimmergenossen zu bekommen; doch wir stiegen hinab bis zum Flur, und dort, neben dem Büro meines Vaters, ließ sie den Koffer aus Kniehöhe fallen, drückte ihn gegen die Wand und klopfte sich die Hände ab. Reist er ab? fragte ich, und sie, schon wieder beruhigt: Er hat hier nichts verloren, darum reist er ab; ich habe mit ihm gesprochen. – Warum, fragte ich, warum muß er abreisen? – Das verstehst du nicht, sagte meine Mutter und blickte durch das Fenster über das flache Land nach Bleekenwarf hinüber, und auf einmal, ohne sich zu bewegen oder die Stimme zu heben: Wir brauchen keinen Kranken in der Familie. – Reist Hilke auch ab? fragte ich da, worauf meine Mutter sagte: Das wird sich zeigen; bald werden wir wissen, welche Bande – sie sagte tatsächlich Bande – stärker sind.

Ich sah nur in ihr strenges rötliches Gesicht und wußte schon, daß der Geburtstag beendet war, daß sie mir zumindest nicht erlauben würde, noch einmal nach Bleekenwarf zu gehen; darum nickte ich, als sie mich ins Bett schickte mit einer Mettwurststulle. Ich verdunkelte mein Fenster. Ich zog mich aus und baute auf dem Stuhl neben dem Bett mein

Päckchen, wie sie es mir beigebracht hatten: glatt gestrichen die Hosen, den Pullover zu einem viereckigen Neutrum gefaltet, darauf, mit den Kanten abschließend, das zusammengelegte Hemd, in peinlicher Übereinstimmung, das Unterhemd – in der umgekehrten Reihenfolge würde ich die Sachen am nächsten Morgen anziehen. Ich lauschte, im Haus war alles still.

5 Verstecke

Aber ich muß den Morgen beschreiben. Auch wenn wir mit jeder Erinnerung eine neue Bedeutung finden: ich muß da eine langsame Morgendämmerung stattfinden lassen, in der sich ein unaufhaltsames Gelb mit Grau und Braun auseinandersetzt, ich muß einen Sommer einführen mit unbegrenztem Horizont, mit Kanälen und Kiebitzflug, Kondensstreifen muß ich über den Himmel ziehen, das hallende Tuckern eines Kutters hinter dem Deich hörbar machen, ich muß, um diesen bestimmten Morgen wiederherzustellen, Bäume und Hecken verteilen, flache Gehöfte ohne Rauchsäulen, auch muß ich mit loser Hand schwarz-weiß geflecktes Vieh über die Weiden verstreuen. Solch ein Morgen war es, als ich erwachte, erwachen mußte, weil es an meinem Fenster tickte und pickte, immer wieder und immer ungeduldiger, und zuerst blieb ich liegen und horchte nur auf die kleinen Schläge gegen das Glas: ich dachte an Zaunkönige. Dann ging ein prasselnder Regen nieder, ein Sandregen. Hart schlugen die winzigen Körner an die Scheibe. Ich setzte mich im Bett auf und beobachtete das Fenster, noch lief kein Sprung durch das Glas trotz aller Schläge. Und dann, nach einigen klickenden Treffern, die ich nur hören, nicht sehen konnte, erkannte ich die kurze, heranfliegende Sandfahne, die prasselnd und klatschend die Scheibe traf, und ich sprang aus dem Bett, lief ans Fenster und starrte hinaus in die windlose Morgendämmerung. Da sich nichts regte im Mittel- und Hintergrund, sprang die kurze Bewegung im Vordergrund sofort ins Auge, die Bewegung eines Arms, der hochgerissen wurde und Aufmerksamkeit forderte unten im Schuppen zwischen Sägebock und zerkerbtem Hauklotz, aber ich brauchte mehr als einen Augenblick, um meinen Bruder Klaas zu erkennen oder wiederzuerkennen, der dort unten stand in Uniform und mit dem plumpen weißen Verband – das möchte ich meinen. Darauf konnte auch niemand gefaßt sein, daß er hier auftauchen würde in solcher Morgenfrühe ohne Anmeldung: denn nach seiner Selbstverstümmelung erfuhren wir nur, daß er in einem Lazarett für Gefangene in Hamburg geheilt wurde, keiner von uns durfte ihn besuchen. Gesprochen wurde nicht über ihn, und die beiden Karten, die er aus dem Lazarett geschrieben hatte, waren ohne Antwort geblieben.

Klaas trat aus dem Schuppen, winkte mir, trat wieder zurück, und ich lief zum Bett, zur Tür, lauschte, lief wieder zum Bett, zog Hemd und Hosen an; bevor ich auf den Flur ging, gab ich ihm vom Fenster aus ein Zeichen. Auf dem Flur rührte sich nichts. Sie schliefen noch. Sie schliefen in ihren langen, rauhen Nachthemden. Unter schwerem Zudeck schliefen sie, auf harten, grauen, selbstgewebten Laken, und über den Schläfern blickten sich von den beiden einzigen, einander gegenüber hängenden Bildern Theodor Storm und Lettow-Vorbeck an, und beide, der Husumer Dichter und der General, wollten nicht von dem starräugigen Mißtrauen lassen, mit dem sie sich unaufhörlich musterten. Gegen die Wand geduckt, schlich ich vorbei, seitwärts die Treppe hinab, vorbei am Polizeiposten Rugbüll, der auf einem Bügel in der Flurgarderobe hing: der Stille dieses Hauses war kaum zu glauben. Wie kühl der Hausschlüssel war! Langsam drehte ich ihn um, ich spürte die Kraft der Feder, ich konnte den Schlüssel lautlos umdrehen, doch dann sprang die Tür auf mit einem knirschenden Geräusch, und ich dachte schon, daß jetzt oben mein Vater erscheinen würde und so weiter, aber alles blieb still. Ich zwängte mich hinaus. Vorsichtig zog ich die Tür zu und flitzte über den Hof in den Schuppen, und da kauerte wirklich Klaas, mein Bruder: helläugig, rundes Gesicht und kurzes blondes, verklebtes Haar. Sein verbundener Arm ruhte auf dem Hauklotz, seine Uniform stand offen am Hals. Mein Bruder kauerte dort mit all seiner Angst, und es war diese Angst, die nicht nur jede Frage unnötig machte, sondern auch alles zugab: den Ausbruch aus dem Gefangenenlazarett, die Umwege vor Streifen und Kontrollen, nächtliche Fahrt und Wanderung hier herauf, langes Sichern, geduckten Lauf – seine Angst erzählte alles über ihn.

Er sagte kein Wort zur Begrüßung, packte mich einfach am Hemd und zog mich zu sich hinab neben den Hauklotz, von wo aus wir das Schlafzimmerfenster beobachteten, das heißt, er sah fortwährend hinauf, wahrend ich sein müdes, stumpfes Gesicht betrachtete, die schlammbespritzte Uniform und den plumpen Gipsverband, auf dem irgend jemand, vermutlich er selbst, eine Zigarette ausgedrückt hatte. Anscheinend rechnete er damit, daß man mich im Haus gehört, und, nachdem man mein leeres Bett gefunden hatte, vom Fenster aus nach mir Ausschau halten würde, doch da bauschte sich keine Gardine, kein Schatten erschien, und nach einer Weile drückte mein Bruder mich auf den Boden und setzte sich seufzend, spreizbeinig neben mich, den Rükken gegen die Wand des Schuppens gelehnt. Seine Lippen zitterten. Er fror vor Müdigkeit. Auf seinem Kinn schimmerten rötlich Bartstoppeln. Wo ist seine Mütze, dachte ich, und, da ich sie nicht fand, stellte ich mir einen Sprung vor, bei dem er sie verloren hatte, einen Sprung vom fahrenden Güterzug oder über einen Graben. Behutsam rutschte ich auf dem Boden nach vorn, ging auf die Knie und sah nah in sein Gesicht, bis er die Augen öffnete und sagte: Du mußt mich verstecken, Kleiner.

Ich half ihm, aufzustehen, er klammerte sich fest an mich, schwankte, wäre fast eingeknickt und hingefallen, aber dann fing er sich und lächelte zögernd und fragte: du hast doch ein gutes Versteck? – Ja, sagte ich, und von da an gehorchte er mir und war einverstanden damit, daß ich aus dem Schuppen trat und sicherte, und nicht nur dies: er sah nur noch mich an und war bereit, alles zu tun oder zu wiederholen, was ich befahl oder selbst tat. Ich lief bis zum alten Kastenwagen und duckte mich. Er lief bis zum alten Kastenwagen und duckte sich. Ich sprang über den Ziegelweg und rutschte die Böschung hinunter. Er sprang über den Ziegelweg und rutschte die Böschung hinunter. Vor bis zur Schleuse. Vor bis zur Schleuse. Ich sagte: Wir müssen über die Wiese ins Schilf, und er wiederholte: Ins Schilf, gut.

Er fragte nicht, wohin wir gingen oder wie weit, er folgte mir ohne Neugierde, auch ohne Ungeduld, und ich pflügte uns einen Kurs durch das Schilf mit ausgestreckten und spitz zusammenlaufenden Armen und hielt dabei auf den alten Mühlenteich zu und auf die flügellose, verfallende Windmühle, mit der der Wind nichts mehr anfangen konnte. Der sumpfige Boden federte. Manchmal gab die verfilzte Oberfläche nach, der Fuß brach ein, und torfbraunes Wasser sprudelte in die Löcher. Wir stöberten Wildenten auf. Ich sah überall Augen. Rauschend richtete sich das Schilf hinter uns auf. Die Wildenten flogen eine Schleife und fielen hinter uns wieder ein. In der grünen Dämmerung hatte ich das Gefühl, mich auf dem Grund der See zu bewegen, durch schlaff wallende Tangwälder, durch lauerndes Schweigen vorwärts. Dann lichtete sich der Schilfgürtel, und wir hatten den Mühlenteich vor uns und dahinter, auf rostigem Drehkranz, die Mühle. Da? fragte mein Bruder, und ich nickte, sicherte nach allen Seiten, bevor ich über den Holzzaun kletterte und zu dem befestigten Weg lief, der zur Mühle hinaufführte.

Wie soll ich meine Lieblingsmühle vorstellen: auf künstlichem Hügel stand sie, stand erwartungsvoll – wenn auch flügellos – gegen Westen, ihre Zwiebelkuppe war mit Schiefer besetzt, der achteckige, aus übereinandergenagelten Planken gebaute Turm hatte zwei Blitzschläge überstanden. Die hocheingeschnittenen, in weiße Rahmen gefaßten Fenster waren zerbrochen, das Flügelkreuz lag zerkleinert und verfaulend an der Ostseite im Gras, zwischen ausgedienten Mühlsteinen, speichenlosen Rädern und Hufeisen. Die zersplitterte Tür hatte sich lange nicht schließen lassen, bis ich den Boden abtrug und die Angeln neu richtete. Regen, Wind und die Jahre hatten die Rampe zum Einsturz gebracht. Es zog in meiner Mühle, es knackte, pfiff und polterte, und wenn der Wind umsprang von West nach Ost, dann rumorte es oben in der Kuppel, und ein Flaschenzug senkte sich quietschend aus der Höhe, konnte allerdings keine Last finden. Da wurden Glasscherben zerkleinert, da segelten Fledermäuse, die wie Pappstücke aussahen, lautlos über die Tenne, und lose Blechverkleidung schepperte unter der geringsten Berührung. Zerzaust und angeschlagen, verkommen, mit trockenen Scheißhaufen garniert, war meine Mühle sich selbst überlassen, stand schwarz und untauglich im Blickfeld zwischen Rugbüll und Bleekenwarf, und wenn sie überhaupt noch zu etwas diente, dann dazu, unser Erstaunen darüber hervorzurufen, daß sie jeden Orkan im Frühjahr überstand und die Herbststürme.

Aber wir dürfen nicht zu lange draußen bleiben, auch wenn da noch mehr über die Außenansicht der Mühle zu sagen wäre – beispielsweise über ihr Spiegelbild im Mühlenteich und über die eingekerbten Anfangsbuchstaben und Pfeile und Herzen in der Tür; denn wir haben keine Zeit zur Besichtigung, müssen gebückt den befestigten Weg hinauf, an der eingestürzten Rampe vorbei zum Eingang, der tief in den künstlichen Hügel eingeschnitten ist. Klaas selbst, das nehme ich doch an, gewahrte von meiner Mühle zunächst nicht mehr als ihre schwarze, starre Erhebung, er brauchte ja auch nicht mehr zu sehen, da er sich mir anvertraut hatte ohne Einschränkung, und keuchend trottete er hinter mir her, den verbundenen Arm gegen den Körper gepreßt, das Gesicht so tief gesenkt, daß er gerade noch meine nackten Beine sehen konnte.

Ich riß die Tür auf. Ich ließ ihn herankommen, schob ihn in den kühlen Treppenraum und schloß die Tür. Wir standen still nebeneinander. Wir lauschten nach oben, hörten jedoch nichts als das verhallende Tuckern des Kutters hinter dem Deich, nicht einmal das huschende Geräusch fliehender Mäuse war zu hören, obwohl das immer zu hören war, wenn man die Mühle betrat. Scharf und schmal einbrechendes Licht durchzitterte die Dämmerung. Zugluft muß ich erwähnen und das Schwanken der hölzernen Treppe, aber vielleicht bilde ich mir das Schwanken nur ein. Mein Bruder tastete nach meiner Hand und fragte: Hier? und ich sagte oben, oben ist meine Kammer; dann führte ich ihn die Treppe hinauf, in den Mahlraum; dort legte ich eine Leiter an, die ich hinter den alten Mehlkästen versteckt hielt, wir stiegen nach oben und zwängten uns durch eine Luke, zogen die Leiter zu uns herauf und legten sie noch einmal an, bis wir in einer Kammer fast unter der Kuppe waren: ich will sie meine Kammer nennen.

Klaas schob mich zur Seite und trat vor mir ein, er entdeckte sofort das Lager aus Schilf und Säcken neben dem Fenster, aber er legte sich nicht hin, setzte sich nicht einmal auf die Apfelsinenkiste, obwohl der Aufstieg ihm die letzte Kraft abverlangt hatte, vielmehr starrte er lächelnd und verwundert auf all die Bilder, fuhr sich mit der Hand über das verklebte Haar, wischte sich wohl auch über die Augen, ohne die Zahl und die Art der Bilder verringern bzw. verändern zu können. Es waren vor allem Reiterbilder, mit denen ich die Wände meines Verstecks in der Mühle bepflastert hatte. Bald nach Doktor Busbecks sechzigstem Geburtstag hatte ich damit begonnen, aus Kalendern, Zeitschriften und Büchern Reiterbilder auszuschneiden, mit denen ich zuerst nur die Ritzen, später die ganzen Wände beklebte: da sprengten Napoleons Kürassiere von der Wand, da ritt Kaiser Karl V. über das Schlachtfeld von Mühlberg, Fürst Jussupow zeigte sich in tatarischer Tracht auf feurigem Araber, und auf kleinem Andalusierschimmel trabte Königin Isabella von Bourbon in die Abendtrübnis. Dragoner, Kunstreiter, Jäger, Ritter saßen unterschiedlich im Sattel und begutachteten sich gegenseitig, und wer wollte, der konnte Hufschlag und Wiehern hören. Was ist denn hier los? fragte mein Bruder. Ausstellung, sagte ich, hier läuft eine Ausstellung.

Klaas nickte belustigt und gequält, schleppte sich zum Lager und ließ sich fallen, und ich setzte mich an das Kopfende und sah auf meine Bilder und dann auf ihn, der die Augen geschlossen hatte und auf etwas zu horchen schien, was ihn auch hier noch verfolgte und nicht zur Ruhe kommen ließ. Es gelang ihm nicht, sich zu entspannen, locker auszustrecken; immer war etwas an ihm in Bereitschaft: er suchte Deckung, er sammelte sich zum Sprung oder verbarg den plumpen Verband unter seinem Körper. Ich legte ihm eine Hand auf die Brust. Er zuckte zusammen. Ich wischte ihm den Schweiß vom Gesicht. Er fuhr auf. Erst, nachdem ich ihm eine Zigarette angesteckt hatte, wurde er ruhiger und hob beide Beine auf das Lager aus Schilf und Säcken, das für ihn ein wenig zu kurz war. Gefällt dir mein Versteck? fragte ich, und mein Bruder darauf, nachdem er mich lange angesehen hatte: Wenn du etwas sagst, bin ich erledigt. Keiner darf etwas wissen, und am wenigsten sie – zu Hause. Es ist ein gutes Versteck, Kleiner. – Es war noch niemand hier, sagte ich. Das ist gut, sagte er, es darf niemand wissen, daß ich hier bin. – Aber Vater, sagte ich, Vater kann es doch wissen: er wird dir helfen, und mein Bruder wieder sehr bedachtsam und beinahe drohend: Ich bring dich um, Kleiner, ich mach dich fertig, wenn du ihm etwas sagst, hast du verstanden? Er sah mich an aus seinen schmalen hellen Augen, erwartete wohl etwas von mir, packte mich auf einmal und warf mich hin neben seinem Lager und drückte mich auf den Boden mit dem Gewicht seiner Angst, bis ich merkte, was er erwartete, und ihm alles versprach, worauf er sich erschöpft, aber zufrieden zurückwarf und mir befahl, ein Pappstück aus dem zerbrochenen Fenster zu ziehen. Unsere Gesichter näherten sich einander, berührten sich fast, als wir hinausblickten über das flache morgendliche Land in der Sonne, das wir gemeinsam absuchten und erforschten bis zur fernen Beuge des Deiches, bis zum rotbemützten automatischen Leuchtfeuer: das Auto erkannten wir gleichzeitig. Von der Husumer Chaussee rollte es heran, die Sonne zerplatzte auf der Windschutzscheibe, es war ein dunkelgrünes Auto, das langsam dahinfuhr neben spiegelnden Gräben, plötzlich in den Ziegelweg nach Rugbüll einschwenkte und noch langsamer wurde, aber nicht hielt, hinter den struppigen Hecken von Holmsenwarf verschwand und wieder hervorkam, als ich nicht mehr damit rechnete. Wieder sprang blendendes Licht von der Windschutzscheibe ab. Kühe trotteten vor bis zum Draht, um das Auto zu erwarten, doch im letzten Augenblick erschraken sie und warfen den plumpen Bug im Sprung zur Seite, während das Auto lautlos weiterrollte und unter dem Schild »Polizeiposten Rugbüll« hielt. Da wurde ein Wagenfenster niedergekurbelt, ein Kopf schob sich schräg heraus und eine lederglänzende Schulter. Wenn der Mann, der sich da aus dem Fenster lehnte, nur lesen wollte, was auf dem Schild stand, brauchte er sehr lange, um die regengebleichte, zweimal nachgezogene Schrift zu entziffern.

Mein Bruder nahm fest meinen Arm, drückte zu in unabsichtlicher Erregung, als die Türen des Autos aufflogen und vier Männer in ledernen Mänteln ausstiegen und sich ohne weitere Verständigung, schulmäßig, man weiß schon wie, auf unser Haus zubewegten von verschiedenen Seiten, unser Haus geschickt, wenn auch locker einkreisten, vier Männer in gleichen Mänteln, mit den gleichen Hüten auf dem Kopf, und alle trugen die Hände in den Taschen. Ich meine, die hatten Übung darin, auszuschwärmen und sich unauffällig zu bewegen, einer setzte mühelos über den Gartenzaun.

Heute weiß ich, warum Klaas, ohne mich anzusehen, ohne den Druck auf meinen Arm zu verringern, plötzlich sagte: Hau ab, Kleiner, schnell, lauf nach Hause, und ich weiß auch, warum er mir keine Zeit mehr zu einer Frage ließ, sondern mich zur Luke schubste, dringend und unnachsichtig. Hau ab! Das war alles, was er sagte; nur später, als ich am Fuß der Leiter stand, rief er noch einmal: Essen – wenn du zurückkommst, bring was zu essen mit.

Da ich meinem Bruder Klaas immer gehorcht hatte, turnte ich an der Leiter hinab, wie er's verlangte, versteckte die Leiter hinter den Mehlkasten, sprang, wie er's verlangte, über die Auffahrt zum Deich, pflügte durch den Schilfgürtel, lief bis zur Schleuse vor und dann geduckt auf der Grabenböschung weiter. Am alten Kastenwagen konnte ich mich aufrichten und sorglos tun: von jetzt an war mir eine Entfernung vom Haus nicht nachzuweisen. Ich schlenderte zum Auto, das noch immer unter dem Schild stand, umrundete es, sah auf dem Tacho neugierig nach der Höchstgeschwindigkeit und drückte einmal auf die Hupe, was zur Folge hatte, daß ein kurzer, stämmiger Kerl im Ledermantel aus dem Haus stürzte und mich beim Kragen nahm. Wohin ich gehöre, wollte er wissen. Was ich in dieser Frühe hier draußen zu suchen hätte, sollte ich ihm sagen. Um alle Fragen auf einmal zu beantworten, nannte ich meinen Namen, zeigte auf das Fenster meines Zimmers und sagte: Da wohne ich. Es gelang ihm nicht, mir zu trauen; der stämmige Mann hielt mich am Hemdkragen fest und führte mich ins Haus, ins Büro meines Vaters.

Da saßen sie alle. Gegen das Licht saßen die drei Männer in Ledermänteln, und vor ihnen, nur mit Hose und Unterhemd bekleidet, die Hosenträger verkantet über der Schulter, weder rasiert noch gewaschen oder gekämmt, mit einem Wort: vor den steifen Silhouetten der mänteltragenden Männer saß ein betretener, offenbar gerade aus dem Schlaf getrommelter Polizeiposten Rugbüll, der mir mindestens wie fünfundneunzig vorkam. Als er gefragt wurde, ob ich sein Sohn sei und zum Haus gehöre, musterte er mich lange, er schien tatsächlich Mühe zu haben, mich wiederzuerkennen, doch auf eine wiederholte Frage nickte er, Gott sei Dank, schwach, aber er nickte, und darauf hörte das Zerren an meinem Hemdkragen auf. Der kurze stämmige Kerl ließ mich los, trat vor meinen Vater, legte die Hände auf dem Rücken zusammen und begann zu wippen, auf und ab wippte er mit seinen dicken Gummisohlen und blinzelte aus seinen Kalbsaugen den gerahmten Spruch an, der über dem Schreibtisch meines Vaters hing: Morgenstunde hat Gold im Munde. Weil keiner mich fortschickte, sah ich mich schnell in dem Büro um, das zu betreten mir mein Vater verboten hatte, aber da gab es nichts, was mich interessierte – es sei denn einen Stempelhalter mit vier darin hängenden Stempeln sowie eine geflochtene Troddel von einem Polizeisäbel, die matt silbrig schimmerte. Mein Vater saß nur schläfrig und ergeben da, als ob er überhaupt nichts zu sagen hätte, flach ruhten seine Hände auf den Oberschenkeln, der Oberkörper hielt sich steif an der Lehne, das Kinn war angezogen, und die Lippen standen offen. Er konnte nicht verbergen, daß er an etwas dachte, auch wenn er aus den Augenwinkeln den kurzen stämmigen Kerl beobachtete, der jetzt mit beleidigender Langsamkeit die Photographien betrachtete, mit denen die ganze Wand überm Schreibtisch bedeckt war.

Was erzählten die Photographien? Von Glüserup erzählten sie und von einem dunklen, engen Geschäft, in dem ein Peter Paul Jepsen frische Seefische anbot, sie gaben bekannt, daß dem Fischhändler Jepsen fünf Kinder geboren wurden, wovon eines, ein mageres Bürschchen, das für den Photographen immer das gleiche trockene Mißtrauen übrig hatte, eine auffallende Ähnlichkeit mit dem Polizeiposten Rugbüll besaß. Vom Krabben-Wett-Pulen zweier Familien berichteten die Photographien, sie stellten den Glüseruper Kinderchor vor – und zwar mitten im Lied sozusagen, mit auf ewig aufgerissenen Mündern; ferner zeigten sie mit riesiger Spitztüte den Schüler Jens Ole Jepsen, zeigten den gleichnamigen Konfirmanden und den linken Verteidiger der Fußballmannschaft TuS Glüserup. Eine ovale Photographie erklärte, daß es einmal einen jungen Kanonier Jepsen gegeben hatte, der neben einer leichten Haubitze kniete wie vor einem Altar, derselbe Kanonier trug in Galizien einen Mantel und sang mit anderen Kanonieren einen Weihnachtsbaum an. Schräg hingestreckt vor einer schnurrbärtigen Sportsmannschaft lag ein Polizeischüler Jens Ole Jepsen, im Hintergrund erhoben sich drohend Hamburger Backsteinkasernen. Danach kam eine Gudrun Scheßel ins Spiel, die Photographien berichteten von ihrer Vorliebe für weiße Kleider und weiße Strümpfe, sie bewiesen die schreckliche Länge ihrer rotblonden Zöpfe, die bis auf den Hintern fielen, auch daß Gudrun Scheßel lesen konnte, wurde da bekanntgegeben, denn jede Photographie zeigte sie mit einem Buch in der Hand. Daß Jens Ole Jepsen und Gudrun Scheßel eines Tages zusammenkamen, belegte die Aufnahme einer starräugigen Hochzeitsgesellschaft, die stramm, jedenfalls steif und mit erhobenem Glas das Paar umstand und es anscheinend hochleben ließ auf disziplinierte Weise. Die Photographien beglaubigten eine Reise des Paars nach Berlin, eine andere Reise von Bingen nach Köln auf einem Rheindampfer, und schließlich behauptete eine Aufnahme, daß dem Paar drei Kinder geboren wurden: Hilke und Klaas waren deutlich zu erkennen, das haarlose Ungeheuer in der hochrädrigen Karre mußte ich sein.

Der stämmige Kerl im Ledermantel nahm sich Zeit, all die Photographien zu betrachten, während mein Vater nur ergeben dasaß und sich auch nicht rührte, als der Besucher das Dienstbuch nahm und die letzten Eintragungen überflog, die da in schleifiger Schrift gemacht worden waren. Die andern drei saßen nur als unbewegliche Silhouetten da; einer von ihnen rauchte, ohne die Zigarette aus dem Mund zu nehmen. Was zwischen ihnen zu sagen war, hatten sie sich wohl schon gesagt. Ich drückte mich in eine Ecke und wartete auf etwas, das geschehen mußte, aber plötzlich trat geräuschlos meine Mutter ins Büro, winkte mir knapp, packte mich und zog mich in die Küche, wo auf dem kleinen Tisch mein Frühstück stand: dick gekochte Haferflocken mit Zucker und eine Scheibe Brot, das mit Rhabarbermus bestrichen war. Iß, sagte sie tonlos, und ich aß unter ihren Blicken und merkte, daß sie unentwegt zum Büro hinüberlauschte. Die suchen was, sagte ich, und sie darauf: Sei ruhig und iß. – Die sind aus Husum, bestimmt, sagte ich. Du bist nicht gefragt, sagte sie, und sie schloß die Küchentür und goß sich eine Tasse Tee ein, den sie stehend trank. Ich fragte: Wollen sie Vater im Auto mitnehmen? Sie hob die Schultern. Ich weiß nicht, sagte sie langsam, setzte die Tasse ab und ging auf den Flur.

Ich linste einmal zur Mühle hinüber, in der Klaas lag und auf mich wartete, zog dann die verquollene Tür zur Speisekammer auf: ein Krug mit eingelegten Gurken, ein halbes Brot, gesalzenes Fleisch, Zwiebeln, eine Kumme mit ungesüßtem Rhabarbermus, ein Würfel Margarine, eine Mettwurst, vier rohe Eier, eine Tüte Mehl und einen Beutel Haferflocken, mehr konnte ich nicht entdecken. Ich leckte das Rhabarbermus von meiner Schnitte, brach das Brot und schob es in die Tasche. Im Büro wurden Stimmen laut. Der stämmige Kerl begann da zu sprechen, und auch von den andern nahmen einige das Wort, nur mein Vater sagte und sagte nichts, und auf einmal schlüpfte meine Mutter wieder zu mir in die Küche, ergriff hastig ihre Tasse und hob sie zum Mund: da kamen die Männer auch schon aus dem Büro und traten auf den Flur, jeder gab zum Abschied dem Polizeiposten Rugbüll die Hand, auch zu uns glotzten sie herein und wünschten guten Appetit und so weiter, bevor sie zögernd aus dem Haus traten und keineswegs gleich zu ihrem Auto gingen, sondern auseinandertraten und zunächst die Landschaft begutachteten, die Gräben, Wiesen und Hecken bis zum Deich hin absuchten mit geschultem Blick. Da bewegte sich nichts, da stand, lag und kauerte nichts, was ihren Verdacht hätte erregen können. Einer der Männer durchstöberte erfolglos den Schuppen, ein anderer inspizierte die Schleuse. Den verrotteten Kastenwagen überprüften sie auf Harmlosigkeit, und der kurze Stämmige holte sich aus dem Auto ein Fernglas und sah lange zu den Torfteichen hinüber. Sie machten keinen zufriedenen Eindruck, als sie zu ihrem Auto zurückgingen. Sie fuhren enttäuscht weg.

Mein Vater stand auf der Treppe und beobachtete, wie sie davonfuhren, langsam neben den Gräben; er stand so lange da, bis das Auto zur Husumer Chaussee hinauffuhr, dann erst kam er herein, setzte sich, wie er war, an den Küchentisch und legte beide Hände übereinander. Steif saß er da in dem groben Unterhemd, mit den verkanteten Hosenträgern, seine Augen tränten, sein Gebiß mahlte leicht und knirschend, und er übersah die Tasse Tee, die meine Mutter ihm hinschob, übersah auch mich – allerdings nicht aus Abwesenheit: sein Gesicht ließ erkennen, daß er nicht nur den Grund, sondern auch die Folgen des frühen Besuches verstanden hatte. Er rechnete. Er erwog und überlegte, verwarf und erwog von neuem. Seine Augenbrauen bewegten sich. Er atmete angestrengt. Und auf einmal hob er die rechte Hand, ließ sie schlaff auf den Tisch fallen und sagte zu meiner Mutter: Kann gut sein, daß er plötzlich vor der Tür steht. – Suchen sie ihn schon? fragte meine Mutter, und er darauf: Im Lazarett für Gefangene war er, da is er abgehaun. Sie suchen ihn überall. – Wann ist er ausgebrochen? fragte meine Mutter. Gestern, sagte er, gestern abend, und damit hat er sich alles versaut: ich hab mich erkundigt. Wenn Klaas das nicht gemacht hätte, wäre er mit Zuchthaus oder Strafbataillon weggekommen – jetzt hat er nix mehr zu erwarten. – Warum, fragte meine Mutter, warum hat er das gemacht? – Kannst ihn selbst fragen, sagte mein Vater: Auf einmal wird es klopfen und dann steht er vor dir, und dann kannst du ihn ja fragen. – Er kommt nicht hierher, sagte sie; nach allem, was er uns angetan hat, wird er's wohl nicht wagen, hier aufzutauchen. – Er wird kommen, sagte mein Vater. Hier hat alles begonnen, hier wird auch alles aufhören für ihn: er wird ihnen direkt in die Arme laufen. – Willst du ihn etwa warnen? fragte sie; oder willst du ihn sogar verstecken, wenn er hier auftaucht? – Ich weiß nicht, sagte mein Vater, ich weiß nicht, was ich tun soll, aber sie darauf: Du weißt hoffentlich, was von dir erwartet wird.

Sie deckte den Tisch für ihn, holte das Brot, holte Margarine und die braune Kumme mit dem Rhabarbermus und schob alles nah an ihn heran und schien zufrieden, nachdem sie diese lästige Pflicht hinter sich hatte. Sie setzte sich nicht. Sie goß sich eine Tasse Tee ein, lehnte sich mit dem Rücken gegen den Küchenschrank und sagte: Ich jedenfalls möchte nichts mehr mit ihm zu tun haben. Wir sind fertig, Klaas und ich, und wenn er hier auftaucht, bin ich für ihn nicht zu sprechen. Mein Vater musterte das Frühstück, ohne davon zu essen. Du hast einmal anders von ihm gesprochen, sagte er, und außerdem is er verwundet. – Verstümmelt, sagte meine Mutter. – Klaas ist nicht verwundet, sondern verstümmelt, und das hat er selbst besorgt. – Ja, sagte mein Vater, ja, ja: er hat sich verstümmelt, aber dazu is auch was nötig, und meine Mutter nach einer Pause: Angst, Angst ist dazu nötig, das stimmt – Klaas war uns allen überlegen, sagte mein Vater, der Junge hatte mehr vor sich als ich. – Wir haben an ihn gedacht, sagte meine Mutter, wir haben immer nur an ihn gedacht: und er? Wenn er uns allen überlegen ist, dann hätte er sich doch ausrechnen können, wozu das alles führt, was er gemacht hat, hätte er doch. Jetzt ist es zu spät. Mein Vater aß und trank nichts. Er strich sich über das schüttere Haar und griff einmal an seine linke Schulter, als ob die alten Schmerzen sich wieder gemeldet hätten. Noch is Klaas nich da, sagte er, und wer weiß, ob er überhaupt durchkommt. – Und wenn er durchkommt? fragte meine Mutter. Ich weiß, was ich zu tun habe, sagte mein Vater mit einer Stimme, in der behutsamer Vorwurf lag. Er wandte meiner Mutter sein unrasiertes Gesicht zu, sah sie langsam an, sah sie abschätzend an und fügte hinzu: Was geschehen muß, wird geschehen, da kannst du ganz ruhig sein. Er stand auf, ging auf sie zu mit ausgestreckter Hand, doch sie wartete nicht auf seine Berührung: schnell setzte meine Mutter die Tasse ab, wich vor ihm zurück, ging rückwärts um den Tisch herum zur Tür und stieg ohne ein Wort nach oben und schloß sich höchstwahrscheinlich im Schlafzimmer ein.

Mein Vater zuckte die Achseln. Er streifte die Hosenträger ab, ging zum Ausguß und nahm von einem kleinen Eckbord

Pinsel und Seife und begann sich, in leichter Grätschstellung, über dem Ausguß einzuseifen, wobei er mich im Auge behielt. Du hast ja wohl gehört, sagte er plötzlich, Klaas is abgehaun, und es kann sein, daß er hier auftaucht. Ich kleckste mir Rhabarbermus auf die Haferflocken und sagte nichts. Er wird bestimmt hier auftauchen, sagte mein Vater, auf einmal wird er dasein, wird uns um dies bitten und um jenes, wird Lebensmittel verlangen, ein Versteck brauchen: daß du mir ja nix tust, ohne mir Bescheid zu sagen. Jeder, der ihm hilft, macht sich strafbar, auch du, auch du machst dich strafbar. Ich fragte: Was werden sie tun mit Klaas, wenn sie ihn haben? Worauf mein Vater, einen Schaumtropfen wie Rotz vom Finger schlackernd, nichts mehr zu sagen hatte als: Was er verdient hat. Dann hob er das Rasiermesser, verzerrte sein Gesicht, schabte von den Ohren abwärts und spitzte die Lippen wie zu einem Dauerpfiff, während ich zerstreut meine Haferflokken aß und viel Zeit verlöffelte, jedenfalls so lange den grauweißen Pamps löffelte, bis mein Vater sich rasiert hatte. Auch jetzt wollte er weder trinken noch essen. Er wusch sein Rasierzeug, zog die Hosenträger über die Schultern, alles viel zu langsam und bedächtig, er suchte nach einem Knopf, der längst abgesprungen war, schneuzte sich und nahm sich auch noch die Zeit, nachdenklich in sein Taschentuch zu gucken, und dann ging er sogar noch ans Fenster und blickte ausdauernd zur Husumer Chaussee, wo nichts los war, wo nur die Sonne den Asphalt aufweichte.

Als er dann endlich, nach einigen weiteren Verzögerungen wie Schuhe putzen, Pfeife säubern, Wecker aufziehen, die Küche verließ und in sein Büro hinübertrottete, trank ich den für ihn bestimmten Tee, trug Brot, Margarine und die Kumme mit dem faserigen, sowohl ins Grüne als auch ins Rötliche spielenden Rhabarbermus in die Speisekammer, stellte alles an seinen Platz und lauschte; da nichts im Anzug war, schnitt ich ein paar daumendicke Scheiben vom Brot herunter und schob sie in den Hemdausschnitt, schob ein Stück Mettwurst und zwei Eier hinterher, worauf das Hemd sich über dem Gürtel beutelte. Sacht ließ ich die Vorräte nach hinten rutschen, so daß ich die kühlen Eier, das krümelige Brot an der Wirbelsäule spürte. Die Wurst stopfte ich in die Tasche. Ich schnitt auch noch einen Streifen von dem blassen gesalzenen Fleisch ab und ließ es an meine Wirbelsäule rutschen. Das Hemd wölbte sich jetzt hinten über meiner Hose wie ein natürlicher, wie ein sehr tief hängender Rucksack, doch es war mir immer noch nicht genug. Die Äpfel – ich dachte an die Gravensteiner auf dem Schrank in meiner Kammer und beschloß, einige davon in den Hemdausschnitt zu schieben. So verließ ich die Küche und stieg, bei jedem Schritt von Eiern, Brot und Fleisch wippend berührt und befeuchtet, die Treppe hinauf, hielt mich dicht an der Wand, kam auch unbemerkt nach oben und am feindlichen Schlafzimmer vorbei, öffnete die Tür zu mir und erschrak: in meinem Bett lag mit offenen Augen meine Mutter. Sie war nicht in ihrem Schlafzimmer, wie ich gedacht hatte, stand nicht, wie ich gedacht hatte, mit hochmütig herabgezogenen Lippen hinter der Gardine, um sich vom Deich, vom Horizont oder von den blinkenden Gewässern Trost zu holen; in meinem Bett lag sie, gekrümmt, bis zur Brust zugedeckt, die weißen, mit Sommersprossen und Leberflecken besäten Arme locker auf der Bettdecke. Was mich später kaum noch aufregte, da es zu oft passierte – an diesem Tag genügte der Anblick, um mich unbeweglich zu machen. Ich starrte sie nur an. Ich fragte nicht einmal: was soll es bedeuten, daß deine Mutter in deinem Bett und so weiter. Ihr Haar fiel sacht über das Kissen. Der eher flache Körper schien plump unter der Bettdecke. Wollte sie mich aus meiner Kammer verdrängen? So wie sie dalag, erinnerte sie mich an meine Schwester Hilke. In ihrem offenen Auge war keine Erklärung zu finden, und um Entschuldigung bat sie mich auch nicht. Eine feuchte, kühle Berührung an der Wirbelsäule mahnte mich, und ich überlegte, wie ich mich aus ihrem Gesichtskreis herausdrehen sollte: rückwärts, wie Katzen sich aus dem Bannkreis lösen, wollte ich mich herausziehen, langte nach dem Türdrücker, hatte die Schwelle schon unter mir, da sagte sie: Komm her, komm ganz nah heran. Ich tat es. Dreh dich um, sagte sie. Ich tat es und preßte mein Gesäß zusammen und glaubte wirklich, sie könnte den hängenden Beutel übersehen, den mein Hemd auf dem Rücken bildete, doch dann sagte sie: Pack aus, und ich ließ die Vorräte von der Wirbelsäule zum Bauchnabel gleiten, langte in den Hemdausschnitt und zog alles nacheinander hervor und legte es auf den Boden: das Brot, die Eier und den blassen Streifen gesalzenen Fleisches. Ich war vorbereitet auf jede Frage, hätte etwas von meinem Versteck erzählt – nicht in der Mühle, sondern auf der Halbinsel in der Hütte des Vogelwarts –, hätte auf meine Art die Notwendigkeit begründet, einen Vorrat für schlechte Zeiten anzulegen, doch meine Mutter wollte nichts wissen, sie sagte nur: Bring alles zurück in die Speisekammer – zurück. Sie sagte es nicht drohend oder warnend, auch nicht enttäuscht, ihre Stimme hatte einen leidenden Ton, als sie mir befahl, all die Sachen, die ich für Klaas ausgesucht hatte, an ihren Platz zurückzubringen, und ich sah sie lange und erstaunt an und wartete, wartete auf die selbstverständliche Ankündigung einer Strafe, doch meine Furcht hatte unrecht, und auf einmal lächelte meine Mutter sogar und nickte mir auffordernd zu: da zog ich mein Hemd aus der Hose, sammelte alles ein und trug es hinab in die Speisekammer.

Was war mit ihr geschehen? Warum bestrafte sie mich nicht? Warum schloß sie mich nicht ein? Ich legte die Eier zu den Eiern, das Fleisch zum Fleisch, die Wurst zur Wurst – nur die gebrochene Scheibe Brot behielt ich in der Tasche und hieb mehrmals mit der flachen Hand darauf, bis sich da nichts im Stoff der Hose abzeichnete.

Vom Küchenfenster aus beobachtete ich die Mühle, suchte und suchte nach einem Zeichen an der Luke, während mein Vater hinten im Büro auf seine Weise zu telefonieren begann, indem er kurze Aussagesätze in den Apparat brüllte und das jeweils letzte Wort mehrmals wiederholte. Er konnte einfach nicht unbemerkt telefonieren, und ich rechnete damit, daß meine Mutter, wie so oft, herunterkommen und die Tür zum Büro schließen würde – was seine Telefonate zwar nicht unverständlich, aber doch erträglich machte –, doch oben blieb alles ruhig. An der Luke, hinter der Klaas lag und auf mich wartete, war nichts zu entdecken. Papiere aus Husum erhalten, brüllte mein Vater. Ich stellte mir vor, daß mein Bruder schlief auf dem Lager aus trockenem Schilf und Säcken, auch im Schlaf noch in Bereitschaft, in seinem leichten Schlaf geduckt wie zu einem Sprung. Keine besonderen Vorkommnisse schrie mein Vater, Vorkomm-nis-se!

Ich überlegte, welchen Weg ich diesmal nehmen sollte, um unbemerkt in meine Mühle zu kommen, wanderte die Gräben entlang, blickte prüfend zum Deich hinüber, vermißte einen unterirdischen Gang, das möchte ich meinen, und während ich den Umweg festlegte, erkannte ich Okko Brodersen, der mit seiner Posttasche aus Richtung Holmsenwarf herüberkam. Der Postbote schwankte auf seinem Fahrrad. Seine verkratzte, lederne Tasche schien ihn daran zu hindern, Gleichgewicht zu finden. Meldung erfolgt dann umgehend, brüllte mein Vater.

Okko Brodersen hielt auf uns zu, fuhr ratternd über die kleine Brücke aus geschnittenen Stämmen, kam, in grummelndem Selbstgespräch, immer näher, machte Anstalten, den Pfahl mit dem Hinweisschild zu rammen, schlingerte jedoch knapp vorbei und landete nach schwungvollem Bogen an unserer Treppe. Fluchend stieg er ab, der leere, zusammengesteckte Ärmel seiner Uniformjacke zuckte und schlug aus wie unter elektrischen Stößen. Er zerrte die Posttasche vor den Bauch und stieg zu uns herauf, klopfte nicht, sondern kam einfach herein in die Küche und wünschte allen, die dafür in Frage kamen, ein grummelndes Guten Morgen; dann setzte sich Okko Brodersen an den Küchentisch, zog seine Taschenuhr raus und legte sie vor sich hin. Ruhig betrachtete er seine Uhr. Er schien zufrieden mit ihr, denn er nickte, doch als ich einen Blick auf seine Uhr werfen wollte, verhinderte er es, indem er mir eine Ansichtskarte aus Hamburg zuschob und sagte: Lies mal, wenn du lesen kannst: Hilke kommt zurück, deine Schwester will für immer nach Hause. Erfolgt umgehend, rief mein Vater in seinem Büro. Du kannst sie am Sonntag vom Bahnhof abholen, sagte der Postbote und begann wieder, mit erregter, aber zufriedener Aufmerksamkeit seine Taschenuhr zu betrachten – etwas, das er immer machte, sobald er sich gesetzt hatte, und es kam mir manchmal so vor, als ob seine Uhr den Tag anders berechnete und einteilte als andere Uhren, und daß er selbst einfach nur darauf aus war, den Unterschied zu begreifen.

Der alte, einarmige Postbote interessierte sich nicht für das Gebrüll meines Vaters im Büro. Schnaufend, in die Betrachtung seiner Uhr versenkt, wartete er, bis mein Vater den Hörer hinlegte und zu uns in die Küche kam, und jetzt stand er auf, die Männer gaben sich die Hand, nannten sich, zur Frage angehoben, beim Vornamen: Jens? Okko? Der Postbote nahm mir die Ansichtskarte ab und reichte sie zusammen mit einer Zeitung meinem Vater und setzte sich wieder hin. Er sah sich in der Küche um, er suchte etwas. Tee? fragte mein Vater, trinkst du eine Tasse Tee? – Das ist es, sagte der Postbote, das ist es, was ich brauche: eine Tasse Tee; und dann tranken sie und lobten abwechselnd den dunklen, stark gesüßten Tee, und sie beobachteten einander, während sie tranken, über den Rand der Tasse hinweg. Mehr taten sie nicht – und taten doch mehr, wenn man bedenkt, daß sie insgeheim unaufhörlich darauf aus waren, einen Anfang zu finden, einen bescheidenen Anfang für das, was sie voneinander wollten; denn darauf achten sie bei uns allemal: daß ein Anfang von etwas so nebenher gemacht wird, ohne die Stimme zu heben.

Darum kann ich Okko Brodersen nicht gleich beginnen lassen, ich muß, damit er sich selbst gleicht, abwarten, muß das Vorgespräch erwähnen, das beide Männer mit erstaunlichem Mut zu Pausen am Küchentisch führten – sie sprachen über Tiefflieger und Fahrradschläuche –, muß noch einmal die Ausführlichkeit ertragen, mit der sie sich nach dem Befinden ihrer Angehörigen erkundigten, auch muß ich ihrer langsamen, aber berechneten Bewegungen gedenken. Der leere Ärmel von Brodersens Uniformjacke wischte über den Küchentisch. Mein Vater bog und kniff die Zeitung zusammen. Brodersen blickte auf seine Uhr, als er von den Schwierigkeiten bei der Beschaffung von Fahrradschläuchen erzählte. Der Polizeiposten Rugbüll hob von Zeit zu Zeit den Kopf, als hörte er verdächtige Geräusche im Haus.

So näherten sie sich einander, so bereitete einer den andern vor, lange und umständlich genug, bis der alte Postbote sich berechtigt glaubte, über den Grund seiner Anwesenheit deutlich zu sprechen. Er sagte: Du solltest ihn in Ruhe lassen, Jens, und mein Vater, der nichts anderes als dies erwartet zu haben schien: Jetzt fängst auch du an, jetzt redest du wie der alte Holmsen, der gestern abend hier reinsah und mir nichts anderes sagen konnte als: laß ihn in Ruhe. Aber was ist denn groß geschehen bisher? Das Malverbot is in Berlin beschlossen, das hab ich mir nich ausgedacht, und auch die Beschlagnahme der Bilder is in Berlin verfügt worden. Ich hab für alles meine Anweisungen, und darüber bin ich nich hinausgegangen.

Es wird erzählt, daß du hinter ihm her bist, sagte der Postbote. Hinter ihm her, sagte mein Vater, was heißt hier: hinter ihm her? Einer mußte ihm doch beibringen, was gegen ihn verfügt worden ist, na, und das is eben meine Aufgabe hier. – Es wird erzählt, sagte der Postbote, daß du ihn im Auge behältst abends und morgens, und sogar in der Dunkelheit. – Das Malverbot hat überwacht zu werden, sagte mein Vater kurz, und Okko Brodersen, der auf diese Antwort gefaßt war: Es wird erzählt, daß du mehr tust, als einer tun sollte, jedenfalls mehr, als die Pflicht verlangt. – Ihr wißt nicht, was sie von mir erwarten, sagte mein Vater. Nein, sagte der Postbote, das wissen sie wohl nicht, aber sie glauben, darüber Bescheid zu wissen, was du selbst von dir erwartest in dieser Angelegenheit: es wird erzählt, daß du dir persönlich was vorgenommen hast. Der Polizeiposten Rugbüll zuckte die Achseln, er sah gelassen den Mann an, der auf mehreren Photographien im Büro neben ihm zu finden war – sogar auf dem ovalen Bild, das kniende Kanoniere vor ihrer Haubitze zeigte –, schloß die Augen, bedachte sich und nahm sich sehr viel Zeit, bevor er ungefähr sagte: Ich habe meinen Auftrag, er gibt sich seinen Auftrag. Ich hab ihm erklärt, was er nich tun soll, und er hat mir erklärt, was er auch weiter tun wird. Ich kann keine Ausnahme zulassen, aber er möchte die Ausnahme sein: bring das mal denen bei, die soviel zu erzählen haben. Geh ruhig zu ihnen und bring ihnen bei, daß jeder von uns nur das Seine tut: er und ich – wir haben uns gesagt, was zu sagen war, jeder kennt die Folgen.

Der Postbote nickte, er selbst schien nichts dagegen zu haben, und er ließ auch weiter offen, welche Meinung er persönlich vertrat. Einige machen sich Sorgen, sagte er, einige Leute machen sich deinetwegen Sorgen, weil sie glauben, daß die Zeit sich einmal ändern könnte: du weißt, daß er viele Freunde hat. – Ich weiß noch mehr, sagte mein Vater; mir is bekannt, was er denen im Ausland bedeutet, und daß sie ihn sogar bewundern, und ich weiß, daß es auch hier verschiedene gibt, die stolz auf ihn sind – das hat der alte Holmsen mir bestätigt –, stolz, weil er unsere Landschaft erfunden oder geschaffen oder bekanntgemacht hat. Ich hab sogar gehört, daß man im Westen oder Süden zuerst an ihn denkt, wenn man an unsere Gegend denkt ... ich weiß schon genug, das könnt ihr mir glauben. Aber Sorgen? Wer seine Pflicht tut, der braucht sich keine Sorgen zu machen – auch wenn die Zeiten sich einmal ändern sollten. Es wird erzählt, sagte der Postbote, daß du die Bilder aus den letzten Jahren beschlagnahmt hast.

Da kam eine Verfügung aus Berlin, sagte mein Vater, und ich habe dafür gesorgt, daß die Bilder gut verpackt nach Husum transportiert wurden, was weiter mit ihnen passiert is, weiß ich nich.

Gingen nach Berlin weiter, sagte der Postbote, und wurden da zur Hälfte verbrannt und zur Hälfte verkauft, wie jemand erfahren haben will. – Weiß ich nich, sagte mein Vater, davon hab ich nix gehört, weil ich dafür nich zuständig bin, ich bin nur für Rugbüll zuständig.

Aber warum sie ihm Malverbot geben, sagte der Postbote, warum sie alles beschlagnahmen aus den letzten Jahren: das weißt du doch. – In der Verfügung steht, daß er dem Volkstum entfremdet is, sagte mein Vater, demgemäß is er staatsgefährdend und unerwünscht, einfach entartet – wenn du weißt, was ich meine.

Jedenfalls, sagte der Postbote, machen sich einige Leute Sorgen deinetwegen, zwei besonders, die nicht vergessen haben, daß er es war, der dich damals rausholte aus dem Hafenbecken in Glüserup. – Einmal is man quitt, sagte mein Vater, und wir sind quitt: damit du auch das nur weißt und den andern beibringen kannst, die soviel zu erzählen haben. Wir stammen beide aus Glüserup, er und ich, wir haben reinen

Tisch gemacht: jetzt liegt es nur an ihm, wieviel sich noch aus der Sache entwickelt.

Trotzdem, sagte Okko Brodersen, solltest du ihn in Ruhe lassen, Jens, und während mein Vater ihn musterte, als ob er Mühe hätte, ihn zu verstehen, hob der Postbote seine Uhr auf, hielt sie lauschend an das Ohr, zog sie rasch auf und ließ sie in der Tasche verschwinden. Er stürzte den Rest des erkalteten Tees hinunter und stand geräuschvoll auf. Er hatte es sehr eilig – vielleicht, weil es ihm unangenehm war, daß er so viel geredet hatte, und ich half ihm, die Tasche zurechtzurücken. Flüchtig grüßte er meinen Vater zum Abschied, wartete nicht einmal auf die Erwiderung des Grußes, sondern ging hinaus und ließ einen Polizeiposten zurück, der weder erregt noch bekümmert war, der nicht aufsprang, der keinem drohte, der sich nicht einmal beunruhigt zeigte, sondern nur still sitzenblieb und auf seine eigene trockene und gemächliche Weise nachdachte.

Wie deutlich er nachdenken konnte. Obwohl er den Ausguß betrachtete, den langsam tropfenden, angelaufenen Messinghahn, war sein Blick gewissermaßen nach innen gerichtet, sein Atem wurde unhörbar, der Puls schien langsamer zu werden, auch schien der Oberkörper leicht in sich zusammenzusacken, während sich die Hände spannten, einander drückten oder preßten und die Spitzen seiner Füße unregelmäßig wippten. Es störte ihn nicht beim Nachdenken, wenn man sich in seinem Blickfeld bewegte, wenn man sich unterhielt oder arbeitete, er nahm keinen Anstoß daran.

Ich linste zu meiner Mühle hinüber, wo ich erwartet wurde. Das Brot wurde schwer und schwerer in meiner Tasche, jedenfalls machte es sich bemerkbar. Auf dem Fensterbrett lag meine blaue, selbstgemachte Fahne, ich nahm sie in die Hand und wedelte einen Augenblick vor dem Gesicht meines Vaters. Der Luftzug, vielleicht auch die Dauer des Signals, veranlaßten ihn, den Kopf zu heben, und ich erkannte sogleich, daß er mich einbezog in sein Nachdenken. Er brannte sich seine Stummelpfeife an. Er betupfte ein entstehendes Gerstenkorn am rechten Auge. Dann paffte er unter kleinen, platzenden Geräuschen seiner Lippen vor sich hin und inszenierte bedeutungsvolles Dasitzen. Ich hasse dieses herrische Sitzen, ich fürchte dieses Schweigen, das Bedeutung beansprucht, die feierliche Wortkargheit hasse ich, den Blick in die Weite und die schwer zu beschreibende Geste, und ich fürchte, fürchte unsere Gewohnheit, nach innen zu lauschen und auf Worte zu verzichten.

Der Polizeiposten Rugbüll blickte jetzt ausdauernd durch den Qualm auf die Wand, blickte verschleiert, seherisch, und ich hätte mich auch nicht gewundert, wenn da ein Fleck entstanden wäre, sich ein Ziegel gelockert hätte.

Ich wollte ihn um Erlaubnis bitten, das Haus zu verlassen, aber ich wagte es nicht, ich wagte nicht, ihn anzusprechen, den vorzeitlichen Blick auf mich zu lenken, und schweigend zog und verteilte ich liegende Achten im Raum und hätte fast das Spalier der Reis-, Grieß-, Sago-, Graupenbehälter vom Regal gefegt, als er mich auf einmal von hinten packte, mich zu sich heranzog und sagte: Vergiß nich, daß wir zusammenarbeiten: wenn du was siehst, mußt du es melden. Mit der Fahne, sagte ich, und er darauf: Wie du willst, nur melden mußt du's. Gegen uns beide, Siggi, da wird es keiner aufnehmen.

Das hatte ich schon einmal von ihm gehört. Ich fragte schnell: Kann ich jetzt gehn? – Geh, sagte er, von mir aus geh auch nach Bleekenwarf, aber halt die Augen offen. Er wollte noch mehr sagen, aber das Telefon klingelte in seinem Büro, und er sprang auf und legte schreckhaft die Pfeife auf eine Untertasse, drückte das scharf gescheitelte Haar an und knöpfte sich im Gehen die Jacke zu: seine Meldung – Hier Polizeiposten Rugbüll, Jepsen – hörte ich schon draußen auf der Treppe.

Ich sprang die Treppen hinab, erreichte den Ziegelweg, erreichte ungesehen, zumindest ohne Anruf die Schleuse, kauerte mich da zusammen und ließ zur Sicherheit eine ganze Weile dunkles Wasser durch das Schleusentor quellen, bevor ich, einen Haken gegen den Deich schlagend und einen zweiten Haken gegen den Schilfgürtel, zur Mühle zurücklief. Schilfgürtel und Mühlenteich ließ ich unberührt, kam von der Rückseite diesmal, ging im Schatten des künstlichen Hügels und blieb lange genug an der zusammengestürzten Rampe stehen, wenigstens so lange, bis ich wußte, daß die beiden Männer auf der Wiese vor dem Friedhof wirklich bei der Drainage waren; dann kletterte ich nach unten zum Eingang und zog die Tür zur Treppe auf.

Ich sah ihn nicht gleich. Ich stand still in der Kühle, in der Dämmerung und horchte nach oben. Es knackte hinter den alten Mehlkästen – dort, wo die Leiter lag. Zugluft traf mich auf einmal, ein vorwurfsvoller Ruf drang zu mir – nein, kein Ruf, aber ein Geräusch, das einem Ruf glich, und wie immer segelte etwas durch den hohen Raum, strich durch die gefangene Dämmerung, flatterte und stürzte: Möwen waren es nicht. Dann, als ich die Leiter hervorziehen und ansetzen wollte, sah ich Klaas. Er lag neben den Mehlkästen, genau unter der Luke. Er hielt in der gesunden Hand ein Stück Seil, und über ihm pendelte langsam, lautlos, auch unschuldig die Kette des alten Flaschenzugs, mit der er sich hatte herablassen wollen. Er hatte die Kette mit dem Seil verlängern wollen, hatte beides zusammengesteckt, doch nur die Kette hatte sein Gewicht ausgehalten. Ich setzte die Leiter ab, kniete neben ihm, nahm ihm das Seil aus der Hand und zog es ganz unter ihm hervor: es war das Seil, an dem ich mich selbst bei einem Notfall herablassen wollte; es hatte unter meinem Lager gelegen. Gerissen war das Seil nicht, es hatte nur der Verbindung mit einer Kette widersprochen, war aus dem untersten Kettenglied ausgerauscht, wobei es, durch Zug und Klemmung, am Ende schwarz geworden war. Aber diese genaue Erklärung reicht nicht aus, um meinen Bruder auf die Beine zu bringen, denn nachdem ich ihm das Seil aus der Hand genommen hatte, blieb er immer noch gekrümmt liegen, oder, wenn man von oben auf ihn hinabgeblickt hätte, in geduckter Laufstellung, jedenfalls rührte er sich nicht und antwortete, wenn ich ihn vorsichtig schüttelte oder stieß, mit leichtem Stöhnen.

Ich holte das Brot aus der Tasche, hielt es ihm hin, dicht vor sein Gesicht hielt ich die bröcklige Schnitte und forderte ihn auf, zu essen oder wenigstens seine Augen zu öffnen, doch er stöhnte nur und hob den Arm mit dem plumpen Gipsverband an und ließ ihn zurückfallen. Ich brach das Brot. Langsam führte ich es an seine Lippen, drückte ein wenig, drückte stärker, bis ich den Widerstand der geschlossenen Zähne spürte: es gelang mir nicht, ihm das Brot in den Mund zu stopfen. Bewegen, ihn zu einem hölzernen Pfeiler schleifen, ihn mit dem Rücken gegen den Pfeiler aufsetzen: auch das konnte ich nicht, weil er einfach zu schwer war, und da es anscheinend nichts für mich zu tun gab, setzte ich mich neben Klaas hin und erzählte ihm von Zuhause.

Ich sprach geduldig auf sein rundes Gesicht hinab, ohne erkennen zu können, ob er mich verstand und was das, was er verstand, in ihm auslöste oder hervorrief, aber auch das änderte nichts daran, daß er nur gekrümmt vor mir lag: da blieb mir doch nichts anderes übrig, als von Zeit zu Zeit die Mühle zu verlassen, auf das zusammengestürzte Holzwerk der Rampe zu steigen und nicht nur ausdauernd die Drainagearbeiter zu beobachten, sondern auch ein Fuhrwerk aus Richtung Glüserup, einen einzelnen, unbeweglichen Mann auf der Plattform vom »Wattblick« und wieder Haus und Schuppen des Polizeipostens Rugbüll. Wie lange soll ich die Beobachtung fortsetzen? Ich muß ja doch zugeben, daß, als ich einmal von meinem Beobachtungsstand ohne besonderen Argwohn herunterkam, mein Bruder Klaas nicht mehr vor den Mehlkästen lag, sondern sich allein aufgesetzt hatte und seinen Rücken gegen einen Pfeiler lehnte, der mit der Axt glattgehauen war. Allein hatte er es geschafft, und er atmete scharf ein und aus, sah mich mit gehetztem Blick an und bestätigte alles durch langsames Nicken: das panische Gefühl, das ihn plötzlich ergriffen haben muß, nachdem ich ihn allein gelassen hatte, den Wunsch, mein Versteck, in dem er sich wohl wie in einer Falle vorkam, zu verlassen; den Versuch, den alten Flaschenzug mit Hilfe des Seils zu verlängern; das Hinabklettern mit einer Hand, den Absturz: alles bestätigte er und bestätigte auch den Schmerz im Unterleib, indem er die gesunde Hand darauf preßte, den Kopf zurücklegte und die Augen schloß. Auch jetzt wollte er nicht essen. Ich hielt ihm auf flacher Hand das Brot hin, doch er lehnte ab.

Weg, Kleiner, sagte er mühsam, bring mich hier weg. Und ich darauf: Komm nach Hause, Klaas, wenn du erst da bist, werden sie dir helfen. – Die Schmerzen, sagte er, hier unten die Schmerzen. – Ich bring dich nach Hause, sagte ich, und er wieder: Nicht dahin, nein, nicht nach Hause, da bin ich geliefert. Und ich darauf: Wohin denn sonst, wenn nicht nach Hause? Zu wem soll ich dich bringen? Klaas mußte es sich überlegt haben, er sagte nicht zufällig: Der Maler – bring mich zu ihm, und ich: Du weißt nicht, was passiert ist. – Er ist der einzige, sagte mein Bruder, er wird mich verstecken, das weiß ich. Du weißt nicht, was passiert ist, sagte ich wieder. Er wird es tun, sagte mein Bruder und drückte sich auch sogleich vom Boden ab, hielt sich am Holzpfeiler fest und winkte mich heran. Er winkte mich mit der verbundenen Hand heran, und sein Befehl geriet mehr zur Drohung. Der Maler, sagte er, ich hätte gleich zu ihm gehen sollen, ich hätte am Morgen schon bei ihm klopfen sollen.

Klaas ließ den Pfeiler los, stützte sich auf mich, prüfte, wieviel seines Gewichts er mir zumuten konnte, es war nicht sehr viel und wurde weniger mit jedem Schritt, und als wir draußen standen in der Sonne, zog er die Hand von meiner Schulter, hockte sich vor einer Pfütze hin und beschmierte den Gipsverband mit Dreck. Er machte es sorgfältig, und ich half ihm dabei, wir rieben den ganzen Verband mit nasser, torfbrauner Erde ein und tränkten ihn mehrmals in der Pfütze, bis er wie ein klumpiges, etwas zu lang ausgefallenes Torfstück aussah; dann brachen wir auf, flitzten am Mühlenteich vorbei und geduckt zu den Gräben, und je näher wir Bleekenwarf kamen, desto öfter versuchte ich ihn zu überreden, doch noch nach Hause zu kommen: er hörte mir unbeteiligt zu und antwortete nicht. Wir trauten der Stille nicht, wir trauten nicht dem sommerlichen Brüten über den schwarzen, lauwarmen Gräben: bei uns wird jeder gesehen, der aus dem Haus tritt, und da wir es beide wußten, ließen wir uns vom reinen Horizont nicht täuschen. Da wir beide wußten, daß bei uns immer einer aus weitsichtigen Augen über die Gräben und das flache Land blickt – unbeweglich, vom Zaun her, von einem Tor oder Fenster –, liefen wir auf Bleekenwarf zu, als ob man uns längst entdeckt hätte oder sogar schon hinter uns her wäre: in kurzen Sprüngen an den Schleusen vorbei, stampfend durch das Schilfgras der Böschungen, wir wateten durch die Tränke und rutschten über matschigen, von vielen Hufen zertretenen Boden an der Stelle, wo sie die Tiere zum Melken zusammentrieben, und ich weiß noch, wie der Draht der Zäune quietschte und zitterte, als wir ihn hastig auseinanderzogen, um durchschlüpfen zu können, und ich sehe uns tief an die Erde geschmiegt daliegen und lauschen. Ich lief mit, weil ich alles tat, wozu Klaas mich aufforderte; es hätte nicht einmal seiner Angst bedurft, auch nicht seiner Schmerzen, die ihn zum Stöhnen brachten, sobald wir uns hinwarfen. Und ich begleitete ihn bei diesem Lauf, obwohl ich davon überzeugt war, daß Max Ludwig Nansen uns vielleicht nicht nach Hause, aber doch zur Mühle zurückschicken würde. Das letzte Stück liefen wir aufrecht. Wir kamen in den Schutz der Hecke von Bleekenwarf. Hinter der geländerlosen Holzbrücke fiel Klaas hin und blieb liegen, versuchte es noch einmal, indem er sich mit den Knien hochstemmen wollte, aber er schaffte es nicht mehr. Er knickte wieder ein und blieb auf dem Gesicht liegen. Ich flitzte zum Durchschlupf, sah in den Garten, sah zum Haus hinüber, doch da war niemand, und so kehrte ich zu meinem Bruder zurück und zog und zerrte ihn auf die Seite. Ich bettete seinen Kopf auf einem Grasbüschel. Ich fragte ihn: Soll ich ihn jetzt holen? und, weil mein Bruder mich nur verständnislos anblickte, noch einmal dringend: Soll ich ihn holen? – Ja, sagte er leise, ja. Bevor ich ging, hockte ich mich hin und reinigte, so gut es möglich war, die Uniform meines Bruders, sammelte Gräser ab, rieb getrockneten Dreck ab und wischte seine Stiefel sauber. Seinen Kragen ordnete ich, knöpfte den Rock zu. Bleib ruhig liegen, sagte ich, geh hier nicht weg; dann verließ ich ihn.

Vom Durchschlupf aus, in bequemer Haltung, links und rechts einen Ast in der Hand, beobachtete ich Garten, Haus und Atelier, weil ich sichergehen wollte, weil ich weder Jutta noch Jobst, das kleine, feiste Ungeheuer, treffen oder sie gar einweihen wollte. Da liefen Hühner im Blumengarten zwischen den Beeten, Hamburger Goldsprenkel und Belgisch

Leghorn, zwischen Lupinen und Zinnien scharrten sie, pickten Insekten von den Lilien herunter und so weiter. Niemand war zu erkennen, das Gartenhaus war leer. Die vierhundert Fenster weigerten sich, die geringste Auskunft zu geben. Wer hatte die Schaukel unter dem Apfelbaum angestoßen? Warum bewegte sich der große Mohn? Zum Atelier, dachte ich, du mußt ihn im Atelier suchen, und ich trat in den Garten, schob mich an der Hecke entlang, wobei ich die Blumenbeete und das Haus im Auge behielt, kurvte über den geharkten Außenweg zur Rückwand des Ateliers. Ich hörte Stimmen, lauschte, nein, es war nur eine Stimme, die da gereizt Fragen stellte, höhnische Antworten gab. Die Tür war nicht verschlossen. Lautlos öffnete ich sie, schlüpfte hinein und hörte gleich wieder die Stimme des Malers aus einer Abseite: da zankte man sich ganz schön, will ich meinen, und es kann durchaus sein, daß es damals war, als der Maler sagte: Quatsch doch nicht, Balthasar, in jedem Bild gibt es nur eine Handlung: nämlich das Licht. Barfuß, auf festen Dielen, schlich ich mich näher an ihn heran – ich seh mich heute noch auf Zehenspitzen heranschleichen –, stellte mich auf eine der provisorischen Lagerstätten, zog eine hängende, als Vorhang dienende Decke zur Seite und sah ihn vor mir in seinem alten blauen Mantel, den Hut auf dem Kopf. Er arbeitete. Er zankte mit seinem Balthasar und arbeitete an der »Landschaft mit unbekannten Leuten«.

Das Bild war an der Innenseite der rechten Schranktür befestigt, auf der linken Seite, in offenen Fächern, lagen die Hilfsmittel, wie er seine Farben nannte. Ein doppelseitiger Stoß genügte, um die Schranktür zu schließen, Bild und Farben verschwinden zu lassen. Aber wer weiß, ob er die Schranktüren auch in diesem Augenblick auf einen Schritt, auf eine Stimme oder ein warnendes Geräusch hin geschlossen hätte; denn zu gründlich kam mir sein Streit mit Balthasar vor, zu versessen war er, dem Partner mit dem violetten Fuchspelz zu beweisen, daß die Landschaft, in der die riesigen, unbekannten Leute in einer berechneten Gruppe zusammenstanden, die Nähe von Gewalttat und Untergang nicht in sterbendem Licht oder in vergehenden Farben zeigen müßte, sondern in schreckhafter Grelle, in schreckhaftem Orange beispielsweise, in weißen, wie mit Deckfarbe aufgesetzten Tupfen. Ins Schwarzgrau einen scharfen Ruf: Gelb, Braun und Weiß – gleich hört die Stummheit auf, die Verhaltenheit, die Resignation, und das Drama beginnt. Und Erdgrün, unten legte er breit Erdgrün hin wie immer, das brauchte er einfach, aus Erdgrün ging alles bei ihm hervor: sein Balthasar konnte oder wollte das nicht einsehen.

Ich sah auf ihn, auf die unbekannten Leute und wieder auf ihn, der jetzt lauschend den Ausdruck seiner Personen wiederholte, die sich offensichtlich bedroht fühlten, fremd und ausgesetzt in einer Landschaft, die man nicht zufällig nach einer Wanderung erreicht, sondern in die man hineingeweht, gestoßen wird: da rechtfertigt sich schon das Entsetzen. Mich störten damals – und stören allerdings auch heute noch – die Kopfbedeckungen der unbekannten Leute, die waren eine Mischung zwischen Fez und Turban und schienen aus irgendwelchen türkischen Kriegen zu stammen. Aber ihr Befremden, ihre Furcht, ihre Verlorenheit waren ein für allemal durch die Stimmung dieser Landschaft bestätigt.

Aber ich möchte jetzt die Decke, die neben der provisorischen Lagerstätte als Vorhang diente, behutsam fallen lassen, möchte zur Tür zurückschleichen und noch einmal, sozusagen offiziell und geräuschvoll eintreten, denn das tat ich. Ich ging auf Zehenspitzen zum Eingang, klopfte, öffnete und schloß die Tür und rief: Onkel Nansen? Bist du hier, Onkel Nansen?

Er antwortete nicht gleich, erst nachdem er den Schrank geschlossen, den Schlüssel abgezogen hatte, rief er zurück: Was ist los? Wer ist da? und kam langsam aus der uneinsehbaren Tiefe des Ateliers näher, nicht brummig, nicht unwillig, als ob er bei der Arbeit gestört worden wäre, sondern gleichmütig latschend … Ich ließ ihn zur Tür kommen. Witt-Witt, sagte er, als er mich sah, und er sagte es ohne Erleichterung oder Überraschung: Na, Witt-Witt? Er horchte zurück, geradeso, als ob dieser Balthasar seine Abwesenheit ausnutzen, den Schrank öffnen und die Landschaft in seinem Sinne verändern könnte; dann fragte er: Hast was Besonderes?

Ich zeigte wortlos zur Hecke hinüber, sagte: Klaas, und, da er mich nicht gleich verstand, sein graues Auge über mich hinwegblicken ließ: Klaas ist gekommen, du sollst ihm helfen.

Dein Bruder ist doch draußen, sagte er, ist verwundet im Lazarett. – An der Brücke liegt er, sagte ich, und sagte: Er wollte zu dir, nur zu dir. Jetzt raffte der Maler seinen Mantel zusammen, ließ die brennende Pfeife in einer Tasche verschwinden, lauschte noch einmal zu Balthasar zurück, wandte sich um und verließ das Atelier. Ich schloß die Tür, lief hinter ihm her. Ihr macht vielleicht Sachen, sagte er, mit kurzen Schritten durch den Garten stürmend, und ich darauf, gegen seinen kräftigen, wenn auch leicht gebeugten Rücken: Sie suchen ihn, sie waren schon zu Hause. – Nur Ärger hat man von euch, brummte er, nie laßt ihr uns zur Ruhe kommen. Da der langfallende blaue Mantel die Entstehung seiner Schritte verbarg, kam es mir so vor, als ob er vor mir hersegelte hart an seinem Zorn, oder doch zumindest von seiner Erbitterung getrieben, und wieder hörte ich seine vorwurfsvolle Stimme: Ihr macht vielleicht Sachen! Wir kürzten den Weg ab, liefen an der Hecke entlang bis zum Durchschlupf, verließen den Garten und fanden Klaas, wie ich ihn gebettet hatte: sein Kopf ruhte immer noch auf dem Grasbüschel. Der Maler beugte sich über ihn, der weite Mantel fiel über meinen Bruder, verhüllte und kühlte ihn womöglich, und ich sehe mich gezwungen, festzustellen, daß die Gruppe: eine Person liegend, die andere kniend in einwandfreier Trostübung, einem Lieblingsbild des Führers glich, das sich »Nach der Schlacht« nannte – nur war hier die kniende, gewissermaßen trostbringende Person augenscheinlich weiblichen Geschlechts. Der Maler wollte jedoch meinen Bruder nicht trösten, vielmehr wollte er sich nur überzeugen, was mit Klaas geschehen war und warum er ohne dekorativen Blutkranz an der Schläfe hinter seiner Hecke lag und auch jetzt nicht aufstand.

Klaas, sagte der Maler, Klaas, mein Jung, was ist los mit dir? Er hob den unbrauchbaren Arm hoch, durch den mein Bruder sich zweimal auf kürzeste Entfernung geschossen hatte, und ließ ihn wieder sinken. Er betastete ihn an der Schulter, an der Brust, dann am Unterleib, und nun zuckte Klaas zusammen und sagte: Nicht, da nicht. – Kannst du gehn? fragte der Maler, und Klaas darauf: Sicher, ich kann schon wieder hoch, jetzt geht es, und mit Hilfe des Malers setzte er sich auf, schüttelte sich, sagte: Ich muß verschwinden, und zog sich endgültig empor. Jesus Maria, sagte der Maler, ihr macht vielleicht Sachen! Ihr könnt einem schon einheizen! – Zu Hause, sagte mein Bruder, zu Hause kann ich mich nicht sehen lassen. Sie waren schon da, sie werden wiederkommen. – Ihr schafft es, einen immer in Sorge zu lassen, sagte der Maler und stützte meinen Bruder, und Klaas wieder, aufstöhnend: Wenn sie mich schnappen – diesmal bin ich erledigt. – Ihr laßt uns einfach nicht in Frieden, sagte der Maler und zog meinen Bruder sehr fest an sich, probte sodann den ersten Schritt und zog und schleppte ihn schimpfend, kopfschüttelnd und seine brummenden Anklagen wiederholend, weiter zum Durchschlupf und dann ein Stück durch den Garten zum Gartenhaus. Hier, in gedämpftem Licht, setzte er ihn auf einen breiten Stuhl aus poliertem Astwerk. Er hob das Gesicht meines Bruders – nicht als ob er Auge in Auge mit ihm reden wollte, sondern als gelte es, einen bestimmten Ausdruck wiederzufinden, der ihn eine Zeitlang bewogen hatte, meinen Bruder Klaas auf einigen seiner Bilder darzustellen: weil dem Gesicht von Klaas manchmal eine Ergriffenheit gelang, die zwar von unfreiwilliger, jedoch auch von vorbildlicher Schlichtheit war, hatte Max Ludwig Nansen ihn ins Abendmahlsbild aufgenommen, wo er grobknochig und erwartungsvoll in den Becher hineinguckt; Klaas ist, puppenhaft verdickt, auf dem »Stilleben mit rotem Pferd« zu finden, er steht schräg vor dem »Ungläubigen Thomas«, als wollte er ihm ein Bein stellen, und auf dem Bild »Strand mit Tänzern und zufälligen Sommergästen« ist es Klaas, der helläugig, mit blauem Gesicht dasteht und die Szene zu begreifen versucht.

Auf mehr als einem Dutzend Bilder beweist Klaas seine hervorragende Ergriffenheit, und als der Maler dort im Gartenhaus das Gesicht meines Bruders hob und es im Licht drehte, glaubte ich, daß er diesen bestimmten Ausdruck suchte, aber das kann es auch nicht gewesen sein, denn auf einmal fragte er: Weißt du, weißt du überhaupt, was du von mir verlangst? Klaas blickte ihn unbeteiligt an. Dann also weiter, sagte der Maler, auf, komm schon.

Wieder zog er meinen Bruder sehr fest an sich; wir traten aus dem Gartenhaus, gingen unter der Fensterfront entlang zum Hof, und während des ganzen Weges schimpfte und lamentierte der Maler und überhäufte uns – auch mich – mit Vorwürfen, weil wir Sachen machten, die nur seine Sorgen vermehrten. Erst auf dem Gang wurde er still. Er öffnete die Tür zum östlichen Flügel des Wohnhauses, wo neben den Fenstern ein Gang lief, von dem, sagen wir mal, einhundertzehn Türen abzweigten, schwere, graugrün gestrichene Türen, in deren Schlössern sehr große, offenbar selbstgeschmiedete Schlüssel steckten. Er schob meinen Bruder den Gang entlang, an allen Türen vorbei, hinter denen ich keine Leute, wohl aber Vögel vermutete: Geier mit nackten Hälsen, schwere Kondore, Steinadler, die mit herabgezogenen Lidern auf zerschrammten Bettpfosten hockten – ich wagte nicht, an den Türen zu horchen. In den Steinfußboden waren Jahreszahlen geschnitten, sechzehnhundertachtunddreißig, neunzehnhundertzwölf, darunter Initiale: A. J. F.; F. W. F.; die Kanten der Rillen waren abgewetzt, und durch einige Steinplatten liefen Risse.

Öffnete der Maler die richtige Tür? War das der Raum, den er für Klaas ausersehen hatte? Jedenfalls blieb er unerwartet stehn, schloß eine Tür auf, verschwand, kehrte sofort wieder zurück, nickte und führte Klaas umsichtig in den Raum. Es war ein Badezimmer, das heißt: es war fast ein Badezimmer: irgend jemand, wahrscheinlich der alte Frederiksen, hatte diesen Raum zum Badezimmer bestimmt, hatte da eine Brause anbringen, eine Wanne hineinstellen lassen – ein mattweißes Ungetüm auf Greifenklauen –, doch weder Brause noch Wanne waren angeschlossen, es gab keinen Wasserhahn, keinen Abfluß, keine Leitungen, so daß man gezwungen war, anzunehmen, der ganze Plan sei aus Lustlosigkeit nicht ausgeführt worden oder, weil der alte Frederiksen Mühe hatte, den Raum wiederzufinden, allmählich in Vergessenheit geraten. Warum in dem unvollendeten, weitläufigen

Badezimmer eine Garnitur gebrauchter Matratzen aufeinandergestapelt war, läßt sich heute kaum noch begründen, doch die Matratze war vorhanden, und der Maler warf sie hin und klopfte ein Lager zurecht, ließ bei jedem Wurf Staubsäulen aufsteigen, die durch das dünn und schräg einfallende Sonnenlicht quollen; dann forderte er Klaas auf, sich hinzulegen.

Mein Bruder ließ sich auf alle viere hinab, kippte zur Seite und streckte sich aus. Er fror. Er fragte: Eine Decke – habt ihr eine Decke? – Du wirst bekommen, was du brauchst, sagte der Maler und räumte unter dem hochliegenden Fenster auf, klopfte eine Trittleiter zusammen und stellte sie weg, sammelte Bleirohre, Ventile, Metallsägen und Dichtungsmaterial auf und warf alles in eine Pappkiste, schob mit dem Fuß Mörtel und Papier und Kippen zusammen, nahm von einem Nagel ein mieses Jackett mit Fischgrätenmuster, klopfte die Taschen ab, faltete das Jackett und schob es meinem Bruder als Kopfkissen unter.

Klaas atmete angestrengt. Er blickte unglücklich zu mir auf. Wenn ich ihn heute so liegen sehe, durch allen Staub, durch den Dunst der Erinnerung, kommt es mir so vor, als ob er mir auch noch ein verstecktes Zeichen gegeben hätte, ein heimliches Signal, mit dem er mich bat, bei ihm zu bleiben. Staub fiel auf sein Gesicht und auf seine Lider. Ich verstand das Zeichen nicht. Der Maler ging kopfschüttelnd durch den Raum, sah sich an, was hier zu tun war und gab es auf. Mein Bruder drehte sich auf die Seite und schmiegte sein Gesicht in die Armbeuge. Er hat noch nichts gegessen, sagte ich und legte das Brot auf das Kopfende der Matratze. Alles der Reihe nach, sagte der Maler; wenn ihr solche Sachen macht, muß alles der Reihe nach geordnet werden. Nach und nach wird er schon bekommen, was er braucht. Komm jetzt, er soll allein sein; und ich werde mir überlegen, was hier passiert ist.

6 Das zweite Gesicht

Erst einmal lasse ich es dunkel werden und gebe die Verantwortung für den ersten Teil des Abends dem Bildwerfer, der registriertes Eigentum des Glüseruper Heimatvereins ist, gebraucht gekauft und vom Vorsitzenden, Per Arne Scheßel, den ich aus Gewohnheit meinen Großvater nenne, aufbewahrt, gereinigt und auch bedient wird. Der Bildwerfer steht auf einem Tisch, der Tisch steht im mittleren Gang, zu beiden Seiten des Ganges stehen schwere, sagen wir ruhig klobige Bänke, auf denen, aus unerklärlichen Gründen, den meisten Zuschauern kurzfristig die Beine absterben. Damit der Bildwerfer die Leinwand vollkommen trifft und deckt, hat man ihm an der Vorderseite die beiden Bücher untergeschoben, die für diesen Zweck immer bereitliegen: Storms »Die Söhne des Senators« und Klopstocks »Messias«, diese Bücher garantieren durch ihren Umfang, daß der Lichtstrahlenkegel mit dem Rand der Leinwand sauber abschließt.

Die Leinwand: das ist die Rückseite einer historischen Karte von Schleswig-Holstein, ein grauweißes, oben links leicht geflecktes Rechteck, das unter dem fordernden Lichtkegel die Konturen von Inseln, Küsten und Mündungen durchschimmern läßt und jedem Zweifler auch so noch beweist, daß dieses Land, wenn auch nicht vom Meer umschlungen, so doch zweiseitig von ihm bedrängt wird. Auf diese Leinwand blikken acht, was sage ich: zwölf oder sogar sechzehn Personen, die links und rechts zu beiden Seiten des Ganges sitzen; einige fühlen sich durchs Licht geblendet, das durch einen Schlitz seitlich aus dem Bildwerfer fällt und von den Glaswänden der Schränke und Kästen zurückgeworfen wird, die an den Wänden und zwischen den verdunkelten Fenstern stehen. Durch den Lichtkegel sirren Insekten, taumelt ein gedrungener Falter, der mehrmals die Entfernung zwischen Linse und Leinwand nachmißt, und jedesmal, wenn er irgendwo anstößt, einen kleinen metallenen Wirbel schlägt. Auf den Bänken unterhält man sich gedämpft, hier und da wird gehustet, geraucht wird nicht. Es ist warm.

Aus dem benachbarten Stall ist von Zeit zu Zeit reißendes Kettengeräusch zu hören, das etwa entsteht, wenn ein Tier den Kopf hochwirft; manchmal dringt auch ein Poltern hier herein oder ein rasendes Scharren. Windstöße. Hundegebell. Aus dem Halbdunkel schiebt sich das rote, längliche, sauertöpfische Gesicht meines Großvaters vor die Leinwand; selbst der Schattenriß seines Kopfes erscheint noch sauertöpfisch. Der Bauer Per Arne Scheßel lacht nicht und lächelt nicht, er zwinkert keinem zu, nicht mal ein Winken hat er übrig; er steht einfach nur da, ragend und grüblerisch wie ein Fischreiher, was zur Folge hat, daß nicht mehr geflüstert, daß nur noch vereinzelt, allenfalls auf Vorschuß, gehustet wird: ich hoffe, damit ist man im Bilde.

So, und die nun eintretende Stille möchte ich dazu benutzen, um darauf hinzuweisen, daß sich bis hierher, bis zum Auftritt meines Großvaters vor der Leinwand, alle Abende auf Külkenwarf glichen, die der Heimat zwischen Husum und Glüserup, ihrem Wachsen und Werden, ihren reizvollen Ablagerungen, ihrem teuren Schlick, ihren Tieren, Pflanzen und Gräben, vor allem aber ihrem Wesen gewidmet waren. Wenn ich mich konzentriere, untertauche, so muß ich feststellen, daß mein Gedächtnis von den Begegnungen des Heimatvereins atmosphärisch vor allem dies bewahrt hat: das warme Halbdunkel, den Lichtkegel des Bildwerfers, die benommenen Insekten, die nahen Stallgeräusche und die flüsternde, ich möchte sagen: gutgelaunte Erwartung der Teilnehmer, die von Per Arne Scheßel schriftlich, im Winter öfter als im Sommer, nach Külkenwarf, dem sogenannten Stammsitz der Scheßels, eingeladen wurden.

Aber ich erinnere mich auch noch, daß da in den Sitzungen zwischen Wohnhaus und Stall, den mein Großvater in den Dienst der Heimatforschung gestellt hatte, verschlossene und unverschlossene Zeugnisse der Geschichte, der Kultur, und, natürlich, der landschaftlichen Eigenart ausgestellt waren. Nehmen wir, nur zum Beispiel, die Zackenharpune aus Rengeweih. Nehmen wir Schaber, Äxte und Hämmer aus Stein. Urnen möchte ich erwähnen. Armreifen der mittleren Bronzezeit, Schwertscheidenbeschläge sowie reichverzierte Pötte aus der jüngeren Steinzeit, die ich mich entschließen könnte, jederzeit für kurzstielige Blumen zu gebrauchen. Schwertgriffe, Holzgeschmeide und die bekannte Goldscheibe von Treenbarg kann ich nicht übergehen, ebensowenig die zahlreichen Erd-, Sand- und Gesteinsproben, die Bootsreste aus dem Norschlotter Moor, komische und indiskutable Kleidungsstücke von frühen Jägern und Moorbauern und schließlich, als Attraktion, die verdorrte, geschrumpfte, zu Leder verwandelte Leiche eines Mädchens, das mit einer Schlinge erwürgt worden war – selbstverständlich aus Rentierhaut –, und diese Schlinge immer noch wie ein riskantes Schmuckstück um den Hals trug. Nicht zuletzt die Bücher, die Spezialbibliothek, die Per Arne Scheßel zusammengetragen hatte: »Erdgeschichtliche Reise durch Schleswig-Holstein«, »Wirken und Werden an der Küste«, »Ein Leben in Schobüll«, »Meiner Inseln grünes Kleid«, »Das Wehen der Frühe«; und dann die Stapel seiner eigenen, im Selbstverlag erschienenen Broschüren und Bücher, darunter »Die Sprache der Grabhügel«, »Die Moor- und Opferfunde von Norschlotten« sowie »Die großen Sturmfluten und ihre Folgen« und so weiter.

Sollte jemand einen Titel oder einen Fund vermissen, so kann er ihn einfach dazuschreiben, ich möchte mich mit diesen Daten begnügen, weil ich meinen Großvater einfach nicht zu lange in den Lichtkegel des Bildwerfers blicken lassen kann, obwohl er, woran andere sich auch erinnern, ausdauernd ins Dunkle und ebenso ausdauernd und ohne Schaden in irgendeine Lichtquelle starren konnte. Außerdem sehe ich mich gezwungen, den Eindruck zu zerstreuen, daß jener der Heimatkunde gewidmete Abend, der in üblicher Weise begann, auch in üblicher Weise weitergeht und somit nur als ein Abend unter vielen beschrieben werden könnte.

Wie gesagt, bis zu dem Augenblick, wo Per Arne Scheßel vor die Leinwand trat, rechnete ich mit einem mittleren Abend ohne besondere Vorkommnisse, und das taten gewiß auch die meisten Teilnehmer, aber Überraschung lag schon in der Luft, als mein Großvater auf einmal beide Hände hob, verdächtig zur Tür spähte und darum bat, uns ganz still zu verhalten. Wir verhielten uns ganz still, sogar Kapitän Andersen bezwang seinen Husten. Hinter der Tür regte sich nichts. Unnachsichtig, den Mund leicht geöffnet und seine schlechten Zähne zur Schau stellend, behielt mein Großvater die Tür im Auge. Alle sahen jetzt dorthin, richteten sich auf, hielten den Atem an und schafften es dennoch nicht, daß ein untersetzter Rentierjäger, ein unzeitgemäßer Moorbauer oder König Sven, der frühe Englandfahrer, persönlich auftraten. Aber hinter der Tür tat sich, je länger wir dorthin blickten, doch etwas, der Glutklumpen einer Zigarette wurde da hinter der schmalen Milchglasscheibe sichtbar, ein Räuspern war zu hören, und während Per Arne Scheßel sich zu einer kargen, aber immer noch einladenden Geste bereitfand, trat endlich Asmus Asmussen ein, Autor des Buches »Meeresleuchten« und Ehrenvorsitzender des Glüseruper Heimatvereins. Obwohl er in Marineuniform, als Stabsobergefreiter eintrat, wurde er sofort erkannt, mit Rufen und Beifall begrüßt, worauf er leger, doch militärisch zurückgrüßte und die Zigarette ausdrückte. Der Schöpfer von Timm und Tine, der bei uns ziemlich populären Figuren aus dem »Meeresleuchten« – beide hatten sich, wenn ich mich nicht täusche, durch eine Flaschenpost kennengelernt, fanden diesen Austausch so ergiebig, daß sie auch als Verlobte und Verheiratete Flaschenpost wechselten, trieben das Spiel unermüdlich weiter, hielten die Flaschenpost auch noch in hohem Alter für die schönste, jedenfalls sparsamste Art der Mitteilung und gaben somit ihrem Autor die Möglichkeit, lange nach ihrem Tode immer noch an entlegenen Stränden verkorkte Post zu entdekken, mit der zeilenschindend bekenntnishafte Neuigkeiten von Timm und Tine nachgeliefert wurden.

Also dieser Asmus Asmussen, der auf einem Vorpostenboot in der Nordsee Dienst tat, war auf einen Kurzurlaub von Bremerhaven heraufgekommen. Er war ein säbelbeiniger Mann mit starkem, gewissermaßen lohendem Haarwuchs, seine Halsmuskeln waren erschreckend ausgebildet wie bei einem Gewichtheber, der Blick beherrschte alle Spielarten zwischen kühn und gütig, und man hätte sich ihn nicht ohne weiteres als Schöpfer von Timm und Tine vorstellen können, wenn da nicht sein aufschlußreicher Mund gewesen wäre, ein empfindsamer, rundlicher Pfennigmund, will ich mal sagen. Der Mund verriet ihn. Geschickt zog er sich die Matrosenmütze mit den langen Bändern vom Kopf, hielt sie vorschriftsmäßig, Kokarde und Adler nach vorn, unterm Arm und ließ sich von meinem Großvater willkommen heißen. Er nickte fast zu jedem Satz des Willkommens. Er schien einverstanden damit, daß Per Arne Scheßel ihn zunächst einen intimen Kenner der Heimat nannte, dann einen wehrhaften Vorposten der Heimat, auch erhob er keine Einwände, als man in ihm den Gestalter von einheimischem Schicksal und schließlich sogar das Gewissen von Glüserup begrüßte. Asmus Asmussen nickte nur, und er lächelte zustimmend, als mein Großvater das Thema des Abends bekanntgab, zu dem ein Berufener sich äußern werde; das Thema hieß: »Meer und Heimat«; der Berufene: Asmus Asmussen. Darauf setzte sich mein Großvater.

Der Verfasser von »Meeresleuchten« legte seine Mütze auf den Tisch, achtete, daß die Bänder glatt und lang nach unten fielen, griff in seinen Brustausschnitt, langte tiefer, war immer noch nicht am Ziel, suchte jetzt, bei hochgezogenen Schultern und gespanntem Gesäß, in der Gegend der linken Hüfte, hielt grinsend still, zog langsam, sehr besorgt einen Briefumschlag mit Bildern heraus und hob den Briefumschlag hoch in den Lichtkegel: es konnte beginnen. Ich wollte sofort in die erste Bankreihe klettern, doch mein Vater hielt mich fest und drückte mich nieder, und so mußte ich bei ihm am Fenster bleiben und zusehen, wie Asmus Asmussen durch den mittleren Gang zum Bildwerfer ging, das erste Bild einlegte, aber es noch nicht zur Ansicht freigab.

Was war nur mit meinem Vater los? Während Asmus Asmussen sich bedankte, Grüße von draußen ablieferte und zu einer Einleitung ausholte, geriet mein Vater in eine Erregung, die ich an ihm nicht kannte. Er rutschte auf seinem Platz hin und her. Er betupfte sich mit den Fingerspitzen seine Augäpfel. Er knüllte sein Taschentuch, riß und zerrte an ihm. Den

Oberkörper legte er manchmal so weit zurück, daß ich schon befürchtete, er werde hintenüberkippen und dem Vogelwart Kohlschmidt auf den Schoß fallen. Schweiß stand auf seiner Oberlippe. Mitunter schüttelte er sich wie unter unzumutbarem Druck von innen. Ein Ausdruck von Verwunderung lag auf seinem Gesicht, augenscheinlich schien er selbst nicht zu verstehen, was mit ihm vorging. Oft wischte er sich mit einer energischen, unduldsamen Bewegung über die Stirn.

Aber das fällt mir heute mehr auf als damals, als er mit seiner neuartigen Erregung neben mir saß, denn natürlich lauschte ich Asmus Asmussen, wartete vor allem auf das erste Bild, das er auf der Leinwand erscheinen lassen würde.

Asmussen jedoch ließ sich Zeit und sprach zunächst ausgiebig über den Titel »Meer und Heimat«. Er erwog den Titel, änderte ihn mehrmals, gewann oder preßte ihm einen neuen Sinn ab, indem er etwa statt des »und« ein »als« einfügte und die Anwesenden zu bedenken bat, welche Möglichkeiten hier auf einmal drin waren, wenn man das Meer als Heimat ansah. Er schlug auch vor, den Titel unbesorgt zu verkürzen und von »Meerheimat« zu sprechen, das erschien ihm noch umfassender, auch inniger, wie er sagte. Am längsten ruhte er sich indes auf der Variation »das heimatliche Meer« aus, hierzu fiel ihm am meisten ein: er arbeitete viel mit dem Begriff des Mütterlichen, ließ aber auch die Gewalt nicht aus, die zu Stärke, zu Hartnäckigkeit, zu Trotz erziehe, dann schlug er einen Bogen und bat uns, nachzudenken, wieviel geschehen müsse, damit wir das Meer »heimatliches Meer« nennen könnten. Eines aber, sagte er, sei sicher, man verteidigt kein beliebiges, man verteidigt nur ein heimatliches Meer.

Jetzt gab Asmus Asmussen das erste Bild frei. Auf der Leinwand schwebte ein Vorpostenboot auf einem Himmel aus flockigen Wellen, unter ihm stand ein trüber, angeschnittener Horizont. Wir lachten, bis ins riesenhafte vergrößerte Finger das Bild am Rand erfaßten und es umdrehten, und nun lag das Boot durchaus zufriedenstellend auf der See. Niemand zweifelte, daß der bewaffnete Fischdampfer, der da schwer krängte und übernahm, der sich schon vor der nächsten Welle zu ducken schien, das Vorpostenboot war, mit dem Asmus Asmussen in seiner Meerheimat auf Wache lag. Das Bild war vermutlich aus dem Krähennest aufgenommen, von der Besatzung war niemand zu erkennen – doch, auf der Flakplattform des Vorschiffes kauerten, von sprühender Gischt verdeckt, zwei Gestalten und winkten zu dem Fotografen hinauf. Wir ließen das Vorpostenboot, das keinen Namen, sondern nur eine Nummer trug, das einen verlorenen, zumindest aber hoffnungslosen Eindruck machte, auf uns wirken. Wir versetzten uns sozusagen an Bord, hoben ein Fernglas an die Augen oder ließen uns Nudeln mit Speck auffüllen. Was die beiden weißen Ringe an der 3,7-Doppellafette bedeuteten, wußte ich genau. Die Windstärke, die gerade herrschte, war allerdings nicht zu schätzen.

Dies ist unser Boot, sagte Asmus Asmussen mit einer Stimme, die gleichmäßig und drängend war, wie ein Gezeitenstrom im Priel, und fügte hinzu: Unser braves Boot. Bitte zu beachten, sagte er, daß es nur eins von vielen ist, ein Boot aus einer unendlichen Zahl von Booten, die tief gestaffelt auf dem heimatlichen Meer Dienst tun. Bei Tag und bei Nacht. Bei Regen. Bei Schneetreiben. In einer absolut sicheren Kette. Keinem gelingt es, durch diese Kette zu schlüpfen. Keinem Seehasen, erst recht keinem Engländer. So wie unser Boot hat der Führer unzählige andere Boote draußen hingelegt – er sagte: hingelegt.

Die Hand meines Vaters zuckte. Er hob den Arm, streckte ihn, zielte mit dem Zeigefinger auf das Vorpostenboot, würgte an einem Wort, konnte es jedoch nicht hervorbringen und ließ den Arm langsam wieder sinken, als Asmus Asmussen das nächste Bild in den Bildwerfer schob. Das nächste Bild zeigte eine leere Stelle auf dem Meer, darüber eine milchige Sonne. Das Boot war nicht zu erkennen, dennoch glaubte niemand, daß es schon versenkt worden war, weil sich da etwas weißlich und schaumig über das Wasser zog, was nur von einer Schiffsschraube hervorgerufen wird: eine kochende Hecksee. Das zweite Bild galt allein der Hecksee, die sich deutlich erkennbar, sich verbreiternd und schließlich verlaufend gegen den Horizont zog, ein leuchtender Streifen, von schnell sterbenden Schaummustern gebildet. Dat schallt woll 'ne Hecksee sin, rief Kapitän Andersen, und Asmus Asmussen darauf, mit nachgiebiger Stimme, die zum Staunen aufforderte: Draußen auf Vorposten, das heißt ja nicht nur Dienst, nicht wahr? Wer dem Meer widersteht, den liebt es, dem öffnet es sich mit seinen Stimmungen und Geheimnissen. Schallt dat ken Hecksee sin? wollte Kapitän Andersen wissen, doch Asmus Asmussen, auf lyrischen Kurs eingedreht, fuhr unbeirrt fort: Dem Außenstehenden, dem Fremden, wird sich die mannigfaltige Welt nicht öffnen, wer sich für ländliches Leben entschieden hat, wird die Zeichen des Meers nicht verstehen können. Bitte zu beachten, nicht wahr, daß auf diesem Bild ein Feuerwerk stattfindet – auch wenn es nicht gut rauskommt: wir nennen es Meeresleuchten. Das glimmt, das brennt, das wirft gelbe und grüne Blitze übers Meer: in solchen Augenblicken schweigen die Geschütze. Die ganze Hecksee wird zur leuchtenden Spur, besonders nachts. Es ist wie ein Gruß des Meeres an die Männer, denen es Heimatrecht eingeräumt hat. Eine Willkommensbotschaft an das abgeblendete Schiff, auf dem niemand schläft, solange die Lichtblitze Bug und Heck umspielen. Er schwieg und blickte unbeweglich auf das Bild; und vielleicht war er wie ich darauf aus, den plumpen Falter zu beobachten, der mehrere Versuche machte, sich in die Hecksee zu stürzen, doch nur matt gegen die Leinwand bumste. Es fiel Asmus Asmussen schwer, sich von dem Anblick dieser Aufnahme zu trennen, das möchte ich meinen, und er war ziemlich verdutzt, als der zweiundneunzigjährige, fotogene Kapitän Andersen wissen wollte: Kümmt dat Leuchten nich von son lütten Mist, Noctiluca, oder so ähnlich? Wi hebt dat oft hat. – Selbstverständlich, sagte Asmus Asmussen, hat das Leuchten seinen Grund: was bei entsprechender Reizung blitzt und funkelt, sind mikroskopische Bewohner des Wassers, Geißeltierchen sind es, wenn du's genau wissen willst, bescheidene Einzeller. Aber sind sie nicht Teil des Meeres? Leuchtet nicht das eine im andern, durch das andere?

Er beantwortete die Frage nicht, erwartete auch von keinem andern, daß er sie beantworte, ließ einfach, in seiner Erinnerung Platz nehmend, eine Pause entstehen, und in diese

Pause hinein rief mein Vater, sein Gesäß leicht von der Bank abhebend: VP–22, VP–22.

Überrascht drehten sich einige der Zuschauer – so mein Großvater, Hilde Isenbüttel und Ditte – nach uns um, und Asmus Asmussen stellte erstaunt fest: Das ist die Nummer meines Bootes, tatsächlich, doch als man allgemein mehr von meinem Vater erwartete, lächelte der verlegen, machte eine unbestimmte Geste der Entschuldigung, ja der Hilflosigkeit und setzte sich langsam hin. Er legte eine Hand auf meinen Schenkel, brauchte eine ganze Zeit, bis er merkte, daß es nicht sein Schenkel war, und nahm darauf die Hand wieder fort. Ich konnte ihm sogar im Halbdunkel ansehen, daß irgend etwas mit ihm vorging, daß er erregt war, furchtsam, von mir aus auch gepeinigt, jedenfalls begann der Polizeiposten Rugbüll an jenem Abend, der dem heimatlichen Meer gewidmet war, ein Leiden zu zeigen, das – auch wenn es bei uns des öfteren vorkommt – einen gewissen Einfluß auf alle polizeilichen Vorgänge im Dienstbereich meines Vaters gewinnen sollte.

Aber ich will nur das Erforderliche zugestehen, nur eine Karte zur Zeit vom Stapel nehmen, denn Asmus Asmussen holt gerade das Meeresleuchten von der Leinwand und läßt ein neues Bild zu uns sprechen. Welch ein Bild? Es war wohl eine Abendstimmung, die er damals reinschob, auf dem Deck hatte man Feierabend gemacht, auch die Nordsee hatte Feierabend gemacht, und an der Reling lehnten einige Matrosen und blickten nicht in die reichlich vorhandene Weite, sondern auf einen anderen Matrosen, der auf einem Schifferklavier spielte und dabei den tiefstehenden Abendwolken, die durchaus eine hübsche Anzahl Blenheim-Bomber verbergen konnten, den Rücken zukehrte. Hier, sagte Asmus Asmussen, ist eigentlich nicht viel zu sehen. Ein Abend, nicht wahr. Freiwache. Man erholt sich bei einem Lied, während die Steuerbordwache – das sind wir – unablässig den Horizont beobachtet. Die Waffen schweigen, wie man sieht. Bakken und Banken ist vorbei. Selbstgefangener Schellfisch, Dorsch und Kabeljau, eine geschätzte Bereicherung des Speisezettels. Das Meer ernährt alle. Das Meer. Links oben, im Ausschnitt, unsere

Vierlingsflak. Auf der Brückennock, allerdings nicht zu erkennen, der Kommandant. Aber dies Bild gibt nicht viel her. Hier, das ist vielleicht interessanter. Und Asmus Asmussen, intimer Kenner des Meeres, schob ein neues Bild ein.

Da lag Morgensonne über der See, frei und klar, eine Sonne, in der man fröstelt. Lange Dünung. VP–22 rollte offensichtlich. Der Posten Heck hatte gerade einige Möwen steigen lassen. Dünner Rauch stieg aus dem Schornstein, weckte Erinnerungen an früh entfachten, heimischen Herd. Vermutlich brühte der Koch mißmutig den ersten Kaffee. Vermutlich putzten sich die Männer von VP–22 gerade die skorbutgefährdeten Zähne. Aus dem Radio wurde vermutlich früher Gesang in alle Decks und Kammern übertragen. Bitte zu beachten, sagte Asmus Asmussen, daß die Bomben rechts oben in der Luft hängen. Vier Bomben, die jeden Augenblick. Gegen die Sonne sind sie nur schwer, aber bei genauem Hinsehen. Alle fallen an Steuerbordseite.

Ich sprang auf. Vor mir und neben mir strafften sich entspannt sitzende Körper. Das hatte niemand erwartet, keiner war gefaßt darauf: die Stimmung ließ keine Bomben zu; dem Morgen des Vorpostenbootes, das möchte ich meinen, wäre alles andere zu glauben gewesen als schwebende Bomben an Steuerbordseite. Dennoch entdeckten wir sie. Ein kaltblütiger Signalgast hatte die Bomben aufgenommen, zwei empfingen sogar ein schwärzliches Licht von der Morgensonne. Sie fielen in unterschiedlicher Höhe, eine Verbindungslinie zwischen ihren Heckflossen hätte eine Diagonale ergeben, gleich würden sie, eine nach der andern, aufs Wasser schmettern, würden sofort oder erst in vorgesehener Tiefe detonieren und jedem Maler von Seestücken perspektivische Reize liefern, vier mittelschwere, eher kleingeratene Bomben, die ein nicht sichtbares Flugzeug ausgeklinkt hatte. Eigene Geschwindigkeit, Fallwinkel, Kurs des Bootes: die Mathematik war in diesem Fall für VP–22.

Ein beliebiger Morgen, sagte Asmus Asmussen, und trotzdem. Man muß bereit sein. Das Meer schweigt zu allem. Schade, daß es nicht gelungen ist, den Aufschlag festzuhalten, die blühenden Fontänen: in meinem Tagebuch habe ich vom

Garten der Fontänen gesprochen, durch den das Boot unbeirrbar seinen Kurs hält, und so weiter. Plötzlich rief Kapitän Andersen: Kümmt da nix hoch von unten? Asmus Asmussen schien die Frage nicht gleich verstanden zu haben, und als er dann doch antwortete, war eine Gereiztheit in seiner Stimme unüberhörbar.

Die See verwischt die Spur der Bomben schnell, sagte er. Sicher, zuerst treiben Algen auf, Rotalgen, Braunalgen. Grünalgen nicht. Seegras und tote Fische bedecken die Oberfläche, darunter Goldbutt, Strufbutt und Seezungen, viele Dorsche. Selten Seeskorpione. Noch seltener Knorpelfisch wie Rochen oder Dornhaie. Überhaupt nicht Krebs- und Schalentiere. Das Meer nimmt diese Verluste gleichgültig hin. Nach kurzer Zeit wandert alles auseinander, sinkt und versinkt. Nach kurzer Zeit kann niemand mehr behaupten, daß da eine Bombe fiel. Das Meer tilgt alle Spuren. – Dropen het de woll näch? rief Andersen, und der Vortragende darauf: Es gab keine Verluste, wenn du das meinst.

Während Asmus Asmussen nun im Nebenlicht des Bildwerfers die weiteren Photographien prüfte, ordnete oder mischte, schlang mein Vater Knoten in sein riesiges, blauweißes Taschentuch, knotete einen Hasen, einen Igel, zog auch, mit nur einem Knoten in der Mitte, das Taschentuch straff auseinander und erhielt sogleich eine Schlange mit verschlucktem Kaninchen, und das alles machte er nicht, weil ihm die Bilder bekannt waren oder weil er sich langweilte. Er mußte sich ablenken. Er brauchte eine Erleichterung. Druck mußte er ablassen, denn, wahrhaftig, es fehlte nicht viel zu der Annahme, daß neben mir ein kleines, überbeanspruchtes Stauwerk saß. Wann würde es überlaufen?

Es lief über, als Asmus Asmussen, mit der Zunge schnalzend, ein Bild einschob, das die Besatzung von VP–22 beim Rein-Schiff zeigte. Diesmal schwebten keine Bomben an Steuerbordseite, die See war ruhig. In einer Kette, mit angehobenem Besen, in gleichem Abstand zueinander, standen da sechs Seeleute auf Mitteldeck – unter ihnen der Schöpfer von Timm und Tine – und schrubbten rhythmisch die Planken weiß. Alle blickten in die Kamera. Alle lachten. Es machte ihnen augenscheinlich Freude, das Deck ihres Bootes zu schrubben, sie achteten nicht auf die umgestoßene Pütz, aus der sich flüssige Seife ergossen hatte. Trüber Himmel, schlechte Sicht. Im Hintergrund oder seitlich verborgen konnte man sich ein Schifferklavier vorstellen, das den Männern beim Schrubben half, im gleichen Rhythmus zu bleiben.

Sauberkeit, sagte Asmus Asmussen, das Meer verlangt Sauberkeit. Ich möchte auf die umgekippte Pütz hinweisen: vier solcher Pützen mit flüssiger Seife brauchen wir für Rein-Schiff! Auch eine schwimmende Heimat muß glänzen. Die Fischschuppe. Der Kiesel auf dem Grund. Die Nähe der Gefahr ist keine Entschuldigung für Dreck. Bitte den Schaum zu beachten.

Nein, rief mein Vater da, nein, Asmus, und er erhob sich, deutete mit ausgestrecktem Arm auf VP–22, würgte, rief dann wieder: Nein, Asmus, noch nicht, noch nicht.

Jetzt sahen fast alle zu uns her. Mein Vater wischte sich mit dem Taschentuch über die Stirn, schwankte leicht, machte den Versuch, sich von der Leinwand wegzudrehen, als ob er den Anblick der rhythmisch schrubbenden Seeleute nicht ertragen könnte. Asmus Asmussen ließ jedoch das Bild stecken, wandte sich meinem Vater zu, beobachtete ihn aus zusammengekniffenen Augen und fragte: Was meinst du mit nein? Jetzt sahen alle zu uns her, gespannt auf die Antwort, die der Polizeiposten Rugbüll geben mußte, aber noch nicht gab, weil er sich zunächst hastig die beiden oberen Knöpfe seiner Uniformjacke aufknöpfte, dann seine Hände rieb in der Weise, als ob er sie trocken wusch. Immer noch zögerte mein Vater. Er trat an Asmus Asmussen heran. Ein Streifen Nebenlicht, der aus dem Bildwerfer fiel, teilte seine Wangen wie ein flammender Schmiß. Er legte Asmus Asmussen seine Hand auf den angewinkelten Unterarm, womöglich drückte er ihn. In den ersten Reihen links und rechts vom Gang standen einige auf, um mitzubekommen, was mein Vater zu sagen hatte. Also? fragte Asmus Asmussen und nahm instinktiv den Umschlag mit den noch nicht gezeigten Photographien an sich.

Es war sehr still in dem Raum, als der Polizeiposten Rugbüll, und zwar ruhiger als erwartet, auf einmal sagte: Geht nicht raus, Asmus, geht nicht raus, noch nicht, ich hab euch gesehn. – Wat segt hei? rief Kapitän Andersen, und jemand weihte ihn ein: Er hat etwas gesehn. – Ich habe euch im Rauch gesehn, sagte mein Vater, dann kam ein Wind und trieb den Rauch fort, und von euch war nix mehr zu sehn.

Nur der gleichmäßige Summton aus dem Bildwerfer und ein gedämpftes Rasseln und Scharren aus dem Stall waren zu hören. Auf der Leinwand grinsten immer noch die sechs Seeleute mit den angehobenen Besen und schrubbten ihr Boot rein für den vorausgesagten Untergang.

Ich hab euch im Rauch gesehen, sagte mein Vater wieder, und als der Rauch sich verzog, trieben nur Schwimmwesten und Rettungsflöße auf der See, leer. Es war dies, euer Boot, VP–22, das im Rauch stand. Er blickte sich um, suchte wohl nach Unterstützung und Bestätigung im Halbdunkel des Raums, in dem alle verblüfft – und nicht nur verblüfft – schwiegen, sondern auch erschrocken, betroffen vor allem – aber da wollte oder konnte niemand bestätigen, was er wider Willen gesehen hatte auf einer Leinwand, die nur für ihn persönlich gemacht und entrollt war. So wie er dastand, konnte man auch meinen, daß er gern um Entschuldigung gebeten hätte für das Gesagte. Mit hängenden Schultern, niederblickend stand er jetzt da, auffällig entspannt. Und Asmus Asmussen? Klopfte er meinem Vater beruhigend auf die Schulter? Ermunterte er ihn, aus intimer Kenntnis der See, die Aussichten für VP–22 etwas freundlicher zu beurteilen? Verbat er sich gar jede Einmischung in die Zukunft seines Bootes? Asmus Asmussen reichte meinem Vater die Hand. Er bedankte sich wortlos, indem er die Hand meines Vater sehr lange in der seinen behielt und das Händepaar, das den Drang hatte, sich zu heben, immer wieder nach unten drückte oder riß. Erst als Kapitän Andersen rief: Kann hei schichtig kieken? sagte Asmus Asmussen, meinen Vater nicht nur erstaunt, sondern auch scheu musternd: Ich werde dran denken, Jens. Ich werde es auch den andern sagen. Wir wollen achtgeben.

Dann klopfte er meinem Vater beruhigend auf die Schulter, drehte ihn in der Hüfte und versetzte ihm einen berechneten Stoß, so daß mein Vater neben mir landete, ohne Überstürzung. Mühelos, trotz allem, fand er seinen Stuhl wieder, er setzte sich, der Druck hatte spürbar nachgelassen; statt dessen wirkte er erschöpft. Ausgepumpt wirkte er, niedergeschlagen. Aber das sahen die andern nicht, die immer noch aus dem Halbdunkel zu ihm herüberglotzten, einige sogar starr vor Befremden oder womöglich in der Furcht, daß mein Vater anfangen könnte, dem Bildwerfer Konkurrenz zu machen und alles, was sich auf der Leinwand zeigte, mit einem eigenen Bild entweder zu überdecken oder in Frage zu stellen.

Fang schon an, dachte ich, da legte Asmus Asmussen ein neues Bild ein und gewann sofort die allgemeine Aufmerksamkeit unseres Heimatvereins mit der Erklärung, daß die beiden Männer im Schlauchboot, die auf eine Bordwand zupaddelten, Amerikaner seien, Flieger. Das Bild war von schräg oben geschossen. Die Flieger trugen aufgeblasene Schwimmwesten, pralle Wülste bildeten sich an den Hälsen, es sah aus, als ob die Flieger von den Schwimmwesten erwürgt würden. Gleichzeitig stießen sie ihre Paddel ins Wasser, beide machten, soweit man das erkennen konnte, einen zufriedenen Eindruck. Sie paddelten in Gefangenschaft. Sie paddelten an die Bordwand von VP–22 heran, wo schon eine Strickleiter hing, eine Leine flog schon durch die Luft zum Schlauchboot hinab: alles Weitere ließ sich ohne Anstrengung voraussehen.

Unsere Dreikommasieben, sagte Asmus Asmussen. Gleich beim ersten Anflug holten wir sie runter. Rauchfahne. Notwassern. Sie schossen eine Leuchtkugel, als sie unten waren. In diesem Augenblick waren sie Schiffbrüchige. Sie wußten Bescheid. Amerikaner. Alles ist für sie ein Job, sagte mein Großvater, auch der Krieg. – Sie kennen keine Bindung, sagte Asmus Asmussen, ein innerer Auftrag ist ihnen unbekannt, sie fühlen sich überall zu Haus. – Sie essen nur Watte und trinken gefärbte Limonade, sagte mein sauertöpfischer Großvater, das hab ich selbst gelesen, ihre Nahrung ist typisch für sie. – Weil sie überall zu Hause sind, sagte Asmus Asmussen, deshalb sind sie nirgends zu Haus. Ihre Lieder: Lieder von

Reisenden. Ihre Unterkunft: Unterkunft von Nomaden. Ihre Bücher: die Bücher von Wandersleuten. Amerikanisches Leben: das heißt: auf Widerruf leben, ohne dauerhafte Verpflichtung, vorläufig. Sagen wir: im Planwagen. – Zivilisten, sagte mein Großvater geringschätzig, lauter Zivilisten, selbst in Uniform. – Eben, sagte Asmus Asmussen, und danach glückte ihm der Satz: Die großen Stürme überstehen nur die Seßhaften.

Dieser Satz war abschließend gemeint. Asmus hatte bereits ein neues Bild aus dem Umschlag gezogen, wollte es gerade in den Bildwerfer legen, als mein Vater sich wieder in die Vorstellung einmischte – nicht, indem er seinen Senf als Polizeiposten zu dem Gespräch dazugab, vielmehr stakste er, während seine Lippen sich rasend bewegten, Wörter und Sätze ausprobierend, zu dem Vortragenden, klammerte sich an ihn mit den erfahrenen Bildern eines zukünftigen Unglücks vor Augen und sorgte für einen neuen Höhepunkt des Abends, indem er sagte: Du, Asmus, ich hab dich im Schlauchboot gesehen. Du hast dich nicht bewegt. Deine Hand hing ins Wasser über den Rand. Da war, Asmus, keiner bei dir, und nix war in der Nähe.

Mehr hatte mein Vater nicht zu sagen, das war wohl der Rest, mehr brauchte er auch nicht zu sagen. Der Vortragende hielt ihm abwehrend die ausgestreckten Hände entgegen, er ließ ihn nicht an sich herankommen, sagte: Warte, warte doch gefälligst.

Aber du rührtest dich nicht im Schlauchboot, sagte mein Vater leise zu seiner Entschuldigung, und Asmus darauf: Ich möchte dich bitten, den Vortrag nicht dauernd zu unterbrechen.

Der Polizeiposten Rugbüll sah sich verzweifelt um. Er suchte etwas. Suchte er vielleicht eine Leinwand? Wollte er die Bilder, die er in der Dunkelkammer seines Kopfes entwickelt hatte, gegen eine helle Fläche werfen, um die Dringlichkeit des Erfahrenen zu beweisen? Dann nicht, murmelte er, dann eben nicht. Er verstand und bedachte ja alles sehr langsam: das war sein Glück, das ließ ihn manches ertragen, vor allem – sich selbst. Er hob seufzend die Schultern, steckte das Taschentuch ein, in das all seine Erregung eingebunden war. Ohne Erstaunen blickte er Hinnerk Timmsen entgegen, der sich – vermutlich von andern dazu aufgefordert – an ihn heranmachte, ihn am Ärmel faßte und fragte: Sollen wir gehen, Jens?

Mein Vater wunderte sich auch nicht darüber, daß die Zuhörer sich erhoben, als er durch den Mittelgang zur Tür stakste; von Hinnerk Timmsen, dem Wirt, geführt, ging er erleichtert hinaus – gerade so, als sei die offizielle, wenig erfreuliche Vorstellung zu Ende, und als sie schon an der Tür waren, sagte er: Von mir aus, Hinnerk, können wir gehen. Er bemerkte nicht das schweigende Spalier, durch das er gehen mußte, und ich selbst zögerte lange, wartete wohl, bis einige sich gesetzt hatten, ehe ich den beiden hinterherlief und hinaus auf den pfützenbedeckten Hof von Külkenwarf, wo ich die Männer Arm in Arm vor mir hatte, nein, das ist nicht richtig: Timmsen hielt meinen Vater eingehakt und führte ihn durch einen hellen Sommerabend den Weg zum Deich hinauf. Lohnt es sich, etwas über Hinnerk Timmsen zu sagen? Er trug einen Schal, der lang war wie die Kette der Berufe, in denen er sich rasch entschlossen versucht hatte und dennoch gescheitert war. Eine schlappe Fahne des Mißerfolgs: das war sein bis zu den Knien herabhängender Schal. Timmsen war Seemann gewesen, Viehhändler, Fabrikant von Getreidesäkken, er war Landarbeiter, Altwarenhändler und Losverkäufer gewesen, und bevor er, von einer Schwester, das Gasthaus »Wattblick« geerbt hatte, waren wir ihm als Milchmann auf gummibereiftem Wagen begegnet. Seinem Temperament entsprechend hatte er am Anfang versucht, aus dem »Wattblick« ein ganz großes, sozusagen das erste Haus in der Gegend zu machen, es gab da Musik, er selbst trat als Ansager, Komiker und Trickkünstler auf; doch alles sprach gegen seine Mühen: noch während seines Vortrags brachen Gäste verstört auf, zahlten, ohne ihr Bier auszutrinken, flohen von gefüllten Tellern, sein Ehrgeiz wurde verkannt, und er hätte den Erfolg längst wieder in einer anderen Betätigung gesucht, wenn nicht der Krieg gekommen wäre.

Hinnerk Timmsen, ein entschlußfreudiger Mann, ein hochfahrender Mann, führte meinen Vater zum Deich hinauf. Ich ging mal hinter ihnen, mal vor ihnen. Sie beachteten mich nicht, sie hatten miteinander zu tun. Mein Vater litt unter dem, was er gesagt oder preisgegeben hatte, er schien keine genaue Erinnerung mehr zu besitzen, nur das Gefühl, daß er genötigt worden war, etwas zu bekennen, was man ihm übelgenommen hatte.

War es schlimm? fragte er immer wieder, sag, Hinnerk, war es schlimm, und der schwere, in vielen Berufen erfahrene Mann schüttelte den Kopf, hörte aber nicht auf, den zerknirschten Polizeiposten schräg von der Seite zu beobachten, ziemlich besorgt, das möchte ich meinen, manchmal sogar mit scheuer Bewunderung: anscheinend traute er ihm noch viel mehr zu, als er an diesem Abend erfahren hatte.

Jedenfalls trieb ihn seine Unruhe zur Eile, er schob und zog meinen Vater unter zerstreuten Beschwichtigungen vorwärts auf dem Kamm des Deiches, weiter und weiter hinab neben der langsam anlaufenden Nordsee, die ihre Kraft an den Buhnen verlor und sich nur noch gemächlich überschlug, wie in Zeitlupe. Kein Knallen, kein scharfer Sog an diesem Abend, kein Züngeln und steiles Aufschwappen zwischen den Steinen und gegossenen Blöcken. Hoch über uns zogen Flugzeuggeschwader Richtung Kiel. Der Jodgeruch des Meeres, die salzigen Winde: wie nah alles ist, wie sehr alles bereit ist, wiederzukehren, wenn man den Moment trifft, wenn man das Wort trifft, man braucht nur danach zu tasten oder nur zuzuhören, einer Stimme zu lauschen, die einen dann und wann erreicht.

Aber nur keine Erleichterungen, bloß nicht dieser Stimme vertrauen, die keine Zweifel kennt: hier ist der Deich, hier ist die Nordsee, und vor mir gehen die beiden Männer.

Wir gingen zum »Wattblick« hinunter. Wir traten auf die hölzerne Plattform, die über den Deich hinausgebaut war. Die breiten Aussichtsfenster waren verdunkelt. Der kleine Luftsack, der die Windrichtung anzeigte, hing schlapp am Mast. Blaue Schatten lagen über der See, die von grauen Bändern geteilt wurden. Mein Vater hob sein Fahrrad aus dem Fahrradständer, drehte es um, da sagte Hinnerk Timmsen: Kommt rein, ein Glas. – Heute nicht, sagte mein Vater, und

Timmsen drängend: Ein Glas nur, ja? Dann ging es eine Weile mit ja und nein, und zum Schluß stellte mein immer noch zerknirschter Vater sein Fahrrad wieder in den Ständer, und wir gingen hintereinander durch die Seitentür in den Gastraum, in dem keine Gäste waren, in dem nur Johanna saß und strickte und ihr Strickzeug nicht weglegte, als sie uns erkannte: Johanna, die früher mit Timmsen verheiratet war und jetzt für ihn arbeitete, antwortete nur sparsam auf unseren Gruß und verschanzte sich hinter ihrer Tätigkeit, und Timmsen selbst lotste uns zu einem Tisch und bemühte sich um den Polizeiposten.

Mit reichlich angestrengtem Eifer bemühte er sich um ihn: wischte energisch den Tisch sauber, sorgte für Untersätze, holte mit vielsagendem Grinsen die Rumflasche für besondere Gelegenheiten aus seinem Schrank, gab zu verstehen, wie großzügig er die Portion bemaß, und so weiter. Mit so viel Zuvorkommenheit hatte er meinen Vater noch nie bedient. Er verstieß auch gleich gegen die Abmachung, indem er die Flasche auf den Tisch stellte, zu beliebiger Selbstbedienung. Auf seinem Gesicht lag jetzt eine wahnwitzige, riskante Heiterkeit; diese Fröhlichkeit, die etwas Bedrohendes hatte, war offensichtlich schuld an dem überstürzten Aufbruch vieler Gäste, und ich weiß noch: es dauerte lange, ehe ich es wagte, von der Limonade zu trinken, die er mir hingestellt hatte. Er bedachte alles sehr genau, und bevor er sich zu uns setzte, vertrieb er Johanna, indem er ihr eine Grimasse schnitt und einen langen Zischlaut ausstieß, einen Laut, mit dem man Hühner vertreibt und der auch zur Folge hatte, daß die breite, nachlässig gekleidete Frau mit dem zusammengesteckten braunen Haarkranz sich erhob, ihre Handarbeit grollend zusammenraffte und verschwand. Er setzte sich zwischen uns. Er hob sein Glas und stieß mit meinem Vater an, stieß auch zwinkernd mit mir an und lieferte nachträglich den Grund zum Trinken: Auf dich, Jens, auf diesen aufschlußreichen Abend.

So saßen wir im »Wattblick«, während auf Külkenwarf mit Sicherheit nachgewiesen wurde, daß die Meerheimat in der Lage ist, alle Fragen zu beantworten. Alle Fragen: warum scheuen sie sich nur bei uns, ihre Unwissenheit hier und da, auf diesem Feld oder auf jenem, einzugestehen? Die größte Beschränktheit, zu der Heimatsinn verleitet, liegt doch wohl darin, daß man sich für zuständig hält, auf alle Fragen zu antworten: Hochmut der Enge ...

Aber bleiben wir im »Wattblick«: niedrige, dunkelgrün gestrichene Decke, Türpfosten, die mit Muscheln besetzt sind, Positionslaternen, mit Kordeln gesäumte Fähnchen des Sparvereins von Glüserup, ein erleuchtetes Miniatur-Steuerrad, leere Blumenkästen vor Fenstern, von deren Rahmen der weiße Lack abspringt, dunkle, eiserne Aschenbecher mit Reklameaufschrift, die Tische mit schonendem, fleckig gewordenem Wachstuch bespannt, ein runder Stammtisch neben der Theke, ein Sparboot der Gesellschaft zur Rettung Schiffbrüchiger, ein Blumentisch mit alten Zeitungen, unscharfe Fotografien vom Badeleben der letzten tausend, zumindest aber dreihundert Jahre.

Wir saßen am Stammtisch. Ich war als erster fertig mit meinem Getränk. Mein Vater formte aus einem runden, unter der Wasserkanne entstandenen Fleck das indische Dreieck, setzte auch noch ein paar Inselchen im Westen hinzu. Er hatte sich ganz zurückgezogen in ein brütendes Schuldbewußtsein, das er sich nicht erklären konnte oder wollte, er trank gleichgültig. Hinnerk Timmsen berührte sein Glas nach dem ersten Schluck nicht mehr, er betrachtete nur noch gespannt meinen Vater, gespannt und wißbegierig, so wie man einen Spielautomaten betrachtet, wenn sich die Scheiben flirrend drehen, ja, sein Blick hatte etwas Verlangendes, sein kalkulierender Blick über dem dampfenden und langsam erkaltenden Grog hinweg verriet, daß er von meinem Vater etwas Bestimmtes erwartete.

Doch die Szene im »Wattblick« ist jetzt wohl ausreichend vorbereitet, die unvergeßliche Szene, die damit begann, daß: der Polizeiposten (niederblickend): Bei kleinem müssen wir wohl gehen. Timmsen (aufspringend): Noch nicht. Da ist noch was, Jens, das ich mit dir besprechen muß. Schenk dir ruhig nach. Der Polizeiposten (erschöpft): Nicht heute. Wir trinken aus und gehen. Timmsen (aufgerichtet hinter dem

Stuhl meines Vaters): Wenn's dir nicht allzuviel ausmacht, Jens. Ist nur ein Ratschlag. Weiter nichts. Für dich ist kein Risiko damit verbunden. (Meinem Vater überraschend nachschenkend): Und keine Mühe, mein ich. Der Polizeiposten (sackt in sich zusammen): Heut kannst du mir alles erzählen. Ich versteh nix mehr. Ich weiß einfach nich, was in meinem Kopf los is. Kannst geradeso gegen das Fenster reden. Timmsen (zur Seite tretend, meinen Vater im Profil musternd): Das macht gar nichts. Gedanken mach ich mir schon selbst. (Ferne Detonation, die Fenster klirren.) Mine wahrscheinlich. Oder irgend son Mist draußen. Selbstentzündung vermutlich. Also hör zu. Der Polizeiposten (abwinkend): Mir fällt heut nix mehr ein, sag ich dir. Außerdem der Junge. Er muß ins Bett, und mir tun die Augen weh. (Legt beschattend eine Hand über die Augen.) Timmsen (eilfertig): Soll ich das Licht ausknipsen? (Er ist mit schnellen Schritten am Schalter, knipst das Licht aus.) Gut, das läßt sich auch im Dunkeln machen. Wenn deine Augen weh tun. Der Polizeiposten (ratlos): Mach das Licht an. Ich schlaf sonst ein. Timmsen (besessen in der Dunkelheit): Du brauchst nicht gleich zu antworten. Laß dir ruhig Zeit. Polizeiposten: Mach das Licht wieder an. Timmsen (besessen, die Hand am Lichtschalter). Was würdest du an meiner Stelle tun. Ich hab eine Eierquelle. Ich hab eine Spritquelle. Alles ist durchgerechnet. Ich möchte eine kleine Fabrik aufziehen: Eierlikör! Nahrhaft. Wärmend. Ich beliefere die Wehrmacht. Polizeiposten (müde): Mich kannst du jagen mit Eierlikör. Wer den erfunden hat. Timmsen (unbeirrt): Ob so eine Fabrik Zukunft hat? Das interessiert mich. Genehmigung wäre schon zu bekommen. Im Frieden könnte man sie vergrößern. Polizeiposten (lachend): An mir gingst du pleite, Hinnerk. Timmsen (knipst das Licht wieder an, wißbegierig): Ich frag mich, ob da nicht Chancen zu erblicken sind. Eine saubere Destillier-Halle zum Beispiel, ein hoher gemauerter Schornstein. Das Verwaltungsgebäude. Männer und Frauen im weißen Kittel zeigen sich hinter den Fenstern, so mit Reagenzgläsern. Lastwagen begegnen sich hupend am breiten Tor. Auf dem Etikett jeder Flasche steht: Timmsens Eierlikör. Polizeiposten (trinkt lächelnd): Ich kann dir nur raten, iß Eier. Trink einen Schnaps, wenn du Lust hast. Alles andere laß sein. Timmsen (ungläubig): Mehr ist nicht zu erkennen? Polizeiposten (aufrichtig): Was soll da zu erkennen sein? Schau dir doch bloß eine Flasche an. Und wenn man einschenkt, wie das so klumpig und gelb herausklackst. Wer is da nich schon beim Anblick bedient? Timmsen (zum Tisch zurückkehrend): Der Export später. Es gibt Gegenden, in denen wird ausgesprochen gern Eierlikör getrunken. Man kann das Zeug schließlich auch flüssiger machen. Polizeiposten (erschöpft, aber vergnügt): Ich, Hinnerk, wenn ich zu dir komm: ich laß mir die Rohstoffe geben. Timmsen (trinkt enttäuscht): Und wenn du dich anstrengst? Läßt sich nichts Besseres sagen, wenn du dich anstrengst? Polizeiposten (ohne Verständnis): Was meinst du mit anstrengen? Ich hab das Zeugs einmal getrunken, auf meiner Konfirmation, das hat genügt, bis heute. (Trinkt und steht auf, setzt sich jedoch gleich wieder, als er den Mann erkennt, der aus der Dunkelheit hereinkommt. Max Ludwig Nansen bleibt unentschlossen an der Tür stehen. Er trägt seine Skizzenmappe.) Der Maler: ’n Abend allerseits. Kann man noch einen Tee bekommen? Mit irgendwas drin? (Setzt sich allein an einen Fenstertisch.) Timmsen: Du kannst sogar einen Grog haben. Das Wasser ist noch heiß. Der Maler (säubert die Pfeife): Um so besser, Hinnerk. Glück muß man haben. Der Polizeiposten (lehnt sich zurück und beobachtet den Maler). Timmsen (Grog zubereitend): Wo warst du denn? Heute auf Külkenwarf, da hättest du eine Überraschung erlebt. Du wirst kaum glauben, wer da aufkreuzte – Asmus Asmussen, Maler: Ich denke, der schippert in der Nordsee rum. Mit seinem Vorpostenboot. Timmsen: Er hat Bilder vorgeführt. Vom Leben an Bord und so. Dazu hat er gesprochen. Maler (zerschneidet einen Zigarrenstummel): Lange Sätze vermutlich. Ist der Abend schon vorbei? Timmsen (dem Maler das Glas entgegenhaltend): Wenn du dich zu uns setzt, brauch ich’s nicht so weit zu tragen. Maler: Man soll keine Feier stören. (Steht auf, holt sich das Glas und trägt es an seinen Tisch. Mit vergnügter Verbeugung): Auf euch, wie ihr da seid. Timmsen: Wir sind früher weg von Külkenwarf. Jens war nicht gut aufgelegt. Der Polizeiposten (unwillig): Was heißt hier aufgelegt? Timmsen: Mitten im Vortrag ist es passiert. Aufgebrochen isses in ihm. Das kann man wohl sagen. Der Maler (die Pfeife stopfend, dann anzündend): Euch soll einer verstehen. Timmsen: Dann denk an Heta Bantelmann. Oder an Dietrich Gripp. Was sie sahen, traf ein. Der Maler (überrascht): Jens kann schichtig kieken? Er? Bisher haben wir nichts gespürt davon. Timmsen: Frag Asmus Asmussen. Der weiß jetzt, was er zu erwarten hat, der ist im Bilde. Jens hat ihm alles vorgeführt heut abend. Du hättest deine Überraschung erlebt auf Külkenwarf. Der Polizeiposten: Hört auf damit. Das is vorbei und vergessen. Timmsen: Wenn es erst einmal da war. So was kommt immer wieder, wie die Malaria. Die konnte mein Bruder nie loswerden. Wer einmal schichtig ist, der bleibt es. Heta Bantelmann wußte, wessen Haus als nächstes abbrennen wird. Der Maler (kaum zu erkennen im Schatten und hinter Tabakwolken): Bei dem Beruf von Jens, meine ich, da kommt es ihm vielleicht zustatten. Das könnte die Arbeit erleichtern immerhin. Timmsen: Asmus Asmussen, den hat er treibend gesehen, im Schlauchboot. Eine Hand hing ins Wasser. Der Maler: Na, bitte. Da sollte er lieber an Land bleiben. Der Polizeiposten (gereizt, pocht mit seiner leeren Tabaksdose auf den Tisch): Ich an deiner Stelle, ich würde ruhig sein. Mit solchen Bemerkungen hilfst du dir nicht weiter. Maler (undurchsichtig): Du kannst dir eine Menge Nachforschungen ersparen. Wenn du schichtig kieken kannst. Das meine ich, und nichts weiter. Timmsen (ablenkend): Von Dietrich Gripp weiß ich: so auf Wunsch geht das auch nicht. Warten muß man, bisses kommt; doch wenn es da ist, liegt die Zukunft überschaubar da wie ein Tal in der Sonne. Er hat immer Schmerzen gehabt hinterher und war erschöpft. Ein Stechen in den Schläfen hat er gehabt. Der Polizeiposten (trinkt sein Glas leer): Jedenfalls hab ich kein Stechen in den Schläfen, damit ihr das nur wißt, und jetzt fangt nich mehr davon an. Das war und ging vorüber. Timmsen: Aber deine Augen? Du hast gesagt, deine Augen, die tun dir weh. Maler: Das kommt, wenn man zu tief in etwas hineinblickt. Der Polizeiposten (steht auf, hakt sein Koppel ein, klemmt beide Daumen unter das Koppel und schiebt sich an den Tisch des Malers): Darf man fragen, was da in der Mappe ist? Maler (unbesorgt): Ich war auf der Halbinsel. In der Hütte. Den Sonnenuntergang hatte ich mir vorgenommen. Rot und grün. Ein Drama. Fast keine Brechungen. Das hättet ihr auch sehen sollen. Der Polizeiposten (auf die Mappe deutend): Was da drin ist, hab ich gefragt. Der Maler (ernst): Ich hab am Sonnenuntergang gearbeitet. Weitergearbeitet. Der Polizeiposten (befehlend): Mach die Mappe auf. (Der Maler bleibt bewegungslos sitzen, aus dem Hintergrund kommt Hinnerk Timmsen interessiert näher.) Der Polizeiposten (unbeirrt): Ich hab ein Recht, dich zum Öffnen der Mappe aufzufordern. Hiermit fordere ich dich auf. Der Maler (gelassen): Die Modulierungen, sie sind noch nicht gelungen. Statt Orange – Violett. (Er öffnet langsam, fast feierlich die Mappe und hebt einige leere Blätter heraus, die er sorgsam auf den Tisch legt.) Alles noch zu dekorativ. Ein dekoratives Gleichnis. Timmsen (verstört): Ich seh überhaupt nichts. Ihr könnt mich schlagen, aber ich seh nichts. Der Maler (zu mir): Und du, Witt-Witt. Du aber kannst doch den Sonnenuntergang erkennen. Ich (achselzukkend): Ich weiß nicht. Noch nicht. Der Polizeiposten (er nimmt alle Blätter in die Hand, prüft sie, hält sie einzeln gegen das Licht und wirft den ganzen Stoß auf den Tisch): Mich hältst du nicht zum Narren. Der Maler: Was hast du erwartet? Ich hab dir gesagt, daß ich nicht aufhören kann. Keiner von uns kann aufhören. Da ihr gegen das Sichtbare seid, halte ich mich ans Unsichtbare. Schau ihn dir genau an: meinen unsichtbaren Sonnenuntergang mit Brandung. Der Polizeiposten (hebt nachlässig ein leeres Blatt gegen das Licht): Du mußt dir schon was anderes ausdenken, Max. Der Maler (geringschätzig): Sieh nur genau hin mit deinem Kennerblick. Mit deinem Zukunftsblick. Der Polizeiposten (auf seine Art erregt): Ich muß dich auffordern, anders mit mir zu sprechen. Auch wenn du dreimal Nansen heißt. Etwas zuviel bildest du dir ein. Timmsen: Nun beruhigt euch mal. Ihr seid euch doch nicht unbekannt. Der Polizeiposten (der nicht aufgehört hat, das leere Blatt gegen das Licht zu halten): Dies Papier ... all diese Blätter hier, sie sind hiermit eingezogen. Der Maler (grimmig): Na, also. Der Polizeiposten: Du kannst, wenn du darauf bestehst, eine Empfangsbescheinigung haben. Der Maler: Darauf besteh ich. Der Polizeiposten: Nur ausstellen kann ich sie nicht gleich. Den Empfangsblock hab ich im Büro liegen. Der Maler: Dann werde ich mich eben gedulden. Timmsen (mit aufrichtiger Ratlosigkeit): Brat mir einen Storch, Jens. Für mich ist das Papier. Was du da beschlagnahmst, ist ehrliches Papier. Der Polizeiposten: Das laß meine Sorge sein. (Er schichtet die Blätter sorgfältig, legt sie in die Mappe, schließt die Mappe und nimmt sie an sich.) Timmsen (zum Maler): Du mußt doch selbst sagen. Auf diesen Blättern hast du dich doch nicht verewigt. Die sind doch unschuldig wie der Schnee. Der Maler: Es sind unsichtbare Bilder dazwischen, das hast du doch gehört. Offenbar sind die auch nicht mehr zugelassen. Der Polizeiposten (warnend): Du weißt, Max, was hier gespielt wird. Du kennst meine Pflicht. Diese Blätter werden untersucht werden. Der Maler (grimmig): Ja, ja. Untersucht sie von mir aus. Steckt sie in den Wolf von mir aus. Ihr werdet sie nicht kaputt kriegen. Andere Leute – andere Bilder. Der Polizeiposten (ruhig): Ich muß dich darauf hinweisen, daß du dich im Ton vergreifst. Es könnte eines Tages Folgen für dich persönlich haben. Timmsen: Ihr redet vielleicht miteinander. Der Maler: Im Kopf jedenfalls kann man keine Haussuchung machen. Was da hängt, hängt sicher. Aus dem Kopf, da könnt ihr nichts konfiszieren. Der Polizeiposten (zu mir): Komm. (Wir gehen zur Tür.) Der Maler: Sag mir Bescheid, wenn du was entdeckt hast. Wenn das Papier Farbe bekennt unter deinem Blick. Der Polizeiposten wendet sich um, sagt aber nichts. (Wir gehen.)

Obwohl ich gern noch im »Wattblick« geblieben wäre, eine zweite Limonade getrunken und der Auseinandersetzung über weißes, wenn auch offenbar nicht unschuldiges Papier zugehört hätte, folgte ich meinem Vater wortlos nach draußen, übernahm, während er das Fahrrad aus dem Ständer hob, die Mappe mit den leeren Blättern und preßte sie später, auf dem Gepäckträger sitzend, fest an meine Brust. Schweigsam, bei harmlosem Seitenwind, in unentschiedener Dunkelheit fuhren wir den Deich hinab. Er sah sich nicht ein einziges

Mal nach mir um, und ich hatte durchaus die Möglichkeit, wenn auch nicht alle, so doch einzelne Blätter aus der Mappe zu ziehen, sie die Deichböschung hinabsegeln zu lassen. Ich stellte mir das flache Land vor, bedeckt mit leeren Blättern, die wie große Taschentücher zum Trocknen dalagen: Wohin würde der alte Holmsen zuerst blicken, wenn er die verstreuten Blätter entdeckte? Ich öffnete die Mappe nicht.

Unerleuchtet, mit herabgezogenen Dächern standen die Anwesen in der Dunkelheit, eingeschlossen von schiefgewehten Hecken. Hofhunde vertrauten sich über lange Strecken ihre Erlebnisse an. Ein Poltern kam von der See her, als ob ein großes Schiff Anker warf. Kennst du das Schiff da, fragte ich, und glaubte tatsächlich, daß er Namen oder Nummer des Schiffes würde nennen können – so wie er die Nummer von Asmussens Boot plötzlich genannt hatte, doch zu meiner Enttäuschung sagte er nur: Frag jetzt nicht, hörst du, frag mich jetzt überhaupt nichts. Dennoch hörte ich nicht auf zu glauben, daß er das Schiff auf seine Art sah und erkannte, und ich weiß auch heute noch, wie da unvermutet auf der Heimfahrt die Angst aufkam, daß er noch mehr sehen und erkennen könnte, eine Angst, die mich warnte und vorsichtig machte und vielleicht länger dauerte, als ich zugeben möchte.

Aber wiedergeben, was die unbekannte Angst mir riet, das möchte ich, das muß ich, denn war es nicht sie, die mich zwang, an meiner flügellosen Mühle vorbeizusehen? Warum vermied ich es, an mein Versteck im Turm zu denken? Warum ließ ich Bleekenwarf links liegen, als wir auf seiner Höhe waren? Kein Blick, kein Gedanke. Warum versuchte ich, das Bild des schäbigen, unvollendeten Badezimmers, das sich mir unaufhörlich aufdrängte, gewaltsam loszuwerden? Warum zwang ich mich, den einen Namen nicht zu denken, der sich mir unentwegt anbot? Wenn ich diesen Abend mit hier angebrachter Trockenheit zusammenfasse, dann muß ich, ob ich will oder nicht, so viel bekennen: Der Polizeiposten Rugbüll, mein Vater, der nördlichste Polizeiposten Deutschlands, der während des Krieges den Auftrag erhielt, ein gegen Max Ludwig Nansen beschlossenes Malverbot zu überbringen und die Einhaltung des Verbots zu überwachen, ließ bei einer Bildvorführung des Glüseruper Heimatvereins erkennen, daß er, was bei uns nicht selten, aber auch nicht häufig vorkommt, über die Fähigkeit des zweiten Gesichts verfügte. Es hatte vorher keine Anzeichen für diese Begabung gegeben. Familiäre Vorbelastung kommt nicht in Betracht. Trotzdem stellte sich diese Fähigkeit heraus, und vom ersten Augenblick an blieb sie nicht ohne Folgen.

7 Die Unterbrechung

Joswigs Schritt, die Visionen, die sein Schritt hervorruft, wenn er aus seiner kahlen Wärterloge tritt: eine geschwungene eiserne Treppe, hüpfende Schlüssel an seinem Bund, geriffelte Fliesen und das systematische Netz trüber Korridore, Tage, die wie getrocknete Apfelscheiben auf eine Schnur gezogen waren, plötzliche Stille, sein spähendes Auge hinter einem Guckloch, wieder der lasche, schlurfende Schritt, der sich aus hoffnungsloser Ferne nähert, der Hauptkorridor mit dem Schwarzen Brett, Stille und Lektüre im Stehen, die Ecke, die wir mit unsern Schultern und Hüften dunkel gerieben haben, Ruhepause mit Frühstück, das nie geöffnete Fenster, die Trillerpfeife an geflochtener Schnur, der schlurfende Schritt in Höhe der Besenkammer, und von da ab scheint er immer noch einen halben Tag oder so zu brauchen, bis er, erschöpft und sich immer häufiger ausruhend, den Waschraum erreicht, danach ein Endspurt, kurze verzweifelte Schritte, ein ausgestreckter Arm, das aufgeregte Zappeln der Schlüssel, ein Fall, nein, kein Fall, sondern die Geräusche des Schlüssels, der erst probeweise, dann gewaltsam das Schloß überzeugt: so war es doch oft.

Obwohl ich nie die genaue Zeit stoppte, die er brauchte, um von seiner Wärterloge zu meinem festen Zimmer zu kommen, möchte ich doch meinen, daß es etwa die Zeit war, die ich benötige, um drei Paar Strümpfe leicht durchzuwaschen, zwanzig Zigaretten zu drehen oder aber genußvoll, ohne einen Appell im Nacken, zu frühstücken. Mit der gleichen, die Erwartung schürenden Langsamkeit, mit der ein Schiff sich über den Horizont erhebt und aufkommt, näherte er sich aus seiner fernen, nur mit einem Kalender geschmückten Loge, schlurfte da die Zeit auf den Fliesen tot. Jedenfalls zweifelte ich, als er, Bilder und Ereignisse weckend, zu mir heraufkam, nicht mehr an der Behauptung von Kurtchen Nickel, daß er ein zu Streifen zerschnittenes Bettlaken in der gleichen Zeit ordentlich zusammengenäht hatte, in der Karl Joswig von der Loge bis zu ihm gelatscht war.

Er kam und kam. Ich kämmte mich vor meinem Taschenspiegel, ich verfolgte einen Schleppzug, der sich durch die genauen Planquadrate mühte, in die das Gitter vor meinem Fenster die Elbe einteilte. Möwen beobachtete ich, die zu einem großen Konzil stromabwärts flogen. Eine dröhnende Schiffssirene verlangte Schlepperhilfe. Joswig gab nicht auf. Würde er mir die neuen Hefte bringen? Hatte Direktor Himpel mir Tinte und Halter bewilligt zur Fortsetzung meiner Strafarbeit? Ich kühlte meine Handgelenke unter dem scharfen Strahl des Wasserhahns im Ausguß. Einige Zigarettenkippen zerrieb ich und spülte sie weg. Um seine Güte nicht auf die Probe zu stellen, strich ich Joswig zuliebe die Decken auf meiner Pritsche glatt. Zu meiner Überraschung entdeckte ich zwei Wassersportler auf der Elbe, die verbissen gegen die Strömung paddelten. Die Elbe war eisfrei. Brannte die Fackel über der Ölraffinerie? Sie brannte. Lag Hamburg noch drüben mit seinen gewohnten Farben: weißgrau und ziegelrot? Joswig näherte sich unaufhaltsam. Wie war die Prüfung meiner Arbeit ausgefallen? Rechtfertigte sie in Himpels Augen die Nachforderung von Papier? In raschem Entschluß zog ich meine saubere Appelljacke an, tauschte die Turnschuhe gegen die Stiefel aus, nahm ein sauberes Taschentuch aus dem Metallschrank. Das Urteil meines großen Spiegels über mich war nicht ungünstig: das aschblonde Haar mit dem Wirbel gezähmt, tiefliegende, helle Augen wie mein Bruder Klaas, unscheinbare Nase mit leichtem Sattel, kantiger, sagen wir ruhig: Nußknackermund – Pelle Kastner hat das schon richtig gesehen –, kräftiges Unterkinn, schadhafte, wie angeknabbert wirkende Zähne – sicher ein Erbteil der Scheßels –, etwas zu langer, aber nicht dünner Hals, zufriedenstellende Wangen: ich. Weder tägliche noch nächtliche Strafarbeit waren mir anzusehen. Allerdings war mein Taschenspiegel nicht ganz dieser Meinung: er dichtete mir – im Gegensatz zum Wandspiegel – Schatten unter den Augen an, korrigierte auch im allgemeinen etwas das Bild, indem er mich zerknautscht wiedergab, mich gewissermaßen mit einem übermüdeten, gereizten Gesicht bekannt machte. Welchem Spiegel würde Joswig recht geben, wenn er mich ansah? Also komm schon, Joswig, leg einen Zahn zu, schau nicht in den Waschraum, wo nur die Brausen tröpfeln, setz zum Endspurt an, schließ auf, damit ich endlich Gewißheit habe oder das, was wir aus Gewohnheit so nennen.

Wie immer, so ging ich ihm auch diesmal entgegen, soweit es mir möglich war, stellte mich dicht neben der Tür auf, blickte auf den Riegel und auf das Schlüsselloch, durch das der stumpfe Stiel des Schlüssels stieß oder sich vielmehr stockernd drängte und die Drehung mitmachte, mit der der Bart im Innern den Riegel bewegte: primitiver Riegelverschluß. Meine Schlüsselsammlung, meine Schloßsammlung dagegen: das Bastardschloß, hebende und schließende Fallen, das Buchstabenschloß, das Bramahschloß, das Chubbschloß, das Steckschloß, das Vexierschloß, der gotische Schlüssel, der französische Schlüssel, das barocke Schlüsselschild: werde ich sie wiederfinden? Immerhin, die Tür sprang auf.

Karl Joswig, unser Lieblingswärter, trat nicht ein, wurde auch nicht sichtbar, ich hörte nur seine Stimme: Komm, Siggi, komm raus, und ich befolgte seine Aufforderung und wunderte mich, daß er meine leere Zelle verschloß. Tat er es mit der Routine seiner fünfunddreißig Dienstjahre? Oder wollte er dafür sorgen, daß in meiner Abwesenheit niemand den Ort der Strafarbeit betrat?

Der Direktor wartet, sagte er und bat mich, voranzugehen – eine Vorsichtsmaßnahme, die er nur in den ersten Wochen angewandt hatte. Nicht gleich verletzt, aber doch verwirrt blickte ich ihn an, forschte in seinem Gesicht, glaubte da ein verborgenes Mißtrauen zu entdecken, eine verzweifelte Bereitschaft, und bevor ich ihn noch nach dem Grund seiner Einsilbigkeit gefragt hatte, beschrieb sein brauner, abgeplatteter Daumen einen Halbkreis, zeigte starr den Korridor hinab: mir blieb da nichts anderes übrig, als vorauszugehen.

Bis zum Schwarzen Brett auf dem Hauptkorridor ging ich ihm voraus, sein Schritt klang wie das entstellte Echo meiner Schritte, sein ältliches Seufzen erschien mir wie eine Vergröberung meines Seufzens. Hier, auf der Höhe des Schwarzen Brettes, fragte ich über die Schulter: Alles bewilligt? und er darauf, mißmutig: Wart ab, oder kannst du nicht abwarten? Ich ging voraus, ich spürte seinen Blick im Nacken, spürte meinen Gang steif und steifer werden, empfand auch einen stechenden Schmerz in der Wirbelsäule. Was sollte, was konnte ich tun? Wir alle hier wissen, daß man sich Joswigs Sympathie spontan erwerben kann, wenn man es nur versteht, sich selbst geschickt anzuklagen; je mieser man sich macht, desto hartnäckiger ist er bereit, einen in Schutz zu nehmen oder sogar ins Herz zu schließen. Was aber sollte ich mir, um mit ihm ins Gespräch zu kommen, in diesem Augenblick vorwerfen? Was sollte ich mir andichten? Ich trottete ihm voraus und versuchte, mir zu erklären, was es bedeuten konnte, daß er ohne Hefte, ohne Tinte, ohne einen Krümel Tabak erschienen war und an Stelle des üblichen Mitgefühls nichts anderes mitgebracht hatte als eine Aufforderung, zum Direktor zu kommen. Stand meine Sache schlecht? Hatten sie Anstoß genommen an meiner bisherigen Arbeit? Wollten sie womöglich die Deutschstunde, zu der sie mich verurteilt hatten, vorzeitig abbrechen? In seiner kahlen Wärterloge klingelte das Telefon. Ich ging nicht schneller. Das Telefon hörte nicht auf zu klingeln, sechs, acht, zehn Mal. Ich beschleunigte nicht meinen Schritt, blickte nur aus den Augenwinkeln nach rechts, in der Annahme, daß er sich gleich an mir vorbeischieben, mich überholen werde, um den Hörer abzunehmen, doch da tauchte keine steife Dienstmütze neben mir auf, kein Schlüsselbund hüpfte klingelnd vorbei – Karl Joswig blieb unbeirrt hinter mir. Erst als wir neben seiner Loge waren, kommandierte er: Halt, stehenbleiben. Ich blieb, wie gewünscht, stehen. Ich blickte geradeaus, schenkte mein Interesse der achten Stufe der eisernen Treppe. Als er sagte: Wart hier, nickte ich, und als er sagte: Bin gleich zurück, nickte ich noch einmal. Dann verfolgte ich aus den Augenwinkeln, wie er den Hörer abnahm, seine Mütze ins Genick schob und, während er lauschte, die Schlüssel an seinem Bund zählte oder überprüfte oder aus einer Verklemmung befreite. Das Gespräch verwandelte ihn nicht. Ähnlich wie mein Vater am Telefon beschränkte er sich auf kurze Antworten, kurze Rückfragen. Er schien weder erheitert noch verärgert. Nachdem er aufgelegt hatte, winkte er mir, in die Loge einzutreten, und ich hielt sogleich den Atem an: so stickig, so verbraucht war die Luft, in der außerdem ein Gestank von ruhig vor sich hinfaulenden Bücklingen lag. Wir kriegen zwei Neue, sagte Karl Joswig, ich werde gebraucht, zum Direktionsgebäude findest du hoffentlich noch allein. Ich nickte, blieb jedoch stehen, obwohl er mich mit einer Handbewegung weggeschickt hatte, die bewies, daß ich ihm lästig war. Hast du den Weg vergessen? fragte er. Ich wartete, musterte ihn dringend und fragte schließlich mit gesenktem Blick, womit ich mir seine Schroffheit verdient hätte, worauf er, mir die Tür aufhaltend, entgegnete: Du, deine Freunde, ihr alle: für euch ist man da, man drückt euch ans Herz, opfert sich auf. Und was macht ihr? Verschwinde! Der Direktor erwartet dich! Danach schob er mich aus seiner Loge hinaus und schloß die Tür.

Da ihm seine Andeutung auszureichen, er selbst auch keinen Wert darauf zu legen schien, mir seinen Gefühlswechsel zu begründen, machte ich mich ohne seine Begleitung auf den Weg zum Direktionsgebäude. Steif in den Gelenken, tappte ich die eiserne Treppe hinab. Im zugigen Vorraum tätschelte ich Senator H. W. J. W. L. Riebensahm, der unsere Insel zwar nicht geschaffen, aber sie ihrer letzten Bestimmung geweiht hatte, die Marmorglatze, kraulte ihm flüchtig das eiskalte Kinn. Wie lange hatte ich ihn nicht mehr begrüßt? Seitdem ich einmal gesehen hatte, wie seine achtundneunzigjährige Witwe die Marmorbüste liebkost hatte, konnte ich nicht an ihr vorübergehen, ohne sie pflichtschuldig zu tätscheln. Niemand begegnete mir, ich zog das Tor auf, trat hinaus – zum ersten Mal seit Beginn meiner Strafarbeit.

Die Dampfsirene einer Barkasse rief mich an – mich? Ich drehte mich jedenfalls erschrocken um, sah zum Anlegeponton hinüber, wo die messingblitzende Barkasse aus Hamburg festmachte, vollgestopft mit ungeduldigen Psychologen, die ausnahmslos Staubmäntel trugen, braune und sandfarbene Staubmäntel. Auf dem Ponton stand Dr. Alfred Thiede, Himpels Vertreter, und hieß die Psychologen mit einer weitläufigen, umspannenden und offensichtlich an Himpel geschulten Geste willkommen. Ich sah mich spontan nach einem Fluchtweg um, linste zu unserem Gemüsefeld hinüber – eine Flucht war unnötig, denn Dr. Thiede sammelte jetzt die Psychologen auf dem Ponton um sich und hielt eine seiner unentmutigten Ansprachen. Vom Strand her, wo die vom Eis schiefgedrückten Warntafeln schon wieder gerichtet waren, wehte ein kühler Wind herauf, schüttelte Weidengebüsch. Kein Dunst lag über der Elbe, die Luft war hart und klar, und in der klaren Luft rückten die fernen Ufer näher heran, und das Wasser des Stroms, das man sich sonst nicht trübe genug denken kann, verriet durch Flaschengrün und Schwarzblau Untiefen und Tiefen der Elbe. Ein bewimpeltes Schiff lief aus, vermutlich zu einer Werftabnahme. Aus den Werkräumen schoben sie Karren mit gestapelten Fensterrahmen, Eddi Sillus war dabei.

Da ich keinem begegnen, nur rasch erfahren wollte, wie meine Sache stand, lief ich zur Rückseite der Werkräume und dann im Sicht- und Windschutz weiter, bis ich auf den gekrümmten Weg stieß, an dem das blaue Direktionsgebäude lag. Mit zwei Sätzen nahm ich die Steintreppe. Ich zog die gefirnißte Eichentür auf. Ich atmete tief durch. Dann stieg ich zum Zimmer des Direktors hinauf. Ich trug einen Vorrat von möglichen Antworten bei mir, zumindest wußte ich, was ich auf etwaige Fangfragen zu antworten hatte. Widerspruchslos wollte ich einen Abbruch der Deutschstunde nicht hinnehmen, ich wollte konsequent sein. Sagen wir mal, ich war bereit, für die Fortsetzung meiner Strafarbeit zu kämpfen. So trat ich an seine Tür. So hob ich den klopfbereiten Finger und lauschte. Doch mein Finger hatte kaum das Holz berührt, als im Zimmer ein musikalisches Unwetter losbrach: mit einem Anschlag – einem grimmigen Schöpferwort gleich –, mit dick aufgetragenem Forte ließ Himpel da augenscheinlich Eisblökke bersten und Gletscher kalben, er befreite, in unerbittlichen Anfangskadenzen gleich mehrere Gebirgsflüsse von ihrer Eislast, überhaupt stellte er dem Winter wuchtig nach und schickte ihn ins Exil und so weiter, und das alles zu dem Zweck, das Rauschen, das Flattern, von mir aus auch das

Wispern des Frühlings vernehmbar zu machen. Man konnte einfach nicht überhören, daß er zunächst einen Sturmhimmel entwarf, unter dem einige Kräfte ziemlich aneinandergerieten, und er machte es dem Frühling keineswegs leicht, sich durch all das Wühlen, das Tosen, den dunklen Trotz durchzuarbeiten und schließlich seine blaue Fahne aufzuziehn – wenn das etwas sagt. Dann jedoch ließ er den Frühling ausdauernd triumphieren mit Möwenruf und Schiffssirene, mit kleinem Wellenschlag, mit fröhlichem Glucksen und einer Art besessenem Murmeln: es ist anzunehmen, daß unser Inselchor mit diesem neuen Frühlingslied bald hervortreten, vielleicht sogar, da eine Einladung schon vorhanden ist, im Hafenkonzert des Norddeutschen Rundfunks gastieren wird.

Weil mein Klopfen nicht ausreichte, um das Kalben der Gletscher zu übertönen, wartete ich, bis der Sieg des Frühlings feststand; dann klopfte ich noch einmal. Ich wurde gehört. Jetzt durfte ich eintreten. Direktor Himpel, in Windjacke und Knickerbocker, erhob sich von einem Drehsessel vor dem Klavier, beugte sich über fleckiges Notenpapier, rief Wum-da-da, nickte sehr zufrieden und kam mir mit ausgestreckter Hand entgegen. Seine Hand war warm und feucht. Ich hab noch zu feilen, sagte er, und er deutete hinter sich. Ein schneller Blick zu seinem Schreibtisch gab mir Gewißheit, daß er meine vollgeschriebenen Aufsatzhefte gelesen hatte; doch obwohl sie dort aufgeschichtet lagen, merkte ich, daß er meinen Fall vorübergehend vergessen und nun keine Lust hatte, lange mit mir darüber zu reden: es zog ihn zu seinen unfertigen Stürmen des Frühlings. Erst nachdem er sich über seinen Terminkalender gebeugt hatte, erkannte er, daß ich es war, den er da rot eingekastelt, dem er da einige Bedeutung zugemessen hatte: und er begrüßte mich ein zweites Mal vom Schreibtisch aus, durch ein Heben und Stoßen der Handflächen in Augenhöhe. Er bat mich, Platz zu nehmen. Er selbst setzte sich nicht, vielmehr blätterte er und las in angestrengter Stellung in meinen Heften, sein Lächeln bewies mir, daß seine Erinnerung wiederkehrte, er schüttelte ungläubig den Kopf, er nickte zustimmend, er demonstrierte schwerwiegende Bedenken, indem er ein vielfaches Tezet durch die Lippen drückte, einmal hieb er sich auf den Schenkel, traf aber nur den hängenden Überfluß der Knickerbokker. Nachdem er sich so, blätternd und Proben lesend, die nötige Erinnerung verschafft hatte, stürzte er zur Tür seines Sekretariats, riß die Tür auf, rief: Sagen Sie in Zimmer vierzehn Bescheid, schloß die Tür wieder und vermied es ausdrücklich, mich auf seinem Weg bis zum Schreibtisch anzusehen: da wußte ich schon, daß ich mit einem Gespräch unter vier Augen nicht rechnen konnte.

Senator Riebensahm, der in Öl über dem Schreibtisch hing, der hager und ahnungslos aus epigonalem Halbdunkel hervorsah, schien sich weit mehr für die etwa aus Kamerun aufkommenden Schiffe auf der Elbe zu interessieren als für das, was hier im Zimmer von Direktor Himpel geschah. Der Senator ließ sich nicht um Beistand anrufen. So lauschte ich auf den Schritt der Sekretärin, die auf hohen, metallbeschlagenen Absätzen ihr Zimmer verließ, hämmernd den Flur überquerte, das erlösende Stichwort in Zimmer vierzehn hineinflüsterte und gleich darauf, nun aber nicht mehr allein, sondern im Schlepp mehrerer Schritte, zum Sekretariat zurückkehrte und einigen Psychologen die Tür öffnete. Es waren, wie ich erleichtert feststellte, fünf Psychologen, die augenscheinlich an einem internationalen Kongreß in Hamburg teilnahmen, denn jeder trug am Aufschlag seines Jacketts ein Ansteckschild, das seinen Namen preisgab. Nur einer trug kein Namensschild, einer, der mir kumpelhaft zuzwinkerte: Wolfgang Mackenroth. Daß er dabei war, machte mich zwar nicht sorglos, aber auf unerklärliche Weise freute ich mich über seine Anwesenheit. Ich erwiderte seinen Gruß, ohne zu verheimlichen, was ich empfand. Der Direktor gab unterdessen den Psychologen die Hand, nahm schmunzelnd Grüße entgegen, die man ihm aus Zürich, aus Cleveland, Ohio, aus Stockholm mitgebracht hatte, trug sodann, mit etwas zu lauter, zu bewegter Stimme, Gegengrüße auf und verstand es dabei geschickt, seine Besucher so aufzustellen, daß sie mich in einem Halbkreis umgaben. Was hatte er vor? Was verriet sein Auge? Welche Nummer wollte der pädagogische Kunstreiter abziehen? Dressurakt? Balanceakt? Psychologischen Schwebeakt? Wollte er mich auf das Trapez seines Ehrgeizes hinaufschicken, um sich selbst, nach meinem zweieinhalbfachen Salto, als zuverlässiger Fänger zu bestätigen?

Direktor Himpel tat nichts von alledem. Er legte mir kameradschaftlich eine Hand auf die Schulter. Er bat mich um Erlaubnis, meinen Fall den Besuchern kurz schildern zu dürfen, und da er mein Einverständnis ohne weiteres voraussetzte, legte er los. Es begann mit einer Deutschstunde, sagte er. Das Thema hieß: Die Freuden der Pflicht. Nach der Stunde, sagte er, gab Herr Jepsen ein leeres Heft ab – und zwar nicht, weil er zuwenig, sondern weil er – nach eigener Aussage – zuviel zu erzählen hatte. Initialhemmung. Korsakoffsche Phobie. Es wurde eine Strafarbeit vereinbart, der Aufsatz sollte nachgeschrieben werden. Herr Jepsen erhielt dazu Gelegenheit in einem abgeschiedenen Raum. Dann erwähnte er die abgemachten Bedingungen – Besuchsverbot, Befreiung von allgemeiner Arbeit und so weiter – und schilderte den keineswegs atemlos, eher träge zuhörenden Besuchern die Art, in der ich mich an die Arbeit gemacht hatte: Finale Fügsamkeit. Euphorie. Sie horchten allerdings auf, die Besucher, als Direktor Himpel ihnen mitteilte, daß meine Arbeit, die ich zur Strafe nachholen sollte, bereits einhundertundfünf Tage dauerte. Seit dreieinhalb Monaten, sagte er, ist unser Herr Jepsen, den Sie hier vor sich sehen, bemüht, mit seinem Aufsatz zu Pott zu kommen. An Ausdauer fehlt es nicht, hier ist – er hielt meine Hefte hoch – der schlagende Beweis. Sie sehen, sagte er, der Aufsatz nimmt bedrohliche Formen an. Namenszwang. Ortszwang. Psychoider Mnemismus. Zum Schluß bat er mich, seine Darstellung zu korrigieren – falls ich das Gefühl haben sollte, hier sei etwas entstellt worden. Ich zuckte darauf die Achseln.

Der Besucher aus Cleveland, Ohio, Mr. Boris Zwettkoff, lieh sich von Himpel meine Hefte aus, ließ die beschriebenen Seiten schnurrend über den Daumen laufen und war im Bilde; desgleichen verrieten der Herr aus Zürich, ein Carl Fouchard jr., und der Herr aus Stockholm, ein Lars Peter Larsen, unbekannte Fähigkeiten der Durchdringung und Aneignung eines Stoffes, indem sie die Hefte zwar hier und da öffneten, vornehmlich aber in der Hand wogen und auch so zu einem Urteil kamen, das ausreichte. Nur Wolfgang Mackenroth tat weder das eine noch das andere. Behutsam nahm er meine Hefte als letzter in Empfang, glättete sie fürsorglich und legte sie auf den Schreibtisch. Ich atmete auf, glaubte die Vorführung schon überstanden zu haben und wechselte das Standbein, als Direktor Himpel aus dem Hintergrund zu mir trat. Nach einem auffordernden Blick an die Psychologen, jetzt besonders wachsam zu sein und zur Kenntnis zu nehmen, was gleich kommen werde, wandte er sich an mich mit der Bemerkung, daß meine geleistete Strafarbeit nicht nur ausreiche, sondern seine Erwartungen weit übertroffen habe. Er bot mir das Ende der Deutschstunde an. Ich hätte ihn und auch Doktor Korbjuhn überzeugt. Er schlug mir vor, in die Inselgemeinschaft zurückzukehren und meinen Platz in der Bücherei einzunehmen. Du bist, sagte er wörtlich, zu der Einsicht gekommen, daß Deutschaufsätze geschrieben werden müssen, und um diese Einsicht, nicht um die Buße, ging es uns. Und als ob er mir ein privates Geschenk machen wollte, fügte er hinzu: Der Frühling ist mittlerweile gekommen.

Die letzte Bemerkung hätte er sich durchaus sparen können, zumal er doch wissen sollte, daß uns allen hier der Frühling gestohlen bleiben kann. Jedenfalls, ich sah ihn erstaunt an, mit diesem Vorschlag hatte ich nicht gerechnet. Nun? fragte er, nun? Wäre das nicht eine gute Aussicht, die Strafarbeit morgen zu beenden? Wiedersehen mit den Freunden zu feiern? Nun? – Ich habe, sagte ich, die Arbeit noch nicht beendet. – Das macht nichts, sagte er, du hast uns mit der bisherigen Leistung zufriedengestellt, den Rest können wir uns schenken. – Ohne den Rest, sagte ich, ist meine Arbeit nichts wert, und ich meinte, was ich sagte. Diese Antwort verblüffte Himpel. Er bat mich, ihm und den Besuchern zu erklären, warum mir soviel daran lag, auf Inselgemeinschaft, Frühlingssonne und Bücherei verzichtend, meine einmal aufgegebene Strafarbeit zu Ende zu bringen. Ich blickte durch das breite Eckfenster hinaus auf die Elbe, fand zuerst nichts, woran ich mich festsehen konnte, suchte unsern Strand ab und entdeckte, nun aus dem Weidengebüsch hervortreibend, zwei

Wassersportler in einem silbergrauen Kajak, der nicht gesteuert, der auch nicht durch die Kraft der Paddel fortbewegt wurde, sondern nur schräg in der Strömung trieb, trieb und immer noch trieb, weil der hintere den vorderen Wassersportler umklammert hielt, ihn rücklings niederdrückte und sich, trotz aller Unbequemlichkeit, an seinem Gesicht festsaugte und dergleichen, während die Paddel rollten, ins Wasser tauchten und dennoch nicht verlorengingen.

Warum also? fragte Direktor Himpel, warum? Da sagte ich: Freuden der Pflicht, ich möchte sie ungekürzt verstehen, in ganzer Länge. – Und wenn sie nie aufhören? fragte er und versicherte sich der Aufmerksamkeit der Psychologen, wenn die Freuden überhaupt kein Ende nehmen? – Um so schlimmer, sagte ich, dann um so schlimmer.

Ich spürte, daß sie etwas mit mir vorhatten, etwas ans Licht zerren wollten, doch ich wußte nicht, was. Die Wassersportler trieben immer noch verkrampft, in übertriebener Rücken- bzw. Vorlage, mit aneinander festgesaugten Mündern stromabwärts, wo leider kein Schiffsbug erschien, der sie voneinander hätte schneiden können. Ein Paddel verloren sie auch nicht.

Plötzlich fragte Carl Fouchard jr.: Wem erzählst du das alles da? – Mir, sagte ich, und er darauf: Beruhigt dich das? – Ja, sagte ich, das beruhigt mich. Der Schwede blieb stumm, sah mich nur hin und wieder mit einem feindseligen Blick an, als wollte er mich niederschlagen. Boris Zwettkoff, der Amerikaner, war sehr zufrieden, als ich ihm auf die Frage, ob ich bei meiner Strafarbeit mitunter das Gefühl hätte, im Wasser zu stehn, durch Wasser zu waten oder in klarem Wasser zu schwimmen, ein glattes Nein anbieten konnte. Ein bulliger Wissenschaftler, dessen Namen ich nicht entziffern konnte, da er sich das Schild verkehrt herum angesteckt hatte, dessen Akzent aber den Holländer verriet, überraschte mich durch seinen Wunsch, zunächst mein Alter, dann meine Schuhgröße zu erfahren, und nachdem ich ihm beides genannt hatte, wollte er wissen, ob ich bei der Arbeit Schweißausbrüche und Angstzustände hätte; da ich ihn nicht ganz leer ausgehen lassen wollte, gab ich Angstzustände zu. Daß Mackenroth keine

Fragen an mich stellte, mich sogar hin und wieder mit einem Lächeln ermutigte, machte ihn nur noch sympathischer. Ich nehme an, daß man mich durchschaute, daß ich jedenfalls nicht das Zeug hatte, einen Streitfall oder Schulstreit abzugeben, denn das internationale Gremium ließ mich in Frieden und verzichtete auf weitere Ausforschung.

Das hatte Direktor Himpel augenscheinlich nicht erwartet, er hatte sich wohl eine längere Befragung gewünscht, tieferes Forschen, eine, wenn auch nicht hitzige, so doch lebhafte Diskussion, doch da dies alles ausblieb, war es nun wieder an ihm, sich mit mir zu befassen. Schnell sah ich zu den beiden Wassersportlern hinaus, sie waren gekentert, ertrunken, die Elbe strömte leer und unschuldig vorbei.

Nun, Siggi, sagte Himpel, müssen wir uns gemeinsam um eine Lösung bemühen, so kann es nicht weitergehen. Eine Strafarbeit, sagte er, ist nichts Außergewöhnliches, so etwas kommt überall vor, und hier auf der Insel hat sie sich als pädagogische Einrichtung auch bestens bewährt. Allerdings, sagte er, muß auch eine Strafarbeit ihr Maß behalten: hundertundfünf Tage – das reicht. Mit dem heutigen Tag hat die Strafe ein Ende. Er bot mir seine im Begrüßen so erfahrene Hand an, wollte das Ende meiner Deutschstunde auf der Stelle besiegeln, doch ich weigerte mich, in seine Hand einzuschlagen. Ich protestierte. Ich bat um Verlängerung. Ich versprach, nie mehr unangenehm aufzufallen, wenn er mich nur zu meiner Strafarbeit zurückkehren lasse. Ich glaube, ich appellierte auch an seine Großzügigkeit. Aber all diese Proteste, Bitten, Versprechungen schienen erfolglos zu bleiben. Wie ich es zuletzt doch noch schaffte? Ich erinnerte ihn einfach an unsere Abmachungen, zitierte sein Versprechen, das Ende der Strafarbeit selbst bestimmen zu können. Sagten Sie nicht selbst, es kann dauern, solange es nötig ist? Mit diesem Zitat gelang es mir, ihn nicht grundsätzlich umzustimmen, aber doch sein vorläufiges Einverständnis zur Fortsetzung meiner Arbeit zu bekommen. Gut, gut, sagte er mit milder Resignation, gut, gut: fürs erste kannst du weitermachen.

Er trat an den Tisch und gab mir meine vollgeschriebenen Hefte. Er sah prüfend in die Gesichter der Psychologen, und da sich auf ihnen keinerlei Bedenken zeigte, entließ er mich mit den Worten: Zurück findest du ja wohl allein. Ein neues Heft ist hiermit bewilligt, desgleichen Tinte.

Erleichtert, wenn auch nicht vollkommen unbesorgt, zwängte ich mich durch den Halbkreis der Besucher, richtete es so ein, daß ich an Mackenroth vorbei mußte. Er zwinkerte mir zu. Sein Blick enthielt Anerkennung, möchte ich meinen. Doch während er mir oben harmlos ein Auge kniff, war er unten auf der Höhe meiner Jackentasche weniger harmlos tätig: feingliedrig, behende und ganz gewiß sensibel öffneten seine mageren Finger meine Jackentasche, vertrauten ihr etwas an, schoben und drückten da etwas in einer Sekunde hinein, glätteten danach die Tasche von außen so gut es ging und hatten sich schon wieder zurückgezogen. Ich merkte fast nichts davon, aber so muß es geschehen sein. Ich sage nicht zuviel, wenn ich sage: Ole Plötz, als Spezialist für Handtaschen, ist der einzige bei uns, der das wiederholen könnte.

An der Tür drehte ich mich noch einmal um, grüßte eilig das Gremium, nahm mir aber Zeit genug, Mackenroths Gesicht zu untersuchen: sein Gesicht gab nichts von dem zu, was geschehen war, er hatte sich inzwischen mit Gleichgültigkeit maskiert. So, wie er dastand, hätte er jede Verdächtigung erfolgreich bestritten, und zwar ohne ein einziges Wort sagen zu müssen.

Draußen erst, auf dem Korridor, schob ich eine Hand in die Tasche und machte mich mit den Sachen bekannt, die der junge Psychologe mir heimlich zugesteckt hatte. Es war nicht viel: ich ertastete einige gefaltete und mit einer Klammer zusammengeheftete Bogen Papier, außerdem konnte ich eine glatte Zwölferpackung Zigaretten begrüßen. Sofort ging ich in den Toilettenraum. Ich steckte die Zigarettenpackung in mein rechtes Strumpfbein; die beschriebenen Papierseiten bog ich zu einer Art Schienbeinschützer zusammen, legte sie um meinen linken Unterschenkel, zog den Strumpf hoch und ließ den Gummizug zuschnappen. Sorgsam streifte ich die Hosenbeine nach unten. Ich wusch mir die Hände, trank Wasser, befeuchtete meine Stirn. Alle Fenster waren offen, die vermutlich von Himpel hereingelassene Frühlingsluft nahm dem Ammoniakgeruch seine beißende Schärfe. Unten auf dem Hof pfiff einer »Rock around the clock« mit ziemlich verschlepptem Rhythmus; nur um diese Entstellung nicht hören zu müssen, setzte ich die geräuschvolle Spülung in allen drei Kabinen in Tätigkeit und ließ den Rock unter röhrenden und stürzenden Wassern verschwinden. Dann trat ich auf den Korridor, lauschte kurz an Himpels Tür, hörte jedoch nichts außer einem Laut, der einem behaglichen Stöhnen glich – so, als ob da jemand massiert würde –, ging darauf zur Treppe und stieg zur Materialausgabe hinab.

Die Materialausgabe für Bürobedarf liegt im Parterre des Direktionsgebäudes neben der Bibliothek, beide Räume sind miteinander verbunden, beide Tätigkeiten, die Ausgabe von Büchern und die Ausgabe von Büromaterial, werden von einem einzigen Mann ausgeübt. Ich wußte, wer auf mein Klopfen erscheinen, wer mich mit tückischem Lächeln begrüßen und irgend etwas kauend fragen würde: Alles prima, ja? Er ist der Älteste von uns. Jeder ist hier gezwungen, seine Freundschaft nicht nur zu erwerben, sondern durch regelmäßige Aufmerksamkeiten zu erhalten. Weil er seit fünfeinhalb Jahren auf der Insel lebt, verlangt er einfach besondere Rechte für sich, und es gibt keinen, der ihm nicht seinen Nachtisch rüberschiebt, wenn er ihn etwa mit den Worten auffordert: Dein Pudding will zu mir, Siggi, hilf ihm mal rüber. Wenn er so auf einen zukommt mit seinem stumpfen Haar, den fleischigen Lippen, wenn man ihm zusieht, wie er während einer Deutschstunde seine Krämpfe vorbereitet, sich von diesen Krämpfen schütteln und niederreißen läßt, dann möchte man ihm schon einiges zutrauen, aber nicht dies: daß ihn der Anblick einer Handtasche am Arm einer Frau sofort heftig inspiriert und Fähigkeiten in ihm weckt, die so weit gehen, daß er zum Beispiel den Inhalt einer Handtasche von außen bestimmen kann. Ich halte es zwar für Übertreibung, daß er jedes Modell allein durch streichelnde Massage öffnen kann, aber zwei von uns gibt es, denen soll er es bewiesen haben.

Jedenfalls war Ole Plötz mein Nachfolger in der Bibliothek, wo er, wie einst auch ich, die Aufgabe hatte, in der Materialausgabe zu bedienen. Mein Klopfen holte ihn heran. Er öffnete die obere Hälfte der Tür, grinste, zog da ein Brett aus und verwandelte die untere Hälfte der Tür in eine Art Tonbank, lümmelte sich darauf mit aufgestützten Ellenbogen, hob das Gesicht und fragte: Alles prima, ja? Ich bestätigte es, lauschte, langte unter mein Hosenbein, holte, immer lauschend, die Zigarettenpackung hervor, nahm drei Zigaretten heraus und legte sie in Oles allzeit offene Hand, wollte die Packung schon wieder verschwinden lassen, doch ich hatte nicht mit Oles empfindlichem Sinn für Gerechtigkeit gerechnet: elegant holte er die Packung zu sich herüber, zählte schnell nach, stellte fest, daß er drei Zigaretten zu wenig hatte, bediente sich schweigend und reichte mir den Rest zurück, wonach er dankbar grüßend einen Finger an die Stirn hob. Womit kann ich dienen, fragte er, und ließ dabei erkennen, daß das, worauf er kaute, ein Knopf war, ein echter Hornknopf, wenn ich nicht irre, vielleicht von einem Wintermantel. Ich bat um ein Heft ohne Linien und um ein Glas Tinte, verbesserte mich und bat um zwei Hefte, darauf meinte Ole: Überleg dir genau, was du brauchst. Wir sind heute spendabel, von mir aus kannst du heute fünf Hefte mitnehmen, von mir aus den ganzen Mist: über dich wundert sich keiner mehr.

Sie haben mir eine Strafarbeit gegeben, sagte ich zu meiner Entschuldigung, das wißt ihr doch.

Ja, sagte er, das wissen wir, aber wir hatten noch keinen hier, der seine Strafarbeit so genießen konnte wie du. – Ich hab euch nichts vermasselt, sagte ich, und er darauf: Du hast dich nicht gerade beliebt gemacht hinter Mauern, aber heute vergeben wir's dir. Heut sind wir bereit, jedem zu vergeben.

Steigt was Besonderes? fragte ich.

Nichts Besonderes, sagte er grinsend, es wird nur ein paar Umzüge geben. Ortsveränderung. Luftveränderung. Der Mensch ist ein mündiges Wesen, wie ich in einem Buch gelesen habe, und wenn ein mündiges Wesen einen Ort freiwillig verläßt, so liegt darin schon Kritik und so weiter. Wollt ihr abzwitschern? fragte ich. Wir hoffen, du kommst mit, sagte er leise, lauschte den Gang hinab, packte mich an der Brust, zog mich über die behelfsmäßige Tonbank zu sich heran. Heute abend um elf, flüsterte er, alles ist besprochen, wir sind sechs.

Ich erkundigte mich, wo sie das Boot beschafft hatten, und er stellte geringschätzig fest, daß nur Nichtschwimmer auf ein Boot angewiesen sind. Ich fragte ihn, ob er mit der Strömung in der Elbe bekannt sei, worauf er mich auf die Vorteile für Schwimmer bei auflaufendem Wasser hinwies. Karl Joswig konnte und wollte er nicht als Hindernis ansehen, da Eddi Sillus es allein übernommen hatte, mit unserem Lieblingswärter fertig zu werden – Eddi, der schon früh den Meistergürtel der nordwestdeutschen Judokas erworben hatte.

Ich wollte wissen, welche Vorsorge getroffen worden war für den Fall, daß uns eine günstige Strömung an das andere Ufer bei Blankenese tragen sollte, worauf er mich losließ, mich tückisch musterte und entweder Nulpe oder Niete sagte und sich ruhig eine Zigarette ansteckte. Er rauchte nur einige Züge und knipste die Zigarette wieder aus. Er ging zu den Regalen, nahm drei Hefte vom Stapel und knallte sie mir hin. Dann grub er aus einem Karton eine kleine, kantige Tintenflasche hervor und knallte sie mir hin; auch den Quittungsblock knallte er mir hin und tippte mit seinem empfindlichen Zeigefinger auf die Stelle, wo ich zu unterschreiben hatte: ich konnte nicht übersehen, daß Ole Plötz mit mir fertig war.

Einen wortlosen, einen feindlichen Abschied konnte ich mir jedoch nicht leisten, auch jetzt nicht, ich mußte einlenken, man ist ja vor niemandes Rückkehr sicher, und so sagte ich: Habt ihr schon einen Plan drüben? Er befeuchtete sich die fleischigen Lippen, klappte das Brett hoch und öffnete die untere Hälfte der Tür. Meine Schwester, sagte er, wir tauchen alle bei meiner Schwester unter, ihr Mann fährt zur See. – Da könnt ihr bestimmt den ersten Sturm abwarten, sagte ich, und er, hellhörig: Ich denke, du kommst mit? Ich denke, man läßt seine Freunde nicht im Stich? Er spähte den Gang hinab. Also? fragte er, um elf? Du brauchst nicht einmal die Tür zu öffnen: wir holen dich.

Welchen Eindruck muß ich auf ihn gemacht haben, als ich vor ihm stand in quälender Unschlüssigkeit, das eine wollte, das andere mußte, hier verpflichtet war, dort genötigt? Einerseits stellte ich mir unseren gemeinsamen Ausbruch vor, Joswigs Fesselung, geduckter Lauf die Korridore hinab, gespanntes Lauschen im Schatten der Werkhallen, kurze Sprünge hintereinander zu den Weiden am Strand, vielleicht das gleiche Hundegebell, das Philipp Neff plötzlich hörte und buchstäblich abwürgte, die watenden und schiebenden Bewegungen, bis die Rinne erreicht war, bis wir still wegsackten und in sechs Gesichtern gleichzeitig der Mond aufging, sechs Gesichter auf zerlaufenem Silber sozusagen, kleine, treibende, auf der Elbe unbekannte Kugelbojen, die sich schräg gegen die Strömung hielten, die geschickt die Strömung ausnutzten und in Richtung Blankenese trieben, das Prickeln der Kälte, ein Aufschrei und hochgerissene Arme, nein, kein Aufschrei, sondern Lichter, die nahen, willkommenen, diesmal begrüßenswerten Lichter von Blankenese, der schimmernde Strand, den Philipp Neff vor sich sah, aber nicht erreichte, und dann sechs im Gänsemarsch ans Ufer watende, langsam aufwachsende Gestalten, die den Anschein hervorriefen, als wären sie über den Grund der Elbe gegangen.

Das stellte ich mir einerseits vor und erkannte durchaus die vielversprechenden Möglichkeiten. Andererseits sah ich meine vollgeschriebenen Hefte, wog sie in der Hand, wie die Psychologen sie gewogen hatten, dachte, unter Oles tückischem Blick, an das Thema, das Korbjuhn mir gestellt, womöglich sogar zugemessen hatte. Die begonnenen Freuden fielen mir ein, die begonnene Pflicht, all meine begonnenen Auskünfte und Zugeständnisse: sollte ich sie unvollendet zurücklassen? Der nördlichste Polizeiposten Deutschlands, der Maler, mein Bruder Klaas, Asmus Asmussen, Jutta: sollte ich ihnen die Chance nehmen, sich zu erklären und zu verteidigen? Sollte ich den Vorhang zuziehen und willkürliche Dunkelheit über meine Ebene herrschen lassen? Sollte ich alles Vorgeschichte sein lassen? Hatte ich ein Recht dazu, mich beliebig von dem zurückzuziehen, was sich keineswegs beliebig anbot? Mußte ich nicht, nachdem ich von so vielen Seiten in die Erinnerung hineingerufen hatte, die Echos abwarten? Nein, Ole, sagte ich, es geht nicht. Nein, es tut mir leid, aber es geht nicht: ich kann nicht mit euch abhauen. Ich kann meine Strafarbeit nicht im Stich lassen, noch nicht. Er klappte die untere Türhälfte wieder zu. Er sagte: Dich haben sie wohl auch erwischt, die Freuden der Pflicht. Von mir aus kannst du daran ersticken.

Du mußt das verstehen, sagte ich. Nimm deine Hefte und schieb ab, sagte er. Du mußt das begreifen, Ole, sagte ich, und er darauf, grinsend, angewidert: Begreifen? Was soll man da begreifen, wenn einer freiwillig in der Scheiße rührt? Nimm deine Hefte, Kleiner, und schieb ab. – Wartet doch, sagte ich, später, später möchte ich mitkommen. – Es bleibt bei heute abend, sagte Ole. Für mich ist das zu früh, sagte ich, und sagte auch: Paßt auf Joswig auf, er hat wohl irgend etwas gerochen, er war ziemlich mißtrauisch. – Das laß nur unsere Sorge sein, sagte er und forderte mich durch einen Blick auf, zurückzutreten, damit er auch die obere Hälfte der Tür schließen konnte. Einlenkend, ablenkend erkundigte ich mich nach der Bibliothek, doch Ole Plötz hörte mir nicht zu, Ole schloß die Tür von innen, und ich sprach die letzten Worte gegen das Schild: Materialausgabe. Der Kampf war entschieden, doch wer hatte gewonnen? Viel Glück, sagte ich gegen das Schild, alles Gute für heute abend. Ich ging zurück, ich mußte zurück mit den Heften unterm Arm, mit dem bestaubten, aber vollen Tintenfaß, das mir die Fortsetzung meiner Strafarbeit garantierte. Keiner hätte es geschafft, mich zur Aufgabe zu überreden, nicht einmal die Aufforderung zur Flucht reichte aus, um mich von meiner Arbeit abzubringen. Ich mußte einfach zurück, und ich drückte die Schwingtür mit der Schulter auf und ging durch das gewalttätige Frühlingsrauschen, das Direktor Himpel in seinem Zimmer produzierte: anscheinend ließ er gerade auf scharfen Winden Zugvögel zurückkehren, Stare, Schwalben und Störche – allerdings nur vereinzelte Störche –, ließ die ganze Vogelschar brausend und flatternd durch das Direktionsgebäude toben und konnte nicht verhindern, daß er mit seiner Version des Frühlings in die Nähe eines schon vorhandenen und vielgesungenen Frühlingsliedes geriet. Draußen, in der klaren Luft, auf dem sandigen Platz unter milder Sonne, machte sich ein Hamburger Frühling bemerkbar. Die Kohlpflanzen mußten gewässert werden. Die Weiden, an denen stetig die Strömung zerrte, hingen nicht voller Stare. Der Himmel hatte wäßriges Blau aufgelegt. Kopfsalat und Schnittsalat liefen erträglich auf. Schwärmende Psychologen trugen ihre Staubmäntel offen. In den offenen Werkräumen, auf den Gemüsefeldern wurden meine Freunde gezwungen, die Vorzüge der Arbeit zu entdecken; rauchend, ermattet vom Zusehen, standen unsere Wärter daneben.

Nein, das war nicht Himpels Frühling, der sich hier breitmachte und mich kaltließ, während ich über den Platz zu meinem Zimmer ging, ungerührt, das möchte ich meinen, jedenfalls ohne den geringsten Wunsch, den Frühling bei seiner drängenden oder stemmenden Arbeit zu beobachten. Auf einmal lief ich. Ich lief mit den Heften unterm Arm, das Tintenfaß in der geschlossenen Hand. Natürlich sahen einige Wärter argwöhnisch zu mir herüber, doch da ich nicht Kurs zum Strand nahm, sondern im festen Wohnblock verschwand, taten sie nichts. Wenn sie mir gefolgt wären, hätte ihnen ihre Anstrengung auch bald leid getan, sie hätten nämlich nur zur Kenntnis nehmen können, wie da einer in der Uniform der Schwererziehbaren mit langen Sätzen die Steintreppe hinauflief, vor der leeren Wärterloge ratlos haltmachte, alle Korridore hinablauschte, schließlich ungeduldig rief, nach einem Wärter rief, der ihn einschließen sollte; und dann wären sie Zeugen geworden, wie der Bursche, zu dessen Besserung man sich entschlossen hatte, in die kahle Wärterloge hineinging, unschuldig nach einem Schlüssel suchte und sich, da er keinen Schlüssel fand, auf den fleckigen Drehstuhl setzte und zu warten begann.

Ich wartete auf Karl Joswig. Ich vertrieb mir die Zeit, indem ich den Schreibtisch durchsuchte, allerdings nichts fand außer fünfzig Billionen altes Inflationsgeld, das unser Lieblingswärter sammelte wie jedes andere entwertete Papiergeld. Auch ein Käsebrot fand ich, gekrümmt und versteinert in Jahren der Vergessenheit. Zur Zerstreuung studierte ich die Tabelle mit den wichtigsten Telefonanschlüssen: Westflügel, Ostflügel, Dir. Himpel, Kammer, Schreibstube, Alarm. Würde in dieser Nacht die Alarmglocke schlagen? Werkräume I-IV las ich, Gärtnerei, Mat.-Verw., Lazarett und Küche.

Karl Joswig erschien nicht. Ich hängte die Tabelle an ihren Platz, holte den Kalender herunter und wollte mir die Zeit mit der Lektüre der Merksprüche vertreiben, blätterte mich so rückwärts durch Herbst und Sommer an das Frühjahr heran, als ich auch schon, ziemlich entgeistert, die erste Zeichnung entdeckte: einen riesigen Mann, der bis zu den Knöcheln im Wasser stand und mit seinem übertrieben muskulösen Schwengel eine Insel besprühte. Ich schlug den Tag um: auch der nächste Tag stand im Zeichen eines schroffen, vielleicht sogar den Schönheitssinn beleidigenden Bildes: aus einem Hintern, der energisch herausgedrückt war, stiegen kränkliche, sagen wir mal rachitische Noten in die Luft, und unter der Zeichnung war in Blockschrift zu lesen: Himpels Spezialkonzert Nummer I. Fassungslos rückte ich zum nächsten Tag vor, einem Sonnabend: da verbeugte sich ein Schornstein schmunzelnd vor einem bemoosten Scheunentor. Tag um Tag blätterte ich um: jeder hatte eine Zeichnung, eine bittere Losung, einen schlimmen Gruß mitbekommen, der ganze Monat war verunziert, graphisch versaut, bis zur Beleidigung des sittlichen Empfindens und dergleichen mit gestrichelten Schamlosigkeiten angefüllt. Der Strich verriet Ole Plötz. Ich brauchte mich nicht anzustrengen, um ihn als Urheber zu erkennen, und ich konnte mir vorstellen, daß er seine Meisterwerke den Wärtern als Andenken hinterließ. Auch Joswig bekam sein Fett.

Ich muß zugeben, daß ich erschrak, als ich den versauten, wenn auch talentvoll versauten Kalender durchblätterte, und ich überzeugte mich davon, daß niemand mich beobachtet hatte, und hängte den Kalender, wie er war, an die Wand. Wird Ole es schaffen? Werden die andern es schaffen, sich mit der Elbe gutzustellen? In allen Geschichten, die ich behalten habe, die ich ohne Absicht behalten habe, beginnt es schlecht und endet es schlecht, in allen Geschichten.

Karl Joswig kam nicht. Ich zog die Zigaretten hervor, steckte sie jedoch gleich wieder weg, weil es in der Glasloge keinen Abzug gab. Ich fischte aus dem anderen Hosenbein Mackenroths gefaltete Blätter heraus, glättete sie, suchte nach einer persönlichen Nachricht, gespannt, wie er mich anreden würde: Sehr geehrter Herr Jepsen, Lieber Siggi oder, Nähe vorgebend und Distanz nicht ausschließend: Lieber Siggi Jepsen. Eine Nachricht fehlte. Was er mir zugesteckt hatte, war weiter nichts als ein Teil seiner angekündigten Arbeit, ein Entwurf, wie ausdrücklich vermerkt war. Der Titel allerdings schien festzustehen: Kunst und Kriminalität, dargestellt am Fall des Siggi J.; und das Ganze war unterstrichen. Sollte ich lesen? Sollte ich nicht lesen? Ich fühlte mich fixiert. A. Fördernde Einflüsse. I. Der Maler Ludwig Nansen, ein Abriß. Lohnte es sich, weiterzulesen? Wolfgang Mackenroth schrieb: Da der Einfluß, den der Maler Max Ludwig Nansen sowohl aktiv als auch passiv auf die Demonstrationsperson genommen hat, die anderen Einflüsse von Schule und Elternhaus zweifellos überwiegt, scheint es zum Verständnis der Beziehungen erforderlich, hier zunächst einige biographische und künstlerische Daten des Malers selbst zu geben. Diese Daten sind vornehmlich der Selbstbiographie »Die Gier des Auges« (Zürich; 1952) und dem »Buch der Freunde« (Hamburg; 1955) entnommen, ferner dem Band »Die Sprache der Farbe« von Teo Busbeck (Hamburg; 1951). Wenn auch nicht auf direktem Wege, so dienen sie doch mittelbar dem Verständnis der weiter unten dargestellten Wechselbeziehung zwischen Demonstrationsperson und Maler.

Ich hob den Kopf, horchte, steckte mir hastig eine Zigarette an. Ich spürte eine schwache Unruhe, einen heißen Druck auf den Schläfen, mein rechtes Bein wippte. Demonstrationsperson, na, wenn schon. War er die Welle, war ich das Boot? »Die Sprache der Farbe« ist erst 1952 erschienen, das sollte er wissen.

Wolfgang Mackenroth schrieb: In der Landschaft, die er später künstlerisch offenbarte und zum Ausdruck brachte, wurde Max Ludwig Nansen als Sohn eines friesischen Bauern in Glüserup geboren. Schon auf der Dorfschule begann er zu zeichnen, zu malen und zu modellieren. Eine handwerkliche Ausbildung erhielt er als Holzschnitzer in einer Möbelfabrik in Itzehoe, wo er auch Zeichenunterricht in einer Fortbildungsschule nahm. Nach der Beendigung seiner Lehrzeit arbeitete er in verschiedenen süd- und westdeutschen Möbelfabriken, besuchte aber weiterhin Abendklassen, bildete sich in Museen fort und zeichnete und aquarellierte auf einsamen Bergwanderungen Landschaften; im Winter trieb er Studien nach Akt und Kopf. Herrisch und selbstbewußt ertrug er es, daß seine ersten Bilder von Ausstellungsleitern abgelehnt wurden und daß man ihm selbst die Aufnahme in eine Akademieklasse verweigerte. Nach Busbeck sollen nicht zuletzt die unaufhörlichen Ablehnungen seiner Bilder den Entschluß hervorgerufen haben, eine Stellung als Gewerbelehrer zu kündigen und Maler zu werden. Reisen nach Florenz, nach Wien, Paris und Kopenhagen endeten zuerst mit enttäuschter Rückkehr auf den elterlichen Hof. Sein Einzelgängertum und sein mediales Naturverhältnis bewirkten, daß er sich »in den heiteren Zentren der Kunst wie ein Verlorener« vorkam. Nach eigenem Bekenntnis brauchte er Bindungen an die Natur, die für ihn einen unbedingten Gleichniswert besaß. Verbittert, doch starrsinnig, nicht ohne maßlose Selbsteinschätzung, nahm er die fortgesetzte Zurückweisung seiner Bilder hin, die Busbeck »epische Landschaftsberichte in Farbe« nennt und die schon früh das legendäre und phantasievolle Inventar wiedergaben, das er in der Natur vorfand. Auf einer Wattwanderung begegnete er der Sängerin Ditte Gosebruch, seiner späteren Lebensgefährtin, die ihm half, die Jahre der Not und Verkennung zu überstehen.

Vorübergehend hielt sich das Paar in Dresden, Berlin und Köln auf; äußere Armut, die auch eine Folge der künstlerischen Konsequenz und Unnachgiebigkeit war, zwangen Max Ludwig Nansen immer wieder, nach Glüserup zurückzukehren.

Im Jahre 1914 wurden in der Zeitschrift »Wir« Abbildungen einiger Holzschnitte – Grotesken und legendäre Motive der nördlichen Heimat – veröffentlicht. Die Serie »Mein Meer« wurde in der Galerie Busbeck ausgestellt. Bei Ausbruch des Krieges meldete Nansen sich freiwillig, und auf die Nachricht, daß er aus gesundheitlichen Gründen vom Kriegsdienst befreit sei, schloß er sich aus Enttäuschung für ein Jahr in sein Atelier auf dem elterlichen Hof ein. In dieser Zeit entstand der Zyklus »Der ungläubige Thomas besucht Husum«.

Nach der ersten Kollektiv-Ausstellung in Hannover schrieb Ludwig von der Goltz einen Artikel über Nansens Radierungen und gab bald darauf einen Band mit farbigen Lithographien unter dem Titel »Bekanntschaft mit der Brandung« heraus. In Berlin wurden seine Bilder nach wie vor refüsiert. Eine Malervereinigung in Jena, die sich »Morgen« nannte, lud Nansen ein, der Vereinigung beizutreten. Er zog seine spontane Zustimmung jedoch zurück, nachdem er während eines kurzen Aufenthalts in Jena erfahren hatte, daß der Präsident der Vereinigung ein führender Pazifist und ein Anhänger der französischen Impressionisten war. Die »Nördlichen Erntebilder« wurden auf einer Winterausstellung in München gezeigt, desgleichen wurde die Serie »Herbst in der Marsch« in Karlsruhe angenommen. Mehrere Sommer verbrachte Max Ludwig Nansen allein auf den Halligen und schuf in dieser Zeit eine Reihe von Aquarellen, die der Spuk- und Fabelwelt, den dunklen Naturgeistern sowie den phantastischen Mächten gewidmet waren. Zusammen mit seiner Frau trat er einer Völkischen Bewegung bei, trat jedoch unter Protest aus, als er erfuhr, daß der sogenannte innere Führungsring der Bewegung homosexuelle Bindungen unterhielt. Auf einer Ausstellung in der Kunsthalle Basel zerschnitt Nansen sein Bild »Torfkähne«, ohne dafür eine Erklärung geben zu können. Im Jahre 1928 wurde er von der Universität Göttingen zum Ehrendoktor ernannt, im gleichen Jahr erwarb das Museum of Modern Art, New York, sein Bild »Aufstand der Sonnenblumen«.

Max Ludwig Nansen wurde in Berlin zum Stadtgespräch durch einige Zeitungsannoncen, in denen er einen jugendlichen Einbrecher, der ihm, als er überrascht wurde, einen Messerstich in die Lunge versetzte, um ein Wiedersehen bat; er wollte ihn adoptieren. Nach dem Erwerb von Bleekenwarf verließ das Paar nur noch selten die ländliche Heimat, Nansen wurde – laut von der Goltz – ein »Verächter der Städte«, in denen er eine Ballung von »gelber Verderbnis und unersprießlichem Intellekt« feststellte. In Bleekenwarf entstand der Zyklus »Erzählungen einer alten Mühle an der Küste«. Wenngleich der einflußreiche Kunsthändler Malthesius das höchste Angebot darauf machte, das Nansen je erhalten hatte, kam es zu keiner Einigung. Wie Malthesius einst den jungen Maler vier Stunden erfolglos hatte warten lassen, so ließ nun Nansen seinerseits Malthesius vier Stunden warten, ohne ihm eine Antwort zu geben. Obwohl er die Ereignisse des Jahres 1933 zunächst begrüßte, lehnte er ein Jahr später eine Berufung zum Leiter der Staatlichen Kunstschule mit einem Telegramm ab, das in Kunstkreisen häufig zitiert wurde. (Dank für ehrenvolle Berufung stop Leide an Farballergie stop Braun als auslösende Ursache erkannt stop Mit Bedauern in Ergebenheit Nansen Maler.) Bald darauf wurde ihm die Mitgliedschaft in der Preußischen Akademie der Künste entzogen, desgleichen wurde er aus der »Reichskammer der Bildenden Künste« ausgeschlossen. Unter dem Eindruck der Beschlagnahme von mehr als achthundert seiner Bilder, die von deutschen Museen erworben waren, trat Max Ludwig Nansen aus der NSDAP aus, in die er nur zwei Jahre später als Adolf Hitler eingetreten war. Zusammen mit Teo Busbeck veröffentlichte er die Schrift »Farbe und Opposition« (Zürich 1938). Eine Aufforderung zu einer Aussprache nach Berlin lehnte er mit dem Hinweis ab, daß er unabkömmlich sei, da er einen Teil der beschlagnahmten Bilder neu malen müsse. Der Polizeiposten Rugbüll erhielt den Auftrag, nach Möglichkeit alle ausländischen Besucher zu registrieren, die auf Bleekenwarf erschienen. Nach von der Goltz entstanden in den letzten Monaten vor dem Krieg einige Bilder, durch die »der Maler ein für allemal beweist, daß große Kunst auch eine Rache an der Welt enthält, indem sie das, was ihr verachtungswürdig erscheint, zur Unsterblichkeit zwingt«.

So weit kam ich, bis hierher hatte ich Wolfgang Mackenroths Abriß gelesen – ohne schroffe Einwände, das möchte ich schnell noch sagen –, da merkte ich, daß ein Blick mich belastete oder sogar anbohrte, ein Blick vom Korridor. Ich sah nicht gleich auf: zuerst faltete ich Mackenroths Entwurf zusammen, schob ihn in ein Heft und nahm ein anderes Heft und schlug es auf, geradeso, als wäre dies die Fortsetzung meiner Lektüre; dann erst hob ich den Kopf und erkannte Joswig. Vorbeugend lächelte ich ihm zu. Er kam nicht zu mir. Er stand dort mit hängenden Schultern, mit baumelnden Armen: ein trauriger, uniformierter Schimpanse, der seine Klagen durch seinen Blick und durch die Art seiner Kopfhaltung ausdrückt. Da nahm ich meine Hefte zusammen, ging zu ihm hinaus und sagte, bevor er etwas sagte: Bewilligt! Sie hatten ein Einsehen: ich darf die Strafarbeit fortsetzen. Leider konnte ich mich nicht selbst einschließen.

Ischarioth, sagte er leise, kleiner Ischarioth. Ich hielt ihm die leeren Hefte und das Tintenfaß entgegen und sagte: Die nächsten Wochen sind gesichert. Er schwieg und sah mich an. Auf einmal zeigte er auf mein Hosenbein und befahl: Die Zigaretten – gib sie her, und nachdem er sie empfangen hatte: Vorwärts! Dich soll keiner mehr stören!

8 Das Porträt

Mann im roten Mantel, jetzt muß ich von dir erzählen. Endlich bist du dran, auf verlassenem Strand deinen Handstand vorzuführen oder sogar mit dem Kopf nach unten vor meinem Bruder Klaas zu tanzen, der zufällig und doch nicht zufällig neben dir steht. Jetzt kannst du uns noch einmal fragen lassen, warum nicht Heiterkeit das Bild beherrscht, sondern grünweiß geflammte Furcht. Du mit deinem alten Gesicht, mit deiner alten Schlauheit bist nun an der Reihe, deinen Teil beizutragen; denn deinetwegen, vermute ich, war das Atelier nicht vorschriftsmäßig verdunkelt. Weil Max Ludwig Nansen nicht mit dir zufrieden war, dich immer wieder mit erbitterten Pinselhieben verändern mußte, weil er dir manchmal auf überstürzte Art half, dir selbst zu gleichen – morgens ebenso wie am Abend –, kam er nicht dazu, sich auch von draußen, bei einem prüfenden Gang ums Haus, zu überzeugen, ob die Verdunklungsrollos dicht waren! Jedenfalls war er mit dir beschäftigt, verbesserte und korrigierte dich, und dabei achtete er nicht darauf, daß eines der Rollos hängengeblieben war wie ein verklemmtes Segel und das Licht hinausließ, das sogenannte Arbeitslicht.

Plötzlich stand da also ein zitterndes Licht über der dunklen Ebene zwischen Rugbüll und Glüserup. Es bewegte sich nicht von Bleekenwarf fort, erlosch nicht in berechneten Abständen, reiste nicht, schwenkte nicht, langte nur, dies Licht, tief in den windigen Herbstabend hinein und ließ die sanfte Erhebung der Warf als Schiff erscheinen, das in der Ebene vor Anker lag. Unter klumpigen Wolken. Im Schutz des Deichs. Nach allem, was ich weiß, war es das erste Licht, das sich seit Jahren in der Ebene zeigte und schmal über Gräben und Kanäle fingerte, und wer es sah, konnte sich nur erschrokken fragen: wen wird es zuerst anlocken? Wer, in dem Winkel von hundertsiebzig Grad, wird das Licht zuerst entdecken, berechnen und daraus seine Schlüsse ziehen? Abgeblendete Schiffe auf der Nordsee? Agenten? Oder die Blenheims?

Vor allen Schiffen, Agenten und Blenheim-Bombern hatte der Polizeiposten Rugbüll längst das unerlaubte Licht festgestellt, er, der aus beruflichen Gründen dafür zu sorgen hatte, daß es nach Eintritt der Dunkelheit bei uns auch dunkel blieb, war schon unterwegs. Er fuhr mit flatterndem Umhang, eine bekannte Erscheinung, in der windbedingten Schräglage den Deich entlang, stürzte in berechneter Schußfahrt zum Erlenweg hinab, stieg von seinem Fahrrad ab und ging in den Garten, um noch einmal, aus aller Nähe, die Lichtquelle zu überprüfen. Das Licht kam aus dem Atelier. Alle Fenster des Wohnhauses waren verdunkelt, wie die Vorschrift es verlangte, nur aus dem Atelier fiel ein scharfer Lichtstrahl in den Garten. Der Polizeiposten Rugbüll ging auf das erleuchtete Rechteck zu, er achtete nicht auf den Weg, watete einfach durch ein Asternbeet, schob sich am Gartenhaus vorbei, zwängte sich durch feuchte Stauden und Büsche und war schließlich so nah dran, daß er seine Hand ins Licht tauchen konnte. Er erkannte, daß ein Rollo sich festgeklemmt hatte, er sah die verrutschten Schnüre, den baumelnden Porzellanring. Er horchte: kein Motorengeräusch in der Luft, aber wenige Schritte vor ihm ein stockendes, zänkisches Gespräch. Jetzt hätte er rufen, jetzt hätte er auch klopfen können, doch nach allem, was ich weiß, tat er nichts von beidem, sondern schleppte, da die Lichtquelle zu hoch lag, einen Gartentisch heran, kletterte auf den Tisch und legte das Gesicht an die Scheibe: so hatte er noch nie Einblick genommen in Vorgänge auf Bleekenwarf.

Der Wind spielte mit seinem Umhang. Der Umhang fiel mit leichtem Klatschen gegen das Glas, und er drückte sich behutsam ab und klemmte die Spitzen des Umhangs unter sein Koppel. Schließlich sollten wir ihn auch noch veranlassen, seine Mütze abzunehmen, eine Hand beschattend auf die Stirn zu legen, vielleicht sollte er sich auch noch einmal davon überzeugen, daß nicht jemand im Garten steht, der ihn seinerseits beobachtet.

Mehr ist nicht nötig zum Entwurf meines entschlossenen, pflichtgemäß und geduldig handelnden Vaters, der es, wenn es darauf ankommt, länger auf dem Gartentisch aushält als andere Polizeiposten. Nehme ich alles zusammen, dann könnte ich so fortfahren: er hob den Blick.

Da war ein Mann im roten Mantel, da war Klaas – oder doch einer, der unmittelbar an Klaas erinnerte –, und vor ihnen, sie halb verdeckend, da war er, der Maler, mit dem Hut auf dem Kopf. Der Maler arbeitete. Mit kurzen Pinselhieben, redend, zankend, arbeitete er an dem Mann im roten Mantel. Er verkürzte seine koboldhaften Füße, die aus dem Mantel herausragten. Er verstärkte die blaue Grundierung, um das Rot des Mantels daran zu brechen. Und der Mantel leuchtete über dem verlassenen Strand vor einer schwarzen, winterlichen Nordsee – leuchtete und widersprach zugleich aller Schwerkraft, denn obwohl sein Träger auf den Händen ging oder sogar tanzte, fiel und fiel die geöffnete Glocke des Mantels nicht herab. Der Mantel rutschte nicht, verdeckte nicht das alte Gesicht des Mannes, in dem, auch während er auf den Händen stand, eine alte Schlauheit ihre Ansprüche stellte. Wie mager seine Gelenke waren! Wie zart der gebogene, ausbalancierte Körper! Offensichtlich lachte und kicherte er und versuchte, Klaas mit seinem Lachen anzustecken, ja, er war begierig, meinem Bruder zu gefallen, ihn zu umwerben, zu erheitern, und er versuchte es ausgerechnet dadurch, daß er auf den Händen ging oder tanzte, ziemlich leicht, das muß man sagen.

Doch so leicht ihm der Handstand auch gelang, Klaas konnte er nicht für sich gewinnen, nicht einmal zum Bleiben konnte er ihn bewegen, denn die Furcht, die er in meinem Bruder unabsichtlich hervorgerufen hatte, eine grünweiß geflammte Furcht, bewirkte, daß Klaas sich schon herausdrehte aus der Szene. Klaas hatte die Finger gespreizt. Sein Kopf war zurückgeworfen. Der Schattenfall unter dem geöffneten Mund ließ an einen verhinderten Schrei denken. Noch zwei, drei zögernde Schritte, das sah man schon, dann würde Klaas laufen, dann würde ihn seine Furcht über den Strand treiben, dem gleichgültigen Horizont entgegen, nur weg von dem kopfstehenden Mann im roten Mantel. Das Bild hieß »Plötzlich am Strand«, zumindest nannte der Maler es so, aber er selbst war es auch, der dem Bild in seinen Tagebüchern den Titel »Furcht« gegeben hatte: die Furcht trug das Gesicht meines Bruders. Jedenfalls muß ich das, von hier aus gesehen, so beschreiben.

Hatte das der Polizeiposten Rugbüll nacheinander zur Kenntnis genommen? Oder beobachtete er von seinem Gartentisch aus nur den Maler, der zankend und verbissen arbeitete? Und warum schritt er nicht gleich ein – da doch zwei Verbote ausreichend verletzt waren – und stand länger, als es nötig war in dem windigen Herbstabend, sein Gesicht beschattend, voll Neugierde, so als könnte hier noch viel mehr passieren, das er auf alle Fälle mitbekommen mußte? Reichte ihm das, was er sah, noch nicht aus?

Obwohl der Lichtschein aus dem Atelier über das Land fiel und Schiffen, Agenten und Blenheims eine unerwünschte Orientierung erlaubte, blieb mein Vater auf dem Gartentisch stehen und verfolgte den Maler bei der Arbeit.

Die Auseinandersetzungen verfolgte er, die zwischen dem Maler und seinem unsichtbaren, aber besserwissenden Balthasar stattfanden. Er bemerkte den Widerstand, gegen den der rechte Arm des Malers sich bewegen mußte. Und die Wiederholungen: er beobachtete, wie der Maler alles mit seinem Körper wiederholte und bestätigte, was zwischen Klaas und dem Mann im roten Mantel geschah: die Anstiftung zur Heiterkeit, die unerwartete Furcht und so weiter.

Ungläubigkeit hielt ihn da wohl fest, die unerträgliche Verblüffung darüber, daß dieser Mann, der aus dem gleichen Ort stammte wie er und deshalb die gleichen Voraussetzungen mitbrachte, nichts anerkannte, kein Verbot und keine Verfügung. Er war doch oft genug gewarnt worden. War seine Geringschätzung größer als seine Sorge? Seine Phantasie mußte doch wohl ausreichen, um sich die Folgen vorzustellen, die seine Achtlosigkeit eines Tages haben würde. Oder war er so selbstgewiß, daß er nicht einmal daran dachte, an die möglichen Folgen? Hätte ein anderer Polizeiposten, einer aus Husum etwa, mehr bei ihm erreicht?

Freude schien der Maler nicht zu empfinden, ihm war auch nichts von heimlicher Genugtuung darüber anzumerken, daß er sich über ein Verbot hinwegsetzte. Was ihn allein bei seiner Arbeit beschäftigte, das waren Balthasar und die Auseinandersetzung mit der Farbe. Es war anscheinend nur eingetreten, was er selbst vorausgesagt hatte: daß man nicht aufhören kann zu malen. Oder richtete sich die Arbeit doch gegen den Polizeiposten Rugbüll persönlich?

Widerwillige Genugtuung: das wird es gewesen sein, was mein Vater auf seiner Beobachtungsstation empfand und was auch erklärte, daß er länger auf seinem Posten stand, als er sich's leisten konnte angesichts des Lichtstrahls, der über der dunklen Ebene weithin zu sehen war, womöglich bis nach Gatwik oder so. Die Verstöße gegen bestehende Anordnungen, die sich da vor ihm ereigneten, bereiteten ihm ein schwieriges Vergnügen, und er hätte es wer weiß wie lange ausgehalten, wenn er nicht auf einmal geglaubt hätte, Dittes Stimme gehört zu haben: jetzt kletterte er vom Tisch. Er stellte den Gartentisch an seinen alten Platz zurück, zog die Spitzen des Umhangs aus dem Koppel, warf – so mal ich es mir aus – einen letzten Blick auf das erleuchtete Fenster und klopfte an die Eingangstür zum Atelier.

Er wiederholte sein Klopfen. Wahrscheinlich überlegte er, was er sagen sollte, wenn Ditte ihm öffnete – Ditte mit ihrer hochmütigen Leidensmiene und dem grauen Bubikopf –, aber dann wurde die Tür heftig aufgerissen und der Maler stand vor ihm, ohne zu erschrecken, und fragte: Na, was ist? Der Polizeiposten begründete sein Erscheinen, indem er den Maler schweigend herauswinkte, mit ihm in den Garten ging, kurz auf das Licht deutete, wieder schweigend zum Eingang zurückkehrte und dort sagte: Ich muß dich anzeigen, Max.

Tu, was du nicht lassen kannst, sagte der Maler, und fügte hinzu: Es ist gleich in Ordnung, gleich schaff ich euch die Dunkelheit, die ihr haben wollt. – Die Anzeige muß ich trotzdem erstatten, sagte mein Vater und folgte dem Maler und schloß selbst die Tür und sah dann zu, wie der Maler auf einen Stuhl stieg, zuerst mit einem Lineal, dann mit einem Besenstiel das verklemmte Rollo lüftete und anstieß, bis es durchsackte und das ganze Fenster bedeckte. Zufrieden kam er herab, warf den Besenstiel in eine Ecke und zog aus einer

Manteltasche seine Pfeife hervor; bevor er sie in Brand setzte, kippte er ein Glas mit einem weißen öligen Zeug.

Wie teuer soll denn das werden? fragte der Maler. Er bekam keine Antwort. Er wandte sich um und sah meinen Vater vor dem Bild stehen, das nicht, wie die »Landschaft mit unbekannten Leuten«, an der Innenseite des Schrankes befestigt war, sondern offen auf einer Staffelei stand. Mein Vater betrachtete das Bild unter Gesichtspunkten, die ihm wichtig erschienen; er veränderte dabei weder Standbein noch Entfernung, bewegte nicht den Kopf, nahm nur die Hände auf den Rücken: ich meine, seine Art dazustehen, war schon imponierend. Der Mann im roten Mantel zeigte einen Handstand, womöglich einen Tanz auf den Händen, mein Bruder Klaas sah ihm dabei zu, fürchtete sich und schien fliehen zu wollen: dieser Tatbestand blieb meinem Vater augenscheinlich verborgen.

Wie du siehst, sagte der Maler, ich hab da eine alte Sache vorgeholt, eine beinah vergessene Geschichte, die euch doch wohl nicht interessiert. Mein Vater schwieg, wandte aber sein Gesicht dem Maler zu, der fortfuhr: Auf diesen alten Sachen, da haltet ihr doch nicht euern Daumen drauf, oder? Die gehn euch doch nichts an, diese Bilder?

Du hast gearbeitet, Max, sagte der Polizeiposten ruhig, wir brauchen uns nix vorzumachen: ich hab dir lange genug zugesehen. Du hast deinen Beruf ausgeübt, Max, gegen das Verbot. Warum?

Das sind doch alte Sachen, sagte der Maler, und der Polizeiposten: Nein, Max, nein, das sind keine alten Sachen: Klaas, wie er dasteht und Angst hat – so kann er nur heute dastehen und Angst haben. Jeder kann doch sehn, der Junge ist nicht von gestern. – Der Mann im roten Mantel, sagte der Maler, weißt du, wann ich ihn gemacht hab? Im September neununddreißig. – Macht nix, sagte mein Vater, ich muß Anzeige erstatten diesmal. – Und du weißt, was du tust? fragte der Maler. – Meine Pflicht, sagte mein Vater, und mehr brauchte er nicht zu sagen, um Max Ludwig Nansen, der bisher sorglos und ziemlich gelassen mit seinem abendlichen Besucher gesprochen hatte, der vielleicht sogar erwogen hatte, ihm einen Genever anzubieten, zu verändern. Der Maler nahm die Pfeife aus dem Mund. Er schloß die Augen. Er lehnte sich hochaufgerichtet an einen Schrank, gab sich keine Mühe, den Ausdruck von Erbitterung und Geringschätzung zu verbergen, der langsam auf seinem Gesicht entstand. Gut, sagte er leise, wenn du glaubst, daß man seine Pflicht tun muß, dann sage ich dir das Gegenteil: man muß etwas tun, das gegen die Pflicht verstößt. Pflicht, das ist für mich nur blinde Anmaßung. Es ist unvermeidlich, daß man etwas tut, was sie nicht verlangt.

Was meinst du damit? fragte mein Vater mißtrauisch.

Der Maler öffnete die Augen und stieß sich vom Schrank ab. Er legte die Pfeife auf das Fensterbrett. Er lauschte nach draußen, wo der Wind die Zweige des Walnußbaumes gegen die Dachrinne warf, dann trat er ohne sichtbare Erregung an die Staffelei, nahm das Bild herunter, hielt es einen Augenblick weit von sich, zog es blitzschnell an seinen Körper heran, die kräftigen, erfahrenen Hände berührten sich am Rand, des Bildes, zögerten, wollten und wollten nicht, seine kräftigen Hände fuhren auf einmal hoch und trennten sich, und in dieser Aufwärtsbewegung riß das Bild. Der Riß trennte Klaas von dem Mann im roten Mantel und nahm seiner Furcht den Anlaß. Max Ludwig Nansen legte beide Teile aufeinander, nein, das ist nicht richtig, zuerst zerriß er den Mann im roten Mantel und warf die leuchtenden Fetzen auf den Boden, dann widmete er sich meinem Bruder und riß das Porträt der Furcht in unregelmäßige Stücke, etwa von der Größe einer Zigarettenpackung, schichtete die Stücke und ging auf meinen Vater zu und gab sie ihm mit den Worten: Da, da hast du was zum Mitnehmen, einen Arbeitsgang hab ich euch gleich erspart.

Mein Vater protestierte nicht, er unterbrach nicht den Maler, sprach keine Verwarnung aus nach allem, was ich hörte. Aufmerksam, aber auch nur aufmerksam verfolgte er die Zerstörung, und nachdem ihm der Maler die Fetzen übergeben hatte, öffnete er die Ledertasche am Koppel und stopfte die Reste des Bildes da mit sachlicher Miene hinein; sammelte auch noch sorgfältig den Boden ab, und was seine Ledertasche nicht schlucken konnte, das schob er in die breite Rocktasche.

Zufrieden? fragte der Maler, bist du nun zufrieden? Und gleich darauf, als ob er bedauerte, was er eben getan hatte: Nein, das muß man euch überlassen, die Zerstörung sollte man euch nicht abnehmen. Ich hätte das nicht tun sollen, nein. – Du hättest dir das alles ersparen können, sagte mein Vater, und der Maler: So bin ich eben, ich kann mir nichts ersparen. Ich muß immer ausprobieren, wo der Schmerz beginnt: so sind wir aus Glüserup. – Du bist so, sagte mein Vater, du allein. Es gibt andere, viele andere, die sich an die allgemeine Ordnung halten – du brauchst deine persönliche Ordnung.

Sie wird noch dauern, sagte der Maler, wenn ihr alle verschwunden seid. So redest du, sagte mein Vater, so bist du, aber wart nur ab: es wurden schon viele geändert, und auch du, auch du wirst dich ändern eines Tages.

Sie blickten sich an. Sie hörten die Tür und einen Schritt von genagelten Stiefeln, und ehe sie noch zu sehen war, rief Jutta: Onkel Max, bist du hier, Onkel Max? Der Maler schwieg. Er ließ sie heranschlurfen in den schweren Militärstiefeln, und als sie vor ihm stand in dem dünnen Kleid, mit frierend aufgerauhter Haut, aber lächelnd, sah er sie forschend an und schüttelte vorwurfsvoll den Kopf. Die dünnen Beine. Die mageren Arme mit dem rötlichen Flaum. Das knochige, spottlustige Gesicht. Die starken Schneidezähne. Jutta sammelte den Stoff des Kleides, klemmte ihn zwischen den Schenkeln ein, um zu zeigen, wieviel Platz sie in den Stiefeln hatte. Dann sagte sie: Ich wollte dich holen, wir warten auf dich. Der Maler schob beide Hände in die Manteltaschen, geradeso, als wollte er es vermeiden, daß ihm eine Hand ausrutschte. Er vermied es auch, Jutta anzusehen, die sich bei ihm einhängte, die ihn zog und dabei seinen Arm gegen ihre kleine harte Brust preßte. Mit einem Ruck befreite sich der Maler. Er sagte: Später komme ich, später. Erzähl ihnen, daß ich Besuch habe.

Wir sind fertig, sagte mein Vater, von mir aus is alles klar. Aber ich habe noch was zu sagen, sagte der Maler und winkte Jutta, zu verschwinden. Schroff winkte er ihr, machte einige hastige Schritte auf sie zu, als müsse er sie hinausdrükken, und als sie sich endlich in Bewegung setzte, schlurfend, spreizbeinig, mit den dünnen Armen rudernd, folgte er ihr bis zur Tür und schloß die Tür ab, nachdem sie verschwunden war. Langsam, mit hängenden Schultern kam er zurück, setzte sich auf eine Kiste, saß eine Weile mit gesenktem Gesicht da. Mein Vater stand vor der leeren Staffelei, unter dem Arbeitslicht, das ihm scharfe Schatten verlieh; er war bereit zu gehen.

Jens, sagte der Maler, hör zu, hör mir zum letzten Mal zu. Wir müssen doch noch reden können miteinander. Wir kennen uns doch lange genug. Ich sehe ein, daß du nicht neutral sein kannst, ich bin auch nicht neutral. Jeder hat seinen Auftrag. Aber voraussehen – wir konnten doch immer noch voraussehen, wozu eine Sache führt. Auch wenn wir beide uns verändert haben, soviel können wir doch noch erkennen: welch ein Ende alles haben wird. Laß uns vergessen, was bisher war. Laß uns daran denken, was in zwei, drei Jahren sein wird, vielleicht auch noch früher. Wenn wir zu etwas verpflichtet sind, dann dazu: vorauszusehen. Ich weiß, wer sich gebunden hat, ist besonders verletzlich, und wir beide sind gebunden. Aber können wir das nicht abtun für eine Weile. Wer zwingt uns, endgültige Urteile zu fällen? Setz dich hin. Ich möchte dir einen Vorschlag machen.

Max Ludwig Nansen hob sein Gesicht, stand von der Kiste auf und setzte sich gleich wieder hin, nachdem er in einer einzigen Sekunde erkannt hatte, daß der Polizeiposten nicht bereit war, seinen Vorschlag, was immer er enthalten sollte, anzunehmen. Weigerung, das war das einzige, was er durch seine Haltung ausdrückte, allenfalls den Wunsch zu gehen – nun, da er von sich aus fertig war. Mit diesem leeren Blick von weit her, der durch alles hindurchging, sah er den Maler an und zuckte die Achseln, mit diesem vorzeitigen Blick, der alles zu wissen oder doch besser zu wissen schien. Der Maler schlug resigniert die Hände zusammen, sein Kopf pendelte hin und her. Die grauen Augen erschienen klein und kalt. Er räusperte sich, und dann sagte er: Jetzt wissen wir endgültig

Bescheid. Jetzt ist nichts mehr offen, Jens. Ich hätte wissen müssen, was von euch zu erwarten ist.

Um so besser, sagte mein Vater. Es gibt Dinge, die vergißt man nicht. – Das soll wohl stimmen, sagte der Maler, wir hier vergessen nicht, was man uns angetan hat. Wir vergessen nur, was wir nicht ertragen können. – Sie warten auf dich, sagte mein Vater, und der Maler darauf: Und du wolltest gehen.

Sie gingen wortlos zur Tür, an den Schränken und Nischen vorbei, vorbei an den schweren Herbststräußen, die in Vasen und Kübeln auf dem Boden standen. Keine Farbe ist neutral, sagte Nansen einmal. Sie gingen an dem langen Keramiktisch vorbei, an der verkratzten Drehscheibe, auf der ein nacktes, schmächtiges und etwas zu hochblickendes Paar aus dem Ton befreit wurde. Sie gaben sich zum Abschied nicht die Hand. Der Maler schloß auf, und mein Vater ging ohne Gruß, drehte sich nur einmal kurz um, bevor die Tür zufiel. Du wirst von mir hören, sagte er, und der Maler: Das hab ich schon.

Dann stand er allein draußen mit seiner Beute, in dem erregten Herbstabend, in der vorschriftsmäßigen Dunkelheit, für die nicht zuletzt er selbst zu sorgen hatte, und staksend und mit flatterndem Umhang ging er über den Hof von Bleekenwarf, passierte den Teich und den unbenutzten Stall und den Schuppen, und in der Dunkelkammer seines Kopfes, das möchte ich doch meinen, entwickelte er gleichzeitig ein anderes Bild von Bleekenwarf.

Konnte er darauf erkennen, was ihm außen verborgen blieb? Ich traue ihm zu, daß er sich da ein Bild machte, auf dem er mehr entdeckte als Erlen, Apfelbäume, Weißdornhekken und die langgestreckten, brütenden und gleichsam in sich selbst ruhenden Gebäude. Im Anblick des verschlossenen Bleekenwarf entstand in ihm ein anderes: mit aufgeschnittenen Dächern, mit geöffneten Mauern und Wänden, er machte sich ein modellhaftes Bleekenwarf, das ihm ungehindert Einblick gewährte, und während er über den Hof ging, denke ich mir, sah er sich selbst über den Hof gehen, und nicht nur dies: womöglich sah er auch in die aufgeschnittenen Zimmer hinein, bemerkte, wie Ditte und Teo Busbeck den Kopf hoben, weil sie ihn zu hören glaubten, sah vielleicht Jutta in den ausgelatschten Militärstiefeln den Tisch decken, erkannte wohl sogar Jobst, der auf dem Dachboden den Kauz zu fangen versuchte, der dort im Gebälk hauste, und dabei und nebenher gewahrte er immer sich selbst, vorbeistaksend an der Front der unzähligen Fenster: Welches war hier das Bild? Welches das Abbild? Wie läßt es sich auslegen, daß er plötzlich stehenblieb, seine Taschenlampe hervorzog, sie probeweise an- und ausschaltete und dann nicht in Richtung zum schwingenden Holztor weiterging, sondern zum östlichen Flügel des Wohnhauses? Welch ein Bild veranlaßte ihn dazu? Würde er im äußeren Bleekenwarf wiederfinden, was er im inneren entdeckt hatte?

Der Wind drehte Blätter in einem Kreisel, krüllte den Spiegel des Teiches, untersuchte heulend die Spalten zwischen den aufgeschichteten, geschnittenen Stämmen. Mein Vater ging bis zur Pumpe, bog da ab und machte sich schon an das Eckfenster heran. Er hob die Taschenlampe, deren rundes Auge mit schwarzem Isolierband so verklebt war, daß es nur einen schmalen Schein warf. Der Schein traf auf ein herabgezogenes Verdunkelungsrollo; also zum nächsten Fenster. Er ließ den schmalen Schein für sich spitzeln, ließ ihn von der Tür, die dem Fenster gegenüberlag, an der Wand entlangwandern über ein altmodisches dreibeiniges Waschgestell, einen fast erblindeten Spiegel, einen Stapel von Pappschachteln, einen aufgeschlitzten Polsterstuhl, ein braunes Ungetüm von Kommode, einen Kalender, der behauptete, es sei der erste August nullvier.

Das nächste Zimmer war leer. Auch das übernächste. Platzender Mörtel, an einigen Stellen wurde die Rohrmattenisolierung sichtbar. Dann zuckte der Schein in ein verstaubtes Schlafzimmer, tastete die Pritsche ab, glitt über verschossene Kleider und feuchte, vergilbte Nachthemden, die auf Drahtbügeln an der Wand hingen. Wie immer lag auf einem Schemel neben dem Kopfende eine Schlafhaube. Flach getretene Nachtschuhe, plumpes Nachtgeschirr, das bläuliche Metallflecken hatte, die an Treffer von einem Katapult erinnerten. Weiter die Fensterfront entlang: was war das?

Mitten in einem Zimmer stand ein Tisch und darauf saß ein Haubentaucher und unterhielt sich anscheinend mit einer Handbürste. Wer hatte den Vogel ausstopfen lassen? Wer hatte ihn abbürsten wollen und war von dieser Arbeit fortgegangen, ohne jemals zurückzukehren? Ich stelle mir vor, wie der hagere, schmalgesichtige Mann mit der langen, geraden Nase, der mich mitunter selbst an einen Wasservogel erinnerte, den Schein der Taschenlampe auf den Haubentaucher richtete und die künstlichen Augen funkeln ließ, bevor er, heimgesucht und getrieben von seinen Wahrnehmungen, unbeirrt weiterging und Zimmer für Zimmer untersuchte, Wände und Möbel und Nischen ausleuchtete, bis er das unvollendete Badezimmer erreichte. Die fleckigen Matratzen auf dem Boden. Die Trittleiter. Ein Hügel von Mörtel, Nägeln, Kippen, Bleirohrspänen. Ein schäbiges Jackett mit Fischgrätenmuster. Eine nackte elektrische Birne. Hoffte er mehr zu finden? Oder wußte er mehr, als wir ihm zutrauten?

Mein Vater untersuchte mit Hilfe des schmalen Lichtstreifens das aufgegebene Badezimmer. Es hätte ihm nichts oder nicht sehr viel ausgemacht, wenn Ditte oder der Maler ihn dabei überrascht hätten, die Zeit in der er sich dafür hätte entschuldigen müssen, war endgültig vorüber. Mit eigensinniger Ausdauer, möchte ich mal sagen, machte er sich über das Badezimmer her, mit einer Sorgfalt, die schon bekanntgab, daß er sich seinem Ziel nahe glaubte. Er sah, daß die elektrische Birne sanft hin und her schwang. Er sah einen Teller mit Speiseresten und, wie ich später hörte, sah er neben dem Kopfende des Lagers das Schweißband von einer Uniformjacke. Der Lichtstreifen ruhte auf dem Schweißband, glitt über den Teller, verfolgte pendelnd die Birne. Der Polizeiposten knipste die Taschenlampe aus, lauschte, drückte sich seitwärts gegen die Wand und hörte mehr, als er hören wollte.

Wer bei uns lauschend im Herbst steht, am Abend, unter dem Wind, hört allemal mehr, als er erwartet hat oder verwenden kann: da findet immer ein Palaver in den Hecken statt, in der Luft entsteht eine phantasievolle Baustelle, und wer darauf aus ist, Stimmen zu hören oder zufallende Türen, der wird reichlich bedient.

Lauschend neben dem Fenster, hörte mein Vater zu viele Schritte, zu viele Stimmen, immer wieder leuchtete er überfallartig ins Badezimmer hinein, immer wieder fand er sich getäuscht, schließlich knöpfte er die Taschenlampe vor seiner Brust fest und ging zu seinem Fahrrad.

Wir können uns ruhig denken, daß er erleichtert zu seinem Fahrrad zurückkehrte, nicht zufrieden, aber erleichtert, und er wird es vermieden haben, das schwere, in der Dunkelheit verankerte Floß Bleekenwarf davonfahrend im Auge zu behalten. Er hatte ja auch genug Rot auf Weiß und Grün auf Weiß in der Tasche, er hatte für Dunkelheit gesorgt und sich bestätigen lassen, was er wußte oder ahnte, und darum kann er zügig den Deich hinabfahren, in salzigem Sprühregen, mit dem Gewinn, den sein berufsmäßiger Argwohn ihm verschafft hatte. Kann sein, daß er schon unterwegs an die Formulierung der Anzeige dachte, wahrscheinlich aber dachte er nur an sein Lieblingsgericht, das Hilke in der Küche zubereitete: gebratene Heringe mit Kartoffelsalat. Jedenfalls waren alle in der rauchgeschwängerten Küche, als er ins Haus trat und Umhang und Mütze in die Garderobe hängte und dann händereibend zu uns hereinkam. Na? Können wir essen? – Ja.

Ich saß als erster am Tisch, während meine Mutter aufdeckte und Hilke mit tränenden Augen am Herd stand und knisterndes und krachendes Fett in der Pfanne zerließ. Das spritzte heiß, das explodierte, das schäumte und warf zwanzigtausend Blasen, und in die brodelnde Flüssigkeit legte Hilke die geköpften und in Mehl gewendeten Heringe. Mein Vater grüßte, als er eintrat, es machte ihm nichts aus, daß niemand zurückgrüßte. N'Abend allesammen, sagte er, klopfte mir auf die Schulter, ging zum Herd und sah nickend zu, wie meine Schwester kroß gebratene Heringe aus der Pfanne fischte, sie auf einer Platte schichtete, sich mit dem Handrükken die Augen rieb und gleich wieder mehlweiße Heringe in die Pfanne tat, so daß es aufzischte und spritzte. Mein Vater machte mir ein Zeichen und rieb sich in übertriebener Vorfreude den Magen; dann schnallte er sein Koppel mit Pistole und Diensttasche ab, legte es auf den Küchenschrank und setzte sich neben mich. Gelb und braun und glänzend vor Fett lagen die gebratenen Heringe auf der Platte, mit spröden, gekrümmten Schwanzflossen, und wenn ich hier, in meiner gutgelüfteten Zelle, daran denke, spüre ich den gleichen strengen Geruch und das Würgen im Hals, selbst der unvermeidliche Hustenreiz stellt sich prompt ein.

Über ihrer Trachtenjacke, die an Stelle von Knöpfen Münzen hatte, trug Hilke beim Braten einen hochgeschlossenen Kittel, das lange kräftige Haar war im Nacken mit einer Schleife zusammengebunden. Ihre Beine steckten in kniehohen Wollstrümpfen, an ihrem Handgelenk schlenkerte eine versilberte Kette, die Addi ihr aus heiterem Himmel von Rotterdam geschickt hatte, wohin er mit der Truppenbetreuung gekommen war. Jedesmal, wenn sie einige Heringe erfolgreich aus dem siedenden Fett gefischt hatte, blies Hilke mit vorgeschobener Unterlippe eine Haarsträhne aus ihrem Gesicht, wandte sich um zu uns und lächelte säuerlich durch den beißenden Qualm.

Endlich trug meine Mutter die Heringe und die Schüssel mit dem etwas zu glasigen Kartoffelsalat auf, der mit Apfelscheiben durchsetzt war, und nachdem wir uns bei den Händen gefaßt und tonlos skandierend Gu-ten-Ap-pe-tit gewünscht hatten – etwas, das wir nur machten, wenn Hilke zu Hause war –, begannen wir zu essen. Nacheinander gruben wir uns Batzen von Kartoffelsalat aus der braunen Schüssel, angelten uns Heringe von der Platte. Ein Druck mit der Gabel genügte, um das Rückenfilet abzutrennen, ein Stich mit den Zinken, um die Hauptgräte herauszuheben: ich brauchte mich nicht sehr anzustrengen, um den Vorsprung von zwei Heringen, den ich Hilke gegenüber erworben hatte, zu halten und auszubauen, nur meinen Vater konnte ich nicht überholen. Der Polizeiposten Rugbüll hatte seine eigene Methode, die Hauptgräte herauszuheben, und danach klemmte er gleich einen halben Fisch in die Gabel und schob sie in den Mund, ohne zu zischen oder zu blasen, und ich konnte nur noch erregt zusehen, wie die Gräten sich an seinem Tellerrand häuften. Wenn es gebratene Heringe gab, dann glich er Per Arne Scheßel, dem gierigsten Esser, dem ich zugesehen habe, obwohl ich zugunsten meines Vaters sagen muß, daß er mehr von der Wärme, der Wohltat, dem seufzenden Genuß des Essens ahnen ließ als der sauertöpfische Heimatforscher. Ich schaffte es einfach nicht, so viele Gräten wie er auf den Rand meines Tellers zu häufen, aber Hilke und meine Mutter, die übertraf ich mühelos.

Da war ein Kauen und Mahlen und Schlucken bei uns, der Turm der Heringe wurde flacher, der Kartoffelsalat zeigte Trichter, Grotten und Klippen, und ich fühlte schon eine warme Müdigkeit, eine zufriedene Ermattung, da entdeckte Hilke das rotleuchtende Papierstück, das aus der Jackentasche meines Vaters hervorguckte. Sie zog es ganz heraus, hielt es auf flacher Hand fragend über den Tisch, legte es, da keiner von uns sich äußerte, neben ihren Teller und sagte zu meinem Vater: Was du alles in der Tasche hast.

Mein Vater langte wortlos über den Tisch, wischte den roten Fetzen zu sich heran und steckte ihn wieder in die Tasche. Das ist wohl geheim, sagte Hilke, und mein Vater, auf seinen Teller hinabsprechend: Wenn man nur genug Heringe bekommen könnte in dieser Zeit, wenn man nur. – Ist Max gesund, fragte meine Mutter plötzlich. Er soll wohl gesund sein, sagte mein Vater, und sagte, während er mit einem Riß der Gabelzinken einen Hering aufschlitzte: Jetzt isses so weit gekommen, daß ich nicht mehr großzügig sein kann. Aber das hat er selbst so gewollt. – Dieser Doktor Busbeck, sagte meine Mutter, vielleicht wäre Max ein anderer, wenn dieser Busbeck nicht solch einen Einfluß auf ihn hätte. Man weiß nichts von ihm. Er gehört nirgendwohin. Wurzellos ist der, ein besserer Zigeuner. Von Arbeit hält er nichts. – Nein, sagte mein Vater, gegen Busbeck, da liegt nix vor, und was Max tut, das tut er von sich aus. Max, der glaubt, daß er keinem verpflichtet is. Gesetze, glaubt er, Verfügungen: die sind für andere da, nur nich für ihn. Jetzt isses so weit, daß ich nicht mehr ein Auge zudrücken kann. Ich meine, eine Freundschaft, die ist doch kein Freibrief für alles.

Meine Mutter hörte zu essen auf. Sie stützte die Ellenbogen auf den Tisch. Sie blickte auf den scharfen Scheitel meines Vaters und sagte tatsächlich: Manchmal denke ich, Max soll sich freuen über das Verbot. Wenn man sich so ansieht, welche Leute er malt: die grünen Gesichter, die mongolischen Augen, diese verwachsenen Körper, all dieses Fremde: da malt doch die Krankheit mit. Ein deutsches Gesicht, das kommt bei ihm nicht vor. Früher – ja. Aber heute? Fieber, du mußt denken, alles ist im Fieber gemacht. – Aber im Ausland ist er gefragt, sagte mein Vater, da gilt er was. – Weil sie selber krank sind, sagte meine Mutter, deshalb umgeben sie sich auch mit kranken Bildern. Sieh dir nur mal die Münder seiner Leute an, schief und schwarz sind sie, entweder schreien sie, oder sie lallen, ein besonnenes Wort kommt aus diesen Mündern nicht heraus, zumindest kein deutsches Wort. Ich frag mich manchmal, welche Sprache diese Leute wohl sprechen mögen.

Deutsch jedenfalls nich, sagte mein Vater, da hast du recht. – Es wird Busbeck sein, sagte meine Mutter, der hat Max soweit gebracht: um dem Ausland zu gefallen, hat er ihn dazu überredet, all das Fremde und Kranke darzustellen, die grünen Gesichter, die klaffenden Münder, diese seltsamen Körper. Max sollte froh sein über dies Verbot, weil es ihn zu sich selbst zurückbringt. Zu unserer Art. Mein Vater schob den Teller fort und wischte sich den Mund. Hilke stand auf, trug alle Teller zum Herd hinüber, brachte kleine Schalen mit Apfelmus und setzte sie vor uns hin. Diesmal muß er einen Denkzettel bekommen, sagte mein Vater, und meine Mutter darauf: Wenn man denkt, wie Ditte am Geld hängt – eine Geldstrafe würde sie am meisten treffen. – Ich geb das nach Husum, sagte mein Vater, nich nach Berlin. Sollen die in Husum sich was ausdenken für Max. Er löffelte und lobte das Apfelmus, ließ einen Rest für mich zurück und sagte: Verstoß gegen die Verdunklungsverordnung und Mißachtung des Malverbots – da kommt was zusammen.

Er schob mir seine Schale zu. Er lehnte sich zurück, fuhr mit der Zunge die Zahnreihe entlang, saugte kräftig, schnalzte, räusperte sich. Auch von der Seite meiner Mutter glitt eine Schale mit bräunlichem Apfelmus auf mich zu. Diesmal konnte er mir nichts vormachen, sagte mein Vater und zog einige rote und grünweiße Schnipsel aus der Tasche.

Er legte die Schnipsel vor sich auf den Tisch wie ein Kartenspiel, schob und verschob die einzelnen Stücke, doch sie ergaben nichts, gingen nicht auf, wollten nicht zueinander passen. Du? fragte meine Mutter erschrocken, hast du das gemacht? Da schüttelte der Polizeiposten überlegen den Kopf, und seine Stimme, um es mal so auszudrücken, war nicht frei von Anerkennung, als er sagte: Er selbst. Ich hatte ihn in die Ecke gedrängt. Raus konnte er nicht. Er selbst hat sein Bild zerrissen. Aber es wird ihm nicht helfen. – Sein eigenes Bild? fragte meine Mutter. – Was war darauf? fragte Hilke. – Darf ich die Schnipsel haben? fragte ich.

Mein Vater machte eine Bewegung, mit der er alle drei Fragen abwehrte, stand auf, streckte sich, holte vom Küchenschrank die Diensttasche, und nachdem er sie geöffnet hatte, schüttete er sie einfach aus und spielte Frau Holle – rote, grüne, weiße und blaue Flocken ließ er niederregnen, ein Gestöber plumper, aber leuchtender Flocken herrschte über dem Tisch, auf mein Apfelmus schneite es, taumelte auf den Fußboden, flatterte bis zur Tür. Danach entleerte er auch seine Rocktasche, ließ die Fetzen jedoch nicht niederregnen, sondern hämmerte sie, einen Packen nach dem andern, auf die Tischplatte und sagte: Das leg ich der Anzeige bei, das geht mit als Beweis. – Ich werde es sortieren, sagte ich, ich werde es sortieren und zusammensetzen. – Das is nich nötig, sagte mein Vater, die Arbeit kannst du dir sparen. Die Fetzen genügen. – Ich möchte sie aber sortieren, sagte ich.

Schläge. Wir lauschten; draußen wurde an die Tür geklopft. Mein Vater gab mir ein schnelles Zeichen, die Reste des Bildes vom Tisch zu räumen, irgendwohin, nur der Tisch sollte frei sein, denn offensichtlich hatte er einen bestimmten Verdacht, er schien ganz sicher zu sein über die Person, die jetzt draußen stand und klopfte, zu sicher – was dazu führte, daß man ihm seine Enttäuschung ansehen konnte, als er an der Tür Hinnerk Timmsen begrüßte und hereinließ. Sie sprachen auf dem Flur miteinander, während wir regungslos dasaßen und zuhörten. Die Türschwelle knickte das Licht, das nur meinen Vater traf, nicht Timmsen. Es war da ein verdächtiges Motorengeräusch in der Luft. Von der Veranda vom »Wattblick« aus – – – Plötzlich stieß aus den Wolken ein Viermotoriges, immer tiefer – – – Aus einem der Motoren schlugen Flammen, während das Flugzeug selbst – – – draußen über See wurde dann – – – schließlich brannte noch ein zweiter, über See, ja – – – die Explosion hätte jeden aus dem Schlaf – – – Ein Fallschirm schwebte ganz gewiß auf das Watt nieder – – – zu sehen ist nichts – – – nein, aber der Fallschirm.

Aus dem Dunkel, unsichtbar für uns, meldete Hinnerk Timmsen den Vorfall, sagte auch noch: Amerikaner, ich nehm doch an, Amerikaner, und auf dem trockenen Gesicht meines Vaters wiederholte sich das Geschehen und nicht nur dies: deutlich sichtbar spiegelte sich da schon der Beschluß, der Sache auf den Grund zu gehen, sie zu bestätigen, zu beglaubigen, denn er nickte schwerwiegend, holte schon Mütze und Umhang aus der Garderobe, rief zu uns herein: Mein Koppel, erhielt von Hilke sein Koppel mit der Pistole, schnallte es um und rückte die Pistole zurecht, war mit zwei Schritten an der Haustür, kehrte mit zwei Schritten noch einmal zurück, nur um zu sagen: Na, denn tschüß, nech, dann folgte er dem Gastwirt, der schon auf dem Hof stand, der schon eine Richtung angab.

Ich folgte ihnen nicht, obwohl ich ihnen diesmal gern gefolgt wäre. In meinem Schoß lagen die Fetzen des Bildes, die ich jetzt behutsam unter den Pullover schob. Ich klemmte sie zwischen Pullover und Hemd ein, glitt unter den Tisch, und da mich niemand berief, sammelte ich die Schnipsel ein, die auf den Fußboden gefallen waren. Zwischen Hilkes Beinen sammelte ich, vor der Fensterbank, unter dem Stuhl meiner Mutter, sammelte auch vor dem Küchenschrank, bis ich das Bild oder doch die Reste des Bildes unter meinem Pullover hatte, der jetzt nicht mehr fest anlag, sondern sich beutelte und durchsackte. Die Hände vor dem Bauch gefaltet, blieb ich vor dem Küchenschrank stehen. Hilke und meine Mutter saßen sich schweigend gegenüber, vielleicht lauschten sie nach draußen. Ein fernes, singendes Motorengeräusch war in der Luft, das auf einmal vom Wecker übertönt wurde, der neben dem Brotkasten Alarm gab und auf seinen kurzen stählernen Füßen tanzte, wobei er sich um hundertachtzig Grad drehte und den weichen, sauber abgelutschten Heringsgräten auf dem Herd die Stunde anzeigte.

Wo blieb das Sodbrennen? Ich wartete auf das Sodbrennen, das meine Mutter veranlassen würde, zum Ausguß zu gehen, den Hahn aufzudrehen und, während das Wasser ablief, Trinkglas und Pulvertütchen zu holen, das Glas vollaufen zu lassen, das Tütchen aufzureißen und in das Glas zu entleeren, schließlich am Tisch sitzend zu trinken. Nie zuvor hatte ich das Sodbrennen ungeduldiger herbeigewünscht, denn ich wollte den Augenblick, in dem sie sich um ihr Sodbrennen kümmerte, benutzen, um zu verschwinden, ohne befragt, ermahnt, verwarnt zu werden. Das Sodbrennen schien Verspätung zu haben, vielleicht wurde es durch die Bratheringe überhaupt verhindert. Da versuchte ich es auf neue, entschlossene Art, ging einfach zu ihnen hin, sagte: Ich hab noch zu tun, worauf Hilke lachte, meine Mutter sich belustigt umdrehte, und bevor sie etwas sagen konnten, war ich schon draußen, auf der Treppe, in meinem Zimmer.

Riefen sie? Sie riefen mich nicht. Ich trat an den Tisch, der bedeckt war von blauen Meereskarten, auf denen meine grauen Modellflotten schwammen, ich glaube, da fand wieder mal ein Skagerrak statt, Hipper löste sich, in taktischer Klugheit und so weiter, von dem überlegenen Jellicoe –, doch darauf konnte ich jetzt keine Rücksicht nehmen, ich schob die Schlacht mit dem Ärmel zur Seite, setzte sie einfach von der Tagesordnung ab und öffnete über friedlichen Meeren meinen Pullover. Die Fetzen des Bildes schneiten heraus, sie trieben auf dem Meer. Rot bestätigte Blau. Weiß brachte Grün in Aufruhr, Braun behauptete sich gegen Grau. Ein brauner gekrümmter Zeh. Ein dreieckiges Auge, starr. Gespreizte Finger. Gefleckter Kamm einer Welle. Ging Skagerrak doch weiter? Die Fetzen waren gut gemischt; ich merkte es nur zu bald. Ich lauschte nach unten in die Küche, da lief Wasser, da klapperte Geschirr, Hilke beseitigte da energisch die Spuren des Abendbrots. Sie ließen mich allein, und ich begann.

Mit dir, Mann im roten Mantel, begann ich das zerstörte Bild wiederzufinden, es zu suchen in unregelmäßigen Fetzen und Schnipseln, und ich weiß noch die Spannung und die Freude, von denen meine Suche begleitet wurde. Nicht vom Rand, auch nicht vom Zentrum ging ich aus; ich ließ mich von der Farbe leiten, fügte Rot zu Rot und Grün zu Grün, paßte noch nicht die einzelnen Stücke aneinander, sondern verteilte sie nur, wie gesagt, nach ihrer farblichen Zugehörigkeit, teilte das Bild so in Abschnitte ein oder womöglich Kapitel, die nun geordnet werden mußten.

Ich gebe zu, es waren keine leichten Entscheidungen, beispielsweise jedes Braun dem Abschnitt Braun zuzurechnen, und manches Grün mußte ich dreimal befragen, bevor es endgültig grün bleiben durfte: die längste Zeit brachte ich damit zu, Farben zu bestimmen.

Wie aufschlußreich Papier sich zerreißen läßt! Wie viele Vergleiche ich bemühen müßte, um die Fetzen zu bezeichnen im Reichtum der Formen. Die Insel Kreta, eine Lanzenspitze, ein Dachstuhl, ein Lampenschirm, ein Kohlkopf, eine Standuhr, der italienische Stiefel, eine Makrele, eine Vase: an all das und noch mehr erinnerten mich die bunten Stücke mit den faserigen Rißstellen, die ich jetzt aneinanderlegte, verschob, hin und her gleiten ließ.

Mit dem Zeigefinger drückte ich die Fetzen an den Tisch und rangierte sie zügig an mutmaßliche Anschlußstellen heran, manövrierte eine schwarze Jacht in einen Hafen, den ich mit dem indischen Dreieck schloß, durch Anlegen passender Teile machte ich aus einem roten Kugelbaum zuerst den aufgebäumten Körper eines Pferds, dann einen fliegenden Drachen und schließlich, immer neue Schnipsel und Stükke einpassend, eine rote Glocke, den roten glockenförmigen Mantel. Wie viele Möglichkeiten in einem Bild steckten! Wie viele Stationen es da am Anfang gab!

Was machte der Mann im roten Mantel? Warum trug und balancierte er den Strand auf seinen Händen, während die koboldhaften Füße frei in der Luft ragten? Konnte er kichern unter der grauen Last? Ich hantierte weiter mit Fußteilen, mit gespreizten Fingern, mit einem schweren grünweißen Körper, suchte für einen durch Schattenfall vergrößerten Mund ein Gesicht und fand – schiebend, probierend – einen Hinweis auf Klaas, fügte Dreiecke und Rhomboide hinzu und ließ meinen Bruder sich selbst immer ähnlicher werden, bis er endlich fluchtbereit vorhanden war: Klaas, nicht eine Wiedergabe, sondern ein Ausdruck der Furcht.

So stellte ich sie her, so befreite ich meinen Bruder und den Mann im roten Mantel: ich legte und erriet sie aus den Fetzen. Sie waren da, aber sie wollten nicht zueinander passen. Der gleiche sandgraue Strand, über den mein Bruder fliehen wollte, wurde vom Mann im roten Mantel hochgestemmt: waren es zwei Strände? Fehlte etwa eine Brücke? Hatte ich das Bild doch nicht richtig zusammengesetzt? Den Tisch umkreisend, spielerisch hier und da Schnipsel ansetzend, erkundete ich die Beziehung zwischen den beiden Männern, und da der Vordergrund nichts preisgeben wollte, hielt ich mich an den Hintergrund, an die schwarze, winterliche Nordsee. Aus dem Schwarz der See lief eine ins Blaugrün spielende Welle gegen den Strand, sie war zwischen und hinter beiden Männern erkennbar, eine breite, eher matte Welle, die ich nun die verbindende Hauptrolle spielen ließ: ohne Rücksicht darauf, wie beide Figuren sich zueinander verhielten, vervollständigte ich die breite Welle und ließ sie durchlaufen, wobei ich gezwungen war, den Mann im roten Mantel umzudrehen, ihn auf dem Kopf stehen zu lassen. Jetzt traf es sich, daß der Strand, über den mein Bruder fliehen wollte, und der Strand, den der Alte hochstemmte, zusammenpaßten. Jetzt traf es sich, daß der niedrige Horizont ihrer beider Horizont war und sich gleichmäßig fortsetzte, und es traf sich, daß die Furcht meines Bruders, der sich aus der Szene herausdrehte, einen unmittelbaren Anlaß hatte: den mageren, krummen und die Schwerkraft foppenden Mann im roten Mantel. Es war kein Fetzen übriggeblieben.

Anstatt Hilke oder meine Mutter zu rufen und ihnen zu zeigen, was in den Schnipseln, die mein Vater erbeutet hatte, verborgen gewesen war, ging ich zur Tür und schloß sie ab. Dann suchte ich nach einem geeigneten Boden, fand aber keinen, entdeckte nur unter dem Bett ein altes, eingerissenes Verdunklungsrollo. Ich zog das Rollo auf dem Fußboden aus und verhinderte ein Zurückschnappen, indem ich jedes Ende mit einem Stuhl belastete und jeden Stuhl selbst auch nochmals belastete, zur Hauptsache mit ausgedienten Märchenbüchern. Aus meinem Baukasten »Der kleine Tischler« holte ich die Tube mit dem Alleskleber, kniete mich vor dem Rollo hin, drückte einen honigfarbenen Wurm aus der Tube und benutzte die Tubenöffnung, um den sämigen Klebstoff auf das Rollo zu streichen. In Spiralen, in Girlanden strich ich den Klebstoff auf, er trocknete anscheinend rasch. Nachdem ich das ursprünglich schwarze, jetzt vom Alter weißliche Verdunklungspapier aufnahmebereit gemacht hatte, hob ich die geordneten Schnipsel vom Tisch ab und klebte sie, systematisch vorgehend, ein Streifenschema benutzend, sorgfältig aneinander, wobei es sich nicht vermeiden ließ, daß die faserigen Rißstellen zusehends dunkelten und über das neu entstehende Bild ein geädertes Muster zogen, ein Gewebe, das die Formen der Zerstörung bezeugte und für immer bewahren würde. Von rechts oben beginnend, brachte ich den Himmel, die Nordsee und Klaas zusammen und zuletzt dich, Mann im roten Mantel, dich mit deiner alten Schlauheit und deinem unbewegten Lächeln. Ich hob einen Stuhl an: das Rollo schnappte, sich in sich selbst wickelnd, nach dem anderen Ende. Das Rollo wickelte das Bild in sich auf. Ich schob es vorsichtig unters Bett.

Jetzt den Malkasten, dachte ich, jetzt den Zeichenblock, dachte ich, die Fensterbank ist groß genug, wenn ich die Lästerzungen zur Seite schiebe, jetzt muß es schnell gehen, eigentlich hätte ich es in umgekehrter Reihenfolge tun müssen. Ich sehe mich noch mit Malkasten und Zeichenblock an der Fensterbank, sehe mich kniend mit dem breitesten Pinsel bewaffnet, dem Zeichenblock kräftige Hiebe in Rot austeilen, die ich zu flammenden Zungen ausziehe, ich höre den Laut, der entsteht, wenn ein Blatt abgetrennt wird, sehe mich ein düsteres Braun hinwerfen, und wie damals lasse ich jetzt noch einmal Grün und Weiß zusammenlaufen. Alle Farben des Bildes legte ich aufs Papier, bedeckte drei oder vier Seiten meines Zeichenblocks. Ich schwenkte die Seiten hin und her. Ich behauchte sie. Die Stablampe zog ich in engen Kreisen über die Blätter und beobachtete, wie die Farbe trocknete, einging ins Papier, dann räumte ich Block und Malkasten beiseite und trug die farbigen, nichts als farbigen Seiten zum Tisch und zerriß sie.

Sorgfältig riß ich die Seiten kaputt, machte zuerst beinahe regelmäßige Rechtecke, nahm mir die Rechtecke einzeln vor, riß Zacken, Rundbogen, schöne Sägemuster, legte die formreichen Fetzen übereinander und ließ sie auf den Tisch, auf die Meereskarten hinabregnen, wobei sie sich zufriedenstellend mischten. Schritte. Ein Rechteck nach dem andern ging so in farbigem Schnee auf, die Flocken häuften sich. Vorsorglich, um keine Vollständigkeit vorzutäuschen, stopfte ich einige Flocken in die Tasche. Mit gekrümmten Fingern harkte ich die Haufen zusammen, mischte sie noch einmal durch, veranstaltete ein kleines, berechnetes Schneegestöber, indem ich die Schnipsel hoch, aber nicht zu hoch warf. Schritte. Rufen: Siggi! Ich flitzte zur Tür, schloß sie auf und war schon wieder am Tisch und schob und verschob das Gerissene, fügte Stücke zusammen, die nichts voneinander hielten, und seufzte glaubwürdig, als Hilke eintrat und fragte: Ist schon was zu sehen? Sie stellte sich hinter meinen Stuhl, blickte auf die Fetzen und hatte sofort eine Eingebung. Ihr rücksichtsloser Sinn für Ordnung war schon erwacht, sie klopfte mich sozusagen ab. Sie sagte: Davon verstehst du nichts, laß mich mal ran. – Ich finde nur Rot und Grün, sagte ich, Feuer und Wasser, und sie darauf: Laß Hilke mal machen.

Nie konnte sie sich abgewöhnen, mich als ihren jüngsten Bruder zu behandeln. Zuversichtlich sammelte sie die Fetzen ein, schichtete sie auf einem Buch auf, sagte: Auf dem Küchentisch, da geht es besser und ging, das Buch gegen den Bauch gepreßt, gleich wieder nach unten, wo sie zuerst den Volksempfänger einstellte und einem Herrn zuhörte, der, obwohl Störungen in der Atmosphäre waren, davon sang, was er bei Frauen gefunden hatte. Ich saß still und stellte mir vor, wie sie die Fetzen zu sortieren begann, Rot zu Rot, Braun zu Braun. Gern hab ich die Frau'n geküßt. Wohin verlangt das Weiß? Wozu dient das Grau? Ich stellte mir vor, wie sie die geschickt gerissenen Stücke aneinanderpaßte, das Ergebnis begutachtete und verwarf, noch einmal von vorn begann, ohne daß die Rechnung aufging. Hab nie gefragt, ob es gestattet ist. Und so wie Hilke, stellte ich mir vor, würden auch andere sitzen, um dem Bild auf den Grund zu kommen, in Husum, vielleicht sogar in Berlin würden sie die von meinem Vater geschickten Beweisstücke sichten, auf einem Tisch verteilen und in immer neuen, immer gereizteren Anlegespielen zu einem Ganzen zu bringen versuchen, bis jemand, auf die fehlenden Stücke hinweisend, sich mit den fehlenden Stücken tröstend, mein Werk einfach zu den Akten nehmen würde.

Erst einmal war Hilke beschäftigt. Sie sortierte, sie pfiff leise die Melodie mit, fiel auch hier und da in den Text ein. Ich zog das beklebte Verdunklungsrollo wieder hervor, trat auf den Flur – hab nie gefragt, ob es gestattet ist –, drückte mich an die Wand und schlich die Treppe hinab, als der singende Frauenkenner zugunsten einer Sondermeldung unterbrochen wurde, den Fanfaren das Mikrophon räumen mußte. Die Fanfaren halfen mir, die Haustür unbemerkt zu öffnen und zu schließen. Das lose, eingerollte, in seinem Zug erschlaffte Rollo wie eine sogenannte Panzerfaust schleppend, lief ich zum alten Kastenwagen vor und sicherte, sprang dann über den Ziegelweg, rutschte die Böschung hinunter, lief geduckt bis zur Schleuse und sicherte hier noch einmal, während der Wind schon im Rollo saß und es gegen meine Hüften drückte. Hinter dem Schilf, dunkler als der Horizont, stand meine flügellose Mühle. Ich nahm das Rollo auf die Schulter, so ließ es sich noch schlechter tragen, also nahm ich es wieder unter beide Arme, und später, als ich mich durch den Schilfgürtel arbeitete, hielt ich es senkrecht gegen die Brust gedrückt, so daß jemand, der uns hätte sehen können, den Eindruck gehabt haben müßte, da gleite ein Seerohr durch das Schilf, da manövriere sich ein U-Boot in Schußposition, um die Mühle zu torpedieren.

Etwas war lose an der Kuppel der Mühle, etwas schepperte da, ich konnte mich jetzt nicht darum kümmern. Ich wollte nur das Rollo mit dem geklebten Bild in Sicherheit bringen, und ich lief am Mühlenteich vorbei, den befestigten Weg hinauf. In einem der alten Mehlkästen wollte ich das Bild verstecken, eine Nacht lang, dann wollte ich es in mein Versteck hinaufbringen und neben den Reiterbildern befestigen: mit »Plötzlich am Strand« wollte ich eine Ausstellung eröffnen, die – ich wage es zu sagen – der Heimat gewidmet sein sollte.

Fern, fern der Deich und das »Wattblick«, von meinem Vater, der im Watt nach einem Fallschirm suchte, war nichts zu sehen. Ruckend zog ich die Tür zur Mühle auf, lauschte ins dunkle Treppenhaus: das huschte, knackte und pfiff, das warnte und beobachtete mich von allen Seiten, und hoch oben, von der Kuppel, schwang es zischend über mich hinweg und zog steil hoch, auch wurden da, wie immer, Glasscherben zerkleinert, und das Geräusch eines unauffindbaren Flaschenzugs war ab und zu auszumachen. Ich brauchte kein Licht. Ich tastete nach der Treppe zum Mahlraum, hielt mich links, fand den glatten, mit der Axt behauenen Pfeiler, schob mich seitlich immer weiter nach links, das knackte und floh mäuseschnell, nahm das Rollo in eine Hand und streckte die andere Hand den Mehlkästen entgegen, das schepperte und quietschte, berührte auch schon den kühlen Deckel eines Mehlkastens, aber ich will nichts überstürzen.

Ich berührte – wie gesagt – den Mehlkasten, als sich von hinten ein Arm würgend um meinen Hals legte, nicht gewaltsam, nicht entschlossen, aber doch so kräftig, daß ich das Rollo fahren ließ und mit beiden Händen nach dem Arm griff, der mich umklammert hielt. Kann sein, daß ich aufschrie. Kann auch sein, daß ich in den Arm zu beißen versuchte. Ich erinnere mich, daß es ein kratziger Stoff war, den ich an meinem Gesicht fühlte. Ich schlug nach hinten aus, so gut ich konnte, wand mich, so gut es ging, konnte mich aber nicht befreien. Wir blieben so ziemlich auf der Stelle. Der Druck verstärkte sich nicht. Plötzlich hörte er auf, der Arm gab mich frei, und ich hörte Klaas fragen: Was willst du hier? – Klaas? fragte ich in die Dunkelheit, und noch einmal: Klaas? – Hau ab, sagte er, mach, daß du nach Hause kommst, und laß dich hier nie wieder blicken. Ich hörte nur auf seinen Atem. Wer hat dir gesagt, daß ich hier bin? fragte er, wer? – Keiner, sagte ich, keiner hat mir das gesagt, wirklich Klaas, ich wollte nur das Bild hierher bringen. – Hat er dich geschickt? fragte er, und ich: Nein, bestimmt nicht. Er ist gar nicht zu Hause, er wurde ins »Wattblick« gerufen. – Er sucht mich, sagte Klaas, die ganze Zeit ist er hinter mir her. Er weiß, daß ich hier bin. – Ich hab's dir doch versprochen, sagte ich, von mir kriegen sie nichts raus. – Heute, sagte Klaas, heute wäre es fast soweit gewesen: er hat Wind bekommen, glaub's mir; irgend jemand hat ihn auf die Spur gebracht. Ich mußte da weg von Bleekenwarf. Er stand schon vor meiner Kammer. – Hat er dich gesehn? fragte ich, und Klaas: Ich weiß nicht, ich lag unter der Fensterbank, als er meine Kammer ableuchtete. Ich habe keine Ahnung, wieviel er gesehen hat, aber irgend jemand hat ihn auf die Spur gebracht: er weiß, daß ich hier bin.

Mein Bruder bewegte sich in der Dunkelheit, lautlos kam er auf mich zu in den Segeltuchschuhen, die der Maler ihm geschenkt hatte. Ich hörte, wie er auf das Rollo trat, innehielt und langsam den Fuß hob, worauf sich auch das Rollo knisternd hob. Er bückte sich. Er betastete das Papier, zog es kurz auseinander, ließ es zusammenschnappen. Komm her, befahl er. Ich gehorchte ihm. Ich hielt, wie er es verlangte, das Ende des Rollos fest, während er es auszog und mit einer Latte beschwerte. Er zündete ein Streichholz an. Das flakkernde Licht des Streichholzes traf ihn von unten, brachte die Schatten in seinem Gesicht in Bewegung. Er senkte das Streichholz auf das Bild hinab, zog langsame Kreise und zündete ein zweites an, nachdem das erste erloschen war. Was ist das? fragte er. Erkennst du ihn nicht? fragte ich. Wen? fragte er. Den Mann rechts, erkennst du ihn nicht?

9 Heimkehr

Er, Jobst, konnte mich nicht leiden. Ich, Siggi, konnte ihn nicht leiden; doch er hatte mehr davon. Kaum hatte Lehrer Plönnies mir meine Zeichnung vom »Fischdampfer« zurückgegeben, kaum hatte ich das Blatt, das der stumpfen Bande zeigen sollte, wie sie sich einen Fischdampfer beispielhaft vorzustellen hat, ordentlich in meine Schulmappe gelegt, kaum hatte Lehrer Plönnies – er war ein wortkarger Mann, der es im Krieg auf zwei Verschüttungen gebracht hatte – das Ende des Unterrichts verkündet, da ging es auch schon los mit schnellen Tritten in die Kniekehlen, mit gezielten Papierkugeln, Rempeleien und hastigen, oft unbeweisbaren Knuffen.

Ich brauchte mich nicht umzusehen, um zu erfahren, daß er mir am nächsten war, Jobst: fett und beweglich, große, womöglich verstellbare Segelohren, Speckfalten am Hals, an den Handgelenken, aufgeworfene Lippen, braune Augen, die leer und zufrieden blickten. Er mit knielanger Manchesterhose, mit seiner Armbanduhr, die kein Werk mehr besaß und immer nur zwanzig vor fünf anzeigen konnte. Jobst war gleich hinter mir her, sobald die Pause begann oder der Unterricht vorüber war, und ich glaubte manchmal, daß er überhaupt nur zur Schule kam, um sich mit mir zu beschäftigen. Wenn er sich hinsetzte, bestand er nur aus Falten, die am Hals begannen und sich bis zu den fetten Kniekehlen hinzogen; zwängte er sich mit seinem runden, breiten, die Hosennaht gefährdenden Arsch aus der Bank und richtete sich wackelnd auf, dann erinnerte er mich an eine zu prall aufgeblasene, leicht schwankende Gummifigur, die man mit einem einzigen Nadelstich schrumpfen lassen konnte. Ging er hinter mir her, vielleicht mit einem Lineal in der Hand oder mit einem Gummiring und den dazugehörenden Heftklammern, dann hörte man nichts als seinen schnaufenden Eifer und ein hohes, luftarmes Lachen, womit aber nicht gesagt sein soll, daß es ihm an Ausdauer fehlte.

Kaum hatte uns der Lehrer Plönnies entlassen, da war Jobst schon hinter mir und drängte mich, seine Knie blitzschnell in meine Kniekehlen stoßend, zur Tür und über den Korridor, schubste mich die beiden Steinstufen hinab, ließ mich auf dem baumlosen, mit Kies ausgeschütteten Schulhof sein Lineal schmecken, wandte sich entgeistert um, wenn ich mich umwandte – so als hielte er selbst Ausschau nach einem, der es gewesen sein könnte –, überquerte nach mir die Husumer Chaussee, interessierte, als wir in den Ziegelweg einbogen, Heini Bunje für das Spiel, der auch gleich mitmachte, der gleich mit Jobst zusammen versuchte, mich von dem Weg in den morastigen, ölig schimmernden Graben abzudrängen.

Ohne die Hände zu gebrauchen, nur mit ihren Körpern drängten sie mich zur Seite, zwangen mich bis zum Rand der Grabenböschung, und als ich, schräg gegen die Böschung gelehnt, einfach weiterging, kamen sie zu mir herab und versuchten, mich in den Graben zu stoßen. Die Stöße erwartend, wich ich ihnen aus, duckte mich, ließ sie ins Leere arbeiten. Jobst, reich an Einfällen, sammelte sich daraufhin Steine, nein, keine Steine, sondern lockere oder abgeplatzte Ziegelstücke, die er dicht neben mir in den Graben schleuderte, so daß das torfbraune Wasser aufspritzte und schmutzige Spritzer meine Beine bedeckten, die Schulmappe, die Hose, das Hemd. Auch Heini Bunje machte es Freude, mit aufgelesenen Ziegelbrocken schlammige Fontänen im Graben zu wecken. Ich hörte das Surren der Brocken, sah sie auf dem dunklen Spiegel auftreffen, spürte, fast gleichzeitig mit dem Aufschwappen des Wassers, die scharfen Spritzer an meiner Haut. Da sie beim Aufsammeln der Brocken Zeit verloren, arbeitete ich einen kleinen Vorsprung heraus, gewann zehn oder fünfzehn Meter, was aber, das merkte ich gleich, nicht unbedingt ein Vorteil war, denn auf die Entfernung büßten die Würfe jetzt ihre Genauigkeit ein: dicht am Kopf, an der Hüfte vorbei zischten die Geschosse, und als eines meine Schulmappe traf, hatte ich keine Lust mehr, die Zielscheibe zu spielen. Ich stieg wieder auf den Ziegelweg hinauf, meine Mappe auf dem Kopf balancierend, aufrecht, wenn auch verkrampft, weiter in Richtung Rugbüll, da waren sie schon wieder hinter mir. Ihre Schatten gestikulierten. Ihre auf den Ziegelweg fallenden Schatten verständigten sich lautlos. Ich bereitete mich auf etwas vor, von dem ich nicht wußte, was es sein würde, doch obwohl ich vorbereitet war, half es mir diesmal nicht: auf ein Kommando, das Jobst gab, nahmen sie mich in die Zange, drängten mich mit der Aufforderung, ihnen gefälligst Platz zu machen, an die andere Straßenseite, schubsten diesmal nicht, sondern drückten mich stetig die Böschung hinunter, so lange, bis ich mich nicht mehr halten konnte und in den Graben sprang. Der Sprung war berechnet, möchte ich mal sagen: denn ich tauchte senkrecht ein, geriet jedenfalls nicht unter Wasser. In der Mitte des Grabens stand ich, sackte langsam tiefer in den kühlen Schlamm, während aus dem Grund schillernd Blasen hochstiegen, die um mich herum platzten, bis zur Hüfte reichte mir das torfbraune Wasser, es roch nach Fäulnis und Verwesung, und vor mir sah ich einen Frosch heftig, mit schulmäßigen Bewegungen, dem verkrauteten Ufer zuschwimmen. Die Freude, die Jobst und Heini Bunje sich so verschafft hatten, dauerte nicht lange, es genügte ihnen nicht, daß ich, meine Mappe über dem Kopf haltend, langsam tiefer sackend vor ihnen im morastigen Graben stand; und als Heini Bunje nach Ziegelbrocken suchte, spannte Jobst einen Gummiring zwischen Daumen und Zeigefinger, zog eine Heftklammer ein, schoß gezielt auf meine Arme. Da zirpten Grillen in der Luft, wenn die winzigen Geschosse vorbeiflitzten, da schwirrten Stechmücken, Hornissen surrten, Wespen und Hummeln und wilde Bienen setzten ihre kleinen Nähmaschinen in Gang. Als Jobst anfing, mit Heftklammern auf mich zu schießen, schützte ich mit der Mappe meinen Kopf und watete mühsam, mich in den Hüften drehend zum jenseitigen Ufer des Grabens, zog mich raus, rutschte ab, zog mich noch einmal raus, alles unter dem Sirren und Zirpen der Heftklammern, und ich hörte sie lachen über meine schlammbedeckten Schokoladenbeine, von denen es bräunlich troff. Ich lag auf der Böschung, als mich die erste Klammer erwischte, sie traf mich am Hals: ein

Schlag, ein Brennen, ein kurzer Biß, und ich schrie auf und achtete nicht mehr auf Deckung, sondern zog mich die jenseitige Böschung hinauf und kletterte, wieder getroffen, durch den Stacheldraht, in dem Fetzen von Schafwolle hingen, und lief in Zickzacksprüngen zu den Torfteichen.

Gaben sie auf? Sie gaben nicht auf. Sie durchschauten meinen Plan sofort, liefen vor in Richtung Rugbüll, wobei sie sich von Zeit zu Zeit bückten, um besonders geeignete Ziegelbrocken aufzulesen, bis zur ersten Schleuse liefen sie, und dort setzten sie sich auf die hölzerne Sperrwand und gaben sich mit dem Gedanken zufrieden, daß sie mir den Weg abgeschnitten hatten.

Ich weiß noch, daß ich lief und lief. Das Brennen am Hals weiß ich noch und das Brennen am rechten Schenkel. Und ich weiß noch meine Angst, die sich nicht zufriedengab, die mir kein Ausruhen erlaubte, sondern immer nur Sprünge forderte, über die Schafweide, denn ich sagte mir, daß nur mein dauernder Lauf und mein wachsender Vorsprung sie mutlos machen könnte bei der Verfolgung. Aber sie waren sicher.

So wie sie dasaßen mit baumelnden Beinen auf der Sperrwand der Schleuse, die aufgelesenen Brocken drehend und begutachtend, schienen sie ihres Spiels und ihrer Freude an diesem Spiel sehr sicher. Das erkannte ich. Das wußte ich. Darum lief ich ja nach Nordwesten, richtiger nach Norden, und wenn Zäune mich aufhielten, warf ich zuerst meine Schulmappe hinüber und war dann gezwungen, ihr nachzuspringen, so gut es ging. Sollten sie doch auf mich warten!

Schien eigentlich die Sonne? Es war windstill, und die Sonne erwärmte die Ebene und hätte allerhand erweckt, wenn es nicht Herbst, sondern Frühjahr und somit normale Erwekkungszeit gewesen wäre. Schwammen Wildenten auf den Torfteichen? Als ich über die federnden Grasbüschel an dem großen Torfteich ging, mich da hinkniete, um den mittlerweile getrockneten und nun ins Bläuliche spielenden Schlamm von meinen Beinen abzuwaschen, hörte ich weder die rasenden Laufschritte noch das Klatschen der Schwingen, mit denen sich Wildenten vom Wasser erheben. War der Torfkahn noch da? Das Heck unter Wasser, mit schwarzen, geteerten Bordwänden, mit gebleichter Ducht, die von Möwendreck bespritzt war, fand ich dort, wo der Graben in den Teich mündet, den alten Kahn, kletterte hinein und hieb mit einem Stock nach dösenden Wasserspinnen, beobachtete auch die Rückenflossen und die langsamen Druckwellen von Karpfen, die am Schilf vorbeistrichen.

Ich saß allein im alten Torfkahn, weder sitzend noch stehend konnte ich die Sperrwand der Schleuse erkennen, zu Hause hatten sie längst gegessen, Hilke hatte sicher mein Essen auf den Herd gestellt, um es warm zu halten, nichts drängte mich, zwang mich, hetzte mich hier, das Brennen am Hals und am Oberschenkel ließ nach, und ich stieß den Torfkahn ins Wasser, so daß er aufschwamm, und danach fing ich an, ihn mit einer rostigen Konservenbüchse, die unter der Ducht lag, leerzuschöpfen. Was tat ich, als ich die Stimmen hörte? Auf einmal hörte ich Stimmen, da rief ein Mann, eine Frau lachte, die Stimmen kamen von den Torfgruben, von den musterhaften Spalieren der Torftürme, zu denen die gestochenen und zum Trocknen bestimmten Batzen geschichtet wurden. Es war niemand zu sehen, obwohl der Mann noch einmal rief, die Frau noch einmal lachte. Mit dem Stock manövrierte ich den Kahn zur Seite, schaffte es, daß er quer im Graben lag und die Ufer verband. Ich ging hinüber. Drüben lauschte ich auf die Stimmen, doch jetzt blieb es still. Der Graben hatte keine Strömung, der Kahn lag fest, wie er lag, er würde mich erwarten und aufnehmen, wenn es nötig sein sollte.

Ich ging den sacht ansteigenden Boden zu den Torfgruben hinauf, und noch bevor ich den Rand erreichte, sah ich ein nasses, blinkendes Stecheisen in halbkreisförmiger Bewegung: dicht über dem Boden tauchte es auf, beschrieb einen Bogen, verschwand, an einen Zeiger erinnerte mich das Stecheisen, der nur von Viertel vor bis Viertel nach anzeigte, und so weiter. Ich trat an den Rand der Torfgrube und sah hinab: Eine Schubkarre, ein Laufbrett, gewinkelte Schatten, dunkle Terrassen aus Torf. Hilde Isenbüttel war mit ihrem Belgier beim Torfstechen. Er, León, der Belgier, stand mit nacktem Oberkörper auf der untersten Terrasse, drückte das Stecheisen wie einen Spaten in den feuchtglänzenden Boden, hob einen von der Leitschiene geformten Batzen heraus, warf den etwa ziegelsteingroßen Batzen geschickt Hilde Isenbüttel zu, nutzte den Schwung, um das Stecheisen zurückzuziehen – wobei es über dem Rand der Grube sichtbar wurde –, und drückte es von neuem in den saftigen Grund. Hilde Isenbüttel sah den Batzen entgegen, fing sie, indem sie weich in den Knien nachgab, und schichtete sie auf der Schubkarre auf, die schwarz war von klebenden Brocken und Feuchtigkeit. Beide, der Mann und die Frau, trugen Hosen, der Belgier eine schwarze Breecheshose, sie eine graue Tuchhose mit breiten Aufschlägen; vermutlich stammten beide Hosen aus dem Schrank von Albrecht Isenbüttel, der seit einigen Jahren Leningrad belagerte. Beide trugen Holzschuhe, doch vermutlich trug nur der Kriegsgefangene León die Holzschuhe von Albrecht Isenbüttel. Daß der Belgier mit nacktem Oberkörper arbeitete, sagte ich schon; die Frau trug eine verwaschene Bluse, die sie lose in die Hose gestopft hatte, außerdem trug sie ein mit Globus, Zirkel und Rechenschieber bedrucktes Kopftuch. Habe ich etwas vergessen? Den geflochtenen Korb muß ich erwähnen, der mit Zeitungspapier zugedeckt war, sowie ein Hemd und einen verschossenen belgischen Uniformrock, die neben dem Korb lagen.

Hilde Isenbüttel, von welcher Seite man sie auch ansah, wo man sie auch traf, schien, wenn nicht zu lachen, so doch lachbereit, und das lag nicht allein an ihren kurzen, auseinanderstehenden Zähnen, nicht nur an ihren hochgezogenen, keiner Polster bedürfenden Schultern, und auch an ihren Augen lag das nicht ausschließlich, die so zueinanderstanden, daß alles, was das eine behauptete, vom andern Auge bestritten wurde. Es war ihre Erscheinung, die diesen Eindruck hervorrief: die strammen, nach oben zu gebogenen Beine, der weiche Spitzbauch, den ein Riemen verwarnte, indem er sich in ihn eingrub, die schwere, aber gemütliche Brust, die Sommersprossen, die sich bei ihr sogar hinterm Ohr zeigten: alles an Hilde Isenbüttel unterstützte den Eindruck, daß sie zu lachen schien. Wie sicher sie die nassen Torfklumpen fing. Wie geschickt sie sie schichtete auf der schwarzen Schubkarre; da brach kein einziges Stück auseinander. Der Belgier stach so lange, bis die Karre voll war, dann hieb er das Eisen in den Boden, sprang von der Terrasse hinab, hob Hilde Isenbüttel von den Beinen, setzte sie auf die Karre und schob an, schob die Karre über ein breites, wippendes Brett an Löchern vorbei, die sich mit dunklem Wasser füllten, bezwang eine leichte Steigung, erreichte mit genauem Schwung ein anderes Brett und ließ die Karre ausrollen vor dem Spalier der zum Trocknen geschichteten, hüfthohen und sich zur Spitze hin verjüngenden Stapel, die da in Sechserreihe aufgestellt waren und von fern, oder in der Dämmerung, oder bei Nebel, zu einem einzigen, naheliegenden Vergleich verführten: es fielen einem jedesmal nur Soldaten ein.

Hilde Isenbüttel erhob sich vom Rand der Karre, und beide schichteten sie zuerst eine ringförmige Basis, luftig und auf Fuge gesetzt, errichteten sie den Turm, der durch seine Beziehung und durch den Abstand zu anderen Türmen, vor allem aber bei entsprechender Stimmung, an einen Soldaten erinnerte. Gebückt arbeiteten sie und schweigend, hoben die Batzen mit beiden Händen von der Karre, klopften sie mit beiden Händen fest. In den letzten Batzen, den León auflegte, steckte er eine Feder – ich nehme an: eine Entenfeder, die er neben seinem Holzschuh fand; er grüßte militärisch den neu entstandenen Turm, brach den Gruß aber plötzlich ab und rieb sich mit verzerrtem Gesicht den Rücken. Es ist möglich, daß ihn mitten im Gruß ein Insekt gestochen hatte. Dann setzte er sich auf die leere Schubkarre, verschränkte die Arme vor der Brust und wartete, bis Hilde Isenbüttel die Karre hob und anschob, und jetzt spielte er, während sie zur Grube zurückrollten, aussichtsreiche Spazierfahrt: einem unsichtbar neben ihm Sitzenden erläuterte der Belgier stumm die Landschaft, er grüßte häufig nach beiden Seiten, erwiderte Grüße, die er von beiden Seiten erfuhr.

Aufsehend zum Rand der Torfgrube, entdeckte er mich, winkte mir, was Hilde Isenbüttel jedoch nicht bewog, anzuhalten und zu mir aufzublicken, da sie von Leóns Winken glaubte, es gelte seinen eingebildeten Passanten oder Zuschauern. Erst auf dem Grund der Grube, neben dem Korb, hielt sie an. Auf sein Zeichen blickte sie zu mir herauf. Sie erkannte mich. Sie rief: Komm, Siggi, kannst helfen; und ich sprang von Terrasse zu Terrasse, die lockere Torfwand erschütternd, zu ihnen hinunter. Beide sahen meine feuchte Hose mit den trockenen Schlammfäden, doch weder der Mann noch die Frau verloren ein Wort darüber, sie fragten auch nicht, warum ich meine Schulmappe bei mir hatte. Sie begrüßten mich. Der Belgier hob den Korb auf, und Hilde Isenbüttel kramte in ihm herum und fand ein Schinkenbrot und eine Scheibe Sandkuchen, die sie mir zur Auswahl hinhielt; da ich mich in solchen Fällen schwer entscheiden kann, nahm ich beides und hatte nichts dagegen, daß sie sich in ironischer Anerkennung zuzwinkerten.

Sie ließen mich essen und teilten mir dann eine Arbeit zu; ich sollte die Torfbank, die der Belgier demnächst mit seinem Stecheisen verkleinern würde, säubern und alles zum Abstich fertig machen. Ich sollte ihm vorarbeiten, und mit einer Schaufel räumte ich zunächst die Grasschicht ab und eine andere Schicht von getrockneten, dunklen, aber noch nicht zersetzten Pflanzen, denn der Torf, den wir stechen, muß einwandfrei zersetzt sein. Generationen von Pflanzen müssen da durch eigenen Druck und Schwere zusammengesunken sein, müssen sich, gasige Produkte bildend, unter Blähungen und dem Einfluß von Kohlensäure aufgelöst und zersetzt haben, damit der Torf backt und brauchbar ist und nicht zu schnell im Ofen verbrennt. Ich riß Zweige von Erlen und Weiden aus dem Boden, Baumreste fand ich, die sahen aus, als ob die Kinder des Spukkönigs sie zum Spielen benutzt hätten. Wachsglänzende Wurzeln. Schilfreste. Faserige Substanzen, die sich nicht bestimmen ließen. Plankenholz, vermutlich eine Bootsplanke. Ich zerrte, riß und grub alles aus, doch was ich insgeheim zu finden hoffte und sehr gern in meiner Mühle gehabt hätte: eine handliche, transportable, zu Pergament gepreßte Moorleiche kam nicht zum Vorschein. Nicht mal das Skelett eines Vogels bot sich an; geschweige denn eine vorzeitliche Waffe. Es roch nach Schwefel, Ammoniak, nach Gas roch es.

Der Belgier stach, die Frau schichtete die Soden. Manchmal, wenn sie oben waren beim Spalier der Türme, sprachen sie miteinander, doch ich konnte ihn nicht verstehen. León sprach unser Platt, doch er sprach es mit französischem Akzent, und diese Mischung führte dazu, daß er von keinem verstanden wurde außer von Hilde Isenbüttel. Der Belgier war Artillerist gewesen, und die geflügelte Granate, die er auf seinen Schulterklappen getragen hatte, hing längst in meiner Mühle.

Freiwillig zurückgekehrt hinter die Gitter meiner Vergangenheit, sehe ich León wieder vor mir im Torf, und ich sehe die lachende oder doch lachbereite Frau mit dem bedruckten Kopftuch, höre ihr stoßartiges Seufzen, mit dem sie die nassen Soden auffing. Ab und zu linste ich über die Teiche in Richtung Rugbüll, doch da näherte sich niemand, nur Kühe und Schafe gingen auf der Weide. Kühe und Schafe, das schreibt sich so hin, und dennoch muß ich sie im Hintergrund aufbauen, schwarzweiß gefleckt, grau, verzottelt – und ineinander übergehend, so daß nicht zu entscheiden ist, wo ein Schaf aufhört, das andere beginnt –, denn ich möchte vermeiden, daß meine Ebene mit einer anderen Ebene verwechselt wird. Ich erzähle nicht von irgendeinem, sondern von meinem Ort, suche nicht nach irgendeinem Unglück, sondern nach meinem Unglück, überhaupt: ich erzähle keine beliebige Geschichte, denn was beliebig ist, verpflichtet zu nichts.

Deshalb bestehe ich auf einen drückenden Himmel, auf verschleierter Luft und schwacher Sonne, ich lasse uns arbeiten unter den Geräuschen einer gemäßigten Brandung, das Schilf rauscht, ein Vogelzug formiert sich, das Moor kocht seine blasige Suppe. Das Moor, der Schlamm, der Urschlamm: hat nicht Per Arne Scheßel, mein Großvater, geschrieben und behauptet, daß zwar nicht alles, aber doch das beste, das zäheste, das widerstandsfähigste Leben aus dem Urschlamm entstanden ist? Hat er nicht verbreitet, daß alles Leben mit der Kaulquappe beginnt, die sich mit ihrem Peitschenschwanz aus dem Urschlamm ans Licht schlägt? Per Arne Scheßel: der sauertöpfische Heimatkundler.

Ich saß und ruhte mich aus. Ich horchte auf das singende Motorengeräusch, das sich von der Nordsee näherte. Es ist möglich, daß sowohl der Mann als auch die Frau auf dem

Grund der Grube das Geräusch nicht wahrnahmen. Es ist aber auch möglich, daß sie es hörten und ihm nur deshalb keine Bedeutung beimaßen, weil Flugzeuge zu oft über uns hinwegzogen Richtung Kiel, Lübeck, Swinemünde. Das Geräusch näherte sich so schnell, daß ich zum Deich hinübersah, daß ich ein Auge zukniff und mit Hilfe der vier übereinanderlaufenden Telefondrähte den Horizont über dem Deich, sagen wir mal: in Scheiben schnitt, um die Flugzeuge, die gleich über den grünbraunen Wulst springen würden, sofort erfassen zu können und in meinem privaten Visier zu haben. Meine Kanone, ich schwenkte auch meine heimliche Kanone – Doppellafette – gegen den Deich: nun durften sie kommen. Sie mußten sehr tief fliegen, knapp über dem Wasser. Sie schienen sich im Schutz des Deiches heranzupirschen, und dann sprangen sie über den grünbraunen Wulst mit blitzenden Propellerkreisen, sprangen über die Telefondrähte und kurvten sofort auf uns zu: zwei Flugzeuge, zwei von diesen gedrungenen Mustangs.

Immer tiefer senkten sie sich im Anflug herab, ich erkannte einen Büffelkopf auf dem Bug der ersten Maschine, einen zottigen, gesenkten Schädel, der blind angriff, nur seiner gewitternden Kraft vertrauend, und auch das Gesicht des Piloten, den Piloten glaubte ich auch zu erkennen unter seinem Glasdach: ruhig steuerte er den Büffelkopf, zielte mit ihm, drückte ihn noch mehr nach unten, und schräg hinter dem ersten Flugzeug kurvte das zweite heran, jede Bewegung, jedes Manöver wiederholend, gerade so, als wären beide Flugzeuge miteinander verbunden und als genügte ein einziger Befehl für sie beide.

Ich riß die Arme hoch und zog ab. Sie schossen gleichzeitig zurück. Das flammte, sprühte, züngelte nur so von oben herab, glühende Fäden spannten sich blitzschnell zur Erde, und im Moor schwappte und blaffte es, wenn die Geschosse hineinsägten. Und die Türme! Die braunen Torftürme, die León und Hilde Isenbüttel gesetzt hatten, flogen spritzend auseinander, explodierten, stürzten seitlich oder brachen zusammen. Die Torfsoden platzten und zerstoben. Eine Feuerschlange lief durch das trockene Moorgras. Torfkrümel regneten plötzlich auf uns herab, aber da lag ich schon, auf einmal lag ich auf dem feuchten Grund der Grube und spürte nichts als das Gewicht von Leóns Körper und seinen Atem an meinem Hals und den festen, aber nicht schmerzhaften Griff seiner Arme. León bedeckte mich, während vor meinen Augen immer noch Feuerräder rotierten, leuchtende Garben umherfächerten, und ich sah auch, wie einige Geschosse in die gegenüberliegende Torfwand einschlugen, ziemlich wirkungslos, das muß ich sagen, denn sie rissen unscheinbare Löcher in die hellbraune, nach unten zu immer mehr ins Schwarze übergehende Wand. Zu lange, mir kam es vor, daß León viel zu lange über mir lag, denn die Flugzeuge, die knapp über uns hinweggeflitzt waren, kurvten schon wieder heran: hoch winkelten sie an, stellten sich da fast auf eine Tragfläche, stürzten, fingen den Sturz auf und kamen zu uns herab – und wenn nicht auf uns, so doch auf das zwar gelichtete, aber immer noch Disziplin und Ausdauer verratende Spalier der Torftürme. Die Torftürme reizten sie. Gegen ihre Disziplin hatten sie etwas; denn sie liefen nicht auseinander, suchten keine Deckung, kümmerten sich offenbar nicht einmal um die Getroffenen und so weiter. Auf die Torftürme, die stur und ausgerichtet etwa in Bataillonsstärke im Moor standen, hatten sie es abgesehen.

Wir kletterten nach oben, nachdem die Flugzeuge in Richtung Husum abgedreht hatten, wo es ganze Divisionen von Torftürmen gab, wo ganze Armeen in verhängnisvoller Disziplin erstarrt waren. Der Belgier, was tat der Belgier? León schüttelte eine Faust gegen die niedrig davonflitzenden Flugzeuge und lachte. León rief: Pfennigscheißer, was sich bei ihm anhörte wie »Pennschietähr«! León wies über den verwüsteten Spalierplatz, zog Hilde Isenbüttel am Zipfel ihres Kopftuchs zu sich heran, küßte sie lachend, machte eine wegwerfende Geste gegen die total, schwer und leicht beschädigten Torftürme und sagte: Das machen wir alles wieder zurecht, wir haben Zeit. León hieb mir auf die Schulter und sagte: Das wollen wir, mein Kleiner, nespa? Und danach begann er auch sogleich, Ordnung in das heimgesuchte Spalier zu bringen, indem er die unzerstörten Batzen zusammensuchte, sie schichtete und zu neuen Türmen hochzog. Wir halfen ihm. Hilde Isenbüttel und ich – wir suchten und schleppten unversehrte Soden zusammen und überließen es León, sie auf Fuge zu setzen, dem kriegsgefangenen Belgier, der nichts zu entbehren schien, weder seinen Schuhmacher-Dreifuß noch seine Verlobte.

Er pfiff bei der Arbeit. Er trieb uns an und pfiff, und vielleicht lag es daran, daß er nicht das Wimmern hörte, das auf einmal zwischen den Torftürmen zu vernehmen war, das heißt: ich bemerkte auch nichts, vielmehr war es die Frau, die es zuerst hörte, lauschte, dann jedoch weiterarbeitete, bis sie uns plötzlich ein Zeichen gab, still zu sein, und während wir sie anblickten, konnten auch wir das Wimmern hören und ein gleichmäßiges, schwaches Stöhnen, unten, zwischen den zusammengesackten Torftürmen. León rief, er bekam keine Antwort. Er rief noch einmal, und dann gingen wir alle zwischen den Resten hinab, und ich weiß nicht, was wir erwarteten, worauf wir gefaßt waren. Es war nichts mehr zu hören, und wir streiften langsam durch den zerschossenen Torf hinab, und dort, wo das Spalier endete, fanden wir Klaas. Er lag auf dem Rücken. Er rührte sich nicht. Er sah uns nicht entgegen. Sein Gesicht war entspannt. Die Hände, die waren offen. Unter seinem Nacken lag eine trockene Torfsode. Klaas hatte einen Bauchschuß. Er trug sein Koppel, nein, das ist nicht richtig: dort, wo sonst das Koppelschloß saß, war das Geschoß in ihn eingedrungen, der Blutfleck war größer als eine Zinnie.

Dies, dies vor allem muß ich feststellen, und wenn ich jetzt daran denke, dann fällt mir die Ruhe auf, mit der wir ihn zuerst umstanden: kein Aufschrei, kein dramatisches Nein oder Nein-Nein, kein überstürztes Hinknien und Betasten und Vergewissern, auch kein Anrufen, nicht einmal eine hastige Untersuchung der Wunde; nur dastehen sehe ich uns, so, als sei alles zu spät.

León war der erste, der sich über Klaas beugte und mit einer wischenden Bewegung Torfkrümel und Brocken entfernte, mit denen mein Bruder bedeckt war. Er putzte ihn ab, das war alles. Ich tat es ihm nach, und dann fing ich an, Klaas zu rufen, aber er hörte mich nicht. Hilde Isenbüttel hob mich auf und zog mich an sich, und dann flüsterte sie mit dem Belgier, weihte ihn zugleich ein und beratschlagte sich mit ihm, und der Belgier stieg in die Grube hinab, zog sich an und kam mit der Schubkarre zurück. Er fuhr die Schubkarre neben Klaas. Er säuberte sie und breitete seine Jacke auf der Ladefläche aus. Behutsam hob er meinen Bruder auf und bettete ihn so auf der Karre, daß die schräge Rückwand seinen Kopf stützte. Ich sagte: Zum Maler, wir müssen ihn zu Onkel Nansen bringen, er will das. Die Frau schüttelte den Kopf. Die Frau sagte: Wie das nur passieren konnte. Er muß nach Haus, mein Jung, hier gibt es nichts anderes, sei ganz ruhig; er muß nach Hause. – Aber Klaas, sagte ich, Klaas will, daß wir ihn zum Maler bringen. – Ins Lazarett muß er, sagte Hilde, zuerst nach Haus und dann ins Lazarett: wie das nur passieren konnte, mein Gott!

Sie wies in Richtung Rugbüll, der Belgier nickte und packte die Stangen der Schubkarre, ich durfte den Korb tragen: so zogen wir los aus dem Moor. Die Schubkarre stuckerte. Das große Holzrad mit der Eisenfelge sackte ein, holperte über Grasbüschel, mahlte sich durch weichen Grund. Der Körper meines Bruders hüpfte unter kleinen Erschütterungen, er vibrierte und sackte in sich zusammen, und der Kopf rutschte zur Seite weg oder hing wippend über der schrägen Rückwand der Ladefläche; auch seine Hände hingen zur Seite herab und schleiften wippend über den Boden. Aus seinen Mundwinkeln sickerte Blut, an seiner Schläfe verkrustete Blut kreuzförmig.

Der Belgier hob und stemmte und drückte, auch sein Körper vibrierte, die Halsmuskeln traten hervor, sein Rücken versteifte sich, und er sah immer nur auf Klaas herab, und jeder Stoß schien ihn selbst zu treffen. Wir nahmen den Weg zum Deich und dann unten am Deich entlang. Von Zeit zu Zeit setzte der Belgier die Karre ab. Hilde Isenbüttel richtete Klaas auf oder zog das Jackett unter ihm zurecht. Sie und León flüsterten miteinander, sobald wir hielten. Ob ich nicht vorauslaufen wolle? Nein. Ob ich nicht zu Hause Bescheid sagen wolle? Nein. Ob ich nicht meinen Vater der langsamen Karre entgegenschicken wolle? Nein. Ich wollte lieber den Gurt, den Ziehgurt, der unbenutzt auf der Karre lag, und so legten sie mir anerkennend den ledernen Ziehgurt über die Schulter, und ich ließ mich tief fallen und dachte an die Sperrwand der Schleuse, an Jobst und Heini Bunje, vor denen ich geflohen war. Es war nicht zu erkennen, ob sie auf mich warteten.

Klaas blieb ruhig. Wie locker er dalag! Seine verstümmelte Hand, die nur noch mit einem Verband umwickelt war, glitt ständig ab und schleifte über den Boden, und die Frau erfaßte und drückte sie auf seine Brust: das seh ich noch, und ich sehe die dunklen Augen des Belgiers und sein von der Anstrengung verzerrtes Gesicht.

Wie soll ich mich an unsere Heimkehr erinnern, wenn ich gezwungen bin, mehr als die bloße Wahrheit zu sagen, oder weniger? Ich höre das Rad der Schubkarre quietschen. Ich spüre, wie der Ziehgurt in meine Schulter schneidet. Ich sehe Rugbüll näherkommen, das rote Ziegelhaus, den Schuppen, den alten Kastenwagen mit der aufwärts gerichteten Deichsel. Mein Rugbüll. Aber es hilft nichts, wir kommen näher und näher, auch wenn ich verschiedenes erwähnen muß, was uns langsamer werden ließ, die beginnende Erschöpfung des Belgiers zum Beispiel und meine Furcht, die sich allerhand einfallen ließ, wir rollen schon über die Holzbrücke, von hier aus kann man die Sperrwand der Schleuse sehen, auf der Sperrwand wartet niemand auf mich mit ausgezogener Schleuder. Sie waren fort, wir rollten an der Schleuse vorbei und am Schild und am Kastenwagen, und jetzt, dachte ich, würde Klaas sich aufrichten, jetzt würde er begreifen, wo er war und wohin wir ihn bringen wollten, und ich rechnete schon damit, daß er sich abrollen lassen würde, um dann aufzuspringen und zurückzufliehen zum Torfmoor, wo er sein Tagesversteck hatte, seitdem er von Bleekenwarf verschwunden war, aber mein Bruder blieb liegen auf der Ladefläche der Karre, richtete sich nicht auf, blinzelte nicht einmal, als wir vor der Treppe anhielten.

Hilde Isenbüttel ging ins Haus. Der Belgier setzte sich auf eine Steinstufe, suchte nach einer Kippe, indem er mit steifem Zeigefinger seine Taschen durchfurchte, fand nichts und zeigte plötzlich auf seine Jacke, die er für Klaas ausgebreitet hatte: dort, dort natürlich hatte er die Kippe verwahrt. Er winkte ab. Verzichtete. Er würde später rauchen. Er wies bedenklich auf Klaas und öffnete fragend die Hände. Er sagte kein Wort, unterhielt sich stumm mit mir. Wenn er nur helfen könnte, meinte er, so würde er helfen, aber hier, und besonders von ihm aus, sei wenig zu tun, der Transport, den habe er gerade noch besorgen können, mehr aber könne und wolle man nicht von ihm erwarten, in seiner Lage. Unablässig horchte er ins Haus hinein, es lag ihm daran, schnell wegzukommen, das war deutlich. Er hätte gern Klaas' herabhängenden Arm angewinkelt und nach oben gezogen, doch er wagte es nicht, meinen Bruder zu berühren unter den Fenstern unseres Hauses. Ich beobachtete Klaas. Ich hatte die Hoffnung, die Erwartung nicht aufgegeben, daß er fliehen werde im geeigneten Augenblick. Regte er sich? Zog er langsam ein Bein zum Sprung an? Klaas fror. Ein Schauer lief über seinen Körper.

Da erschien mein Vater oben auf der Steintreppe, in offenem Uniformrock trat er aus dem Haus, übersah den Gruß des belgischen Kriegsgefangenen, stand nur und ließ auf seinem länglichen Gesicht etwas entstehen, wofür mir das Wort fehlt: eine Mischung aus Vorwurf und Verzweiflung, und er stürzte keineswegs gleich zur Karre hinab, sondern stand perspektivisch vergrößert auf der obersten Treppenstufe und sah auf Klaas hinab, geradeso, als habe er in seinem Kopfinnern die Heimkehr vorausgesehen, vielleicht auch schon im voraus durchstanden. Er zögerte. Er schien etwas zu vergleichen. Langsam kam er dann die Treppe herab, viel zu langsam, umrundete die Schubkarre, bevor er neben der Rückwand stehenblieb und Klaas nutzlos an der Schulter berührte, ohne ihn anzusprechen oder anzurufen in seinem wehrlosen Schweigen. Den herabhängenden Arm von Klaas, den hob er allerdings auf, winkelte ihn und drückte ihn auf die Brust meines Bruders. Hilde Isenbüttel, die nach ihm die Treppe herabgekommen war, band ihr Kopftuch ab, schüttelte ihr Haar und fragte sich ausdauernd, wie das nur habe passieren können. Der Belgier wartete dienstbereit. Und dann forderte mein Vater ihn auf, die Beine von Klaas zu umfassen, während er selbst seine Hände unter Klaas' Schultern brachte. Und so trugen sie ihn ins Haus. Und sie schlingerten mit ihm ins Wohnzimmer. Und auf der grauen Couch, da legten sie ihn ab. Mein Vater bemerkte nicht, daß Hilde Isenbüttel und León einen Blick tauschten und grußlos hinausgingen, er stand aufrecht vor Klaas, er lauschte, er wünschte sich einen hörbaren Atemzug als Antwort auf sein fragendes Dastehen. Er fühlte sich allein mit ihm und wollte ihm etwas sagen. Anscheinend hatte er ihm etwas Wichtiges mitzuteilen. Klaas öffnete nicht die Augen. Mein Vater angelte sich behutsam einen Stuhl, zog ihn zum Kopfende der Couch, setzte sich und beugte sich über meinen Bruder, und nach einer Weile nahm er seine Hand, die verstümmelte, verbundene Hand, und er drehte und betrachtete sie mit Aufmerksamkeit. Er ließ die Hand nicht los. Seine Lippen bewegten sich. Er hatte sich noch nicht abgefunden mit dem Schweigen, und auf einmal sagte er: Din Wehdag is di annern Broder, awer dat Lid is noch nech ut. Leise, wie gesagt, und eilig sprach er so auf Klaas hinab, unbekümmert, ob seine Worte verstanden wurden, er sprach, als ob er sich damit einer alten Pflicht entledigte, einer längst fälligen Pflicht, die er mit sich herumgetragen hatte seit dem Tag, an dem Klaas zurückgekehrt war, und er war noch nicht fertig, als die Tür ging, er unterbrach sich nur, ohne das Gesicht zu wenden oder die Hand loszulassen.

Er horchte auf die Schritte meiner Mutter, die sich von der Tür heranschleppte. Er krümmte den Oberkörper, hielt den Atem an, während sie durch die selten benutzte Wohnstube schritt, mit zusammengepreßten Lippen, mit einem Gesicht, das nichts oder noch nichts preisgab, es sei denn eine schmerzhafte Beherrschtheit. Jetzt stand mein Vater auf und versuchte, sie auf den Stuhl zu ziehen. Sie weigerte sich stumm. Sie trat so nah heran, daß ihre Knie die Couch berührten, dann setzte sie sich, hob beide Hände, wollte sie augenscheinlich auf das Gesicht von Klaas legen, zog sie jedoch zurück und senkte sie auf seine Schultern – ich irre mich nicht, denn das sind so Augenblicke, in denen ich wach werde, wo ich doppelt hinhöre und mich durch nichts ablenken lasse: die Augenblicke, in denen etwas mitgeteilt oder eingesteckt werden muß, wofür jeder Satz zu lang ist. Meiner Mutter gelang kein Schrei. Sie warf sich nicht auf Klaas, streichelte ihn nicht, rief ihn nicht bei seinem Namen, küßte ihn nicht, sondern hielt ihn fest an den Schultern, fuhr einmal den rechten Arm hinab und hielt erschrocken inne, so, als sei dies schon zuviel, und schuldbewußt, beinahe schuldbewußt, legte sie ihre Hand wieder auf die Schulter. Sie untersuchte nicht die Wunde. Eine Weile saß sie bewegungslos da, dann begann ihr Körper zu zucken, sie schluchzte, sie weinte lautlos und gewissermaßen trocken, und mein Vater legte ihr seine Hand auf die Schulter, aber sie schien es nicht zu merken. Mein Vater verstärkte offenbar den Druck seiner Hand, da stand sie auf und drehte sich, immer noch trocken schluchzend, zum Blumenfenster und fragte gegen das Fenster, was getan werden müsse, und mein Vater sagte, er werde Doktor Gripp anrufen vor allem anderen; denn alles andere sei noch nicht spruchreif.

Meine Mutter stützte sich auf die Fensterbank und fragte, wie es nur geschehen konnte, und der Polizeiposten sagte, daß er nicht dabeigewesen sei, daß es draußen im Moor passierte, bei einem Tieffliegerangriff, überraschend, dicht neben der Torfbank, auf der Hilde Isenbüttel und ihr Kriegsgefangener gerade arbeiteten, León, du weißt schon. Mein Vater sagte, daß Hilde Isenbüttel und ihr Kriegsgefangener Klaas nach Rugbüll gebracht hätten, auf der Schubkarre, dazu sagte sie nichts, denn das wußte sie, das hatte sie gesehen. Ob er Husum anrufen werde? Ja. Ob er das Lazarett in Hamburg anrufen werde? Nein, das werde ja wohl die Dienststelle in Husum tun. Ob er sie rufen würde, sobald Doktor Gripp gekommen wäre? Ja, er werde sie rufen, er werde mit ihr über alles sprechen, was sich als notwendig herausstellen sollte. Sie wandte sich um und blickte scharf zu Klaas hinüber, der immer noch so lag, wie sie ihn abgesetzt hatten, ihr Blick erkundete etwas, holte sich Aufschluß, und ich fragte mich, was sie vorhatte, als sie sich vom Fensterbrett zur Couch bewegte, mühsam heranarbeitete, möchte ich sagen, wie gegen einen unsichtbaren Widerstand, und ich war erstaunt, daß sie nach dieser schwierigen Annäherung nichts anderes tat, als eine zusammengefaltete Decke nahm, die Decke mit gestreckten Armen vor ihrem Körper fallen ließ und sie über Klaas breitete mit losen Fingern; dann ging sie hinaus.

Was ist jetzt unerläßlich? Welche Einzelheit drängt sich auf? Der Anruf. Mein Vater muß telefonieren bei offener Tür. Ich höre, wie er nach dem Arzt verlangte, dem Arzt zweimal zubrüllte, was geschehen sei und weshalb er gebraucht werde, und ich sehe ihn zurückkommen nach dem Gespräch: geduckt und erregt, vor sich hinfaselnd, in einer Hand den Steckkalender, den er von seinem Schreibtisch mitgenommen hatte. Er umkreiste den Eßtisch, an dem nie gegessen wurde. Das braune gutmütige Büfett brachte er in Erschütterung. Knapp unter der Lampe, knapp am eisernen dreistufigen Blumenständer vorbei zog er seine Runden, nur, um nicht lauschen zu müssen, um nichts verstehen zu müssen, nicht einmal die Schnürsenkel band er sich zu, die sein rechter Fuß hinter sich herzog, ich wagte nicht, ihn anzusprechen. Beim Telefonieren hatte er seinen Uniformrock zugeknöpft, jetzt knöpfte er ihn wieder auf und ließ die ewig verkanteten Hosenträger erkennen. Auf einmal blieb er vor dem Büfett stehen, hob das offene Kästchen des Steckkalenders, sah es kurz an auf ausgestreckter Hand und schleuderte es auf den Boden. Die Datumskarten flogen heraus, ein Schrapnell öffnete sich, aus dem weiße Tage stürzten, einige blieben in der Fuchsie hängen. Wieder nahm er seine Meßarbeit auf, hatte aber nach zwei Runden genug: nach zwei Runden scherte er seitlich weg zur Tür, auf den Flur hinaus, in sein Büro. Ich hörte das Klingelzeichen, als er den Hörer abhob, hörte es gleich noch einmal, als er, ohne gesprochen zu haben, den Hörer auflegte.

Klaas bewegte sich unter der Decke, und ich sprang zu ihm hinüber und flüsterte seinen Namen, bat ihn, endlich die Augen zu öffnen, mir zuzuhören und zu bedenken, daß dies ein Augenblick war, wie er ihn sich vermutlich wünschte. Er schob die Decke über der Brust zusammen. Das Fenster, sagte ich, die Haustür, der Keller, alles frei. Er öffnete zitternd den Mund, faßte in die Decke und machte ihr ein längliches Faltengebirge. Niemand ist hier, sagte ich, und sagte: Wenn du kannst, dann jetzt, aber ich erreichte ihn einfach nicht, fand nicht einmal seine Aufmerksamkeit, als ich zum Fenster lief, es öffnete und hinauszeigte. Er wandte mir nicht sein Gesicht zu. Ich ging wieder zu ihm, schob meine Hände unter die Decke und schickte sie aus, die verstümmelte Hand von Klaas zu suchen, nur, um mich bemerkbar zu machen, ihm meine Nähe und Bereitschaft zu signalisieren. Er ließ mir seine Hand, mehr geschah nicht.

Ich gab es auf, schloß das Fenster und sammelte die verstreuten Datumskarten in das Kästchen und stellte es auf den Tisch. Ich fischte den zweiundzwanzigsten September vierundvierzig heraus und erlaubte ihm, sich über die andern Tage sichtbar zu erheben. Klaas wimmerte, es ist möglich, daß er etwas verlangte, aber ich verstand ihn nicht, und auch mein Vater verstand ihn nicht, der jetzt leise eintrat und auf Klaas hinabhorchte, gebeugt und hilflos, ohne etwas für ihn zu tun. Achselzuckend richtete er sich auf, kam an den Eßtisch und setzte sich neben mich und starrte auf den Steckkalender, nicht mehr erregt, nicht mehr faselnd vor Erbitterung, sondern gefaßt, leer und gefaßt. Er legte seine Hände aufeinander. Er ließ die Schultern hängen, senkte das Gesicht und richtete sich aufs Warten ein, das heißt: er tat dies endgültig, nachdem er zu meiner Überraschung ein Schubfach geöffnet, die gerahmte Photographie von Klaas herausgenommen und sie auf das Büfett gestellt hatte – die Photographie, die Klaas in Uniform vor einem Schilderhaus zeigte, war kurz nach seiner Selbstverstümmelung in das Schubfach verbannt worden. Mein Vater stellte sie auf ihren alten Platz, zwischen einem perlmuttglänzenden Petrusohr und einer Spardose aus bemaltem Porzellan, beachtete sie nicht weiter.

Wir warteten, jeder in sich selbst versteckt. Wir warteten, und damit meine ich: es gab nichts mehr zu tun. Jeder von uns beiden hatte sich abgefunden. So, wie wir warteten, gaben wir zu erkennen, daß wir uns mit etwas abgefunden hatten: das kam zu der Ungewißheit. Wir hofften allenfalls, daß etwas geschähe, was wir selbst nicht mehr geschehen lassen konnten. Das, worauf es ankam, war offensichtlich schon vorbei; wir warteten nur noch auf den Rest. Aufs Abräumen. Wenn ich an ihn zurückdenke, wie er neben mir saß, muß ich mir eingestehen, daß in seiner erschreckenden Gefaßtheit und Resignation schon das Bekenntnis lag, daß alles entschieden war. Mein Vater, der Polizeiposten Rugbüll, wußte anscheinend, was von ihm verlangt wurde. Was erwartete er da noch von Doktor Gripp? Was erhoffte er sich von ihm? Als Doktor Gripp kam, gab mein Vater mir einen Wink, und ich ging zur Tür, um dem Arzt zu öffnen. Unser Arzt war ein schwerer, alter Mann, gehbehindert, rothaarig, ein schnaufender Riese, den die Erfahrung gelehrt hatte, den Kopf einzuziehen, weil er sich ihn zu oft an niedrig gezogenen Balken gestoßen hatte. Er begnügte sich nie damit, eine einzige Krankheit festzustellen, argwöhnisch, wie er war, machte er seinem Patienten ein Angebot auf mindestens zwei oder drei Krankheiten. Er ließ sie sich etwas aussuchen. Ich nahm seine Tasche und ging ihm voraus, sehr langsam, Fuß vor Fuß, und ich hatte das Gefühl, daß ich ihn hineinlocken müßte in die Wohnstube. Auf dem kurzen Weg von der Haustür zur Wohnstube ruhte Doktor Gripp sich zweimal aus, wobei er sich gegen die Wand lehnte, den ohnehin schon gebeugten, massigen Nacken noch tiefer beugte, und, mit den Fingern schnippend, rhythmisch zu atmen begann. Obwohl ich ihn auf die Schwelle zur Wohnstube aufmerksam machte, bei seiner Annäherung warnend auf die Schwelle zeigte, wäre er dennoch fast gestürzt, wenn mein Vater ihm nicht unter die Arme gegriffen und ihn festgehalten hätte; danach führte er den Riesen zum Stuhl neben der Couch, drückte ihn nieder und begrüßte ihn. Mein Vater wies mich hinaus, rief mich zurück, befahl mir, die Tasche neben Doktor Gripps Füße zu setzen, und schickte mich mit zerstreuter Geste in Hilkes Kammer, die von der Wohnstube abging. Wart dort, befahl er und zog selbst die Tür hinter mir zu.

Zuerst begrüßte ich einen Filmschauspieler, der mir von der Wand herab nicht nur zulächelte, sondern auch zuprostete mit einem Glas Sekt. Er schien sich wohl zu fühlen inmitten der keulenschwingenden, reifenwiegenden, rhönraddrehenden Frauen und Mädchen, die ihn lose einrahmten und in weißen Gymnastikkleidern für »Glaube und Schönheit« warben. Alle Bilder waren aus einer Zeitschrift ausgeschnitten, auf einem Bild, deutlich an ihren eng zusammenstehenden Waden zu erkennen, ließ Hilke zwei Keulen gegeneinander kreisen, hoch auf die Zehenspitzen erhoben, mit gestraffter Brust. Die Keulen standen in einer Ecke neben dem Schrank, ich wog sie einmal kurz in der Hand, ließ sie pendelnd aufeinanderschlagen und stellte sie uninteressiert wieder weg. Die Lehne des einzigen Stuhls wurde von der Trachtenjacke gewärmt, auf der Sitzfläche lagen ein schwarzer Rock und ein schwarzer Lackgürtel. Im Spiegel steckte eine Feldpostkarte, darunter, auf einem Glasbord, entdeckte ich Nagelschere, Haarklammern, vier Kämme, eine Tube Salbe – gegen Hautjucken –, Watte, Gummiband, ein Röhrchen mit Tabletten, noch einmal Watte. Auf dem Bett saß ein großes beleidigtes Küken aus gelbem Stoff, unter dem Bett standen Hilkes Schuhe. Das Geduldspiel? Das Geduldspiel lag auf dem Nachttisch, alle drei Mäuse saßen in den drei Fallen.

Ich schlich zur Tür und linste durch das Schlüsselloch. Doktor Gripp saß auf der Couch, neben ihm stand mein Vater. Die Decke lag auf dem Boden. Ich sah in das Gesicht meines Vaters, es war verkniffen von Neugierde und Schmerz, seine Lippen waren aufgesprungen. Doktor Gripps Rücken verdeckte Klaas. Mein Vater fragte etwas, und Doktor Gripp schüttelte den Kopf. Mein Vater fragte laut genug, so daß ich es verstehen konnte: Warum geht das nicht? und der riesige Arzt, auf meinen Bruder niederblickend: Das geht nur im Lazarett, wir müssen ihn sofort ins Lazarett schaffen, dazu deutete er mit flacher, gleitender Hand auf Klaas, so, als wolle er zu seiner Behauptung den sichtbaren Beweis anbieten. Wieder stellte mein Vater eine Frage, worauf Doktor Gripp seine abwärts gleitende Hand hob und sie geöffnet, etwa in Schulterhöhe, für sich sprechen ließ. Seine Tasche stand unbeachtet auf dem Boden, er hatte sie noch nicht geöffnet. Jetzt trat mein Vater neben ihn, ich sah nur ihrer beider Rücken, vermutlich erläuterte der Arzt da etwas, machte meinem Vater etwas begreiflich, was dieser Mühe hatte einzusehen. Auch jetzt verzichtete Doktor Gripp darauf, seine Tasche zu öffnen, seine rissige Ledertasche mit den altmodischen Schlössern. Der Arzt sprach flüsternd zu meinem Vater, ohne ihm das Gesicht zuzuwenden, und während er sprach, meine ich, nahm er ihm nacheinander die verbliebenen Hoffnungen weg, das ließ sich ausmachen, denn mein Vater wandte sich ab, blickte zum Fenster und hörte allmählich auf, Fragen zu stellen.

Die Haustür fiel zu. Ich sprang ans Fenster, um zu sehen, wer da gekommen war, doch es war schon zu spät, und so schlich ich zurück ans Schlüsselloch. Mein Vater rührte sich nicht, er blickte nicht zum Eingang. Der Arzt knöpfte den Rock von Klaas zu. Und dann erschien er im Eingang zur Wohnstube, zunächst klein und dann ruckartig aufwachsend, wie mir schien, in der einen Hand seine Pfeife, in der andern den Hut, angetan mit dem schäbigen blauen Mantel und außer Atem. Er blieb auf der Schwelle stehen, weniger, weil er zögerte oder befürchtete, in einem unpassenden Augenblick zu erscheinen, als vielmehr deshalb, weil er nach Luft rang unter heftigem Hochziehen der Schultern. Mein Vater? Der drehte sich nicht um, wollte offenbar nicht erfahren, wer eingetreten war, mein Vater hatte keine Fragen mehr übrig, jetzt galt es, sich mit dem Erforderlichen zu befassen.

Der Maler trat ein, trat auf die Couch zu, doch er wandte sich nicht allein an den Arzt, sondern an beide Männer, als er sagte: Ist er tot? Sie erzählen, er ist tot. Danach war er mit zwei schnellen Schritten neben der Couch, sein Blick flog hin und her zwischen Klaas und dem Arzt, und ich hörte den Arzt sagen: Ins Lazarett. Wir müssen ihn ins Lazarett schaffen. Kann ich mal telefonieren, Jens? – Drüben, sagte mein Vater, im Büro. Der Maler half dem Arzt aufzustehen. Der Maler sagte: Hat er Chancen? Kommt er durch? – Das wollen wir hoffen, sagte Doktor Gripp, es könnte schlechter aussehen, und schlurfend, mit vorgestreckten Armen verließ er die Wohnstube und kam diesmal gut über die Schwelle. Der Maler beugte sich über Klaas. Er betrachtete ihn eindringlich, forschend, sehr gesammelt, er schien etwas zu suchen, und wenn nicht dies, so schien er sich doch etwas einzuprägen.

Seine Lippen bewegten sich, er schluckte, mahlte mit den Kiefern. Zorn, es war auch Zorn im Spiel, als er sacht den Kopf schüttelte, enttäuscht, ungläubig vor allem. Plötzlich wandte er sich zu meinem Vater um, wollte etwas fragen, stutzte und sagte lediglich, um Entschuldigung bittend für sein Erscheinen: Sie erzählen, er ist tot, darum bin ich gekommen. Der Polizeiposten nickte, sein Nicken verriet kein Einverständnis, sondern gleichgültige Kenntnisnahme. Wie das nur passieren konnte? Ein Achselzucken: Es ist passiert, es ist nicht zu ändern. – Draußen im Moor? – Ja, draußen im Moor. – Er hatte doch so viele Möglichkeiten? – Die hatte er, ja. Wir hoffen alle, daß er durchkommt – obwohl das wohl nicht genug ist. Es sieht so aus, als ob das nicht genügt. Dieser Irrsinn, Jens, dieser verdammte Irrsinn. – Was meinst du damit? – Sie werden ihn holen, sie werden ihn gesund machen, nur damit er sein Urteil hören kann: für den Pfahl werden sie ihn gesund machen, das weißt du doch? – Ich? Ich weiß nichts. – Sind sie nicht schon unterwegs, um ihn zu holen? – Noch is keiner unterwegs. – Sicher, nun liegt alles bei dir. – Ja, alles liegt bei mir, und darum laß es man auch meine Sache bleiben. – Ich kam nur wegen des Jungen hierher. – Ja, is gut. – Du weißt, daß ich was übrig habe für Klaas, daß er mir nahestand. – Alles is mir bekannt. – Kann ich mit Gudrun sprechen? – Ich glaube nicht, sie ist oben. – Wenn ich noch was anbieten kann? – Ich glaube nicht, wir müssen selbst weitersehn. – Alles Gute. Der Maler ging zur Couch. Er berührte flüchtig Klaas' Hand. Er berührte ihn ein zweites Mal an der Schulter, dann ging er blicklos hinaus, und während ich noch auf das Zufallen der Haustür wartete, stieg er schon die Treppen hinab, war schon am Pfahl bei seinem Fahrrad; als ich durchs Fenster sah, klemmte er seinen Hut in den Gepäckträger, leckte sich die Daumenwurzel und führte das Fahrrad davon, ohne aufzusteigen.

Ich blickte ihm so lange nach, bis er hinter den struppigen Hecken von Holmsenwarf verschwunden war; dann zog ich mich zurück, klemmte mich jedoch nicht hinter das Schlüsselloch, sondern ging einfach in die Wohnstube, erschrak ein wenig und blieb abwartend, den Türdrücker in der Hand, stehen, doch da ich weder verwarnt noch ausdrücklich hinausgeschickt wurde, schloß ich die Tür hinter meinem Rükken. Doktor Gripp und mein Vater standen auf dem Flur, besprachen sich da, Klaas lag still unter der Decke. Der Arzt wollte etwas übernehmen, eine Pflicht oder einen Auftrag, er sagte mehrmals: Das mach ich schon, das übernehme ich, laß das meine Sorge sein. Aufmunternd schlug er meinem Vater gegen den Arm, drehte ihn herum, schob ihn zu mir in die Stube und mühte sich selbst zur Treppe hin und stapfte, ich muß schon sagen, stapfte sie so hinauf, daß wir, mein Vater und ich, die Köpfe hoben und nichts anderes taten, als lauschend diesen schwerfälligen Aufstieg zu verfolgen. Gott sei Dank, murmelte mein Vater und löste sich aus der Spannung. Er entdeckte mich. Er griff nach mir, zog mich zu sich heran, drängte mich mit seinem Körper weiter in Richtung zur Couch, nicht zu nah. So weit, sagte er, so weit mußte es kommen, nach all den Hoffnungen, trotz allem, was ich ihm beigebracht habe: so weit. Er wußte, was er uns schuldig war, und trotzdem: so weit. Er schwieg, und ich fragte: Wann wird er gesund werden? und mein Vater, neben mir: Er wußte doch, was ich tun muß; meine Pflicht, die kannte er doch. Jetzt ist es geschehen. Jetzt können wir nix mehr zurückdrehn. Wir haben alle Fragen gestellt, alle nötigen Fragen, und wir haben sie beantwortet, so gut es ging. Nicht erst heute. Seit dem Tag, als er kam. Alle Fragen. Komm.

Er zog mich mit sich, sein Gesicht war grau. Wir gingen nebeneinander über den Flur in sein Büro. Er hob den Telefonhörer ab, wartete bis es knackte und verlangte Husum für Polizeiposten Rugbüll, nicht so laut wie sonst, aber ohne Unsicherheit in der Stimme.

10 Die Frist

Was ich weiß, das möchte ich auch zugeben. Auch wenn mein Wissen vom nächsten Regen abgewaschen wird: ich muß den rostrot getünchten, lange unbenutzten Stall von Bleekenwarf zugeben, einen diesigen Morgen mit flachen Nebelfeldern über dem Land, ich muß die Stalltür öffnen und den Blick auf das verwundete Tier ermöglichen und noch einmal alle Leute bei ausreichendem Tageslicht versammeln, die damals dabei waren, um eine Notschlachtung entweder durchzuführen oder aber mitzuerleben. Worauf ich mich gleich festlegen möchte, ist dies: der zugige und, wie gesagt, unbenutzte Stall auf Bleekenwarf mit Buchten für Schweine, den rostigen Ringen fürs Vieh und einer schräg hängenden, verschissenen Hühnerstiege; auf einem wackeligen Bretterstapel sitzend der alte Holmsen, seine Frau, Jutta, der Maler und ich; gegen die gekalkte Stallwand gelehnt, mit aufgestützten Vorderbeinen, keuchend, blasigen Schaum vorm Maul, das verwundete Tier, das langsam blutete aus den Wunden am Hals und am Rückgrat.

Wenn ich sage, das Flugzeug hat die beiden Bomben hoch über Rugbüll im Notwurf ausgeklinkt, dann kann man natürlich fragen, woher ich das weiß. Nun, abgesehen davon, daß ich mir keinen Piloten vorstellen kann, der Rugbüll, noch dazu über den Wolken, einer Bombe für wert befunden hätte, halte ich die Frage: woher weiß der das? zumindest für nebensächlich. Jedenfalls hatte das Flugzeug die beiden Bomben im Notwurf ausgeklinkt, eine fiel in die See, die andere schlug tief in das sumpfige Weideland bei Bleekenwarf und riß einen Trichter; ihre Splitter trafen die Kuh am Hals und am Rückgrat. Es war Holmsens Kuh.

Wir saßen im Stall auf dem Bretterstapel und beobachteten das Tier, das sich nicht mehr erheben konnte, dessen Wunden aber auch nicht ausreichten, es sterben zu lassen. Auf einem ausgebreiteten Kartoffelsack lagen Axt, Messer und Säge – keine Knochensäge, sondern ein eingefetteter Fuchsschwanz –, daneben standen Schüsseln, eine Balje, ein verbeulter Melkeimer, auch eine rissige Lederschürze lag griffbereit auf dem Boden, alles war zur Notschlachtung vorbereitet. Wir beobachteten das Tier. Es schien auf seinen Hinterläufen zu sitzen, das dreckige Euter mit den fiebrig aufgerauhten Zitzen flog über den hartgestampften Boden, es pulste da im Euter, es schlug und zuckte. Der Schwanz mit dem verzottelten Quast wischte kurz über die Erde, manchmal peitschte er die Wand. Wie beim Trinken schob das Tier weit den Kopf hervor, schnaubte, leckte sich übers Maul bis zu den Nasenlöchern, prustete und stieß blasigen Schaum aus. Ab und zu scharrte es mit einem Vorderhuf, wollte sich von der Wand abziehen, das gelang nicht, es ließ sich zurückfallen mit einem schabenden Geräusch. Stetig sickerte Blut aus den Wunden, rann über das schwarzweiß gefleckte Fell in schimmernder Spur und troff auf den Boden. Ein Splitter hatte das rechte Hinterbein zerschlagen, hatte die Decke aufgerissen, den Knochen freigelegt.

Zweimal schon hatte der alte Holmsen versucht, mit der Notschlachtung anzufangen; angetrieben von seiner Frau – einem krummbeinigen, eigenbrötlerischen Wesen mit grauem Haarnetz, das ihm manchmal das Gefühl geben mußte, mit einem Dackel verheiratet zu sein –, hatte er die Axt aufgehoben und war vor das Tier hingetreten, begleitet und weitergedrängt von den Aufforderungen der Alten, hatte, wie wir erkennen konnten, schon einen Punkt auf der kraushaarigen Stirn ins Auge gefaßt, hatte auch bereits festen Stand zum Schlag gesucht, doch obwohl die Aufforderungen dringlicher, wütender geworden waren, hatte er es nicht geschafft, mit der Axt auszuholen: achselzuckend war er jedesmal zum Bretterstapel zurückgekehrt und hatte sich zu uns gesetzt.

Die Alte maulte und stichelte, sie hörte nicht auf, dem alten Holmsen zu drohen, auch jetzt drohte sie ihm, nach Glüserup aufzubrechen, um Sven Pfrüm zu holen, der lange als Hausschlachter herumgezogen war von Ort zu Ort, und den er, Holmsen, würde bezahlen müssen, wenn er es nicht fertig bekäme, die Kuh selbst zu schlachten. Sie sagte, während der Maler auf das Tier starrte: Mach bloß zu, Holmsen, mach zu, Mann, sonst bleibt sie uns noch weg; und wir haben nichts als das Unglück, und um ihn hineinzuziehen in die notwendige Arbeit, schnappte sie sich den verbeulten Melkeimer, ging auf die Kuh zu und gab durch ihre Haltung zu verstehen, daß sie selbst das Blut auffangen wollte und überhaupt bei der Notschlachtung mitarbeiten würde.

Das half nicht, das verlieh dem alten Holmsen weder Kraft noch Zutrauen, er ließ sich vom Maler mit Tabak aushelfen und rauchte scharf zur Seite weg. Sie erinnerte ihn daran, daß er Enten geschlachtet hatte, auch Tauben und Hühner. Sie nahm die Axt, drückte ihm den Stiel in die Hand und gab ihm zu bedenken, daß die Bezahlung von Sven Pfrüm eingespart werden könnte. Das konnte er einsehen. Er nickte seufzend, erhob sich vom Bretterstapel, doch ein langer Blick auf das verwundete Tier bewies ihm die Grenze seiner Möglichkeiten, und er ließ die Axt auf den Boden gleiten. Vielleicht, wenn es eine andere Kuh wäre, sagte er, aber Thea nicht. Nicht Thea. Sie war meine zweitbeste Milchkuh und hörte aufs Wort. – Aber jetzt, sagte die Alte, jetzt hört sie nicht mehr aufs Wort, weil sie halbtot ist: die kann man doch nur von ihren Schmerzen erlösen und notschlachten. Da wollte Jutta tatsächlich wissen, ob man die Wunden des Tiers nicht verbinden könnte in der Hoffnung auf Heilung, worauf Frau Holmsen gereizt, ihre Verachtung nicht verbergend, nur zu sagen hatte: Dir müßte man einen Verband anlegen, dir. So wird manchmal eine Frage begriffen.

Als das Tier zu scharren begann und vorn einknickte und seinen Hals flach über den Boden streckte, hob die Alte wieder die Axt auf, nicht, um sie ihrem Mann zu geben, sondern als wollte sie nur daran erinnern, was jetzt zu tun sei. Mit der Axt in der Hand ging sie nah an das Tier heran, das sie nicht zu bemerken schien, das nun pendelnd den Kopf bewegte und mehrmals versuchte, eine Wunde am Rückgrat mit der Zunge zu erreichen, und das darauf – da dies nicht gelang – so heftig gegen den Boden schnaufte, daß Häcksel und trockene Blätter aufflogen. Das Tier drückte sich von der Wand ab und ließ sich nach einem Augenblick, in dem es wohl Kraft sammelte, zurückfallen. Es hechelte. Es machte keinen Versuch mehr, den Schaum abzulecken. Die Spannung, die sichtbar im Körper steckte, ließ nach. Der Schwanz wischte nicht mehr über den Boden. Mit offener Hand zeigte die Alte auf das Tier. Diese Geste, in der die Anklage nicht übersehen werden konnte, war an jeden gerichtet, nicht nur an den alten Holmsen, der hager, mit eisengrauem Haar auf der Ecke des Bretterstapels saß und zur Seite wegrauchte und dem man die Not anmerken konnte, seine Gedanken in eine Reihenfolge zu bringen, und so weiter. Er saß da mit abfallenden Schultern und vermied es, das verwundete Tier anzusehen.

Wie ruhig der Maler auf einmal vom Bretterstapel glitt, den Hut in den Nacken schob, die Pfeife am Türpfosten hart ausklopfte und dann neben die Frau trat, wortlos und ohne ein einziges Mal zu zögern. Flüchtig winkte er uns – Jutta und mir –, zu verschwinden, wartete aber nicht ab, bis wir seine Anweisung befolgt hatten, vielmehr ergriff er oder löste den Stiel der Axt aus den Fingern der Alten, schob die Frau zurück, drängte sie bis zum Bretterstapel und ging wieder an das Tier heran, das ihn nicht beachtete, das den Hals gestreckt und krampfig über den Boden bewegte und den Kopf mühsam aufwärts drückte. Der Maler wog die Axt in der Hand. Der Maler machte einen Stemmschritt, schlurfte kurz mit den Sohlen, überprüfte drehend seinen festen Stand. Sein Gesicht blieb unbewegt, als er auf das Tier hinabsah, auf den harten schweren Schädel, der sich ihm entgegenhob mit den dunklen, gleichgültigen Augen. Die verklebten Haare flohen in schwarzweißen Kreiseln über die Stirn. Aus dem Maul hing ein Schleimfaden, die behaarten Ohren waren lauschend dem Mann zugedreht. Der Maler, das erkannte man, maß die Stelle zwischen den Augen aus, wo die Axt auftreffen sollte. Dann sah er hinter sich, hob die Axt, holte aus, während wir reglos dasaßen. Und so sehe ich ihn immer noch stehen in seinem Stall: mit erhobener Axt, den Kopf leicht zurückgelegt, niederblickend auf das Tier, das auch in diesem Augenblick kein Interesse zeigte für den Mann, der sich in der Bewegung und Vollstreckung des Schlages so emporgereckt hatte, daß sich der Saum seines langfallenden Mantels bis zu den Kniekehlen hob.

Gleichzeitig mit dem Auftreffen der Axt ächzte der Maler. Er holte die Axt, den Schwung ausnutzend, zu sich heran, hob sie über die Schulter, machte einen Schritt nach hinten und ließ die stumpfe Seite ein zweites Mal auftreffen, wobei er, den Fall des Eisens mit seinem Körper begleitend und beschleunigend, unwillkürlich nach vorn gerissen wurde. Er verlor seinen Hut. Nach dem zweiten Schlag wischte er sich hastig über den Mund, flüsterte etwas, was niemand verstand, sah zu uns herüber, zu Jutta und mir, und ich hatte das Gefühl, daß er uns nicht bemerkte, zumindest war er nicht erstaunt darüber, daß wir immer noch da waren. Den Stiel senkrecht vor sich, ließ er die Axt langsam zwischen seine Füße gleiten. Der dritte Schlag, den er nach einer Weile für notwendig hielt, fiel schneller, kraftloser, auch zögernder, und nachdem er sich abgewandt hatte, gab er dem alten Holmsen die Axt, setzte sich auf den Bretterstapel und massierte seine Finger.

Aber das ist nicht alles, was mein Gedächtnis mir beschafft von jenem Morgen im Stall: ich höre auch die stumpfe Seite der Axt auf den Schädel treffen, sehe den Schädel von der Wucht des Schlages an die Erde geschleudert werden, spüre Juttas Finger schmerzhaft an meinem Arm. Die Axt traf das Tier zwischen die Augen, es klang wie ein Schlag gegen einen hohlen Baumstamm. Die Axt zerschmetterte die Stirn. Der ganze Körper des Tiers schien für einen Moment flacher zu werden, doch dann begannen die Vorderbeine zu scharren, sie suchten nach Grund, nach einem Widerstand, der Hals ruckte, das Rückgrat versteifte sich, die Hinterbeine schlugen knapp aus: unter dem Schlag schien sich der plumpe Körper an Gegenwehr oder an Flucht zu erinnern, der Schlag alarmierte noch einmal die Sinne des verwundeten Tieres, aber die Kraft, nach der es suchte und die nötig war, reichte nicht mehr aus, sie genügte allenfalls, um zuckend oder scharrend anzudeuten, was es tun wollte. Der Kopf hob sich in schwerfälligem Rhythmus von Boden und fiel zurück, und jedesmal gab es ein krachendes Geräusch. Die Flanken zitterten; nach dem zweiten Schlag zuckten sie heftig, in der gleichen Weise, in der sie kurz und heftig gezuckt hatten, um stechende Insekten zu vertreiben.

Jetzt, denke ich, kann ich das Tier endgültig kippen lassen, kann es, von unscheinbaren Reflexen abgesehen, bewegungslos, gestreckt und entspannt vor der gekalkten Wand liegenlassen; es kam mir mächtiger vor, nun, wo es tot war, und es kam mir so vor, als ob es sich unaufhörlich ins Riesenhafte aufwölbe oder aufpumpe. Und ich weiß noch: ich haßte die Frau, die nicht warten konnte, die, bevor das Tier ganz still war, die rissige Lederschürze schnappte und sie ihrem Mann hinhielt; dann hielt sie ihm das Messer hin und zeigte unwillig auf die gewölbte Masse vor der Wand: an ihrem Arm baumelte schon der Melkeimer. Ich haßte sie – nicht den alten Holmsen und nicht den Maler –, und der Haß erhöhte meine Aufmerksamkeit für sie, die sich jetzt vor dem Hals des toten Tieres hinhockte und den Eimer, mit der Öffnung zur Kehle, schräg in den Boden rammte und danach ihren Mann nicht mehr gesondert aufforderte, zu beginnen, sondern nur unentwegt in den Eimer starrte, geradeso, als hätte das Ausbluten schon angefangen. Das sah der alte Holmsen. Er befingerte das Messer, tippte mit dem Daumen auf seine Spitze; er befingerte auch den Hals des Tiers und nahm dann den Kopf zwischen seine Füße und bückte sich langsam, aber nicht widerstrebend. Er setzte das Messer an den Hals, trieb es mit kleinen Stößen hinein und blickte auf die Frau, bevor er es herauszog, und schien den Blutstrahl genau in den Eimer zu lenken.

Da packte mich jemand von hinten am Hals, ich wollte mich umdrehen, aber die Fingerschere an meinem Hals wurde kräftiger, und ich fühlte nur, wie ich zur Tür bugsiert wurde und wie Jutta neben mir – als ob wir miteinander vertäut wären – meine Bewegungen erstaunt wiederholte und auch zur Tür bugsiert wurde. Nebeneinander schubste uns der Maler hinaus auf den Hof, schloß hinter uns die Tür, öffnete sie jedoch noch einmal, weil er vermutlich Ditte erkannt hatte, die aus dem Wohnhaus herüberkam auf uns zu und die uns schon von jenseits des Teichs ein Zeichen gab, das heißt, das Zeichen galt weniger uns als dem Maler.

Los, sagte der Maler, haut ab hier, das ist nichts für euch, und er drängte uns vom Stall weg, wo die Notschlachtung weiterging, schubste uns bis zu den schwarzen, übereinanderliegenden Baumstämmen. Ja, Ditte? fragte er ungeduldig und, als müßte er seine Ungeduld begründen: Wir sind jetzt mittendrin. Sie flüsterte mit ihm. Er sah auf seine Hände, dann ich Richtung Rugbüll, wieder auf seine Hände und auf den Mantel, auf dem Blutflecke zu erkennen waren. Sie erfahren alles, sagte er, hier entgeht ihnen nichts, aber von mir aus sollen sie kommen: Holmsen kann das Tier doch nicht verenden lassen, er mußte es notschlachten. Ehe er eine Genehmigung bekommen hätte, wäre es krepiert.

Ditte flüsterte wieder, und der Maler sagte darauf: Warum denn? Sie sollen ruhig im Stall bleiben und weitermachen, was soll ihnen denn passieren, wenn sie beweisen können, daß das Tier von Splittern getroffen wurde überall; und sie können es beweisen. Wenn das Auto hier ist – wir sind im Stall. Und du, Ditte, mach uns Tee: wir alle haben ihn nötig. Dann drehte er ab, blickte im Abdrehn, eine Hand schon nach der Stalltür ausgestreckt, in Richtung Rugbüll, zwang dadurch auch uns, in Richtung Rugbüll zu blicken, so daß wir fast gleichzeitig das Auto entdeckten, das langsam durch die flachen Nebelfelder näherkam, manchmal in einer grauen Bank verschwand, an der vorausgesehenen Stelle wieder auftauchte, weiterfuhr mit gleichbleibender Geschwindigkeit bis zur erlenflankierten Auffahrt; dort hielt es, dort blieb es eine Weile stehen, ohne daß irgend jemand ausstieg; die Silhouetten der Leute bewegten sich nicht, das Geräusch des laufenden Motors dauerte an.

Der Maler ließ die ausgestreckte Hand sinken und ging mit kurzen Schritten auf das haltende Auto zu, nein, das trifft nicht zu: er ging, und vielleicht nur deswegen, weil das Auto hielt und niemand ausstieg, zu dem schwingenden Holztor, zog es langsam auf, machte eine schroffe, aber einladende Geste, worauf das Auto anfuhr und auf uns zukam. Nachdem es die Einfahrt passiert hatte, ließ der Maler das Holztor einfach zufallen. Das Auto fuhr weiter auf den Hof, wendete beim Teich, rollte nicht auf uns, sondern auf das Wohnhaus zu und hielt unmittelbar neben der Eingangstür.

Zuerst stiegen zwei Ledermäntel aus, sie umrundeten das Auto in entgegengesetzter Richtung, weniger eilig oder flatterhaft als zäh, wie in Zeitlupe beinahe – sie umrundeten also das dunkelgrüne Auto und begegneten sich vor dem Kühler, wo sie ohne sichtbare Verständigung gleichzeitig stehenblieben und zu uns herüberlinsten. Es waren lange, glattfallende Ledermäntel mit aufgesetzten Taschen, man konnte ihnen ihr Gewicht ansehen, und ich meine, daß zu ihren zähen und etwas zu groß geratenen Bewegungen durchaus die schweren Bergstiefel paßten und die breitkrempigen Schlapphüte, die die Gesichter verschatteten. Während sie spreizbeinig vor dem Kühler standen, stieg dann der Polizeiposten Rugbüll aus, steif und auf den Umhang fluchend, der sich irgendwo verhedderte; mein Vater kämpfte da um seinen Umhang, den Klinken, Haken und Kurbel festhielten und nicht hergeben wollten; doch schließlich schaffte er es, riß sich energisch los und trat zu den Ledermänteln vor dem Kühler. Sie machten sich nicht die Mühe, zu uns zu kommen. Sie warteten. Zu dritt standen sie da und warteten, und sie verließen ihren Platz auch dann nicht, als der Maler ihnen winkte und auf die Stalltür zeigte.

Jetzt ging er ihnen halbwegs entgegen, deutete mit dem Daumen über die Schulter zurück und sagte: Da drin ist es, kommt doch rüber. Aber die Ledermäntel schien diese Aufforderung nichts anzugehn, sie blieben stehen und zwangen ihn so, an sie heranzutreten. Ich hörte, wie er noch einmal sagte: Dort, dort drüben ist es, worauf mein Vater den Kopf schüttelte, abwinkte: es interessierte ihn augenscheinlich nicht, was da im Stall passierte, zumindest erschien es ihm nicht so wichtig wie das, weswegen er gekommen war, und die schlenkernde Geste seiner Hand besagte: später, später, jetzt geht's um anderes.

Der Polizeiposten Rugbüll trat einen halben Schritt hinter die beiden Ledermäntel, musterte von dorther den Maler, sah ihn ausdauernd, vor allem ausdauernd an. Jutta benutzte die Gelegenheit und schlich in den Stall zurück und schloß die Tür von innen. Ich stand auf gleicher Höhe mit Max Ludwig Nansen, der jetzt zögerte, der die Schultern hob und für sich fragte: Was wird denn hier gespielt? und der dann, auf die bewegungslose Gruppe zugehend, sehr deutlich fragte: Was soll der Besuch, Jens?

Machen Sie sich fertig, sagte plötzlich einer der Ledermäntel. Der Maler fragte: Warum? Was ist los?

Wir geben Ihnen eine halbe Stunde, sagte darauf der zweite Ledermantel. Der Maler sah sie achselzuckend an und fragte: Seid ihr gekommen, um mich abzuholen? Worauf keiner es für nötig hielt, ihm direkt zu antworten. Du hast eine halbe Stunde, sagte mein Vater, der Polizeiposten Rugbüll, und es wunderte mich nicht, daß er seine Taschenuhr hervorzog und leise auf sie hinab wiederholte: Eine halbe Stunde. Mit ausgestreckten Fingern machte er eine kurze, erläuternde Bewegung, nickte und steckte die Taschenuhr wieder weg.

Wie wenig, wie wenig sie damals zu sagen und zu wissen brauchten, um einander zu verstehen, und wie schnell sie einsahen, was von ihnen erwartet wurde: ich kann mich nicht erinnern, daß Max Ludwig Nansen sich anstrengte, viel mehr zu erfahren, nachdem sie ihm nur eine halbe Stunde gegeben hatten, um seine Sachen zu packen, seinen Abschied vorzubereiten; er verzichtete auch darauf, durch zusätzliche Fragen Zeit zu gewinnen oder sich zu vergewissern, weswegen sie gekommen waren. Er fragte lediglich: Wie lange wird alles dauern? und als darauf einer der Ledermäntel die Achseln zuckte und mein Vater sein Gesicht senkte, ging der Maler langsam an ihnen vorbei ins Haus und sagte, als er auf ihrer Höhe war: Ich mach mich fertig, ich brauch nicht länger als eine halbe Stunde.

In den Stall ging keiner von ihnen. Einen Fuß auf der Stoßstange, einen Fuß auf dem Trittbrett, rauchend, den Oberkörper vorgeneigt in lässiger, jedenfalls entspannter Haltung warteten sie, ihrer Sache und ihres Mannes sicher, sie warteten schweigend, vielleicht gedankenlos, ohne Interesse für das angedeutete Ereignis im Stall, und vor allem warteten sie unerregt, da sie wohl eingesehen hatten, daß einer wie Max Ludwig Nansen die gesetzte Frist nützt, aber nicht ausnützt. Zum Stall blickten sie nicht einmal hinüber. Sie warteten, während der Maler ins Haus trat und vermutlich schon einen

Teil der Frist verwirtschaftete, als er sich im Flur hoch aufgerichtet mit dem Rücken gegen die Tür lehnte und lauschend dastand, das kann man sich doch vorstellen.

Wenn ich das Nötige dazunehme, das Entbehrliche weglasse, wenn ich mich zurückversetze, dann läßt es sich nur so weitererzählen: während mein Vater, der Polizeiposten Rugbüll, und die beiden Ledermäntel draußen ruhig auf ihn warteten, trat der Maler ins Haus. Er blieb hinter der Tür stehen und lehnte sich mit dem Rücken an und stand in der Dunkelheit des Flurs eine Weile, so lange zumindest, bis Ditte die Tür zu dem Wohnzimmer öffnete und ihn bemerkte: da stieß er sich ab und ging ihr entgegen. Auf dem Flur wollte er nicht sprechen, er nahm Dittes Arm, zog sie zu sich heran und führte sie ins Wohnzimmer zurück. An der Berührung wird sie gemerkt haben, daß etwas geschehen war oder dabei war, zu geschehen. Sie ließ sich vorbeiziehen an dem bedrohlichen Spalier der zweiundsechzig Standuhren, die alle Viertel nach zeigten; vom Sofa erhob sich Doktor Busbeck und kam ihnen entgegen.

Ich, sagte der Maler, und nach einer Pause: Ich soll mit. Sie sind hier, um mich zu holen. – Nicht Notschlachtung? fragte Busbeck, und der Maler leise: Sie haben mir eine halbe Stunde gegeben. – Jens, sagte Ditte, bei ihm kannst du dich dafür bedanken, er wird alles weitergegeben haben nach Husum. – Sie werden dich verhören, sagte Busbeck, ich kenne das. – Noch bin ich nicht zurück, sagte der Maler. Aber wie lange, sagte Ditte, wie lange wollen sie dich dabehalten? – Im allgemeinen dauert das einen Tag und eine Nacht, sagte Busbeck. Noch bin ich nicht zurück, sagte der Maler und fing damit an, sich sorgfältig eine Pfeife zu stopfen. Ohne Ditte anzusehen, sagte er: Ich nehme den kleinen braunen Koffer, zwei Pfeifen, Rasierzeug, Briefpapier: du weißt schon. – Wirst sehn, sagte Doktor Busbeck, sie werden dich verhören und verwarnen. Sie müssen es, weil sie eine Anzeige aus Rugbüll erhalten haben. Sie werden sich nicht trauen, dir was zu tun. – Wir, sagte der Maler, wir mit unserer Phantasie denken, daß die sich nicht trauen: aber sieh dich mal um: was viele für undenkbar halten – sie tun's und trauen sich, es zu tun. Darin liegt doch ihre Stärke: daß sie gar keine Rücksicht nehmen.

Er entschuldigte sich bei Teo Busbeck, er nickte zu den Standuhren hinüber und sagte: 'ne halbe Stunde: du weißt, ich muß zumachen; danach ging er in das Schlafzimmer und setzte sich auf eine der schmalen Pritschen und zog die Schuhe aus. Er zog den Mantel aus, die Jacke, das Hemd, riß die Schubladen der Kommode heraus, tauchte armtief hinein und fischte Strümpfe, Schnürsenkel, Taschentücher und warf alles auf die Pritsche; zuletzt warf er ein Flanellhemd dazu. Er hob den geschnäbelten Krug aus der Schüssel, goß Wasser ein und beugte den Oberkörper über die Schüssel und wusch sich keineswegs eilig Nacken und Gesicht und rieb sich mit einem feuchten Lappen die Brust ab. Die Hände bearbeitete er mit Bimsstein. Das dünne Haar kämmte er sich zweimal.

Nachdem er das schmutzige Wasser in einen Eimer gegossen hatte, wischte er die Schüssel rein mit übertrieben schwungvollen Bewegungen und gab ihr den Krug zurück. Den Waschtisch säuberte er, indem er mit dem feuchten Lappen Spiralen zog, den Lappen hängte er zum Trocknen über den Schüsselrand. Nun, muß man sich vorstellen, entdeckte er, daß seine Hosenträger fleckig und schlaff waren und deshalb ausgewechselt werden mußten, und so suchte er in der Kommode nach den neuen Hosenträgern, die noch in einer Spitztüte steckten; er knöpfte sie an, hob sie probeweise über die Schultern, prüfte ihre Spannung und war zufrieden.

Was dann? In solchem Augenblick sollte man den Film nicht reißen lassen; es muß einfach noch erwähnt werden, wie er zunächst den Schuhen neue Schnürsenkel einzog, penibel, Loch für Loch, wobei er den Schuh auf seinem Schoß hielt. Einige Probeschritte, Dehnung des Spanns, er war zufrieden. Dann hob er das Hemd auf, zog es über den Kopf, warf die Arme hoch: er schien in seinem Hemd zu ertrinken. Er zog die Jacke an, den blauen Mantel, setzte den Hut auf, ging hin und her und räumte weg und warf fort, was er abgelegt hatte. Und dann strich er sogar die Decke über der Schlafpritsche glatt. Er ging nicht ans Fenster. Er sah nicht hinaus. Bevor er das Schlafzimmer verließ, kippte er aus einer blauen Porzellandose seine Taschenuhr heraus, zog sie auf, schob sie in die Jackentasche; stellen würde er sie später.

Als er ins Wohnzimmer zurückkam, erkannte er, daß Ditte und Doktor Busbeck auf ihn gewartet hatten. Ditte hielt ihm den kleinen braunen Koffer entgegen und ging auf ihn zu. Er sagte: Später, gleich, ich muß was unterschreiben, und stehend an einem Ecktisch unterschrieb er zwei Papierblätter, die er aus verschlossenem Umschlag genommen hatte und die er nach der Unterschrift in einen anderen Umschlag steckte und in ein Fach legte. Ich kann mir denken, daß seine heikle Ruhe und die gewissenhafte Ausnutzung von zugestandener Zeit Doktor Busbeck zögern ließ, noch mehr von seinen beschwichtigenden Erfahrungen auszupacken. Der Maler stellte seine Taschenuhr nach einer mannshohen Standuhr, winkte abwehrend, gleich, gleich bin ich für euch da, ging auf die mausgraue Standuhr zu und öffnete sie. Er hob aus dem offenen Fuß der Standuhr eine Zigarrenkiste heraus, trat an einen Tisch, nahm eine Handvoll Zigarren und zerschnitt sie mit einem vermutlich ausgedienten Rasiermesser zu pfeifengerechten Stücken. Die Stücke sammelte er in einer Blechdose, deren Beschriftung weggescheuert war. Die Zigarrenkiste stellte er in die Uhr zurück, die Blechdose schob er in die Manteltasche.

Die Taschenflasche? Ditte erinnerte sich, daß er die flache, mit Leinwand bezogene Taschenflasche mit Korn füllte und sie in die Gesäßtasche schob; dann ging er zum Fenstertisch, neben dem Ditte und Doktor Busbeck standen und ihn erwarteten. Er legte eine Hand auf den Koffer, doch er öffnete ihn nicht. Alles beieinander? fragte er, und Ditte darauf: Das ist nur auf die Anzeige von Jens. Sie können dir nicht viel nachweisen. – So ist es, sagte der Maler und schwieg und lächelte resigniert, als die Standuhren, eigensinnig und jede für sich, behaupteten, daß es halb sei; es schlug und gongte und dröhnte, Zählwerke knackten, Kettenglieder aus Messing setzten sich ruckend in Bewegung, Gewichte senkten sich knarrend und schlingernd: die Zeitverkündung auf Bleekenwarf konnte man nur schweigend abwarten. Und nachdem die Uhren sich beruhigt hatten, sagte der Maler: bleibt hier, ich bin gleich zurück, und er ließ seinen Koffer auf dem Fenster liegen und ging zum Atelier.

Ich sah ihn vom Garten her ins Atelier treten, das heißt, ich sah seinen Schatten und die Lichtveränderung, die dort entstand, als er ein Rollo herabließ. Die Ledermäntel standen rauchend neben dem Auto. Mein Vater ging herum und suchte etwas, das er gerade verloren haben mußte, vielleicht einen Knopf oder die Kokarde von seiner Mütze, nach der auch ich schon erfolgreich gesucht hatte hier und da. Niemand merkte, wie ich ins Atelier flitzte – oder hatte doch einer im letzten Augenblick gesehen, wie die Tür von innen geschlossen wurde? Jedenfalls, ich schlich ins Atelier und duckte mich bei den Krügen, Pötten und Dosen, die im Sommer als Vasen gedient hatten und jetzt in einer Ecke versammelt waren, ein Geruch nach fauligem Wasser ging von ihnen aus. Ich sah zu den Bildern auf und erschrak: die Propheten, die Geldwechsler und Kobolde, die verschlagenen Marktleute und krummgewehten Feldarbeiter erschienen in grünem Licht, es glomm da, es schwelte, ein grünes Feuer schien da entfacht, dessen Schein über die Bilder hinleuchtete, und ich weiß noch: im ersten Augenblick wollte ich rufen, Alarm schlagen, doch als ich nah vor die Bilder trat, hörte das Glimmen auf, und das grüne Licht verschwand.

Der Maler ging hin und her, zerrte eine Kiste über den Boden, öffnete und schloß sie wieder. Er drehte den Wasserhahn auf. Er warf eine leere Konservendose auf den Keramiktisch. Winkel und Nischen ausnutzend, im Schutz der provisorischen Lagerstätten arbeitete ich mich so weit zu ihm hin, bis uns nur noch ein Gang voneinander trennte. Ich schob eine lose gespannte Decke zur Seite: er stand vor mir, er öffnete behutsam einen breiten Schrank, lauschte, zog beide Türen auf, lauschte, dann bückte er sich, und im Innern des Schranks – ich kann nicht vergessen, was da im Innern des Schranks los war: da entfaltete sich ein unaufhaltsames Braun, das den Horizont beschlagnahmte, ein Braun mit schwarzen Streifen und grauem Rand wälzte sich heran und wuchs und wuchs über einem verdämmernden Land. Das Bild hieß: »Der Wolkenmacher«. Der Maler betrachtete es mit schräggelegtem Kopf, trat zurück, kam so dicht an mich heran, daß ich ihn hätte berühren können. Er war nicht einverstanden mit dem, was er wiedersah, er war enttäuscht. Bedenklich schüttelte er den Kopf, ging auf das Bild zu, hob seine Hand und preßte den Handballen auf die Stelle, wo das Braun entstand: Hier, sagte er, hier beginnt die Handlung. Er ließ die Hand wieder sinken, hob die Schultern, er schien zu frieren jetzt. Quatsch nicht, Balthasar, sagte er, ich sehe selbst, daß hier die Ahnung fehlt, die Sturmahnung, darum muß die Farbe einfach noch mehr von Flucht erzählen, da gehört Aufmerksamkeit hin, Bereitschaft, da zeigt jemand seine Angst.

Die Ateliertür wurde geöffnet, der Maler hörte es nicht. Ich spürte die Zugluft hereinströmen, und ich weiß noch, daß ich auf das Geräusch wartete, mit dem die Tür geschlossen wird, doch das Geräusch kam nicht, und da hob ich die lose gespannte Decke, kroch heraus aus meinem Versteck, den Zeigefinger auf die Lippen gepreßt, ging auf Zehenspitzen zu ihm und tippte ihn an. Er zuckte zusammen, er erschrak, sein Mund sprang auf. Er wollte etwas sagen, doch er verstand, was mein ausgestreckter, in Richtung Tür weisender Arm bedeutete, er schien vorbereitet darauf und verstand auch meine Warnung so schnell, daß er hastig das Bild von der Schrankwand löste, es zusammenrollte, unter den Schrank schob und gleich wieder hervorzog. Er sah sich um: da waren hundert Verstecke und doch kein passendes Versteck für den »Wolkenmacher«, da empfahlen sich Ecken, Abseiten, Spalten und die aufnahmebereiten Mäuler offener Krüge, aber in diesem Augenblick hielt er alle für untauglich: er hatte mich entdeckt. Er drängte mich gegen die Schrankseite, beugte sich über mich und blickte mich an, nah und dringend wie nie zuvor, ich roch den Seifengeruch und den Tabakgeruch seines Atems, ich spürte die Kälte seiner grauen Augen. Witt-Witt, flüsterte er auf einmal, lauschte kurz zur Tür, flüsterte wieder: Kann ich mich verlassen auf dich? Sind wir Freunde? Tust du was für mich? – Ja, sagte ich und nickte, ja, ja, ja.

Da wußte ich schon, was er wollte, streifte meinen grünen, gestopften Pullover bis zu den Achseln auf, knickte in den Hüften ab, und der Maler legte das Bild an meinen Körper und zog den Pullover herunter und stopfte und zwängte ihn in die Hose. Der Pullover saß zu stramm. Ich zupfte hier und da ein wenig lose heraus. Ich machte Bewegungen zur Probe. Bring es raus, in Sicherheit, flüsterte er, bring das Bild Tante Ditte später, ich brauch es. Er gab mir die Hand. Ich erschrak, als er mir so die Hand gab mit diesem Ernst, jedenfalls ohne zwinkernde Verwarnung. Er versäumte es, mir übers Haar zu wischen wie sonst, kein Knuff, kein Druck an meinem Hals. Ich mache, was du willst, sagte ich, worauf er nickte und, nachdem er zur Tür gelauscht hatte, flüsterte: Gut, Witt-Witt, ich vergeß es nicht.

Er schloß den Schrank und gab mir ein Zeichen zu verschwinden, das heißt, er hob nur die gespannte Decke an und wartete, bis ich hindurchgeschlüpft war, dann rief er: Teo? Bist du das, Teo? Keine Antwort, nur der langsame Fall eines Schritts, der näher und näher kam und den ich sogleich erkannte. Ich komm schon, Teo, rief der Maler, ich bin fertig, und befahl mir winkend, neben der Pritsche niederzuhokken; danach nahm er einen Schluck aus der Flasche, die er in seiner Gesäßtasche trug. Das steife Papier knackte an meinem Körper, als ich mich niederkauerte vor einem Schatten, der am Fußende der Pritsche auftauchte und schon vorüber war, als ich den Kopf hob. Die Schritte hörten auf, eine Fußspitze stieß da prüfend gegen Pötte und Blechdosen, auf einem Tisch wurde eine Mappe verschoben. Obwohl der Maler spätestens jetzt wissen mußte, daß es nicht Doktor Busbeck war, der das Atelier betreten hatte, rief er: Komm doch her, Teo, und ich sah, daß er den Schrank zum Schein öffnete und wieder schloß, womit er erreichte, daß die Schritte wieder zu hören waren und sich ihm näherten.

An seinem Schritt hatte ich meinen Vater längst erkannt, und der Maler mußte ihn auch erkannt haben, denn er schien nicht überrascht, er trat nur zur Seite und gab durch seine Haltung zu verstehen, daß er bereit sei, zu gehen. Das Gesicht meines Vaters, sein trocknes, spitzes und hautstraffes Gesicht hob sich zum Oberlicht, während er rechnete. Ein schwacher Ausdruck von Überlegenheit, vielleicht sogar von Genugtuung lag auf seinem Gesicht. Er steckte die Taschenuhr ein. Er zeigte dem Maler an, daß die Frist noch nicht vorbei sei, daß da noch einige Minuten zu beliebiger Verfügung, daß man die bewilligte Zeit ausnutzen solle und so weiter. So, wie der Maler dastand: hoch aufgerichtet, spreizbeinig, die Hände auf dem Rücken, war ihm schon anzusehen, daß er entschlossen war, sich auf nichts einzulassen. Er antwortete nicht, als mein Vater ihn um die Erlaubnis bat, einen Stoß angegilbter Skizzen von einer Staffelei zu heben. Schweigend beobachtete er, wie der Polizeiposten auf eine Fußbank stieg und über die Schränke hinwegblickte, und er sagte und tat auch nichts, als mein Vater den Schrank öffnete, halb hineintauchte und sich schließlich bückte und vom Boden des Schranks kleinformatige, leere Blätter aufhob, die er nacheinander gegen das Oberlicht hielt, drehte, winkelte und behutsam auf den Tisch legte.

Er hatte etwas vor mit den leeren Blättern; er verteilte sie in einer Doppelreihe auf dem Tisch, tauchte wieder in den Schrank, kramte starrsinnig, prüfte und begutachtete, dann gab er's auf und kehrte zum Tisch zurück. Zufrieden sammelte er die leeren Blätter ein, klopfte sie zu einem Stapel zusammen, dabei unaufhörlich den Blick auf den Maler gerichtet, geradeso, als wünschte er, ihn lächeln zu sehen, nur weil er auf dies Lächeln eine Antwort bereit hatte. Aber der Maler lächelte nicht. Mein Vater bat ihn um das Einverständnis, die leeren Blätter mitnehmen zu dürfen: der Maler schwieg. Der Polizeiposten sagte: Bis jetzt hast noch Glück gehabt, Max, bei allem, und wohin es gekommen is, das hast du selbst haben wollen. Aber vertrauen würde ich nich darauf, daß du mit deinem Glück immer durch die Maschen kommst: einmal wirst richtig hängenbleiben, und dann kann dir nichts helfen, ob die Bilder unsichtbar sind oder nicht: ich werde sie finden. Wir haben schon anderes aufgestöbert, das unsichtbar bleiben wollte. Er klopfte auf die leeren, kleinformatigen Blätter, dann ging er auf den Maler zu, der immer noch hoch aufgerichtet dastand und den Polizeiposten abschätzig musterte, nicht feindselig, auch nicht besorgt, sondern nur abschätzig. Ich kann begreifen, warum mein Vater damals so bemüht war, das Schweigen zu unterbrechen, warum er so darauf aus war, eine Antwort zu bekommen, aber Max Ludwig Nansen ließ sich auf nichts ein, zeigte weder Erstaunen noch Furcht oder Zorn, worauf meinem Vater nichts anderes einfiel, als den Maler daran zu erinnern, daß er alles, was bisher mit ihm geschehen war und demnächst mit ihm geschehen würde, sich selbst zuzuschreiben habe. Du hast es so gewollt, sagte er, du selbst. Aber ihr seid ja groß, ihr seid ja allen überlegen, für euch gilt nich, was für andere gilt. Er sah ziemlich verdutzt aus, als der Maler plötzlich – und zwar mehr für sich als zu meinem Vater – feststellte: Die Zeit ist um, wir müssen gehen, und ohne auf den Polizeiposten zu warten, dem vermutlich viel daran lag, den Augenblick des Aufbruchs selbst zu bestimmen, ging er voraus zur Tür und dann gleich weiter auf den Hof. Mein Vater folgte ihm gereizt. Die Ledermäntel standen immer noch rauchend vor dem Auto; vor der Tür, den braunen Koffer zwischen sich, Ditte und Doktor Busbeck, beide Paare standen in unterschiedlicher Erwartung da, niemand sprach. Ich hätte gern den Maler eingeholt und hatte Lust, an seiner Seite zu gehen, nun, da er auf die Gruppe zusteuerte, aber ich hatte Angst, daß mein Vater das Bild unter meinem Pullover entdecken könnte, und so strich ich zum Stall hinüber und beobachtete von dort, wie beide Männer hintereinander auf das Auto zugingen.

Zugegeben, ich wunderte mich, daß der Maler keinen Versuch gemacht hatte, zu fliehen, am Anfang zumindest, als sein Vorsprung wohl ausgereicht hätte, um bis zu den Torfteichen, vielleicht sogar bis zur Halbinsel zu kommen; durch das Fenster, durch den Garten wäre er allemal unbemerkt gekommen, aber er mochte nicht, wollte nicht, hatte anscheinend nicht ein einziges Mal daran gedacht. Als ob er bemüht sei, die Frist einzuhalten, nahm er ohne Zögern den braunen Koffer auf. Er gab Ditte die Hand. Er gab Doktor Busbeck die Hand. Er trat auf das Auto zu und bot sich – ich muß schon sagen: bot sich unwirsch den Ledermänteln an: Hier bin ich, also fahren wir, worauf warten wir noch? Einer der Ledermäntel öffnete die Wagentür, wollte dem Maler den Koffer aus der Hand nehmen, nein, er hatte schon den Koffer in der Hand und wollte den Maler, der sich gekrümmt und mit eingezogenem Kopf auf dem Sitz niederließ, ins Innere des Wagens schieben, als Doktor Busbeck, der nur wortlos zugesehen hatte, plötzlich einen Arm emporriß, halt, einen Augenblick noch, mit vier Schritten am Auto war, den mageren Arm senkte und erregt sagte: Warten Sie, warten Sie einen Moment.

Der Ledermantel richtete sich auf, der kleine Mann war ihm lästig, doch da er selbst offenbar kein Interesse daran hatte, den Grund für diese Unterbrechung festzustellen, winkte er dem Polizeiposten Rugbüll, und mein Vater war schon zur Stelle und schritt ein. Mein Vater fragte: Was ist los? und zog Busbeck vom Auto fort. Was wollen Sie? fragte mein Vater. Hören Sie mich an, sagte Busbeck, jedoch nicht zu meinem Vater, sondern in Richtung zum gleichmütig wartenden Ledermantel: Ich war es, ich trage die Verantwortung dafür, daß das Atelier nicht verdunkelt war damals, mich allein trifft die Schuld. Herr Nansen hat nichts damit zu tun.

Mein Vater hielt den kleinen Mann am Ärmel fest, musterte ihn vorwurfsvoll, doch er wagte nichts zu sagen, weil er alles, was jetzt überhaupt gesagt werden durfte, deutlich den Ledermänteln überließ. Nehmen Sie mich mit, sagte Doktor Busbeck, nehmen Sie mich mit und lassen Sie ihn hier: es war meine Schuld. Er trat auf das Auto zu, einen Schritt nur, dann riß ihn mein Vater zurück. Die Ledermäntel tauschten ein Zeichen aus, einer setzte sich ans Steuer und ließ den Motor an, der andere deutete auf Doktor Busbeck und fragte den Polizeiposten: Wer ist denn das? Hat der hier auch was zu sagen? worauf mein Vater abwinkte und antwortete: Doktor Busbeck ist das, er lebt hier, ein Freund. Bitte, rief Doktor Busbeck, verstehn Sie mich: Herr Nansen wußte nicht, daß die Verdunklung –.

Schweigen Sie, sagte der Ledermantel, halten Sie uns nicht auf und treten Sie zurück. Sie sind gut beraten, wenn Sie jetzt ruhig sind und verschwinden. Er setzte sich auf den Rücksitz neben den Maler und zog die Tür zu. Mein Vater ließ Doktor Busbeck los, blickte zu Ditte hinüber, die vor der Schwelle stand, blickte auch einmal zu mir herüber, ging um das Auto herum und stieg vorn ein. Das Auto fuhr an. Ich flitzte zu Doktor Busbeck, während das Auto langsam auf das geöffnete Tor zufuhr, suchte und fand sogleich die Silhouette des

Malers auf dem Rücksitz, stieß Doktor Busbeck an und wartete, wartete wie er, daß Max Ludwig Nansen noch einmal zurücksehen werde, aber die Silhouette bewegte sich nicht.

Ich sah dem davonfahrenden Auto nach, blickte auch schon kurz zum Stall hinüber, wo sie immer noch bei ihrer Notschlachtung waren – so überhörte ich den Schlüssel im Schloß und Joswigs Schritte, und sogar seinen ersten Gruß beim Eintritt überhörte ich.

Erst als unser Lieblingswärter mir scheu eine Hand auf die Schulter legte und fürsorglich: Erschrick nicht, flüsterte, erschrick nicht, Siggi, ich bin's, da erschrak ich und sprang auf und wich sogleich zum Fenster zurück. Joswig blieb vor dem Tisch stehen, ein bekümmerter Jagdhund. Er hob meinen Taschenspiegel auf, versuchte offenbar, sich selbst darin zu finden, konnte aber nichts anderes darin entdecken als das Licht der nackten elektrischen Birne, das mein Spiegel einfing und wieder rausrückte, und so legte er den Spiegel auf denselben Platz neben mein Heft und setzte sich wortlos auf den mit Kerben bedeckten Hocker.

War er schon wieder gekommen, um von mir die Einhaltung der Nachtruhe zu verlangen? Wollte er mir den erhöhten Stromverbrauch vorrechnen? Oder war er, verführt durch seine sommerliche Schlaflosigkeit, hier in der Hoffnung hereingeplatzt, ich würde ihm ein – wie er es nannte – »gediegenes Kapitel« aus meiner Strafarbeit vorlesen? Er beugte sich über meine Strafarbeit, begann kopfschüttelnd zu lesen, zog, während er las, mit langen Fingern zwei zerknitterte Zigaretten aus seiner oberen Jackentasche, amerikanische Zigaretten, die ihm ein amerikanischer Psychologe geschenkt haben mochte und die er jetzt als Lesezeichen in mein Schreibheft legte und vergaß. Ich nahm es ihm nicht übel.

Niemand von uns konnte Joswig für längere Zeit etwas übelnehmen, diesem scheuen, gütigen Mann, dem selbst zugestoßen schien, was uns zustieß, der litt, wenn wir litten, und der sich bestraft fühlte, wenn wir bestraft wurden. Er las, und ich sah hinaus auf die Elbe, auf der nicht viel los war, auf der nur ein qualmender, bulliger Schlepper vorbeizog, sehr langsam, sehr müde; seine Qualmwolke legte sich vor den Mond, wölbte sich, verformte sich und entließ eine Herde von schwarzen Shetland-Ponys, die lautlos vor dem Mond standen wie vor einer Tränke. Keine Möwen. Keine nennenswerte Wolkenbildung Richtung Cuxhaven. Der Mond tat, was er konnte. Fern das dunkle Ufer, eine Kette von Autoscheinwerfern.

Als Leser, das möchte ich erwähnen, unterschied Joswig sich keineswegs von anderen Lesern; denn kaum hatte er die letzte Seite überflogen, kaum hatte er erfahren, daß Max Ludwig Nansen im Polizeiauto abgeholt worden war, da verlangte er auch schon zu wissen, ob, wann und in welchem Zustand er zurückkehren werde. Warum mußte er so typisch fragen? Ich zuckte die Achseln, tat, als ob ich das selbst nicht ohne weiteres entscheiden könnte. Joswig sah mich verblüfft an, aber er fragte nicht weiter, er stellte sich neben mich, blickte durch das vergitterte Fenster auf die abendliche Elbe, die an einigen Stellen, etwa hinter der großen Fahrwasserboje, ausgerechnet Silber aufgelegt hatte. Die Bogenlampen an unseren Werkhallen brannten und verhinderten jeden Schatten auf dem Platz. Weiden ließen elastische Äste in die Elbe hängen und maßen Richtung und Stärke der Strömung. Der Hund des Direktors suchte den Strand nach versteckten Wassersportlern ab. Das Jaulen? Mit jaulendem Ton forderte ein Kriegsschiff weit oben im Hafen Schlepperhilfe an.

Joswig ließ mir Zeit, dies alles und mehr zu bemerken, er stand neben mir und druckste, er wollte weder das Licht ausknipsen noch allgemein Bettruhe von mir verlangen, das war mir schon klar. Litt er? Er litt, aber nicht übertrieben. Suchte er etwas? Er suchte nach einer Form des Anvertrauens. Joswig wollte etwas von mir, konnte sich jedoch noch nicht entschließen, er meinte und zweifelte, nahm Anlauf und stoppte ab, hatte nicht übel Lust und dennoch kein Zutrauen: in dieser überdeutlichen Unentschiedenheit, die ihm schon viele Sympathien eingebracht hatte, starrte er hinaus auf die geschäftsmäßig, aber geräuschlos fließende Elbe. Er erwartete von mir Erleichterungen, Unterstützung erwartete er.

Ich drehte mich vom Fenster weg, ich ging zum Tisch, und auf einmal wußte ich, wie ich ihm bei einem Anfang helfen könnte: ich nahm eine der Zigaretten, die er als Lesezeichen in mein Heft geschoben hatte, und zündete sie an. Bei der kleinen Explosion des Streichholzes an der Reibfläche wandte er sich um, sah mich rauchend vor meinem Tisch, sein Arm flog schon hoch in promptem Protest, er kam schon, die offene Hand hin und her wedelnd, auf mich zu, nicht empört, aber verwundert, und ich hörte ihn sagen: Das Rauchen auf den Zimmern – Herrgottnochmal: du weißt doch, daß das Rauchen auf den Zimmern verboten ist. Ich knipste die Zigarette aus, bevor er sie von mir verlangte. Du, sagte er, ausgerechnet du, Siggi, machst solche Sachen jetzt, wo ich dich brauche. Er seufzte, ich bot ihm mein Bett an. Kopfschüttelnd setzte er sich, sah zu, wie ich die angerauchte Zigarette an der Brandstelle säuberte, und hatte nichts dagegen, daß ich sie wieder als Lesezeichen ins Heft schob. Gleich, dachte ich, gleich wird er dich zwar nicht um Hilfe, aber doch um Mitarbeit bitten, und ich irrte mich nicht: Joswig war zu mir gekommen, weil er meinen Rat brauchte.

Natürlich fing er auf seine Art an, mich mit seinen Schwierigkeiten bekannt zu machen; das heißt, er kam von weit her, kam von hinten durch die kalte Küche sozusagen. Als Ältester, sagte er, als einer unserer Ältesten weißt du doch, was auf der Insel erlaubt ist und was nicht; danach schweifte er zielstrebig zur allgemeinen Hausordnung ab, ritt eine Weile auf dem Paragraphen: »Rauchen in offenen und geschlossenen Räumen«, herum, rutschte zwei Paragraphen tiefer und erinnerte mich, was Zuwiderhandlungen so nach sich ziehen, kletterte dann, einmal im Zug, die unsichtbare, aber immer anwesende Hausordnung wieder hinauf und hielt sich am Paragraphen zwei fest: »Der Wärter ist unantastbar, seinen Anweisungen ist unbedingt Folge zu leisten.« Ich merkte noch nicht, wohin sein Kurs lief. Er erwähnte mit gespielter Gleichgültigkeit Ole Plötz, kam auf den schon länger zurückliegenden Fluchtversuch Oles zu sprechen, sagte etwas zu häufig »weißt du noch«, weißt du noch den regnerischen Abend?

Sie hatten alles gut vorbereitet und bedacht, war ablaufendes Wasser. Zuletzt hatten sie sich jedoch dafür entschieden, Schlüssel zu benutzen, die in der Werkstatt angefertigt waren. Und weißt du noch, daß da Nebel aufkam von See her, so dick, daß die Schiffe im Strom Anker warfen, du konntest das Poltern hören und das Rasseln der Ketten. Die andern wollten nicht, aber Ole wollte trotz Nebel, deshalb fand alles statt wie beschlossen. Hast wohl eingesehen inzwischen, daß du dir selbst gratulieren kannst: wahrscheinlich hättest du auch auf einmal jämmerlich um Hilfe gerufen wie die andern. Wer kann schon in der Elbe auf Sichtweite schwimmen bei Nebel. Und weißt du noch, wie sie zitternd dastanden in ihrem nassen Zeug, wir alle um sie herum im Morgengrauen?

Weil ich mir nicht die ganze Platte anhören wollte, sagte ich ja, ich weiß noch, die Nacht weiß ich und den Nebel und was sie mit ihrem Fluchtversuch den Wärtern antaten, besonders einem Wärter, und so weiter: es ist lange, doch nicht zu lange her. Joswig nickte, er knirschte mit den Zähnen, öffnete, sagen wir: in schmerzhafter Fassungslosigkeit die Arme: Warum, Siggi, warum wohl gibt es Erfahrung? Verstehst du, warum Erfahrungen nichts oder fast nichts nützen? Für wen sind sie wohl bestimmt, die Erfahrungen?

Da wurde ich hellhörig, fragte ihn stumm ab eine ganze Weile, bis er es nicht mehr aushielt. Verstehst du das, Siggi? Nach all dem? Er sagte: Sie haben keine Ahnung, daß ich Bescheid weiß, auf der Toilette haben sie den Plan besprochen, jeder konnte mithören. Was soll ich tun? Ole, dein Freund Ole Plötz, wird am kommenden Freitag die Marmelade vom Brot kratzen, er wird sie aufheben in Papier. Abends, haben sie ausgemacht, bei der letzten Runde, wird er mich täuschen, und dann soll es wieder losgehn: wieder einmal. Ich sagte: Ich weiß von nichts, wirklich, und er darauf ziemlich traurig: Ole will am Boden liegen, Marmelade im Gesicht und am Hals, ich soll denken, sie haben ihn zusammengeschlagen oder er sei gestürzt. Ich soll dann erschrocken aufschließen, hineinstürmen, mich über ihn beugen; bei dem Versuch, Ole aufzuheben, wird er mich fertigmachen nach Plan, um die Schlüssel braucht er danach nicht zweimal zu bitten: es soll wieder losgehn, Siggi, und wenn du das hörst, mußt du dich einfach fragen: sind sie denn gar nichts wert, die Erfahrungen?

Wer ist noch dabei? fragte ich, das wollte er nicht sagen, wahrscheinlich dieselben wie damals. – Und am Freitag soll's losgehn? – Am Freitag, ja, und ich überlege die ganze Zeit, sagte Joswig, was ich anfangen soll mit meinem Wissen von der Sache: es gibt da so Möglichkeiten. Was ich dazu meine, beispielsweise, wenn er einfach nicht hineinginge zu Ole? Oder wenn er hineinginge und, anstatt sich über Ole zu beugen, ihn seinerseits fertigmachte, das wäre sozusagen vorbeugende Notwehr. Natürlich könne er die Sache auch laut platzen lassen, er brauche dem Direktor nur ein Wort zu sagen, der werde sofort eine Vorstellung daraus machen.

Joswig senkte den Blick, er schwieg, und auf einmal meinte ich, daß er es mir überließ, eine vierte, wie ich meine, von ihm erhoffte Möglichkeit zu nennen; ich hatte kaum angesetzt, da hob er schon erwartungsvoll den Kopf. Ich könnte ja auch mit Ole sprechen, sagte ich, daß alles umsonst ist und bekannt und mies ausgehen wird wie einmal schon: das könnte ich ihm beibringen, wenn er mir zuhört, wenn er mir überhaupt zuhört. – Er wird dir zuhören, sagte Joswig, und ich: Das geht aber nicht, ich kann ihn nicht warnen: wenn ich ihn warne, wird er glauben, daß ich mit den Wärtern zusammenarbeite, niemand kann sich das leisten hier. – Was soll ich denn tun? fragte Joswig. Sein Kummer war glaubwürdig. Was soll ich denn tun, Siggi, der Freitag kommt bald. Wenn du ihn nicht warnen willst, was soll dann geschehen? – Marmelade, sagte ich: man sollte ihm ein Glas Marmelade auf den Tisch stellen, auf dem Glas ein Zettel: zur freien Bedienung, falls die Wunden nicht rot genug brennen. Joswig sah mich ungläubig an, hatte den Gedanken offensichtlich schon verworfen, erwog ihn noch einmal, schien Gefallen an ihm zu finden, sogar Spaß, jedenfalls freundete er sich deutlich mit ihm an, hielt ihn plötzlich für den einzig möglichen Gedanken und stand von meinem Bett auf. Ich wußte es, sagte er, und gab mir die Hand, ich wußte es, Siggi: zu dir kommt man nicht vergebens.

11 Unsichtbare Bilder

Also hier, wo Hilke und ich unseren Butt peddeten, soll es entstanden sein: Leben und all das; haben Sie so was schon mal gehört? Hier aus dem Watt, aus der schlammgrauen oder tonfarbenen Einöde, die von Prielen durchschnitten, von flachen Tümpeln durchsetzt war, soll sich nach Per Arne Scheßel, dem Schriftsteller und Heimatforscher, der Aufbruch vollzogen haben: wer atmen konnte und all das, erhob sich eines Tages vom Meeresboden, wanderte über den amphibischen Gürtel an den Strand, wusch sich den Schlamm ab, entfachte ein Feuer und kochte Kaffee. Mein Großvater schrieb das, dieser Einsiedlerkrebs.

Jedenfalls, wir waren draußen im Watt, um unsern Butt zu pedden, zogen über den glitschigen Meeresboden weit vor der Halbinsel, Hilke immer voran. Mit uns fischten die Seevögel. Hilke hatte ihr Kleid hochgezogen und vor dem Bauch gerafft, ihre Beine waren mit Mudd bedeckt bis zu den Kniekehlen, der Rand ihres Schlüpfers war schwarz vor Nässe. Die Seevögel fischten, indem sie ihre geöffneten Schnäbel durch das Wasser der Tümpel zogen, klappten, schmatzten. Die scharf eingeschnittenen Rinnen der Priele, ihre Verästelungen zur offenen See hin: wenn das Meer zurückwich, ließ es sich hier gut fischen. Wir nahmen uns meist bei der Hand, traten in einen grauen Tümpel oder an den Rand eines flachen Priels und ließen uns einfach einsinken in den Schlamm, fühlten, tasteten mit den Zehen, zogen unsere Beine, einander stützend, heraus und arbeiteten uns systematisch weiter durch Schlick und Schlamm, immer gespannt und darauf gefaßt, daß sich unter der Fußsohle etwas krümmte; es schlug, es zappelte und bog sich, sobald wir einen Flachfisch aufgespürt hatten, eine Scholle, einen Butt, sehr selten eine Seezunge, und Hilke schrie und quietschte jedesmal, wenn sie den Fisch entdeckt hatte und festtrat: ich kenne keinen, der so ausdauernd Butt pedden konnte wie meine Schwester Hilke. Obwohl sie sehr kitzlig war, sich jedesmal schreckhaft aufbäumte und quietschte, ließ sie kaum einen Flachfisch entkommen, sie hielt ihn so lange unter dem Fuß, bis ich ihn gepackt und hervorgezogen hatte.

Manchmal sackte sie bis zu den Schenkeln ein, dann riß sie ihr Kleid bis zur Brust hoch. Manchmal glitschte sie über eine flache Tonschicht wie über Eis. Es machte ihr Spaß, wenn es im kühlen Mudd gluckste und sabbschte, wenn Blasen platzten, wenn sie weich und stetig einsank in den Grund. Nie vergaß sie, die Strömung in den Prielen zu beobachten. Wenn der wellig geriffelte Grund des Watts härter wurde, hüpfte sie auf einem Bein und landete jedesmal auf einem der schnurförmigen Kotkringel der Sandwürmer. Sie fing Muschelkrebse, Scherenasseln und Borstenwürmer, beobachtete sie eine Weile in der offenen Hand und setzte sie ins Wasser zurück. Sie sammelte leere Wellhornschnecken, warf die Gehäuse in ihren Schlüpfer; der Gummizug am Schenkel verhinderte, daß sie sie verlor. Das alles gehört unbedingt zur Szene.

Dann die Trübnis des Wattenmeers, niedrige Wolken im Westen, stoßartiger Wind, der die Priele krauste und die Tümpel und der das Gefieder der Seevögel sträubte, das ferne Motorengeräusch eines einzelnen Flugzeugs, der sandige Schimmer der Halbinsel, die Höhe des Deichs – noch sicherer, noch unbezwingbarer vom Watt her – und weit hinten auf der Düne die Hütte des Malers.

Ich trug den Korb mit den Fischen. Ich folge Hilke durch das Watt, warf nach fischenden Seevögeln, versuchte, wie sie, auf einem Bein zu hüpfen. Ich zertrat gelbliche Schaumhügel, die der Wind zusammengeweht hatte. Die Fische zappelten im Korb und klappten beim Atmen ihre Kiemendeckel ab. Mehrmals forderte Hilke mich auf, ihr mit dem strömenden Wasser eines Priels die Beine abzuwaschen, über die sich muddrige Fäden zogen; sie stützte sich dabei auf meinen Rükken. Die Schneckenhäuser in ihrem Schlüpfer stießen gegeneinander, es klang wie eine Klapper. Ich setzte meinen Fuß auf winzige Erhebungen und ließ den Schlamm durch die Zehen quellen. Der rotblaue Ring auf Hilkes Schenkeln stammte vom Gummizug, er sah quaddlig aus, man mußte an einen Kranz von Insektenstichen denken. Der Wind warf ihr Haar hin und her, manchmal war ihr Gesicht ganz verdeckt.

Ich meine, wir bewegten uns schon Richtung Halbinsel, als Hilke, die vor mir herhüpfte, auf einmal leise aufschrie, sich auf den nassen Boden setzte, mit beiden Händen den linken Fuß umfaßte und den Fuß heranbog und so drehte, daß sie die Sohle sehen konnte. Ich war da schon neben ihr, hockte schon auf den Knien. Aus ihrer Fußsohle stand der gezackte, kalkweiße Splitter einer Miesmuschelschale. Nicht abbrechen, sagte sie, und sie faßte selbst den Splitter mit zwei Fingern und zog ihn blitzschnell heraus. Sie hatte kein Taschentuch, sie nahm einen Zipfel des Kleides, doch sie gebrauchte ihn nicht, um die Wunde sauber zu wischen, sie tat es mit dem Saum meines Hemdes, das sie mir aus der Hose pellte. Die Wunde war ein sichelförmiger Schnitt. Die Stärke der Blutung ließ spürbar nach.

Es hört schon auf, sagte ich, und Hilke darauf: Es darf noch nicht aufhören, die Wunde muß sich sauber bluten, und nach einer Pause: Kannst du das, Siggi? Traust du dir zu, die Wunde auszusaugen?

Wie? sagte ich, und Hilke, ungeduldig den Kopf schüttelnd: Wie schon – mit dem Mund natürlich, aussaugen und ausspucken. Sie stützte sich auf die Ellenbogen, spreizte die Beine, hob mir den Fuß entgegen: Also fang an. Ich umfaßte ihre Fessel und schloß die Augen. Ihr Fuß roch sanft nach Mudder und Jod, ich zog ihn an mein Gesicht, blickte noch einmal auf die Wunde, bevor ich sie mit meinen Lippen berührte. Zuerst schmeckte ich nur Schlamm und Mudder, ich spuckte aus, saugte, drückte leicht mit der Zunge, spuckte aus, allmählich verlor sich jeder Geschmack, und ich öffnete die Augen und sah Hilke vor mir liegen, sie nickte mir anerkennend zu.

Dann zog sie ihren Fuß weg, sah auf die Wunde und streckte mir beide Arme entgegen: ich half ihr aufzustehen. Sie stützte sich auf meine Schulter, ich legte meinen Arm um ihre Hüfte: so zogen wir los zum Strand, zur Halbinsel, wo unsere Schuhe und Strümpfe lagen. Hilke fluchte leise, augenscheinlich hatte sie etwas vorgehabt, wozu sie einen gesunden Fuß brauchte, sie wiederholte sich andauernd, murmelte: Heute, ausgerechnet heute muß das passieren, Mist verdammter, warum nicht morgen? Ihre Hand begann unruhig zu werden, sie blickte zu oft auf die Armbanduhr, man kennt so etwas ja. Sie humpelte, setzte den linken Fuß nur mit der Hacke auf, machte dabei eine knappe, drehende Bewegung aus dem Kniegelenk. Ausgerechnet heute muß das passieren. – Was ist heute? fragte ich, worauf meine Schwester wörtlich antwortete: Wenn du so weitermachst, drückst du mir noch den Hüftknochen ein.

Wir wichen den tieferen Prielen aus, umrundeten unberechenbare Tümpel, konnten es dennoch nicht vermeiden, daß wir von Zeit zu Zeit in ein Schlickloch gerieten und einsackten bis zum Knie. Wildgänse strichen niedrig über uns hinweg zu den Torfteichen, die Möwen waren im Watt beschäftigt, zusammen mit all den Strandläufern und Austernfischern. Immer noch kein Regen. Am Ufer der Halbinsel, im feinen Sand, ließ ich mich gleich fallen, schnappte mir Hilkes Fessel und wollte die Wunde noch einmal säubern und aussaugen, aber Hilke wollte jetzt nicht, Hilke zwängte einige Finger unter den Gummizug ihres Schlüpfers, ließ Schnekkenhäuser in den Sand regnen, hockte sich hin und zählte sie, während ich ihr Strümpfe und Schuhe heranbrachte. Es sind nicht genug, sagte Hilke auf einmal, zehn bis fünfzehn brauche ich noch: willst du sie mir holen, Siggi? – Wartest du auf mich? – Nein, sagte sie, ich geh schon vor: auf solche Art verstand sie es, mich loszuwerden. Sie sammelte die Schneckenhäuser in den Korb, warf sie einfach auf die Fische. Sie rieb die Wunde an der Fußsohle mit einem Strumpf sauber, schüttelte den Strumpf nur aus, bevor sie ihn anzog, klopfte sich das Kleid ab, stellte sich in den Wind und band das Haar hinten hoch, dann humpelte sie nach achtlosem Gruß am Strand entlang heimwärts.

Ich blieb im Sand liegen, stützte die Ellenbogen auf und sah ihr nach, wie sie sich entfernte, Blau vor Grün, Blau vor Sandbraun, immer kleiner, immer unscheinbarer wurde sie – und wurde jeder von uns –, je näher sie – oder er – dem Deich kam, der Deich schien einen zu verringern und hinabzuzwingen mit seiner wulstigen Masse, zumindest solange man sich auf seinen Fuß zubewegte. Als Hilke oben war auf dem Kamm des Deiches, sah sie zurück, suchte mich, entdeckte mich und streckte einen Arm auffordernd gegen das Watt aus: Geh jetzt und such mir die Schneckenhäuser.

Ich blieb liegen und wartete, bis sie verschwunden war, und auch danach ging ich nicht ins Watt zurück, denn ich sah, daß in dem Augenblick, in dem Hilke auf der andern Seite des Deiches hinabrutschte, sich ein Mann aus dem Strandhafer vor der Düne erhob, ein schmaler Mann, Busbeck. Er hatte dort gelegen, um sie vorbeizulassen. Er trug etwas, Doktor Busbeck trug etwas fest gegen den Körper gepreßt, manchmal blickte er sich um, so, als befürchte er Hilkes Rückkehr. Den Körper weit nach vorn gelegt, mit dem freien Arm krampfhaft rudernd, stapfte er die Düne hinauf, da ließ sich schon erkennen, mit welchem Ziel er die Halbinsel überqueren wollte. Er mußte ein Taschentuch in der Hand gehabt haben, denn von Zeit zu Zeit sah es aus, als wischte er sich über Nacken und Stirn, er machte einen gehetzten Eindruck, selbst wenn er zurücksah oder den Strand in anderer Richtung erkundete, blieb er nicht stehen. Zornig, verbissen mutete die Art seiner Bewegung an, er wurde mit dem nachrutschenden Sand nicht fertig, mit dem trockenen Dünensand, der keinen Halt gab.

Zugegeben: er hatte sich den kürzesten, aber auch den mühsamsten Weg zur Hütte des Malers ausgesucht, tief gebeugt steuerte er auf sie zu, manchmal rieb er sich blitzartig die Augen, immer dann, wenn er in eine Fahne von Flugsand geriet, die der Wind die Düne hinaufwehte und oben in einem wütenden Kreisel drehte und landwärts warf. Die Düne hinab ging es leichter, da wurde Doktor Busbeck tanzlustig, er sprang und tanzte und glitt den Dünenhang hinunter, lief dann auf die Hütte des Malers zu, schlug mit der Handkante den Riegel auf, sah sich einmal schnell, danach lange um, wobei er die Halbinsel und den Strand und das schmale Land unterm Deich mit genauem Argwohn absuchte, schließlich sprang er in die Hütte und zog die Tür zu. Jetzt waren die

Schneckenhäuser vergessen, und was Busbeck betrifft: wenn sich einer so auffällig, so verdächtig durch das Blickfeld bewegt, wie er es tat, braucht er sich nicht zu wundern, wenn man sich für ihn interessiert und, allerhand bei ihm vermutend, die Verfolgung aufnimmt. Kaum hatte er die Tür zugezogen, da drückte ich mich schon vom Boden ab, lief, einen Bogen schlagend, auf die fensterlose Seitenfront der Hütte zu, geduckt und immer bereit, mich hinzuwerfen. Ich brauchte meinen Lauf nicht zu unterbrechen.

Langsam, immer langsamer, auf Fußspitzen in den Windschutz der Hütte, das Gesicht lauschend am gebeizten Holz, auf allen vieren zur Fensterseite, warten, jetzt klopft es drinnen, knarrt es, ein rostiger Nagel quietscht unterm Stemmeisen, vorsichtig aufrichten, mit dem Rücken zur Wand, näher an das breite Fenster heran, nur keine Berührung, was macht er da, warum bearbeitet er die Dielen, nur kein voreiliger Schatten, er scheint die Dielen zu lösen mit einem Stemmeisen, ans Fenster heranbeugen und so weiter.

Wir erkannten uns sofort. Er schien wohl mit meinem Auftauchen hier gerechnet zu haben, denn als ich mich zur Fensterecke beugte, eine Hand schattenspendend an die Stirn legte, sah mir Doktor Busbeck schon entgegen, weniger überrascht als verärgert und auf dem hölzernen Fußboden kniend, vor sich ein Stemmeisen, mit dem er einige Dielen gelockert und schätzungsweise einen Viertelmeter angehoben hatte. Sicher, ich war verblüfft darüber, daß er mich gleich entdeckt hatte, aber noch mehr verblüffte es mich, daß es seinen zarten Gelenken gelungen war, das Stemmeisen zu führen und die Dielen zu lüften. Wir blickten uns also an. Er unterbrach seine Tätigkeit, ich linste in immer noch unbequemer Haltung durch das Fenster, geradeso, als sei mein Auftauchen unbemerkt geblieben. Wir kamen und kamen nicht voneinander los, und je länger es dauerte, desto weniger dachte ich an Flucht und er an die Fortsetzung seiner Arbeit. Er ließ das Stemmeisen nicht los, ich ließ die Hand nicht sinken.

Dann aber winkte er mir, endlich winkte er zerstreut; sein Gesicht zeigte keine Verärgerung mehr; er winkte mir, zu ihm hereinzukommen, und als ich die Tür der Hütte aufdrückte, erwartete er mich stehend vor dem Arbeitstisch, das Stemmeisen lag auf dem Boden, daneben eine verschnürte Mappe. Anscheinend wirkte ich schuldbewußt, was ihn veranlaßte, gleich mit der Anklage loszulegen: Du hast dich heimlich und erfolgreich, in welcher Absicht, warum auf die Verfolgung gemacht, in wessen Auftrag, mit welchem Ziel?

Er wäre sehr zufrieden gewesen, wenn ich ihm gesagt hätte, daß mein Vater es gewesen war, der mich ihm hinterher geschickt hatte. Doktor Busbeck wollte mir einfach nicht glauben, daß ich ihm ohne Auftrag gefolgt war. Was hast du denn erwartet? fragte er, was wolltest du erfahren? Ich sah auf die verschnürte Mappe, zuckte die Achseln. Er folgte meinem Blick, er schwieg eine Weile. Also warum? fragte er dann, und ich darauf: Ich weiß nicht, ich weiß wirklich nicht. Da hatte er schon seine Sicherheit verloren, er kam mir ratlos vor und verlegen wie immer, er gab einem das Gefühl, als ob er Hilfe nötig hätte. Er legte seine Hände zusammen, zwängte sie in die gesteiften Manschetten, blickte schreckhaft durch das breite Fenster den Strand hinab, vom Eingang beobachtete er die Düne.

Soll das versteckt werden? fragte ich und hob die Mappe auf. Er riß mir die Mappe aus den Händen, mit der Schroffheit, die ein Mann wie er überhaupt aufbringen konnte, eine einlenkende Geste sollte um Entschuldigung bitten für seine Heftigkeit. »Der Wolkenmacher«, sagte ich, und er winkte ab: er wußte, daß der Maler mir das Bild anvertraut und daß ich es Ditte gegeben hatte, kurz nachdem das Auto verschwunden war, er wußte alles über uns und manches sogar früher als wir. Also er suchte ein Versteck für die Mappe, Max Ludwig Nansen selbst hatte ihn losgeschickt damit, gleich, nachdem er aus Husum zurückgekommen war, nein, das ist nicht genau: nachdem der Maler zurückgekommen war an jenem Morgen – schlapp und verstört und nicht willens, mit irgend jemand zu sprechen – hatte er nur Ditte stumm begrüßt und sich zunächst eingeschlossen in seinem Zimmer, mehrere Stunden hatte er dort verbracht, und als er erschien, hatte er nichts über das gesagt, was in Husum geschehen war, auf ihre Fragen hatte er nur den Kopf geschüttelt, offenbar hatte man ihm verboten, etwas zu sagen. Er holte die Mappe, die er bisher auf Bleekenwarf verborgen hatte, gab sie Teo Busbeck und bat ihn, sie in Sicherheit zu bringen, zumindest an einen Ort von größerer Sicherheit. Hierher, in die Hütte. Das erfuhr ich, und erfuhr außerdem, daß das, was in der Mappe lag, das Wertvollste war, was der Maler zu besitzen glaubte, er selbst hatte sich so ähnlich geäußert. Aber wo in der Hütte verstecken, und wie?

Doktor Busbeck begann nach dem Ölpapier zu suchen, das im Schrank, unterm Schrank, hinterm Schrank stecken sollte, wir suchten gemeinsam nach dem Papier, und während der Suche merkte ich, daß er nicht aufhörte, mich zu beobachten, und daß er die Suche in einem bestimmten Augenblick nur deshalb fortsetzte, weil er nicht wußte, wie er sich mir gegenüber verhalten sollte. Wir fanden das Ölpapier nicht. Vielleicht hatte es irgend jemand mitgenommen, vielleicht trieb es auf dem Meer, vielleicht hatte der Maler es sogar selbst gebraucht, jedenfalls das Papier, das die Mappe und ihren Inhalt schützen sollte, war nicht mehr da – was der Mann jetzt eher erleichtert als enttäuscht feststellte. Weg, sagte er, da läßt sich nichts machen, ohne das Ölpapier läßt sich die Mappe nicht aufbewahren unter den Dielen. Wer weiß, sagte er, ob das überhaupt ein guter Platz ist.

Er trat, sich selbst Antwort gebend, auf die gelüfteten Dielen, wippte und zwang sie nieder, und dann sprangen wir gleichzeitig auf die Dielen, traten und klopften sie fest, und zuletzt schlug Doktor Busbeck mit dem Stemmeisen die gelockerten Nägel ein: die dunkle Öffnung, auf deren Grund feuchter Sand schimmerte, das Versteck war wieder geschlossen. Nimmst du die Mappe wieder mit? fragte ich, und er: Ja, ich nehme sie mit: es gibt hier kein Ölpapier, und dies ist überhaupt kein guter Platz. Ich bat ihn, mir die Bilder in der Mappe zu zeigen, er weigerte sich, er streckte abwehrend eine Hand aus, als ich die Verschnürung der Mappe lösen wollte. Neue Bilder? fragte ich. Unsichtbare Bilder, sagte er.

Da begann ich zu betteln, bot mich an, die Mappe zurückzutragen nach Bleekenwarf, wenn er mich nur einmal, nur ein einziges Bild, und das alles ganz schnell – aber er wollte nicht, konnte nicht, er sagte: Davon hast du doch nichts, es sind unsichtbare Bilder. Sie ließen sich aber doch anfassen? Sicher, sie ließen sich anfassen. Und tragen? Auch tragen. Und aufhängen? Auch aufhängen. Warum sie dann aber unsichtbare Bilder hießen? Doktor Busbeck überblickte den Raum, prüfte, vergewisserte sich, nahm die Mappe unter den Arm: Was? – Ich sagte, wenn sie unsichtbar sind, die Bilder, dann brauchst du sie doch nicht zu verstecken, in Ölpapier, hier unter den Dielen; wenn sie unsichtbar sind, dann kann sie doch keiner finden, was unsichtbar ist, ist sicher. – So gesehen – er sagte wirklich: So gesehen, hast du natürlich recht, er sagte es abgewandt, beiläufig, schon auf dem Weg zur Tür, doch auf einmal blieb er stehen, drehte sich um und fuhr fort: Du mußt dir vorstellen, daß auf diesen Bildern nicht alles unsichtbar ist: kleine Hinweise, Zeichen, Andeutungen – so Pfeilspitzen, weißt du –, die sind da schon zu erkennen; aber das Wichtigste, das, worauf es ankommt: das ist unsichtbar. Es ist da, aber unsichtbar, falls du mich verstehst. Eines Tages, ich weiß nicht wann, in einer andern Zeit wird alles sichtbar sein. Und jetzt frag nicht mehr, sag nichts mehr, geh nach Hause. – Und du? – Ich geh auch nach Hause. Zum Abschied lächelte er mir immerhin zu, dann preßte er die Mappe an seinen Körper und verließ die Hütte. Ich sah ihm kurz nach, wie er auf die gewinkelte Düne zuging, zögernd zuerst, schließlich eilig und mit weit nach vorn gelegtem Oberkörper.

Das Rauschen draußen im Watt, das war die Flut. Sie schäumte landwärts über die Sandbarren, die die Priele verschlossen, stieß in blasigen Zungen über das glatte Watt vor und füllte Tümpel und Rinnen; die Flut schwemmte Gras auf und Muschelschalen, sie spülte Hölzer frei, verwischte die Spuren der Seevögel, verwischte unsere Spuren, und drängend stieß sie im Norden bis ans Ufer und dann dicht unter Land, in schneller Umfassung, ein tongraues Gebiet abriegelnd, weiter bis zur Halbinsel.

Keine Schneckenhäuser, jetzt war es zu spät, um die Schneckenhäuser zu sammeln, die Hilke verlangt hatte. Als ich die Hütte verließ, war Doktor Busbeck nicht mehr zu sehen. Ich überquerte die Halbinsel, ging den Strand entlang, bogenförmig immer den anlaufenden Wellen schräg entgegen und vor ihnen zurückweichend, sobald sie Ernst machten und über den festen, sandigen Grund zu mir heranschäumten. Der Strand. Die See. Aber erst einmal vor bis zum roten Leuchtfeuer, die Böschung hinauf, über den Deich und wieder hinab auf den Ziegelweg und an der Schleuse vorbei und an dem ausgebleichten Pfahl mit dem Schild »Polizeiposten Rugbüll«. Der alte, radlose Kastenwagen, das Versteck der ersten Jahre, schien noch tiefer in den Boden eingesackt zu sein, die aufwärtsgerichtete Deichsel war morsch geworden, zeigte lange Risse, und inmitten der splittrigen Ladefläche war ein Brett gebrochen. Also auch am Kastenwagen vorbei und am Schuppen, und am Fuß der Steintreppe blieb ich stehen, ich mußte stehenbleiben, denn über mir, im Türrahmen, wartend und durch die Perspektive auf mindestens sieben Meter fünfzig vergrößert – so wie damals, als wir Klaas auf der Karre angebracht hatten –, stand mein Vater und sperrte alles ab sozusagen, da war jedenfalls kein Vorbeikommen. Während er unbeweglich auf mich herabsah, nicht zur Seite trat, keine Hand ausstreckte, das trockene Gesicht nicht ein einziges Mal verzog, schien er sich noch höher auszuwachsen, drohend, so daß ich gar nicht den Versuch machte, zu ihm emporzusehen, ich behielt den Blick unten, starrte auf seine vor Nässe weißen Stiefelkuppen, auf die lehmverschmierten Gamaschen – daß er solche Gamaschen nicht nur tragen mochte, sondern auch noch gern trug – und stellte fest, daß die Schleifen, zu denen er seine Schnürsenkel gebunden hatte, gleich lang und säuberlich waren. Er hatte Freude an gleich lang gebundenen Schleifen. Und er hatte auch Freude an der prompten Unruhe und der quälenden Unsicherheit, die er bei seinem Gegenüber hervorrief einfach durch diese begehrliche Art der Erwartung, da mußte man aufhören, das Beste von sich zu denken.

Was hat er diesmal herausbekommen? Was sollte ich zugeben? Ich starrte auf seine Stiefel, ließ das Schweigen über mich ergehen, mit dem er mich klein machte, willig machte, und nachdem er mich tatsächlich auf die Größe eines Fünfpfennigstücks eingeschmolzen hatte, bewegten sich die Stiefel im Türrahmen, die Stiefel näherten sich einander, sie drehten sich um fünfundvierzig Grad, so daß sie sich jetzt in ihrem knubbeligen lächerlichen Profil anboten, auch das Gesicht meines Vaters bot sich jetzt im Profil an, er stand mit dem Rücken zum rechten Türpfosten, gab also den Weg nicht nur frei, sondern forderte durch seine Haltung auf, ins Haus zu treten. Ich ging an ihm vorbei ins Haus. Ich blieb auf dem Flur stehen, hörte, wie er sich umdrehte. Ins Büro, kommandierte er, und ich ging ihm voraus in das enge Büro, es wird also Gespräche geben.

Anfangs beschränkte er sich darauf, in meinem Gesicht zu lesen, er hielt mich fest mit seinem vorzeitlichen Blick, doch diese Lektüre reichte anscheinend nicht aus. Er setzte sich mit dem Rücken zum Fenster und sagte auf gut Glück: Erzähl! Wie kann man antworten auf solch einen Befehl? Erzähl, sagte er, los, erzähl, ich hör noch nix. Mir war schon klar, daß er etwas Bestimmtes meinte, aber was? Erzähl! Tu nicht so scheinheilig, erzähl! Also gestehen, erzählen war für ihn gestehen. Du weißt mehr, sagte mein Vater, mehr als du mir erzählt hast. Ich denke, wir haben da was abgemacht, wir beide, wir wollten doch zusammenarbeiten? Was ist los mit dir?

Er stand auf, kam, beide Hände auf dem Rücken, langsam auf mich zu, da war schon vorauszusehen, was geschehen würde, dennoch zögerte er den Schlag – einen eher aufhelfenden als strafenden Schlag – so lange hinaus, daß ich schließlich doch überrascht war. Mein Vater glaubte wirklich, daß der Schlag meinem Gedächtnis aufgeholfen, es befreit habe, er kehrte beruhigt zu seinem Stuhl zurück. Du bist doch immer drüben, sagte er, den ganzen Tag lungerst du ’rum auf Bleekenwarf, dir entgeht nix: also erzähl! Da er so sehr darauf bestand, also: Gestern gab es Streuselkuchen in Bleekenwarf, Doktor Busbeck saß in der Sonne und las, Jutta und ich kletterten in die Kutsche, die alte, weißt schon, die in der Scheune, und Jobst saß auf dem Bock und geriet so in Wut, daß er eine Peitsche zerschlug. Alles, was ich in meinem Gedächtnis aufstöbern konnte an unnützen Erfahrungen, bot ich ihm an: daß Brodersen, der einarmige Postbote, da seinen

Tee erhielt, daß Ditte nach dem Essen schlief, daß wir die Enten vom Teich zu den Gräben jagten. Wie geduldig mein Vater auch Nebensächliches anhören konnte! Dann, auf einmal: Hast nix vergessen? – Den Regen? fragte ich. Den Spiddel, sagte er, diesen Busbeck, der etwas forttrug, sah aus wie eine Mappe. Aus dem Haus hat er es fortgetragen, ging zur Halbinsel rüber, wo du warst. Wenn du Augen im Kopf hast, mußt du ihn gesehen haben. – Ach, der, sagte ich, ja der. Er kam über die Düne, sagte ich, er hatte es ziemlich eilig, er wollte zur Hütte und verschwand auch da drin, vielleicht wollte er was verstecken. – Meinst du? fragte er. Er blieb lange genug in der Hütte, sagte ich, vielleicht hat er was unter den Dielen versteckt. – Unter den Dielen? – Das ist doch das einzige Versteck da. Mein Vater schwieg eine Weile, dann sagte er: Das Verbot – es bedeutet ihm nix, er hat weitergearbeitet all die Zeit, heimlich. Aber ich werde ihn schnappen, diesmal halte ich ihn fest. Ich werde ihn schnappen oder seine Erzeugnisse, und dann wird ihm keiner mehr helfen können. Ich werde ihm zeigen, daß Verbote für alle gemacht werden, auch für ihn: das ist meine Pflicht. In der Hütte, sagst du, unter den Dielen? – Möglich ist das doch, sagte ich, das ist das einzige Versteck da. Mein Vater stand auf, ging an mir vorbei zum Fenster, machte etwas hinter meinem Rücken, was ich allenfalls erraten konnte: es klang, als ob er mit einem Messer den getrockneten Dreck von seinen Ledergamaschen schabte. Ich wagte nicht, mich umzudrehen. Ich stand und horchte auf die Geräusche, die er hinter mir hervorrief, als ein anderes, ein stärkeres Geräusch aus der Küche herüberdrang: meine Mutter hatte das Radio angestellt.

Zuerst zogen da nur Heuschreckenschwärme über Wellblech, dann jaulte und pfiff es, dann setzte jemand einen elektrischen Bohrer in Gang, dann meldete sich eine Stimme, die so lange unverständlich blieb, bis meine Mutter an dem Knopf drehte, der für Trennschärfe sorgte; jetzt wurde die Stimme klar, eine sichere, beinahe frohgemute Stimme war jetzt im ganzen Haus zu hören. Jedenfalls wurde mitgeteilt, daß Italien uns den Krieg erklärt habe, eine königliche Attrappe namens Victor Emanuel und ein hochgestellter

Schlappschwanz namens Badoglio hätten das für nötig gehalten. Wir sollten uns aber, meinte die Stimme, keine Sorgen machen, nicht einmal enttäuscht sollten wir darüber sein, daß der ehemalige Waffenbruder und so weiter, denn nun erst, meinte die Stimme, ganz auf uns allein gestellt, könnten wir die Welt mit unseren Fähigkeiten bekannt machen, nun erst, befreit von den Rücksichten auf einen ungewissen Partner, könnten wir die Tugenden zur Entfaltung bringen, die in uns steckten. Meinte die Stimme. Sie verriet Erleichterung. Sie verriet Zuversicht. Sicherheit verriet sie sowieso.

Also Italien, sagte mein Vater. Ich drehte mich um, er stand am Fenster und sah hinaus zu den Torfteichen. Im ersten Weltkrieg, sagte er, und jetzt wieder: so sind die Italiener: Tarantella und Pomade im Haar – sonst nix. Wir hätten das wissen müssen.

Er straffte sich, versteifte sich, schloß seine Hände zu Fäusten, spannte sein Gesäß, und auf einmal wandte er sich um und ging blicklos an mir vorbei, ging auf den Flur und ließ dort, indem er seine Uniform komplettierte, Koppel und Dienstpistole umband, einen vorschriftsmäßig ausgerüsteten Polizeiposten entstehen, rief in die Küche hinein: Tschüß, nech; sagte noch – vermutlich, weil meine Mutter gefragt hatte, wann er essen wollte –: Später, machen wir alles später, riß die Tür auf und holte sein Fahrrad aus dem Schuppen und führte es zum Ziegelweg, wo er aufsaß und in Richtung Deich davonstrampelte. Im Radio spielten sie den Badenweiler. Fahr nur, dachte ich, fahr nur.

Auch ich hatte keinen Hunger, ich wollte später essen, wie mein Vater, weil ich zuerst noch etwas in der alten Mühle erledigen wollte, aber kaum war ich auf dem Flur, da hieß es schon: Essen, Siggi, marsch!

Sie brauchen nicht zu befürchten, daß es schon wieder Fisch bei uns gab, es gab Zusammengekochtes, Bohnen und Birnen, dazu Kartoffeln, kein Fleisch, nur Schwarten, und wir saßen uns schweigend gegenüber, meine Mutter und ich, Hilke war immer noch nicht zu Hause. Meine Mutter blickte nachdenklich über mich hinweg, während sie ihr Gebiß in eine Kartoffel schlug oder in eine Birne, sie brauchte nicht ein einziges Mal zu pusten, keine Speise war ihr zu heiß. Lustlos aß sie, stieräugig, mit langsamen Schluckbewegungen. Sie brachte es fertig, eine grüne Bohne aufzuspießen und sie so lange anzustarren, daß man von der Bohne schon das Schlimmste befürchten mußte, zumindest erwartete man, daß sie sie auf den Tellerrand legen oder in den Ausguß werfen würde nach so mißtrauischer Inspektion, doch dann zog sie die Bohne mit langen Zähnen von der Gabel, kaute nicht, zerdrückte sie vielmehr mit der Zunge am Gaumen und schluckte den nun grünlichen Brei herunter, ausdruckslos. Fing ich mal an, ihr etwas beim Essen zu erzählen, zeigte sie nur herrisch auf meinen Teller: Da liegt deine Aufgabe, red nicht, iß! Aß ich zu schnell, verwarnte sie mich, hatte ich mal keinen Appetit, drohte sie mir.

Ich war viel früher fertig als sie, dennoch ließ sie mich nicht gehen; sie bestand auf meiner Anwesenheit, befahl mir abzuräumen: das benutzte Geschirr in den Ausguß, die halbvollen Töpfe in die Kochkiste, sogar den Tisch ließ sie mich abwischen, während sie selbst nur teilnahmslos dasaß und manchmal mit den Zähnen knirschte. Aber ich will meine Wut nicht in die Länge ziehen, möchte erst gar nicht damit anfangen, ihre Rückansicht zu beschreiben – den prallen Haarknoten, ihren langen, mit Leberflecken gesprenkelten Hals, das steife Kreuz, die rechthaberischen Hüften –, vielmehr lasse ich schon jetzt Deichgraf Bultjohann erscheinen, den alten Knurrhahn, der, wie ich mich selbst überzeugt hatte, nicht nur ein, der gleich drei Parteiabzeichen trug: auf dem Hemd, auf der Jacke, auf dem Mantel. Der klopfte erst an, wenn er schon im Zimmer stand. Da er seine neun eigenen Kinder immer verwechselte, konnte es nicht ausbleiben, daß er auch für mich jedesmal einen anderen Namen hatte, er nannte mich Hinrich oder Berthold oder Hermann, mitunter auch Klein-Asmus, das machte mir nichts aus, solange er meine Sparkasse grüßen ließ. Zur Begrüßung gab er mir einen Groschen und sagte: Grüß deine Sparkasse.

Diesmal nannte er mich Josef, winkte mit dem Groschen und fand anerkennende Worte für meinen Küchendienst. Er setzte sich nicht, er rollte sich auf den Stuhl, der für ihn viel zu klein war, nur dem halben Gesäß Platz bot. Er tätschelte meiner Mutter die Hand. Er atmete angestrengt, als müßte er den Wind loswerden, der ihm in die Lunge gedrungen war. Er zwinkerte mir zu und bestätigte mich durch sein Zwinkern in meiner Geschäftigkeit, die mich zwischen Ausguß, Tisch, Speisekammer hin und her führte.

Mir fällt auf, daß meine Mutter nie jemanden nach dem Grund seines Besuches fragte: wer zu uns kam, war da. Daß Bultjohann nicht sie besuchen wollte, merkte ich daran, wie er ins Haus lauschte, schließlich fragte er: Jens, ist er da? Meine Mutter schüttelte den Kopf, und der Deichgraf, den massigen Oberkörper über den Tisch beugend: Er muß einschreiten, Jens muß da einschreiten. Er flüsterte, sagen wir: er tat das, was er selbst Flüstern genannt hätte, selbst in der Speisekammer war er noch ausreichend zu verstehen.

Er hatte da etwas beobachtet, was er melden mußte, deswegen war er vorbeigekommen. Er wollte etwas melden, was er zur Mittagszeit im »Wattblick« ... Alles leer, Gudrun, und ich sitz so eine Weile am Fenster und warte: kannst du dir vorstellen. Denk nichts, warte nur auf Hinnerk, aber wer nicht auftaucht, ist ... Da steh ich auf, geh ein bißchen herum, ruf auch paarmal, allein möchte man sich doch nichts einschenken, kannst dir vorstellen, Gudrun. Ich denke, die werden doch nicht etwa, also wie kann man sich bemerkbar machen? Man fühlt sich ja immer büschen unwohl, wenn man so ... Du denkst, daß die denken: was könnte der in der Zwischenzeit und dergleichen. Das Radio, im »Wattblick« steht neben der Theke ein Radio, weißt du doch, Gudrun. Ich dreh das Radio an, braucht so ein Weilchen, bisses warm wird, auf einmal meldet sich London: die haben einfach die letzte Station stehenlassen, die sie gehört haben: verstehst du? London.

Deichgraf Bultjohann musterte meine Mutter, hoffte wohl, auf ihrem Gesicht eine Anerkennung, zumindest aber eine Bestätigung dafür zu finden, daß er seine Entdeckung zu Recht hierher gebracht und ausgepackt hatte, aber was er auch erwartete: – nichts geschah. Meine Mutter sagte nichts. Sie wandte ihm nicht das Gesicht zu. Stieräugig, den Blick auf das Fenster gerichtet, anscheinend an den Herbst verloren, der draußen seine Farben vorzeigte, so blieb sie am Küchentisch sitzen, während Bultjohann offensichtlich überlegte, wie er die Frau zur Teilnahme bringen könnte. Man muß das gesehen haben, wie dieser Knurrhahn, immer noch scharf atmend, meiner Mutter von neuem die Hände tätschelte, den rechten Unterarm massierte und ihr, dringender, verkürzter, eine Wiederholung anbot. Im »Wattblick«, Gudrun, stell dir vor, das wird Jens interessieren: sie hören dort Feindsender. Hinnerk. Ich habe Beweise.

Meine Mutter rührte sich nicht. Meine Mutter ließ ihn zu Ende sprechen, dann erwachte sie aus ihrer Versunkenheit, sie griff nach ihrem Haarknoten, befummelte ihn und wandte sich plötzlich zu mir um und befahl: Auf dein Zimmer, Siggi, marsch, es ist Zeit. Unwillig kam ich aus der Speisekammer heraus, zögerte, maulte, ging zum Ausguß und wollte den Abwaschlappen auswringen, doch davon hielt sie nichts, sie sagte ungeduldig: Marsch, du bist fertig, worauf ich den fettigen, mit Speiseresten verklebten und schwach tropfenden Abwaschlappen über den Wasserhahn hängte, still protestierend, anklägerisch. Wortlos verabschiedete ich mich zur Nacht. Ich gab meiner Mutter die Hand. Ich gab Deichgraf Bultjohann die Hand. Um ihnen zu zeigen, daß sie von mir aus unter sich bleiben konnten, zog ich die Küchentür zu, schnappte mir draußen an der Garderobe das Fernglas meines Vaters, das er entweder vergessen hatte oder überhaupt nicht hatte mitnehmen wollen, und ging, keine Stufe auslassend, zu meinem Zimmer hinauf. Auf dem ausziehbaren Tisch, auf meinen persönlichen Ozeanen war nicht allzuviel los: da fand lediglich das Ende der »Graf Spee« statt, die ich zusammen mit drei englischen Kreuzern vor der La-Plata-Mündung versammelt hatte; die »Spee« hatte tatsächlich keine Chance, sie mußte sich einfach selbst versenken, mein Nachspiel hatte das einwandfrei ergeben. Ich ging zum Fenster, setzte mich aufs Fensterbrett, es hatte kaum zu dämmern begonnen.

Dieser langwierige Herbst bei uns, das schnelle Frühjahr, aber der langwierige Herbst. Ich nahm das Fernglas aus dem verzogenen Lederetui, holte mir, kurz vor der Dämmerung, den Herbst heran, in runden, heftig klaren Scheiben. Sollten sie doch reden unten in der Küche! Das magere Gehölz rechts von Glüserup, verkrüppelt, windzerzaust, schon braun. Die Wiesen und fern nach Husum laufenden Knicks gaben sich noch als grün aus, hatten jedoch schon gelbbraunen Schimmer. Die schattigen Gräben spendeten Bleifarbe. Immer wieder drängte sich Ziegelrot ins Blickfeld. Kein Berg, kein Fluß, keine Ufer bei uns, nur diese Ebene, grün, gelb und mit braunen Streifen. Erlenspaliere mit schwarzen Früchten, die der Wind in die Gräben warf. Alles – das Land, die Bäume, die kleinen Gärten – gebräunt, so mit Streifen und fast wie verstockt, wie Sachen, die man lange verwahrt hat. Die still dastehenden Tiere abends, ihre regelmäßigen Atemzüge, einige trugen schon Persenninge gegen die Kühle der Nacht. Ich drehte das Glas, wanderte den Horizont entlang. In seinem Apfelgarten pflückte der alte Holmsen Äpfel, jetzt gegen Abend, er stand auf einer Trittleiter, wacklig, ziemlich wacklig, nur bis zur Hüfte erkennbar, sein Oberkörper schien ganz aufgegangen in die immer noch belaubte Krone des Baums. An der Fahnenstange vor dem »Wattblick« flatterte ein Wimpel, Hinnerk Timmsens Privatwimpel, weißes Feld mit zwei gekreuzten blauen Schlüsseln. Schlüssel hat er schon, sagte mein Großvater mehrmals, nur die Türen fehlen, die er damit aufschließen kann. Auf den Torfteichen trieben Bleßhühner wie Korkstücke, vollgefressen in nahrhaftem Sommer und jetzt unfähig, sich in die Luft zu erheben. Meine Mühle. Das Fernglas brachte mir mein Versteck heran, die schieferbesetzte Zwiebelkuppel, den achteckigen Turm, die immer noch weißen Fensterrahmen, aus denen auch die letzten Glasscherben herausgebrochen waren, herausgeweht. Ich erkannte das Pappstück vor dem Fenster, hinter dem ich mit Klaas gelegen und die Ankunft der Ledermäntel beobachtet hatte. Stritten sie sich unten in der Küche? Das Radio, meine Mutter drehte das Radio auf. Wieder setzte ich das Glas an, das ich kurz hatte sinken lassen, schwenkte zur Mühle hinüber, und da sah ich sie aus dem Eingang herauskommen.

Ich muß zugeben: zuerst dachte ich, der Maler habe da mein Versteck entdeckt, das Lager, die Reiterbilder, die Sammlung von Schlössern und Schlüsseln und natürlich auch den »Mann im roten Mantel«; er habe, dachte ich, alles zufällig in der Kuppel entdeckt und sei da mal mit meiner Schwester hinaufgestiegen, um den Fund zu begutachten, zu zählen und, wenn es schon sein mußte, auch ein bißchen widerwillig zu bewundern. Die Angst, ich erinnere mich auch an die Angst, daß er das Verdunklungsrollo mit dem »Mann im roten Mantel« einfach vom Nagel und mitgenommen haben könnte, doch er trug nichts unterm Arm, nichts in den Händen. Er faßte meine Schwester locker am Oberarm, er schob sie leicht vor sich her. Was hatten sie in der Mühle zu suchen? Hilke hinkte immer noch ein bißchen, als sie den Weg zum Torfteich hinabgingen, schweigend; am Wegkreuz trennten sie sich. Sie trennten sich so: ihre Schritte wurden immer langsamer, ihre Körper näherten sich immer mehr, und als sie stehenblieben, berührten sich ihre Schultern für einen Augenblick, vielleicht streifte der Maler Hilke auch nur unabsichtlich, als er an ihr vorbeitrat und sich ruckhaft zu ihr umdrehte, geradeso, als wollte er ihr den Weg versperren, doch er breitete seine Arme nicht aus, sondern nahm Hilkes Hände und führte sie in Bauchnabelhöhe zusammen, und dann hob und senkte, hob und senkte er die Hände meiner Schwester, im Rhythmus der Sätze, die er jetzt noch sprach, ermunternde Sätze, wie ich annehmen möchte, bestätigende, jedenfalls kurze Sätze, etwa: Denk dran, oder: Machen wir, und dergleichen. Hilke hatte das Gesicht gesenkt und sprach nicht, allenfalls äußerte sie sich durch die Widerstandslosigkeit, mit der sie ihre Hände emporreißen und niederdrücken ließ.

Überraschend, jedenfalls für mich überraschend, ließ der Maler ihre Hände los, nein, er warf sie sozusagen nach unten weg, wandte sich um und trottete, nein, segelte in Richtung Bleekenwarf, vornübergelegt, mit geschwelltem Mantel. Und Hilke? Die sprang auf einmal, die konnte mit der Schnittwunde im Fuß raumgreifende Sätze machen, die wandte sich im Sprung um und winkte, oft, muß ich sagen, und nutzlos, denn der Maler sah sich kein einziges Mal um und winkte kein einziges Mal zurück. Plötzlich blieb Hilke stehen, dachte nach – so eindeutig und erkennbar wie der Polizeiposten Rugbüll nachdachte – und drehte sich auf einmal um und hinkte – jetzt hinkte sie – zur Mühle zurück, wo sie nur kurz verschwand und mit dem Korb unterm Arm wieder auftauchte und sich sofort wieder, mir nichts dir nichts, in unvermuteter Sprungfreude auf Rugbüll zubewegte, auch das Winken vergaß sie nicht. An der Schleuse winkte sie zum letzten Mal, mechanisch, einfach nur in die Luft, dann sprang sie auf den Ziegelweg, und hier spürte sie prompt, daß sie eine Schnittwunde im Fuß hatte.

Sie entdeckte mich am Fenster, drohte zu mir hinauf. Ich gab ihr ein Zeichen, signalisierte: Besuch, in der Küche ist Besuch; das interessierte sie nicht, sie stieg lächelnd die Treppen hinauf, warf das Haar zurück, bevor sie ins Haus trat. Da war ich schon an der Tür auf Horchposten. Hilke lachte auf, also hatte Bultjohann sie tatsächlich zur Begrüßung wieder am Gesäß erwischt, eine ortsübliche Eigenheit. Hilke holte keinen Teller aus dem Küchenschrank, also hatte sie keinen Appetit. Hilke ging in die Speisekammer, also überließ sie es meinem Vater, die Fische zu schlachten, auszunehmen und zu salzen. Sie hatte es sehr eilig, die Küche zu verlassen, zur Nacht verabschiedete sie sich aber noch nicht.

Als ich hörte, daß sie zu mir heraufkam, flitzte ich zum Tisch, beugte mich über den Untergang des Panzerkreuzers »Graf Spee«, so erwartete ich sie. Gewonnen? fragte sie beim Eintritt, und ich: Der Kahn ist im Eimer. Sie kam trotz der Wunde lautlos heran, legte mir einen Arm um die Schulter und rieb, sich über das Geschehen in der La-Plata-Mündung beugend, mit ausgestrecktem Zeigefinger meinen Hals. Wieviel weiß er, wird sie gedacht haben, und wieviel weiß er nicht. Kann auch sein, daß sie dachte: Sei vorsichtshalber gut zu ihm, kann ja nicht schaden, für alle Fälle. Nach den Schneckenhäusern fragte sie nicht. Also sie machte sich an meinem Hals zu schaffen, streichelte meinen Hinterkopf, legte mir ihr Kinn auf die Schulter, was versonnen wirken sollte, aber es nicht tat, da der Spiegel mir ihre schräg peilenden Augen dazu lieferte; der Widerspruch war auf den ersten Blick zu erkennen. Du rätst nicht, was ich jetzt möchte, sagte sie. –

Was denn? – Rauchen! – Rauchen? – Ich möchte einmal rauchen, sagte sie, wir können ja gleich danach lüften, Mutter merkt es bestimmt nicht.

Meine Schwester zog, ich weiß nicht mehr woher, eine dieser schmalen Viererpackungen raus und legte sie auf die Seekarte nördlich von den Azoren. Ich schüttelte den Kopf und schob die Zigaretten zu ihr hinüber, doch Hilke hatte schon abwehrbereit ihre Hände erhoben, zwang mich, die Zigaretten zu behalten, und ich zog sie zurück und steckte mir eine an. Auch sie steckte sich eine an, nachdem sie nochmal zur Tür gegangen war und nach unten gelauscht hatte.

Wir setzten uns auf mein Bett und rauchten. Wir rauchten hastig zuerst, achteten mehr auf unsere Glimmstengel als auf das weißblaue Gewölk, bis wir damit anfingen, uns den Rauch ins Gesicht zu blasen, und nun ließ sich allerhand entdecken: Seekühe zum Beispiel und flockige Schafe und Baumkronen, der rollende, wehende, sich nur langsam auflösende Rauch, den wir aus unseren Mündern ausstießen, mischte sich, floß und wälzte sich ineinander, und zwischen Hilke und mir stiegen weißblaue Hirsche auf und fliegende Bojen und immer wieder Schafe. Auch ein Gesicht entstand da, ein entrücktes, aber unberechenbares Rauchgesicht, für das ich damals vergeblich nach einer Ähnlichkeit suchte.

Bäume machten wir, Schleppkähne, mir gelang es, aus dem Zusammenprall unserer Rauchsäulen einen Dreimaster in Fahrt entstehen zu lassen, es war da schon was gefällig, als wir auf unseren Betten saßen und rauchten.

Wir husteten nicht, nur als ich das Fenster öffnete und mit einem Strumpf, den ich als Ventilator über meinem Kopf schwang, den Qualm hinauswirbelte, ging Hilke zur Toilette und übergab sich. Sie kam bald wieder, setzte sich, wischte sich mit dem Handrücken über den Mund und zog aufmerksam einen Speichelfaden in die Länge, bis er riß. Ich warf die Kippen hinaus, schloß das Fenster und war nicht wenig erstaunt, als meine Schwester grinste.

Warum grinst du? fragte ich. Ach, Siggi, sagte sie, was schätzt du, was die mit uns machen, wenn sie das herauskriegen? – Blutwurst? fragte ich. – Thüringer Hack, sagte sie, und sagte auch: Heute hast du nichts erlebt, hörst du, zu heute fällt dir nichts ein. Sie streckte sich auf meinem Bett aus und drehte sich auf den Bauch, entspannte ihr ohnehin verschlafenes Fleisch. Ich ließ sie ein paarmal ruhig durchatmen, gönnte ihr, daß sie sich in meiner Kuhle entspannte, doch als sie einzuschlafen drohte, fragte ich: Und in der Mühle? Was habt ihr in der Mühle gemacht? Sie schien die Frage nicht verstanden zu haben, ich wollte schon schärfer nachfassen, als in ihrer Wirbelsäule, ich möchte mal sagen: ein Kurzschluß entstand; da knisterte, da sprühte und zuckte etwas in ihr, sie schnellte hoch, bog sich, warf sich mir entgegen und ihr Gesicht spiegelte Angst und Wut zugleich wider. Behalt das für dich, sagte sie: Mich zu beobachten durch das Fernglas! Nichts, sagte sie wieder etwas zu laut, nichts war in der Mühle, hast du mich verstanden. Wir trafen uns da, wie man sich trifft. – Oben? fragte ich, und als sie mich darauf verständnislos ansah, war ich zufrieden und beruhigte sie: Von mir aus, ich hab nichts gesehn.

Meine Schwester brach erleichtert auf meinem Bett zusammen, schmiegte ihr Gesicht in die Kissen und machte den komischen Versuch, die ganze Matratze zu umarmen. Ich stellte sie mir tot vor und begann, sie mir genauer anzusehn: die schwere Halskette aus polierten, naturfarbenen Holzwürfeln, die merkwürdigen Salzfässer am Schlüsselbein, die fiebrig aufgerauhte und faltige Haut überm Ellenbogenknochen. Gegen ihre Hände war nichts einzuwenden, die kamen mir normal vor, aber ihr Ohransatz, der wirkte ziemlich zerknittert, desgleichen erschien mir ihre Wirbelsäule reichlich lang. Ich berührte sie einmal dort, wo der Büstenhalter ins Rükkenfleisch schnitt, mehr unternahm ich nicht, obwohl ich gern die einzelnen Wirbel abgezählt und auf ihre Tonlage abgeklopft hätte; dabei fiel mir Addi ein, der geduldige Akkordeonspieler.

Behutsam schubste ich meine Schwester zur Seite, sie gehorchte quengelnd, sie wälzte ihre warme Masse aus der Kuhle, um mir Platz zu machen, alles ging mir zu langsam, zu schlaftrunken, schließlich war es mein Bett. Wenn du nicht Platz machen willst, dann hau ab, sagte ich und streckte mich neben ihr aus und fühlte unverhofft ein zunehmendes Schwindelgefühl. Fliegende Seekühe und Bojen und Schafe begannen sich um mich zu drehen und wiederholten immer denselben Abzählvers. Ich klammerte mich an Hilke, schlug nach den flockigen Schafen und hörte meinen Namen. Leise, von sehr weit her, rief mich jemand, da war es wieder: Siggi, komm runter, Siggi. Hilke drückte sich empor, sie sah benommen aus, und so, wie sie kopfhängerisch dahockte, mit diesem hängenden Haar, das ihr Gesicht verdeckte, glich sie einem Mop.

Vater, sagte sie, er ruft dich, er ist zurück, und im gleichen Augenblick hörte ich ihn unten: Wird's bald, Siggi! Da es mir nicht ratsam erschien, den in dieser Zeit ziemlich gereizten Mann durch die zögernde Befolgung seiner Befehle noch mehr zu reizen, stand ich auf, ließ mir von Hilke dabei helfen, mein Gleichgewicht wiederzufinden, ließ mich von ihr zur Tür und sogar bis zur Treppe führen. Er rief schon wieder: Soll ich dich holen, Siggi? Da war Dringlichkeit in seiner Stimme, aber kein Zorn, wie ich feststellte, und ich rief zurück: Bin schon unterwegs, und stapfte die Treppe hinunter, direkt auf ihn zu. Er stand da und erwartete mich mit leichtem Mißvergnügen im Mundwinkel, hatte schon eine Hand nach mir ausgestreckt, von der letzten Stufe riß er mich herab, riß mich, seiner sattsam bekannten Art entsprechend, gleich weiter über den Flur zu seinem handtuchschmalen Büro: schon wieder was Offizielles. Erträglich war jetzt das Schwindelgefühl, nichts umkreiste, umflog mich mehr, ich fühlte mich imstande, auf einer Dielenritze geradeaus gehen zu können, falls das jemand von mir verlangte. Wollte er etwa das von mir?

Mein Vater zerrte mich zum Schreibtisch, sah mich zu meinem Erstaunen lange belobigend an, außerdem hielt er es für angebracht, mir anerkennend auf die Schulter zu schlagen, da war ich alarmiert. Als er dann noch sagte: Gut gemacht, Siggi, gut aufgepaßt, da begann ich zu zappeln, versuchte die Krabben loszuwerden, die ein aufflammender Verdacht mir über den Rücken schickte. Es gelang mir nicht, ruhig vor ihm stehenzubleiben, ich drehte mich zur Seite, beugte mich nach vorn, um durch das Dreieck, das sein angewinkelter Arm an der Hüfte bildete, auf den Schreibtisch sehen zu können. Wirklich gut gemacht, sagte mein Vater, und ich schnell und wohl auch ängstlich: Was? Was ist gut? Er trat einen Schritt zum Fenster, gab den Blick auf den Schreibtisch frei, deutete sogar zu allem Überfluß auf den Schreibtisch. Siehst du? Natürlich sah ich. Er brauchte mir auch erst gar nicht zu sagen, was das braungrüne, fettig schimmernde Ölpapier verbarg. Von mir aus brauchte kein einziges Wort mehr gesprochen zu werden. In der Hütte, sagte er, auf der Halbinsel, wie du gemeint hast, unter den Dielen.

Ich ging an den Schreibtisch, strich über das Ölpapier, es war kühl und glatt, und ich nahm die Mappe in beide Hände und wog sie spaßeshalber. Mittem Stemmeisen hab ich die Dielen abgehoben, so ein Eisen lag da rum, sagte mein Vater. Niemand, fragte ich, und niemand war da? – Nix zu sehn. – Auch nicht Doktor Busbeck? – Auch nich Busbeck. – Und das Versteck: war es frisch? – Was heißt hier frisch, sagte er, der Vogel war im Nest, und das soll ja woll die Hauptsache sein. Er nahm mir die Mappe aus den Händen, legte sie auf den Schreibtisch, deutete mit dem Zeigefinger darauf und befahl mir, die Mappe zu öffnen. Ich druckste, wollte und wollte nicht. Fang an, sagte er, hast gut mitgeholfen, dafür darfst du jetzt dabeisein und aufmachen. Schon hielt er mir das aufgeklappte Messer mit dem schwarzen Hornbeschlag hin, senkte es auf die gewachste Schnur herab. Ich versuchte erst gar nicht, die Schnur aufzuknoten und heil für mich zu gewinnen, ich setzte das Messer an, ruckte, die Schnur riß mit einem Knall. Und jetzt das Papier, sagte er, das schöne Ölpapier.

Ich faltete umständlich das Ölpapier auseinander, legte die Mappe frei, las in Skriptolschrift: Unsichtbare Bilder. Nu mach schon auf, sagte mein Vater, wolln mal sehn, was er sich da geleistet hat. Er zündete sich eine Pfeife an, setzte einen Fuß auf den Schreibtischstuhl, setzte einen Ellenbogen auf das Knie, bezog also regelrecht kleine Ruhestellung, der Polizeiposten, für die Bilderschau. Ich dachte an Doktor Busbeck, an unsere Begegnung in der Hütte und an seine, wie mir schien, unzureichende Erklärung der unsichtbaren Bilder: Das, worauf es ankommt, hatte er gesagt, das ist unsichtbar. Aber worauf kommt es an? Los, sagte mein Vater, nu fang an.

Was soll ich nun an den unsichtbaren Bildern beschreiben, von denen Max Ludwig Nansen gesagt hatte, sie enthielten alles, was er mitzuteilen hatte über die Zeit, da sei von allen Dingen bekenntnishaft die Rede, von denen er erfahren habe im Laufe seines Lebens. Was hatten diese Dinge ihm eingetragen zuletzt, und wie hatte er sie, beim Innehalten, bei Kummer und Licht dargestellt? Wie soll man sie wiedergeben und wie ansehen, seine unsichtbaren Bilder? Schon bei sichtbaren genügt nicht guter Wille allein. Seine Augen haben geprüft, was zu prüfen war, seine Hand hat weggelassen, was wegzulassen war, und mit allem, denk ich, hat er doch etwas gemeint.

Mein Vater wippte mit dem Fuß: Mach schon! Er knuffte mich auffordernd, er schnalzte mit der Zunge: Mach schon, und ich hob, in einem von ihm bestimmten Rhythmus, Blatt für Blatt ab, legte, auf seine knappen Handzeichen, Blatt für Blatt wieder um, ich kann nicht sagen, was ihn veranlaßte, die Pausen ungleich zu bemessen. Da war ja nur, wie es hieß, das Nötigste erkennbar, meinetwegen ein Siebtel der Rest, und man wird doch wohl feststellen müssen: der sehr erhebliche Rest, blieb unsichtbar. Erfand er sich vielleicht was? Genügten ihm die Anzeichen, Hinweise – die Pfeilspitzen, wie Doktor Busbeck gesagt hatte –, um das Verschwiegene aufzustöbern und dingfest zu machen? Half ihm womöglich sein zweites Gesicht, die leeren Räume zu füllen? War auch das Weglassen nicht sicher vor ihm? Ich sah nur, was ich sah, wollte und will nichts anderes sehen.

Ein Schaufelrad sah ich, sah, wie es das Wasser walkte und sich rauschend drehte, das Wasser eines schwarzen Stroms ohne Begrenzung, ohne Himmel darüber: nun riskier mal einer, herauszufinden, was nicht zu sehen ist. Ein anderes Blatt zeigte nur dies: die Augen eines alten Mannes, keine sinnierende Freundlichkeit, keine Bereitschaft zu antworten. Die Augen ließen ein irritierendes Gegenüber annehmen, mit dem es keine Übereinstimmung gibt. Etwas wird erwartet von diesem unsichtbaren Gegenüber, es kann alles mögliche sein, nur kein Entgegenkommen. Oder eine Sonnenblume als Halbfigur, schlapp herunterhängende, erdgraue Fruchtscheibe, blattloser gekrümmter Stiel, die gelben, zerwehten, aber immer noch leuchtenden Sonnenringe: das wäre leicht mit »Herbst« oder »Dämmerstunde« in Verbindung zu bringen, wenn der Maler nicht fünf Sechstel des Blattes offengelassen hätte. Oder der Baum, nein, nicht ein Baum, sondern nur groß die Stelle des Stamms, wo sich nach dem Okulieren die Rinde aufgeworfen hatte, ein warnendes Licht fiel auf diese Stelle, ich erinnere mich an unterschiedliche Brauntöne, da könnte man ohne weiteres eine Geschichte erzählen über das, was unterdrückt wurde.

Mein Vater wurde nicht ungeduldig, trieb mich nicht zur Eile an. Er sprach nicht, ließ auch nicht einmal durch eine Geste oder durch den Ausdruck seines Gesichts vermuten, was die unsichtbaren Bilder in ihm hervorriefen. Also das nächste Blatt: die geschnitzte, norddeutsche Stuhllehne, mehr Kreuze als Sterne, derbe Rosen und durchbrochene Halbringe und immer wieder Bekrönungen, alles war bekrönt, insgeheim wohl auch der norddeutsche Arsch, der hier herumsaß. Oder der Rock – anscheinend ein zerschlissener Uniformrock –, der an einem Nagel hing: da waren Löcher und Flecke und Triangel zu besehen, oder umgekehrt: Die Löcher und Triangel guckten den Betrachter an, der Rock entpuppte sich unwillkürlich als Zeuge, er war irgendeines Mannes Gedächtnis: dies Loch: eine Kugel auf der Flucht; dieser Riß: gewöhnlicher Stacheldraht. War das Weglassen noch mehr wert? Oder der fliegende Fisch, durchsichtig, schön gekrümmt wie ein Peitschenende; oder der trigonometrische Punkt, ein dreieckiges Holzgerüst, mit dem die Ebene sich nicht abfindet; oder die in den Himmel eingeschlagenen altmodischen Stockanker, deren rostige Ketten, von einem Wind bewegt, zur Erde hinabpendeln; oder der Schwalbensturz, zwei brennende Pfeile, die sich ihr Ziel suchen, ihr Ziel gefunden haben; oder der explodierende Heuhaufen, dem ein Sturm Bewegung macht, den er vor sich hertreibt zu vermutbaren Gehöften; oder die Spuren im Schnee, schwarz und ohne Herkunft, da bliebe jeder stehen; oder die zersprungenen Wasserkrüge, die mit einer Schnur aneinandergefesselt sind; oder der zurückgeworfene Kopf einer Frau, ihr Mund, der sich zu einem Schrei öffnet, den niemand hören wird; oder die gebogenen Schatten von den Wanten eines zerschlagenen Kutters, den man sich als gestrandet denken kann; oder die aus einem Sonnenrund hängenden Seile, aus denen sich soviel knüpfen läßt. Und ich kann auch nicht die blauen Zaunlatten vergessen, fünf oder sogar nur drei Latten mit den nötigen Querleisten, es gibt kein Dahinter und Davor, keine Leute, bißchen olivfarbenen Hintergrund; auf diesem Hintergrund gibt es ein kleines, rotes Leuchten.

Dies Blatt, ich hatte gerade das Blatt mit den blauen Zaunlatten abgehoben, über das sich, wie über alle anderen Blätter, nur zum geringen Teil etwas sagen ließ, als mein Vater mich blitzschnell am Handgelenk packte, mich zu sich heranzog und sagte: Warum zitterst du so? In deinem Alter hat man nichts zum Zittern. – Ich weiß nicht, sagte ich, daß ich zittre, merk ich nicht. – Wenn das man nicht von diesen Bildern kommt, sagte mein Vater. Er zog den Fuß vom Stuhl, wandte sich gegen das Fenster. Er sagte: Das nennt sich nun Bilder, so was soll einer hängen haben und sich das ansehn den ganzen Tag. Unsichtbare Bilder, daß ich nicht lache!

Skeptisch, vorwurfsvoll, nicht mit Triumph, sondern mit wachsender Enttäuschung musterte er die Mappe auf dem Schreibtisch, da entstand ein Verdacht auf seinem Gesicht, ein gewisser Argwohn zeigte sich da, den mein Vater mehrmals hin und her durch sein Büro trug, und nachdem er lange genug die Photographien an der Wand angestarrt, sich bei ihnen offenbar Rat und Bestätigung verschafft hatte, legte er dünnen Spott auf, winkte mich heran, ließ mir seinen alleswissenden Zeigefinger entgegenwachsen und sagte: Da fallen wir nicht drauf rein, wir nicht, Siggi. Ich bot ihm meine Überraschung an, behielt dabei den Zeigefinger scharf im Auge. Reinlegen, sagte mein Vater, mit diesem Zeug hier wollte er mich doch nur reinlegen, ich kenn doch sonst seine Bilder.

Diese Sachen hier, das soll Futter sein, mit dem man mich ablenken will, sieht man doch. Zugespielt, weiter nix.

Mit heftigen Bewegungen schlug er die Mappe ins Ölpapier, öffnete eine Schublade des Schreibtisches und ließ die Blätter verschwinden. Wenn er jetzt denkt, daß ich mich zufriedengebe, dann hat er sich geirrt, sagte mein Vater. Jetzt erst recht, nachdem er so was hat mit mir anstellen wollen. Er sollte doch nu wissen, was man mit einem aus Glüserup machen kann und was nich. Das Zeug reicht nicht mal aus, daß ich es nach Husum weiterleite; die werden da nur den Kopf schütteln. – Soll ich's zurückbringen? fragte ich. Hier nimmt's keinen Platz weg, sagte er, es kann ruhig alles da im Schreibtisch liegen. Aber warum zitterst du? Du hörst ja nicht auf zu zittern. Ist was?

12 Unterm Brennglas

Für vierzig Zigaretten, in meiner Lage, allein mit den Erinnerungen, die in meiner Strafarbeit zum Blühen gebracht werden sollen: da kann man doch nicht nein sagen. Außerdem sah Wolfgang Mackenroth kränklich aus, als er auf Zehenspitzen in meine Zelle kam, zumindest machte er einen geschwächten, nicht ganz fieberfreien Eindruck, und er schwankte leicht, als ich ihm die Jacke abklopfte, mit der er der Kalkwand in der großen Gemeinschaftstoilette zu nahe gekommen war. Die meisten Wände bei uns färben ab. Schweigender Händedruck. Eine anerkennende Geste für den Umfang meiner Strafarbeit, danach drehte er den, sagen wir ruhig, feinen Psychologenkopf zum Fenster, sah dort nach draußen, wo der Winter sich mit der Elbe beschäftigte, schon wieder einmal, wollte offensichtlich ein Wort über die Aussicht verlieren, unterdrückte es aber und bot mir statt dessen Grüße von Direktor Himpel an, mit dem er ja so gut wie befreundet war. Himpel hatte meinen Brief erhalten – er selbst, Wolfgang Mackenroth, war dabei, als der Direktor ihn öffnete, überflog, sich setzte und den Brief noch einmal las und danach nur Nötigung sagte, pädagogische Nötigung. Anstatt aber zu explodieren oder seinen Zorn bei einem Lied zu kühlen, zog er – immer nach Mackenroth – einige nachdenkliche, auch enger werdende Kreise durchs Zimmer, rotierte jedenfalls mit Gewinn und meinte, nachdem er zu seinem Schreibtisch zurückgefunden hatte, daß durch Nötigungen auch schon gute Resultate erreicht worden sind. Den Inhalt meines Briefes gab er nicht bekannt; da wußte ich schon, daß er meinen Wunsch, die Strafarbeit fortzusetzen, bewilligt hatte – auch über den Tag der Heiligen Drei Könige hinaus.

Alles, was ich Wolfgang Mackenroth anbieten konnte, war meine Bettkante, doch er wollte sich nicht setzen, weil er nicht bleiben wollte, es zog ihn nach Hause, aufs Festland, in sein möbliertes Zimmer nach Altona, in dem, wie er sagte, schon die acht Flaschen Bier bereitstanden, die ihm einen fünfzehnstündigen Tiefschlaf ermöglichen sollten. Er fühle sich überarbeitet. Erschöpft fühle er sich und, wie er mit leichten Schlägen gegen sein Rückgrat meinte, von innen ausgehöhlt.

Ob er seiner Wirtin, der Norddeutschen Meisterin am Schwebebalken, immer noch beim Heimtraining helfe, indem er ihre Haltung korrigierte? Ja, immer noch, aber er wolle jetzt nicht darüber sprechen. Ob er von ihrem Mann, einem Kranführer, immer noch gebeten werde, am Freitag einen Zwanzigmarkschein zu verstecken, den er am Sonntagmorgen wieder herausrücken müsse? Ja, immer noch, aber mehr wolle er jetzt nicht erzählen. Da bot sich die Frage an, warum er überhaupt gekommen war, wenn er sich so erschöpft fühlte, daß er über nichts sprechen wollte, und sensibel, wie Wolfgang Mackenroth war, beantwortete er die unausgesprochene, aber anstehende Frage auf seine Art: zaghaft langte er in seine innere Jackentasche, zog ein gefaltetes Manuskript heraus, legte das Manuskript auf mein Kopfkissen, beschwerte es mit zwei Zigarettenpackungen und machte gegen beides – Zigaretten und Manuskript – eine einladende Handbewegung: zur gefälligen Selbstbedienung und so weiter. Jedenfalls, er nahm sich nicht die Mühe, seine Mitbringsel unter die graue, harte, nächtliche Juckreize hervorrufende Decke zu schieben, und diese Unvorsichtigkeit bewies mir, daß er wirklich »von innen ausgehöhlt war«: Er gab auch keine weiteren Erklärungen ab, er lächelte mir nur müde zu, tippte auf meinen Oberarm: das war sein Abschied. So konnte Mackenroth sein. So war er nicht immer.

Auch wenn Sie es schon wissen: ich muß erwähnen, daß das Manuskript, das er mir auf mein Kopfkissen gelegt hatte, ein Teil seiner Diplomarbeit war – Kunst und Kriminalität, dargestellt am Fall des Siggi J. –, ein unnumeriertes Kapitel, das den aufschlußreichen, jedenfalls eingängigen Titel »B. Jugend und Umwelteinflüsse« trug. Also erwartete er wieder ein Gutachten, eine Auskunft erwartete er, wie ich mit mir zufrieden war. Er hatte sein wissenschaftliches Brennglas über einen Burschen namens Siggi J. gehalten; nun sollte auch ich das Brennglas benutzen – so lange, bis einer von uns unter dem gesammelten Lichtstrahl zu qualmen anfing. Was war da auszurichten? Und womit? Erwartete er Verbesserungsvorschläge? Zustimmung? Ablehnung? Ich angelte mir das Manuskript, zündete eine Zigarette an.

Ich las und erfuhr über mich:

... als das dritte und letzte Kind des Landpolizisten Ole Jepsen geboren. Seine Heimat ist Rugbüll, ein kleiner Flekken bei Glüserup im äußersten Norden Deutschlands, nicht weit von der dänischen Grenze. Siggi – seine genauen Vornamen lauten Siegfried Kai Johannes – stammt mütterlicherseits von selbstbewußten Bauern ab, die jahrhundertelang eigenen Boden bearbeiteten, in der Familie des Vaters überwiegen – überwiegen! – kleine Geschäftsleute, Handwerker und niedere Beamte. In seinem Elternhaus, in dem alles seinen geregelten Gang nahm, wuchs das Kind ohne Spannungen heran und durchlief normale Apperzeptionsstadien! Der Anhänglichkeit an den Vater entsprach eine als scheu zu bezeichnende Liebe gegenüber der Mutter. Da die Geschwister – Klaas und Hilke – wesentlich älter waren als die Demonstrationsperson, schieden sie als ebenbürtige Spielgefährten aus, was den Knaben dazu brachte, sich eine eigene, vielfach belebte Spielsphäre zu schaffen, die laut Aussagen der Mutter von zwei Gestalten beherrscht wurde, die Kaes und Püch hießen. Von ihnen ging ebensoviel Freude wie Ängstigung aus. Also war Wolfgang Mackenroth bei den Leuten in Rugbüll gewesen, also hat er sie zum Sprechen gebracht.

Trotz der Intensität der erlebten Spielsphäre blieben die Beziehungen des kindlichen Ichs zur Außenwelt ungestört; auch die langen Perioden der Selbstüberlassenheit hatten keine erkennbaren Folgen, wenn man das reaktive Verhalten beurteilt. Nach Ansicht der Eltern und einiger befragter Nachbarn machte die Demonstrationsperson vor der Schulzeit den Eindruck eines bescheidenen, still-vergnügten und unauffälligen Kindes, das sich allgemeiner Sympathien erfreute. Was einigen Zeugen besonders in Erinnerung geblieben ist, das sind sein »krankhaftes« Reinlichkeitsbedürfnis und seine Ausdauer, Fragen zu erfinden, mit denen er angeblich auch Erwachsene in Verlegenheit bringen konnte; betont wird außerdem ein früher Gerechtigkeitssinn, der sich unter anderm bei der Verteilung der Speisen zeigte. Demgegenüber scheint das Urteil eines älteren Nachbarn verfehlt, der schon beim Kind Spuren von Tücke und blinder Besitzgier festgestellt haben will, desgleichen einen Hang zu planloser Übertreibung. Nach allgemeinem Zeugnis war Siggi J. vom ersten Tag des Schulbeginns an Klassenbester; erwähnenswert ist, daß Schule für ihn lange Zeit mit einem Lustmoment verbunden war. Oft saß der Knabe eine Stunde vor Schulbeginn im Klassenzimmer; wie seine Eltern bestätigten, brauchte er morgens niemals geweckt zu werden. Die Sommerferien erschienen ihm zu lang. Sein Lehrer bezeichnete ihn als »altes Kind«, unter anderem deswegen, weil Siggi J. die Streiche seiner Kameraden nicht nur nicht mitmachte, sondern sie den Gleichaltrigen häufig genug ausredete und auf phantasievolle Weise verhinderte. Bei mehreren Schulinspektionen erntete er nicht nur Lob, sondern auch Bewunderung. Ehemalige Klassenkameraden äußerten sich anerkennend über seinen Gemeinschaftssinn, den er etwa dadurch bekundete, daß er seine Schularbeiten als erster fertig hatte, nur um den Freunden sein Heft überlassen zu können.

Durch Vermittlung seines Klassenlehrers trat die Demonstrationsperson wiederholt im Kinderfunk des Senders Hamburg auf und hinterließ nach Meinung der Redakteurin einen außergewöhnlichen Eindruck in den Sendefolgen: »Kinder sehen die Welt« und »Die Antwort der Kinder«. Als Teilnehmer beim Kinder-Quiz gewann Siggi J. mehrere Preise. Mit Ausnahme von Religion zeigte er in allen Unterrichtsfächern eine gleichmäßig ausgebildete Begabung; sein Klassenlehrer hob die besonderen Fähigkeiten in der Zeichen- und Deutschstunde hervor und wies in diesem Zusammenhang darauf hin, daß einige Aufsätze bei Schulfeiern öffentlich verlesen wurden. Seine Spezialität waren Bildbeschreibungen; die Beschreibung eines Schiffbruchs, wie ihn der Maler Paul Flehinghus dargestellt hat, glückte dem Jungen so sehr, daß die Arbeit an das Ministerium nach Kiel geschickt wurde. Daß es Siggi J. später auf der höheren Schule in Glüserup nicht immer gelang, Klassenbester zu sein, lag an seinen Neigungen und Aktivitäten, die er außerhalb der Schule entfaltete und über die Näheres noch gesagt werden wird. Was jedoch auch hier übereinstimmend hervorgehoben wird, sind seine Urteilssicherheit, sein Starrsinn und sein, wie es hieß, aggressiv künstlerischer Sinn.

Die Bilanz aller Auskünfte rechtfertigt jedenfalls die Annahme, daß der Grund für das frühe Außenseitertum, in dem Siggi J. sich vorfand, einzig und allein in seiner Begabung zu suchen ist. Da sich eine Gemeinschaft durch den Außenseiter immer herausgefordert, bedroht oder unterwandert fühlt, widmet sie ihm ihr ganzes Interesse, ihren Argwohn, und schließlich verfolgt sie ihn mit ihrem Haß.

Diese Erfahrung machte unsere Demonstrationsperson in dem Augenblick, als sie den Mitschülern als Muster und Ideal vorgehalten wurde; je häufiger das geschah, desto isolierter fand sich Siggi J., und die Tatsache, daß man während einer Klassenarbeit seine Hilfe erwartete, hinderte die Mitschüler nicht daran, ihn nach der Schule ihre handgreifliche Verachtung spüren zu lassen. Im Elternhaus erinnert man sich, daß der Junge sich gelegentlich auf der Flucht vor seinen Kameraden versteckte und erst bei Dunkelheit nach Hause zurückkehrte. Dem Außenseitertum auf der Schule entsprach die Sonderstellung, die der Junge in der Familie einnahm: da seine Geschwister erwachsen waren und der Pflichtenkreis der Eltern so sehr wuchs, daß man keine gesonderte Rücksicht auf ihn nehmen konnte, geschah es häufig genug, daß man ihn wie einen Erwachsenen behandelte. Er wurde Zeuge von Verhandlungen, Auseinandersetzungen, polizeilichen Maßnahmen und Vorgängen. Er nahm an Aktionen teil, die im Hinblick auf seine kognitiven Fähigkeiten nicht folgenlos bleiben konnten. Von seinem Vater in amtliche Sachverhalte eingeweiht, zeigte Siggi J. seine Unabhängigkeit darin, daß er die Bündnisse, die sein Vater ihm vorschlug, nicht annahm oder stillschweigend verletzte, wenn er sich im Recht glaubte. Wenn er der Meinung war, daß er Prügel verdient hatte, bereitete er dem Strafenden nicht nur keine Schwierigkeiten, sondern erleichterte ihm die Arbeit, indem er sich freiwillig zur Züchtigung anbot.

Die frühe Selbständigkeit des Kindes läßt sich nicht nur dadurch erklären, daß der Vater wegen des herrschenden Krieges nicht mehr die Zeit fand, alle Erziehungsaufgaben zu erfüllen, ohne Zweifel bestand bei dem Kind ein Wille zum Einzelgängertum. Mit den Geschwistern allerdings verband ihn ein, wie vielfach bestätigt wird, inniges Verhältnis, das Vertrauen und unbedingte Dienstwilligkeit des Jungen einschloß. Vielleicht war es dies Verhältnis zu den erwachsenen Geschwistern, das den Jungen in die Lage versetzte, auch andere Erwachsene als ebenbürtig anzusehen und sich an sie anzuschließen.

Damit sind jedoch nicht die Beziehungen erklärt, die zwischen dem Maler Max Ludwig Nansen und Siggi J. bestanden, Beziehungen, für die die Eltern keine Begründung fanden, nicht einmal ein nachträgliches Verständnis. Nach ausreichenden Befragungen ergab sich, daß ihre Freundschaft in der Zeit entstand, als Nansen an seinem berühmten Bild »Fohlen und Gewitter« arbeitete; dabei leistete der Junge dem Mann zunächst kleine Hilfsdienste und beschränkte sich im übrigen darauf, stumm dazusitzen und die Entstehung eines Bildes zu beobachten. Was Nachbarn nicht ohne Erstaunen feststellten, war die Tatsache, daß der Maler, der es bisher fast immer abgelehnt hatte, in Gegenwart eines anderen zu arbeiten, und sich Zuschauern gegenüber mit verletzender Schroffheit verhalten konnte, die dauernde Anwesenheit des Jungen nicht nur ertrug, sondern sie später sogar suchte. Man hat sie oft Hand in Hand gesehen. Der Vater der Demonstrationsperson hatte um so weniger gegen diese Beziehung einzuwenden, als er, wie Nansen, aus Glüserup stammte und mit diesem von Jugend an lose befreundet war. Siggi J. – wie auch sein Bruder Klaas und später seine Schwester Hilke – dienten dem Maler als Modell. Siggi J. war nur zweimal Modell: für den kleinen Nis und für den Sohn des Heu-Teufels; auf beiden Bildern gelingt es ihm, den Spukgestalten Freundlichkeit und sogar den Eindruck von Umgänglichkeit zu verleihen. Sicher ist, daß Nansen für ihn den Zyklus von Märchen erfand, in dem jede Farbe die Geschichte ihrer Entstehung erzählt; desgleichen war der unvollendet gebliebene Aufsatz »Sehen lernen« Siggi J. zugedacht. Es kam vor, daß Nansen dem Jungen Papier und Farbe mitbrachte und ihn, nach der Erörterung des Motivs, einlud, mit ihm zu konkurrieren; Nachbarn sahen sie gelegentlich gemeinsam bei der Arbeit.

Auf der Flucht vor Klassenkameraden verbarg sich das Kind wiederholt im Atelier des Malers, einmal wurde es dort für eine Nacht lang eingeschlossen, vorübergehend wurde ihm das Betreten des Ateliers verboten; nach der gewaltsamen Korrektur des Bildes »Nina O. aus H.«, weil er das violette Kleid nicht ertragen konnte, änderte er es in Grün.

Nicht in Grün, Wolfgang Mackenroth, sondern in Gelb; in den Farben zumindest wollen wir genau sein, alles andere können Sie von mir aus kühn zu einer Diplomarbeit aufbereiten.

Worauf die ungewöhnliche Sammlerleidenschaft des Jungen zurückzuführen ist, läßt sich nicht mit Bestimmtheit sagen; vielleicht war sie Ausdruck einer unbewußten Rivalität gegenüber dem Maler. In einem Versteck sammelte er und stellte er Reproduktionen von Reiterbildern aus, ebenso frönte er – übrigens mit Sachverstand – der Leidenschaft, Schlüssel und Schlösser zusammenzutragen. Als dies bekannt wurde, glaubten einige Leute, einen Grund für das unerklärliche Verschwinden von Schlüsseln gefunden zu haben; desgleichen glaubte man im Glüseruper Heimatmuseum, dem Dieb, der sich mit Schlössern und Schlüsseln begnügt hatte, auf der Fährte zu sein. Die Annahme, daß Siggi J. einige Diebstähle in dieser Art begangen hat, ist berechtigt.

Als in den letzten Kriegsjahren der Maler M. L. Nansen ein Malverbot erhielt, das der Landpolizist Jepsen nicht nur zu überbringen, sondern dessen Einhaltung er auch zu überwachen hatte, fand sich die Demonstrationsperson einem zwangsläufigen Zwiespalt ausgesetzt. Vom Vater als Zwischenträger geworben, vom Maler mit Aufgaben betraut, die gelegentlich der Rettung von Bildern dienten, bewies der Junge instinktiv ein Verständnis für die Notwendigkeiten der Zeit.

Das ließe sich doch wohl auch anders sagen.

Hinzu kommt ein Bruch in der Familie, unter dem der Junge stark litt: sein Bruder Klaas, der sich selbst verstümmelte und aus einem Lazarett floh, wurde von der Mutter sozusagen ausgestoßen, vom Vater schwerverwundet ausgeliefert. Eine Entfremdung des Kindes von den Eltern war die unausbleibliche Folge; es ist wahrscheinlich, daß Siggi J. bei dieser Gelegenheit feststellte, daß er elterliche Liebe entbehrte.

Jetzt kommt also der Gesang von den mildernden Umständen.

Allein, ohne Liebe, in einer Zeit, in der es keine sicheren menschlichen Werte mehr gab,

Na bitte.

wuchs der Junge heran und mußte Erfahrungen machen, die kein Kind ohne Schaden übersteht. Es herrschte Krieg, und wenn Siggi J. auch nicht seine unmittelbaren Konsequenzen erlebte – mittelbar erlebte er die Folgen stärker als viele seines Jahrgangs: sie reichten von der zeitweiligen Knappheit an Konsumgütern bis zur Erfahrung des Todes. Was ihn, den sensiblen und aufmerksamen Beobachter, jedoch am meisten beschäftigte und – wir dürfen das hier voraussetzen – auch leiden ließ, war der Wandel in den Beziehungen zwischen seinem Vater und dem Maler Max Ludwig Nansen.

Bis hierher, beim besten Willen bis hierher: die vierzig Zigaretten sind längst verdient. Was Wolfgang Mackenroth da über mich schreibt, das stimmt *auch*: mehr möchte ich dazu nicht sagen, mehr steht mir auch nicht zu, zu sagen. Es stimmt *auch*: also kann er von mir aus auf dem eingeschlagenen Weg weitergehen, es wird keinem schaden, niemand wird sich verletzt fühlen, nur wenn einer kommt, der nach dem Ort und nach den Leuten fragt, die hier erwähnt werden, der Ort und Leute vielleicht wiederfinden möchte oder gar vorhätte, mit ihnen auszukommen: ihm müßte ich raten, sich noch anderes Wissen zu verschaffen. Andere Stimmen zu hören. Andere Beschreibungen zu lesen. Beispielsweise über die Wolkenbildung oder den Zug der Störche, über unser Gedächtnis und unsern Haß, über unsere Hochzeiten und Winter. Soll er mich unter sein Brennglas bringen, soll er hinfahren nach Rugbüll und sie ausfragen, so gut es geht; soll er die erfahrenen Einzelheiten zusammentragen, sie beziffern und auf die Nadeln seiner Wissenschaft spießen; soll er meine Vergangenheit zur Sülze aufkochen, das Ganze steif werden lassen und mit diesem Gericht alle Prüfungen bestehen: mir hilft er nicht.

Ich weiß schon, was er gewinnen will, aber mir hilft er nicht, ich kann nichts erkennen, bei ihm erzählt es sich so hin, und auf einmal ist es zu Ende. Ich merke nur, daß nichts zu Ende geht, nichts aufhört, ich möchte alles noch einmal erzählen, anders, zur Strafe, aber da Himpel jetzt schon mault und mir nur von Monat zu Monat Zeit für meine Strafarbeit bewilligt, muß ich weiter, die Jahre hinab meinetwegen, zuviel wartet da noch. Zurückgehen wie das Licht: dann erkennt man, was alles noch wartet, zum Beispiel erwartet mich der Augenblick des Friedens, aber vor dem Ausbruch des Friedens ist noch ein Winter, einer dieser norddeutschen Winter mit dünner, aufgebrochener Schneedecke, mit überlaufenden Gräben und feuchtem Wind, der die Ziegel lockert und die Tapeten von den Wänden löst, daß sie Blasen werfen. Dieser Winter.

Es schneite und regnete ununterbrochen, die Wege, die kein Pflaster hatten, weichten auf und wurden überschwemmt, die Schleuse ließ sich nicht mehr öffnen, so groß war der Widerstand des schwarzen, gestauten Wassers. In den Gräben ging eine unvermutete Strömung, in der sich totes Ufergras fächelnd bewegte. Die Koppeln waren leer, an den Drähten liefen Tropfen entlang und sprangen ab. Waren da Spuren im Schnee, so hielten sie sich kaum einen halben Tag. Schwarz glänzend die krummen Bäume, öde der Strand, die Nordsee verhangen: wer nicht draußen sein mußte, ging nicht raus. In den Fluren standen nasse, geflickte Gummistiefel, und wer aus dem Haus wollte, mußte zuerst durch einen Tropfenvorhang springen, der von überlaufenden Dachrinnen herabfiel. Die Tünche – weinrot und weißgrau – rann an den Wänden der Häuser hinab, die Fensterscheiben waren den ganzen Tag beschlagen. Es war der Winter, in dem Ditte krank wurde.

Sie redeten über die Krankheit hier und da, in Andeutungen, hinter vorgehaltener Hand. Alles, was ich spitz bekam, war, daß die Frau des Malers unter brennendem Durst litt – wobei ich nicht verstand, ob dies nun eine Folge der Krankheit oder die Krankheit selbst war. Sie trank jedenfalls hemmungslos Fliederbeersaft und Tee in jenem Winter; Wasser trank sie, Malzkaffee, Milch und den Sud, in dem Fische gekocht worden waren. Jedes Gefäß, in dem es schwappte und glänzte, jeden Behälter, der mit Flüssigem gefüllt war, setzte sie gierig an die Lippen, und wenn man sie unterbrach, stöhnte sie: Ich verbrenne, ich verbrenne. Nichts war mehr sicher vor ihr, was flüssige Eigenschaft hatte. In dem langen, groben Kleid, mit zurückgeworfenem Kopf suchte sie Bleekenwarf nach Trinkbarem ab, selbst die Regentonne ließ sie nicht aus. Es war, als ob dieser maßlose, dieser blinde Durst bereits ihr Gesicht gezeichnet hätte: das schöne, magere Gesicht, das von grauem Haar eingeschlossen war, kam mir glühend und geschwollen vor.

Doktor Gripp wurde gerufen, und der Arzt schleppte seine rissige Ledermappe mit den altmodischen Schlössern nach Bleekenwarf, zuerst sprach er allein mit Ditte, später durfte der Maler dabeisein. Jutta und ich gingen über aufgeweichte Wiesen nach Glüserup zur Apotheke, wir holten Tropfen und Tabletten, die der Arzt verordnet hatte, das brachte nur neuen Durst: nachdem sie die Tropfen genommen hatte, sagte sie mit geschlossenen Augen: Mehr! und das halbvolle Glas, mit dem sie die Tabletten hinunterspülte, füllte sie sogleich mit Waschwasser aus dem Krug und trank es in einem Zug leer. Der Maler sagte nicht viel, er ließ sie meist trinken und sah sie unentwegt an; seine Pupillen schienen kleiner zu werden, rund und scharf. Er war jetzt immer in Dittes Nähe, und wenn er fort mußte, gab er Teo Busbeck einen Wink, aufzupassen. Jobst, der ein altes Grammophon repariert hatte, durfte es nicht benutzen; Jutta, die etwas voller geworden war – aber das wurde sie in jedem Winter –, wurde es untersagt, neben dem Krankenzimmer Tanzschritte zu probieren.

Wie ich erfuhr, war Doktor Gripp am meisten darüber besorgt, daß der unerhörte Durst nachts nicht aufhörte; mehrmals stand Ditte von ihrer Schlafpritsche auf, tappte in die Küche oder in die Speisekammer, wenn der Krug auf dem

Waschtisch leer war, und trank. Sie bekam einige Spritzen, auch die brachten, wie es schien, nur neuen Durst, und als das Fieber stieg, verordnete Doktor Gripp Bettruhe. Die Kranke saß in ihrem Bett, nicht entspannt, krampfhaft gegen die Kissen gelehnt, die grauen Augen auf die Tür gerichtet, lauschend auf etwas, das sich nicht in dem Raum zutrug, sondern weit fort, in einer Vergangenheit oder Zukunft.

Manchmal, wenn Besucher kamen, sie anzusehen, ihre dünne Hand zu halten, ihr zuzunicken, dann glaubte ich es rieseln zu hören, leiser als Regen, zarter als Schnee; es war, als ob das Licht am Fenster vorbeirieselte.

Teo Busbeck: er hatte seinen Stammplatz neben dem Kopfende; sorgfältig gekleidet, ergeben saß er da, schüttelte die Kissen auf, wenn es sein mußte, holte kühlen Saft, wenn es sein mußte; und wenn die Kranke flüsternd etwas verlangte, schien er der einzige zu sein, der ihr Flüstern verstand. Nicht einmal der Maler verstand sie so rasch wie Teo Busbeck, der, wenn man ihn länger ansah, einen abwesenden, unbeteiligten Eindruck machte, aber wahrscheinlich legte er sich diese Abwesenheit nur zu, um ausschließlich auf die Regungen und Wünsche Dittes achten zu können. Einmal beobachtete ich, wie der Maler Teo Busbeck einen Arm auf die Schulter legte, ihm behutsam auf die Schulter klopfte, nicht aus Dankbarkeit, wohl aber, um ihn zu trösten, und mir schien, daß Busbeck das mehr nötig hatte als der Maler.

Eines Abends stellte Doktor Gripp, der bisher, in seiner bekannten Großzügigkeit, auch Ditte mehrere Krankheiten zur Auswahl angeboten hatte, eindeutig Lungenentzündung fest; natürlich wollte er nicht bestreiten, daß sie außerdem und gleichzeitig auch noch an einer anderen Krankheit litt, aber daß in dem dürren Körper eine Lungenentzündung wütete, dafür wollte er sich verbürgen. Er konnte sogar mit der Entstehungsgeschichte der Lungenentzündung auftrumpfen: Nachts sagte er, muß Ditte sie sich zugezogen haben, während sie barfuß durch das Haus gelaufen war, über die Steinfliesen, auf der Suche nach Flüssigkeit. Er behandelte also die Kranke auf Lungenentzündung und verbot ihr aufzustehen, und Ditte hielt sich an das Verbot bis auf ein Mal: einmal stand sie auf und holte aus einer Kommode ihr selbstgenähtes Leichenhemd, einen bestickten Gürtel und ein einfaches silbernes Armband, das der Maler zu ihrer Verlobung selbst gemacht hatte; all diese Sachen legte sie ordentlich und gut sichtbar auf einen Hocker und bestand darauf, sie in ihrer Nähe zu haben. Ich weiß nicht, aber ich halte es für möglich, was erzählt wurde: daß der Maler eines Nachts in das Krankenzimmer gekommen sei, lange seine Frau beobachtet habe, dann für einen Augenblick verschwunden und mit seinem Arbeitszeug wiedergekommen sein soll, mit Skizzenblock und Kohlestift. Daß er Ditte zweimal porträtiert hat in jenem Winter, steht fest, nur, ob er aus dem Gedächtnis oder am Krankenbett gearbeitet hat: das ist nicht sicher. Beide Porträts jedenfalls erschienen später in dem Band »Zwei«, der Teo Busbeck gewidmet ist. Wie sie daliegt bei ihm: steif und streng, das Gesicht halb verschattet, den Mund in fordernder Art geöffnet, als verlange sie nach etwas Trinkbarem – das einzige, was sie noch denken und verlangen konnte. Ihr flacher Körper bleibt konturlos unter der Decke, die Arme liegen starr daneben.

Ditte starb allein. Da Doktor Gripp die Lungenentzündung erkannt hatte, wußte er auch, wie er den Totenschein ausfüllen sollte. Es schneite draußen, doch der Schnee taute gleich weg. Der Todeskampf mußte kurz, zumindest lautlos gewesen sein, Teo Busbeck auf seinem Stuhl am Kopfende hatte nichts bemerkt. Die Frau des Malers wurde gewaschen, sie zogen ihr das Leichenhemd an und den bestickten Gürtel und gaben ihr das Armband, und dann kamen die Besucher. Alle, die kamen, mußten sich damit abfinden, daß sie mit der Toten nicht allein sein konnten: im Hintergrund, unter einem verhängten Spiegel, saß der Maler, Busbeck behielt den Stuhl am Kopfende der Pritsche.

Sie kamen also herein und zeigten, was sie zeigen konnten. Hilde Isenbüttel trat in lecken Gummigaloschen ein, band ihr nasses Kopftuch ab, schneuzte sich, stieß einen – gewiß außerplanmäßigen – Schrei aus, stürzte zur Tür und hatte ihren Besuch beendet. Der alte Holmsen von Holmsenwarf verrichtete im Eingang ein schnelles Gebet, allerdings nicht, indem er die Hände faltete; vielmehr drehte er seinen feuchten Hut an der Krempe, etwa in Brusthöhe drehte er ihn, mehrmals im Uhrzeigersinn, und nachdem er fertig war, ging er an die Tote heran, nahm ihre Hand, hob sie an, legte sie vorsichtig zurück und ging kopfschüttelnd zum Maler, mit dem er einen Blick tauschte, keinen Handschlag. Lehrer Plönnies dagegen ging zuerst zum Maler und drückte ihm die Hand; dann beschrieb er einen, man muß schon sagen, berechneten Bogen, der ihn mit ausgezeichnetem Raumgefühl an das Fußende der Pritsche führte: dort wandte sich der Mann, der im Krieg zweimal verschüttet und dabei selbst dem Tod sehr nahe geraten war, zu Ditte und verneigte sich vor ihr, kurz, mit gestrafftem Körper. Vogelwart Kohlschmidt schaute sozusagen nur um die Ecke, nickte dem Maler zu, warf einen Blick auf die Tote und ließ gern und bereitwillig Frau Holmsen von Holmsenwarf den Vortritt, die sich, noch bevor sie an der Pritsche war, auf die Knie warf – sie hatte sich offensichtlich verschätzt –, das letzte Stück auf den Knien zurücklegte, den Arm der Toten packte und sich dann einem spontanen Weinkrampf überließ, der so lange dauerte, wie sie es wollte.

Trotzdem, ihr Jammern überzeugte, gegen ihre hohen Schluchzer war nichts einzuwenden, und als sie sich entfernte, tat sie es kopfschüttelnd wie ihr Mann. Kapitän Andersen – ihn hatte der Deichgraf Bultjohann in seiner Kutsche mitgebracht – war schon draußen auf dem Hof zu hören, er fluchte da, daß Ditte sich ein so mieses Wetter zum Sterben ausgesucht hätte: Kunn de Deern nich bit ton Freujohr teuwen? Da er in seinem Alter nicht fallen durfte und, wenn er gefallen wäre, ohne fremde Hilfe nicht hätte hochkommen können, führte ihn Bultjohann ins Haus, verzweifelt bemüht, den photogenen Alten mit dem silbernen Bartkranz und dem seidenen Schläfenhaar auf Trauer einzustimmen. Der aber wollte in seinem Alter nicht trauern. Staksend, sabbernd, kleine Pfützen auf dem Fußboden hinterlassend, kam er in das stille Zimmer, blinzelte und fragte: Wo ist denn unsere Deern? entdeckte die Tote, mühte sich zu ihr hin und streichelte ihr ungenau die Wangen und brabbelte: Kunns nich teuwen bit ton Freujohr? Zum Maler, auf den er aufmerksam gemacht wurde, sagte er: Du, lot di man Tied, min Jong. Erwähnen möchte ich auch noch meinen Großvater Per Arne Scheßel, den Bauern und Heimatforscher, der sein trockenes, sauertöpfisches Gesicht behutsam wie auf einer Stange hereintrug, in der Mitte des Zimmers stehenblieb, den Kopf hob und die Augen schloß. Er mimte Ergriffenheit, und so eine Art von karger Trauer mischte er sich zurecht, wobei er seine Hände langsam zusammenführte und auf der Höhe seines Geschlechts ineinanderlegte. Am besten gelang ihm der Ausdruck von Griesgrämigkeit, den er allein mit Hilfe seiner Mundwinkel schaffte; bevor er ging, hob er in übertriebener Hilflosigkeit die Arme und ließ sie gut hörbar herabfallen. Und Gudrun Scheßel? Und der Polizeiposten Rugbüll? Über die von Rugbüll ist nichts zu sagen, weil sie nicht auf Bleekenwarf erschienen.

Zuerst wollten sie, dann wollten sie nicht; Okko Brodersen versprachen sie hinzugehen, aber mitten im Aufbruch erschien Besuch aus Husum; sie redeten ausgiebig darüber beim Frühstück, doch als es losgehen sollte, winkte mein Vater ab; sie versicherten sich, wie die Nachbarn über ihr Erscheinen denken würden, aber obwohl sich die Nachbarn, wie man ihnen bestätigte, nichts denken würden, unterblieb der erwogene, oft bedachte und auch schon beschlossene Besuch auf Bleekenwarf. Dittes Gesicht im Tode, das mittlerweile wieder abgeschwollene Gesicht, das, vielleicht nach der Erlösung von ihrem unheilvollen Durst außer der Strenge auch noch den Anflug eines Lächelns zeigte – sie sahen es nicht mehr. Und wer weiß, ob sie – und diesmal heißt es: wir alle in Rugbüll – zum Begräbnis gegangen wären, wenn Per Arne Scheßel sie nicht entsprechend bearbeitet hätte, bei einem langen Abendbrot, denn natürlich hatte mein Großvater seinen Besuch auf Bleekenwarf so gelegt, daß er ein Abendbrot bei uns mitnehmen oder, sagen wir mal, abstauben konnte.

Also gab es Sauerkohl und angeräucherten Schweinenacken und zwei Kummen voll Kartoffeln, und der Heimatforscher beanspruchte für sich persönlich noch eine Specksoße, die über den Kohl gegossen wurde, und während wir zusahen, wie er das Essen in sich hineinsaugte, schlürfte, brockte, schaufelte, bewies er uns, warum wir beim Begräbnis nicht fehlen durften: Vor dem Sarg, da hört alles auf – Im Tod, da müssen wir – Wer die Welt verläßt, darf nicht, weil – keiner sollte übers Grab hinaus – Versöhnung lohnt sich immer – er sagte: ausgelernt – Der letzte Abschied kann nun mal nicht – Die Pflicht der Lebenden besteht darin, daß – Wer sich dieser letzten Pflicht versagt, dem wird man ganz bestimmt, auch als Polizeiposten, und so weiter.

Er aß mit sehr gutem Appetit, er sprach lange, und auch bei dieser Gelegenheit gelang ihm ein unvergeßlicher Satz: Nicht immer ist die Sippe für den einzelnen verantwortlich. Als er ging, stand fest, daß wir am Begräbnis von Ditte teilnehmen würden.

Das Begräbnis fiel auf einen Sonnabend, zwölf Uhr war angesetzt. Es war das erste Begräbnis, an dem ich teilnehmen durfte; ich war so gespannt darauf, daß ich in der Nacht zuvor von Ditte träumte: wir beide errichteten in vergnügter Anstrengung einen Hügel, einen steilen Berg aus Streuselkuchen, trugen Säcke voll Puderzucker heran, die wir über einen Hang entleerten, und danach zogen wir einen Rodelschlitten hinauf und sausten in Schußfahrt hinab. Wenn wir stürzten, bekam ich den Grund zu schmecken; er schmeckte süß. Ditte hielt mich umklammert und steuerte uns meistens sicher zwischen Erlen hindurch, deren Stämme Eisglasur trugen. Der Wind maß die Länge unserer Schals.

Am Morgen des Begräbnisses war ich als erster fertig und wartete ungeduldig auf meinen Vater, der sich, so schien es, nicht mit seiner Kleidung befreunden konnte: zuerst zog er seine Dienstuniform an, dann pellte er sich mißmutig den schwarzen, altmodischen Anzug an, der ihn schon bei seiner Hochzeit unter der Achsel gekniffen hatte und jetzt noch spürbarer kniff, und zum Schluß warf er sich, das zivile Zeug erleichtert auf das Bett schleudernd, in seine Polizei-Ausgehuniform, in der er, wie Klaas einmal gesagt hatte, einem Pavian glich, dem man an einem Sonntag erlaubt hatte, die Uniform seines Wärters anzuziehen. Er wirkte nicht angezogen, sondern verkleidet, zurechtgemacht wirkte er, künstlich hergestellt, und wenn sich über den Sitz seiner Hose schon sonst allerhand sagen ließ: den hängenden Hintern, den er in seiner Ausgehuniform hatte, den muß man einfach gesehen haben, um sich ein Bild machen zu können. Der Rock immerhin saß, und zwar deshalb, weil beim Zuschnitt gleich eventuelle Veränderungen im Gewicht oder Wuchs einkalkuliert worden waren.

Mein Vater streckte die Arme energisch nach unten weg und ließ sich von meiner Mutter begutachten: Geht das, Gudrun, sag mal: geht das überhaupt? Kann ich mich so blicken lassen? Gudrun Jepsen musterte ihn gleichgültig, trank ihr in Wasser aufgelöstes Beruhigungspulver und stimmte zu, indem sie schwieg und danach selbst vor den Spiegel in der offenen Tür des Kleiderschranks trat, um ihr schwarzes Seidenkleid, das sich weder mit dem wollenen Unterrock noch mit dem riesigen Wollschlüpfer vertrug, zum wievielten Mal hochzuzerren. Die hätten einen ganzen Tag damit zubringen können, sich für das Begräbnis anzuziehn, zum Glück stießen sie dann auf etwas, was sie von ihren eigenen Kleidersorgen ablenkte: Sie entdeckten mich. Warum hat der Junge nicht die schwarzen Strümpfe an? Und ohne Mütze? Und in Gummistiefeln können wir ihn doch nicht vorzeigen, auch im Schneematsch nich. Wenn schon einen Schal, dann den bedeckten. Und Unterhosen? Welche Unterhosen hat er überhaupt an? Zeig mal die Fingernägel. Zum Friseur? Zum Friseur hättest du ihn auch schicken können: so fielen sie über mich her, fummelten und änderten herum, machten mich zurecht nach ihren Plänen und stellten gegen elf Uhr fest, daß sie sich früher um mich hätten kümmern müssen.

Nu laß den Jungen wie er is, Gudrun, wir schaffen es sonst nich: das sagte er übelnehmend, und dann schlugen sie sich in ihre Mäntel, streiften die Regenumhänge über, und wir alle stapften nach unten, wo Hilke, ich muß schon sagen: erregt auf uns wartete. Ihre Erregung, sie paßte nicht zu den schwarzen Strümpfen, den schwarzen Überschuhen und dem schwarzen Tuchmantel. Mit den Lederhandschuhen, die sie zu Weihnachten bekommen hatte, wedelte sie herum, schlug sich auf das eigene Handgelenk, auch nach eingebildeten Fliegen in der Garderobe schlug sie. Ist was los? fragte ich, worauf sie mir, was durchaus als Antwort gemeint war, ihre Handschuhe ins Genick klatschte und mich vor sich hertrieb nach draußen, in den Schnee, in den Regen. Über der Nordsee, da rückte schon mehr Schnee, mehr Regen heran, so mit dreifachem Rauschen näherte er sich, eine dunkle Bank, von der weißliche Schleier herabhingen. Der Wind erprobte gleich unsere Standfestigkeit, fiel uns von der Seite an, langte unter die Mäntel, doch da die fest zugeknöpft waren, befaßte er sich mit den Regenumhängen. Es war nicht leicht, Kurs zu halten, bei diesem Wind, bei dieser Glätte, das möchte ich meinen; und stehend darauf zu warten, bis mein Vater, der natürlich etwas vergessen hatte, wieder zurück war: das kann man auch keine Erholungspause nennen.

Endlich marschierten wir los, Hilke und ich voran, das Ehepaar Jepsen, wortlos Arm in Arm, in einem Abstand von vielleicht fünf Metern hinter uns – ein überschaubarer Familienkonvoi, der nach dem Ziegelweg eine überschwemmte Lehmstraße hinabsegelte, eine Holzbrücke überquerte und sich dann querfeldein in Richtung zum Friedhof Riepen bewegte, der nicht etwa zu dem gleichnamigen Dorf Riepen gehört – ein solches Dorf gibt es nicht –, sondern zu Glüserup.

Wenn an jenem Sonnabend ein Flugzeug über unserer Gegend erschienen wäre, hätte sich dem Piloten dies Bild geboten: Zu einem kleinen, durch einen Kiesweg in zwei rechteckige Felder gescheitelten und von einer löchrigen Hecke eingeschlossenen Platz bewegten sich sternförmig Leute, einzeln oder in Gruppen, mit leichter Rücklage vor dem Wind hersegelnd, seitlich gegen ihn ankreuzend oder tief gebeugt gegen ihn aufkommend, über eine schmutzige und überall dunkelnde Schneefläche bewegten sie sich, begegneten einander auf Stegen und hölzernen Brücken, die über Gräben führten, stauten sich, begrüßten einander flüchtig und strömten nun, zahlreicher und eine neue Formation bildend, der regelmäßigen und gewiß künstlich aufgetragenen Erhebung zu, die ein einziges, hohes und langgestrecktes, aus Rotziegeln errichtetes Gebäude trug. Ferner wäre dem Piloten die Gleichartigkeit der Bewegungen aufgefallen: Alle beeilten sich, doch niemand lief, eine erstaunliche Disziplin einhaltend, zu einem geöffneten Tor, vor dem zwei Autos hielten, ein drittes war unterwegs. Vor dem Eingangstor neue, größere Stauung, hier begrüßte man einander ausführlicher, legte sogar ab, was man in den Händen trug – viele trugen etwas in den Händen –, mischte sich gesprächsweise, man zog sich gegenseitig unter Regenschirme. Aus der Luft hätte man manches, aber in jedem Fall zu wenig gesehen.

Als wir mit den Holmsens, mit Hinnerk Timmsen, mit Hilde Isenbüttel und Okko Brodersen – in Briefträgeruniform – zusammentrafen, flüsterte mein Vater uns zu: Haltet euch zusammen, und wehe, wenn mir Klagen kommen; danach ließ er sich vom Wirt des »Wattblicks« mit Beschlag belegen, der so dringend und verheißungsvoll auf ihn einredete, als böte er ihm die Partnerschaft in einem Unternehmen an, das er wieder mal gründen wollte. Nach dem Krieg, Jens, sagte er, ich meine doch nach dem Krieg. Hilke hatte ihre Handschuhe an, doch ihre Finger zurückgezogen, und ich hielt mich an den kühlen, leeren Fingerspitzen fest und hielt mich neben ihr, wäre auch ohne Aufforderung neben meiner Schwester geblieben, denn sie war mir nie so schön vorgekommen. Schwarz stand ihr. Ihre Erregung wuchs, je näher wir dem Friedhof kamen, sie hielt Ausschau, wollte jemanden sehen oder selbst gesehen werden, dabei geriet sie manchmal in Pfützen und spritzte sich die Beine voll; bis zu ihren etwas verfetteten Kniekehlen hinauf waren Hilkes Beine mit Dreckspritzern bedeckt. Doch nicht nur Hilkes Beine: fast alle Strümpfe und Hosen, die ich sah, waren von Dreckspritzern gesprenkelt, bei Okko Brodersen reichten sie sogar bis zur Hüfte hinauf; mein Vater kam da noch am besten weg, vermutlich wegen seiner Art zu gehen.

Immer mehr Leute stießen zu uns und wollten begrüßt werden: Karl Wilhelm Bühning und Jens Lampe, Hedwig Struwe, die von allen nur Mutter Struwe genannt wurde, Anker Bülk und Detlev Hegewisch, die viel zu schnell gewachsenen Schwestern Gierling, Deichgraf Bultjohann und Lehrer Plönnies, auf ihrem kitzligen Wallach Frau Söllring vom Gut Söllring, Jap Leuchsenborn und Paul Flehinghus, die beiden Malerfreunde aus Glüserup – Spezialität: Menschen im Aufbruch und dramatische Seestücke –, Studienrätin Booysien und der gichtgekrümmte Tischler Heck, der den Sarg für Ditte angefertigt hatte.

Solch eine Bevölkerung hätte uns niemand zugetraut, das wälzte, das schob sich zum Friedhof hinauf, widersprach der Ödnis. Wenn die Eintritt genommen hätten! Auf dem Hauptweg standen sie, in schwarzen Gruppen neben den sackenden Grabhügeln, sie standen vor und hinter der trübseligen Kapelle, unter tropfenden Erlen, neben der Hecke, die der Wind durchstöberte. Kapitän Andersen war weder zu sehen noch zu hören, doch Jutta war da, blaß und aufmerksam, und, in ihrer Nähe, das feiste Ungeheuer, das sie in einen dunklen, hoffentlich kratzenden Strickanzug gepreßt hatten. Wir hatten einen guten Platz vor der Kapelle, doch allmählich wurden wir abgedrängt auf einen Seitenweg, vor ein paar kahle Gräber, an deren Kopfende verwaschene Holzkreuze im Lehmboden steckten; die Kreuze trugen ausländische Namen. Einige Krähen flogen den Friedhof an, doch sie drehten vorzeitig ab; das war alles, was sich von der Vogelwelt blicken ließ. Keine Rotdrosseln, keine Elstern, keine Bergfinken, nicht einmal Kohlmeisen. Hilke zog mich an Grabreihen vorbei zu einer jungen Lebensbaumhecke, wir schlüpften durch die Hecke und standen wieder, wenn auch beengt, vor der Kapelle, auf der ein aus Blech geschnittener Wetterhahn vom Wind waagerecht gedrückt worden war, so daß der Hahn einen angestrengt spähenden Eindruck machte, spähend wie nach Würmern.

Der Maler? Der Maler war nicht zu entdecken, auch Teo Busbeck nicht, wahrscheinlich waren beide schon in der Kapelle, die immer noch nicht geöffnet wurde; ich weiß auch nicht, warum, jedenfalls sagte vor uns eine Frau, die von hinten wie ein angekohltes Vierkantbrot aussah, zu einem mageren Riesen mit Knickbeinen: Wenn wir noch lang hier stehen, bin ich als nächste dran. Wer das hören konnte, stimmte der Frau mehr oder weniger unauffällig zu, nur der Riese mit den Knickbeinen, der alles übersehen konnte, der sich in seiner Höhe offensichtlich gut unterhielt, schien diesen Protest nicht empfangen zu haben, er hieß übrigens Fedder Magnussen und hatte, wenn ich mich nicht irre, die Bootswerft in Glüserup.

Da sich bei mir weder die vierkant geratene Frau noch die ganze frierende Trauergemeinschaft die Schwindsucht holen soll, lasse ich jetzt einfach den Friedhofswärter Fenne, einen Mann mit weitreichendem Mundgeruch, die rostrot getünchte Tür der Kapelle öffnen, die Tür mit eisernem Riegel festsetzen und seinen Kopf derart senken, daß man sich eingeladen fühlt, einzutreten. Also schoben wir uns hinein und zwängten uns in die zu engen und zu hohen Sitzbänke.

Jetzt entdeckte ich den Maler und Doktor Busbeck, die in der ersten Reihe saßen, gleich neben dem Gang; beide starrten auf einen Blumenhügel, aus dem hier und da braungelacktes Holz hervorschimmerte. Kerzen brannten unruhig in der Zugluft. Pastor Bandix stand am Altar und blickte vermutlich auf seine Fingernägel. Es roch nach Pilzen, nach Pfifferlingen und Champignons. Hilke hatte die Lederhandschuhe ausgezogen und kniff und rollte sie zusammen und schaffte es offenbar nicht mehr, ihren vorher so unternehmungslustigen Blick zu heben. Mir schliefen die Beine ein, wie auf den Sitzbänken meines Großvaters in Külkenwarf. Warum bekamen sie die Tür nicht zu?

Viele drehten sich um, und auch ich drehte mich zur Tür um, die der Friedhofswärter Fenne gern schließen wollte, aber doch nicht schloß, weil die Trauernden, die keinen Platz mehr in der Kapelle fanden, nicht ausgesperrt werden wollten und das auch laut genug zu verstehen gaben. Also blieb die Tür offen. Also gab Fenne Pastor Bandiz ein Zeichen, und der hob sein Gesicht mit den scharfen Brillengläsern, suchte die Decke ab und breitete die Arme aus. Wir erhoben uns zum Gebet, setzten uns, standen sogleich wieder auf zu dem Lied: Wenn ich einmal muß scheiden. Hilke sang eifrig, in hoher Stimmlage sang sie, ohne ein einziges Mal auf den Text zu blicken, auch der Maler sang und mein Vater drei Reihen hinter ihm, nur meine Mutter, die sang nicht mit.

In allen meinen Taten, sagte Pastor Bandix, laß ich den Höchsten raten, und nachdem wir uns gesetzt hatten, begründete er, warum er das tat.

Er entwarf also einen Feldherrn, mächtig, versteht sich, schlau, versteht sich, einen Mann, dessen Kriege gut gehen, deshalb auch vermögend, die halbe Welt gehört ihm schon sozusagen – Pastor Bandix meinte: der halbe Erdkreis. Welt oder Erdkreis: dieser Feldherr, dessen Identität nicht gelüftet wurde, wird mit jedem Sieg, mit jeder Eroberung trauriger, es kommt sogar vor, daß er in Anwesenheit eines Boten, der ihm einen neuen Triumph seines Namens überbringt, in Melancholie verfällt, und zwar, wie Sie sich schon gedacht haben werden, einfach deshalb, weil sich mit jeder vollzogenen Eroberung die Möglichkeiten neuer Eroberungen verringern.

Jeder wird verstehen, daß sich dieser Feldherr die letzten, noch nicht eroberten Länder sehr langsam unterwirft, doch obwohl die letzten Siege listig hinausgezögert werden, kann er es nicht verhindern, daß ihm eines Tages die ganze Welt gehört – Pastor Bandix meinte: der ganze Erdkreis. Welt oder Erdkreis: dieser Feldherr bespricht sich auf einem Tiefpunkt seiner Laune mit seinen Astronomen, und die zeigen sich in der Lage, dem Schwermütigen neue Freude anzubieten: sie schlagen ihm vor, zur Zerstreuung die zahlreichen Räume des Himmels zu erobern. Der Feldherr lebt auf, er ist von diesem Plan so angezogen, daß er den Höchsten siegessicher darauf hinweist, er werde ihm die zahlreichen Räume des Himmels streitig machen; doch dazu kommt es nicht, da der Höchste seinerseits der Meinung ist, der Feldherr habe genug erobert und müsse sich deshalb aufs Sterben vorbereiten. Mit dieser Ankündigung indes kann sich der Feldherr gar nicht befreunden, er hat allerhand dagegen. Pastor Bandix meinte: er begehrt verblendet auf – und er läßt den Höchsten wissen, daß er, beziehungsweise seine unzähligen Wachen, in der Lage seien, dem Tod jederzeit Zutritt zu verwehren. Der Feldherr ist denn doch überrascht, als der Tod schon am ersten Abend ohne Aufhebens in sein Zelt tritt, er unterhält sich mit ihm und bittet ihn um eine neue und letzte Chance; die wird ihm gegeben. Er läßt also das schnellste Pferd des Erdkreises satteln und macht sich auf zu seinen entlegenen Besitzungen im Libanon, mit Gärten zum Meer hin, und wer erwartet ihn bereits im Garten? Eben, und der Tod entschuldigt sich für seine vorzeitige Ankunft, bevor er den Feldherrn bittet, voranzugehen. Der Feldherr gehorcht, und auf seinem letzten

Gang ergreift ihn sogar eine achselzuckende, doch überlegene Heiterkeit – Pastor Bandix meinte: stille Heiterkeit – floß durch sein Gemüt, er begreift pünktlich, wieviel seine Eroberungen wert waren, er unterwirft sich dem höchsten Ratschluß. Jetzt machte Pastor Bandix eine Pause, blickte scharf und freimütig in die Trauergesellschaft von links nach rechts, von vorn nach hinten, und als sein Arm hochflog, sein Zeigefinger über mich hinweg deutete, drehte ich mich spontan um und erkannte hinter mir die beiden matt glänzenden Ledermäntel, die einträchtig nebeneinander saßen, die Ärmel wie von einem Dekorateur gleichmäßig angewinkelt. Aber die Liebe, rief Pastor Bandix, die Liebe höret nimmer auf; danach senkte er den Zeigefinger auf den Blumenhügel, unter dem Ditte lag, wartete eine Weile, doch da nichts geschah, holte er den Zeigefinger wieder ein, nickte dem Maler zu und wandte sich an Ditte mit den einleitenden Worten: Nun ist deine Reise beendet. Er machte eine Pause. Schluchzen und Wimmern wurden hörbar, auch ein dunkler Heulton, der mich an eine Nebelboje erinnerte – allem Anschein nach brachte Mutter Struwe diesen Ton hervor –, und mit einer Milde, zu der er in seinem Religionsunterricht keinen Anlaß sah, eilte Pastor Bandix noch einmal an den Stationen von Dittes Leben entlang.

Noch einmal ließ er Ditte ein Mädchen sein, weißes Kleid, weißer Spangenschuh, das stille, geräumige Haus in Flensburg, bleib nicht zu lange im Garten, geh nicht an den Strand, denn du mußt auf deine Stimme achten, mein Kind, riefen Mutter und Großmutter, gleich kommt Professor Ziegel, der lächelnde, gravitätische Gesanglehrer im Gehrock, der am zu hoch gestimmten Klavier mit dir zufrieden sein möchte, schließlich erhält er einen beachtlichen Stundenlohn, und er ist wohl eingeschlossen in die Ergriffenheit der kleinstädtischen Gesellschaft, die sich jedesmal einstellt, wenn das kleine Mädchen mit kleinen Liedern hervortritt, an Winterabenden, zum Nachtisch, warum konnte das zarte, übermüdete Mädchen nicht für immer jung bleiben, fragte ich mich, warum mußte Pastor Bandix sie wachsen lassen, in die Musikhochschule schicken, eine erste Rolle in der »Verkauften

Braut« spielen lassen? Aber er schwang sich weiter an diesem Leben hinauf, erwähnte kleine Bühnen, die Freundschaft zu dem Komponisten Friedrich Drews, der für Ditte Nachtstükke und Arien schrieb, die ununterbrochene Sorge für den gelähmten Bruder, bis dann endlich Max Ludwig Nansen ins Spiel kam, die erste Begegnung auf der Post, vor dem Geldschalter, wo beide – was sie wohl auch erwartet hatten – auf ihre Nachfrage nur das Kopfschütteln des Beamten empfingen, zu einem Kaffee aber reichte es noch, und eine Woche später verschickten sie handgezeichnete Verlobungskarten. Er erwähnte die Hochzeit in Abwesenheit der Familien, Dittes Verzicht auf einen Beruf und die lange Zeit starrsinnig ertragener Armut und Verkennung. Da stellte sich Krankheit wie von selbst ein, die junge Frau trägt graue Kleider und altert früh, man glaubt, das alles irgendwoher zu kennen, sicher wird man nachts auch gemeinsam gehustet haben, obwohl das nicht zur Sprache kam, jedenfalls erträgt sie die Ortswechsel und Notunterkünfte mit der gleichen Ruhe wie später die Tage der Ehrungen, was für Pastor Bandix unter die »Höhen und Tiefen eines erfüllten Künstlerlebens« fiel. Du warst ihm, sagte er zu Ditte, was alle brauchen, doch nur wenige finden: Begleiter in einer Zeit des Aufbruchs, Trösterin in der Zeit der Verblendung, Gefährtin in den Jahren der Einsamkeit.

Das Wimmern nahm zu, eine zweite Nebelboje antwortete Mutter Struwe von draußen her mit schnaufendem Klageton, während Pastor Bandix sich zum höchsten Punkt der Lebensskizze hinaufstemmte und vom Glück sprach, vom »Glück der Gemeinsamkeit«, das unbedingt Spuren in dieser Welt hinterlassen muß, auch wenn dunkle Geister – er sagte tatsächlich: dunkle Geister – bemüht sind, diese Spuren auszuwischen. Mit einem: Siehe, auch du hast nicht umsonst gelebt, beendete er seine Nacherzählung und schlug vor, zu beten und dann noch einmal zu singen.

Und nachdem wir gebetet und gesungen hatten, führte der Friedhofswärter Fenne sechs Sargträger herein, ausnahmslos alte Männer mit aufgesprungenen Händen und schwarzen Rissen im Nacken, und wir sahen zu, wie sie die Kränze und Blumen abräumten. Der Maler und Teo Busbeck folgten als erste dem Sarg, dann Jutta und Jobst mit Pastor Bandix, dann mir unbekannte Frauen aus Flensburg, und danach scherte in das Gefolge ein, wer gerade eine Lücke fand oder wem es glückte, mit einer Drehbewegung seine Bank zu verlassen, Hilde Isenbüttel und Frau Holmsen, mein Vater hielt sich deutlich zurück, er mischte sich unter das letzte Drittel des Zuges, und als ob ihm das noch nicht genügte, senkte er sein Gesicht, um nicht aufzufallen, um wenigstens nicht sogleich bemerkt zu werden; noch unauffälliger benahmen sich nur die beiden Ledermäntel, die bescheiden am Schluß gingen. Das Gesicht des Malers, als er an uns vorbeikam: schlecht rasiert, bleich, aufmerksam, von der Kälte aufgerauht.

Ich ließ Hilke allein, überholte den Trauerzug links außen und kam fast gleichzeitig mit den Sargträgern am Loch an, das oben an den Rändern mit Brettern abgedeckt und nicht einmal so tief war, wie ich angenommen hatte; auf dem lehmigen Grund stand ein bißchen Wasser, kein Grundwasser, sondern geschmolzener Schnee. Aus den Wänden stand dünnes, weißliches Wurzelwerk, das der Spaten durchtrennt hatte, und daß der ganze Friedhof von Riepen künstlich aufgeschichtet war, ließ sich an der oberen Sand- und Lehmschicht erkennen, die nur einen halben Meter tief reichte; darunter war die Erde schwarzbraun, bröselig, man hätte da seinen Torf stechen können. Der Maler sah mich an, ich grüßte ihn, doch er grüßte nicht zurück; er stützte jetzt Doktor Busbeck, den sein schwerer, nasser Mantel niederzuziehen schien, und dessen zu große Gummigaloschen keinen festen Stand auf dem Lehmboden fanden. Auf ein Zeichen von Fenne setzten die Träger den Sarg ab und unterfingen ihn mit Tauen, deren Enden sie in der Hand behielten, klar zum Wegfieren, möchte ich mal sagen, doch bevor sie den Sarg hinabließen, hob Pastor Bandix eine Hand über das Grab, ließ sie lose dahinflattern wie ein Blatt: er segnete den Sarg ein, die Hand blieb und blieb in der unruhigen Luft, erst zum Gebet ließ er sie hinabtrudeln. Nach dem Gebet stemmten die Träger sich gegen den Lehmrand, hoben den Sarg an und senkten ihn langsam in das Loch hinein, und dabei legte der Maler Teo Busbeck einen Arm um die Schulter und zog ihn so weit zu sich herüber, daß ihre Körper ein Dreieck bildeten.

Ein Zwischenfall? Ein Aufschrei? Ein dekorativer Zusammenbruch am offenen Grab? So sehr sich das auch anbietet, ich muß darauf verzichten, muß mir auch versagen, Schwüre, Nachrufe und wilde Wünsche zu zitieren, die ja an offenen Gräbern, zumal bei entsprechendem Wetter, oft zu vernehmen sind, denn nachdem Dittes Sarg in der Grube verschwunden war, warfen der Maler und Teo Busbeck eine Handvoll Sand hinab und stellten sich so neben einem Heckenwinkel auf, daß jeder, der nach ihnen eine Handvoll Sand auf den Sarg geworfen hatte, an ihnen vorbei mußte. Und viele bückten sich, sammelten – obwohl eine kleine Schaufel zum Gebrauch sich empfahl – mit gekrümmten Fingern Sand auf, ließen ihn hinabregnen oder, wenn der Sand klumpte, gegen den Sarg bumsen, und danach gaben sie dem Maler und Doktor Busbeck die Hand, sprachen ein Wort, oder auch nicht.

Ich wartete, bis Hilke an der Reihe war, scherte hinter ihr ein, warf nach ihr zwei Hände voll Sand auf Ditte hinunter und gab nach ihr den beiden Männern die Hand. Auch mein Vater stand in der Reihe, zwischen Brodersen und Bultjohann schob er sich näher an das Grab heran, warf zweimal eine Handvoll Sand hinab und ging dann – nie werde ich das trokkene, auf süßsaure Neutralität gestimmte Gesicht vergessen – auf den Maler zu, der ihm mit der gleichen gelassenen Aufmerksamkeit entgegensah wie allen andern. Da schien sich nichts anzubahnen, nichts zu ereignen. Alles schien auf einen kurzen Händedruck hinauszulaufen; allenfalls würde man sich, leicht zur Frage angehoben, beim Vornamen nennen: Max? Jens?

Aber als der Maler die Hand des Polizeipostens nahm, sie länger hielt als andere Hände, konnte man schon erkennen, daß da ein Gedanke entstand, daß der Maler etwas loswerden wollte, jetzt, in diesem Augenblick, in dem alle ihn ansteuerten, um ihre Anteilnahme auszudrücken. Kommst du noch rüber, Jens? fragte der Maler leise, und da mein Vater, der gerade diese Frage erwartet zu haben schien, sehr schnell nein sagte: Ich hab dir etwas zu zeigen, Jens. Mein Vater hob zum Zeichen seines mäßigen Interesses die Schultern: Was, was soll das sein? – Die letzten Porträts von Ditte, sagte der Maler ohne Feindschaft, eher mit dem Ausdruck vertrauensvoller Geringschätzung. Wenn du kommst, Jens, zeig ich sie dir.

Danach hielt es der Polizeiposten Rugbüll nicht mehr für notwendig, auch Teo Busbeck die Hand zu geben, mit zusammengepreßten Lippen wandte er sich ab, gewann mit heftigen Schritten den Mittelweg des Friedhofs, wo meine Mutter allein wartete, hakte sich überstürzt bei ihr ein, schob sie an und erinnerte sich plötzlich an uns – so ruckartig, daß er, als er sich umdrehte, meine Mutter an seinem Arm herumschleuderte und sie zwang, zwei Sprungschritte zu machen. Ja, ja, wir kamen schon, wir waren schon unterwegs; ich lief gehorsam neben Hilke her, hielt mich an ihren leeren Handschuhen fest. Diesmal gingen die Alten voraus, schweigsam, hier und da eilig und abwesend grüßend, in einem Geschwindschritt, mit dem der Polizeiposten Rugbüll seine gerade erworbene Erbitterung eingestand. Er ließ sich auf kein Gespräch ein, weder vor der Kapelle noch am Friedhofstor, und auf den Zuruf von Kapitän Andersen: Ist alles schon vorbei? nickte er flüchtig; er blieb nicht einmal stehen, um dem Alten, den sie gerade mit einer Kutsche hergebracht hatten und aus einer Decke wickelten, ein Wort zu gönnen.

Im Geschwindschritt über Brücken und Stege, immer querfeldein, durch flache überschwemmte Mulden, unter Zäunen hindurch; und wieder sprang der Wind um, so daß wir ihn abermals von vorn hatten, wie so oft bei uns. Auf beschneitem Erdsockel unter kahlen Erlen lag Bleekenwarf, dort war die große Kaffeetafel vorbereitet, dort lasteten zwar nicht die gelben Türme von Dittes Streuselkuchen auf den ausgezogenen Tischen, aber Sandgebäck, Sirupkuchen, Nußcremetorten und all so was: das machte sich schon auf Tischen und Nebentischen bräsig. Die Frauen aus Flensburg hatten vorgesorgt, hatten wohl auch uns und unser Glück bei Kuchen berücksichtigt, doch mein Vater blickte nicht einmal hinüber, als wir auf der Höhe von Bleekenwarf waren. Eine Schulter vorgezogen, gegen den Wind gelegt: so stürmte er uns voran bis zur Schleuse, und hier drehte er sich einmal um, und auch wir drehten uns um und glaubten einen Augenblick wirklich, er würde kehrtmachen und uns, mit einem frischen Beschluß, doch noch nach Bleekenwarf hinüberlotsen, auf das sich jetzt vom Friedhof her eine zersprengte Prozession von Einzelgängern, Paaren und Gruppen zubewegte.

Aber er kehrte sich nur vom Wind ab, um die tränenden Augen zu wischen, dann ging er weiter zum Ziegelweg und nach Hause. Da war soviel zu fragen, und jeder hatte jedem etwas mitzuteilen, nachdem wir die Tür geschlossen hatten, doch er machte sich erbittert über den Ofen her, stocherte, blies und legte nach und gab uns dadurch zu verstehen, daß er nicht in der Stimmung sei zu einem Austausch über Erfahrenes. Das heißt: mir gab er schon einen Befehl: nachdem Hilke und meine Mutter sich verzogen hatten, schickte er mich nach oben, seine Dienstuniform zu holen, und während uns der Ofen das Haus vollpaffte und zuckende Rauchschleier durch die Küche trieben und die Sicht beschränkten, begann er sich umzuziehen. Diese Erleichterung, diese Wohltat! Diese Wendung zur besseren Laune; er schien aufzutauen mit jedem Stück, das er ablegte oder zur Küchenbank hinwischte, er fühlte sich wohler, und als es an der Küchentür klopfte, rief er nicht nur herein, sondern: Herein, wenn's kein Schneider is.

Ich weiß noch: er stand im Unterzeug, als Okko Brodersen hereinkam und einen Gruß herüberwinkte und sogleich zum Tisch ging, seine Taschenuhr zog und sie vor sich hinlegte, womit er uns zu erkennen gab, daß er sich eine Frist – wenn auch nicht welche Frist – gesetzt hatte für seine Anwesenheit. Der Postbote setzte sich. Der leere Ärmel endete in seiner Jackentasche. Der Mann blickte auf seine Uhr, auf meinen Vater, wieder auf seine Uhr. Er mußte querfeldein gegangen sein wie wir.

Heute bringst du uns doch nix, sagte mein Vater, stehend auf einer Fußbank, den Hosenbund breit öffnend. Heute nicht, sagte der Postbote, heute will ich was holen. – Und was soll das sein? – Dich! Mein Vater schwankte, als er ins rechte Hosenbein fuhr, senkte den Bund, hob dann das linke Bein, zielte auf die dunkle Öffnung, setzte noch einmal ab, stieß seinen Fuß beim zweiten Anlauf energisch und erfolgreich ins linke Hosenbein, zerrte den Stoff, der sich um seine Waden ringelte, höher hinauf über die Schenkel und übers Gesäß und entschied den Kampf für sich. Und bei welcher Adresse willst du mich abliefern, fragte er nach unten. Wir sind alle auf Bleekenwarf, sagte Brodersen, du wirst uns fehlen. Mich hat keiner geschickt, aber ich meine: du wirst uns fehlen, Jens, komm mit.

Mein Vater verbesserte den Sitz der Sockenhalter und Ärmelhalter, zog das Gummi aus, ließ es schnappend Halt suchen. Es is besser, wenn einer fehlt, als wenn einer zuviel is, sagte mein Vater. Ihr könnt miteinander reden, sagte Brodersen. Wir haben gerade geredet zusammen, sagte mein Vater, was zu sagen ist zwischen uns, ist gesagt. Er stieg von der Fußbank, trat vor den Spiegel am Ausguß, band dort spreizbeinig seinen Binder zurecht. Brodersen sagte gegen seinen Rücken: In dieser Zeit, wer weiß, wie lange alles noch dauert, noch dazu dieser Tag; ihr solltet euch fragen, worauf es jetzt ankommt; lange kann es doch nicht mehr dauern.

Okko, sagte mein Vater, ich hab das nicht gehört, und wenn du es genau wissen willst: ich frage nich, was einer gewinnt dabei, wenn einer seine Pflicht tut, ob es einem nützt oder so. Wo kämen wir hin, wenn wir uns bei allem fragten: und was kommt danach? Seine Pflicht, die kann man doch nich nach Laune tun oder wie es einem die Vorsicht eingibt, wenn du mich verstehst. Er zog sich die Jacke an, knöpfte sie zu und ging an den Tisch heran, an dem Brodersen saß. Es hat manch einen gegeben, sagte der alte Postbote, den hat es bewahrt, weil er zur rechten Zeit nicht seine Pflicht getan hat. – Dann hat er nie seine Pflicht getan, sagte mein Vater trocken.

Okko Brodersen stand auf und steckte seine Uhr ein und ging zur Tür, wo er sich noch einmal umdrehte und fragte: Also ist nichts? Ich erkannte, daß mein Vater schon etwas erwog, er antwortete nicht, er ließ den Postboten die Frage wiederholen, und auch danach brauchte er noch einige Zeit, um sich zu bedenken, schließlich sagte er: Wart, wir gehen zusammen, und verschwand in seinem Büro.

Du wirst immer größer, sagte der Postbote zu mir, als wir allein waren, worauf ich ungefähr antwortete: Und du immer älter. Zu Hilke, die hereinkam, um die Kartoffeln aufzusetzen, sagte er: Bald bring ich dir wieder einen schönen Brief, wenn nicht aus Holland, dann aus Bremen. Auf dieses Angebot hatte Hilke nur zu sagen: Ich erwarte aber keinen. – Die sind schöner, auf die man nicht wartet, sagte Brodersen, und man merkte, das war ihm schon einmal eingefallen.

Als mein Vater zurückkam, hatte er bereits seinen naßglänzenden Regenumhang über den Kopf gezogen, die Mütze aufgesetzt, die Hosen in die hohen Gummistiefel gesteckt; er war bereit, und er sagte: Von mir aus, Okko. – Mußt du noch fort? rief Hilke. Nach Bleekenwarf, sagte mein Vater, nur auf einen Sprung, nach Bleekenwarf. – Ich hab die Kartoffeln aufgesetzt, sagte meine Schwester, und das klang immer wie eine Drohung. Muß nur was abgeben dort, sagte der Polizeiposten, wird schnell gehn. – Und wenn Mutter fragt? – Sag ihr, ich hab den Strafbefehl rübergebracht nach Bleekenwarf; zum Essen bin ich zurück.

13 Lebenskunde

Tetjus Prugel schlug schneller zu als andere Lehrer, er schlug wirkungsvoller. Da er am rabiatesten bei Unaufmerksamkeit zuschlug – nicht bei Faulheit, Dummheit oder langer Leitung –, wagte niemand in der Klasse, auf die Fensterscheiben zu blicken, die schon den ganzen Morgen von fernen Detonationen erschüttert wurden, und niemand wagte es, den tief dahinflitzenden Flugzeugen nachzusehen, die von der See her über den Deich sprangen bis zur geteerten Chaussee, abwinkelten – wobei man die englischen Hoheitszeichen erkennen konnte – und Richtung Husum weiterflogen. Höhnisch sah Prugel zur Decke auf, wenn die Motoren seine Rede verstümmelten, wartete bis der Lärm abnahm und sprach dann, Satz und sogar Prädikat mühelos wiederfindend, weiter. Der breite, kahlköpfige Mann, der noch bei Eisgang badete, der so rot anlaufen konnte, daß es, wenn auch nicht in der ganzen Schule, so doch zumindest in einem Klassenzimmer, mollig warm wurde, er sah keinen Grund, die letzte Stunde ausfallen zu lassen, er bestand auf seiner Lebenskunde, auch wenn er sich, wegen der Detonationen und der unruhigen Flugzeuge, immer wieder unterbrechen mußte. Steif saßen wir in den Bänken, mit Hohlkreuz, die Hände nebeneinander auf der schrägen Platte und die Gesichter ihm zugewandt, an seinen Lippen hängend und das Wissen angstvoll von seinen Lippen saugend. Das Wissen von den Fischen, nein, von der Entstehung des Lebens bei den Fischen, nein, das ist auch nicht ganz richtig: das Wissen vom Wunder der Entstehung neuen Lebens bei den Fischen. Dies Wunder wollte er uns zeigen, an diesem heißen Tag, Ende April oder Anfang Mai, im sogenannten Lebenskundeunterricht, mit Hilfe seines privaten Mikroskops, das er in die Klasse mitgebracht hatte. Das Mikroskop war schon aufgebaut, die beiden Blechschachteln mit dem geheimnisvollen, das Wunder bestätigenden Inhalt lagen bereits daneben. Heini Bunje und Peter Paulsen waren schon stellvertretend für die Klasse verwarnt worden: jeder von ihnen hatte drei sehr placierte, dabei im Ansatz kaum erkennbare Schläge mit dem Lineal auf die Fingerspitzen erhalten, damit war die allgemeine Aufmerksamkeit hergestellt und für einige Zeit garantiert.

Es wäre gewiß lohnend, sich noch eine Weile auf Prugel auszuruhen, seine alten Verwundungen zu beschreiben oder sich die Geschichte jeder einzelnen erzählen zu lassen – bei guter Laune zeigte er einem den Schatten einer über die Rippen wandernden Revolverkugel –, aufschlußreich wäre auch ein Besuch bei seiner aus Mecklenburg stammenden Familie, die er bei jedem Wetter zu Wattwanderungen überredete, in Trainingsanzügen, versteht sich; doch da ich ihn nicht unkenntlich machen möchte durch zuviel Beschreibung, will ich hier nur feststellen, daß er in unserer Klasse Lebenskunde gab, heute: das Wunder der Entstehung neuen Lebens bei den Fischen.

Er redete also, während in der Ferne, so weit weg, daß es uns nichts anzugehen brauchte, eine Achtkommaacht mitredete, manchmal auch die Zweizentimeter-Vierlingsflak, seltener die Fünfzehnzentimeter-Langrohr: wir hatten gelernt, sie an den Abschüssen und an ihren Druckwellen zu unterscheiden. Er stand, wie immer, unverwandt vor der Tafel – sicher ein guter Partner für einen Messerwerfer – und bändigte uns durch seine Blicke und forderte uns mit leiser Stimme auf, in die Welt der Fische hinabzutauchen. All diese Arten, sagte er, all diese Namen: klein und groß. Ihr müßt euch dies Leben einmal vorstellen, ihr Hornochsen, sagte er, dieses wimmelnde Leben auf dem Grund der See: Haie, nicht wahr. Hornhechte, Makrelen, der Aal und der Seehase, der Dorsch und nicht zu vergessen: der Sperling der Meere, der Hering. Was würde geschehen, fragte er sich selbst, wenn die Fische sich nicht fort- und fortzeugten? Nacheinander, antwortete er, würden die Arten aussterben. Und was, fragte er sich selbst, wäre ein Meer ohne Fische? Ein totes Meer natürlich. Danach ritt er eine Weile auf dem meisterhaften Plan der Natur herum, in dem anscheinend alles, aber auch alles, bedacht und vorgesehen ist. Er bemühte das Beispiel von der Dampfmaschine, um uns zu überzeugen, daß zum Leben Verbrennung gehört, vergaß die natürliche Auslese nicht und tauchte mit einem Kopfsprung wieder zu den Fischen hinab.

Also auch die stummen Fische, aber so stumm sind sie gar nicht, verfügen über Geschlechtsmerkmale, Geschlechtsunterschiede, Geschlechtsöffnungen. Beide Geschlechter sammeln sich zur Laichzeit in größeren Scharen, suchen seichte Brutplätze in der Nähe der Flußufer oder am Meeresstrand auf, sie wandern mitunter sehr weit, steigen auch, wie ihr sicher schon gehört haben werdet, oft die Flüsse hinauf, wobei sie, denkt nur an den Lachs, bemerkenswerte Hindernisse überwinden. An geschütztem, an nahrungsreichem Ort werden sodann die Eier abgelegt, häufig in Klumpen, und die männlichen Fische befruchten die Eier mit ihrem Samen. Allerdings, die Knochenfische – Prugel unterbrach sich, wartete mit einer Beherrschung, die Verachtung ausdrücken sollte, bis der rasende Schatten des Flugzeugs über unseren Sportplatz geflitzt, der Lärm abgeklungen war und fuhr fort –: und ein großer Teil der Haie bringen lebende Junge zur Welt, aber das nur am Rande, das vergeßt ihr Hornochsen ja doch. Das Ei: das Leben steckt im Ei. Man muß sich wundern, daß nur sehr wenige Fische sich um das einmal abgelegte Ei kümmern oder gar eine Brutpflege übernehmen. Der kleine Stichling, ja, der baut ein Nest, bewacht die Eier und beschützt sogar eine Zeitlang die Jungen; es gibt auch Arten, die verschlucken die Eier und tragen sie zwischen den Kiemendeckeln, bis die Jungen geschlüpft sind. Die meisten Fische aber überlassen das Ei sich selbst, kümmern sich weder um die Entwicklung noch um die Aufzucht der Jungen. Und der kleine Fisch? Er wächst nicht etwa im Ei, ihr Hornochsen, sondern er liegt flach darauf und hebt sich mehr und mehr von ihm ab.

Aber davon, sagte Prugel, werdet ihr euch gleich selbst überzeugen können, ich habe euch den Stoff – er sagte: den wertvollen Stoff –, aus dem Leben entsteht, heute mitgebracht, durch das Mikroskop wollen wir uns die Angelegenheit mal aus der Nähe betrachten.

In der Ferne meldete sich die Vierlingsflak, und der große Bruder vom Kaliber Achtkommaacht ließ den ohnehin brüchigen Kitt an unseren Fensterscheiben wegplatzen, doch Prugel schien das nicht hören zu wollen, er stieg aufs Katheder, öffnete zuerst sein Taschenmesser, danach die beiden Blechschachteln, roch am Inhalt, hob eine Messerspitze der grüngrauen Masse heraus, kleckste sie auf kleine Glasscheiben und drückte die Masse mit einer Fingerkuppe auseinander, das heißt, er verteilte sie, sacht tupfend, auf der Glasscheibe. Dann führte er die Glasscheibe ein und beugte sich übers Mikroskop, schloß ein Auge, wobei sich sein Gesicht zu gewaltsamem Grinsen verzerrte, griff mehrmals daneben, bis er die schwarze Schraube fand, drehte an der Schraube und verschaffte sich Klarheit, und mit einem Ruck, daß es knackte, richtete er sich auf. Er musterte uns. Triumphierend. Mahnend. Auch skeptisch musterte er uns, gerade als ob das, was er nun vorhatte, uns zu zeigen, zu schade für uns sei, verschwendet. Er kommandierte: Auf, setzen, auf, ließ uns in einer Reihe herantreten, in einer Reihe, ihr Hornochsen, zerrte und buffte so lange an uns herum, bis wir ausgerichtet, mit durchgedrückten Knien, jedenfalls in tadelloser Formation angetreten waren, um einen gewinnbringenden Blick auf das Wunder zu werfen. Auf das Ei. Auf das Fischei.

Gott sei Dank war Jobst als erster dran, er würde als erster zu sagen haben, was da zu erkennen war, und gespannt beobachteten wir, wie er sich duckte, sich noch einmal ängstlich zu Prugel umdrehte und sich, auf Zehenspitzen, weit von oben her, über das Mikroskop beugte. Tiefer, befahl Prugel, näher, und das feiste Ungeheuer klemmte nun sein. Auge hinter die Linse und starrte. Sein mächtiges Gesäß spannte die Hose, der braune Manchesterstoff schnitt in die Gesäßfalte, während er starrte und starrte und plötzlich gequetscht sagte: Rogen, vielleicht vom Hering. Was siehst du noch, fragte Prugel, und Jobst, nach intensiver Beobachtung: Rogen, ziemlich viel.

Da er sich danach setzen durfte, wußten wir immerhin, was wir zu sagen hatten, um ebenfalls auf unseren Platz geschickt zu werden. Nach Jobst umfaßte Heini Bunje mit blau geschwollenen, vor Schmerzen sicher summenden Fingern das Mikroskop, und in seine Erkundigung hinein sagte Prugel: Denkt einmal nicht an gebratenen Rogen, an geräucherten oder eingelegten Rogen; denkt einmal nicht ans Essen, ihr Hornochsen, sondern an das Wunder, das in jedem kleinen Ei steckt. Ein selbständiges Leben in jedem kleinen Ei. Viele dieser Leben gehen früh zugrunde, dienen anderen Leben als Nahrung und dergleichen, nur die Stärksten, die Besten, die Widerstandsfähigsten und so weiter kommen durch und erhalten die Art: das ist überall so, wenn man von euch einmal absieht. Unwertes Leben muß zugrunde gehen, damit wertes Leben bestehen und bleiben kann. Das schreibt der Plan der Natur vor, wir haben diesen Plan anzuerkennen.

Eine Kaulquappe, rief Heini Bunje, eine ganz kleine Kaulquappe. Immerhin etwas, sagte Prugel und verbesserte: Ein Fischkind, kurz vor dem Ausschlüpfen, sieh nur genau hin. – Es ist tot, rief Heini Bunje, und Prugel: Verschwendung, da habt ihr die Verschwendung der Natur. Hundert, was sage ich: tausend, sogar hunderttausend kleine Eier, und das alles in der Hoffnung, daß einige wenige verschont bleiben, die für die Fortsetzung des Lebens sorgen. Auslese, nicht wahr, und immer wieder: Kampf. Die Schwachen gehen unter im Kampf, die Starken bleiben übrig. So ist das bei den Fischen, so ist das bei uns. Merkt euch das: alles Starke lebt vom Schwachen. Am Anfang hat alles die gleiche Möglichkeit, jedes unscheinbare Ei umschließt und speist ein Leben, dann aber, wenn der Kampf beginnt, bleibt der Nichtwürdige – er sagte: Nichtwürdige – auf der Strecke.

Nachdem er diese und ähnliche Erkenntnisse abgelaicht hatte, winkte er mich ans Mikroskop, gab mir den Blick frei und sagte: Wolln mal hören, was unser Jepsen entdeckt, und gleichzeitig trat er neben mich, das Lineal in der Hand. Kaum hatte ich mich über das Mikroskop gebeugt, da wollte er sozusagen auch schon Bargeld sehen, fragte: Na? Hastig überblickte ich das zufällige Muster der graugrünen, hier und da angequetschten, wie aus Gelatine gefertigten Kügelchen, wollte mir etwas denken, als mich schon sein Lineal in der Kniekehle besuchte, schmerzlos über meine Kniekehle glitt und kühl den Oberschenkel hinauf, doch ich zog das Auge nicht zurück, ertrug die Wanderungen des Lineals und suchte nach einem Zeichen für das versprochene Wunder. Kleine glotzende Fischaugen, einen winzigen, durchsichtigen Fischkörper und die Darmverbindung zwischen Dotter und Fisch: die glaubte ich schon zu erkennen, aber das schien mir nicht genug. Ich wollte – ich weiß auch nicht mehr, was ich wollte, vielleicht brachte ich auch nur deshalb kein Wort heraus, weil ich enttäuscht war über das, was sich unterm Mikroskop anbot. Nix? fragte Prugel, also nix? – Schellfisch, sagte ich auf gut Glück, es könnten die Eier von einem Schellfisch sein, worauf er das Lineal zurückzog und bestätigte: In der Tat vom Schellfisch, aber die Bestätigung wurde kaum noch gehört, denn auf den Ruf: Engländer, da sind Engländer! stürzten wir ans Fenster. Da stand also ein staubiger Panzerspähwagen auf dem Schulhof, die lange Antenne wippte, die eher unscheinbare Kanone war auf eins der weißgestrichenen Fußballtore gerichtet, und zwei Männer, die wie Engländer aussahen, stiegen aus einem Luk, ließen sich Maschinenpistolen nachreichen, riefen einige Worte zu ihrem Panzerspähwagen zurück und kamen auf die Schule zu, sprungbereit, nach allen Seiten sichernd. Sie trugen Khakizeug und Schnürstiefel. Sie waren sehr jung. Beide hatten die Ärmel aufgekrempelt.

Sie gingen nebeneinander auf den Eingang zu, in der Sonne, an der Fahnenstange vorbei, und ich dachte: wann werden sie zu uns hinaufsehen, da sahen sie auch schon zu uns herauf und blieben stehen. Sie machten sich gegenseitig auf die Klasse aufmerksam, die da hinter der Scheibe klebte. Sie besprachen sich. Dann forderten sie sich gegenseitig auf, weiterzugehen, und verschwanden schräg unter uns im Eingang. Wir wären an den vibrierenden Scheiben geblieben, wenn Lehrer Prugel nicht befohlen hätte: Antreten, und, da es ihm nicht schnell genug ging, sein Lineal auf unseren Rücken spielen ließ, hier klatschend, dort stechend; er trieb uns vom Fenster weg und formierte uns zu einer Reihe, die vom Katheder durch den Mittelgang führte; Jobst, Heini Bunje und ich durften uns setzen.

Dieser Lehrer fragte nicht etwa: Wo waren wir stehengeblieben? sondern sagte, obwohl ein Panzerspähwagen auf unserem Schulhof stand, Engländer in der Schule waren: Es handelt sich um Schellfischrogen, das hat Jepsen richtig erkannt. Eier eines Fisches, der vielen anderen Fischen als Nahrung dient.

Aber was läßt sich noch ausmachen im Ei? Bertram! Und Kalle Bertram strich sich die aschblonden Haare aus der Stirn und beugte sich über das Mikroskop, während wir alle – nur Prugel nicht – mit offenen Mündern lauschten und den Türdrücker, so gut es ging, im Auge behielten. Waren da nicht schon Schritte? Englische Laute? Das war Kalle auf dem Katheder, der sich bei angestrengter Beobachtung die Beine vertrat. Wurde der Türdrücker nicht bewegt? Er wurde bewegt. Noch bevor Kalle Bertram Lust hatte, sich über das Wunder im Ei zu äußern, wurde die Tür geöffnet, blieb offen, ohne daß sich zunächst jemand zeigte und man schon annehmen konnte, sie sei aus dem Schloß gesprungen, doch als Prugel vermutlich gerade sagen wollte: Jepsen, mach die Tür zu, da kamen die beiden herein, beide blond, beide helläugig, beide mit geröteten Gesichtern.

Sie bewegten sich bis zur Mitte des Seitengangs, wandten sich uns zu und musterten uns – so als seien sie darauf aus, irgend jemanden wiederzuerkennen aus einer vergangenen Zeit. Einer von ihnen sagte: Nix Krieg, Krieg aus, ihr nach Hause. Ich glaube, wir staunten sie an, sie hingegen musterten uns prüfend, nicht lange allerdings, dann zog es sie, das merkten wir schon, zur Tafel, zum Katheder. Einer von ihnen faßte den Schwamm an, drückte ihn zusammen und warf ihn in den Kasten zurück; der andere spielte sich um das Katheder herum und forderte stumm, mit einer Handbewegung Lehrer Prugel auf, sich zu setzen. Lehrer Prugel setzte sich nicht, und der Engländer bestand keineswegs auf Ausführung seines Befehls, wahrscheinlich, weil er jetzt das Mikroskop entdeckte. Er trat an das Mikroskop heran, schaute einmal argwöhnisch zu uns herüber, senkte sein Gesicht, richtete sich, ich muß schon sagen: bestürzt auf und gab seinem Kumpel ein Zeichen; der war mit zwei Schritten bei ihm, machte eine fragende Geste und wurde an das Mikroskop verwiesen. Auch der zweite Engländer sah hindurch, und auf einmal, als hätte er soeben eine geschlüpfte Sirene oder irgendeinen ausgestorbenen Ruderfüßler, mit einem Wort, als hätte er etwas entdeckt, was wir alle, selbst der Lebenskundler Prugel übersehen hatten, preßte er seine Augen an die Röhre und starrte hindurch. Was beobachtete er? Was entdeckte er im Schellfischei?

Er gab das Mikroskop erst frei, als sein Kumpel ihn auf den Nacken tippte, und jetzt nickten sich beide zu: sie hatten gesehen, worauf es ihnen ankam. Hintereinander gingen sie an der Fensterseite entlang zur Rückwand des Klassenraumes, wo unser Naturkundeschrank stand: ein doppeltüriger, durchsichtiger und ewig verschlossener Schrank – einer seiner Schlüssel bereicherte seit langem meine Sammlung. Um den Spiegeleffekt auszuschalten, brachten sie ihre Gesichter sehr nah an die Glaswand: der gesamte tote Inhalt grinste. Der ausgestopfte Haubentaucher grinste, das ausgestopfte Bleßhuhn und der einen polierten Baumstumpf hinauflaufende Iltis, es grinsten der ausgestopfte Feldhase, der Rabe und der präparierte und wie Pergament schimmernde Hechtkopf, und selbst die Blindschleiche in ihrem runden Glas grinste trotz unmöglicher Krümmungen. Stumm machten sich die beiden Engländer auf Entdecktes aufmerksam, gingen sogar in die Hocke, um das Skelett eines Seehunds zu betrachten, einer versuchte, den Schrank zu öffnen. Endlich nickten sie sich zu und gingen zur Tür, und wir alle glaubten, daß sie zum Abschied nichts sagen würden oder nichts zu sagen hätten, doch in der Tür blieben beide noch einmal stehen, und einer von ihnen sagte abermals: Krieg aus; dann schoben sie ab.

Und Prugel? Hatte er uns vergessen? Hatte er das Mikroskop und das Wunder im Ei vergessen? Warum korrigierte sein Lineal nicht mehr die Disziplin der Reihe? Warum ließ er es zu, daß einige an der Scheibe klebten? Ich weiß noch, wie er die Kreide in der Hand zerdrückte. Wie er seine Lippen verzerrte, weiß ich noch, und wie er den Kopf zurücklegte mit geschlossenen Augen und kurz und stoßweise atmete, und ich erinnere mich an die Starrheit und Blässe seines Gesichts, da er auf einmal so aussah wie ein Athlet im Zustand endgültiger Erschöpfung. Enttäuschung, Fassungslosigkeit und Wut. Langsame, dünende Bewegung seines Körpers. Schnaufen. Und ich weiß noch, wie er zum Katheder wankte, sich hinaufzog und es gerade noch schaffte, gerade noch den Stuhl erwischte, als er sich fallen ließ, und die ganze Klasse war Zeuge, wie er sein Gesicht in seinen Händen verbarg, eine Zeitlang so sitzenblieb und dann seufzend sein Gesicht mit den Handflächen rieb, behutsam, als wollte er eine pellende Hautschicht abrubbeln. Auch den Augenblick weiß ich noch, als er sich empordrückte gegen einen unerhörten Widerstand und die beiden Blechschachteln schloß und die Achseln zuckte, dann in die Klasse sah, deutlich etwas sagen wollte, aber nichts sagen konnte: Prugel, unser Lebenskundler. Schließlich gelang ihm die Aufforderung: Geht nach Hause, und während wir hastig unsere Sachen zusammenkramten, machte er selbst keine Anstalten, den Klassenraum zu verlassen; er blieb einfach stehen neben seinem Mikroskop, unentschlossen und sehr ratlos, er ließ uns zuerst hinausgehen und beantwortete keinen Gruß: so sah ich Lehrer Prugel zum letzten Mal.

Da wurde der Korridor, die Treppe zu einer Apfelschütte, nachdem er uns entlassen hatte, wir hopsten, kollerten, rutschten nur so hinaus, aber der Schulhof war leer, der Panzerspähwagen drehte schon auf die Teerstraße hinauf und fuhr in nördlicher Richtung weiter. Sie liefen zur Straße und beobachteten den davonfahrenden Panzerspähwagen, und sie standen dort immer noch in Klumpen herum, als ich schon längst auf dem Ziegelweg war, uneinholbar für Jobst und Heini Bunje, die mich an diesem Tag aber vielleicht auch gar nicht vermißten. Mein Vorsprung wuchs, nicht ein einziges Mal warf ich mich auf die Grabenböschung, wenn leichte Flugzeuge über den Deich sprangen, ihre Schatten flitzten über mich hinweg, die Propeller blinkten wie eine Kreissäge und schnitten sich durch den klaren Tag. Solche Tage bringt uns nur das Frühjahr: klar, nur ein paar reglose Hängewolken, Tage mit hartem Licht, der Wind von Nordost brennt auf der Haut.

Die Haustür stand offen. Das Fahrrad von Hinnerk Timmsen lehnte an der Wand neben der Treppe. Mein Vater telefonierte in seinem Büro, rief, so daß ich ihn schon am Schuppen hören konnte: Waffen empfangen, jawoll, vollzählig, jawoll, Männer sind unterrichtet. Ich begann zu laufen. Sicherung der Straße, jawoll, rief mein Vater und, nach einer Pause: Wird ausgeführt. Ich nahm die Zementtreppe mit zwei Sätzen und stürmte in den Flur. Auch Armbänder, jawoll, rief mein Vater, und meinte ohne Zweifel die Armbinden, die ich auf unserem Küchenschrank liegen sah vom Flur aus. Hinnerk Timmsen stand vor dem Küchentisch und empfing mich mit den Worten: Jetzt geht es los, und weil er sich jede Erklärung schenken wollte, zeigte er auf das Kriegsgerät, das dort lag: Handgranaten in fabrikneuen Kästen, ein paar Panzerfäuste, Karabiner und Munition. Ich fragte ihn, wer all das Zeugs in unsere Küche gebracht habe, und er sagte: Keiner, Siggi, keiner hat daran gedacht, daß wir noch mal aushelfen müssen. – Aus Husum? fragte ich, doch er gab keine Antwort, er hob eine Panzerfaust vom Tisch, stellte das Klappvisier auf und zielte auf unseren Wecker, danach nahm er sich die feindlichen Reis-, Grieß-, Sagobehälter vor, und er machte sie lautlos unschädlich. Er untersuchte die Karabiner, las die Inschriften und stellte fest: Italienisches Beutegut; das klang nicht gerade zuversichtlich. Er stellte die Handgranaten unter den Tisch und zählte die Munition, bis mein Vater hereinkam: Etwa sechshundert Schuß, Jens. Alle sind unterwegs, sagte mein Vater, die Posten sind schon eingeteilt, wir übernehmen die Sicherung unserer Straße. – Wir beide? – Kohlschmidt und Nansen stoßen zu uns. – Nansen? – Ja: der ganze Volkssturm geht bei uns in Stellung.

Also streifte Hinnerk Timmsen sich die Armbinde über den Ärmel seiner safrangelben Joppe, tat das nicht beiläufig, sondern mit peinlicher Hingabe, empfand sie mal als zu hoch, mal als zu tief sitzend, und als er endlich mit ihrem Sitz zufrieden war, steckte ich ihm die Armbinde, die ihn lediglich als Soldaten ausweisen sollte, mit zwei Sicherheitsnadeln fest. Der schwere, in vielen Berufen erfahrene Mann überprüfte allerdings den Sitz der Armbinde noch einmal im Spiegel, danach half er meinem Vater, das Kriegsgerät auf vier Haufen zu verteilen, und dabei trank er in kleinen Schlucken von dem Tee, den Hilke ihm aufgegossen hatte. Der Tee schien ihm nicht zu schmecken. Als ich den englischen Panzerspähwagen erwähnte, der sich auf unsern Schulhof verirrt hatte, ging Hinnerk Timmsen sofort mit einer Panzerfaust vors Haus, um nach dem Rechten zu sehen, kam jedoch nach kurzer Zeit zurück und streute beruhigende Handbewegungen umher. Reine Luft, sagte er und setzte sich zu meinem Vater auf die Küchenbank. Die Männer warteten. Sie schwiegen. Es war ja auch nicht viel zu sagen, da alles beschlossen war, es gab keine Unklarheiten zwischen ihnen, und die Anzeige von Bultjohann hatte der Deichgraf selbst zurückgenommen – nach einer Aussprache, an der auch der Polizeiposten Rugbüll teilgenommen hatte. Ich stand am Fenster und behielt für sie die Wiesen im Auge: wer würde als erster kommen? Bei uns ging also der Volkssturm in Stellung.

Der Maler kam als erster; ich sah ihn über die Wiesen kommen, in dem langen blauen Mantel, den Hut auf dem Kopf, beide Hände tief in den Taschen. Da kommt Onkel Nansen, meldete ich, und mein Vater darauf: Wird Zeit. – Warum, fragte Timmsen leise, warum willst du ihn überhaupt dabeihaben, Jens? Jetzt, wo sich vielleicht alles entscheidet? – Gerade deswegen, sagte mein Vater, jetzt, wo sich vielleicht alles entscheidet, möchte ich ihn in meiner Nähe haben: is besser, Hinnerk, glaub mir. – Sag bloß, du willst dich auf ihn verlassen. – Das isses ja, sagte mein Vater, wenn ich mich auf ihn verlassen könnte, brauchte ich ihn nicht in der Nähe zu haben, und er stand auf und blickte aus dem Fenster dem Maler entgegen, der doch nicht allein und als erster kam, der vielmehr unter dem Schild »Polizeiposten Rugbüll« stehenblieb und in Richtung zum Gut Söllring winkte, wartete, noch einmal, aber flüchtiger, winkte und zuletzt dem Vogelwart Kohlschmidt ein paar Schritte entgegenging. Handschlag. Hastiges Befragen. Kohlschmidt redete mit offenen Händen auf ihn ein, versuchte, ihn zu überzeugen oder zumindest seine Zustimmung für etwas zu erhalten, der Maler schien sich nicht entschließen zu können: zuhörend nahm er Kohlschmidts Arm, lenkte ihn zu unserm Haus und zog ihn die Treppe hinauf. Ihre schlürfenden Schritte waren noch nicht einmal im Flur zu hören, da bereitete sich der Polizeiposten Rugbüll auf ihr Erscheinen vor, sagen wir ruhig: er nahm Aufstellung. Hoch aufgerichtet, die Beine leicht gespreizt, also standfest, bequem, aber nicht zu bequem, stellte er sich in die Mitte der Küche und beanspruchte auf solche Art gleich die Autorität, die ihm als abendlichem Ausbilder und jetzigem Unterführer des sogenannten Volkssturms zukam. Zu Timmsen, der sich eine Zigarette drehen wollte, sagte er schroff: Du kannst hier nicht rauchen.

Er erwartete also die Männer in einer Haltung, wie sie ihm in diesem Augenblick angemessen erschien, und erwiderte ihren Gruß derart, daß kein Zweifel darüber bestand, wer wen zuerst zu grüßen habe. Er dirigierte sie zur Küchenbank hinüber. Er sagte: Setzt euch mal dort zu Hinnerk, und nachdem die Männer sich gesetzt hatten, entspannte er sich und trat an den Tisch heran und legte seine Hand auf den Schaft eines italienischen Beutegewehrs. Er streichelte den Schaft. Er erreichte es, daß die Männer schweigend und gespannt zu ihm hinaufsahen, dennoch hatte er nicht das erste Wort. Das erste Wort hatte der bleichsüchtige Vogelwart Kohlschmidt, der sich auf einmal aus der Enge befreite, seinen Körper empordrückte und sehr verständlich sagte: Mist, das ist doch Mist, was wir hier machen. Sie stehen an der Elbe, sie sind in Lauenburg, sie sind sogar in Rendsburg, vielleicht sind ihre Spitzen schon hier. Alle machen Schluß, nur wir, wir wolln hier noch einmal anfangen. Mit ein paar Nußknackern sollen wir sie aufhalten. Mit Blechscheren. Wenn es noch einen Sinn hätte – aber es hat keinen Sinn, es ist einfach Mist!

Kohlschmidt tauchte erregt unter, kramte seine kurze, mit schwarzem Isolierband geflickte Pfeife aus der Brusttasche heraus und steckte sie in den Mund. Du kannst hier nicht rauchen, sagte mein Vater und setzte zu einer Antwort an, doch Hinnerk Timmsen kam ihm zuvor, der Wirt vom »Wattblick«, erfolglos trotz so vieler Aufschwünge, er hielt den Widerstand nicht für zwecklos; jetzt, wo alles zu Ende ging, jetzt gerade wollte er ihn fortsetzen, das sei man sich schuldig, denn solange es gut geht, sei es leicht, sich zu bewähren, was er indes von sich verlangte, das sei Bewährung auch dann, wenn der Erfolg nicht deutlich winkt; außerdem habe er persönlich noch nie etwas kampflos aufgegeben, und wer sagt es denn, daß schon alles vorbei ist, man könne schließlich ein Beispiel geben und den Feind immerhin, also nachdenklich machen könne man ihn bestimmt und durch einen harten und unerwarteten Widerstand, der ja nicht ewig zu dauern braucht, aber standzuhalten versuchen, das solle man schon.

Da sie nun schon damit angefangen hatten, unaufgefordert ihre Meinungen zu sagen, schwieg mein Vater nach dieser Erklärung bewußt und sah Max Ludwig Nansen in einer Weise an, daß der das Gefühl haben mußte: jetzt bist du an der Reihe, deinen Senf dazuzugeben. Und der Maler zögerte nicht. Er sagte: Warum zu Hause: wir können es auch draußen abwarten, und mehr sagte er nicht, auch als mein Vater ihn aufforderte, sich genauer auszudrücken, blieb er bei dem Gesagten und verzichtete darauf, mehr Sätze zu machen über seine Einstellung. Und der Polizeiposten Rugbüll? Der hatte sich natürlich auch zu äußern, von ihm hing, wenn nicht alles, so doch das meiste ab, aber er ließ sich Zeit, fischte vermutlich aus den persönlichen Erklärungen positive und negative Punkte heraus, wog sie gegeneinander ab, machte einen Strich und zählte zusammen. Nachdem er sich jedenfalls mit zäher Langsamkeit bedacht hatte, gab er bekannt, daß da Befehle bestehen, daß diese Befehle nicht umsonst bestehen, sondern ausgeführt werden müssen, und zwar wortwörtlich, was in diesem Falle hieß: Sicherung der Straße. Demgemäß, sagte mein Vater, werden wir die Sicherung der Straße übernehmen, ab sofort, und wer noch keine Armbinde hat, der wird sich jetzt eine nehmen, danach gehen wir in Stellung.

Mit solchen Reden ging bei uns der Volkssturm in Stellung. Und weil mein Vater und der Maler gemeinsam die Sicherung unserer zwar abgelegenen und kaum wohl auch lebenswichtigen, aber immerhin befahrbaren Straße übernehmen sollten, schwammen mir in meiner Vorstellung die unausbleiblichen Bilder zu: ein feuchtes Erdloch, nicht wahr, brusttief und gerade für vier Männer berechnet, am südlichen Rand ein Wall, in den die Geschosse spritzen, beziehungsweise am Anfang noch spritzten, denn mittlerweile, nach vielen ergebnislosen Angriffen, ist über den dürftigen Schutzwall ein anderer Wall hinausgewachsen, ein Wall von stillen Körpern, versteht sich, aus dem Hände starr in den Himmel griffen, und weit davor, über die Wiesen verstreut, mit zerrissenen Ketten und geplatzten Türmen zahlreiche Panzer, einige qualmen noch intensiv und feierabendlich und verbergen deshalb die erstaunlich geringen Reste der Flugzeuge, die nach dem Abschuß die torfweiche Erde rammten und sich zumindest bis zum Pilotensitz in sie hineinbohrten, und ich sah auch mich selbst als Munitionsholer, Essenholer, Wasserholer, und wie die Männer trug auch ich einen frischen, vielleicht von Hilke angelegten Verband um den Kopf, Vorstellungen! Vorstellungen von einem anderen Indianerspiel!

Sie ließen sich jedoch nicht wegschicken, als da gestempelte Armbinden angelegt, Waffen verteilt und der Platz bestimmt wurde, an dem englische Panzer und Panzerspähwagen sich sozusagen festbeißen sollten. Unterhalb der Mühle – meiner Mühle – sollte der Platz sein; von dem aufgeschütteten Hügel, in den man sich hineingraben wollte, ließ sich unsere Straße übersehen bis zur Husumer Chaussee, man konnte gleichzeitig die alte Schleuse schützen, außerdem bot die Weide von Holmsen ausreichenden Platz für abgeschossene Panzer und Flugzeuge. Sie hängten sich die Karabiner um, schulterten die Panzerfäuste, nahmen die Kisten mit Munition und Handgranaten auf und bewegten sich in der einzigen Gangart, die das Gewicht der Waffen erlaubte, bewegten sich also im Trott zur Küche hinaus und mit früh nachgebenden Knien zum Ziegelweg hinab, ich trottete hinterher, während Hilke aus ihrem Zimmer und meine Mutter aus der Schlafstube den Auszug verfolgten, teilnahmsvoll verfolgten. Da die andern, beladen und bepackt, nicht winken konnten, winkte ich für sie zu den Frauen zurück, was Hilke mit einer Drohung, meine Mutter überhaupt nicht beantwortete. So ging unser Volkssturm in Stellung.

Knapp vor der Mühle wurde geschanzt, nachdem ich zwei Spaten angeschleppt hatte; ein Erdloch entstand, brusttief und dennoch ohne Grundwasser – was bei uns etwas besagen will –, und vom Loch aus gruben wir mehrere waagerechte Röhren in den Boden: in ihnen lagerten Handgranaten und Munition, auch einige Panzerfäuste wurden da hineingeschoben. Es war aufschlußreich, die vier Männer beim Schanzen zu beobachten: Hinnerk Timmsen, der unentwegt, wenn auch tonlos pfiff und für jeden ein aufmunterndes Lächeln in petto hielt; Vogelwart Kohlschmidt, der freimütig seine Erbitterung zeigte und es fertigbrachte, während der ganzen Schanzarbeit zu fluchen, wobei er einigen Flüchen interessante Variationen abgewann; Max Ludwig Nansen, der mit kaltem Gesicht und erbarmungsloser Aufmerksamkeit tat, was mein Vater ihm zu tun befahl, und der entschlossen schien, sich nur durch Handzeichen zu äußern; schließlich der Polizeiposten Rugbüll, den ein Beobachter sofort als Hauptperson erkannt hätte wegen der sinnierenden, kalkulierenden und korrigierenden Tätigkeit, beim Aufschütten des flachen, aber breiten Walls nicht weniger als bei der Überprüfung des Schußfeldes; tatsächlich schien die ganze Sorge meines Vaters der Stellung unter der Mühle zu gelten, ihrer Anlage, ihrer Tarnung. In drei, allenfalls vier Stunden schafften es die so verschiedenen Temperamente immerhin, eine schwer erkennnbare, die Straße beherrschende Stellung auszubauen, die leicht nach drei Seiten verteidigt werden konnte – nur zur Nordsee hin war sie offen und gefährdet, was man sich jedoch glaubte leisten zu können, da man von hier mit keinem Landungsunternehmen rechnete. Und aus der Luft? Nachdem die flachen Wälle mit ausgestochenen Grassoden besetzt worden waren, machte man, aus der Luft betrachtet, vielleicht den Eindruck eines zu groß geratenen, aber friedlichen Kuhfladens im Schatten der Mühle. Da alle nötigen Erkundigungen und Überprüfungen von außen zufriedenstellend ausfielen, stiegen die Männer, einander helfend, zum Schluß in das Erdloch hinab, hoben Karabiner und drei Panzerfäuste auf die Brustwehr und beobachteten angestrengt, in geduckter Bereitschaft, die Straße bis zur Husumer Chaussee.

Zweimal hatten sie mich fortgeschickt, zweimal war ich wiedergekommen, doch nach der dritten Verwarnung, die mein Vater bedächtig, in unheilvoller Ruhe aussprach, wußte ich, was ich nach einer abermaligen Rückkehr zu erwarten hatte, deshalb verzog ich mich, Butterblumen köpfend, in Richtung Deich, schlug einen Haken, schlich unbemerkt von unserem Volkssturm wieder zur Mühle zurück und turnte gleich, die Leiter einziehend, so daß niemand mir folgen konnte, zum Kuppelraum in mein Versteck.

Zeigte sich da schon etwas? Hatte ich etwas versäumt? Ich zerrte die Pappstücke aus dem Fenster, warf mich auf mein Lager, ließ meine Antennen spielen und sah zuerst zur Stellung hinunter – die Besatzung war noch vollzählig – und dann über das flimmernde, geteerte Band der Husumer Chaussee. Da rollte etwas, da wurde etwas gezogen und geschoben, ein Handwagen, vollbepackt, und um ihn herum, als ob sie den Handwagen schützten, ein halbes Dutzend Männer. Kein Panzerspähwagen. Kein Panzer. Auch in Richtung Glüserup zeigte sich nichts, und die Nordsee, die ich für alle Fälle absuchte, war rein bis zum Horizont. Kein feindliches Flugzeug verwechselte den Schulhof mit einem Parkplatz. Am Friedhof Riepen bewegte sich nichts. Also nur ein Handwagen, kein lohnendes Ziel für die vier wachenden Männer, kein Anlaß, ein künstliches Unwetter hervorzurufen.

Es wunderte mich schon damals, daß unser Volkssturm nicht daran dachte, einen Mann als erhöhten Beobachtungsposten in die Mühle zu setzen, doch da sie es nun einmal versäumt hatten, betrachtete ich mich, wenn auch ungerufen und ohne Erlaubnis, als ihr persönlicher vorgeschobener Beobachter, der gewissermaßen in eigenem Auftrag tätig war; man kann ja auch ohne Erlaubnis Nützliches tun, und ich hätte ihnen, auf jede Gefahr hin, alle erkundeten Einzelheiten eines Panzers oder Panzerspähwagens hinabgerufen – aber es wollte sich nichts zeigen, weder im Vordergrund noch im tief einsehbaren Hintergrund. Es war kaum zu begreifen, aber es zeigte sich nichts, was sich gelohnt hätte, beschossen zu werden. Der Horizont gab nichts her. Das stellten wohl auch die Männer unter mir fest, denn nach einem halben Stündchen angestrengter, aber unergiebiger Bereitschaft berieten sie da, kamen sicher überein, daß ein leerer Horizont nicht von allen bewacht werden muß, und nach schneller Einigung teilte sich die kleine Gruppe in zwei noch kleinere Gruppen: jetzt ließen nur noch zwei Männer den Horizont auf sich wirken, während die andern beiden, nennen wir sie mal die Freiwache, sich auf den Boden der Grube setzten, dösten, Kraft sammelten und so weiter. Mir war klar, daß mein Vater und der Maler sich zu einer Wache gefunden hatten, die andere bildeten Timmsen und der Vogelwart. Sie warteten. Sie warteten vor ihren Karabinern und Panzerfäusten. Wenn die Kugelbüsche Richtung Söllring plötzlich auf uns zugekommen wären, hätte ich Alarm geben können, aber die Büsche bewegten sich nicht. Oder wenn die Weißdornhecke in Riepen sich flachgelegt hätte. Oder wenn eine unbekannte, mit Birkenreisern geschmückte Tiergattung auf uns zugerollt wäre! Wir mußten warten. Ich hatte nichts Bestimmtes vor, wollte mir höchstens das Warten vertreiben, als ich harte, aufgebogene Kittstücke und kleine Glasscherben zusammensuchte. Ein Häufchen hatte ich zusammengebracht, da ließ ich, probeweise, ein Kittstück aus meiner Höhe in die Stellung des Volkssturms fallen, es traf Hinnerk Timmsen im Genick. Der glaubte zwar nicht verwundet, aber von Kohlschmidt gezwackt worden zu sein, und er stieß seinen verdutzten Nachbarn so energisch von der Seite an, daß dieser fast gekippt wäre. Bis zu mir herauf hörte ich den kurzen Streit, den mein Vater, womöglich unter Hinweis auf die Lage, schlichten mußte. Jetzt boten sie sich schon wieder gegenseitig Tabak an.

Ich hielt einen Arm nach draußen, öffnete die Hand, zog den Arm blitzschnell zurück und sah, wie die Glasscherbe, alle Fallgesetze bestätigend, manchmal aufblitzend, dem Erdloch zufiel und, was ich gar nicht beabsichtigt hatte, in Timmsens Tabakdose landete, aus der Kohlschmidt sich gerade eine Pfeife stopfen wollte. Der Vogelwart nahm die Glasscherbe staunend heraus, starrte sie an, wie man meinetwegen ein Stück von einem niedergegangenen Meteoriten anstarrt, benutzte sie einen Augenblick als Monokel, um die beinahe ruhelosen Hängewolken zu betrachten, schließlich reichte er sie an Hinnerk Timmsen weiter, der sie kopfschüttelnd aus der Stellung warf.

Ich beschloß, eine ganze Handvoll Kitt und Glas auf unseren Volkssturm hinabregnen zu lassen, diesmal auf meinen Vater, doch ich kam nicht dazu, diesen Vorsatz auszuführen, denn da bewegte sich jemand durch die Landschaft.

Jemand hüpfte an der Schleuse vorbei, ging am Graben entlang, bog scharf ab und lief ahnungslos auf die Stellung zu: Hilke. Ahnungslos? Hilke trug Korb und Kanne, ließ den Korb in der Rechten, die Kanne in der Linken schwungvoll gegeneinander pendeln wie ihre Keulen und ließ sich von den kleinen Schwüngen nach vorn tragen, den verwachsenen Mühlenweg hinauf, weiter über die sattgrüne Erhebung und vor die Stellung. Wenn's nach mir gegangen wäre: ich hätte die Männer früher essen lassen, aber Hilke kam nicht früher, sie reichte Korb und Kanne erst jetzt in die Stellung hinein, wollte auch selbst hinab auf den Grund des Erdlochs, aber mein Vater hinderte sie daran, und Hilke setzte sich auf das verrottende Balkenkreuz und ließ den Volkssturm essen und trinken. Sie aßen Schnitten und tranken Tee, und der Polizeiposten Rugbüll wollte wissen, womit und wie gut seine Schnitten belegt waren, deshalb klappte er als einziger die Schnitten auseinander, untersuchte den Belag und aß dann, offensichtlich freudlos, seine Portion. Hinnerk Timmsen hielt es für angebracht, meine Schwester durch versteckte, aber allgemein verständliche Handzeichen aufzufordern, zu ihm in das Erdloch zu steigen, sie winkte lächelnd ab, sie schien zu wissen, was er vorhatte. Der Maler aß nicht, er trank nur Tee und rauchte, stehend gegen die Erdwand gelehnt, für sich, Kohlschmidt kaute im Sitzen und gab im Kauen noch seine Erbitterung zu über das, was man hier von ihm verlangte. Während des Essens war es nur noch einer, der den Horizont im Auge behielt: mein Vater.

Ich konnte sie nicht essen sehen, ich mußte runter zu ihnen und turnte hinab und tauchte so unvermutet auf, daß Hilke erschrak und dreimal ausspuckte, und der Gastwirt sagte: Der Kleine, seht mal, wenn's was zu essen gibt, ist er da. Woher kommst du so plötzlich? – Von dort, sagte ich, und machte eine Kopfbewegung zu einer beliebigen Stelle des Deichs. Auf Flügeln vielleicht? – Ja, sagte ich. Danach gaben sie mir Tee, und ich trank aus dem Deckel der Kanne und aß die Schnitten, die der Maler nicht essen wollte, und auch was der Vogelwart übrigließ, aß ich gern, denn sein Brot war mit hausgemachter Leberwurst bestrichen. Mein Vater duldete, daß ich mit ihnen aß und daß ich vorübergehend ihren Gesprächen zuhörte, sie redeten da als Volkssturmmänner von einem Panzertyp, den man ganz nah an sich herankommen lassen müsse, von seiner weichen Stelle am Auspuff, sie redeten über die Aussichten für die Nacht, Nebel und Frühjahrsfröste, auch auf Taschenlampen kamen sie zu sprechen und wie man die Batterien schonen kann. Nur der Maler redete nicht mit, er hatte wie von selbst die Wache übernommen, und die drei anderen Männer setzten sich auf den Grund des Erdlochs und überlegten, was ihnen fehlte. Spielkarten fehlten ihnen natürlich, hat denn keiner Spielkarten? Timmsen hatte einen Packen alter Spielkarten in seiner Joppentasche, sie hatten einst zu seinem »Handwerkszeug« gehört, als er noch in dem großen Haus seine Gäste mit Kunststücken erschreckte: Also hier, wer gibt denn nun? Der Maler behielt den Horizont im Auge, und hinter ihm begannen sie, anfangs noch zerfahren und hier und da lauschend, dann aber immer intensiver und unbesorgter, die Zeit mit einem Dauerskat zu überspielen; da wurde lamentiert und nachgerechnet und bewiesen: Wenn du nicht, dann hätte ich, somit wären die letzten beiden Stiche ... man kennt das. Mein Vater spielte zweimal nacheinander Karo Hand und verlor zweimal nacheinander, dafür brachte Vogelwart Kohlschmidt zweimal einen Grand ohne Dreien nach Hause, widerwillig übrigens, der Gewinn schien ihn sogar wütend zu machen; selten habe ich einen so düsteren Gewinner gesehen wie Kohlschmidt, dessen Erbitterung, um zu wachsen, nach Verlust verlangte, aber nur Glück zugesprochen bekam. Schon wieder Mist, sagte er, und legte ein Omaspiel – Kreuz mit Vieren – einfach auf. Trotz aller Tricks, die er angeblich im Schlaf beherrschte, erwies sich Hinnerk Timmsen nur als mäßiger Spieler. Jedenfalls, ihr Spiel beschäftigte sie so vollkommen, daß sie vielleicht nicht den Feind, aber doch mich vergaßen: keiner von ihnen zwang mich abzuschieben, und deshalb konnte ich nicht die Wirkung beobachten, die eine Handvoll trockenen Kitts und Glasscherben, aus Kuppelhöhe über die Stellung gestreut, hervorgerufen hätte.

Endlich, am späten Nachmittag, kamen Flugzeuge, einige Spitfire und Mustangs, die aus Richtung Flensburg oder Schleswig hereindrehten, um im Tiefflug über uns hinwegzuflitzen und auf die Nordsee hinaus zu verschwinden. Sie waren noch nicht einmal zu sehen, da begann Timmsen schon aus seinem italienischen Beutekarabiner das Feuer zu eröffnen, Streufeuer, wie er später zu seiner Rechtfertigung erklärte. Knapp über den Baumwipfeln, wie Heckenspringer, kamen die Flugzeuge auf uns zu, immer fordernder wurde das dröhnende Motorengeräusch, immer härter und entschiedener, da sprangen sie schon über unsere Schule, gingen tiefer, mußten sich in der windschiefen Hecke von Holmsenwarf verfangen und verfingen sich dennoch nicht, weil sie ein wenig hochzogen, aber nun, nun setzen sie alle gemeinsam zur Landung an, ihre Schatten wurden schon größer und langsamer, sie setzten bestimmt zur Landung an und gaben es auf einmal doch auf – wahrscheinlich, weil alle Männer in der Stellung zu feuern begannen, auch Kohlschmidt, Vogelwart Kohlschmidt besonders. Sie luden und schossen, ohne die rasenden Ziele lange aufnehmen zu können.

Auch der Maler? Auch der Maler Max Ludwig Nansen schoß, manchmal auf die Flugzeuge, dann aber auch, weil er zu schnell durchriß, auf den Mühlenteich, wo ein paar schmale Fontänen aufsprangen, wo sich aus dem Schilfgürtel mit panischem Schwingen Wildenten erhoben und mit steifen, gestreckten Hälsen über die Stellung schwangen. Die Flugzeuge erwiderten nicht das Feuer, vermutlich hatten sie ihre Bomben ausgeklinkt, die Munitionskammern leergeschossen, vielleicht, aber das möchte ich nicht entscheiden, blieb auch unser Feuer unbemerkt, obwohl Timmsen bereit war zu schwören, daß er eine Maschine mehrmals »nachhaltig« getroffen habe, wie er sagte. Der Deich, wollten sie sich mit ihren Maschinen auf den Deich stürzen und ihn der Nordsee öffnen? nein, sie sprangen knapp über ihn hinweg, erreichten die See, dunkle Striche, die dem Horizont zurasten, sich zu Punkten zusammenzogen, verschwanden. Der Volkssturm konnte die Gewehre sichern. Während sie allmählich zu reden begannen über das, was sie gerade erlebt hatten, sammelte ich die leeren Patronenhülsen auf, zählte die Hülsen und wunderte mich, daß es so viele waren – ich hatte weniger Schüsse gehört. Die Volkssturmmänner waren da schon einer Meinung: wir hätten das Feuer massieren, nur ein Flugzeug zur Zeit, Zielansprache, das müssen wir beim nächsten Mal – und nach dieser leicht erreichten Einmütigkeit und nach einigen Minuten, in denen sie alle vier wachten, bröckelte die Aufmerksamkeit schon wieder ab, man sammelte die Karten auf, säuberte sie, bog sie zurecht, und als Timmsen sagte: Ich war am Ausspielen, und diesmal hätte ich euch aufs Kreuz gelegt, da wollten sie ihn wohl gleich beim Wort nehmen, denn sie hockten sich auf den festgetretenen Grund der Grube und hoben ab. Du stehst doch lieber? fragte mein Vater, und der Maler, mit einer Handbewegung: Bleibt nur sitzen. Ich setzte mich zum Maler auf den mit Grassoden bedeckten Wall, ich wagte nicht, ihn anzusprechen, folgte nur seinem Blick über dies Land, das er so oft gemalt hat: das schwere Grün, das glühende Rot der Gehöfte; wir inspizierten gemeinsam Wege und die von wilden Obstbäumen gesäumte Chaussee, entdeckten gleichzeitig einen Reiter in der Ferne – er nickte, als ich hinüberzeigte –, auch der Lastwagen entging uns nicht, der, eine kurze Staubfahne hochreißend, die Sandstraße zum Gut Söllring entlangfuhr. Ich folgte seinem Blick, so gut es ging, unsere Körper drehten sich in der gleichen Stetigkeit, manchmal machte auch er mich auf etwas aufmerksam, was ich im selben Augenblick entdeckt hatte wie er, dann nickte ich. Aber Hilke sah ich zuerst; sie kam vom »Wattblick« und ging auf dem Kamm des Deiches entlang nach Hause, und mitunter ließ sie die leere Kanne an ihrem Arm kreisen. Auf Bleekenwarf rührte sich nichts. Auf Holmsenwarf dagegen schleppte der alte Holmsen unaufhörlich Drahtrollen, sicherlich Stacheldrahtrollen, aus einem Schuppen auf den Hof hinaus, wahrscheinlich, um sich selbst auf seinem Hof einzuzäunen und Sicherheit zu finden vor der alten Holmsen. Das Fernglas des Polizeipostens hob der Maler nur selten an die Augen.

Wir warteten, bis zur Dämmerung warteten wir, und immer noch zeigte sich nichts. Die Sonne ging hinter dem Deich unter, so, wie der Maler es ihr beigebracht hatte auf festem, nicht saugendem Papier: in Streifen roten, gelben und schwefligen Lichts sank oder tropfte sie in die Nordsee, die Wellenkämme blühten dunkel auf, Ocker- und Zinnobertöne verbreiteten sich am unbetroffenen Teil des Himmels, nicht konturiert, sondern in wischender Art, sogar etwas ungeschickt, doch so wollte er es haben: Geschicklichkeit, sagte er einmal, geht mich nichts an. Also ein langer, ungeschickter, mitunter ein bißchen ins Heroische gehender Sonnenuntergang, zuerst noch abgrenzbar, dann sozusagen naß auf naß; der wiederholte sich hinter der Stellung stilistisch einwandfrei.

Beim Skat waren jetzt die Chancen verteilt, man besprach die beendeten Spiele flüchtiger. Hinnerk Timmsen fragte von Zeit zu Zeit, ob schon die »Figur« zu sehen sei, er meinte Johanne, seine ehemalige Frau, die vom »Wattblick« herüberkommen sollte mit Essen und Trinken; wir würden es ihm schon früh genug melden, der Maler und ich. Der Nebel, der meistens bereits mit der Dämmerung kommt an solchen Tagen, ließ auf sich warten, aber das Vieh begann, wie immer um diese Zeit zu brüllen: da kam zunächst ein dunkles, aufragendes Muhen von weit her, von einem unsichtbaren Tier unter dem Horizont, und drüben, unter unserer Stellung, brachten die schwarzweißgefleckten Tiere ihren Bug in die entsprechende Richtung, ließen die behaarten Ohren spielen und drehen, antworteten aber noch nicht; erst als sich das ferne Muhen wiederholte, krümmte sich eines der Tiere und, mühselig den Kopf hochwerfend, unter weißlichen Atemstößen, rief es zurück, worauf es jedoch keine direkte Antwort erhielt, vielmehr mischte sich nun ein Tier mit einem röhrenden Ton ein, der ein anderes Tier in Richtung Riepen nicht still sein ließ, einen unerhörten Brummbaß, den das ferne Tier mit seiner Anfrage möglicherweise gerufen hatte, denn es antwortete jetzt dringend, aber bevor der Brummbaß sich zurückmeldete, mußte das Tier unter uns dazwischenmuhen.

Es machte mir nichts aus, den Tieren zuzuhören, abends, wenn ihr Rufen von Horizont zu Horizont ging, und auch an jenem Abend hörte ich ihnen zu und merkte nicht, daß der Maler etwas beschloß und vorbereitete in der Dämmerung. Auf einmal stemmte er sich aus der Grube hinaus, klopfte seine Kleidung ab, drehte sich zu den Männern um und sagte: Bald könnt ihr auch nichts mehr sehn – bis morgen also. Dann ging er zum Weg hinab.

Mein Vater warf seine Karten hin, rief: Halt, Max, einen Augenblick. Der Maler ging weiter. Der Polizeiposten ließ sich von Hinnerk Timmsen aus dem Erdloch helfen. Er lief, seine Mütze festhaltend, schräg auf den Teich zu, um dem Maler den Weg abzuschneiden. Da der Maler langsam ging, brauchte er es nicht zu tun. Er holte ihn ein und legte ihm seine Hand auf die Schulter und sagte: Was is los mit dir? Hier kann man nicht einfach verschwinden. – Es wird dunkel, sagte der Maler, da möchte man zu Hause sein.

Mein Vater trat sehr nah an ihn heran, nahm seinen geringschätzigen Blick in Kauf und alles und sagte langsam: Hast wohl vergessen, daß du eine Armbinde trägst; weißt wohl nicht, was das bedeutet. Der Maler streifte wortlos die Armbinde ab, hielt sie dem Polizeiposten hin, der aber die Annahme verweigerte, schließlich gab er sie mir: Verwahr sie bis morgen. Nimm die Armbinde, befahl mein Vater: auf Posten, da zieht man nich auf, wenn man will, und da geht man nich nach Hause, wenn man will.

Ihr könnt weiterspielen, sagte der Maler, ich hab ja nichts dagegen, wenn ihr weiterspielt, doch die behutsame Verachtung in seinen Worten bewirkte nicht, was sie bewirken sollte, weil mein Vater so erregt war, daß er sie überhörte, und wenn er sie hörte, dann fehlte es ihm vielleicht in diesem Moment an einer Möglichkeit, sie aufzunehmen und zu quittieren, was damit erklärt werden kann, daß er nur versuchte, das Ereignis, das hier stattfand, mit Hilfe bestehender Vorschriften zu regeln, denn auch für solch eine Lage gab es Vorschriften, die waren ihm offensichtlich bekannt, und in diesem Augenblick dachte er an sie. Er sagte wortwörtlich: Hiermit fordere ich dich zum zweitenmal auf, und mit dieser Aufforderung gab er doch genug zu. Timmsen und Kohlschmidt, die bisher alles aus der Stellung beobachtet hatten, merkten wohl, daß sich hier etwas zuspitzte, sie wollten Zeugen sein, sie kamen heran und wurden gleich entschädigt, als mein Vater sagte: Jeder hat auf dem Platz zu stehen, auf den er hingehört. – Eben, sagte der Maler, wo er hingehört: ich gehör jetzt nach Hause, und danach wollte er weggehn wie einer, der seine Gründe dafür bekanntgegeben hat. Der Polizeiposten Rugbüll war anderer Meinung: mit einem Riß an der kurzen Lasche öffnete er die Pistolentasche, zog die Dienstpistole, richtete sie auf Max Ludwig Nansen – etwa in Gürtelhöhe – und verzichtete darauf, seine Aufforderung zu wiederholen. Er stand da. Es war Dämmerung. Nichts war in Sicht. Wie ruhig seine Hand die großkalibrige, kaum benutzte Dienstpistole hielt! Wie wenig es ihm ausmachte, so bewaffnet dazustehen! Zweimal hatte er die Pistole dienstlich gebraucht: als der tollwütige Fuchs sich in das Kalb verbiß, und später, als der Zuchtbulle von Holmsen den Fahrplan des Glüseruper Bahnhofs durcheinanderbrachte.

Kohlschmidt sagte plötzlich: Sei vernünftig, doch es war nicht deutlich, wen er meinte. Wie lange sie es aushielten in diesem Gegenüber, schweigend, nicht einmal sehr wachsam, oder nur darauf aus, zu erfahren, wie weit man noch gehen durfte, sondern eher gefaßt und so, als wüßten sie im voraus, wie alles ausgehen würde, weil sie sich vielleicht schon mehrmals so gegenübergestanden hatten. Die Dienstpistole wiederholte, der Vorschrift entsprechend, immer nur den Satz: Hiermit fordere ich dich zum letzten Mal auf. Ich hielt dem Maler auf ausgestreckter Hand die Armbinde hin, er übersah sie, er kam nicht von meinem Vater los, und jetzt, endlich reagierte sein Körper, gab die angestrengte Gelassenheit auf und krümmte sich leicht nach vorn unter dem Druck, der von der Waffe ausging. So wie ich sie kannte, zweifelte ich nicht daran, daß der Maler gehen würde, wie er es für sich beschlossen hatte, und ich zweifelte ebensowenig daran, daß mein Vater dann schießen würde, schließlich stammten sie beide aus Glüserup. Und der Maler bestätigte es. Der Maler sagte: Ich werde gehn, Jens. Mich wird keiner zurückhalten, auch du nicht. Da der Polizeiposten Rugbüll schwieg, fuhr er fort: Nichts, nicht einmal das Ende verändert euch. Man muß darauf warten, bis ihr ausgestorben seid. Mein Vater antwortete nicht, er bestand einstweilen nur auf Einhaltung seines Befehls, auf alles andere konnte man später zurückkommen. Der Befehl war gegeben, er wartete auf die Ausführung.

Wenn du gehst, Max, sagte da Kohlschmidt, dann geh ich mit. Er knöpfte seine Jacke zu. Gut, sagte der Maler, gehn wir zusammen. – Das mußt du einsehn, Jens, sagte Kohlschmidt zu meinem Vater, wir helfen keinem damit, wenn wir hier liegen die ganze Nacht. Als ob wir etwas aufhalten könnten! Ist doch Mist, das alles.

Den Polizeiposten Rugbüll schien es nichts anzugehen, daß noch ein zweiter Mann vorhatte, die Stellung zu verlassen, er behielt nur den Maler im Auge, nur mit ihm wollte er sich auseinandersetzen. Komm, Jens, sagte Kohlschmidt, mach keine Sachen, steck das Ding da ein; zu diesen Worten wollte er dem Polizeiposten auf die Schulter klopfen, doch er erschrak auf einmal, brach den Versuch ab und zog seinen ausgestreckten Arm mit beachtlicher Verzögerung zurück. Mein Vater bewegte die Lippen, bereitete einen Satz vor und wandte sich dann an Kohlschmidt: Deserteure – weißt wohl nicht, was Deserteuren zusteht. – Man sachte, sagte der Vogelwart und ging um meinen Vater herum und stellte sich dicht neben den Maler, eine Front mit ihm bildend, eine Front der Weigerung oder zumindest der Absage, und sehr ruhig sagte er: Starke Worte, Jens, du solltest dir mal die Augen reiben. Wir gehen jetzt und morgen früh sind wir wieder zur Stelle. – Wenn alle in ’n Wind schießen, sagte Hinnerk Timmsen, dann verzieh ich mich auch, es hat doch keinen Zweck zur Nacht. Und dann noch allein. Er trat aus dem Hintergrund an die Gruppe heran, die der Maler und der Vogelwart bildeten, und gab damit zusätzlich zu erkennen, daß er sich entschieden hatte – aber auch in ihrer Gemeinsamkeit und nach ihren übereinstimmenden Ankündigungen wagte es keiner von ihnen, den ersten Schritt zu tun, allerdings weniger aus Furcht vor der ruhigen Hand, die die Dienstpistole immer noch auf gleicher Höhe hielt, als in der Erwartung, daß es ihnen zusammen gelingen könnte, den Polizeiposten auf ihre Seite zu ziehen und mit ihm gemeinsam die Stellung zu verlassen.

Mein Vater hielt in seinem Blick unbeirrbar den Maler fest, der die Möglichkeit hatte, etwas zu sagen, aber augenscheinlich nichts mehr sagen wollte, auch als Timmsen ihn von hinten aufmunternd anstieß, verzichtete er darauf – vermutlich, weil er als einziger erkannt hatte, daß mein Vater die Auseinandersetzung in dem Augenblick aufgab, in dem auch die andern beschlossen, nach Hause zu gehen. Er überließ ihn einfach sich selbst. Er wartete ausdruckslos und verpflichtete dadurch auch die anderen, zu warten; gleich würde eine Partei die andere stehenlassen.

Ich kann unsern Volkssturm natürlich noch eine Weile zusammenhalten, in der Dämmerung, vor der flügellosen Mühle. Wer sich erinnert, muß, wie der Kaufmann beim Wiegen, mit Schwund rechnen, ich rechne damit, und darum will ich, daß mein Vater den Blickabtausch mit dem Maler aufgibt, einmal kurz und befremdet die ganze Gruppe mustert, sich sodann aus dem Bannkreis herauszieht mit gleichmäßigen Schritten und an den Männern vorbeischert auf den Hügel, hinauf zu der Stellung, die er für den Platz hält, auf den man ihn gestellt hat.

Mir blieb damals nichts anderes übrig, als meinem Vater zu folgen, er half mir wortlos in das Erdloch, zog eine Kiste heran, ich stellte mich auf die Kiste und fand ein Gewehr vor mir, doch ich berührte es nicht. Wir sahen beide zu den Männern hinüber, die immer noch nicht weggefunden hatten, die sehr dicht zusammenstanden und flüsterten, kann sein, daß sie auf einmal wieder nicht einer Meinung waren. Dann aber gingen sie, manchmal waren nur ihre Schritte zu hören, sie gingen gemeinsam bis zur Schleuse, obwohl nur der Vogelwart Kohlschmidt da vorbei mußte, und wieder fanden und fanden sie nicht auseinander. Nein, es fiel ihnen nicht leicht, sich zu trennen, und nachdem sie endlich die Gruppe aufgelöst hatten und in verschiedenen Richtungen davongegangen waren – unsichtbar nun für uns –, rechnete ich damit, daß einer von ihnen, Hinnerk Timmsen zum Beispiel, in der Stellung auftauchen und sich hinter sein Gewehr klemmen würde, als wäre nichts geschehen, doch keiner kam zurück.

Also allein in der Stellung mit dem Polizeiposten Rugbüll, der sich hinter schützend gewölbter Hand die Pfeife anbrannte und dann auf seine trockene und unbeirrbare Weise Straßen und Wiesen, überhaupt das dunkelnde Land nach dem Feind absuchte, dem nun auch noch der Nebel zu Hilfe kam. Die Tiere schwiegen. Sie hatten sich niedergelegt. Hinter dem Mühlenteich waren sie als längliche Klumpen zu erkennen. Der Nebel sammelte sich in flachen, einzelnen Bänken, die zusammenwuchsen, sich hoben und ausbreiteten und die Gehöfte auf den Warften sanft aufschwimmen ließen, wie die zurückkehrende Flut Boote aufschwimmen läßt vom Grund der See. Von weit her, aber nur vereinzelt, eher an Sprengungen als an Abschüsse erinnernd, liefen Detonationswellen über uns hin.

Geh nach Hause, sagte mein Vater. Und du? fragte ich. Geh schlafen, sagte er. Ich sah ihn ungläubig an, aber er meinte, was er gesagt hatte, er deutete mit dem Kopf in Richtung Rugbüll, und ich kletterte hinaus und überließ die Stellung ihm allein. Und du? fragte ich noch einmal. Ich werde einen Namen suchen, sagte er. Einen Namen? – Für das Elend. Für das Elend und all das werde ich einen Namen suchen, ja. – Und Abendbrot? fragte ich, worauf er eine wegwerfende Handbewegung machte, sich besann, die Achseln zuckte und meinte: Wenn noch was vom eingelegten Hering übriggeblieben ist, könnt ihr mir ja was hinstellen. Ich hab hier noch zu tun.

Fortgehen, einen Haken schlagen, heimlich zurückkommen wie einmal schon: ich hatte keine Lust dazu, ich ging unter seinen Blicken nach Hause, ohne mich umzudrehen, und hörte schon auf dem Hof die kurzen Klingelstöße des Telefons – das Telefon beruhigte sich nicht –, warum hoben sie den Hörer nicht ab? Es brannte Licht in der Küche, sie hatten eben noch hier gegessen, Hilke und meine Mutter, jetzt waren sie oben im Schlafzimmer. Sie mußten das Telefon doch hören, gut, also sie wollten nicht zu Hause sein, dann eben nicht. Vielleicht kämmte Hilke ihrer auf dem Bett sitzenden Mutter das rotblonde Haar und kniff und preßte es danach zu einem schimmernden Knoten zusammen – dachte ich. Oder sie löste in einem Glas Wasser, das Wasser im Uhrzeigersinn schwenkend, ein Beruhigungspulver auf. Oder sie massierte sie mit ihren kräftigen und kundigen Fingern. Ich durfte das Büro meines Vaters ohne Begleitung nicht betreten, deshalb ging das Telefon mich nichts an. Ich war eben auch nicht zu Hause. In der Speisekammer stand die Schüssel mit den eingelegten Heringen, ich trug sie zum Küchentisch. Ich aß einen der aschgelben, unter Zwiebelringen und Nelken schwimmenden Heringe, aß von einem zweiten die verschrumpelte Haut und deckte die restlichen beiden Fische mit einer Zeitung zu, von der ein Mann namens Dönitz mich ansah, dringend und leer. Auf einen Zettel schrieb ich: Nicht essen, machte ein Ausrufungszeichen und beschwerte den Zettel mit einer Gabel. Brot? Brot konnte er sich selbst abschneiden. Ich trug die Fischgräte nach draußen, warf sie auf den dunklen Hof, dann stieg ich nach oben und lauschte nutzlos an der Schlafzimmertür, bevor ich zu mir ging und die Verdunklungsrollos erst gar nicht herabließ, sondern mich angezogen aufs Bett legte und auf seine Rückkehr wartete.

Ich weiß noch, ich sah in die Dunkelheit und lauschte, und auf einmal spielte Hilke Klavier, sie hatte es nie gelernt und spielte dennoch mit vorsichtigen Fingern auf einem Klavier, das im Freien stand, neben der Schleuse, Möwen trieben über sie hin, während sie spielte, als ob Eiszapfen, sehr kleine, kleine und größere, sich von einer Dachrinne lösten und herabfielen, auf eine Glasfläche fielen und zersprangen, und im Zerspringen zeigten, daß sie gefärbt waren, rot und gelb vor allem, und dann fiel ein Schatten auf Hilke, der kam von einem Flugzeug, das ohne Motoren heranschwebte, ein graues, ziemlich großes Flugzeug, das neben der Stellung meines Vaters zu landen versuchte und es nach mehrmaligem Kreisen, wobei nur ein eiskalter Luftzug zu spüren war, auch schaffte und sacht auf eine Tragfläche kippte, da wurde die ovale Tür auch schon aufgestoßen, Männer und Frauen sprangen heraus, lauter Bekannte, allen voran Kapitän Andersen, aber auch der alte Holmsen und Lehrer Plönnies und Bultjohann und Hilde Isenbüttel, und Hilke akzentuierte ihre Sprünge auf dem Klavier, das sich im drängenden Wasser an der Schleuse spiegelte, und es war auch ihr Spiel, das alle aufforderte, sich bei den Händen zu fassen und mit Tanzschritten die Stellung meines Vaters einzukreisen, immer enger, immer würgender wurde ihr Ring, die Kleider flatterten, aber nicht vom Wind, schließlich waren sie bei ihm und über ihm, sie banden ihn, sie hoben ihn aus dem Erdloch und trugen ihn mit angedeuteten Tanzschritten den grünen Hügel zur Mühle hinauf, die jetzt Flügel hatte, mit schmutziger Leinwand bespannte Flügel, die vor Ungeduld zitterten, daran fesselten sie ihn und klatschten rhythmisch in die Hände, als die Flügel sich langsam zu drehen begannen und meinen Vater ruckhaft vom Boden hoben, so daß er spitze Füße bekam und sich aushing sozusagen, aber dann ging es schneller und schneller, ein Sausen entstand, die Fliehkraft machte sich bemerkbar, in der Aufwärtsbewegung stand der Körper waagerecht ab, und die Schatten der Flügel drehten über unsere Gesichter, und im Teich machte eine Schattenmühle mit, so lange, bis dünner Qualm aus dem Zwiebeldach stieg, ja, die Mühle qualmte, und Brandgeruch lag in der Luft.

Da sprang ich auf und lief ans Fenster, vor dem eine dünne Rauchsäule hochstieg. Unten auf dem Hof, in der frühen Sonne, stand mein Vater vor einem Feuer. Er fütterte das Feuer langsam mit einzelnen Schriftstücken, die er aus Ordnern löste, wachte darüber, daß der Aufwind der Flammen kein angekohltes Blatt davontrug. Er holte alles zurück und gab jeweils nur das ins Feuer, womit die Flammen fertig wurden, sobald sie ihm zu groß gerieten, wartete er blätternd, lesend.

Ich stand und sah ihm zu, bis er mich entdeckte, und da er mir weder drohte noch mich rief, ging ich zu ihm auf den Hof und half ihm, unaufgefordert, die Blätter zurückzuholen, die der eigene Wind des Feuers hochpustete. Er spürte, daß ich ihn unablässig beobachtete von der Seite, aber er hielt es lange aus, erst nach einer ganzen Weile fragte er: Was ist? Kennst mich nicht? Ich erzählte ihm nichts von der Mühle und von dem Flugzeug, das unter Hilkes Spiel gelandet war, ich fragte nur: Wann gehn wir rüber? – Vorbei, sagte er, alles vorbei, und riß einzelne Blätter aus einem Ordner, zerknüllte sie, bevor er sie ins Feuer warf. Er war grau im Gesicht, unrasiert, hatte die Mütze schief auf dem Kopf, an seinen Schuhen klebte noch die feuchte Erde der Stellung. Seine hängenden Schultern. Die zähen Bewegungen. Die heisere Stimme. Wer so einen Mann sieht, nimmt gleich an: der hat aufgegeben, der findet kein Ufer mehr für sich. Man scheut sich, ihn anzusprechen, weil man das Nötigste weiß. Man läßt ihn vor sich sitzen auf einem herangerollten Hauklotz und sieht ihm in den Nacken.

Er überließ es mir ganz, das Feuer zu bewachen, er unterhielt es nur, auf dem vernarbten Hauklotz sitzend, mit alten, vermutlich wertlosen Schriftstücken, ab und zu eine Zeile lesend, gleichgültig, als habe sie ihm nie etwas bedeutet, und nachdem er die ersten Stöße verfüttert hatte, ging er in sein Büro und trug neues Papier heraus, es geht ja viel ein mit den Jahren, und er, der sich von keiner Sache trennen konnte, hatte alles gesammelt und abgelegt und aufbewahrt, wie Belege seines Lebens, über das er einmal würde abrechnen müssen.

Er war zufrieden mit mir, mit der Art, wie ich das Feuer bewachte, es kurz am Leben hielt. Als er zum letzten Mal ins Haus ging, brachte er außer zwei Ordnern auch Bücher mit und eine Kladde und ein Päckchen, das in Ölpapier eingeschlagen und lose verschnürt war. Also auch dies, die unsichtbaren Bilder. Das alles noch? fragte ich, und er darauf, tonlos: Alles. Alles muß weg, und er begann, die Kladde zu zerreißen. Da erschien Hilke auf der Treppe, sie trat vors Haus und rief uns zum Tee, das heißt, sie rief: Der Tee wird auch nicht wärmer, wenn ihr nicht kommt, und später kam sie noch einmal, näher zu uns ans Feuer kam sie, wo sie ihre Aufforderung lustlos wiederholte und die ganze Zeit nicht das Feuer, sondern mich betrachtete und plötzlich sagte: Du hast aber ein ganz altes Gesicht, Siggi, du siehst schon aus wie achtundzwanzig oder so. Meine Schwester: manchmal spricht sie von einem Menschen wie von einem Pferd. Ich sagte zu ihr: Zieh bloß Leine, und als sie ein angekohltes Blatt am Rande des Feuers aufhob und zu lesen versuchte, nahm ich es ihr fort und warf es ins Feuer. Verzieh dich und spiel weiter, sagte ich. Spielen, fragte sie verständnislos, was denn spielen? Klavier, sagte ich, und sie darauf zum brütenden Polizeiposten: Er ist übergeschnappt, der mit seinem alten Gesicht. Ich sah schon ein, daß ich sie ohne Beleidigung nicht loswerden konnte, überlegte mir nur, welche ich gebrauchen sollte, da rief Hilke: Da, seht mal! Da!

Wir drehten uns um und sahen zum Ziegelweg hin, und da stand ein grüner, olivgrüner Panzerspähwagen. Stand da. War da. Mit laufendem Motor, mit gesenkter Kanone, und aus dem Luk oben ragte der Kopf eines Soldaten heraus, er trug eine schwarze Baskenmütze. Der kantige, schräg abfallende Bug des Panzerspähwagens schob sich langsam am Schild »Polizeiposten Rugbüll« vorbei und drehte auf uns zu, streifte den Pfahl, aber er drückte ihn nicht um, manövrierte knapp am alten Kastenwagen entlang und hielt auf das Feuer zu.

Mein Vater stand vom Hauklotz auf. Er verbesserte unwillkürlich den Sitz seiner Uniform. Er sah dem Panzerspähwagen gestrafft entgegen, nicht beklommen, sondern nur gestrafft. Als der Panzerspähwagen dicht vor dem Feuer hielt, sagte mein Vater gepreßt, so, daß ich ihn gerade noch verstehen konnte: Weg mit dem Zeug, verbrenn du es. Aber wie?

Ich schubste mit dem Fuß einen Ordner an das Päckchen heran, das in Ölpapier eingeschlagen war, stetig, Zentimeter für Zentimeter, es knirschte leise, eine flache Schleifspur blieb im Sand zurück, als ob ein Tier sich dort entlanggeschleppt hätte, eine Schildkröte vielleicht. Eine Schulter tauchte im Luk auf, Arme, der Soldat winkte meinen Vater zu sich heran und fragte ihn etwas, worauf mein Vater mit einem kurzen Nicken antwortete. Der Ordner berührte nun das Päckchen, ich hob beides auf in dem Augenblick, als der Soldat sich ganz aus dem Luk herausstemmte und auf die Erde sprang, und rückwärtsgehend bewegte ich mich zum Schuppen hin, wo ich das Päckchen einfach fallen ließ, einfach fallen, während ich den Ordner in den Händen behielt und nun wieder vorwärts ging auf das Feuer zu, langsam um das Feuer herum und zu meinem Vater, der mit dem Soldaten sprach.

Der Soldat hatte rötliches Kraushaar und zwei rötliche Sterne auf den Schulterklappen, wenn das etwas sagt, und an einem verwaschenen Stoffgürtel trug er eine verwaschene Pistolentasche, in der eine Waffe von dem Kaliber steckte, das auch mein Vater benutzte. Wollte er das Feuer austreten? Wollte er die noch leserlichen Blätter beschlagnahmen und an sicherem Ort auswerten? War der Polizeiposten Rugbüll soviel wert?

Der englische Soldat beachtete das Feuer nicht. Er schenkte weder den unversehrten noch den halbverkohlten Akten sein Interesse. Stockend, aber in unserer Sprache, auf einen Zettel niederblickend, den er aus der Brusttasche gezogen hatte, fragte er meinen Vater, ob er der Polizeihauptwachtmeister Jepsen sei. Mein Vater nickte. Ob das hier Rugbüll sei? Mein Vater nickte. Wenn das so ist, sagte der englische Soldat, dann müsse er den Polizeihauptwachtmeister Jepsen aus Rugbüll verhaften. Hiermit. Er faltete den Zettel und schob ihn wieder in die Brusttasche. Er machte dem Panzerspähwagen ein Zeichen, nicht dem Panzerspähwagen, sondern den hellen, glänzenden Augen hinter dem Sehschlitz, die uns festhielten, dann gab er meinem Vater einen Wink, aufzusitzen.

Der Polizeiposten zögerte. Ein paar Sachen, sagte er, es ist doch wohl erlaubt, ein paar Sachen mitzunehmen. Der Soldat wußte nicht, ob er das erlauben konnte, er vergewisserte sich zuerst, indem er es in den Sehschlitz hineinsprach, die hellen Augen schienen einverstanden, der Soldat wandte sich an meinen Vater und zeigte auf das Haus. Mein Vater ging voraus, der Soldat und ich folgten ihm.

Diese Angst, diese ununterbrochene Spannung, als wir ins Haus traten: ich glaubte zu wissen, daß alles geschehen könnte, nur nicht dies: daß er ohne einen einzigen Versuch zur Flucht, ohne Gegenwehr, ohne ein Wort seine Sachen packen und aufsitzen und davonfahren würde, wie sie es von ihm verlangten. Wir gingen in die Küche, da stand das Frühstück auf dem Tisch, der Teepott forderte zum Sitzen auf. Der Polizeiposten suchte am Ausguß auf dem Fensterbrett sein Rasierzeug zusammen. Wir gingen ins Büro mit den leeren Regalen, die Schubladen des Schreibtisches standen offen, als hätten sie ihren Inhalt erbrochen.

Der Polizeiposten hob seine Aktentasche auf, packte eine Kassette aus, in der nichts verwahrt wurde als der zweite Schlüssel zu ihr, und packte das Rasierzeug ein. Wir stiegen nacheinander zum Schlafzimmer hinauf, klopften mehrmals, bis endlich meine Mutter im Bademantel, mit aufgelöstem Haar im Türspalt erschien und zwei Paar Socken, ein Handtuch und ein Hemd herausreichte, wortlos, denn sie bekam weder den Soldaten noch mich zu sehen. Wir traten in mein Zimmer, mein Vater voran, und ich fragte mich, was es hier für ihn zu holen gab, doch er strich nur einmal um den Tisch herum, klopfte auf die Seekarte, klopfte auf das Bettgestell und ging als erster wieder hinaus und nach unten in die Küche. Der Soldat hielt sich einige Schritte von meinem Vater entfernt, er hatte die Finger unter den verwaschenen Stoffgürtel geklemmt und machte durchaus keinen ungeduldigen Eindruck. Er sah zu, wie mein Vater sich Tee eingoß und nach einer schlenkernden Armbewegung, die um Verständnis bitten sollte, den Tee aus der dicken Steinguttasse trank, wobei er seinerseits, über den Rand der Tasse hinweg, den Soldaten beobachtete, abschätzend, mit verstecktem Widerwillen. Solange mein Vater trank, hielt ich die Aktentasche. Daß er trinken konnte mit dieser Ausdauer und so gemächlich! Daß er es fertigbrachte, sich noch eine zweite Tasse einzuschenken, obwohl der Soldat einen Fuß auf einen Stuhl setzte und zu wippen begann! Erst nachdem er die zweite Tasse getrunken hatte, nahm er mir die Aktentasche ab und gab mir die Hand. Er rief Hilke aus der Speisekammer heraus und gab auch ihr die Hand. Dann trat er auf den Flur und horchte nach oben, wollte und wollte nicht, lächelte süßsauer den Soldaten an, der nicht zurücklächelte, schließlich rief er hinauf: Tschüß, nech, und straffte sich: er war bereit.

Wir begleiteten ihn hinaus und standen oben auf der Steintreppe, auf gleicher Höhe mit dem Turm des olivgrünen, mit einer Männchen machenden Ratte bemalten Panzerspähwagens. Ich komm bald wieder, rief mein Vater. Bald. Hilke weinte leise, ich wußte es, ohne hinzusehen, denn ihr Weinen hörte sich an wie bei andern Menschen ein Schluckauf. Jetzt standen sie vor dem Panzerspähwagen, der Soldat nahm meinem Vater die Aktentasche ab und deutete mit dem Daumen nach oben, als uns – Hilke und mich – zwei nackte, mit Sommersprossen bedeckte Arme zur Seite drückten, gegen die Hauswand.

Sie kam. Meine Mutter ging zwischen uns hindurch mit offenem Haar, in dem braunen, kurzärmeligen Kittel, tastend fiel ihr Schritt, ihr weicher, aber kräftiger Körper war hochaufgerichtet, der Kopf zurückgeworfen, ihr Gang erinnerte mich an eine stolze, böse Königin – an welche nur? –, jedenfalls erreichte sie durch ihr Erscheinen, daß der Soldat meinen Vater anstieß und etwas zu ihm sagte. Das Feuer war fast niedergebrannt. Meine Mutter blieb vor dem Feuer stehen und ließ meinen Vater herankommen, näher, noch näher, ganz nah. Sie breitete die Arme aus, in der Weise, wie man die Größe eines gefangenen Fisches bekanntgibt. Sie umarmte ihn. Sie preßte ihn hastig und ungeschickt an sich. Dann faßte sie in die Kitteltasche und reichte ihm etwas, etwas Kleines, Blitzendes, ich glaube, ein Taschenmesser, er nahm das Messer, machte eine kurze winkende Bewegung, als erwiderte er ein Signal. Fertig? fragte der Soldat. Der Polizeiposten Rugbüll kletterte auf den Panzerspähwagen, sah immer nur auf uns, während sie um das Feuer herumfuhren, und als sich die olivgrüne Masse dicht an uns vorbeischob, richtete mein Vater sich ruckhaft auf und drückte übertrieben sein Kreuz durch – womit er mir noch beim Abschied zu verstehen gab, daß ich mich gerade halten sollte.

14 Sehen

Als Eintritt verlangten sie ein halbes Brot. Mit zwei Broten unterm Arm waren uns also vier Eintrittskarten sicher, und von Bleekenwarf aus zogen wir los, unter dem Deich entlang, quer über die Wiesen Richtung Glüserup, dann aber nach Osten abbiegend, zu dem mageren Gehölz, das schon zum Lager gehörte, beziehungsweise zur Sperrzone, wie sie jetzt das ganze Land zwischen Klinkby und Timmenstedt nannten. Sie konnten es auch nicht gut Lager nennen, denn es fehlte der aus jedem Lesebuch bekannte Stacheldraht, es fehlten die Baracken, Wachtürme, Scheinwerfer, und Posten fehlten, die in der Lage gewesen wären, das befestigte Gebiet schnell zu überschauen und damit zu beherrschen.

Um die etwa sechshunderttausend gefangenen Soldaten, von denen viele wohl gar nicht spitz bekamen, daß sie Gefangene waren, überhaupt zusammenzuhalten, hatten sie also eine Sperrzone eingerichtet, tief über eine Karte gebeugt: Hier die Straße von Klinkby nach Glüserup, dann nehmen wir noch ein Stück der Husumer Chaussee, biegen nach Südosten ab Richtung Faltmoor und lassen die Grenze weiterlaufen nach Timmenstedt, somit ist die ganze Sperrzone von einer durchgehenden Straße umgeben, und auf dieser Straße lassen wir Panzerspähwagen patrouillieren.

Der Krieg, der am Anfang so rentabel verlief, war aus. Was von Norden kam, was aus dem Osten geflohen war, was sich aus dem Süden erfolgreich abgesetzt hatte, wurde von den patrouillierenden Panzerspähwagen abgefangen und in die Sperrzone geschleust, in der man sich nicht nur frei bewegen konnte: da durften die Soldaten ihren Zeltplatz selbst bestimmen, da durften Vorträge beispielsweise über das Scheidungsrecht gehalten werden, ohne Erlaubnis durfte man sich Sauerampfer und die bekömmliche Brennessel pflücken, und es war auch nicht verboten, Liederabende, Leseabende und

Theateraufführungen zu veranstalten. An Künstlern fehlte es nicht. Zu den Theateraufführungen durfte die Bevölkerung aus angrenzenden Gehöften die Sperrzone betreten; um die gefangenen Künstler zu unterstützen, verlangten sie von uns allerdings als Eintritt ein halbes Brot.

Ich will nicht fragen, wie Wolfgang Mackenroth die Tatsache psychologisch bewerten wird, daß ich das erste Theatererlebnis meines Lebens mit einem halben Brot bezahlen mußte – es war übrigens Kommißbrot, das über einen Zahlmeister aus der Sperrzone hinausgelangt war und nun durch uns wieder hineingelangte. Jedenfalls, wir marschierten auf das magere Gehölz zu: ich, Hilke, Doktor Busbeck und der Maler, der in einem Karton die beiden Brote trug. Das Wetter? Schulmäßige Zirrus-Kumulus; Winde: abnehmend Westnordwest. Bedeckt mit gelegentlichen Aufheiterungen. Also Theaterwetter – was ich damals nicht dachte, aber heute feststellen möchte. Bei einem Zahlmeister lieferten wir die Brote ab, wurden gezählt und durften passieren und wurden von langmähnigen Marinesoldaten, die Platzanweiser spielten, nach vorne weitergeleitet, nah an die flache Bühne heran, die in das Gehölz – Fichten, Buchen, Erlen – hineingebaut und mit zusammengeknüpften Zeltbahnen abgedeckt war. Auf der trockenen Wiese, im Schneidersitz, lachend, hier und da aus einem Kochgeschirr löffelnd, hockten an die zwölftausend Zuschauer, viele von ihnen schliefen, erstaunlich viele pulten an ihren nackten Zehen. Immer wieder flog ein Elsternpaar das magere, dennoch bergende Gehölz an, konnte sich aber nicht entschließen zu landen und strich ab. Kiebitze hatten sich längst aus der Sperrzone verzogen, ebenso waren die Fasane ausgewandert und die wilden, auf Stille angewiesenen Kaninchen.

Bevor es losging, redete wieder ein Mann in glänzenden Stiefeln, mit verkniffenem Säuglingsgesicht, er trat aus dem Gehölz auf die Bühne, verschaffte sich Ruhe, und der Mann, höchstwahrscheinlich ein Zahlmeister, legte los und sprach über Ergriffenheit. Um mich herum fielen kleine klatschende Schläge, kurze Flüche wurden laut; die Kuhfliegen und die Bremsen kamen; doch sie konnten die Aufführung nicht verhindern.

Da war also ein Kerl mit einem wüsten Bartkranz und einer eisernen Hand – die richtige hatte er, wie es hieß, für seinen Kaiser hingegeben –, von dem ausgiebig gesagt wurde, daß er tapfer und edel war und so weiter, und daß er sich regelrecht Schneisen schlug durch feindliche Reiter, und daß er natürlich stolz war auf seine Wunden. Gegen den Kaiser hatte er nichts, der war sein Freund, aber den Bischof und die kleinen Fürsten konnte er nicht leiden, weil die ziemlich mies waren, und weil er ihnen im Wege war, wollten sie ihn selbstverständlich auf die Seite schaffen, aber Freunde und tapfere Reiter konnten das eine ganze Zeit verhindern, schließlich wurde er doch als Mordbrenner angeklagt und kam in Heilbronn ins Gefängnis, wo ihm der Wächter erlaubte, im Gärtchen in der Sonne zu sitzen. Das half nicht mehr. Er starb und schlug noch im Tode nach den stechenden Kuhfliegen, wie auch die Fürsten und die Frauen immer wieder nach Kuhfliegen und Bremsen schlugen, das kommt vor beim Theater.

Ich war überrascht, daß Theater so langweilig sein konnte. Allein, wie da gesprochen wurde – da hieß es: Tausend-Schwere-Not, schert euch 'naus. Oder: Bis in den Tod. Oder: Sag deinem Hauptmann: vor Ihro Kaiserlichen Majestät hab ich wie immer schuldigen Respekt. Mit der Zeit achtete ich mehr auf das wütende Klatschen und auf die Flüche, mit denen Zuschauer und Schauspieler auf unsere stechlustigen Insekten antworteten, als auf das, was die sich auf der Bühne zu sagen hatten. Ich kann mir nicht helfen, doch ich konnte auch nicht mitlachen – mitklatschen schon gar nicht –, als der Kerl mit der eisernen Hand einmal ausrief: Er aber, sag's ihm, er kann mich im Arsch lecken.

Der einzige, der mich interessierte, war ein gewisser Bruder Martin, ein Schauspieler, der in einer Kutte auftrat: er erinnerte mich sofort an Klaas, seine Stimme, seine Bewegungen, die Art, leicht gebückt dazustehen, erinnerte mich so sehr an meinen Bruder Klaas, daß ich den Maler anstieß und ihn auf diesen Bruder Martin aufmerksam machte; der Maler nickte, als ob er noch mehr wüßte. Bruder Martin bekam kaum Beifall, während alle andern sich vor Beifall kaum retten konnten, das galt besonders für die Frauen mit den tiefen

Stimmen: die brauchten nur aufzutreten oder eine Blume zu zerrupfen oder eine Träne wegzuquetschen: schon prasselte es los, und als einer – beim Abschied in Jagsthausen war es – die Haarpracht verrutschte und den Blick auf einen scharfgezogenen Männerscheitel freigab, geriet der letzte der zwölftausend Zuschauer in Begeisterung.

Hilke weinte da allerdings verständnisvoll, und der Maler bescheinigte ihr später, daß sie allein die Szene begriffen habe, das kommt vor beim Theater. Anfangs hatte ich noch Lust, hinter die Bühne zu schleichen, ins Gehölz, ich versprach mir einiges davon, aber mit zunehmender Dauer der Aufführung wurde es mir gleichgültig, was sich dort, im Schatten von Buchen und Fichten, ereignete. Ich zählte die Zivilisten, rechnete aus, wieviel Brote sie zusammengeschleppt hatten, um der wie immer hungrigen Kunst unter die Arme zu greifen: waren es dreißig oder fünfunddreißig Brote? Die genaue Zahl kannte wohl nur der Zahlmeister. Das Weh- und Ach-mir, das endlich – es begann nun auch schon dunkel zu werden – auf der Bühne gesprochen wurde, klang ziemlich glaubwürdig: denn einem gewissen Weislingen, einer ziemlich üblen Type, begann von all den Insektenstichen schon das Gesicht zu schwellen, vor allem aber deutete die zunehmende Klage darauf hin, daß es zum Schluß ging. Es ging zum Schluß, denn der Kerl mit der eisernen Hand ließ erkennen, daß er entweder aus Gram starb oder aus Verdruß, vielleicht weil Gram und Verdruß unglücklich zusammengekommen waren. Mich interessierte das herzlich wenig, und es gelang mir nicht, den Jubel der gefangenen Zuschauer zu vermehren, so enttäuscht war ich von meiner ersten Begegnung mit dem Theater. Ich drängte nach Hause, aber der Maler hatte noch etwas vor, er ließ uns warten und verschwand hinter der Bühne im Gehölz. Die Zuschauer standen auf und gingen auseinander; viele zwinkerten und pfiffen Hilke zu oder forderten sie auf, mit ihnen zu gehen. Jetzt zeigte sich auch, daß viele Zuschauer eingeschlafen waren, man ließ sie einfach liegen und stieg über sie hinweg. Viele Zuschauer löffelten im Weitergehen, nach links und rechts redend, aus ihren Kochgeschirren. Viele Zuschauer waren barfuß, sie trugen die Strümpfe in der Hand und die verknoteten Stiefel über der Schulter. Es gab auch Zuschauer, die ganz unauffällig waren, die weggehen konnten, ohne daß man versucht war, ihnen länger nachzusehen.

Hilke begrüßte eine gewisse Laura Lauritzen, von der ich wußte, daß sie zuckerkrank war, Doktor Busbeck sprach mit Frau Söllring vom Gut Söllring, das heißt, er hörte ihr zu und ließ sich mit ihren Worten geduldig erzählen, was er eben auf der Bühne gesehen hatte. So einen wie Weislingen wollte sie persönlich kennen, sie hielt diese Type gar nicht für übertrieben, sie sagte: Glauben Sie mir, Doktor, es wimmelt von diesen Weislingen auf der Welt, und Doktor Busbeek wollte ihr nicht widersprechen, denn die konnte reden, daß einem der Rock platzte. Zu mir sagte sie: Na, lieber Siggi, hat dir die Aufführung unserer Soldaten gefallen? und ohne meine Meinung abzuwarten, erklärte sie mir nicht nur, was mir gefallen hatte, sondern auch warum es mir gefallen hatte. Gott sei Dank entdeckte sie bald die Familie Magnussen, die ebenfalls noch nicht wußte, was sie auf der Bühne erlebt hatte, so wurden wir sie los. Wo war der Maler?

Als er endlich zurückkam, kündigten schon sein Gang und sein Gesicht an, daß er da etwas erfahren hatte, was er nicht schnell genug an den Mann bringen konnte, mit rudernden Armen, mit spitzem Mund, schnalzend arbeitete er sich durch diskutierende Gruppen zu uns heran und sagte: Er ist es. Er ist es wirklich: Klaas! Morgen kommt er nach Hause.

Da wollte jeder gleich mehr hören, und Hilke erwog sogar, hinter die Bühne zu laufen, ins Gehölz, aber der Maler zog uns fort und wiederholte nur immer: Nicht, jetzt nicht, und zog und schob uns weiter über die Grenze der Sperrzone, an einem Panzerspähwagen vorbei, über einen Steg aus Fichtenstämmen.

Es ist Klaas, sagte er, und sagte: Der Junge lebt. Stellt euch vor: es gibt ihn noch. – Der mit der Kutte? fragte Hilke. Ich traute meinen Augen nicht, sagte der Maler, aber ich habe mich nicht getäuscht. Wie er in die Sperrzone gekommen ist? Sie haben ihn aufgegriffen, weiter nichts. Zweimal hat er versucht, sich nach Hause durchzuschlagen, und zweimal haben sie ihn aufgegriffen und hierher gebracht. Er habe lange im Lazarett gelegen, verstand ich, die Papiere oder Akten oder Strafakten seien bei einem Angriff verbrannt, wahrscheinlich habe auch irgend jemand seinen Fall verschleppt, später, als er ins Wehrmachtsgefängnis eingeliefert wurde, nach der Befreiung, verstand ich, sei er von Altona zu Fuß hier heraufgekommen, die Panzerspähwagen hätten ihn aber – und nun wartete er auf seine Entlassung: da Landarbeiter und Künstler bevorzugt entlassen wurden, sei er Künstler geworden, mal was anderes; der Maler habe außerdem entscheidend nachgeholfen, es sei ihm versprochen worden, daß Klaas sobald wie möglich – sicher schon morgen. Stellt euch vor: er ist wieder da.

Der Maler redete allein auf dem Heimweg, nur von kurzen Fragen unterbrochen; wir verlangten, daß er alles erzähle, was ihm bei der Begegnung aufgefallen sei, und wenn ich nicht damals staunte, so staune ich jetzt darüber, was er alles mitbrachte an Gesehenem. Diese Freude des alten Mannes, die sich nicht genug wiederholen konnte! Diese Entgeisterung! Nur einmal schwieg er bedrückt; das war, als Hilke sagte, daß sie ihr Zimmer räumen werde, um es Klaas zu überlassen, das habe er verdient. Ich fange schon morgen früh an, sagte sie, und wenn er mittags kommt, kann er bei mir einziehen. – Warte noch damit, sagte der Maler, richtet euch noch nicht darauf ein. – Aber er kommt doch? – Ja, er kommt, ich selbst werde ihn morgen abholen, aber zuerst, vielleicht ein paar Tage, wird er bei uns auf Bleekenwarf wohnen. – Wollte er das? – Er bat mich darum. Er will nur aus der Sperrzone raus, wenn er zu uns kann. Es wird sicherlich nicht lange dauern, einige Tage. Er muß sich erst wiederfinden.

Was meinte er damit: sich wiederfinden? Wie konnte man das erklären? Alle, die ich fragte, zuckten die Achseln nach einigem Bedenken, sie gaben die Frage an mich zurück oder sie sagten: wirst schon sehen; da hielt ich es kaum noch aus bis zur Rückkehr von Klaas.

Die Fragen brachten nichts ein, am Anfang nichts und später nichts, auch Klaas hat sie mir nicht beantwortet, denn als ich ihn wiedersah nach all der Zeit, war nichts mit ihm anzufangen: er schlief. Er schlief morgens und mittags, bei Sonne und Regen. Sie hatten ihm das unfertige Zimmer auf Bleekenwarf gegeben, dort schlief er auf einem Lager auf dem Fußboden – allerdings hatten sie die Trittleiter weggeschafft und den Hügel aus Mörtel, Nägeln, Kippen und Bleirohrstücken. Er lag auf einer breiten Matratze unter der grünschwarz gestreiften Decke, die der Maler aus seinem Atelier geholt hatte; manchmal war nur sein stumpfes Haar zu sehen oder ein Fuß oder die verstümmelte Hand, über die er einen Wollsokken gezogen hatte.

Da ich nicht zu ihm hinein durfte, stand ich oft vor dem Fenster, ausdauernd, beide Hände neben dem Gesicht, und ich beneidete Jutta, die vor seiner Matratze sitzen durfte, die ihn beobachtete und anscheinend auf seinen Schlaf aufpassen sollte. Sie brachte ihm das Essen. Sie sah zu, wie er aß – halb liegend, auf einen Ellenbogen gestützt –, und sie deckte ihn manchmal zu, wenn er sich zurücklegte. Sie beachtete mich nicht, auch wenn ich in einem Augenblick am Fenster auftauchte, als sie sich gerade, länger als notwendig, mit den Kleidern meines Bruders beschäftigte, sich etwa Hose und Jacke anhielt, bevor sie sie sorgfältig zusammenlegte. Auch wenn Klaas draußen schlief, im Garten, im Apfelhof, irgendwo im Windschutz der Hecke, hockte sie knochig und wachsam neben ihm und ließ mich nicht heran: Klaas war da und doch nicht da, er war zu besichtigen, aber unerreichbar unter ihrem Schutz.

Na, Kleiner, hatte er einmal zu mir gesagt, das war alles.

Da blieb mir doch nichts anderes übrig, als mich an seine Müdigkeit zu gewöhnen: ich lief nach Bleekenwarf, erwartete, ihn schlafend zu finden, fand ihn schlafend, und nach einer Weile unergiebiger Betrachtung dachte ich: na, denn nicht, und schob ab und suchte den Maler, der nicht wußte, wie lange Klaas noch schlafen wollte, der aber verstand, warum er nichts anderes tun wollte, als weiterzuschlafen. Auch wenn mit Klaas nichts anzufangen war, auch wenn er nur ein Blinzeln für mich übrig hatte und bestenfalls ein schnelles, bekümmertes Lächeln, zog ich damals so oft wie möglich nach Bleekenwarf hinüber – vielleicht, weil ich in der Nähe sein wollte, wenn er endgültig erwachte, wahrscheinlich aber deswegen, weil der Maler gerade dabei war, sein Selbstbildnis fertigzumachen, das er begonnen hatte, kurz nachdem er aus der Stellung unter der Mühle davongegangen war.

Zuerst immer Klaas, der nichts Neues bot, und dann also durch den Garten ins Atelier, zu ihm, der mich schon daran erkannte, wie ich die Tür öffnete, der schon aus dem Hintergrund rief: Schnell, Witt-Witt, komm her. Also wieder Schwierigkeiten. Überredungen durch die Farbe, unzufriedene Blicke. Er war an seinem letzten »Selbstbildnis«. Er hatte sich selbst zu seinem Gegenüber gemacht, und er erkannte allmählich, daß es keine Übereinstimmung gab. Ich seh mich einfach nicht, sagte er, nichts will bleiben, es wechselt zu rasch, ich kann den Gegensatz nicht im Bild aufheben. Auf einmal war die Farbe nicht mehr »Freundschaft«, sondern ein vorübergehender Zustand, sie hat die verdammte Neigung, sich zu emanzipieren, sagte er, sie wird unbeabsichtigte Energie. Nun sieh dir das an, Siggi, und versuch mal, das zu beschreiben, nur damit du einsiehst, wie wenig mit Beschreibung erreicht werden kann, wenn Farbe zu Energie wird. Zu Bewegung. Zu Bewegung im Raum.

Ich saß auf einer tuchbespannten Kiste schräg hinter ihm und verfolgte seinen Versuch, sich selbst »festzuhalten«, an bestimmtem Ort, unter einem bestimmten Himmel, in einer Landschaft, durch die, mit brandrotem Fuchspelz, Balthasar ging, ziemlich kleinlaut, womöglich unschädlich gemacht durch die Perspektive. Das Japanpapier, von Farbe durchtränkt, erinnerte an Textil, und das durch verschiedenartiges Licht geteilte Gesicht an eine sehr leichte Maske, durch die die Welt durchschimmerte. Die linke Gesichtshälfte in kraftlosem Rotgrau, die rechte Grüngelb, der Grund rötlich fleckig: so sah er sich entgegen. Zwei verschiedene Gesichtshälften, und die grauen Augen, die von weither sahen, durch bläuliche Schleier hindurch, verrieten etwas von der Mühe des Aufnehmens. Sage ich jetzt: der leicht geöffnete Mund zum Reden, dann meldet die weißlich schimmernde Stirn Widerspruch an. Sage ich: das schattige Blau über dem Nasenrücken vermittelt zwischen den getrennten Gesichtshälften, dann muß ich auch zugeben, daß es trennen kann. Nichts war eindeutig: nicht der Mund, nicht die Augen, auch die Ohren nicht, die mir künstlich vorkamen, wie aus Metall.

Was gibt es ab? fragte er ungeduldig. Na, was gibt dir das Bild ab? Mußt es doch sagen können. Wenn du überlegst: nicht ohne Rede; wenn du siehst: nicht ohne Worte. Was also? Ich wußte nicht, was er von mir verlangte, ich verstand nicht, warum er sich mit den beiden verschiedenen Gesichtshälften – Rotgrau und Grüngelb – nicht abfinden konnte oder wollte. Keinen Inhalt, sagte er, ein Bild soll keinen Inhalt abgeben, aber was dann? Nein, Balthasar, die Farbe kann nicht zur Fläche werden, denk an den Winter, als die Wasserfarben plötzlich auf dem Papier gefroren waren, als der Schnee sie verwischte, als sie beim Auftauen ineinanderschwammen: was geschah da? Wurde sie zur Energie? Zur gleichen Energie, die Kristalle und Algen hervorbringt? Moose? Was meinst du, Witt-Witt? Woran liegt es, daß wir nichts zur Dekkung bringen können? Können wir uns nicht unterwerfen, oder können wir nicht sehen? Balthasar meint, wir müssen wieder einmal damit beginnen, sehen zu lernen. Sehen: mein Gott, als ob nicht immer alles davon abhing.

Er hob zwei Entwürfe zu seinem Selbstbildnis auf die Staffelei und stellte sie nebeneinander, trat zurück und drückte Mangel und Unzufriedenheit aus durch die gespannt-schräge Haltung des Oberkörpers. Hier kannst du schon erkennen, Siggi: zu arm, zu einwandfrei. Dies innenlichtige Blau fürs ganze Gesicht – da ist kein Platz mehr für Bewegung. Weißt du, was Sehen ist? Vermehren. Sehen ist Durchdringen und Vermehren. Oder auch Erfinden. Um dir zu gleichen, mußt du dich erfinden, immer wieder, mit jedem Blick. Was erfunden wird, ist verwirklicht. Hier, in diesem Blau, in dem nichts schwankt, in dem keine Beunruhigung steckt, ist auch nichts verwirklicht. Nichts ist vermehrt. Wenn du siehst, wirst du gleichzeitig auch selbst gesehen, dein Blick kommt zurück. Sehen, herrjeh: es kann auch Investieren bedeuten, oder Warten auf Veränderung. Du hast alles vor dir, die Dinge, den alten Mann, aber sie sind es nicht gewesen, wenn du nicht etwas dazu tust von dir aus. Sehen: das ist doch nicht: zu den Akten nehmen. Man muß doch bereit sein zum Widerruf. Du gehst weg und kommst zurück, und etwas hat sich verwandelt. Laß mich in Ruhe mit Protokollen. Die Form muß schwanken, alles muß schwanken, so brav ist das Licht nicht.

Oder hier, Witt-Witt, dies Bildchen, warm durchsonnt: Balthasar hält mir klein auf ausgestreckter Hand eine Mühle hin, und ich beachte ihn nicht. Da siehst du, wo ein anderer ist, wo etwas anderes ist, da muß eine Bewegung zu ihm hinführen. Sehen ist so ein Tausch auf Gegenseitigkeit. Was dabei herausspringt, ist gegenseitige Veränderung. Nimm den Priel, nimm den Horizont, den Wassergraben, den Rittersporn: sobald du sie erfaßt hast, erfassen sie auch dich. Ihr erkennt euch gegenseitig. Sehen heißt auch: einander entgegenkommen, einen Abstand verringern. Oder? Balthasar meint, das alles ist zu wenig. Er besteht darauf, daß Sehen auch Bloßstellen ist. Etwas wird so aufgedeckt, daß keiner in der Welt sich ahnungslos geben kann. Ich weiß nicht, ich habe etwas gegen das Enthüllungsspiel. Man kann der Zwiebel alle Häute abziehen, und dann bleibt nichts. Ich werde dir sagen: man beginnt zu sehen, wenn man aufhört, den Betrachter zu spielen, und sich das, was man braucht, erfindet: diesen Baum, diese Welle, diesen Strand.

Und jetzt hier: gibt das Bild etwas ab? Ich mußte das Gesicht teilen, hier rotgrau, dort grüngelb; ich weiß nicht, wie ich es sonst sagen sollte, aber es deckt sich nicht mit allem. Vor diesem Selbstbildnis könnte ich behaupten: es geht mich nichts an, denn zuviel fehlt. Es fehlen ihm seine Möglichkeiten, und das ist es: wenn du etwas machst, ein Gesicht, ein Ding, dann mußt du die Möglichkeiten dazuliefern, die es in sich trägt. Einige haben's ja geschafft im »Selbstbildnis«: du blickst auf das Gesicht und erkennst die überstandenen Krankheiten, vielleicht sogar die finanzielle Lage. Hier fehlt einfach zuviel. Ist nicht gesehen und darum nicht gemeistert. Und auch das kann Sehen sein: Meisterung, Inbesitznahme. Ich werde es noch einmal machen, ich werde es anders machen. Was meinst du?

Max Ludwig Nansen konnte auch so reden, zu bestimmten Zeiten, in Augenblicken, wo er suchte und redend überlegte. Man brauchte ihm da nicht zu antworten auf seine direkten

Fragen, denn sie galten ihm selbst mehr als einem Anwesenden. Also mir. Daß er überhaupt soviel redete, war vielleicht dem Kornbrand zu danken, den er zusammen mit Sprudel trank oder mit Kürbissaft verdünnte: Öle dein Wort, sagte er, und gieß dir eins über. Die Flaschen und der Krug mit dem Kürbissaft standen nicht in, sondern auf einem Schrank, wie früher mal der Genever; wahrscheinlich wollte er so die Bequemlichkeit des Nachschenkens vermeiden. Oder er wollte sich jedes Glas mit einer gewissen Mühe erkaufen. Oder er wollte so verhindern, daß er zuviel bekam. Denn wenn er Krug und Flasche vom Schrank herunterholte, bestand immer die Gefahr, daß er sich zumindest den Kürbissaft über den Kopf goß; und je mehr er getrunken hatte, desto größer wurde die Gefahr. Sobald er sich ein neues Glas einschenkte, legte er Bekümmerung auf und widmete mir immer die gleichen Gesten des Bedauerns darüber, daß er mir nicht auch ein Gläschen zuschieben konnte. Wer mit ihm reden wollte, mußte zuerst mit ihm anstoßen: Teo Busbeck, Okko Brodersen, zwei englische Offiziere, Besucher, die Wagen mit ausländischen Nummernschildern entstiegen: öle dein Wort. Nur einem bot er nichts an: Bernt Maltzahn.

Ich saß auf der tuchbespannten Kiste, als der hereinkam ins Atelier, ein sehr großer Mann mit eingefallenem Gesicht, in abgeschabtem, von mir aus schlotterndem Anzug. Der Maler schwächte das Blau, das sein Gesicht in zwei Hälften trennte. Maltzahn will in Hamburg zu tun gehabt haben, da sei er eben auf einen Sprung heraufgekommen, unterm Arm trug er das Buch »Farbe und Opposition«. So, sagte der Maler und hörte nicht auf zu arbeiten und lud seinen Besucher auch nicht ein, sich zu setzen. Lange, sagte Maltzahn, habe er diese Reise erwogen, er habe auch schreiben wollen, seit Jahren schon, es gebe da etwas aufzuklären, zu besprechen, ins rechte Licht zu rücken.

Er stand im Rücken des Malers, rieb mit dem Zeigefinger sein Kinn, mitunter machte er staksende Schritte zur Seite weg. Zunächst habe er eine Bitte vorzutragen. Ob der Maler von der neuen Zeitschrift gehört habe, die in München erscheine? »Volk und Kunst«? fragte der Maler kalt, und sein Besucher darauf, ohne Verlegenheit: »Das Bleibende«, sie heißt »Das Bleibende«. Er gehöre zwar nicht der Redaktion an, aber er habe so Aussichten, fester freier Mitarbeiter zu werden, die Zeitschrift erscheine einmal im Monat. Unbekannt, sagte der Maler, mir unbekannt, und er hörte nicht auf zu arbeiten. Maltzahn blickte in Richtung zur Tür, es wäre besser gewesen, nicht herzukommen, mag er gedacht haben, aber wie sich herausdrehen, wenn man einmal da ist, wenn man weitausholend schon begonnen hat; jetzt verlangt das eine das andere, höchstens beschleunigen kann man das Ganze, also: Die Zeitschrift wird monatlich erscheinen und allen Ansprüchen genügen. Maltzahn weiß nicht nur, was er sagt, der weiß mehr. Er habe da von einer Folge gehört, von einem Zyklus mit dem beachtlichen Titel »Unsichtbare Bilder«, ob er den, wofür er sehr dankbar wäre, einmal sehen dürfe? Ob die Redaktion unter Umständen ein Blatt oder mehrere Blätter in der Zeitschrift abbilden dürfe? Man sei sich der Auszeichnung bewußt und dergleichen.

Er sah auf den Maler mit schmalen unruhigen Augen, von dieser ersten Antwort würde einiges abhängen. Der Maler schüttelte den Kopf. Der Zyklus sei nicht vollständig, man habe ihn beschlagnahmt, er sei durch etliche Hände gegangen, dabei seien einige Blätter – und zwar ausgerechnet die, auf die es ihm besonders ankomme – verlorengegangen; jetzt habe er ihn zwar wieder, aber man zeige nicht, was nicht vollständig ist. Die Antwort war offenbar günstiger ausgefallen, als Maltzahn es erwartet hatte. Er machte einige Schritte nach vorn, um den Blick des Malers auf sich zu ziehen, da fing der Maler, gegen sein »Selbstbildnis« sprechend, wieder an.

Ob die Redaktion von »Volk und Kunst« sich nicht irre, wenn sie ausgerechnet ihm soviel Aufmerksamkeit schenke? Ob das nicht ein Versehen sei? Darauf Maltzahn, zurückweichend, mit gequältem Lächeln: es handele sich um eine neue Zeitschrift, sie heiße »Das Bleibende«, man sei offen nach allen Seiten, man wolle nachholen, was in der Zeit der Verblendung versäumt wurde, dies sei die dringendste Aufgabe: so ungefähr. Der Maler nickte, er schien nichts dagegen zu haben im allgemeinen, für sich selber aber zweifelte er: die Ecke, in der das »Bleibende« zu finden ist, sei ihm nicht wohnlich genug, es sei da zuviel Licht, er möchte deshalb lieber in der »Schreckenskammer« bleiben, wohin ihn die Redaktion von »Volk und Kunst« einst verbannt habe; dort, in der Schrekkenskammer fühle er sich zu Hause, es fehle ihm nicht an Freunden, und außerdem sei dies der Platz, den er für sich und seine Bilder immer gewünscht habe: was in der Welt ausdruckswürdig sei, das sei doch nicht zuletzt der Schrecken, und da er oft genug versucht habe, diesen Schrecken auf seine Art zu wiederholen, passe er ganz gut in die entsprechende Kammer. Wenn er, Maltzahn, ihm noch ein Wort in eigener Sache erlaube: er sei ihm dankbar für die Zuweisung dieses Ortes, er habe sich die ganzen Jahre darüber gefreut. Er bitte ganz einfach, daß man ihn in der Schreckenskammer drinlasse.

Da seufzte Maltzahn auf, vollführte eine Schraubbewegung und nickte schmerzlich, aber nicht hoffnungslos: Ja, ja, ich weiß, so etwas ist geschehen; niemand kann es nachträglich begreifen, aber es sei gut, daß man jetzt davon spreche, er, Maltzahn, habe sogar gehofft, daß die Rede darauf komme, denn dies sei ein anderer Grund seines Besuches: er wolle etwas klarstellen, er wolle etwas dazu beitragen, daß die »Dinge richtig gesehen« würden. Richtig gesehen? vergewisserte sich der Maler, und Maltzahn eifrig: Gesehen, ja, und zwar so, wie es die wenigsten verstanden haben.

Er wollte fortfahren, hatte sich wohl alles bereitgelegt auf Abruf, aber der Maler ließ sich da schon hören mit der gleichen Stimme: er könne sich nicht helfen, aber so, wie Maltzahn ihn gesehen habe, sehe er sich auch: gemalter Hexenspuk und Pamphlet der Entartung: das sei doch Maltzahns Ansicht gewesen, so habe er sich geäußert, und was käme überhaupt heraus, wenn man das nun »richtig« sehen wollte. Für ihn sei die Welt tatsächlich durchspukt, und wenn ein Mann, der Bilder malt, seine Grenzen vorverlegen möchte, dann müsse er aus der Art fallen. Adolf Ziegler aus dem Haus der Deutschen Kunst habe das nie kapiert, darum sei er der Maler des deutschen Schamhaares geblieben, artverbunden, natürlich. Nein, wie Maltzahn ihn einmal genannt habe, so möchte er ihn bitte auch weiterhin nennen, er habe ihn von Anfang an »richtig« gesehen.

Maltzahn lächelte dünn, darauf war er gefaßt allem Anschein nach. Er freue sich, daß der Maler gerade diese doppeldeutige Formulierung erwähnt habe, meinte er, denn an ihr lasse sich zeigen, was leider die wenigsten verstanden haben: gemalter Hexenspuk, ja, das habe er zu den Bildern von Max Ludwig Nansen geschrieben und gesagt, das wolle er mit keinem Wort bestreiten. Aber ob denn nicht deutlich geworden sei, wen er damit gemeint habe? Wen er habe treffen wollen? Der genaue Satz lautete: »Man findet sich umgeben von gemaltem Hexenspuk.« Nicht wahr: man findet sich umgeben – das ist doch deutlich genug. Der Hexenspuk sei für ihn das gewesen, was draußen vor sich ging, der Maler habe diesen politischen Spuk auf seine Art dargestellt: ihm sei es darauf angekommen, auf die Beziehung zwischen Außenwelt und Bildwelt hinzuweisen, versteckt, so in bescheidener Doppeldeutigkeit. Er wundere sich heute noch, daß das den meisten entgangen sei. Maltzahn behielt das Wort, er beschleunigte seine Rede und versuchte zu beweisen, daß es, vielleicht wider Erwarten, mehrere Möglichkeiten des Sehens gebe, und es war ihm unangenehm, daß mitten in seinem Beweis die Tür ging.

Bist du es, Teo, rief der Maler. Doktor Busbeck antwortete nicht, er kam langsam näher, bemerkte mit flüchtigem Erstaunen den Besucher, wollte gleich wieder gehen und sagte entschuldigend: Ich hab gepackt, Max. Ich bin fertig, nur daß du's weißt.

Es ist Besuch hier, sagte der Maler und wandte sich um, und jetzt musterte Teo Busbeck den großen Mann im abgeschabten Anzug, hob den Blick, man sah ihm die Not des Erkennens an, schließlich fragte er: Bernt Maltzahn? Maltzahn antwortete mit einer knappen Verbeugung. Bernt Maltzahn von »Volk und Kunst«? fragte Teo Busbeck ungläubig. Eben, sagte der Maler, mein Förderer, mein unbekannter Verteidiger, falls du es noch nicht gewußt hast. Er hat viel riskiert, und keiner von uns hat es gemerkt, wie sich's gerade herausstellt. Wir haben es einfach nicht richtig gesehen.

Maltzahn bleckte die Zähne, hob die Hand, als wollte er ums Wort bitten, schüttelte den Kopf und räusperte sich. Er sah abwechselnd auf die beiden Männer. Er öffnete die Arme: Bitte lassen Sie mich doch aussprechen; aber der Maler wollte ihm nicht weiter zuhören, er ging ruhig auf Maltzahn zu, mit abweisendem Gesicht, er zeigte weder Wut noch Verachtung, und dann deutete er auf die Tür und sagte ohne übertriebene Lautstärke: Raus! und da Maltzahn ihn verständnislos ansah, noch einmal: Raus! Ich möchte mich nicht festlegen, wie ich mich zurückzöge nach so einsilbiger Aufforderung, Maltzahn jedenfalls schwankte, richtete sich ruckartig auf, sagte, den Konsonanten eine erhebliche Schärfe abgewinnend: Guten Tag, und ging.

Wirklich Maltzahn? fragte Busbeck. So schnell, sagte der Maler, so schnell kommen sie aus ihren Löchern. Du denkst, sie werden sich verborgen halten für eine Weile, still sein, tot sein, allein mit ihrer Scham in der Dunkelheit, aber du hast kaum aufgeatmet, da sind sie auch schon wieder da. Ich wußte: eines Tages würden sie wiederkommen, aber so schnell, Teo, daß sie so schnell hier sind, das hatte ich nicht gedacht. Da kannst du dich nur fragen, was größer ist: ihre Vergeßlichkeit oder ihre Schamlosigkeit.

Er legte Busbeck einen Arm um die Schulter, zog ihn vor sein »Selbstbildnis«, ich stellte mich zu ihnen. Sie betrachteten das unfertige Bild, anders als sonst, regloser, mit weniger Bereitschaft zu sprechen. Und als sie merkten, daß das Schweigen zu lange dauerte, sagte der Maler: Also dein Zimmer behältst du hier, da kommt mir keiner rein, das bleibt, wie es ist. – Ich laß euch noch einen Karton hier, Max, sagte Busbeck, hoffentlich ist der nicht im Wege. Er nahm den Blick nicht von dem Bild, bewegte auch nicht das Gesicht zum Maler hin, der ihn mit freundlicher Stimme an eine Abmachung erinnerte und sagte: Das gilt für immer, wenn du hier leben willst eine Zeit: komm, du brauchst nicht einmal zu schreiben. Ich versteh sowieso nicht, warum du fort willst.

Jetzt ist alles vorbei, sagte Busbeck, du brauchst mich nicht mehr, und ich will es noch einmal versuchen. Du weißt schon. – Na sicher. So sind wir. Ja, Teo, so. Aber auf Besuch kommst du doch regelmäßig? – Jeden Sommer, Max, damit kannst du rechnen. – Und das Bild hier? Was? Das Selbstbildnis: was ist davon zu halten? – Weiß noch nicht, Max, muß mich erst einsehen. – Also nichts. – Das hab ich nicht gemeint; ich muß erst hinter deine Erzählung kommen. Ich muß jetzt wohl gehen. – Wir gehen mit, Teo. Wir bringen dich nach Glüserup, na klar. Siggi und ich: wir setzen dich in den Zug, das lassen wir uns nicht nehmen, was Witt-Witt? O ja.

Wo kriegen wir jetzt eine Stange her. Wir hängen dein Gepäck dran, nehmen die Stange auf die Schulter: so schaffen wir's bis zum Bahnhof Glüserup, ohne abzusetzen, wenn Siggi den Hebammenkoffer trägt.

Ich trug die Ledertasche mit dem Schnappschloß, die der Maler Hebammenkoffer nannte, die Männer hoben die Stange mit dem baumelnden, zuerst rutschenden, dann aber in der Biegung austariert hängenden Gepäck auf die Schulter, und wir folgten dem schwingenden Weg zum Deich, an dick versumpften Gräben entlang, die ganz bedeckt waren mit Entengrütze. Von Maltzahn war nichts zu sehen. Ein guter Tag zur Heuernte, warm, trocken, meinetwegen blau bewimpelt, Richtung Timmenstedt waren auch welche im Heu, nackte Oberkörper beugten sich, reckten sich, die langzinkigen Gabeln blinkten im Niederfahren. Wir klommen den Deich hinauf mit all dem Gepäck. Der Maler fragte ein letztes Mal: Willst du nicht doch hierbleiben, Teo, und Busbeck, mit dem Gesicht zur See: Ich komm wieder, Max, aber für den Augenblick ist es besser, ich geh. Glaub mir.

Ich lief ihnen voraus. Das war ein richtiger Schwalbentag, mit niedrigen, verwinkelten Flügen, mit pfeilgeraden Stürzen über dem heißen Sand, mit gepreßten Schreien, wenn mehrere Vögel ihre Flugbahnen aufeinander zulaufen ließen, die sich erst im letzten Augenblick schnitten. Über die Wiesen schossen sie heran, immer wieder dicht über den Deich, immer wieder hochgeworfen von plötzlichem Wind über der See, steil in den Himmel, in zischendem Sturz zurück. Wir schaffen es, sagte der Maler, brauchst nicht immer nach der Uhr zu sehen, Teo.

Auf einmal blieben sie stehen, setzten das Gepäck ab. Sie besprachen sich. Sie sahen zur Halbinsel. Siehst du nicht?

Weiter nach links, in der Mulde am Wasser? Immer noch nicht? – Jutta? – Ja, Jutta, und weißt du, wer neben ihr liegt? – Klaas? – Wer denn sonst.

Also war Klaas endlich aufgewacht, also hatte er sich endlich aufgerafft, aus dem Schutz von Bleekenwarf zu treten. Er lag auf dem Bauch im Sand, Jutta kniete neben ihm in ihrem engen verfilzten Badeanzug, der unter den Achseln gestopft war und über ihrem kleinen harten Hintern. Klaas hatte das Hemd ausgezogen und die Hosen einschließlich der Unterhosen so hochgekrempelt, daß er um die Waden grauweiße Stulpen zu tragen schien. Sein stumpfes, pelziges Haar ragte über den aufgeschobenen Sand aus der Mulde heraus, und seine Knobelbecher standen, die Schäfte zur Seite weggeknickt, wie zwei fremdartige ermüdete Lebewesen davor. Jutta massierte ihn, sie rieb seinen Rücken mit etwas ein, rutschte vor und zurück dabei, vor und zurück und klatschte ihm ab und zu auf die Schulterblätter. Wenn er ein Bein hob, zwang sie es nieder in den Sand, wenn er den Kopf heben wollte, hielt sie mit spielerischem Würgegriff seinen Nacken fest.

Soll ich sie rufen? fragte ich. Soll ich sie holen? – Nein, sagte Doktor Busbeck, ich hab mich verabschiedet von beiden, im Garten. Laß sie nur. Jetzt warf sich Jutta auf den Bauch, streifte geschickt die Träger des Badeanzugs ab, und Klaas richtete sich ziemlich benommen auf und brauchte eine Weile, ehe er die Flasche mit dem Öl fand. Er kleckste ihren Rücken voll, wischte sich die Hände ab, wollte zufassen, doch hielt überraschend inne und blickte mit schräggelegtem Kopf auf Jutta hinab, die ergeben dalag, und die jetzt wahrscheinlich fragte: Nu? Nu was ist? Da fing er an, das Öl in die Haut zu massieren auf ziemlich mechanische Weise, womöglich auch teilnahmslos, denn während er massierte, sah er auf die Nordsee hinaus und den heißen Strand entlang; es konnte nicht ausbleiben, daß er uns entdeckte.

Er winkte, stubste sie an, zeigte zu uns hinüber. Beide winkten. Wir winkten zurück. Jeder blieb, wo er war. Dann nahmen wir das Gepäck auf, und jetzt ließ ich die Männer vorangehen, die von Zeit zu Zeit den Schritt wechseln mußten, um das baumelnde Gepäck zu beruhigen, das ab und zu lebendig wurde und schwingend nach den Seiten ausschlug. Gott sei Dank, daß es den Jungen noch gibt. – Ja, Gott sei Dank.

Glüserup war schon zu sehen, sogar doppelt zu sehen an diesem flimmernden Tag: das zweite Glüserup schien sich spiegelverkehrt über dem ersten zu erheben mit den gepuderten Hallen der Zementfabrik, mit dem Wasserturm und den rostigen Tanks am Gaswerk.

Keinen Spaß, Max. – Was meinst du? – Dies Land hier, dein Land, es versteht keinen Spaß, nicht einmal heute, an solch einem Tag. Immer tief ernst, auch bei Sonne diese Strenge. – War es schwer zu ertragen für dich? – Du denkst, Max, du bist immer zu was verpflichtet. – Und was soll das sein? – Ich weiß nicht, vielleicht Ernst, Ernst und Stummheit. Auch mittags bleibt es unheimlich. Manchmal hab ich gedacht, dieses Land hat keine Oberfläche, nur –. Was? Wie soll ich sagen: Tiefe, es hat nur seine schlimme Tiefe, und alles, was dort liegt, bedroht dich. – Und das findest du schlimm, Teo? – Ich meine nur, die Oberfläche hat soviel Menschliches. – Ich versteh schon, Teo, aber wenn's schon so ist, müssen wir nicht versuchen, es bewohnbar zu machen, dieses Land? – Ich weiß, es kann beunruhigen, aber was da beunruhigt, das sind doch nur Stimmungen, und wenn du sie kennst, bist du weniger fassungslos. – Wir müssen es wahrscheinlich sehen lernen.

So redeten sie zum Abschied auf dem Kamm des Deiches, man konnte den Eindruck erhalten, sie wollten nichts ungesagt lassen zwischen sich. Sie redeten und hatten wohl immer noch nicht gemerkt, daß Hinnerk Timmsen, die Hände in die Hüften gestemmt, breitbeinig vor dem »Wattblick« stand und uns entgegensah. Alle Fenster im Wattblick waren geöffnet, mit Haken festgesetzt; an der weißen Fahnenstange wehte Timmsens Privatwimpel, die gekreuzten Schlüssel, zu denen es angeblich keine Schlösser gab. Die hölzernen Treppen und Gehsteige waren geschrubbt und bleichten in der Sonne. Denken Sie, der Gastwirt wäre uns auch nur einen Schritt entgegengekommen? Grinsend wartete er, bis wir bei ihm waren, stoppte unsern Zug; nein, er wollte ihn um- und weiterleiten ins »Wattblick«, aber die Männer setzten nur das Gepäck ab und blieben stehn, und Busbeck sagte, seine Uhr hervorziehend: Wir müssen den Zug schaffen, Hinnerk, es gibt nur einen durchgehenden Zug nach Hamburg. – Einen Schluck, sagte Timmsen, einen Abschiedsschluck nach all den Jahren, ist schon alles vorbereitet. Er tauchte mit dem Oberkörper in das offene Fenster, klatschte in die Hände, und Johanna mit vorgebundener weißer Schürze trug ein Tablett heran mit hohen gefüllten Gläsern, in jedem Glas schwamm eine Zitronenscheibe. Was ist 'n das? – Trinkt erst einmal. – Und Siggi? Richtig: Johanna, noch eine Brause für den Jungen.

Wir stießen an auf Abschied und Wiederkehr, und den Männern schmeckte das Zeug, und sie fragten: Woher hast du den Gin, Hinnerk? – Was meint ihr, wofür wir so verrückt lüften, fragte Hinnerk Timmsen. Hier werden jede Menge Siegesfeiern veranstaltet, sie kommen aus Glüserup hierher mit ihren Wagen und feiern: wir stellen nur das Lokal und lüften. Ihr solltet das mal erlebt haben, sagte er und trank, als wollte er für uns alle mitgenießen. Bald hab ich noch was Beßres für euch, und, Max, es waren wieder welche hier, die fragten nach dir, heute morgen. Sie kamen mit dem Jeep. Sie konnten nicht genug Deutsch, ich kann nicht genug Englisch, aber es war zu verstehen, daß du sie zeichnen sollst, ein Porträt oder so, wie bei diesem Major. Was sollte ich tun, ich sagte ihnen, wie sie nach Bleekenwarf fahren müssen. – Sie werden wohl hinfinden, sagte der Maler und stellte sein leeres Glas auf die Fensterbank und veranlaßte uns durch aufforderndes Mienenspiel, auch unsere Gläser dort abzustellen, danach dankte er Timmsen durch mehrmaliges Beklopfen der Schulter und sagte, als Busbeck und Timmsen sich die Hand gaben: Macht's kurz, ist ja nicht für ewig. – Also ihr wollt nicht auf einen Sprung reinkommen? fragte der Gastwirt, und Busbeck darauf: Ich fürchte, wir schaffen es nicht, wenn wir so weitermachen.

Noch ein Abschied und was man so sagt dabei: Laß dich mal wiedersehn; halt die Ohren steif, bleib nicht zu lange fort; das wollen wir stark hoffen. Wir nahmen das Gepäck auf und zogen los. Timmsen winkte uns vom Pfad nach, Johanna von der Aussichtsplattform. Noch ein paar Abschiede, sagte der Maler, und du mußt hierbleiben, Teo. Noch schaffen wir's, sagte Doktor Busbeck. Ich schlug ihnen vor, den Weg abzuschneiden, zum Bahndamm hinüber, am Bahndamm entlang und über die eiserne Brücke; sie stimmten zu, und wir schaukelten den Deich hinab und gingen über die warmen Wiesen. Vergiß nicht die Blumen, sagte Doktor Busbeck, an ihrem Geburtstag, am 8. September. – Ich soll wohl wissen, wann Ditte Geburtstag hat. – Dann ist's gut, ich mein nur. Wir klommen den Bahndamm hinauf, folgten dem erlaufenen Weg – nicht nur der Streckenwärter, sondern fast alle Leute bei uns nahmen diesen Weg, wenn sie zum Zug mußten. Ich warf Schottersteine in den dunklen, breiten Graben, über dem die Hitze stand. Ich hieb mit einem Stock auf das Geländer der eisernen Brücke. Ich konnte schon die Bahnhofsuhr erkennen, sie war kreuzweis mit Leukoplast verklebt, die Glasscheibe hatte einen Riß. Siehst du, sagte der Maler, wir schaffen es bequem. Wir können dir sogar noch eine Fahrkarte kaufen. – Das hoffe ich, sagte Busbeck.

Hier ist nun der Bahnhof Glüserup: vier Geleise, zwei Bahnsteige, eine verrußte Reparaturhalle, das kastenförmige, aus Rotziegeln errichtete Hauptgebäude, mehrere Abstellgeleise, auf denen auch mehr oder weniger ausgebrannte, beschädigte Wagen abgestellt sind; auf einigen kann man lesen: Räder müssen rollen für den Sieg! Das Hauptgebäude enthält Fahrkartenausgabe, Diensträume, Gepäckaufbewahrung, Toiletten sowie einen Wartesaal, der sich nach der Entfernung von Tischen, Stühlen, Bänken, wegen seiner Abmessungen sofort als Turnhalle anbietet; die lichte Höhe beträgt zwölf Meter, es wäre demnach auch Ballspiel möglich.

Die Sperre ist geschlossen mit einer knietief durchhängenden Kette, die nur von Uniformträgern überstiegen werden darf. Das Überqueren der Geleise ist verboten; um von einem Bahnsteig zum anderen zu kommen, muß man über eine hölzerne verkleidete Laufbrücke, in deren Planken verdrossene Wartende säuische Zeichnungen und ihre Initialien eingekerbt haben. Hinter dem Glasfenster sieht man uniformierte Beamte sitzende Beschäftigung vorführen; es ist nutzlos, ans Fenster zu klopfen, wenn das Pappschild »Geschlossen« davorhängt. Das emaillierte Hinweisschild »Zum Spucken bitte die Näpfe benutzen« hat seine Berechtigung verloren, da es keine Näpfe mehr gibt – vermutlich wurden sie eingezogen aus Mangel an Bedarf. Der Boden des Hauptgebäudes besteht aus gerillten Fliesen, eine Fliese nennt das Jahr der Erbauung: neunzehnhundertvier.

Als wir den Bahnhof erreichten, hatte der Fahrkartenverkauf schon begonnen, die Reisenden wurden auch bereits eingelassen, wir mußten zum Bahnsteig zwei und standen verdutzt in der Sonne, zusammen mit der gesamten Bevölkerung von Glüserup, die sich offenbar entschlossen hatte, die Stadt zu verlassen: auf Körben, auf Rucksäcken, auf Kartons, Koffern, Kisten saßen sie, schleppten Säcke, Wanduhren, Bettzeug, Waschtische, Geweihe herum, arbeiteten sich zäh und unbemerkt an den Rand des Bahnsteigs heran, um sich einen guten Platz für den Sturm auf den Zug zu sichern.

Wie du siehst, Teo: du reist nicht allein, sagte der Maler. Es scheint so, sagte Busbeck. Wie geduldig die Leute dasitzen konnten, einige schienen auf ihrem unförmigen Gepäck zu schlafen. Mir fielen zahlreiche ehemalige Soldaten auf, deren Bewaffnung in kunstvoll geschnitzten Wanderstöcken bestand, die meisten von ihnen hatten als Gepäck nur einen prallen Brotbeutel. Ein alter bärtiger Mann fiel mir auf, der schon minutenlang am Trinkwasserhahn hing, mit schräg aufwärts gerecktem Hals, und der den Hahn fauchend und mit bösen Blicken gegen eine Gruppe von Kindern verteidigte, die auch mal ran wollten. Mir fiel eine Frau in engem Kostüm auf, die sich barsch durch die Wartenden arbeitete und einzelne Männer, die ihr den Rücken boten, heftig zu sich umdrehte und jedesmal enttäuscht, fast in verletzender Form zurückstieß, wenn es wieder mal nicht der Gesuchte war. Natürlich fiel mir auch die Frau mit dem weißen Vogelbauer auf, der zwar keinem Vogel, dafür aber einem Wecker mit altmodischem Läutwerk zur Gefangenschaft diente. Und Hilde Isenbüttel: sie fiel mir selbstverständlich auf, als sie auf der Treppe der Laufbrücke stehenblieb, dort, von wo sie den ganzen Bahnsteig überblicken, wo sie gleichzeitig aber auch selbst rasch entdeckt werden konnte. Da steht Hilde Isenbüttel, sagte ich, und der Maler, nach einem kurzen Blick hinüber zu Teo Busbeck: Schau mal, Teo, so kann nur eine Schwangere dastehen; dieser Bauch; diese Überlegenheit ohne Anstrengung. – Sie bekommt immer Platz, sagte Busbeck.

Aus einem der Diensträume kam ein Mann in bahnamtlicher Uniform mit der Kelle in der Hand über die Geleise auf unseren Bahnsteig und drängte die Wartenden unerbittlich zu ihrer eigenen Sicherheit von der Bahnsteigkante zurück, indem er an der Kante entlangging und dadurch jedermann klarmachte, wie weit der Gefahrenbereich des einlaufenden Zuges reichte. Mit eingeübten, jedenfalls oft erprobten Aufforderungen wandte er sich an die Reisenden und insbesondere an ihre Einsicht: Machen Sie doch Platz, treten Sie zurück.

Es scheint loszugehen, Max. – Ja, ich kann ihn schon hören. – Wie soll ich dir danken, Max? – Red nicht. – Für all die Jahre. – Hör auf, Teo. – Ich hab das Gefühl, ich fahr von zu Hause weg. – Das will ich hoffen, und schreib, wie es aussieht in Köln. Da kommt er, das ist dein Zug.

Schleifend, unter immer langsameren Schienenstößen lief der Zug ein, eine flimmernde Hitzewand, ein harter Luftzug, der einem fast die Haut versengte, lief ein und hielt ruckend und schüttelnd, Eisen prallte auf Eisen, heißer Dampf suchte sich einen Ausweg, Ventile klopften unter verändertem Druck, und auf Puffern, Wagendächern, Trittbrettern lösten sich Glieder aus verzweifelter Anstrengung, entspannten sich, ließen den Griff los, mit dem die Leute, zumindest kam es mir so vor, nicht nur sich selbst festhielten, sondern auch den ganzen Zug, den sie umkleidet hatten mit all ihren Körpern, und ihn sich gefügig machten, geradeso, wie sich Algen einen Schiffsrumpf gefügig machen, indem sie ihn nach und nach erobern und seine Geschwindigkeit immer mehr herabsetzen; tatsächlich schien der Zug so eingeschlossen und besetzt von all den Leuten, daß man glauben konnte, sie beherrschten ihn allein durch die Zahl ihrer Körper und durch ihren gemeinsamen Willen, weiterzukommen. Und da sie es schon so weit gebracht hatten, wollten sie keinen der einmal eroberten Plätze an die vom Bahnsteig herandrängenden Reisenden abgeben, und konnten es dennoch nicht verhindern, daß sie, unter dem gesammelten Druck vom Bahnsteig her, nachgeben mußten, zurückwichen, sich öffneten für die Neuen, die gleich anfingen, ihren Spielraum zu erproben. Und trotz aller Schreie, Eroberungen, Verständigungen, Kämpfe konnte man deutlich den Mann mit der Kelle hören, der in Abständen rief: Glü-se-rup! Hier Glü-se-rup! Wie wir Doktor Busbeck verfrachteten? Der Maler hielt uns fest, ruhig, ruhig, laßt sie nur stürmen, er beobachtete aus dem Hintergrund den Zug und entschied plötzlich: Da, das Bremserhäuschen da, und dann griffen wir an, und die drei Krankenschwestern, die da schon im Bremserhäuschen saßen, maulten und sperrten sich, als wir ihnen Busbecks Gepäck hineinpreßten, und als wir Doktor Busbeck selbst nachschoben, rief eine grauhaarige Krankenschwester, die ihre Arme schützend über ihre ungerecht großen Brüste gelegt hatte, schwach um Hilfe und verfärbte sich auch. Dieser Herr, sagte der Maler in das offene Fenster hinein, wird Sie unterwegs speisen und mit erfrischenden Getränken versehen: seien Sie gut zu ihm, danach sicherte er die Tür, indem er eine Schnur zog vom Drücker zu einer Haltestange. Auf dem Bahnsteig, nach einer Weile, hörten wir schon Lachen aus dem Bremserhäuschen, also begann man sich dort bereits zu verstehen, nur Winken, das konnte Teo Busbeck nicht, eine der Krankenschwestern winkte für ihn, als der Zug, nach mehrmaligen Signalen und Gegensignalen, endlich mit Verspätung loskam, bewachsen von Körpern, die sich flach an die Wagendecke preßten oder auf den Puffern im Rhythmus der Schienenstöße schütteln ließen, und ich weiß noch, wie kleine Menschentrauben abplatzten oder sprangen, als der Zug anfuhr, und wie einzelne ihm rufend und winkend nachliefen bis zur äußersten Begrenzung des Bahnsteigs, wo sie, über einen Balken geknickt, Grüße hinterherschickten, die nicht mehr erwidert wurden.

Der Bahnsteig wurde auch jetzt nicht leer, als der Zug hinter einer blinkenden Schienenschleife verschwand; sie nahmen die geräumten Bänke in Beschlag, setzten sich aufs Gepäck und bewiesen, daß man auch warten kann aufs Geratewohl. In der Erschöpfung des heißen Vormittags nahmen sie wieder Ruhestellung ein. Wir wollten weggehen und sahen im Weggehen Hilde Isenbüttel über den Bahnsteig laufen, dorthin, wo der Gepäckwagen gestanden hatte. Was war da? Was wollte sie? fragten wir uns gleichzeitig mit begleitenden Blicken und sahen, daß auch andere sie beobachteten in ihrem Lauf – die immer lachbereite Frau mit dem bedruckten Kopftuch, die in angestrengtem Slalom um Gepäckhügel und liegende Menschen bog, und die während ihres Laufs kurz und flatterhaft winkte.

Da saß also ein Mann in Uniform auf der Erde, zu ihm lief sie. Der Mann saß neben einer flachen, selbstgebauten Karre, mit Rädern, die von einem Kinderwagen stammten. Er saß aufrecht. Ihm fehlten beide Beine. Der Mann war barhäuptig, er hatte ein noch junges, hartes Gesicht. Er sah ihr aufmerksam entgegen und packte sie fest am Oberarm, als sie sich vor ihm hinkniete, behutsam mit ihrem Bauch, ihre Gesichter waren nun etwa auf gleicher Höhe, sie bewegten sich nicht aufeinander zu, wie man erwartet hätte. Das ist doch Albrecht, sagte der Maler, Albrecht Isenbüttel: er muß rausgekommen sein von da oben, von Leningrad. Die Frau befreite sich aus dem Griff des Mannes und umarmte ihn plötzlich, wobei sie beide leicht schwankten, dann stand sie auf, beugte sich und hob ihn zunächst versuchsweise, danach entschieden an und setzte ihn auf die flache Karre. Sie musterte überlegend die Beinstümpfe. Sie schlug den feldgrauen Hosenstoff unter die Beinstümpfe. Sie dröselte die Ziehschnur der Karre auf, hob sie über den Kopf, steckte einen Arm durch und zog an.

Hilde Isenbüttel zog allein die Karre über den Bahnsteig, und der Mann saß steif aufrecht, sich mit den Händen am Rand festhaltend, auf der hölzernen quadratischen Fläche und schien unaufhörlich zu nicken unter sachten Erschütterungen. Er blickte nicht zur Seite, achtete auf keinen Anruf, und auch als wir sie anhielten und unsere Hilfe anboten, beachtete er uns nicht, weniger aus Gleichgültigkeit als deshalb, weil er in diesem Augenblick offenbar alles der Frau überlassen hatte und mit allem einverstanden war, was sie seinetwegen annahm oder ablehnte. Die Frau bedankte sich: Nein,

Max, laß man, das mach ich schon allein; vielleicht nur die Treppen hinauf.

Sie trugen den beinlosen Mann die Treppen hinauf, ich zerrte die Karre hinterher, und oben ließen sie ihn wieder auf die knapp bemessene Sitzfläche hinab. Endlich, sagte sie, endlich ist er zu Hause. Draußen auf dem buckligen Bahnhofsplatz, im Schatten der Linden, boten wir ihnen noch einmal unsere Hilfe an, und wieder lehnte Hilde Isenbüttel ab. Der Maler zeigte auf ihren Bauch, und sie, den Kopf zurückwerfend: Es wird schon gehn, es muß gehn. Sie band das Kopftuch ab, wischte sich damit den Schweiß aus dem Nakken und klemmte das Tuch unter die Beinstümpfe des Mannes. Vielen Dank jedenfalls.

Wir ließen ihnen einen Vorsprung und folgten ihnen in Richtung Hafen und dann weiter auf dem ungepflasterten Küstenweg, aus dem die Hartgummiräder der Karre feinen Staub rieben, und wir sahen und mußten damit einverstanden sein, daß die Frau stehenblieb von Zeit zu Zeit, um sich den Schweiß abzureiben oder um den schnürenden Zugriemen vorübergehend nicht zu spüren, auch wir verhielten dann, gingen langsamer, und der Maler sagte: Immer noch nicht, sie reden kein Wort miteinander. – Warum? – Sie sehen doch genug, sagte er.

Hier auf dem Küstenweg quietschten und eierten die Räder, doch Hilde Isenbüttel achtete nicht darauf, sie folgte dem gewundenen Weg bis zum Deich, und wir gingen hinterher. Ein Geruch von Staub und Heu war in der Luft. Der Mann auf der Karre sah immer nur geradeaus, er wandte nicht ein einziges Mal sein Gesicht zur Nordsee oder über das Land mit den entlegenen Gehöften, das er doch entbehrt haben mußte in den Jahren seiner Abwesenheit, nur einmal, als sie den Deich verließen, als die Frau auf den Knien liegend die Karre abstemmte und der Mann von sich aus die Hände bremsend gegen den Boden drückte, blickte er zu uns, als erwartete er Hilfe, aber er rief nicht, und deshalb halfen wir ihnen nicht. Sie schafften es auch ohne uns, den wulstigen Hang hinabzukommen, und jetzt blieben wir stehen, weil die Frau unerwartet kraftvoll anzog auf dem torfbraunen Weg, den Pappeln zu, die schwarz waren vor eingefallenen Staren. Es lohnte sich – immer lohnt es sich bei uns – hinterherzusehen, wie jemand davongeht unter dem Ausschnitt des Himmels: da bleibt man von sich aus stehen und versammelt seine Aufmerksamkeit auf das Verhältnis von Raum und Bewegung und ist noch jedesmal erstaunt angesichts der drückenden Überlegenheit des Horizonts.

Wir standen lange auf dem Deich, mit dem Rücken zum Meer, ließen das Paar kleiner und kleiner werden, ließen es zusammenfallen in einen einzigen Körper, der sich schließlich noch mehr verringerte und nur noch schwer erkennbare Bewegung übrigließ. Glaubst du, wir sollten jetzt etwas tun? fragte der Maler. – Warum nicht, sagte ich, und er legte seine Hand erträglich spannend um meinen Nacken und schob mich vorwärts in die lange Beuge des Deichs hinab, dann aber nicht am »Wattblick« vorbei, sondern nach Osten hinüber, zur Husumer Chaussee – vermutlich hatte er keine Lust, Hinnerk Timmsen wiederzusehen. Auch wenn er schwieg, wenn er sich abschloß, mochte ich gern neben ihm laufen, nicht im Rhythmus seines Schritts, einfach in seiner freundlichen und unberechenbaren Gegenwart, die einen ständig zwang, auf etwas gefaßt zu sein: auf eine Frage so gut wie auf einen Blick. So neben ihm herzugehen, das hieß schon vollauf beschäftigt sein in gespannter Erwartung, von Freude wollen wir nicht reden.

15 Die Fortsetzung

Heute, am 25. September 1954, bin ich einundzwanzig Jahre alt geworden. Hilke steuerte ein Päckchen mit Süßigkeiten bei, meine Mutter einen kratzenden Pullover, Direktor Himpel die anstaltsübliche, schnell tropfende Kerze und Karl Joswig, unser Lieblingswärter, spendierte zwölf Zigaretten und etwa zweistündigen Trost: mit solchen Sachen machten sie mir den Tag meiner Volljährigkeit erträglich. Hätte ich nicht an meiner Strafarbeit zu stricken, wäre ich, statt in meiner wohnlichen Zelle, mit all den andern zusammen, dann wäre mein Platz im Speisesaal mit Blumen geschmückt – kurzstielige Astern in einem Marmeladenglas –, die Bande hätte mir zu Ehren ein kanonartiges, von Himpel hergestelltes Geburtstagslied singen müssen, ich hätte ein Stück Kuchen und ein Stück Fleisch extra erhalten, wäre von der Arbeit selbstverständlich befreit gewesen, und am Abend hätten sie mir erlaubt, das Licht eine Stunde länger als die andern brennen zu lassen. Es durfte nicht sein.

Ab heute muß ich mir also Volljährigkeit nachsagen, muß mir vorwerfen lassen, erwachsen zu sein; beim Rasieren überm Ausguß konnte ich noch keine Veränderungen feststellen. In meiner Strafarbeit lesend, knabberte ich von den Süßigkeiten, unterhielt mich mit der schnell tropfenden Kerze, aus der sich keinerlei Erkenntnisse ziehen ließen, rauchte eine ganze Zigarette von dem Vorrat, den Wolfgang Mackenroth mir besorgt hatte. Schließlich schaffte es die verdammte Kerze, sie ließ mich fragen und überlegen, was ich schon bei meinem Großvater, dem Heimatforscher und Lebensdeuter, miterlebt hatte und immer nur mies finden konnte: Wer bist du? Wohin willst du? Was ist dein Ziel? und so weiter. Dazu flogen mich Erinnerungen an: das unterseeische Essen an Doktor Busbecks sechzigstem Geburtstag, ich dachte an Jutta auf der Schaukel, bedeckt von Lichtmustern, an meine Seeschlachten dachte ich, an den Augenblick, als wir Klaas im Torf fanden, und an das Begräbnis von Ditte.

Ich dachte daran und erfuhr nichts, und ich fühlte mich darum nicht gestört, als Joswig hereinkam, scheu, aber aufgeräumt, mir einen guten Morgen wünschte und Willkommen sagte, Willkommen, Siggi, im »Stand der Erwachsenen«. Er schüttelte die Zigaretten lächelnd aus dem Ärmel und ließ sie auf meine Schreibhefte fallen. Er setzte sich auf die Bettkante. Er sah mich teilnahmsvoll an, lange, wortlos, während draußen auf der herbstlichen Elbe die Eimerketten eines verankerten Baggers ratternd auf- und niederfuhren, schon seit Tagen stürzten sich die scharfzahnigen Eimer auf den Grund der Fahrrinne, kamen schüttelnd und tropfend hervor und rotzten sozusagen kopfüber bläulichen Schlamm in eine Schute.

Ob es die Arbeit nicht beschleunigte, wenn er mir sagte, daß sie mich alle vermißten? Einschließlich Eddi? – Nein, es beschleunigte die Arbeit nicht. – Ob es vielleicht am Korbjuhnschen Thema liege, an den »Freuden der Pflicht«, daß ich ihm so ausgezehrt vorkomme, so verletzlich und ungeduldig? – Es könnte am Thema liegen. – Ob ich's nicht kurzerhand dem Himpel hinknallen möchte, einfach Schluß und fertig? – Da die Freuden der Pflicht noch andauerten, könnte ich sie nicht mit einem kühnen Dreh beenden, ohne das Thema verfehlt zu haben.

Da stützte Karl Joswig sein Gesicht in beide Hände, senkte den Blick und gab mir nickend recht, und nicht nur dies: er bestätigte ausdrücklich meine Hartnäckigkeit, er lobte meinen Starrsinn. Er habe mit seinen Fragen nur meine Standhaftigkeit prüfen wollen, sagte er. Eine Strafarbeit ist eine Strafarbeit, Siggi. Die Freuden der Pflicht sind so vielgestaltig, da lohnt es sich allemal, sie ins rechte Licht zu bringen. – Vielgestaltig? fragte ich, und Joswig darauf: Nun ja, wenn du verstehst, was ich meine. Ich verstand nicht, und er sagte: Dann hör mal zu, und tischte mir eine Geschichte auf, die er mir freistellte zu verarbeiten. Falls es dir hilft, sagte er, denn die Sache handelt auch von den Freuden der Pflicht, ist einem Neffen passiert, drüben in Hamburg, in einem Ruderverein auf der Alster. Also.

Es war einmal ein gut besetzter Achter der Hamburger Rudergemeinschaft nullzwo, der Schlagmann hieß Pfaff, gerufen wurde er »Fiete«, er war beinahe volkstümlich. Viele Photographien zeigten ihn, wie er sich das Trikot über den Kopf zog, um es zu verschenken, er war ein fairer Sportsmann, er konnte es nur nicht vermeiden, daß Geld, mit dem er einmal in Berührung kam, sich so wohl bei ihm fühlte, daß es an ihm kleben blieb, leider auch fremdes, das konnte nicht immer verborgen bleiben. Es fand einmal ein großes Ausscheidungsrennen zur Meisterschaft auf der Alster statt, Fiete sollte, wie so oft, die Hoffnungen Hamburgs tragen, rund um die Alster herrschte die Stimmung eines gemäßigten Volksfestes, die Wasserschutzpolizei hielt die Rennstrecke frei, auch in ihren Kreisen war Fiete wohlbekannt. Die leichten Bootstypen lieferten sich zähe Duelle, man verfolgte sie gelassen, den Höhepunkt würde wie immer das Achterrennen bilden, und das stand noch bevor. Es war einmal ein grobknochiger fairer Schlagmann namens Fiete Pfaff, der vor einem Ausscheidungsrennen einen höflichen, aber unnachgiebigen Herrn zum Gespräch empfing; der Herr erwies sich als eingeweiht in Fietes Neigungen und Gewohnheiten, und als er sich verabschiedete, versprach ihm Fiete, während dieses Rennens von einem außerplanmäßigen Schwächeanfall heimgesucht zu werden, einem Unbekannten würde man das nie verzeihen, ein Idol hingegen durfte da des Mitleids sicher sein.

Jetzt können wir die Boote zum Start fahren lassen. Das gewohnte Bild: auf dem Bauch liegend, hielten die Starthelfer die Boote fest, und auf das befreiende Signal schossen die leichten, schlanken, lackglänzenden Körper, getrieben von schaufelndem sechsundvierziger Schlag, von den Rufen der Steuerleute, von dem Brausen der Stimmen auf die kaum gekrüllte Rennstrecke hinaus, wo sie lange gleichauf lagen im anfänglichen Spurt, doch dann, als das gegnerische Boot – ich sag schon gegnerisches Boot – die Schlagzahl veränderte, arbeiteten Fiete Pfaff und seine Männer mit wütenden Schlägen einen Vorsprung von einer halben Länge heraus, offensichtlich wollten sie erste werden. Die zartwüchsigen Steuerleute brüllten durch vorgebundene Megaphone auf die

Athleten ein, die hart ruckend auf ihren Rollsitzen mit den extra langen Riemen das Wasser peitschten, auf die Bewegungen im Boot soll es ja sehr ankommen, und niemand bewegte sich mit so viel geschmeidiger Sicherheit wie Fiete Pfaff, das kam bei ihm nicht allein vom Training.

Achthundert Meter, zwölfhundert Meter: jetzt sollte der Schwächeanfall des Schlagmanns einsetzen und über den Ausgang des Rennens entscheiden, aber was war das? Anstatt sich zu verheddern, den Schlag des Bootes durcheinanderzubringen und sich wasserstreichend nach vorn sinken zu lassen, schienen Fiete immer neue Kräfte zuzuwachsen. Bitterkeit führte angeblich seinen Schlag und eine unergründliche Freude, jedenfalls hatte er alles vergessen, was er dem höflichen, aber unnachgiebigen Herrn versprochen hatte, er war, wie so oft, das Beispiel seiner Mannschaft. Fragst du nun, was ihn trotz seines Versprechens veranlaßte, dem Sieg des eigenen Bootes wild und glücklich entgegenzuarbeiten, dann wirst du schließlich zugeben müssen, daß es die Freuden der Pflicht waren. Siehst du. Nichts zählte mehr, nichts galt mehr in diesem Augenblick: einmal auf dem Rollsitz, am Riemen, das Keuchen der Kameraden im Ohr, das Brausen der Stimmen vom Alsterufer, konnte er nicht mehr wählen, er mußte den geforderten Rhythmus erfüllen, er mußte tun, was die Pflicht ihm auftrug, sozusagen.

Es war einmal ein Schlagmann Fiete Pfaff, ein feinfühliger Riese, der sich unter erpresserischem Druck darauf einließ, einen Schwächeanfall während eines Ausscheidungsrennens zu simulieren, doch das Netz der Pflicht fing ihn auf und trug ihn, zumindest bis kurz vor dem Ziel, es fehlten genau noch zweihundert Meter: da geschah, was die Zuschauer aufstöhnen und die Offiziellen von den Bänken springen ließ: Fiete bekam einen redlichen Schwächeanfall, sackte nach vorn, das Boot lief aus dem Ruder, der gegnerische Achter gewann. Glaubte man ihm? Die Vereinsleitung glaubte ihm zum größten Teil, selbst nachdem sie erfahren hatte, welch ein Gespräch Fiete mit dem höflichen Herrn geführt hatte, entzog man ihm das Vertrauen nicht ganz und gar, man wollte ihn sogar weiter im Achter lassen, aber Fiete selber mochte nicht, konnte und durfte nicht: er hielt es für seine Pflicht abzudanken, und er dankte ab.

Joswig lauschte, erwartete ein schnelles Urteil von mir, aber ich schwieg, weil ich noch damit beschäftigt war, mir seine Geschichte als Film vorzustellen – ich verstand sie einfach nur als Film.

Siehst du, fragte er, erkennst du, wozu einen die Freuden der Pflicht treiben können? Wozu sie einen machen können? Und mit einladender Handbewegung: Bedien dich, wenn du willst. Ich sagte: Das sind die Freuden der Pflicht, wie Korbjuhn sie sich gewünscht hat; etwas anderes sind ihre Opfer; von ihnen redet man nicht. Er stand von der Bettkante auf, legte mir eine Hand auf die Schulter, tätschelte meine Schulter mit nachsichtiger Anerkennung: An deinen Worten merkt man, daß du volljährig geworden bist. Er gab mir offiziell Raucherlaubnis für den Rest des Tages, knuffte mich zum Abschied leicht am Hinterkopf. Willst du dir nicht selbst freigeben heute? fragte er von der Tür. Wozu? – Nun, einundzwanzig, sagte er. Da fängt man an, sich festzulegen, da stellt man sich so Fragen, man unternimmt Spaziergänge. Als ich einundzwanzig war, Siggi, hatte ich den Titel eines Inspektor-Anwärters. Es ist auch ein gutes Alter zum Auswandern. Mit einundzwanzig wählt man sich etwas aus seinem Vorrat an Einfällen, man beschließt, etwas zu werden, von mir aus Museumswärter. Verstehst du, was ich meine? Man wird sich etwas schuldig, wenn man einundzwanzig geworden ist: man wird zur Kasse gebeten. Sobald die Kerzen am Geburtstagstisch niedergebrannt sind, ist man als Erwachsener festgenagelt.

Solche Sprüche machte Joswig, ich hatte sie ihm nicht zugetraut, aber da ich wußte, wie sie gemeint waren, unterließ ich es, ihn zu reizen mit einigen Fragen an sein Leben. Ich nickte ergeben, mimte Einkehr und Bereitschaft zur Veränderung, blickte ausdauernd auf die schnell tropfende Kerze, die den Rauch meiner Zigarette zur Decke hochschickte, und störte ihn nicht, während er seine Ermahnungen und Ratschläge ablud, raschen Erfolg bei mir witternd, Tisch und Stuhl noch einmal umkreiste, bevor er abschob.

Wonach roch Joswig nur? Ich kann mir nicht helfen, immer wenn er mein Zimmer betreten hatte, hinterließ er einen scharfen Geruch nach Desinfektionsmittel, vielleicht bestäubte er sich jedesmal heimlich, bevor er in eine Zelle ging, jedenfalls zwang er mich, das Fenster zu öffnen und zu lüften.

Die Elbe! Wie stumpf ihr Wasser im Herbst vorbeifließt, drüben über dem Ufer beginnt sich der Dunst zu senken, macht das Land unsichtbar. Die Baumkronen heben sich wie aus einem überfluteten Wald, das Pochen der Dieselmotoren wird zu einem weichen Pulsschlag, die Schläge von den Werften bleiben echolos, und das Rattern der Eimerkette, die der Bagger über den Grund zieht, erreicht mich kaum. Die Lichter, die matten, langsam vorbeiwandernden Lichter, scheinen die Mühseligkeit der Bewegung zu verkünden. Die Aufbauten der Schiffe gleiten nah vorbei, sie scheinen keine Berührung mit dem Wasser zu haben. Für mich sind das die, ich will nicht sagen erregendsten, aber doch spannendsten Augenblicke auf der Elbe: wenn der weißliche Dunst sich für die Nacht senkt und alles am Strom fraglich werden läßt.

Ich merke schon, Geburtstagsstimmung will sich vordrängen, bilanzfreudige Nabelschau, aber ich muß zurück, runter zu meinem ganz persönlichen Atlantis, das Brocken für Brocken gehoben werden will, die Zeit drängte, die Pflicht drängt, was heißt schon einundzwanzig Jahre, wenn man bedenkt, daß Kapitän Andersen im letzten Frühjahr seinen hundert-und-zweiten Geburtstag feiern konnte und schon am Tag darauf, also im hundert-und-dritten Lebensjahr, leicht betrunken in einem Kulturfilm mitwirkte, der jetzt in den Kinos läuft: Menschen und Mächte an der Küste. Was geht mich die Elbe an, das Inventar auf ihr und der Dunst über ihr. Die Wassersportler haben längst festgemacht unter nur noch notdürftig bergenden Zweigen. Die letzte Barkasse hat sich schräg gegen ablaufendes Wasser mahlend, davongestohlen. Mich interessiert es nicht. Mich interessiert es nicht, wer an den Ergebnissen verdienen wird, die das auslaufende Meeresforschungsschiff eines Tages von seiner Reise mitbringen wird. Mir genügen die Boden- und Wasserproben von Rugbüll, hier werfe ich mein Planktonnetz aus über meiner dunklen Ebene, hier sammle ich ein, was sich fängt.

Wie immer, wenn ich das Netz öffne, kommt zuerst mein Vater zum Vorschein, der Polizeiposten Rugbüll, der, nachdem sie ihn aus der Internierung entlassen hatten, wieder wurde, was er gewesen war und was jeder auch von ihm erwartet hätte zwischen Glüserup und der Husumer Chaussee. Drei Monate nur hatte es keinen Polizeiposten Rugbüll gegeben, doch dann tauchte er wieder auf mit seinem trockenen Gesicht und den schlecht sitzenden Hosen und übernahm sein Amt mit einer Selbstverständlichkeit, als hätte er keinen erzwungenen, sondern einen freiwilligen Urlaub gemacht; nur die Reifen des Dienstfahrrades mußte er aufpumpen, weil die in der Zwischenzeit Luft gelassen hatten. Nachdem meine Mutter ihm das kleine Ding abgetrennt hatte, diesen Adler, löste er selbst die Kokarde von seiner Mütze, warf beide, Adler und Kokarde, jedoch nicht weg, sondern legte sie in eine Blechschachtel und verwahrte die Schachtel in seinem Schreibtisch, und noch am selben Tag, vor seiner offiziellen Wiedereinsetzung, schwang er sich auf sein Fahrrad und strampelte den Deich hinab und ließ sich bereitwillig von jedem anhalten, um mit immer gleichen Worten, immer gleichen abwertenden Handbewegungen die Zeit seiner Abwesenheit zu bezeichnen: In Neuengamme, ja; halb so schlimm; über das Essen läßt sich nix; die Behandlung im großen und ganzen war; von Übergriffen läßt sich nix, und so weiter.

Nicht ein einziges Mal machte er sich die Mühe, ein neues Wort dazu zu erfinden oder wenigstens ein abgebrauchtes wegzulassen – wann immer er auch von seinen Erlebnissen erzählte, keiner wurde betrogen, es gelang ihm jedesmal eine wortwörtliche Wiederholung. Er kam zurück und setzte einfach fort, was er hatte unterbrechen müssen, auf seine Weise und in der Reihenfolge, die er allen Dingen gab. Er schloß sein Dienstbuch ab, spaltete Holz, fuhr mit seiner Pistole nach Glüserup, um sie dort abzugeben, grub eine Ecke des Gartens um, wo er Tabak pflanzen wollte und ihn auch pflanzte, zerrte Hilke von einer Feier im »Wattblick« nach Hause, wobei er ihr den Arm verstauchte, fuhr mehrmals nach Husum, von wo er sich einmal »Neue Polizeiliche Richtlinien« mitbrachte, die er sofort ungelesen wegschloß, machte Dienstfahrten mit dem Fahrrad, und eines Morgens, nach dem Frühstück, war denn auch die »Sache mit Klaas« dran.

Es besteht diesmal kein Anlaß zu erzählen, was es zum Frühstück gegeben hatte – vermutlich Hafergrütze, Brot mit Pflaumenmus und Ersatzkaffee –, wir mampften schweigend, mit unterschiedlichem Tempo, jeder die Schnitten der andern zählend, in uns hinein, dachten uns nichts, oder dachten uns allenfalls etwas, was wir schon einmal gedacht hatten, da sagte mein Vater plötzlich zu Hilke: Hol sein Bild. Meine Schwester, die nie einen Löffel in den Mund nimmt, ohne auf ihm herumzubeißen, so daß es klirrt und knackt, Hilke also biß, als mein Vater seine Aufforderung wiederholte, besonders kräftig zu und behielt den Löffel im Mund und würgte und blickte starr, blickte kuhäugig und schien nicht zu begreifen, was von ihr verlangt wurde. Klaas, sagte mein Vater, sein Photo, bring's mal, worauf meine Schwester den Löffelstiel losließ, den Löffel selbst aber im Mund behielt, verwirrt aufstand und mit den Augen fragte, was sie mit den Lippen nicht fragen konnte, schließlich hinausging und nach einer Weile mit der gerahmten Photographie meines Bruders wiederkam, die seit langem unbeachtet auf dem Büfett gestanden hatte.

Mein Vater nahm Hilke die Photographie aus der Hand und legte sie, Bildseite nach unten, auf den Küchenschrank neben den Wecker, beendete sein Frühstück, wartete geduldig, bis auch wir unser Frühstück beendet hatten, dann bat er darum, den Tisch abzuräumen. Der Tisch wurde abgeräumt. Ich weiß noch: ich zählte die Löffel, es waren vier. Wir stellten das Geschirr in den Ausguß, ich wischte die Tischplatte ab. Der Polizeiposten bewegte die Lippen, probierte anscheinend Sätze aus, blickte mitunter besorgt auf meine Mutter, die jedoch seinen Blick nicht erwiderte, die statt dessen mit ihrer Zunge beharrlich nachdenklich die Zahnlücken kontrollierte. Auf einen Wink setzten wir uns, Hilke und ich, während mein Vater aufstand, die Photographie auf das Fensterbrett stellte, sie eindringlich, weniger vorwurfsvoll als beschwörend ansah, geradeso, als wollte er Klaas aus dem Rahmen heraus und in leibhaftige Erscheinung rufen. Er soll zuhören, sagte er, er soll wenigstens dabeisein, so oder so. Ich sah gespannt auf die Photographie.

Jetzt umfaßte mein Vater mit seinen Händen die Stuhllehne, ruckte, warf seinen Kopf in den Nacken, faßte Klaas ins Auge und sprach zur Photographie hinüber: Reiner Tisch, auch mit dir muß reiner Tisch gemacht werden, wir können nicht auf ewig mit uns herumtragen, was wir denken, es muß gesagt werden, einmal muß es gesagt werden. Wir sind zusammen, weil wir abrechnen wollen. Wir alle wissen, was du getan hast, die Zeiten haben sich geändert, vielleicht, aber was du getan hast, hast du getan.

Er unterbrach sich, legte Daumen und Mittelfinger einer Hand auf seine Augen. Diesen Augenblick benutzte meine Mutter, um näher an den Tisch zu rutschen und ihr Kreuz noch mehr durchzudrücken. Hilke kratzte sich unauffällig in ihren verfetteten Kniekehlen. Mit einem zischenden Laut ließ der Polizeiposten seine Hand fallen, sah sich in die Photographie ein, schüttelte den Kopf und sagte: Abschließen, wir müssen das ganze Kapitel abschließen und zu einem Urteil kommen. Da, wo ich war, habe ich dran denken müssen den ganzen Tag, was er über uns gebracht hat. Ich hab dran denken müssen, daß er zurückkam und kein einziges Mal seinen Fuß in dies Haus gesetzt hat. Kein Wort von Verzeihung. Zuerst die Schande und dann nich mal eine Bitte um Verzeihung. Drüben, bei dem da in Bleekenwarf, hat er gewohnt, bevor er nach Hamburg ging ohne ein Wort. Da muß man doch aussprechen, was gesagt werden muß. Reinen Tisch muß man machen.

In dieser Art sprach er weiter, er rechnete Klaas vor, was der uns angeblich eingebrockt hatte, ließ mildernde Umstände unerwähnt, weil er offenbar keine sah, redete die Photographie direkt an und wies sie darauf hin, daß auch eine Familie ein Gericht darstellen, einen Spruch fällen kann, da wurde ich hellhörig und versuchte mir, allem vorausgreifend, ein Urteil vorzustellen: Würde er Klaas für einige Jahre in den Keller einsperren? Oder würde er ihm befehlen, in unserm Beisein ein Pflanzenschutzmittel zu trinken? Ich dachte auch daran, daß er ihn zur Strafe für alles von der Mühle springen lassen oder ihn auffordern könnte, sich am Schild »Polizeiposten Rugbüll« ohne fremde Hilfe zu erhängen. Oder würde er nicht so weit gehen? Würde er es mit lebenslänglichem Küchendienst bewenden lassen? Mit fünf Sommern im Torf?

Es wird keinen überraschen, daß er sich Zeit nahm mit der Urteilsverkündung, obwohl man ihm anmerken konnte, daß er nicht gern sprach, daß er mit einem Widerstand zu kämpfen hatte, als er uns – und sich selbst – umständlich an die Selbstverstümmelung von Klaas erinnerte, an seine Flucht und Auslieferung, zuletzt an die Weigerung, nach Hause zurückzukehren, aber endlich kam er doch zu Pott, er ließ sich von Hilke die Photographie reichen und löste sie aus dem Rahmen, er legte die Photographie auf den Tisch, und dann rückte er mit seinem Urteil heraus.

Es erstaunte mich; denn, wie mir damals schien, fiel das Urteil trotz allem ziemlich mager aus: Klaas erhielt Hausverbot. Hört gut zu! Solange ich lebe, wird er sein Elternhaus nicht mehr betreten, und uns wurde untersagt, den Namen von Klaas zu denken oder auszusprechen. Ihr werdet ihn einfach streichen aus eurem Gedächtnis. Danach zerriß mein Vater die Photographie und warf die Schnipsel in den Küchenherd. Meine Mutter stand auf, sie hatte wohl alles gewußt, vielleicht hatte sie alles beredet mit ihm, das möchte ich annehmen. Sie wischte die Krümel von ihrem Rock und brachte es fertig, in die Speisekammer zu gehen, wo sie eifrig tat: den Mustopf mit knisterndem Papier abdeckte, eine Saftflasche öffnete. Hilke und ich blieben sitzen, vermieden es jedoch, uns anzublicken, zu sprechen wagten wir schon gar nicht. Und der Polizeiposten? Der hatte gerade den Wecker aufgezogen, oder er war gerade dabei, das altmodische, aber zuverlässige Ungetüm mit seinem verhaßten Läutwerk aufzuziehen, als er plötzlich, langsamer und langsamer an der Schraube drehend, zu horchen begann, zu wittern, zu lauschen begann, und zwar mit der gleichen fremdartigen Erregung, die wir zum ersten Mal an ihm auf Külkenwarf entdeckt hatten, an jenem Abend, der der Heimat oder dem Meer, jedenfalls dem heimatlichen Meer gewidmet war.

Er horchte, er hatte etwas entdeckt, seine Hände zitterten. Er stellte den Wecker wieder auf den Küchenschrank, klemmte seine Finger unter die Hosenträger und zupfte an ihnen herum. Wohin lauschte er? Schräg nach oben, in Richtung zu meinem Zimmer lauschte er, aber da war niemand. Druck, der Druck, unter dem er stand, machte ihn unsicher, er mußte sich anlehnen. Was noch? Schweißausbruch, natürlich, aufgesprungene Lippen, Augen, die heraustraten und trotzdem verschleiert schienen, meinetwegen seherisch. Er wehrte sich gegen etwas und verlor, keiner konnte ihm helfen. Dann bewegten sich seine Lippen, er redete stoßartig mit sich selbst, nickte heftig, als ob er alles bestätigte, und dann wankte er in den Korridor, wo er eilig seine Uniformjacke anzog, das Koppel umlegte, die Mütze aufsetzte, und verblüfft am Küchentisch sitzend hörten wir, wie er nach draußen stürzte, zum Schuppen, zu seinem Fahrrad, das er mit einem Ruck herumwarf. Diesmal fuhr er davon, ohne sich zu verabschieden. Glauben Sie nicht, daß meine Mutter, als sie aus der Speisekammer trat, das Verschwinden meines Vaters bemerkte, und als Hilke unaufgefordert sagte: Er hat wohl wieder mal ein Gesicht oder so, da blickte sie nur kurz auf und stellte gleichmütig das Radio an, und bei Glühwürmchen, Glühwürmchen nahm sie sich das Geschirr im Ausguß vor. Mehr geschah nicht. Obwohl ich noch etwas erwartet hatte, es geschah nichts mehr, und ich drückte mich aus der Küche hinaus und stieg in mein Zimmer, das ich nun, da Klaas ausgesperrt war, immer für mich behalten würde.

Da war das Eckregal mit seinen Sachen. Ich schleuderte den dünnen Vorhang zur Seite, da lag, auf dem untersten Brett, der verschnürte Pappkarton, den ich ihm versprochen hatte, nie zu öffnen. Ich hatte mein Versprechen gehalten während seiner Abwesenheit, drei-, viermal wollte ich zwar, ließ es dann aber doch, und jetzt: auf einmal wurde es heiß, der Karton hob sich von allein, die Schnur sprang von selbst ab, und ich brauchte nichts oder fast nichts zu tun, daß der Deckel sich hob, und auf meinem Bett, so daß ich den Karton rasch verschwinden lassen konnte, packte ich aus, was mein Bruder gesammelt und mir anvertraut hatte. In der Küche wurde gearbeitet. Mein Vater war fort.

Erwartete Klaas nicht von mir, daß ich den Karton öffnete, in Sicherheit brachte, woran ihm gelegen war, jetzt, wo sie ihm das Haus verboten hatten? Er mußte es erwarten. Also packte ich aus, prüfte, besichtigte. Ein Glas mit ausgesuchten, gebleichten Muscheln weiß ich noch, eine Schleuder und ein Buch »Der kleine Gärtner«; ein schmutziges, blutbeflecktes Taschentuch, Aufsatzhefte, Schnur, immer wieder Schnur; ich weiß noch die Donnerkeile in einer Spitztüte, eine Schachtel mit Zinnsoldaten – keiner war beschädigt – und einen kurzen, selbstgemachten Leuchter, den der Maler ihm geschenkt haben mußte; eine Photographie seiner Schulklasse – achtzehn jugendliche Greise und fünf langbezopfte Greisinnen –, eine Skizze des Malers zum »Apfelpflücker«, die ich gleich unter mein Kopfkissen schob; ein Messer mit Perlmuttbesatz. Und ich weiß noch den Packen verschnürter Briefe, den ich nicht geöffnet hätte, wenn es fremde Briefe gewesen wären, aber sie trugen die Schrift meines Bruders und waren alle an Hilke gerichtet. Jeder Brief eine Beschwerde und eine Drohung: er beschwerte sich, daß sie schon wieder nicht gekommen war – zum Torfteich, zum Strand, zum Leuchtfeuer –, und er drohte ihr, daß alles »aus sei«, wenn sie auch das nächste Mal fortbleibe. Mitunter spielte er auf eine Erinnerung an, die sie teilten, auf ein Erlebnis, das sie am Strand gehabt hatten in einem Sommer, ich weiß nicht mehr genau wie das war, sie hatten gemeinsam etwas beobachtet, einen Mann und eine Frau in den Dünen der Halbinsel, fremde Leute, die sie nur beobachteten und denen sie später folgten.

Ich packte den ganzen Inhalt des Kartons aus, ließ einige Sachen zu mir rüberwandern, insbesondere die Skizze zum »Apfelpflücker«, da ging unten das Telefon. Ich lauschte. Hilke ging an den Apparat, meldete sich, wie sie sich immer meldete: Hier spricht Hilke Jepsen, wer spricht da? Danach hörte ich nur Nein und Ja und Ja und Nein, und als sie eilig in die Küche zurückkehrte, wußte ich schon, daß irgend jemand meinen Vater verlangt hatte. Kaum hatte ich den Karton geschlossen, verschnürt, weggepackt, da ging es auch schon los: Siggi, komm mal runter, Siggi. Mach zu, Siggi!, so daß mir nichts anderes übrigblieb, als wieder nach unten zu steigen, wo Hilke mich erwartete. Lag es an meinem Blick, an der fordernden Wißbegier, mit der ich sie ansah, daß sie sich unwillkürlich zurückzog und, anstatt ihren Auftrag loszuwerden, zunächst nur sagte: Was guckst so? Hör bloß auf, so zu gukken, als ob ich dir was getan hätte. – Ich kann dich doch angucken wie ich will, sagte ich, und sie darauf: Aber nicht so, nicht mit solchen Eisaugen. – Schieß schon los, sagte ich.

Also da sollte etwas auf Bleekenwarf steigen, gleich oder in zwei Stunden, da sollte hoher, womöglich höchster Besuch eintreffen, der Landeskommissar oder so, große Tiere jedenfalls, die etwas mit Nansen vorhatten, da darf der Polizeiposten nicht fehlen: Mach schon, Siggi, du mußt Vater Bescheid sagen, es wurde angerufen, er soll gleich nach Bleekenwarf rüber. Und hör auf, so zu gucken, sage ich dir, ich mag das nicht. Mein Blick machte sie auf einmal so unsicher, daß sie vor den Spiegel der Flurgarderobe trat, ihr Gesicht prüfte, sich zur Seite drehte und Bluse und Rock mißtrauisch absuchte und mich, da sie nichts gefunden hatte, nur wütend hinausschickte: Mach zu, es ist dringend.

Zum Deich, erstmal zum Deich. Ein dunkler, doch windstiller Tag im Frühherbst. Die Nordsee in dünender Bewegung, glatt, zwei Makrelenfischer in einem Boot. Keine Möwe in der Luft, dafür große Ratsversammlung auf dem Wasser, die eine sachte Strömung parallel zur Küste trieb. Kein Radfahrer war zu sehen, nicht Richtung »Wattblick«, nicht Richtung Leuchtfeuer. An der Kimm zwei Minensuchboote, die beim Räumen waren. Unter dem Deich ein Jeep, der sich nach Glüserup entfernte. Ich entschloß mich, in Richtung »Wattblick« zu gehen, dort wußte man mitunter Bescheid, man konnte dort nachfragen. Was hatte ich nur an mir, daß die verzottelten Schafe herandrängten, sobald ich aufkreuzte, sie trabten heran, verfolgten mich, und ich mußte sie mir mit Fußtritten vom Leibe halten. Ihre verklebten Felle stanken.

Wäre nicht dieser Gestank gewesen, ich hätte den Brandgeruch, hätte meinen Vater und sein Werk früher entdeckt, so aber lief ich, von den Schafen verfolgt, gestubst, an der Halbinsel vorbei und entdeckte nur zufällig beim Zurückblicken, daß neben der Hütte des Malers, dort am Fuß der Düne, ein Fahrrad lehnte; es konnte, mußte aber nicht das Fahrrad meines Vaters sein. Ich nutzte das Übergewicht aus, sprang den Deich hinab und entkam den Schafen, die mir kauend nachglotzten, ließ ihren Gestank zurück und ihr Blöken. Es war jemand in der Hütte des Malers. Es war Brandgeruch in der Luft. Ein Feuer war nicht zu sehen, auch keine Rauchsäule, aber der Brandgeruch wurde stärker, als ich die Düne hinaufstapfte und dann auf ihr stand, und jetzt, jetzt erkannte ich die schwache Rauchsäule, die hinter der Hütte aufstieg, und ich kann einfach nicht sagen, welche Angst es war, die mich auf einmal laufen und laufen ließ, es war eine mir unbekannte, klopfende Angst, das ist alles, zumindest für den Anfang.

Es war das Fahrrad meines Vaters, das an der Seitenwand der Hütte lehnte, die Tür stand offen, aber er war nicht in der Hütte, er stand draußen vor der Rückseite, rauchend in ein Feuer blickend, in die Reste eines Feuers, in die er achtsam hineinfuhr mit dem Fuß, Halbverkohltes dorthin schubste, wo es noch schwelte. War er wütend oder erstaunt, als er mich kommen sah? Er schien mich kaum zu erkennen, er stand nur da, erschöpft, abwesend, und starrte in das Feuer. Er hinderte mich nicht daran, mit einem Stock in den Resten des Feuers zu stochern, hastig zu seinen Füßen. Es war alles vorüber. Es lohnte sich nicht mehr, einzugreifen. Das Papier, ein winziges, verschontes Stück Papier, hellblau: das Umschlagblatt des Skizzenblocks. Mein Vater hatte das Skizzenbuch des Malers zu seinem Zyklus »Köpfe an der Küste« verbrannt.

Ich richtete mich auf und sah ihn nur erschrocken an. Ein Ausdruck von stierender Zufriedenheit lag auf seinem Gesicht, jetzt, da er es getan hatte, er konnte ruhig dastehen und rauchen wie nach einem vollbrachten Auftrag. Dort auf der Halbinsel, vor den Resten des Feuers, begann ich mich vor ihm zu fürchten, und zwar nicht vor seiner Kraft oder seiner List oder Hartnäckigkeit, sondern vor seiner ihn bewohnenden Unbeirrbarkeit; diese Furcht war stärker als der Haß, der auf einmal da war und mir riet, mich auf ihn zu stürzen und seine Schenkel und Hüften mit den Fäusten zu bearbeiten. Diese stierende Zufriedenheit! Diese schlimme Ruhe in ihm. Ich konnte ihn nicht mehr ansehen, ich hockte mich hin und warf Sand auf die Feuerstelle, ich ließ den feinen Sand auf die verkohlten Reste hinabregnen, bis sie ganz bedeckt waren und nichts mehr an eine Feuerstelle erinnerte.

Ihn, den Polizeiposten Rugbüll, schien das nichts anzugehen, er beobachtete mich schweigend, atmete mehrmals auf, als ob er erwachte, blieb jedoch nicht wach, sondern fiel gleich wieder zurück in seine stierende Zufriedenheit. Nein, ich war damals noch nicht überrascht, als ich unerwartet einen ziehenden Schmerz in den Schläfen spürte, dazu eine leichte Benommenheit und das Hämmern meiner Furcht, die mir zum ersten Mal zu denken gab, da ja nichts, nichts mehr sicher war vor ihm in seinem Amtsbereich. Mit seiner erschreckenden Unbeirrbarkeit konnte er jedes Versteck finden, dachte ich, und dachte sofort an meine Sammlung in der Mühle und daran, daß ich sie vor ihm würde verbergen müssen, aber wo?

Was zitterst du so? fragte er, in deinem Alter gibt's noch nichts zu zittern. Morgen, dachte ich, oder am besten heute abend noch werde ich die Sachen fortbringen. Na, fragte er, was ist los? Vielleicht nach Bleekenwarf, dachte ich, vielleicht würde der Maler mithelfen, ein neues Versteck auf Bleekenwarf zu finden. Antworte gefälligst, befahl er, und ich sagte: Du darfst das nicht, du darfst nichts mehr beschlagnahmen, du darfst kein Feuer machen, du darfst nichts mehr verbrennen. – Wer hat dir das gesagt? – Alle, alle haben es gesagt, daß das Malverbot vorbei ist und daß du nichts mehr zu bestellen hast, und wenn ich erzähle, was du hier gemacht hast: der Maler wird sich das nicht gefallen lassen. Was früher war, ist aus und vorbei, das haben alle gesagt, und ich habe gehört und gesehen, was du früher gemacht hast: das darfst du nicht mehr. Du hast Onkel Nansen nichts mehr zu sagen, er kann jetzt machen, was er will, das weiß ich.

Er schlug zu. Ich fiel in den Sand und blieb auf den Knien liegen. Er hatte mich am Unterkiefer getroffen. Der zweite Schlag streifte nur meine Wange. Steh auf, sagte er. Ich blieb liegen. Er packte mich am Hemdkragen und zog mich empor, zog mein Gesicht nah zu sich heran, so daß ich mich auf die Fußspitzen stellen mußte und ihn mit meinem ganzen Körper berührte. Also langsame Augenuntersuchung, auf die er sich so gut verstand, ernstes Erforschen meiner Netzhaut, ich hielt seinem Blick stand diesmal, ich wich ihm nicht aus und sah in seine verengten Pupillen, aus dieser Nähe bekam ich ihn selten zu Gesicht. Wie faltig er war und wie verdrossen, sie stand ihm gut, diese Verdrossenheit, sie gab jedermann bekannt, daß der Polizeiposten mit der Welt nicht einverstanden war.

Du weißt also auch etwas, sagte er, sieh mal an: du hast dich demnach umgehört! Dir ist bekannt, was erlaubt ist. Wo etwas anfängt und wo etwas aufhört: du weißt Bescheid. Auch daß es heute anders ist als früher, ist dir nicht verborgen geblieben. Er lockerte den Griff, stieß mich von sich, nicht sehr kraftvoll, nicht so, daß ich stolperte und zu Boden ging. Vieles hast du gehört, sagte er, aber nicht dies: daß einer sich treu bleiben muß; daß er seine Pflicht ausüben muß, auch wenn die Verhältnisse sich ändern; ich meine eine erkannte Pflicht. Und du willst also verbreiten, daß dein Vater etwas tut, was er als seine Pflicht erkannt hat, na gut, kannst es rumerzählen, kannst es ihm melden, auf Bleekenwarf, wo du ja genug rumsitzt. Kannst ruhig gegen mich arbeiten. Ich bin mit Klaas fertig geworden, mit dir werd ich allemal fertig werden. Er hob sein Gesicht: farblose, zusammengepreßte Lippen, knirschendes Gebiß. Abschätzender, nicht belustigter, sondern nur abschätzender Blick. Gleitende, unbestimmte Gesten wie in einem Selbstgespräch. Willst du noch was sagen?

Zu meiner eigenen Überraschung, obwohl ich schon zu einem Kopfschütteln angesetzt hatte, wollte ich: ich wiederholte, daß es nichts mehr zu überwachen gab für ihn, nichts zu beschlagnahmen und zu zerstören. Ich sagte ihm, daß es kein Malverbot mehr gab und für ihn keine Pflicht, einzuschreiten. Ich drohte ihm jedoch nicht und sagte auch nicht, wie sehr ich ihn haßte, doch er muß es gespürt haben, wie er auch meine Furcht spürte, denn er trat auf mich zu und sagte: Wenn dich raushältst aus allem, werden wir uns so gut verstehn wie früher, brauchst dich nur rauszuhalten.

Darauf musterte er die unter Sand verschwundene Feuerstelle, nickte, ging zu seinem Fahrrad, hob es an und drehte es in Richtung Deich, gleichgültig, was ich vorhatte, wahrscheinlich nahm er aber an, daß ich ihm folge, denn ich hörte ihn vor sich hinsprechen, hörte auch meinen Namen; ich ging ihm nach bis zum Wasser, und dort, gegen seinen Rücken sprechend, richtete ich ihm aus, was sie mir zu Hause aufgetragen hatten. Glauben Sie nicht, daß Jens Ole Jepsen stehenblieb, als er erfuhr, daß man ihn in Bleekenwarf erwartete, daß er sich dort einzufinden habe, weil auch der Landeskommissar sowie einige große Tiere –; er nahm meine Nachricht nur stumm zur Kenntnis, umging die Düne und fuhr dann so lange auf der Seeseite unter dem Deich entlang, bis er ihn nur zu überqueren brauchte, um auf den erlenflankierten Weg zu stoßen, der nach Bleekenwarf hineinführt. In Schußfahrt gewann er das Schwingtor, fuhr auf den Hof, und nachdem er abgestiegen war, blickte er wie ich zur Husumer Chaussee hinüber, und wir erkannten zur gleichen Zeit die beiden olivgrünen Autos, die jetzt abbogen, näherkamen.

Mein Vater lehnte sein Fahrrad zuerst an die Hauswand, dann, weiter entfernt, an einen Holzstapel, ging nicht ins Haus, sondern öffnete das Schwingtor und wartete; dort stieß ich zu ihm, und wir standen mit dem Rücken das Schwingtor offenhaltend, kümmerlich Spalier für die langsam heranrollenden, jetzt von Holmsens Hecke verborgenen Autos. Seit seiner Rückkehr aus dem Internierungslager war mein Vater kein einziges Mal auf Bleekenwarf gewesen, hatte mit dem Maler weder Wort noch Gruß gewechselt, er hatte sich nicht einmal erkundigt, ob auf Bleekenwarf noch alles so war, wie er es kannte. Da er Veränderungen nicht leiden konnte, fragte er nicht danach oder ließ sich Zeit, sie zur Kenntnis zu nehmen. Locker stand er neben mir in der Einfahrt, entspannt, wenn auch nicht gleichgültig: ich mußte den Sitz seiner Uniform prüfen von hinten und von vorn; desgleichen mußte ich mit einem Grasbüschel seine Stiefel wenn nicht blank, so doch sauber wischen.

Ich wußte nicht, warum ich am Schwingtor Spalier stand, er aber hob schon die Hand grüßend an die Mütze, bevor noch ein Gesicht zu erkennen war, und grüßend ließen wir die Autos passieren, die dicht hintereinander auf den Hof fuhren.

So, und jetzt lasse ich vier unterschiedlich gewachsene, sehr unterschiedlich gekleidete und auch dreinblickende Männer aussteigen, fordere sie auf, sich zunächst einmal umzutun, also Teich, Stall, Atelier, Garten sowie, im Ausschnitt, die Landschaft zu betrachten; wobei den Männern in beinahe zwanghafter Übereinstimmung nur ein einziger Gedanke kommt, den sie sich gegenseitig von ihren Gesichtern ablesen: Also hier lebt er, also das ist seine Welt.

Die Männer nickten sich zu, jeder wußte, was es bedeutete. Die Chauffeure fuhren die schweren, olivgrünen Wagen um den Teich herum und parkten sie ausgerichtet nebeneinander. Wie lassen sich die vier Männer beschreiben? Der Grinser läßt sich rasch hinstellen, denn er trug als einziger Uniform: barhäuptig, eine geschwungene Pfeife im Mundwinkel, fleckiger Schnurrbart, einen Tuschkasten auf der Brust, Sommersprossen im Gesicht und auf den Händen, auf den Schulterklappen Krone und mehrere Sterne, sagen wir: ein leicht lahmender, hartnäckig grinsender Seehund. Dagegen wirkte der Landeskommissar – oder der Mann, der sich später als Landeskommissar herausstellte – unscheinbarer, bedürftiger sogar: einen Kopf kleiner als der Seehund, schmal, erstaunlich gebeugter Rücken, beide Hände in den Taschen, als ob er fröre, aufgetragener Anzug: Mister Gaines. Der Jüngste von ihnen fiel weniger durch die schroffe Kantigkeit seines Gesichts auf, auch nicht durch die ewig brennende Zigarette und die, wie mir schien, übertrieben großen Wildlederschuhe, vielmehr gewann er Interesse wegen seiner Stimme: sobald er sprach – und da er der Dolmetscher war, sprach er doppelt soviel wie die andern –, hörte es sich so an, als würden im Kirschgarten des Gutes Söllring Knarren und Rasseln in Bewegung gesetzt, um die Stare zu vertreiben. Und der Vierte? Der trug einen Schlapphut, eine Brille mit Stahlrand trug er sowie eine gefüllte Aktentasche.

Daß dieser Besuch nicht nur angemeldet, sondern auch längst im Wohnhaus entdeckt worden war, darf als sicher gelten. Trotzdem wurde die Tür nicht geöffnet, niemand erschien, um die Männer zu begrüßen, die jetzt vor dem herbstlichen Blumengarten des Malers standen, schweigend übrigens, vielleicht in ihrem Gedächtnis kramend, um die Blumen beim richtigen Namen zu nennen. Sie gaben sich neugierig, eingeweiht, bewundernd. Sie machten einige Schritte durch den Garten, umrundeten das Atelier, traten wieder auf den Hof und machten sich gegenseitig auf die Enten aufmerksam, die nervös rudernd in der Mitte des Teiches hielten, dann kamen sie auf uns zu. Mein Vater und ich standen seitlich neben der Haustür, man konnte wieder sagen: in kümmerlichem Spalier, er außen, ich innen. Wir ließen die Männer nicht aus den Augen, ich meine, durch die beharrliche Art des Dastehens forderten wir sie auf, sich unserer endlich zu erinnern; und sie taten es, indem sie, deutlich genug, ihren Schritt änderten, aus gemächlich, beinahe genußvoller Bewegung in ein zielsicheres und damit raumgewinnendes Schreiten hinüberwechselten.

Mein Vater salutierte. Begrüßung durch Handschlag. Kurze, landesväterliche Fragen. Ebenso kurze, beiläufige Antworten des Polizisten. Der Grinser und der Dolmetscher begrüßten auch mich durch Handschlag, allerdings ohne mich anzusehen, in musterhafter Zerstreutheit. Der Dolmetscher fragte mich mit knarrender Stimme: Wie geht's dir? Auf solche Fragen antworte ich grundsätzlich nicht. Mein Vater, weniger erbötig als zuständig, wollte wissen, ob er nun an die Haustür klopfen solle, für den Besuch sozusagen; der Landeskommissar lächelte und klopfte eigenhändig mit lose geschlossener Hand zweimal gegen die Tür und wollte sich erwartungsvoll zu seiner Begleitung umsehen, als die Tür, womit er offensichtlich nicht gerechnet hatte, auch schon aufgerissen wurde.

Natürlich hätte sich die Spitzmaus etwas mehr Zeit nehmen, vielleicht bis zwölf zählen sollen, bevor sie die Tür aufriß, aber vermutlich konnte sie, die schon eine ganze Weile dort gestanden hatte, die Belastung ihrer Nerven nicht mehr ertragen. Jedenfalls, die Haushälterin des Malers, die aus Flensburg stammte und mit Ditte über einige Ecken verwandt war – Katrine oder Trinchen rief sie der Maler –, erschien im Türrahmen und wünschte uns ein etwas überhastetes Willkommen und trat einladend zu Seite. Die vier Männer verschwanden in der Dämmerung des Flurs. Wir blieben draußen, überlegten, wie wir die Wartezeit verbringen sollten, als der Landeskommissar noch einmal erschien und uns nicht nur hereinwinkte, sondern uns auch noch den Vortritt ließ und die Tür selbst schloß.

Es fiel Tageslicht aus der riesigen Wohnstube. Wir gingen hintereinander hinein. Ich zwängte mich gleich nach vorn durch, da lag der Maler. Er lag mehr, als daß er saß, auf der endlosen Sofabank, auf der Teo Busbeck gesessen hatte all die Jahre, und unter seinem blauen Mantel trug er ein grobes Leinennachthemd, Pantoffeln an den nackten, stark geäderten Füßen. Hut auf dem Kopf selbstverständlich. Auf einem Tisch, der herangerückt worden war, Pfeife und Tabak und ein Stapel ungeöffneter Briefe. Eine graue Wolldecke am Boden, die die Spitzmaus mit vorwurfsvoller Eile aufhob, einmal faltete und dem Maler über die Beine legte. Er ist nämlich grade von der Grippe aufgestanden, sagte sie. Und der Maler, als ob er sie loswerden wollte: Mach mal für alle Kaffee, aber mit was drin, und vorher kannst du'n paar Stühle herbringen. Die Frau sah ihn wütend an, und er lachte und hielt dem Landeskommissar die Hand hin, der fest einschlug, und dann begrüßte er uns alle, den Grinser, den Dolmetscher, den Schlapphut, mich und zuletzt den Polizeiposten Rugbüll, der sich nach dieser Begrüßung nicht gedrängt hatte, der sogar darauf aus war, sie zu vermeiden, der aber nun, da er in der Reihe stand, nicht anders konnte, als dem Maler die Hand zu geben. Jens? Max? Da konnte niemand hellhörig werden. Wir trugen Stühle heran, setzten uns im Halbkreis um die Sofabank, forschten im Gesicht des halb sitzenden, halb liegenden Malers, dessen Stirn feucht war von fiebrigem Schweiß und der uns seinerseits musterte aus seinen listigen, grauen Augen; ziemlich freimütig.

Wie beginnt man nun ein Gespräch, das an einer bestimmten Stelle offiziell werden muß, wenn die Hauptperson in Nachthemd und Mantel vor einem liegt, gerade genesen? Da bot sich zunächst die Krankheit an, man sprach also über die Grippe, über unzeitgemäße und saisonbedingte Grippe, wie man sie behandelt in Schleswig-Holstein und in England, man stellte Unterschiede fest. Der Landeskommissar zum Beispiel hatte noch nie eine Grippe gehabt, seine Frau dagegen erwischte es in jedem Frühjahr, und so weiter. Der Maler sagte: An so 'ner Grippe, da kratzt man doch nicht ab, das kommt und geht vorüber, man muß nur tüchtig Kaffeepunsch draufgießen, wo nur Katrine mit dem Kaffee bleibt. Man sprach über den Garten des Malers, über Blumengärten im Herbst, über die Farben, die der Herbst mischt, dabei hatte der Mann in der Uniform am meisten zu sagen, auch über Blütenformen sprach er mit dem Maler, über Lippen- und Schmetterlingsblütler vor allem. Dann kam die Spitzmaus mit dem Kaffee, und keinem blieb verborgen, wie sie den Maler mit ihren Blicken zurechtwies während der ganzen Zeit, in der sie deckte und den Kaffee eingoß und zum Schluß, mit offenem Groll, eine Schnapsflasche auf den Tisch setzte, die der Maler sofort packte und entkorkte: Hier trinkt man den Kaffee mit etwas drin.

Außer mir tranken alle den Kaffee mit etwas drin; der Dolmetscher sagte: Prost, als er die Tasse hob, und der Maler: Eben, wenn wir Kaffee trinken, haben wir ein Recht, Prost zu sagen. Das ließ sich der Landeskommissar, der, wenn es nötig war, selbst deutsch sprach, nicht nur übersetzen, sondern auch erläutern, und nachdem er sich die Aktentasche hatte reichen lassen, stand er auf, öffnete die beiden Schnappschlösser, zog etwas heraus, etwas Blaues, Großformatiges, Steifes, meinetwegen etwas Repräsentatives, das er in beiden Händen hielt und wog, mit dem er an die Sofakante herantrat, zwei leinenbezogene Pappdeckel, wie ich jetzt erkannte, die er zwar nicht mit Andacht, aber doch mit zwinkernder Feierlichkeit dem Maler entgegenhielt und sie sacht zurückzog, als der schon danach greifen wollte; denn da mußte noch etwas gesagt werden, er selbst wollte etwas sagen, und er sammelte sich; bei dieser Gelegenheit standen wir auf.

Es folgte die leiseste Rede, die ich je gehört habe. Da war also eine Königliche Akademie in London, die ... In Anbetracht der außerordentlichen Verdienste um die europäische Malerei und auf allgemeinen Beschluß des Kollegiums habe sie sich ... Da der Maler die Wahl, die der Akademie zur höchsten Ehre gereiche, angenommen habe, sei er hiermit ... Wieder streckte der Maler die Hand nach der Urkunde aus, wieder zog der Landeskommissar sie sacht zurück, denn er wollte, er hatte noch etwas hinzuzufügen, ganz persönlich, er sagte, daß es nicht zu seinen Aufgaben gehöre, der Königlichen Akademie einen Dienst zu erweisen, aber in diesem Fall sei es ihm eine besondere Freude gewesen, ein Herzenswunsch – außerdem habe er sowieso in der Nähe zu tun gehabt, sein Freund, General Tate, habe darauf bestanden, ihn zu begleiten; sie seien also hier, um Mister Nansen nicht nur die Urkunde der Ehrenmitgliedschaft zu überbringen, sondern durch ihre Anwesenheit auszudrücken, wie sehr sie in ihm eine große Persönlichkeit freien und beispielhaften Künstlertums schätzten, so ungefähr.

Nach diesen Worten erhielt der Maler die Urkunde, der Landeskommissar hob die Kaffeetasse, sagte: Man darf damit also prosten, und wir alle tranken dem Maler zu, auch mein Vater. Den kleinen Finger weggespreizt, die Tasse vor die Brust haltend, ein Auge auf den hohen Besuch: so gratulierte auch er dem Maler, der die Urkunde nur überflog, auf den Tisch neben die Briefe legte und, auf die Flasche deutend, zur Selbstbedienung aufforderte. Der Besuch bediente sich selbst. Es wurde geraucht, nur mein Vater rauchte nicht.

Zu Hause, in Nottingham, sagte der in Uniform freundlich grinsend, habe er einige Nansens hängen, und er nannte die Titel, nannte auch das Jahr der Entstehung, der Maler hob verblüfft den Kopf. Diese Bilder – »Die Mohnpflückerin«, ganz gewiß – seien doch in Dresden und in Heidelberg gewesen, später aus den Museen beschlagnahmt und nach Berlin gebracht worden, wo man sie zerstört hat? Er, der General, habe nun aber gerade diese Bilder in der Schweiz gekauft. Dann scheine es doch zuzutreffen, was er, der Maler, ab und zu in Gerüchten gehört, was zu glauben er sich geweigert habe: daß die Irren in Berlin, weil sie Devisen brauchten, die beschlagnahmten Bilder über Mittelsmänner hätten verkaufen lassen. Da der General die Bilder in der Schweiz gekauft habe, können sie nicht zerstört worden sein, und er wisse, daß viele moderne Bilder nicht vernichtet, sondern über die Grenzen geschafft worden waren. Und er, der Maler, habe gedacht, alle seien weg, alle achthundert. Nein, da könne er, der General, ihn beruhigen, wenn man in diesem Zusammenhang überhaupt solch ein Wort gebrauchen darf. Es gäbe sogar ungefähre Zahlen über diese Verkäufe, vermutlich würden sich eines Tages genaue Zahlen nennen lassen.

Gespräche. Man hebt etwas an und läßt es fallen. Fragen drängen sich heran und verlieren ihre Schärfe durch eine einzige Wendung. Und während des sogenannten Malverbots, fragte der Landeskommissar: wie ließ es sich da leben? Ob so etwas überhaupt möglich sei? Er, der Landeskommissar, könne sich das gar nicht vorstellen. Ihm sei Schlimmeres bekannt, sagte der Maler. Man müsse sich zwar an so einen Zustand gewöhnen, man müsse sich einrichten, Vorsorge treffen für alle Fälle, aber sonst: ihm sei kein einziger Maler in der Welt bekannt, der ein ausgesprochenes Malverbot konsequent eingehalten hat. Man ist ja nicht nur Farbsetzer vor der Staffelei, man malt immer oder gar nicht. Kann man verbieten, was einer im Traum macht?

Er habe sich nicht genau ausgedrückt, sagte der Landeskommissar, er habe wissen wollen, wie das Verbot praktisch überwacht wurde: Inspektionen? Haussuchungen? und wer zum Beispiel habe die durchgeführt? Wollte mein Vater antworten? Er regte sich auf seinem hohen Stuhl, sein Rükken drückte gegen die geschnitzte Lehne, er ließ die Mütze durch seine Finger kreisen und schabte mit dem Daumen seine Wange, über die ein Zucken lief. Man habe auch dafür, auch für die Überwachung des Malverbots habe man die örtliche Polizei eingesetzt, sagte der Maler ruhig; das sei insofern zweischneidig gewesen, als man sich seit langem kannte; aber schließlich, alles sei glimpflich gegangen. Und Verluste? Ja, Verluste habe es gegeben hier und da. Das sei unvermeidlich gewesen. Aber entstanden sei auch einiges? Sicher, einiges ist entstanden in der Zeit des Malverbots. Und was sei mit den Bildern passiert, die beschlagnahmt wurden? Der Maler zuckte die Achseln, und plötzlich sagte er: Welche Möglichkeiten hat denn einer, der nur seine Pflicht tun möchte und nichts anderes von sich erwartet? So einer ist ja auch nicht immer gut dran, jedenfalls ist er nicht ohne Schwierigkeiten.

Gespräche. Man bewegt sich auf etwas zu, man hält etwas an, was da im Strom schwimmt, und läßt es weiterschwimmen. Sitzende Personen im Gespräch: wo die nicht überall landen, was die nicht alles finden.

Wann denn mal eine große Turner-Ausstellung zu sehen sei, fragte der Maler, er sei bereit, ziemlich weit zu reisen, sogar mit einer verschleppten Grippe. In seinem Museum, sagte der General, wenn er mal nach Nottingham käme, sie hätten dort einige Turner, und in seinem Museum könne er sie sehen, aber warum ausgerechnet Turner? Weil der alles in der Schwebe läßt; gut, das tun andere auch, das tun fast alle, aber Turner mache das nur mit Licht, er, der Maler, wolle sich das einmal im Zusammenhang ansehen. Warum nicht in Nottingham? fragte der General.

Ob er denn schon einmal in London gewesen sei, wollte der Landeskommissar vom Maler wissen, Nein, er sei noch nicht in London gewesen, er zweifle auch, ob er jemals dorthin fahren werde, früher sei er gern gereist, aber jetzt ... Außerdem habe er etwas gegen die großen Städte, immer noch. Und außerdem gäbe es für ihn hier, zwischen Glüserup und der Husumer Chaussee, noch zuviel zu entdecken, er werde dies Stück Land mit seinen Leuten zwar nie ganz erforschen können, aber ein bißchen weiter möchte er es in seiner Kenntnis noch bringen. Er, der General, wollte da gerne wissen, ob nicht eine Metropole wichtig sei für die Arbeit, und der Maler darauf, nie werde ich es vergessen: Die Hauptstädte, die wir brauchen, liegen in uns selbst. Meine Metropole liegt hier. Hier habe ich alles, was ich brauche, und sogar mehr: die paar Jahre, die ich noch habe, reichen nicht aus, um alles über dies Stück Land zu sagen, was sich zu sagen lohnt. Allein die heimliche Bevölkerung hier, in der Erde, der Luft, oder was sich im Moor trifft bei Nacht, oder am Strand, und die Hellhörigkeit der Leute hier, bei schwarzem Himmel, ihre

Angst, ihre Gesichte, ihre langsamen Gedanken, oder die Art, mit dem Gesetz in Konflikt zu geraten, was Jens?

Mein Vater fuhr auf, sah den Maler verständnislos an. Ich meinte, sagte der Maler zu meinem Vater, wenn du erst auspackst, Jens, aus deiner Praxis, über die Leute hier: mehr läßt sich doch aus keiner Metropole erzählen. Hier findest du doch alles, was in der Welt vorkommt, oder irre ich mich? Eine Pause entstand, alle erwarteten eine Antwort, zumindest eine Bestätigung meines Vaters, alle blickten ihn an; doch der Polizeiposten Rugbüll sagte kein einziges Wort. Er nickte, das war alles. Der Maler forderte zum Nachschenken auf, alle überhörten die Aufforderung. Er, der General, hätte sich natürlich gern einmal im Atelier umgesehen, überhaupt hätte er dort lieber gesessen, aber das lasse sich wohl nicht machen. Der Maler zeigte mit gespielter Bekümmerung zur Küche, in der die Spitzmaus tätig war, das genügte ihm als Erklärung. Ob es ein andermal möglich sei? Ein andermal durchaus, nur nicht heute, wenn es nach ihr da in der Küche gegangen wäre, hätte er nicht einmal aufstehen dürfen; sie sei streng, und er halte es für sinnlos, sich gegen ihre Strenge aufzulehnen. Also, man werde wiederkommen, das sei jetzt beschlossene Sache, vielleicht lasse es sich im nächsten Monat einrichten. Es hätte jedermann gefreut. Noch einmal: Herzliche Glückwünsche, denen ich mich anschließe, und vielen Dank für den Besuch, nein, wir haben zu danken, vor allem: weiter gute Genesung von der Grippe.

Vier unterschiedlich gestellte, mehr oder weniger am Gespräch beteiligte Männer verabschiedeten sich, stießen Hände aus den Ärmeln, zeigten Zähne, machten, daß die Gesichtshaut spannte und zuckte, machten einen Ausfallschritt gegen die Sofabank, steppten zurück und gingen seitwärts, den Kranken im Blick behaltend, zur Tür. Mein Vater verabschiedete sich als letzter, nachdem er – was ich ihm ansehen konnte – mehrmals erwogen hatte, grußlos zur Tür zu gehen, den allgemeinen Aufbruch ausnutzend. Er trat an den Maler heran, steif, sehr ernst, jedoch nicht feindselig, mit dem längsten Gesicht, das er machen konnte, streckte die blond bewachsene Hand aus, überließ sie dem Maler, ohne den

Druck merklich zu erwidern. Für einen Kaffeepunsch reicht's noch, sagte der Maler, und mein Vater: Es wartet zuviel auf mich. – Also nicht? Tut mir leid. Er verließ den Raum, ohne, wie die andern, den Maler im Blick zu behalten. Was er draußen machte? Er holte sein Fahrrad, postierte sich neben dem Schwingtor und wartete, bis die schweren Autos heranrollten; er salutierte frühzeitig, und obwohl doch zwischen dem ersten und dem zweiten Wagen freier Raum war, behielt er seine Hand grüßend an der Mütze und ließ sie erst fallen, als die Autos mit zweimaligem, kurzem Gewittergrollen die Holzbohlenbrücke passiert hatten.

16 Furcht

Einerseits war das Theodor-Storm-Gymnasium in Glüserup eine respektvoll genannte Schule; andererseits war mein Schulweg dreimal so lang geworden. Einerseits brauchte ich vor keinem Jobst und Heini Bunje mehr zu fliehen; andererseits versauten sie einem mit den maßlosen Schularbeiten die ganzen Nachmittage. Einerseits durften uns die Lehrer nicht schlagen, andererseits sehnte ich mich, auch wenn er schmerzhafte, sogenannte Backpflaumen großzügig verteilte, nach Lehrer Plönnies. Einerseits gab ich meiner Mutter recht, die mir unablässig den Satz vorkaute, daß Wissen Macht sei und daß eine höhere Schule einen besseren »Absprung ins Leben« biete; andererseits fragte ich mich, warum ich griechische Vokabeln lernen sollte, wenn ich doch nie nach Griechenland wollte. Einerseits verstand ich, daß sie nicht jedem einen Freiplatz auf einer höheren Schule einräumen konnten; andererseits fehlte mir jedes Verständnis für die Ausdauer, mit der mein Vater meinen Eintritt in eine höhere Schule herumerzählte.

Es half mir nicht, daß mein Verhältnis zum Storm-Gymnasium gespalten war und es auch blieb: sie zwangen mich, das Stipendium anzunehmen, schenkten mir eine neue Schulmappe, beschafften mir ein fast neues Fahrrad, suchten zusätzlichen, eventuell verborgen gebliebenen Eifer in mir zu wecken, packten mir zwei Brotschnitten mehr ein als sonst, interessierten sich für Hemd, Strümpfe und Fingernägel, bevor ich aus dem Haus ging, und während ich, über die Lenkstange gebeugt, antrat, winkten sie mir mitunter hinterher, sogar meine Mutter. Den Deich hinauf: links die Nordsee, rechts die Ebene; den Deich hinab: rechts die Nordsee, links die Ebene – dem gewohnten Kurs folgend, den der Polizeiposten Rugbüll so oft vermessen hatte, und den er jetzt hin und wieder gleichzeitig mit mir fuhr – Komm, ich zieh dich, bleib du man im Kielwasser –, so sagte ich ja und amen zu allem, was sie mit mir vorhatten, und ließ mich dafür bezahlen mit: Süßigkeiten, belegten Broten, erhöhtem Taschengeld und – worauf es mir besonders ankam – mit ungestörten Stunden in meinem Zimmer. Es ist nicht ausgeschlossen, daß mein Vater mir auf einmal deshalb soviel zuschusterte, weil er aus dem Polizei-Handbuch erfahren hatte, daß einer mit höherer Schulbildung auch die höhere Polizeilaufbahn einschlagen kann. Und damit ich mich zum Polizeipräsidenten, wenigstens zum Polizeidirektor, entwickelte, durfte Hilke am Nachmittag weder singen noch Radio hören, was sie wiederum mir übelnahm; man kennt so etwas.

Auch wenn es ein gewohnter Kurs war, auch wenn ich Wege und Abzweigungen mit geschlossenen Augen finden konnte, die Fahrten von und zur Schule in Glüserup langweilten mich nie, selbst wenn es anstrengend und mühsam war bei Gegenwind. Alles war an seinem Platz, aber alles sah anders aus jeden Tag, unter verändertem Licht, unter verändertem Himmel, mit wie vielen Überraschungen konnte allein die Nordsee aufwarten, die bei der Hinfahrt noch breit, fast verschlafen den Strand leckte, auf der Rückfahrt dann taumelige Wellen aus grünblauer Tinte gegen die Buhnen schleuderte. Oder die Höfe: einmal bescheiden und wie verdammt unter langen Regenschleiern, verloren unter Grau; dann, wenn milchiges Weiß auf sie fiel oder wenn die Wiesen vor und hinter ihnen aufleuchteten, behäbig und selbstbewußt mit mittäglichem Schornsteinrauch. Oder der Wind: einmal pfiff er durch die Speichen und war vergnügt und wollte sich totlachen, wenn man ins Schleudern kam, dann warf er einem wütend den Regenumhang ins Gesicht oder ließ den Umhang flattern und schlagen oder schubste einen vom Deich. Wie oft alles wechselt hier, täglich, stündlich, wie oft man sich etwas denken kann über die Unterschiede, man kann sich auch erregen über die Unterschiede, wenn man nur will.

Ich bin jetzt mal auf einem Heimweg. Herbst. Nachmittag, gegen zwei: Seevögel, verlassener Strand. Der Wind kam aus nordwestlicher Richtung, schräg von hinten, er blähte meinen Mantel, der schlug wie ein nasses Segel, Spuren führten über den Sandstrand, wer war da entlanggegangen? Der Wind war feucht. Salz. Jod. Meine Schultasche, eingezwängt im Gepäckträger, war übersprüht, sie glänzte vor Nässe. Eine Rauchfahne am Horizont, kein Schiff. Strandläufer, ihre Rufe: Witt-Witt. Das Vieh drüben trug mal wieder Persenninge gegen die Kühle der Nacht, gegen den kühlen Regen. Einer war wieder bei der Drainage. Vorn schon die Umrisse des »Wattblick«, von dem die Farbe abplatzte, seit Hinnerk Timmsen es – elektrisiert von den Chancen eines neuen Berufs – Heizmaterial en gros, und zwar deshalb, weil er in einer Statistik gelesen hatte, daß die Winter immer kälter würden – an die Regierung verkauft hatte, die mit bescheidenem Kostenaufwand ein Heim daraus gemacht hatte für schwachsinnige Kinder. Die Fahnenstange war geknickt, niemand erneuerte sie. Wo war der Wimpel mit den gekreuzten Schlüsseln? Vier, nein fünf Schwestern standen auf der Plattform im Wind und redeten, sprachen auf meinen Vater ein, der unter ihnen stand mit gesenktem Gesicht und da etwas auf seine Weise zur Kenntnis nahm. Vogelwart Kohlschmidt, Deichgraf Bultjohann, der jetzt auf Mantel- und Jackenaufschlag eine Miniatur des deutschen Sportabzeichens in Bronze trug. Ich hob das Gesäß vom Sattel, trat kräftiger in die Pedale und schaffte es dennoch nicht: bevor ich die Plattform erreichte, stiegen die Schwestern und die Männer die schmalen Treppen zur Seeseite hinunter, entfernten sich voneinander, bildeten eine Kette und schwenkten, sich durch Zeichen verständigend, gegen die Halbinsel. Ein weitmaschiges Netz: so bewegte sich die Kette schräg zur Halbinsel, dann bog ein Flügel zurück, und in gleichbleibendem Abstand, durch Mulden, über Hügel, am Strand und über die Dünen vorwärts schwankte die Kette zur Spitze, wo zwei gegenläufige Strömungen sich mischten und das Wasser und das Leichte, was auf ihm trieb, tanzen ließ.

Sie suchten etwas. Sie waren dabei, etwas einzufangen, wer möchte da nicht mitmachen. Hinterher! Ich schob das Fahrrad auf die Plattform und lief ihnen hinterher, zuerst der wandernden Kette, dann nur der Spur, die Vogelwart Kohlschmidt zurückließ, und auf den Hügeln, wo der Wind den neuangepflanzten Strandhafer zauste, holte ich ihn ein, lächelte zur Begrüßung und versuchte, seinen Schritt aufzunehmen. Ich wollte nicht fragen, was sie suchten, ich brauchte auch nicht zu fragen, denn nach einer Weile mußte er laut sagen, was er befürchtete, und da erfuhr ich den Grund ihrer Suche.

Da waren zwei Kinder verschwunden, offenbar im Morgengrauen, noch vor dem Frühstück, ein Junge und ein Mädchen. Die Schwestern hatten zuerst nur im Haus gesucht, zu lange, meinte Kohlschmidt. Als sie verschwanden, sei Ebbe gewesen, da hätte man doch auch im Watt suchen müssen. Er fürchtete, daß sie ins Watt gelaufen waren, er, der Vogelwart, sah das Schlimmste voraus. Immer wieder blieb er stehen und blickte von den Hügeln hinab zum Strand, sah in die Brandung und auf die See hinaus, er schien die Kinder dort eher zu vermuten als auf der Halbinsel. Mageres Weidengebüsch hielt uns auf, wir untersuchten das Gebüsch: keine Spur, kein Zeichen. Eine der Schwestern, groß, knochig, im Lodenmantel, rief meinen Vater zu sich, sie zeigte ihm etwas im Sand, mein Vater grub da ein wenig mit dem Fuß, also konnten es keine Spuren sein; sie trennten sich, gingen weiter. Wir stiegen die Dünen hinauf, auch hier lief keine Spur, auch nicht an der Hütte des Malers, die wir umkreisten, ohne sie zu betreten. Ich begrub ein angekohltes Papierstück, das aus dem Boden ragte. Unsere Wanderkette: nur am Anfang konnte jeder jeden sehen, je weiter wir suchten und dabei in die Hügel der Dünen kamen, desto unsicherer wurde es, wer wen gerade erkennen konnte etwa beim Auftauchen aus einem Dünental: einmal fehlte der linke Flügel, ein andermal der rechte, dann schienen die Suchenden in der Mitte weggetaucht, oder es fehlten einzelne Glieder der Kette, und es kam auch vor, daß ich nur die beiden Flügelspitzen, Deichgraf Bultjohann und die Oberschwester, sehen konnte.

Warum scherte der Polizeiposten Rugbüll auf einmal aus? Warum ließ er sich zurückfallen? Kohlschmidt sah es und schickte mich in die Lücke, ich suchte die Spur meines Vaters, ich setzte sie fort und vervollständigte die wandernde Kette, doch nicht lange. Plötzlich blieb die Oberschwester stehen, Zeichen, Rufe, wieder Zeichen, sie winkte allen, und alle schwenkten um neunzig Grad und strebten ihr zu. Die Oberschwester zeigte so lange mit ausgestreckter Hand auf die nebeneinanderlaufenden, aus der Nordsee heraus- und gegen die Spitze der Halbinsel weiterführenden Spuren, bis wir uns um sie versammelt und bis jeder erkannt hatte, daß die Abdrücke im Sand von Kindern stammten, leichte Abdrücke und sehr dicht beieinander, vielleicht hatten sie sich an der Hand gehalten, als sie zunächst durch das Watt und dann hier heraufgingen.

Das sind sie, entschied die Oberschwester, und da sie ohne ein weiteres Wort den Spuren folgte, gingen wir hinterher. An dem kleinen, fast versunkenen Wrack ließ die Nordsee Wassergarben aufspringen, so scharf, so hoch, daß wir unsere Spritzer abbekamen. Die Wellen im Sand, die die Wellen der Nordsee fortzusetzen schienen, liefen quer über die Spitze der Halbinsel, bis zur Hütte des Vogelwarts, bis zu den Stangen und Fangnetzen. Schneller, alle wurden schneller. Nichts in der Hütte, nichts unter Bank und Tisch, am Strand nichts, obwohl die Spuren über ihn hinwegführten, aber dort in den Netzen.

Also in dem langen Flügelnetz, das zu einer Reuse auslief – die Reuse war locker gespannt und die Leinen waren an Pflöcken befestigt –, auf dem Boden hockend, zwischen schwirrenden Vögeln, gefangen auch vom genauen Schattenmuster des Netzes, fanden wir die Kinder, die uns nicht ängstlich entgegenblickten, nicht freudig, sondern nur kurz und gleichgültig. Sie hockten Rücken an Rücken in der Reuse auf dem Sand, das Mädchen würgte eine speckige Stoffpuppe, der Junge behauchte einen toten Vogel. Das Mädchen hatte ein altes, abgestumpftes Gesicht, kurze, wegstehende Zöpfe, Zöpfe wie Rattenschwänze, es trug ein kariertes Kleid. Der Junge war barfuß, sein schwerer Kopf schien ihn niederzuziehn, sein Nacken war stark gewölbt. Sein Kopf pendelte hin und her, während er den Vogel behauchte, ihn an seine breiten Lippen drückte, und ich hörte, wie er Grunzlaute ausstieß, vielleicht Laute der Ungeduld oder der Zufriedenheit. Das Mädchen drückte die Stoffpuppe mit dem Gesicht in den Sand, machte Drehbewegungen und ließ die Puppe den Erstickungstod sterben zwischen ihren gespreizten, braunen Beinen.

Vögel schwirrten und zuckten über das Mädchen hin, am Mädchen vorbei, sie beachtete sie nicht, schlug nicht nach ihnen. Der Junge steckte den toten Vogel in den Ausschnitt seines Leinenhemdes, lachte und wippte mit dem Oberkörper, Speichel troff von seinen Lippen, er krallte seine Finger ins Netz, wollte sich hochziehen, doch es gelang ihm nicht. Das Mädchen sang mit harter, aufdringlicher Stimme und wandte uns das Gesicht zu. Da hatte die Oberschwester den zur Seeseite gehenden Eingang zum Netz gefunden, tastete sich schon an den Flügeln entlag, kroch in die Reuse, packte das Mädchen und trug es heraus, und die knochige Frau mit den abweisenden Augen behielt das Mädchen auf dem Arm, sie preßte es an sich, während das Mädchen ihr die Stoffpuppe auf den Kopf hieb, so lange, bis die weiße, gestreifte Haube auf die Erde fiel und die Haarnadeln sich lösten. Das Mädchen hörte nicht auf zu schlagen, auch nachdem die Oberschwester es geküßt hatte, hieb es ausdruckslos weiter mit der Puppe auf ihr herum.

Der Junge? Den mußten zwei Schwestern mit Kohlschmidts Hilfe aus der Reuse ziehn, er verteidigte nicht seinen Platz, doch er verstand auch nicht, was man von ihm erwartete; den Kopf wie zu einem Rammstoß gesenkt, träge, nichts begreifend, unerschütterlich in seiner Abgeschlossenheit ließ er sich herausbugsieren und stand scharf atmend in unserem Kreis. Ist alles gut, Jochen, sagte eine der Schwestern, jetzt geht's nach Hause und da bekommst du warmen Kakao, wenn du mir den Vogel gibst. Der Junge wischte sich die Hände an seinen Hosen ab, mechanisch. Gib mir den Vogel, sagte die Schwester sanft und griff in den Hemdausschnitt des Jungen, langte tiefer, der Junge grunzte, die Hand der Schwester fuhr tastend über den Bauch des Jungen, hielt inne und zog an den Schwanzfedern den toten Vogel hervor. Der Junge griff nach dem Vogel, er griff vorbei. So, jetzt gehn wir alle schön nach Hause, jetzt gib's etwas Warmes, und dann wird geschlafen, erst einmal. Der Junge krümmte seine Hand und hielt sie ans Ohr, hörte wohl, was nur er allein hörte, er sperrte sich nicht, er ging willig mit, nur ab und zu mußte er stehenbleiben, um konzentriert zu lauschen.

Zurück zum »Wattblick« also. Schwestern, Kinder, die Wirtschafterin und sogar die beiden Köchinnen standen auf der Plattform und erwarteten uns; Ausrufe, Umarmungen, erleichterte, schnelle Liebkosungen. Da seid ihr ja. Da sind sie ja. Ich linste durch die offene Tür, mein Vater war nicht zu sehen, aber plötzlich sah ich das Mädchen, das mir jeden Morgen schwerfällig zuwinkte, wenn ich vorüberfuhr, und das auch manchmal an den Nachmittagen im blauen Kittel auf der Fensterbank saß und mir zuwinkte. Ich hatte mir einen Namen für sie überlegt; ich nannte sie Nina. Sie trat durch die offene Tür. Sie kam jetzt auf die Plattform heraus mit unsicheren Bewegungen.

Ich machte ihr ein Zeichen, sie erkannte es nicht. Ich grüßte sie, sie bemerkte meinen Gruß, doch sie erwiderte ihn nicht. Unauffällig, soweit das möglich war, drängte ich mich in ihre Nähe, lächelte ihr zu, nickte, gab mich zu erkennen, indem ich ihr schwerfälliges Winken imitierte, sie übersah mich, oder sie sah mich und erinnerte sich an nichts, und dann, als ich mich so nahe an sie heranarbeitete, daß ich sie hätte berühren können, stieß sie einen Angstlaut aus, umarmte eine Schwester, suchte Schutz bei ihr. Da konnte ich mich doch nur schweigend verdrücken, ich zwängte mich durch die bewegliche Traube von Kindern und Erwachsenen, verfolgt von den Blicken der erstaunten Schwester, die das Mädchen zerstreut streichelte und sie auch tröstete. Da stand mein Fahrrad, ich führte es auf den Deich, nahm Anlauf, wie mein Vater Anlauf nahm, schwang mich hinauf und fuhr in energischem Wiegetritt davon, Richtung Rugbüll. Nu, kommst du endlich oder kommst nicht? rief Hilke von der Treppe, ich kann den Reis nicht länger warmhalten. Also Reis mit Zucker und Zimt, vielleicht sogar mit Pflaumensuppe. Ich sagte: Reg dich nicht künstlich auf, und sie, leiser und schon wieder einlenkend: Ich hab ihn doch schon zweimal aufgewärmt, Siggi. Wo steckst du bloß? Die Anweisung, mich, wenn auch nicht respektvoll, so doch rücksichtsvoll zu behandeln, veranlaßte sie, mir die Schulmappe abzunehmen, zu zwinkern und mir danach mit einer wischenden Bewegung über den Hinterkopf zu fahren. Sie wollte mich bei der Hand nehmen, ich hielt das für unangebracht und trottete hinter ihr her in die Küche.

Vater da? – Nein, er ist nicht da; er wurde zum »Wattblick« gerufen, da ist mal wieder was fällig gewesen: zwei sollen geflohen sein, vielleicht ertrunken. – Gib mir lieber was zu essen. Red nicht über Sachen, die du nicht kennst. Also doch Reis mit Pflaumensuppe. Der Teller schwebte auf mich zu, wurde achtlos abgesetzt, sie war beleidigt. Zwei hatten sich bloß verlaufen, ich bin nämlich dagewesen und habe mitgeholfen, sie zu suchen, stell dir vor: sie steckten im Netz von Vogelwart Kohlschmidt. – Darum also, und wir dachten schon, daß dir was passiert ist. Wie war's denn heute in der Schule? – Och, so, so. Das war gar nicht Hilke, die gefragt hatte, die letzte Frage stammte von meiner Mutter, die unbemerkt hereingekommen war mit offenem Haar, ein Handtuch über die Schultern gelegt, bereit zur Haarwäsche. Ich brauchte mich nicht umzudrehn, um zu erfahren, wie sie aussah und was sie tat; ich wußte einfach, daß sie den blaßgrünen Unterrock anhatte, an den Füßen die ausgelatschten und mit getrockneten Schaumspritzern bedeckten Lederpantoffeln trug; jetzt holte sie ihr Shampoon aus dem Schrank, jetzt spülte sie die Waschschüssel aus, jetzt streifte sie die dünnen Träger ihres Unterrocks über die fleischigen, mit Sommersprossen und Muttermalen bedeckten Arme. Warmes Wasser in die Schüssel. Ich möchte nicht, Siggi, daß du dies »Wattblick« betrittst, hast du mich verstanden? – Ich bin doch überhaupt nicht drin gewesen. Das Wasser schien zu warm zu sein, sie kühlte es, indem sie beide Hände hineintauchte und Wellen machte. Es ist schon genug, daß sie diese Kinder hierher geschickt haben; geh du wenigstens nicht hin. – Zwei hatten sich verlaufen, sagte ich, ich habe nur geholfen, sie zu suchen. Sie stellte sich breitbeinig hin, beugte den Nacken, stürzte ihr Haar nach vorn und in die Schüssel und sprach mit gepreßter Stimme: Jetzt wird immer was los sein drüben, niemand kann mehr sicher sein. Diese unwerten Geschöpfe: Aufregungen, nur Aufregungen werden sie uns bringen. Wären sie nur weggeblieben. – Aber wo sollen sie denn hin? Keine Antwort; sie schöpfte Wasser, netzte ihr Haar zuerst und tauchte es dann ganz in die Schüssel, keuchend vor Anstrengung. Wenn sie noch krank wären, aber sie sind unwert, sie belasten uns alle. Man kann ihnen nichts entgegenbringen, denn sie spüren nichts. Verstehst du mich, Siggi. Ich möchte nicht, daß du dort hingehst, sie ansiehst, mit ihnen spielst vielleicht.

Das Wasser rann und tropfte aus ihrem Haar, jetzt kleckste sie von dem sämigen, honigfarbenen Shampoon auf ihren Hinterkopf und begann zu reiben und zu massieren, rieb anfangs flüssigen, dann immer steifer werdenden Schaum heraus, der zitternd auf ihrem Nacken lag, in Flocken zum Ohr und ins Gesicht glitt und – wie sie mit einem Zischton verriet – auch in die Augen drang, nun mußte Hilke helfen. Der Anblick, Siggi, kann ausreichen, daß man Schaden nimmt; man merkt es nicht, und auf einmal ist es geschehen. Eindrücke, weißt du, die können sich festsetzen und den Blick trüben.

Da saß ich, löffelte meinen Reis und hörte zu, saß noch einen Augenblick ganz still da, während Hilke das rotblonde Haar meiner Mutter spülte und preßte und dann mit dem Handtuch vortrocknete. Ob ich nun zu meinen Schularbeiten hinaufdürfe? Ich durfte: Aber denk daran, was ich dir gesagt habe, Siggi – Ja. – Und was habt ihr auf heute? – Heute? Mathematik, Geschichte, Aufsatz. – Wie soll er denn heißen? – Mein Vorbild. – Na, das ist ja wohl nicht so schwer. – Nein. – Ich bin schon gespannt darauf, den Aufsatz zu lesen. Der blaßgrüne Unterrock umspannte fest ihr breites Gesäß. Ihre Nackenhaut war gerötet. Sie atmete angestrengt ins Handtuch. In der Waschschüssel schwabbte eine dunkle Brühe, auf der noch Schaumzungen trieben; man konnte zusehen, wie der Schaum flacher wurde, sackte, sich auflöste. Ich war froh, aus der Küche hinauszukommen, in mein Zimmer, zu meinen Schularbeiten.

Da Geschichte mich wie immer kalt ließ, fing ich mit dem Aufsatz an, und was immer passierte, geschah auch diesmal. Zuerst kam mir das Thema zumutbar vor, ergiebig und sogar wie für mich gemacht, ich fühlte mich noch nie überfordert, wenn uns aufgegeben wurde, etwa über »Mein schönstes Ferienerlebnis«, ein »Besuch im Landesmuseum« oder über »Mein Vorbild« zu schreiben; jedes Thema erfüllte mich anfangs mit dem gleichen Zutrauen. Doch all diese eingängigen Themen erwiesen sich in dem Augenblick als Zumutung, in dem ich sie – was ja verlangt wurde – zu gliedern begann. Kein Aufsatz ohne Gliederung. Einleitung, Aufbau, Hauptteil, Wertung: über diese Rolltreppe hatte das Ganze zu laufen, und wer sich nicht an diesem Schema entlanghangelte, der hatte das Thema verfehlt. Obwohl es mir gelang, mich mit fast allen Themen zu befreunden, verfehlte ich sie regelmäßig, und zwar deshalb, weil ich mich nicht entscheiden konnte. Ich brachte es nicht fertig, zu bestimmen, was Haupt-, was Nebenproblem sein sollte; ich brachte es nicht übers Herz, einige Leute als Haupt-, andere als Nebenfiguren auftreten zu lassen. Höflichkeit oder Mitleid oder Argwohn hinderten mich daran; doch was das Schlimmste war, ich war nicht in der Lage, zu werten, und gerade darauf war Doktor Treplin, unser Deutschlehrer in Glüserup, so versessen. Alles wollte er bewertet haben: Odysseus' Listen und Wallensteins Charakter, die Träume des Taugenichts und das Verhalten der Bürger beim Brand der Stadt Magdeburg. Was keine Wertung hatte, war nicht der Rede wert. Werten! Noch heute stellt sich der Druck ein und das würgende Gefühl, wenn ich nur daran denke.

Diesmal also hieß das Thema: Mein Vorbild. Wer konnte eins abgeben? Mein Vater, der Polizeiposten Rugbüll? Der Maler Max Ludwig Nansen? Doktor Busbeck vielleicht, dies Symbol der Geduld? Oder mein Bruder Klaas, dessen Namen wir zu Hause weder denken noch erwähnen durften? Wem wollte ich gleichen, nacheifern, das Wasser reichen? Wenn schon nicht meinem Vater: warum nicht? Und wenn dem Maler: warum dann ihm? Ich witterte schon, daß alles bei diesem Thema zur Wertung drängte, auf Wertung hinauslief, und weil es mir nicht gelang, nie gelingen würde, Leute, die ich kannte, in Treplinschem Sinne zu bewerten, mußte ich mein Vorbild an anderem Ort suchen, in anderer Zeit, am besten, dachte ich, könnte man mit einem erfundenen Vorbild fertig werden, mit einem gebastelten, geflickten, jedenfalls nicht lebendigen Vorbild. Aber wie sollte es beschaffen sein, damit ich ihm gleichen wollte? Ich weiß noch, ich nahm mir zuerst einen Familiennamen, nämlich Martens, nahm mir einen Vornamen, nämlich Heinz, und diesen Heinz Martens ließ ich einarmig sein, schenkte ihm einen überlangen Schal, rüstete ihn mit Seestiefeln aus und versetzte ihn auf die trostlose Hallig Kaage, die aus unerklärlichen Gründen nicht nur die Brutinsel von Brandgänsen war, sondern auch, seit dem Ende des Krieges, ein sehr beliebtes Zielgebiet für die noch unerfahrenen Bomberpiloten der Royal Air Force.

Heinz Martens erhielt einen kurzstieligen Spaten, mit dem er sich einen Unterstand graben konnte, erhielt Nahrung und Hemden zum Wechseln, desgleichen stattete ich ihn mit Kautabak und einer Leuchtpistole aus, mit der er sowohl die brütenden Gänse als auch die Piloten warnen sollte. Die ersten Bombardements ertrug er unbemerkt, dann erfuhr man, daß da einer auf Kaage hockte, um den Brandgänsen ihren Nistplatz zu erhalten, es sprach sich herum, die Geschichte wurde in Hamburg bekannt, London, vor allem verbreitete sie sich unter den Mitgliedern englischer Tierschutzvereine – weniger unter den Piloten der RAF, denen Heinz Martens rote Leuchtkugeln entgegenschickte und es dennoch nicht verhindern konnte, nach dem Angriff unzählige, mehr oder weniger brauchbare Gänsebraten einsammeln zu müssen.

Sobald das singende Motorengeräusch zu hören war, stürzte er aus dem Unterstand, feuerte zunächst einige Leuchtkugeln flach über die Gehege, worauf sich panisch, doch rasch zu kreisender Ordnung findend, Wolken von Gänsen erhoben; sodann schoß er steil den anfliegenden Maschinen entgegen, bis zu dem Augenblick, in dem die ersten Bomben detonierten. Das Klatschen, das Pfeifgeräusch der Flügel. Das singende Motorengeräusch der hochfliegenden Maschinen. Das zitternde Licht der sinkenden Leuchtkugeln.

Das rötliche Licht spiegelte sich in meinem Fenster, lag auf meinen Händen, auf meinem Aufsatzheft, es lag flackernd auf der Wand meines Zimmers, und da waren Schreie und Schritte auf einmal, auch bei uns im Haus unten viele Schritte; Türen wurden aufgerissen, und es war Hilke, die rief: Feuer, schnell, Siggi, Feuer. – Wo? – Da! Komm runter.

Mein Versteck brannte! Mein Lager brannte. Meine Ausstellung, meine Sammlung von Schlüsseln und Schlössern brannten. Es brannten die Reiterbilder und der »Mann im roten Mantel«. Auf ihrem Erdsockel oberhalb des Teiches brannte meine alte, flügellose Mühle, meine Lieblingsmühle. Läutete das Feuerwehrauto? Ich hörte es läuten, doch das Auto war nicht zu sehen, war wohl noch gar nicht unterwegs. Es brannte die Kuppel. Flammen schlugen aus den oberen Luken und zerbrochenen Fenstern und wuchsen steil und schwingend auf. Und dort im Mühlenteich brannte es noch einmal, etwas ruhiger. Oben und unten stieg ein Funkenregen auf, ein Strauß von gelben und roten Leuchtkugeln, die der Wind, der eigene Wind des Feuers über die Ebene trieb nach Holmsenwarf hinüber. Es brannten Fürst Jussupow, die Königin Isabella von Bourbon und der über das Schlachtfeld von Mühlberg reitende Kaiser Karl V. Zwei unsichtbare Bilder brannten und die »Apfelpflücker«, die Klaas gehörten. Die Flammen vereinigten sich über der Kuppel, wurden schräg weggedrückt. Prasselndes Gestöber. Torkelnder Aschenregen vor weißgrauem Himmel. Die Kuppel stürzte und stürzte nicht ein.

Ich lief und sah andere laufen: von den Höfen, quer über Wiesen und unterm Deich liefen sie auf das Feuer zu, man wollte rechtzeitig ankommen. Wie sie sich abmühten. Wie hastig sie sich durch Drahtzäune zwängten, über Gräben sprangen, einander überholten, nur, um sich einen guten Platz zu sichern.

Ich sprang die Treppen hinab. Hilke rief mich zurück. Meine Mutter rief mich zurück. Ich lief über den Hof, über den Ziegelweg, an der Schleuse vorbei; auf dem Graben, an dem ich entlangflitzte, lag der Widerschein des Feuers. Ich schnitt den Weg ab, lief durch den Schilfsaum des Teiches und hatte gerade den Weg erreicht, als die Kuppel einstürzte. Die brennende Kuppel stürzte in den Turm, brach auf der Mahlplattform auseinander und schickte ein Gestöber von Funken hoch; wie aus einem plumpen Schornstein stieg jetzt das Feuer, dem die Zugluft alles öffnete. Ich blieb stehn und sah zu, wie das Feuer arbeitete, wie die Flammen probierten, sich teilten und hinaufschnellten, ein hartes, flatterndes Geräusch, sagen wir ruhig: wie Tuch im Wind. Ein Glutklumpen flog aus der offenen Tür und landete zischend vor mir im feuchten Gras; ich trat ihn nicht aus. Ich stand unter dem torkelnden Aschenregen. Ich sah dem Feuer zu. Zwei Männer versuchten, mit einem Balken die Tür zu verrammeln, es gelang nicht; die Tür hob sich nur unter den Stößen aus den Angeln und blieb diagonal im Eingang hängen. Gelöscht wurde nicht, obwohl überall danach gerufen wurde. Die Flammen schlugen jetzt aus den unteren Fenstern, liefen an der Außenwand des Turms hinauf.

Wann hatte ich dem letzten Feuer zugesehen? Anfang des Krieges muß es gewesen sein, als Holmsens Ställe brannten und die Männer auf dem Hof nichts anderes taten, als die geretteten Tiere daran zu hindern, in die Flammen zurückzulaufen. Ich merkte nicht, wie der Ring der Zuschauer vor der Hitze zurückwich.

Ich war allein auf einmal, schloß die Augen, spürte nichts als einen immer schneller klopfenden Schmerz, ein Drängen, ein Stoßen, das stach, das schlug heiß und kalt, aber ich wollte nicht, noch nicht, ich wehrte mich gegen den Zwang, der immer spürbarer wurde, alles schwankte, die brennende Mühle, die Schatten der Zuschauer, und ich sah mein Versteck rotieren, es dreht sich um sich mit dem Lager, den Kisten mit Schlössern, den Wänden mit Bildern, immer heftiger drehte es sich um mich, die Bilder liefen zusammen, wurden zu einem einzigen Band, ich streckte die Hände aus, und dann lief ich zum Eingang, auf die Flammenwand zu, auf den beweglichen Vorhang. Unter der ausgehobenen Tür hindurch, die riesigen abgetretenen Holzstufen hinauf: dort brannten die Mehlkästen und die Leiter und das roh behauene Gebälk.

Zuviel Licht, es war einfach zuviel Licht, um etwas zu erkennen; ich mußte den Arm schützend vor das Gesicht legen, ich konnte nicht mehr atmen, und ich dachte an den Flaschenaufzug, als sie mich packten und die Treppe herunterrissen ins Freie, zwei Männer, ich weiß nicht, wer es war. Es half mir nicht, daß ich mich wand, krümmte, fallen ließ, sie lockerten nicht ihren Griff. Einer sagte: Paß auf, sonst rennt der noch einmal da rein; darauf drückten beide so zu, daß ich mich auf die Zehenspitzen erhob, den Mund aufriß. Durch den Ring der Zuschauer, der sich unwillig öffnete, schleppten sie mich den Weg hinab zum Mühlenteich, dort ließen sie mich los, dort sackte ich zusammen und kühlte auf ihren Befehl mein Gesicht, den Nacken und die Arme mit Wasser. Einmal, als ich mein Gesicht hob, lachten sie, und einer sagte: Ganz schön versengelt, der Lütte; dann drehten sie mir den Rücken zu und blickten aufs Feuer.

Auch ich beobachtete das Feuer, oder doch sein zerlaufendes Spiegelbild, aber nicht lange: als die Feuerwehr aus Glüserup eintraf, als sie den Schlauch entrollten, die Saugpumpe zum Mühlenteich schleppten, stand ich auf und ging weg, ohne mich umzusehen, ließ ihnen die Mühle, das Feuer, das die Dämmerung von der Ebene fernhielt. Während ich ging, am Teich vorbei, über die Weiden, vorbei an regungslos stehenden Tieren, auch jetzt hörte das Stechen nicht auf: es lief die Wirbelsäule hinauf, sprang in die Schläfen, drang heiß und kalt in mich ein. Einmal blieb ich stehn, da war die Stimme meines Vaters, also war er zur Stelle, er rief einen Befehl, sonst nichts. Die Zaunpfähle, die Tiere, ich selbst: alles hatte seinen flackernden Schatten, ich ging Richtung Bleekenwarf wie selbstverständlich, als würde ich dort erwartet. Der Wind nahm zu. Ein Aufschrei hinten beim Feuer, etwas mußte da geschehen sein, ich sah nicht zurück. Über mir, ziemlich flach, niedergehalten vom Wind, trieb eine Rauchfahne, zog sich lang aus und hängte sich in die Hecken von Bleekenwarf, anscheinend hatten sie mit dem Löschen angefangen. Der Boden hob sich ein wenig, da war die Holzbrücke.

Ich blieb stehn, aber der Maler hatte mich längst erkannt, er stand still am Ende der Brücke, die kalte Pfeife schräg überm Kinn, die Hände tief in den Taschen des Mantels, der leicht um seine Beine schlug. So wie er dastand, hätte man ihn für einen Teil der Hecke halten können. Komm nur, sagte er, komm ruhig, und ich ging zu ihm, er legte mir eine Hand auf die Schulter, und wir blickten gemeinsam zur brennenden

Mühle hinüber. Wankte schon der Turm? Ich dachte an den Großen Freund der Mühle, an den Alten mit dem braunen, rot unterfeuerten Finger, der sich riesenhaft aus dem Bild erhob: war es nicht eine ähnliche Dämmerung, in der er versuchte, die alte Mühle durch einen schnippenden Anstoß in Bewegung zu bringen? Eine Seite des Turms brach auseinander, stürzte, und im Sturz platzte ein Feuerregen heraus. Was half seine Freundlichkeit, die einfältige Zuversicht? Steh doch ruhig, Witt-Witt, sagte der Maler, oder hast was? Willst du mir was erzählen? Steh doch ruhig, Junge. Er konnte bewegungslos dastehen und den Brand der flügellosen Mühle beobachten, die ihm selbst doch nicht gleichgültig war. Er hielt es aus, hier, auf der Holzbrücke, womöglich war er schon näher dran gewesen und dann wieder hierher zurückgekehrt, ich weiß es nicht, ich kann es mir vorstellen.

Über uns zog die Rauchfahne wie von einem qualmenden Dampfer. Seine Lider waren zusammengezogen, sein Blick glitt nicht ab, er hatte festen Stand auf den Bohlen. Jetzt stürzte der ganze Mühlenturm ein, er brach auf halber Höhe, neigte sich, kippte zum Weg hinunter und sprang auseinander beim Aufschlag, entließ da rotierende Kugeln und hüpfende feurige Klumpen; glühende Brocken sprangen den Hang hinab, einige landeten im Mühlenteich und verzischten, andere schüttelten bei jedem Aufprall einen Funkenregen aus sich heraus. Die Rauchfahne änderte ihre Farbe, wurde schweflig, änderte ihren Geruch, wurde beißend, stickig; der Wind trieb sie uns nun ins Gesicht, und der Maler sagte nach einer Weile: Nun ist es vorbei, Witt-Witt, nun laß uns mal reingehn; und er schob mich auch gleich durch die Hecke, durch den Garten zum Atelier.

Er machte Licht, setzte sich eine Brille auf, hob mein Gesicht. Warst du im Feuer? Deine Augenbrauen, dein Haar – gerade als ob du im Feuer warst, angesengelt. Hast du Fieber? Ich zuckte die Achseln, und er, ausdauernd über mein Gesicht gebeugt, besorgt: Leg dich mal hin, Siggi, nur ein Weilchen, ich werd was zu trinken holen, ein Glas Buttermilch kann dir nicht schaden; und fürsorglich führte er mich zu einer der fünfundfünfzig Lagerstätten im Atelier, die, wie ich lange geglaubt hatte, all den Personen auf den Bildern für die Nacht reserviert waren: den Slowenen, Strandtänzern und gelben Propheten, den krummgewehten Feldarbeitern und den grünen, verschlagenen Marktleuten. Belustigt hatte mir der Maler sogar einmal bestätigt, daß hier das ganze phosphoreszierende Volk schlief, das er in seine Bilder gebracht hatte; er war befremdet, wenn man ein ungläubiges Gesicht machte; was er sagte, wollte er geglaubt haben.

Also ein Lager abgedeckt, da lag eine verwaschene Zeltplane, und darunter war Stroh. Ich setzte mich auf das Lager, und behutsam hob Max Ludwig Nansen meine Beine hinauf, deckte mich zu und schaute auf mich herab mit gespielter Strenge: Du wirst jetzt liegenbleiben, auch wenn es dir nicht paßt. Ja? Und wirst still sein und warten, bis ich zurück bin. Ja? Es dauert nicht lange. – Aber das Licht, das Licht bleibt doch an? Er nickte. Damit du mir nicht wegläufst, werde ich das Licht brennen lassen.

So eingezäunt von seiner Fürsorge und seinen Worten legte ich mich zurück, nachdem er mir noch das mit Leinwand bespannte Kopfkissen aufgeschüttelt hatte. Er sah ernst aus, als er ging, ich hörte auf seine Schritte, die sich zögernd zur Tür entfernten; ein scharfer Windzug strich herein und blätterte in den lose gestapelten Zetteln auf dem Arbeitstisch, einige segelten zu Boden. Ich sah ihn nicht, doch ich spürte, daß er draußen am Fenster stehenblieb und noch einmal zu mir hereinsah, bevor er zum Wohnhaus hinüberging. Dann also.

Ich muß mich besinnen, zurückholen, was dann geschah, weil es das erste Mal war, ich hatte nur vor, zu warten, ich zitterte unter der Decke, bis dahin konnte ich mir das meiste erklären durch Vergleiche. Die Helligkeit war ausreichend, der Raum war gewohnt, die Zeit, die ich hier zubringen würde, begrenzt, zumindest war es abzusehen, wann der Maler mit einem Glas Buttermilch zurückkommen würde. Ich kam mir nicht vor wie zu Besuch. So weit gelingt es: ich kann mich, von heute aus, auf dem Lager besichtigen, bis zum Kinn unter der braunen Decke verborgen, von Bildern umgeben, die ich kannte. Der Übergang, ich muß den Übergang finden, oder gab es keinen für mich?

Vielleicht fing es so an: ich merkte, daß ich gesehen wurde, und nicht allein gesehen, sondern auch erkannt. Da waren die Slowenen, die saßen an einem runden Tisch und hatten glasige, zufriedene Augen von ihrem Schnaps. Die Marktleute hatten nur Interesse für eine achtlos vorübergehende alte Frau, und die krummgewehten Feldarbeiter hatten zu tun vor dem aufziehenden Gewitter. Die Strandtänzer? Die Propheten? Die redeten nur mit sich selbst.

Es mußten die beiden Geldwechsler sein, die mit ihren leicht grüngoldenen Händen und den maskenhaften Gesichtern: sie sahen mich an. Sie verständigten sich nicht mehr aus den Augenwinkeln über den gebeugt vor ihnen sitzenden Mann, dessen Verzweiflung sie nichts anging, dessen Schmerz ihnen nur gelegen kam. Mir schien, sie hatten den Blick gehoben, in ihren eisgrauen Augen fehlte jetzt jede Überlegenheit. Ich konnte es nicht erklären, wollte es auch nicht erklärt haben, das Bild zog sich zusammen, da war ein ziemlich genauer Schmerz und eine Klammer auf den Schläfen, etwas Helles bewegte sich auf das Bild zu, schwankend, aus der Tiefe des Hintergrunds, die Geldwechsler schienen den Atem anzuhalten; ich griff mit beiden Händen in die Decke; denn nun wurde deutlich, daß da eine kleine offene Flamme war, die sich aus dem Hintergrund näherte, stetig, unwiderruflich. Was überwog meine Furcht? Die Verblüffung? Die Schwäche? Der Schreck? Meine Furcht ließ mich still sein und zusehen, eine Weile wenigstens; ich weiß nur dies: Da war das Bild. Da war die kleine offene Flamme. Da war die Furcht. Das war beinahe alles. Und ich dachte nicht weit, als ich die Decke abstreifte und aufstand, ich mußte einfach das Bild herunternehmen, mußte es umdrehen, den Papprücken lösen und die Geldwechsler aus dem Rahmen nehmen. Wo waren sie sicher? Unter dem Kopfkissen? Im Schrank?

Ich zog das Hemd aus der Hose, legte das Bild an meinen Körper so wie ich es einst mit dem »Wolkenmacher« getan hatte –, streifte das Hemd wieder über und legte mich auf das Lager und beschloß, keinem etwas zu sagen, nicht einmal dem Maler. Ich wollte das Bild nur in Sicherheit bringen; ich wollte es fortbringen, an einen Ort, den ich selbst noch nicht wußte, nur weg von hier, wo es aufflammen konnte jeden Augenblick. Wie kühl es an meiner Haut lag! Wie sicher es dort war! dachte ich, und ich schloß die Augen, um die anderen Bilder nicht ansehen zu müssen. Sollte ich es ihm erzählen? Würde er mir glauben, was ich ihm erzählte? Oder sollte ich fliehen? Ich wollte das Bild ja nicht behalten – ebensowenig wollte ich spätere Bilder für mich behalten, die ich, weil sie bedroht waren, in Sicherheit brachte, nur vorübergehend in meine Obhut nehmen. Ich konnte es doch nicht so weit kommen lassen nach allem, daß sie aufflammten in einer unbewachten Sekunde, ich mußte doch etwas tun. Ich mußte doch darauf hören, was meine Furcht mir riet. Mein Fehler war nur, daß ich zu früh erkannte, wenn ein Bild bedroht war, und daß ich zu früh für seine Sicherheit sorgte.

Ich lief nicht fort. Ich lag und wartete, bis der Maler zurückkam, er hatte Mühe, die Tür zu schließen. Er setzte sich auf den Rand des Lagers; hier, trink, und ich trank und musterte ihn über den Rand des Glases. War er verändert? Hatte er mehr getan, als nur die Milch zu holen? Wie du aussiehst, Siggi, sagte er: hier brauchst du doch keine Angst zu haben. Hast du Fieber? Ruh dich mal aus, und dann begleit ich dich hinüber.

Er hob von einem Schrank eine Flasche herunter, zog den Korken mit seinen gelblichen, starken Zähnen heraus, goß sich ein Glas ein, das er schnell kippte, goß sich ein zweites Glas ein und steckte seine Pfeife an. Er sah durch das Fenster: Kaum noch Flammen, Witt-Witt, sie haben es geschafft, morgen früh wird sie uns fehlen, unsere alte Mühle. Du bist oft drin gewesen, oder? Du bist so manches Mal dort herausgekommen. Warum bist du fortgelaufen vorm Feuer?

Ich mußte zur Toilette. Ich lag steif da, wagte nicht, mich zu rühren, denn es machte sich das Gewicht des Bildes bemerkbar, und eine neue Angst verhinderte jede Bewegung: wenn er das Fehlen des Bildes entdeckte, wenn er es an mir fand – was würde er tun? fragte ich mich und linste zu dem leeren Rahmen, den ich an seinen alten Platz gehängt hatte. Würde er mir für alle Zeit verbieten, sein Atelier zu betreten? Wäre alles aus und vorbei? Der Rahmen hing schief, ich hatte ihn zu hastig aufgehängt und die braune, grobe Decke umschlang mich so fest, als wollte sie mich verraten. Diese Hitze auf einmal, diese heißen Wellen, die über meinen Körper liefen, da gelang einfach kein gleichmäßiges Atmen, und ich mußte zur Toilette. Zwei Spritzen, sagte er vom Fenster, jetzt löschen sie mit zwei Spritzen, als ob es da noch was zu retten gibt, zu schützen gibt. Es wird Regen geben in der Nacht, sie können doch den Rest dem Regen überlassen: was meinst du? – Ja. Er drehte sich vom Fenster weg, kam heran mit seinen kleinen Schritten, während ich zur Decke blickte; welche Entfernung hatte er nur zu überwinden, daß es so lange dauerte. Endlich war er neben mir. Er stellte das Glas auf dem Fußboden ab und setzte sich auf den Rand des Lagers mit leisem Schnaufen. Nun sag schon, was du weißt, dachte ich, oder sag, was du entdeckt hast.

Er holte sein riesiges, nach Nikotin riechendes Taschentuch heraus und rieb mir die Stirn trocken und die Schläfen. Nun beruhige dich erstmal, Witt-Witt, sagte er, wirst schon sehn eines Tages: was wir gemacht und zusammengetragen haben, das kommt nicht so schnell aus der Welt. Unsere Spuren, die bleiben länger, als wir denken; so schnell geht nichts verloren. Denk mal: vom alten Frederiksen, der hier lebte, weiß ich wenig; aber jedes halbe Jahr hat er seinen Sohn gemessen am Türpfosten, und mit einem Messer hat er da Kerben eingeschnitten: auch wenn es nur so viel ist – etwas bleibt schon. Er klopfte mir auf den Schenkel. Damit etwas bleibt, sagte er, muß man es doch nicht wiedersehn; manche Sachen, die muß man erst verlieren, damit man sie besitzen kann ohne Sorge. Wenn ich so denke. Es können siebenhundert Bilder sein, vielleicht auch achthundert. Die werden doch nicht aufhören, mir zu gehören, auch wenn ich sie nie mehr zu Gesicht kriege. Und du? Ja, ich weiß, es war eine ganze Menge. – Was meinst du? fragte ich. Und er, ohne mir meine Frage übelzunehmen: es war ein gutes Versteck, und du hattest gute Sachen da oben, ich hab mich manchmal gewundert, und manchmal hab ich mich so gefreut, daß ich dir am liebsten etwas dazugegeben hätte! – Du bist oben gewesen? Du wußtest es? – Ich wußte es und bin oben gewesen, nicht nur einmal. – Der Mann im roten Mantel. – Ja, auch den Mann im roten Mantel habe ich dort wiedergesehen und allerhand mehr. – Wie hast du es herausbekommen? – Bleib ruhig liegen. Du siehst ja: ich ließ dir alles, sogar die beiden unsichtbaren Bilder, die du für dich abgezweigt hast, und eines Tages, ich hab schon daran gedacht, hätte ich dir etwas hingehängt, heimlich.

Er hat es getan, sagte ich, nur er, und er wird es immer wieder tun, er denkt an nichts anderes, er wartet nur darauf. – Ruhig Junge, du weißt nicht mehr, was du redest. – Am Schuppen hat er es gemacht und am Strand und auch jetzt: ich weiß es, er findet alles, nichts ist sicher vor ihm, das wird nicht aufhören. – Wir werden ein neues Versteck für dich suchen. – Er findet es, bestimmt. – Dann werden wir mehrere Verstecke suchen und die Verstecke wechseln; nur ruhig jetzt und laß mal meinen Arm los. – Du mußt etwas tun, Onkel Nansen, sagte ich, du bist der einzige, der etwas tun kann, bei ihm hat irgend was ausgesetzt, oder er hat etwas nicht mitbekommen, ich bekomme es schon mit der Angst, wenn er so dasteht und in sich hineinhorcht. Ich kenn deinen Vater länger als du, sagte der Maler, er war es bestimmt nicht, der den Brand in der Mühle gelegt hat, du darfst so was nicht denken. Willst noch was trinken? – Und ich sag dir, daß wir alles verstecken müssen vor ihm.

Der Maler drückte mich auf das Lager nieder, und jetzt gab er mit seinen Blicken zu, daß er mehr wußte, als ich vermutete: es war keine Enttäuschung und keine Trauer und schon gar nicht Empörung in seiner Stimme, als er langsam sagte: Auf die Geldwechsler werde ich schon selbst aufpassen, rück sie mal wieder raus. Da er das Bild unter dem Lager glaubte, bückte er sich kurz; dann sah er mich besorgt an und sagte: Komm, bei mir ist es sicher. – Eine Flamme, sagte ich, eine kleine Flamme bewegte sich auf das Bild zu. – Ist gut. – Ganz deutlich. Ich habe sie erkannt. – Ja, das glaube ich, aber nun gib das Bild wieder her. Mit zwei Griffen deckte er mich auf, ertastete das Bild an meinem Körper, zog das Hemd aus der Hose und wollte sich von mir nicht helfen lassen, er befahl mir ruhig: Finger weg, das mach ich schon allein. Keine Enttäuschung, kein Zorn, wie gesagt.

Überraschend schmal und blaß kamen seine Handgelenke aus den zu weiten Ärmeln, als er den Rahmen abnahm, er legte wortlos das Bild ein und hängte es an seinen Platz. Hast du Hunger? – Nein. – Dann ist wirklich etwas mit dir los, sagte er lächelnd, und sagte nach einer Weile: Mußt dich dran gewöhnen, daß es auch mal Schwund gibt, Witt-Witt. Vielleicht ist das gut so: man darf doch nicht stehenbleiben bei dem, was man hat. Man muß immer wieder Anfänge machen. Solange wir das tun, können wir noch was von uns erwarten. Ich war noch nie zufrieden, Siggi, und ich rat dir: sei unzufrieden nach Möglichkeit.

Er erschrak. Er deckte mich zu: Mein Gott, wie du aussiehst, Junge. Komm, ich bring dich nach Haus. – Ich will hierbleiben, sagte ich. Das geht doch nicht. – Ich will aber. – Du kannst mit uns essen und danach bring ich dich nach Haus.

Anzuhalten, also Okko Brodersen anzuhalten und ihn zu fragen, ob er in seiner Posttasche vielleicht einen Brief, ob man diesen Brief vielleicht selbst, ob man ihm auf diese Weise einen Weg und so weiter: all das lohnte sich nicht, denn der einarmige Postbote, steif und mit Hohlkreuz auf seinem Fahrrad sitzend, bestand darauf, Postsachen im, allenfalls vor dem Haus zu überreichen, mit Anspielungen, versteht sich, manchmal mit Ermahnungen, jedenfalls in einer Art, als wisse er schon mehr über den Brief als der Empfänger. Man hatte zwar nicht gleich das Gefühl, daß er jeden Brief selbst geschrieben hatte, aber daß er beim Schreiben zumindest dabeigewesen war, das mußte man einfach annehmen, wenn man ihm bei der Aushändigung zusah. Wie der auf einen Brief klopfen konnte! Wie der mit ihm mahnend herumwedeln konnte! Nein, wer ihn kannte, der hielt ihn nicht an, um nach einem Brief zu fragen, der ließ ihn entweder vorüberfahren oder lief ihm hinterher so wie ich, bis auf den Hof, bis zur Haustür.

Ist was für uns? Er setzte die Posttasche auf den Sattel, öffnete sie, strich mit dem Daumen über die eng zusammensteckenden Briefe, die sich zurückneigten, ihre Adressen anboten. Nichts für uns? Also nur ein einziger großformatiger Brief, brauner Umschlag, Blockschrift, kein Absender. Da ist kein Absender drauf, sagte Okko Brodersen, nickte bedenklich, erwog womöglich, den Brief einzubehalten, schließlich schob er ihn mir zu, und zeigte aufs Haus: Los, bring ihn rein, und sag deinem Alten, daß er in Zukunft nur Briefe mit Absender annehmen sollte. – Wird gemacht. Er grüßte nicht zum Abschied, fuhr einfach davon über den Ziegelweg Richtung Holmsenwarf. Hier ist ein Brief für dich.

Mein Vater war beim Schuheputzen. Einmal in der Woche putzte er alle Schuhe, die er im Haus aufstöbern konnte:

er schleppte sie in die Küche, versammelte sie dort in ziemlich genauem Spalier und behandelte sie in drei Arbeitsgängen: Säubern, Eincremen, Wienern. Ich mußte den Brief auf den Tisch legen. Mit einem Wollappen einen Stiefelschaft polierend blickte der Polizeiposten auf den Brief, zuckte die Achseln und wandte sich ab, blickte noch einmal, als ob ihm nachträglich etwas aufgefallen sei, auf den Brief, diesmal länger als das erste Mal, wollte sich wieder abwenden, aber die Neugierde, deren Entstehung sich an meinem Vater aufschlußreich beobachten ließ, war schon zu groß: jetzt suchte er nach einem Absender, jetzt legte er Stiefel und Wollappen aus der Hand, er riß den Umschlag auf, las stehend, schien nichts zu begreifen, ließ sich auf die Kuchenbank fallen und las sitzend weiter, verglich da etwas, hielt da etwas ans Licht, schien immer noch nicht zu begreifen, blickte entgeistert mich an und rief: Mutter, hol Mutter herunter, na los!

Also klopfte ich Gudrun Jepsen aus ihrem Schlafzimmer heraus und ließ sie vorangehen, überholte sie jedoch auf der Treppe und konnte zusehen, wie sie die Küche betrat, wie sie mißmutig aber auch duldsam vor dem Tisch stehenblieb, fröstelnd in ihrem Morgenmantel. Mein Vater bemerkte sie nicht. Vielleicht bemerkte er sie auch und wollte sich nur noch lesend die letzte Sicherheit verschaffen, bevor er ihr den Brief reichte. Sie wartete, er las. Sie erkannte, daß es ihm schwerfiel, etwas zu begreifen. Er drehte das Papier auf dem Tisch und las mit schräg gelegtem Kopf. Plötzlich schob er ihr den Brief und Umschlag zu, sprang auf und faßte sie bei den Schultern und zwang sie sanft und stetig nieder und blieb hinter ihr stehen, während sie nun zu lesen begann.

Ruhig? Er konnte nicht ruhig sein. Lies das mal, sagte er, oder: Schau dir das an, oder: Merkst was? oder: Da gehn dir die Augen über. Sie hörte nicht auf ihn, ließ sich nicht antreiben. Auch sie drehte das Papier auf dem Tisch, dann hob sie den Kopf, blickte starr in Richtung zum Herd, machte den Versuch, etwas zu sagen, ohne daß es ihr gelang.

In dieser Fassungslosigkeit oder Verblüffung möchte ich die beiden einen Augenblick sich selbst überlassen, möchte, während sie nach Luft und nach Worten schnappen, endlich erzählen, was mit der Post ins Haus gekommen war. Der Brief, wie gesagt, hatte keinen Absender. In dem großformatigen Umschlag steckte eine Seite, die aus einer Zeitschrift herausgerissen war. Ein reproduziertes Bild bedeckte fast die ganze Seite, es hieß: Wellentänzerin. Auf dem schmalen Rand stand in Blockschrift: Beachten Sie die Ähnlichkeit, es lohnt sich. Es war ein Bild von Max Ludwig Nansen. Es war Hilke, die tanzte. Sie tanzte zwischen flachen, kippenden Wellen, dicht vor einem blendenden Strand, unter einem roten Himmel, sie tanzte mit offenem Haar, nur mit einem kurzen, gestreiften Rock bekleidet, ihre Brüste schienen sie beim Tanz zu stören, sie senkte schon einen Arm, um ihn auf ihre Brüste zu pressen, und auf ihrem zurückgeworfenen Gesicht lag ein Ausdruck von Unwille und Erschöpfung. Sie tanzte mit den Wellen, gegen die Wellen, der Rhythmus der Wellen bestimmte auch den Rhythmus des Tanzes, der sie, das war schon zu erkennen, immer weiter vom Strand wegführte, seewärts, wo ihr Tanz enden würde. Die Wellentänzerin war also Hilke, meine Schwester. Ein Name? Ein Name fehlte natürlich, wie auf dem Umschlag so auch auf der Seite. Poststempel? Der Brief war in Glüserup aufgegeben worden.

Was sagst du nun? sagte mein Vater und betrommelte mit dem Handrücken fordernd das Bild; das ist sie doch, da laß ich mir nix vormachen: Hilke, und was das bedeutet, wissen wir. – Ich erkenn sie, sagte meine Mutter. Jeder erkennt sie, sagte mein Vater. Sie hat sich ihm gezeigt, sagte meine Mutter. Angeboten hat sie sich ihm, sagte mein Vater. Kein Stolz, sagte meine Mutter. Keine Scham, sagte mein Vater. Sie hatten, auf das Bild hinabblickend, noch mehr zu sagen, noch mehr aufzuzählen, am schwersten wog offenbar das, was Hilke ihnen selbst angetan hatte; denn sie kamen nicht davon weg, sich zu bemitleiden und zu bedauern, und was sie für Hilke an Erbitterung aufbrachten, das fanden sie für sich selbst an Mitleid. Daß sie uns das antun konnte! Daß sie uns in solch eine Lage bringen konnte! Wo steckt sie eigentlich?

Mein Vater trat auf den Flur, rief Hilke, lauschte, rief noch einmal, und als die Tür von Hilkes Zimmer ging, kam er schnell wieder in die Küche, suchte nach einem eindrucksvollen, am liebsten wohl erhöhten Platz, entschied sich, da nichts Erhöhtes zu finden war, für die Stirnseite des Küchentisches: hochaufgerichtet, spreizbeinig, das trockene Gesicht angestrengt erhoben, so erwartete er sie. Gibt's was? fragte Hilke, und, als sie unsere Gesichter sah, etwas leiser: Was ist denn hier los?

Mit zögernden Bewegungen kam sie herein, unsicher, auch ängstlich, forschte in unseren Augen und konnte sich nichts bestätigen lassen. Sie faltete die Hände und rieb ihre Handflächen gegeneinander. Was habt ihr denn alle zusammen? Was hab ich euch denn getan? Sie sammelte ihr Haar im Nakken, band es zusammen. Sie befeuchtete ihre Lippen. Der Polizeiposten Rugbüll ließ sie zappeln, so wie er jeden zuerst zappeln ließ, er ließ sich wie immer Zeit mit der Eröffnung, die Ungewißheit genießend, die er mit seinem berechneten Schweigen hervorrief, ja, manchmal dachte ich – oder denke wenigstens heute so –, daß sein berechnetes Schweigen schon einen Teil der Strafe darstellte, einfach weil er mit der Beschuldigung hinterm Berg hielt und keine Gelegenheit zur Verteidigung gab.

Hilke ging auf ihn zu, breitete bittend die Arme aus; er schwieg. Sagt doch schon! Endlich nahm sie meinen Blick auf, folgte ihm, und ich lenkte ihre Aufmerksamkeit auf den Küchentisch, auf den Brief. Hinter meiner Mutter stehend sah sie auf das Bild, lange, viel zu lange, wie es mir schien; sie wagte nicht, die Seite aufzunehmen. Das also ist es: jetzt weiß ich Bescheid. Sie machte eine Handbewegung, lächelte süßsauer, wollte die Sache bagatellisieren: Also, wenn ihr nur das meint. Sie seufzte erleichtert, wandte sich vom Tisch ab, sagte: Das ist doch schon lange her, das war mindestens im letzten Frühjahr oder so, und darauf erwartete sie tatsächlich eine allgemeine Aufheiterung, zumindest aber Entspannung der Lage.

Meine Mutter starrte regungslos auf die blaue Musterung des wachstuchbespannten Küchentisches. Mein Vater sah von weither, sah von oben herab auf den Brief. Also wenn das alles ist, sagte Hilke, und sagte: Die Wellentänzerin – mein Gott, was habt ihr bloß dagegen? Er brauchte ein Vorbild, er hielt mich für gut genug: mehr ist doch nicht passiert. Einmal. Ein einziges Mal. Die Wellentänzerin. Daß ihr euch so aufregen könnt, es ist doch wie beim Arzt, sagte sie und fühlte sich restlos freigesprochen, ihre Bewegungen wurden schon lokkerer. Also stimmt es, sagte mein Vater tonlos, was hier behauptet wird, trifft alles zu: du hast dich vor ihm gezeigt; gestanden hast du ihm, und hiermit is wohl bewiesen, wie weit dein Stolz geht. Hilke drehte sich um, blickte ihn erstaunt an: Stolz? wieso Stolz? – Lebst doch bei uns, sagte mein Vater mit schmalen Augen, hast doch wohl gemerkt in den letzten Jahren, was geschehen is zwischen ihm und mir. – Das ist doch vorbei, sagte Hilke, die Zeit ist doch vorbei, und mein Vater darauf, seinen Mund zur Verachtung verziehend: Wenn etwas so weit gekommen ist, kann es nie mehr aufhören. Aber das ist eine andere Sache: wir sprechen von dir, von dir auf diesem Bild: vielleicht begreifst du, was geschehen ist.

Sie ist mir ähnlich, sagte Hilke, die Wellentänzerin ist mir ähnlich, ja; und mein Vater: Du bist zu erkennen, nicht nur für uns. Da, das hat uns einer zugeschickt ohne Absender, und so wie ihm, könnte es manchem gehen, wenn er das Bild ansieht; was er sich denkt, wenn er dich wiedererkennt, brauchst dich nicht zu fragen. Wenn es noch ein anderer gewesen wäre, der dies Bild gemacht hat, aber er. Er mit seinen eigenen Gesetzen. Mit seiner Anmaßung. Er mit seiner Verachtung für alle, die nur ihre Pflicht tun. Hast wohl nie gehört, was sie draußen reden über ihn und mich.

Hilke bewegte sich langsam zum Fenster, blieb dort mit gesenktem Gesicht stehen, es war ihr anzusehen, daß ihr von nun an keine Antwort mehr gelingen würde. Mein Vater begleitete sie nicht mit seinem Blick, er sprach zu der Stelle, an der Hilke eben noch gestanden hatte: Überleg dir mal, was du uns angetan hast damit. Ich mußte zu meiner Mutter hinsehen, die sich jetzt rührte, die aus träger Versunkenheit erwachte und sich aufsetzte und leise »furchtbar« sagte und dann: Furchtbar, was er aus dir gemacht hat: dieses Fremde, das sich da meldet. Die Besessenheit. Der Rausch. Und was er aus deinem Körper gemacht hat. Die flammende Hüfte. Die krummen Schenkel. Und dein Gesicht: du kannst doch nicht einverstanden sein mit dem Gesicht, das er dir gegeben hat. – Eine Beleidigung, sagte mein Vater, und meine Mutter: Bisher hat er noch jeden beleidigt, den er gemalt hat, und auch dich. Eine Zigeunerin tanzt vielleicht so. – Ja, sagte mein Vater, eine Zigeunerin: die hat er aus dir gemacht. – Es ist eine Schande, sagte meine Mutter, und der Polizeiposten: Weißt ja wohl, was du zu tun hast jetzt. – Es gibt nur eins, sagte meine Mutter: dies Bild, solch ein Bild darf nicht länger existieren, deinetwegen nicht, unsertwegen nicht. – Du hast geholfen, daß es gemacht wurde, sagte mein Vater, jetzt kannst du helfen, daß es aus der Welt kommt, muß ja nicht so schwer sein.

Hilke angelte sich einen Hocker, ließ sich ungeschickt, wie geborgt nieder, blickte auf ihre Handflächen und schlug die Hände auf einmal vors Gesicht, stöhnte und schluckte. Wer sie nicht kannte, hätte in diesem Augenblick wirklich nur an einen Schluckauf gedacht; wir aber wußten, daß sie weinte. Hast du uns verstanden? sagte mein Vater. Hast du uns verstanden? Das Bild muß weg. Hilke gab nicht zu erkennen, ob sie ihn verstanden hatte: ihr Oberkörper pendelte jetzt hin und her, als suchte sie einen Widerstand, oder als suchte sie etwas, an das sie sich anlehnen könnte. Du kannst das verlangen, sagte meine Mutter, du hast ein Recht dazu: dies Bild darf nicht für jeden dasein. – Damit hat er dich in Verruf gebracht, sagte mein Vater, und du, du allein wirst das ändern.

Wie prompt und selbstverständlich sie sich ablösten in der Rede, einer verstärkte oder erläuterte die Worte des andern, so, als wären sie eingespielt darauf, und dadurch, daß sie nicht direkt zu Hilke hinsprachen, sondern ihre Feststellungen, Bezichtigungen, Aufforderungen über sie hinweg und an ihr vorbei äußerten, entstand der Eindruck, daß sie sich längst ausgetauscht hatten und gar nicht so sehr Hilkes Rolle meinten, sondern das, was für sie selbst auf dem Spiel stand. Sie ergänzten sich. Sie gaben sich Stichworte. Sie steigerten sich, während meine Schwester sich, ich möchte mal sagen: einweinte, das heißt zu einem kraftlosen, gleichmäßigen, nur durch gelegentliche Schluchzer unterbrochenen Heulton fand. Niemand forderte sie auf, innezuhalten. Niemand vergewisserte sich, ob Hilke verstand, was man von ihr erwartete. Man beeinflußte und bearbeitete sie ohne Unterbrechung, bis das Telefon den Polizeiposten ins Büro rief. Nun stand auch meine Mutter auf und verließ die Küche, nein, bevor sie nach oben ging, trat sie an Hilke heran, legte ihr eine Hand flach auf die Schulter, drückte leicht, und dann erst verließ sie die Küche.

Wie sollte ich Hilke beruhigen? Ich machte es meiner Mutter nach, legte meiner Schwester eine Handfläche auf die Schulter und massierte sie flüchtig, beklopfte sie, trommelte nachlässig den Rhythmus von »Bei mir biste scheen« auf ihr Schlüsselbein, ziemlich interesselos, das muß ich zugeben, denn meine Aufmerksamkeit gehörte natürlich meinem telefonierenden Vater. Der bestätigte brüllend, daß er der Polizeiposten Rugbüll sei, daß er die Nummer zwonullzwo habe, auch daß er selbst am Apparat sei, versicherte er trompetenhaft.

Verkehrsunglück! Da sei also ein Verkehrsunglück ... Auf der Husumer Chaussee ein Verkehrsunglück ... Ein Milchwagen und ein Fahrrad ... Also ein Mercedes und ein Fuhrwerk und achtunddreißig Tote ... Verstanden, Modell achtunddreißig ... Ob nicht die Kollegen aus Glüserup ... Zwei Verletzte also, das hört sich schon anders an ... An der Kreuzung nach Gut Sollring, ja ... Verstanden, ja.

Er hängte den Hörer ein, zog auf dem Flur den Uniformrock an und schnallte das Koppel um. Im Spiegel sah ich, wie er sich die helle, lederne Meldetasche schnappte, die Mütze aufsetzte, die Taschen des Rocks zuknöpfte. Er blieb vor der Tür stehen, blickte uns an ohne Vorwurf oder Verwarnung, lauschte kurz nach oben und rief: Tschüß nech, dann ging er hinaus. Kein Wort mehr, keine zusammenfassende Geste.

Was sollte ich mit Hilke machen? Ich versuchte, sie anzuheben und schaffte es nicht. Ich versuchte, die Hände von ihrem Gesicht zu ziehen und schaffte es nicht. Komm, sagte ich, komm, ich bring dich in dein Zimmer, dort kannst du dich hinlegen, dort kannst du alles in Ruhe überlegen. Sie schüttelte den Kopf. Sie flüsterte: Geh nicht, bleib noch ein bißchen, und ich darauf: Aber nur, wenn du kommst, wenn du in dein Zimmer kommst, und nach einer Weile stand sie ruckweise auf, gab mir eine Hand, und ich führte Hilke, die immer noch weinte und eine Hand auf ihr Gesicht preßte, auf den Flur und in ihr schmales Zimmer. Ich spürte die sanften Erschütterungen ihres Körpers, während sie weinte, und ich sagte: Hör auf, Hilke, hör doch endlich auf zu heulen, es lohnt sich nicht. Sie setzte sich aufs Bett, und ich setzte mich neben sie, und behutsam gelang es mir, ihre Hand vom Gesicht zu ziehen, das gerötet war und verklebt.

Und dann fragte sie mich, ob ich auch immer Lust hätte, dies Haus zu verlassen, und ich sagte: Ja. Und dann sagte sie, daß sie schon mehrmals drauf und dran gewesen sei, fortzugehn, aber nur meinetwegen alles ausgehalten habe. Und sie sagte: Am liebsten möchte ich Schluß machen, und da sagte ich: Gut, ich werde Blumen zu deinem Begräbnis mitbringen, Klatschmohn. Und dann fragte sie mich, warum dies Haus so fremd sei und so feindselig, und ob ich mich verstanden fühle. Und ich sagte: Nein. Und dann fragte ich sie, wer sie erfunden habe, und sie fragte: Wen? Und ich sagte: Den Polizeiposten Rugbüll und seine Frau. Und dann fragte sie, ob wir nicht zusammen fortgehen könnten, vielleicht nach Hamburg, wo sie sich auskenne und wo es auch für mich einige Möglichkeiten gebe, und ich sagte: Warum nicht? Und sie sagte dann: Wie soll ich denn das Bild ungesehen machen, und ich sagte: Das geht nicht. Und da fragte sie: Was bedeutet es schon, wenn er dich ansieht, und ich sagte, daß es nichts zu bedeuten habe. Und dann fragte sie, was sie nun tun solle, und ich sagte: Ich weiß nicht. Und dann fragte ich, ob sie auch schon die Geschichte gehört habe, und sie fragte: Welche Geschichte? Und ich sagte: daß Klaas einen Preis für Photographie bekommen habe, und sie sagte: Nein.

Plötzlich ließ sie sich aufs Bett fallen, drehte sich auf eine Schulter und zog die Beine an und schien atemlos auf etwas zu horchen. Ich zog die Schleife auf, die ihr Haar zusammenhielt. Und dann sagte sie: Addi ist wieder in Hamburg, und ich sagte: Ja. Und dann fragte sie mich, ob ich an ihrer Stelle Addi heiraten würde, und ich sagte: Wenn es sein muß. Und sie sagte: Alles wäre anders, wenn sie nicht wären, und ich sagte: Wir müssen sie umtauschen. Und dann fragte sie:

Wen?, und ich sagte: Den Polizeiposten Rugbüll und seine Frau. Und da sagte sie: So was darfst du nicht sagen, und ich fragte sie: Möchtest du das etwa nicht? Und da sagte sie: Ja.

So ging es hin und her in ihrem Zimmer, allmählich beruhigte sie sich, fand auch zu etwas bequemerer, jedenfalls entkrampfter Lage, und ich streifte ihr die Schuhe ab und zog, so gut es ging, die Bettdecke über sie. Hilke aber wollte nicht auf dem Bett und schon gar nicht unter der Bettdecke liegenbleiben, Brot wollte sie, eine Brotschnitte mit Pflaumenmus, und weil ich diesen Wunsch für ein gutes Zeichen hielt, versprach ich, ihr eine Schnitte zu holen.

Ich kam nicht bis zur Speisekammer, denn auf dem Flur, unter großem Hut, die Hände tief in den Taschen und mit einem Gesicht, das mich streng und hastig abfragte, stand Max Ludwig Nansen, stand reichlich erregt da und ließ auf den ersten Blick erkennen, wie schwer ihm der Weg zu uns geworden war. Kein Lächeln wie sonst, kein aufmunternder Knuff wie sonst, dafür schmale Lippen, ein vorgeschobenes Kinn, gespannte Schultern – also mußte man auf etwas gefaßt sein. Erst einmal hieß es, seinen Blick auszuhalten und seine fordernde Art des Dastehens; dann: Wo ist das Bild? Bring's her, ich will es mitnehmen. – Bild? fragte ich, welch ein Bild meinst du? – Red nicht, verstell dich nicht, bring's her, und die Sache hat sich; du weißt schon, was ich meine: die Wellentänzerin. – Ist die weg? – Ja, sie ist verschwunden, und ich bin hergekommen, um sie abzuholen, damit wir uns verstehn: also? – Ich habe das Bild nicht genommen. – Soll ich nachsuchen? – Du kannst alles durchsuchen, hier ist das Bild nicht. – Hör zu, Siggi: du bist zum letzten Mal auf Bleekenwarf gewesen, wenn du das Bild nicht herausrückst: ich weiß, aus welchem Grund du es genommen hast, aber dies Bild muß ich zurückhaben. Darum bin ich hergekommen. – Es ist nicht hier, bestimmt nicht. – Das wird sich zeigen, sagte der Maler, packte mich am Handgelenk und zog mich die Treppe hinauf zu meinem Zimmer. Das ist doch hier? – Ja. – Also mach schon auf.

Wie der mein Zimmer eroberte und durchforschte! Wie der zielstrebig bis zur Mitte ging, sich duckte und zunächst alles kreisförmig absuchte auf mögliche Verstecke! Ich stellte mich ans Fenster und sah zu, wie er das Regal abklopfte, die Seekarte auf dem Tisch lüftete, das Bett mißtrauisch prüfte, ich begleitete seine Versuche, in der ahnungslosen Kiste zu entdecken, was diese, schon wegen ihrer Abmessungen, nicht enthalten konnte, und zum Schluß kniete er sich hin und forschte sogar unter dem Flickenteppich. Er gab sich nicht zufrieden. Er war seiner Sache so sicher, daß er, nachdem er das Zimmer durchsucht hatte, zu mir kam, mich schüttelte und rhythmisch Wo-Wo-Wo fragte, wo ist das Bild; worauf ich ihm, nicht weniger rhythmisch, antwortete: Weiß doch nicht – weiß doch nicht. – Du hast es! – Nein, ich hab es nicht. – Du hast es in Gefahr gesehen und wolltest es in Sicherheit bringen. – Nein, das Bild nicht, nicht die Wellentänzerin. – Dann einer von euch: wenn nicht du, dann hat einer von euch das Bild mitgehen lassen. Er packte mich am Hemd vor der Brust, sammelte den Stoff in seiner Hand, eine Drehbewegung, und er zog mich hoch mit seiner harten, breiten Hand und sah mir nah in die Augen und wiederholte seine alte Beschuldigung und erfuhr nichts darauf als mein Nein. Es gelang mir, sowohl seinen Griff als auch seinen Blick zu ertragen, ja, in seinem Griff und Blick konnte ich sogar denken: wer hackt denn da jetzt Holz, denn in unsere Auseinandersetzung mischte sich vom Hof her, vom Schuppen, eine arbeitende Axt. Mein Vater natürlich! Zu spät war er zur Unfallstelle gekommen, die Verunglückten waren sozusagen schon auseinandergegangen, und da ihn der Holzstapel schon wochenlang gemahnt hatte, hackte er jetzt Holz; Abfallholz übrigens aus dem Sägewerk in Glüserup.

Über mich hinweg blickte der Maler auf meinen Vater, ließ mich langsam los, drückte mich zur Seite und ging zur Tür. Er stieg die Treppe hinab und setzte auf dem Flur seine Pfeife in Brand, ehe er nach draußen trat, die Steintreppen etwas zu bedeutungsvoll hinabging und in kurzen Zügen paffend auf den Schuppen zudrehte. Mein Vater hatte noch nichts gesehen oder wollte noch nichts gesehen haben; er hackte Holz, sehr aufmerksam, sehr verbissen. Sorgfältig setzte er die kurz gesägten Holzstücke auf den Hauklotz, trat zurück, nahm Maß, wobei er gleichzeitig die Axt hob und, ohne all seine

Kraft in den Hieb zu legen, ja, eher so, als führe er nur die Axt, ließ er sie auf ein Holzstück niedersausen, so berechnet, daß das gespaltene Stück manchmal auf dem Hauklotz zerkleinert liegenblieb und er es mit dem Handrücken wegschubste. Nun heb doch endlich den Kopf! Er mußte den Maler, der vor dem Haufen gespaltenen Holzes stehengeblieben war, längst bemerkt haben, er mußte die Schuhe, den Saum des Mantels sehen jedesmal, wenn er sich wegbückte, um ein neues Holzstück aufzunehmen, doch er verhielt sich immer noch, als wäre er allein auf dem Hofplatz. Ich dachte: mal sehen, wie lange er ihn stehenläßt, und dachte: mal sehen, wie lange der Maler es abwartend aushält; sie sind ja groß im Wegsehn bei uns, und von dem, der nachgibt, einlenkt, aufgibt, sagen sie schnell: er hat verloren. Mein Vater führte die Axt, ließ sie zubeißen, die alte Axt, die mit dunklen Flekken von Taubenblut bedeckt war. Der Maler stand und paffte und sah ihm schmaläugig zu. Änderte sich nichts? Doch, mein Vater arbeitete zügiger, noch verbissener, er nahm sich kaum Zeit, Maß zu nehmen für seine Schläge, damit gab er doch einiges zu.

Ich könnte die beiden acht Tage in diesem Gegenüber belassen, das wäre durchaus eine Geschichte, die sich rechtfertigen ließe, aber schließlich müßte ich dann doch bekennen, daß es der Maler war, der ein weggesprungenes Holzscheit aufnahm, es auf den Haufen zurückwarf und sagte: Beeil dich nicht; ich wart, bist du fertig bist. Mein Vater sagte nichts, er prüfte wie verlegen die Schärfe der Axt, indem er mit befeuchtetem Daumen über die Schneide fuhr, und setzte dann seine Arbeit fort, ließ die Axt in einen astdurchwachsenen Klotz beißen, der nicht beim ersten Hieb zersprang, der vielmehr mit der Axt auffuhr einmal und noch einmal und sie umschloß; da mußte der Polizeiposten schon alle Kraft aufwenden, um dies Stück zu spalten. Wieder flog dem Maler ein Holzscheit vor die Füße, wieder nahm er es auf und warf es auf den Haufen. Er sagte: Alles auf seinen Platz; eine Antwort bekam er nicht, und er stand, wenn auch ausdauernd, so doch ziemlich hilflos und wie überflüssig da, als ob er störte. Er merkte das, und schließlich sah er wohl ein, daß es an ihm war, einen neuen Anlauf zu nehmen, um dahin zu kommen, wohin er wollte, so ging er näher an meinen Vater heran, die Daumen in die Manteltaschen gehängt, ging einfach an seine Seite und sagte abschätzend: Eine Auskunft kann man sich hier wohl doch noch holen, oder? Der Polizeiposten spaltete ein vor Trockenheit rissiges Rundholz, rammte die Axt in den Hauklotz, zog sie wieder heraus und benutzte sie als Stütze, und auf den Stiel der Axt gestützt, mit abgewandtem Gesicht, erwartete er also die Frage.

Der Maler verzichtete auf jede Einleitung und forderte sein Bild zurück, worauf der Polizeiposten, nach einer Zeit stierenden Bedenkens, die Achseln zuckte und geringschätzig erwiderte, daß er nicht wisse, was gemeint sei, überhaupt, daß bei ihm Beschlagnahmungen nur gegen Quittung erfolgten; ob er die entsprechende Quittung einmal sehen könne. Jetzt blickte er den Maler zum ersten Mal an, der wiederholte geduldig und dringend, daß ihm ein Bild abhanden gekommen sei, es heiße »Wellentänzerin«, und er sei hergekommen in der festen Überzeugung, das Bild von hier, von Rugbüll mitnehmen zu könnnen.

Mein Vater überlegte; dann wollte er wissen, ob ihm, dem Maler, klar sei, welch eine Beschuldigung er da ausgesprochen habe und so weiter, das hörte sich immerhin so an, als ob er, der Polizeiposten, das Bild entwendet habe; darauf forderte der Maler meinen Vater auf, sich doch einmal gefälligst zu entsinnen: es sei doch gar nicht sehr fern, da habe er alles zu beschlagnahmen gehabt, was gegen das Verbot entstanden sei, und er habe ja wohl beschlagnahmt, und er habe sogar, nachdem die Urheber des Verbots stiftengegangen seien, weiter in ihrem Sinne gehandelt, eingezogen, zerstört, verbrannt, jedenfalls blind und stur vollstreckt, womit man ihn beauftragt hatte; ob er sich nicht erinnere? Ob er nicht mehr wisse, wie oft er dienstlich herumgelungert habe in Bleekenwarf? Und ob er, der Maler, nach all dem, was geschehen ist, kein Recht habe, Fragen zu stellen? Mein Vater hörte zu, dann hob er die Axt mit einer Hand, dicht lag der hölzerne Stiel an seinem ausgestreckten Arm, der zitterte nicht, der wies ruhig zum Ziegelweg hinab: ob er nun fertig sei, wollte mein Vater wissen, und ob er jetzt nicht lieber verschwinden wolle? Was überhaupt zwischen ihnen zu sagen sei, das habe man sich ja wohl gesagt in den zurückliegenden Jahren, und dort geht's vom Hof. Er könne verstehen, sagte der Maler, daß der Polizeiposten sein Gedächtnis in die Ferien geschickt habe, er sei auch bereit, zu gehen, aber auf etwas möchte er vorher doch noch aufmerksam machen: die Zeit des Malverbots sei wirklich vorbei, und was ihm, dem Polizeiposten, damals vielleicht als seine Pflicht erschienen sei, das müsse heute ja wohl anders genannt werden.

Darauf wolle er nur hinweisen, und er wolle vor allem klarstellen – endgültig und mit aller Deutlichkeit klarstellen –, daß sich etwas geändert habe im Vergleich zu damals: er brauche nicht abzuwarten und stillzuhalten, und er werde nicht mehr abwarten und stillhalten.

Mein Vater senkte die Axt auf den Hauklotz und erkundigte sich angestrengt spöttisch, ob das eine Drohung sei und ob der Maler vielleicht vorhabe, ihn bei Gelegenheit fertigzumachen, er sagte: abzuschießen. Er wolle nur keine Rücksichten mehr nehmen, sagte der Maler, das habe nun aufgehört; die Zeit, in der er Rücksicht genommen habe, sei vorbei. Die Zeit sei allerdings auch für ihn vorbei, sagte mein Vater, ihm werde da langsam klar, daß er manchmal, gegen seinen Auftrag, zu viele Rücksichten genommen habe, jedenfalls so viele, daß man jetzt hier zusammenstehen könnte im Gespräch. Wenn er nämlich seinen Auftrag buchstabengetreu und gedankenlos ausgeführt hätte, dann stünde man jetzt wohl nicht beieinander; vielleicht habe er das noch gar nicht bemerkt.

Er habe genug bemerkt, sagte der Maler, zumindest habe er erfahren, was das für eine Krankheit sei: Pflicht, und was er dagegen tun könne, werde er tun; die Opfer erwarteten dies, die Opfer der Pflicht. Ob dies nun das letzte Wort sei, wollte mein Vater wissen, er habe zu arbeiten, und sein Mund drückte geringfügige Verachtung aus, die auch der Maler erkennen mußte. Er bückte sich nach einem Holzstück, legte es umständlich auf den Klotz, hob die Axt und ließ sie wieder sinken: er habe das Bild nicht, sagte er, aber wenn er es hätte, er würde es sich dreimal überlegen, ob er es zurückgeben sollte, schließlich gehe es ihn auch etwas an; danach schlug er beidarmig zu, das gespaltene Holz flog zur Seite und die Axt setzte sich ratschend im Holz fest. Jetzt schien der Maler zu wissen, was er hatte erfahren wollen, aber er ging noch nicht, er wollte sich noch einmal vergewissern: ob sie sich in jeder Hinsicht verstanden hätten? Was es für ihn, den Polizeiposten Rugbüll, bedeuten würde, falls? Ob er noch einmal betonen müsse, daß es nun keinerlei.

Auch wenn es nicht in seiner Absicht lag: jeder seiner Sätze klang wie eine Drohung, ich konnte ihn nicht mehr so sprechen hören gegen den nun wieder verbissen arbeitenden Polizeiposten, ich bewegte mich rückwärtsgehend zum Haus, sah, wie mein Vater abermals die Axt hob und auf den Ziegelweg hinabwies; ich nahm auch die Treppen rückwärts, spürte es heiß und kalt werden: das zog, das spannte, das drückte auf die Schläfen, und als ich in meinem Zimmer war, mußte ich mit der Hand die Magengrube massieren. Standen sie noch am Schuppen? Sie standen immer noch dort unten, der Maler schon halb abgewandt, im Gehen begriffen; da er sich schon mal eingelassen hatte auf dies Gespräch, wollte er offensichtlich alles loswerden: seine Enttäuschungen, die gesammelte Wut, seine Urteile und Warnungen. Hin und wieder antwortete mein Vater, oder stellte eine Gegenfrage, oder er sah sein Gegenüber nur an mit langsamem Erstaunen und so einer beherrschten Geringschätzung, mochte ich mal sagen. Überlegen? Ich hätte nicht sagen können, wer wem überlegen war damals am Schuppen.

Endlich zog Max Ludwig Nansen ab, ich hielt es auch nicht mehr aus, hätte am liebsten seinen Gang beschleunigt, und als er am Ziegelweg unschlüssig stehenblieb, dachte ich: geh doch schon, geh, aber dann. Auf dem Flur war es still. Hilke meldete sich nicht, wahrscheinlich hatte sie sich selbst ihre Pflaumenmusschnitte geholt; hinter der Schlafzimmertür war ein gleichmäßiger Jammerton zu hören, ein mir nicht nur bekannter, sondern auch beruhigender Ton, den meine Mutter mühelos mehrere Stunden durchhalten konnte. Ich band die Leine los, die zur Bodenklappe hinauflief; ein Zug, und die Klappe öffnete sich, ein zweiter Zug, und die Patentleiter, die Hinnerk Timmsen uns verschafft hatte, glitt herunter; wie in der Mühle, zog ich die Leiter ein, nachdem ich hinaufgestiegen war, und ich schloß auch die Bodenklappe. Ruhig: befahl ich mir, nur ruhig bleiben. So viele Gelegenheiten zur Deckung! So viele Verstecke für einen Menschen. Hier würde mich keiner finden! Und hier kamen sie überhaupt nur einmal im Jahr herauf, um all die Sachen wegzustellen, von denen sie sich nicht trennen konnten, und die Jepsens konnten sich von keiner ausgedienten Sache trennen. Alte Matratzen, durchgesessene Sofas, Wäschekörbe, Küchentische, Stühle, die aus dem Leim gegangen waren, Stapel von Schnittmustern, auch Bücher, auch Koffer, deren Schlösser nicht mehr schnappten: alles schleppten sie hier herauf und überließen es der Dämmerung und einem lautlosen Zerfall. Nicht geordnet, nicht gestapelt, sondern einfach hingeworfen oder erleichtert abgestellt. Dort der Kamin mit bräunlichen Schmierspuren. Dort ein halbgeöffneter Schrank. Dort das kleine schräge Fenster, das nie jemand aufgestoßen hatte.

Ich zog die Schuhe aus, schlich und turnte hinüber, dort unter das schräge Fenster. Vom Hof her waren die Schläge der Axt zu hören und das Splittern des Holzes. Hier meine Kiste, mit Papier zugedeckt und mit alten Säcken, mit Stuhlresten umstellt. Ich räumte die Tarnung beiseite und zuletzt mehrere Bogen Ölpapier, ich hob den Deckel ab und setzte mich hin, und als ich meine neue Sammlung unversehrt wiedersah, spannte und zog es nicht mehr, und der Druck auf die Schläfen ließ nach.

Ich nahm die Wellentänzerin heraus, stellte sie auf den Rand der Kiste, das Licht fiel hoch und dünn ein, und Hilke tanzte für mich zwischen kleinen kippenden Wellen. Und auf einmal ging sie mich etwas an, unter dem roten Himmel, mit offenem Haar, auf einmal lag mir etwas daran, sie zu kennen in dem kurzen gestreiften Rock, mit den steilen Brüsten, diese Hilke, die nicht aufhörte zu tanzen trotz ihrer Erschöpfung, allein vor dem blendenden Strand. Keiner, keiner würde dies Bild zu Gesicht bekommen, das war beschlossen, und auch die anderen Bilder waren nur noch für mich da, ich hatte da etwas gelernt, hatte an mir selbst erfahren, was ich brauchte, um mit mir auszukommen. Es klopfte.

Als es vorhin klopfte, dachte ich: das kann nur der Polizeiposten Rugbüll sein, der den Stiel senkrecht gegen den Klotz schlägt, damit die Axt sich festsetze, aber es wurde hier geklopft, an meine Zellentür, nicht scheu, wie Joswig es tat, sondern hart und verzweifelt – ein Klopfen, das nicht nur Wolfgang Mackenroth ankündigte, sondern gleichzeitig auch neue, miese Nachrichten über seine Lage. So klopft nur einer, möchte ich mal sagen, der ein Recht zu haben glaubt, seine Misere an den Mann zu bringen.

Ich drehte mich langsam zur Tür, da kam er schon herein im offenen Trenchcoat, wartete nicht einmal, bis hinter ihm zugeschlossen wurde, sondern stürzte auf mich zu, ohne daran zu denken: wie verhalte ich mich richtig einem schwer erziehbaren Jugendlichen gegenüber, der noch dazu die Demonstrationsperson meiner Diplomarbeit ist.

Mist, sagte er, soviel Mist auf einmal, Siggi, hast du noch nicht gesehen; darf ich mich setzen? Ein zerstreuter Schlag auf meine Schulter, und der junge Psychologe setzte sich auf mein Bett und bot mir eine Weile die Ansicht eines nicht nur unglücklichen, sondern in seinem Unglück ertrinkenden Mannes. Was also ist schon wieder geschehen? Erst einmal die Zigaretten, heute fünf Packungen, zwei stammen von Hilke. Er warf mir eine Packung zu, schob die restlichen unter meine Bettdecke und winkte resigniert in den Raum: aus, konnte das heißen, alles ist aus, oder auch: die Welt wird nie das, was wir aus ihr machen möchten. Geschickt kippte er aus einer schmalen Blechschachtel zwei gelbliche Tabletten auf seinen Handrücken und schnappte sich die Tabletten von dort mit der Zunge und schluckte sie ohne Anstrengung.

Die Arbeit, fragte ich. Meine Wirtin, sagte er. Er sprang auf, maß mit schnellen Schritten die Zelle aus vom Fenster bis zur Tür, schlug die Hände vor den Kopf, machte lange, offenbar der Entspannung dienende Kraulbewegungen, warf sich auf einmal aufseufzend mit dem Rücken gegen die Tür, so daß ich Joswigs Augen jeden Moment hinter dem Guckloch erwartete, dann blieb er neben meinem Tisch stehen. Seine

Wirtin also, die Norddeutsche Meisterin am Schwebebalken. Wolfgang Mackenroth lachte bitter. Seine Wirtin also erwartete ein Kind, das sowohl von ihm als auch von ihrem Mann, dem Kranführer, stammen konnte – eine Ungewißheit, die sie weniger bedrückte als ihn; denn sie wollte lediglich ein Kind, er aber bestand darauf, daß es sein Kind werden müsse. Versteh du das mal. Er hatte sie gezwungen, sich zu entsinnen; sie hatte sich entsonnen und danach den Kopf geschüttelt. Er hatte sie aufgefordert, nachzurechnen; sie hatte nachgerechnet und dann die Schultern gehoben in Unentschlossenheit. Begreif das mal, Siggi: ein bißchen Vater zu sein, bestenfalls zur Hälfte. Ich gab ihm recht und machte ihm den Vorschlag, so lange bei der Familie zu leben, bis das Kind groß genug sei, um sich seinen Vater selbst zu wählen aus dem vorhandenen Angebot. Das glaubst du doch selbst nicht. Er wand sich, schraubte den Hals aus den Schultern, blies gegen sein linkes Handgelenk, als müßte er es kühlen. Schreib du mal deine Arbeit in solch einer Lage, Siggi. Hier.

Wolfgang Mackenroth legte mir einige beschriebene Blätter auf den Tisch, ein neues Kapitel seiner Diplomarbeit, rabiat korrigiert, das ließ sich schon erkennen. Das kannst du natürlich nur als Entwurf betrachten, aber ich möchte dich trotzdem bitten. Er glättete die gefalteten, fleckigen, hier und da eingerissenen Seiten für mich und sagte: Ich weiß nicht, aber um so etwas zu schreiben, muß man frei sein, unbelastet zumindest; wie geht es dir?

Anders, sagte ich, je mehr Belastungen, desto besser; wünsch dir bloß nicht, gesund und frei und unbelastet zu sein, das gibt nur Enttäuschungen. Er nahm das Manuskript wieder vom Tisch. Ob er mir vorlesen dürfe? Nein. Einige Seiten nur? Nein. Ob er mich dann bitten dürfe, bei der Lektüre an seine miese Lage zu denken? Nein. Und warum nicht? Es gibt keine Entschuldigung, sagte ich und hoffte einen Augenblick, daß er sein unfertiges Kapitel wieder mitnehmen würde, aber unberechenbar, wie dieser Psychologe sein konnte, schob er mir das Manuskript wieder zu und wiederholte etwas Angelesenes: Nur am Mißlungenen kann man etwas lernen, oder so ähnlich. Ich nehme an, er hatte mehr von mir erwartet, mehr an Teilnahme, Zuspruch, Aufmunterung, aber ich brachte es nicht fertig und werde es nie fertigbringen, wenn er diese dünne goldene Kette um den Hals trägt; vielleicht hing da ein Medaillon dran, und vielleicht steckte in dem Medaillon eine Photographie, auf der seine Wirtin vom Schwebebalken herablächelte. Ich hasse Männer, die dünne, goldene Ketten tragen. Nur dies konnte ich für ihn tun: ich erklärte mich bereit, sein Manuskript zu lesen, und da ich nach dieser Erklärung den Halter wieder zur Hand nahm, blieb ihm nichts anderes übrig, als sich zu verabschieden; so niedergeschlagen, wie er nur sein konnte.

Ich wollte nicht lesen, nicht vor dem Abendbrot zumindest. Es zog mich nach Rugbüll zurück, auf den Boden, zu meiner Kiste, zu der Sammlung, die ich begonnen hatte, mir unter neuem Vorzeichen anzulegen, aber je weiter ich seine beschriebenen Blätter wegschob, desto mehr drängten sie sich auf, sie blockierten einfach den Weg zurück, verschatteten meine Erinnerung, und widerwillig angelte ich sie mir heran, steckte mir eine Zigarette an und fing an zu lesen.

Wieweit hatte er mich zubereitet, kleingehackt, zum Eintopf verkocht? Wo hatte er mich aufgespießt mit seinen Nadeln? Welche Ansicht bot ich sozusagen in ausgestopftem, getrocknetem, jedenfalls wissenschaftlich präpariertem Zustand?

Also Kunst und Kriminalität und dergleichen, das kennen wir schon, welch ein Kapitel ist das? Kapitel Nummer vier, und der Titel? D. Formen und Forderungen einer begrenzten Obsession; in Bleistift dahinter: vorläufiger Titel. Und dann schrieb Wolfgang Mackenroth:

Das frühe Leid des Siggi J. und sein gestörtes Verhältnis zur Außenwelt können nur im Zusammenhang gesehen werden mit der Entwicklung der Beziehungen zwischen dem Maler Max Ludwig Nansen und dem Vater der Demonstrationsperson, dem Landpolizisten Jens Ole Jepsen. Was für den Polizisten ursprünglich einen, wenn auch außerordentlichen, Routineauftrag darstellte – die Überwachung des Malverbots –, wandelte sich auf Grund besonderer Geschehnisse, gewiß auch auf Grund charakterologischer Eigenart, zu einer Zwangsvorstellung; für ihn wurde die Überwachung des

Malverbots zu einer persönlichen Angelegenheit, die er auch dann noch betreiben zu müssen glaubte, als die Zeit des Verbots auf natürliche Weise endete

Unverfänglicher geht's nun wirklich nicht.

Der Zwangsvorstellung des Vaters, der über das zweite Gesicht verfügte – örtlich spricht man in diesem Zusammenhang von »schichtig Kieken« –, entsprach die durch Furcht hervorgerufene Obsession des Knaben, deren Entstehung datiert werden kann. Von der ungewöhnlichen Sammelleidenschaft, die keine moralischen Tabus kennt und auf die weiter unten noch einzugehen sein wird, wurde ja schon weiter oben gesprochen; hinzu kommt nun noch eine spezielle Obsession. Zum ersten Mal trat sie an dem Tag auf, an dem eine ältere Mühle, in der die Sammlung des Siggi J. versteckt war, abbrannte. Aus Schmerz über den Verlust, vor allem aber in der Annahme, daß sein Vater diesen Brand gelegt hatte und, bei der Befolgung seines Auftrages, weitere Brände legen könnte, hatte der Knabe im Atelier des Malers halluzinatorische Wahrnehmungen vor gewissen Bildern. Er sah aus dem Hintergrund des Bildes Flammen näher kommen. Er glaubte die Bilder in Gefahr, und um sie zu schützen, folgte er dem Zwang, sie an einen sicheren Ort zu bringen, womit noch nicht der Wunsch nach Aneignung verbunden war. Es handelt sich vielmehr um einen reinen Furchteffekt, der so selten und so sehr an eine Person gebunden ist, daß ich bei Gelegenheit von der Jepsenphobie sprechen werde. Es sei daran erinnert, daß die Demonstrationsperson einst vom Vater als Zwischenträger geworben, vom Maler hingegen mit Aufgaben betraut war, die gelegentlich der Rettung von Bildern dienten: die negativen Partialgefühle aus diesem Dilemma konnten nie überwunden werden. Ursprünglich in lockerer, unberechenbarer Folge, traten diese Zwangsvorstellungen später immer häufiger und fast mit voraussagbarer Sicherheit auf; sie meldeten sich automatisch immer dann, wenn eine Beziehung zwischen Siggi J. und einem Bild hergestellt war. Das Schmerzgefühl dieser Zustände berechtigt uns, von Heimsuchungen zu sprechen.

Die Zwangsvorstellung, Bilder in Sicherheit bringen zu müssen, hatte der Knabe jedoch nicht nur am Wohnsitz des

Malers; sie konnte überall auftreten: in einer Schule, in einer Sparkasse, in einem Museum. In der Tat hat die Demonstrationsperson im Laufe der Zeit den Forderungen der Obsession an verschiedenen Orten genügt, zunächst in Glüserup, dann aber auch in den Städten Husum, Schleswig und Kiel, schließlich auch in Hamburg. Daß die Bilder wirklich nur einer imaginierten Gefahr entzogen werden sollten, mag daraus hervorgehen, daß sie nie und nirgendwo zum Verkauf angeboten wurden. Sorgfältig verpackt, sollten sie in ausgesuchten Verstecken so lange bleiben, bis die Gefahr vorüber wäre.

Aufschlußreich für die Bewertung dieser Zwangshandlungen sind die Protokolle der Kriminalpolizei in Schleswig und in Hamburg: nachdem Siggi J. dort auf frischer Tat gestellt worden war, verteidigte er sich mit dem Argument, bedrohte Bilder retten zu müssen, und zwar, wie es ausdrücklich heißt, in einer Art, die auf Wahnvorstellungen schließen läßt.

Also dahin will Mackenroth es abdrehn.

Übereinstimmend werden in den beiden Protokollen die Wörter dilettantisch und fanatisch gebraucht, es wird außerdem hervorgehoben, daß es sich nicht um Diebstähle im herkömmlichen Sinne handelt, und daß der Vernommene einen sauberen, intelligenten Eindruck hinterließ; es lag nicht zuletzt an diesem Eindruck, daß es nicht schon damals zu einer Anklageerhebung kam.

Nun muß allerdings erklärt werden, daß die Furcht um die Bilder nicht der einzige Anlaß der Zwangshandlungen darstellte; von ähnlicher Wichtigkeit war die früh vorhandene, mit der Zeit wachsende und immer strenger werdende Sammelleidenschaft der Demonstrationsperson. Nach Bengsch-Gieses Untersuchungen (Vorräume des Verbrechens, Darmstadt 1924) gehört das Sammeln zu den Tätigkeiten, die »triebkraftbegünstigend« wirken; das Lustmoment kann so stark werden, daß Legalitätsnormen überschritten werden. Weiter oben wurde bereits erwähnt, daß Siggi J. Diebstähle beging, um seine Sammlung von Schlüsseln und Schlössern zu vervollständigen; auf die rechtliche Zulässigkeit angesprochen, gab er zu, daß es unentschuldbare Eigentumsdelikte waren.

Im Falle der entwendeten Bilder hingegen fehlt ein klares Unrechtsbewußtsein; Siggi J. nahm sogar für sich eine gewisse Prädestination in Anspruch, indem er darauf verwies, daß er ausgesucht sei, »Bedrohtes zu sammeln«. Das war auch seine Erklärung der Sammlerleidenschaft; von der Ansicht, daß beim Sammeln der Unordnung der Welt eine spezifische, unter Umständen künstlerische Ordnung entgegengesetzt wird, hält er nichts. Bei der Beurteilung dieses Falles sollte der Prädestinationsbegriff eine entscheidende Rolle spielen. Dem Außenseiter steht ein Ausnahmerecht zu. Es bleibt bemerkenswert, daß die Zwangsvorstellungen und Zwangshandlungen des Knaben zu spät als Krankheit bestimmt wurden.

Nachdem im Elternhaus bekanntgeworden war, welcher Vergehen sich Siggi J. schuldig gemacht hatte, hielt man körperliche Züchtigung für das einzig angebrachte Mittel zur Besserung. Die Demonstrationsperson wurde tagelang in ihrem Zimmer eingeschlossen, in ihrer Gegenwart wurde nicht gesprochen, als weitere Strafe wurde ihr wiederholt das Essen entzogen. Es wurde dem Knaben verboten, in benachbarte Städte zu reisen. Seine Leistungen in der Schule ließen in dieser Zeit erheblich nach; sie stiegen indes gleich wieder an, als die verschiedenen Verbote gelockert wurden und Siggi J. eine Möglichkeit erhielt, »Bedrohtes zu sammeln«. Daß sich unter den als bedroht empfundenen Bildern kostbare Stücke befanden, muß als Zufall angesehen werden. Eine bemerkenswerte Veränderung in den Beziehungen zwischen Vater und Sohn trat auf, nachdem der Polizeiposten Rugbüll beauftragt worden war, ein aus der Sparkasse von Glüserup verschwundenes Aquarell von M. L. Nansen wiederzubeschaffen. Da alle Indizien auf Siggi J. als Täter hinwiesen, versuchte der Landpolizist Jepsen, seinem Sohn einige Fallen zu stellen; da dies nicht gelang, kam es zu einer gewaltsamen nächtlichen Auseinandersetzung, in der die Demonstrationsperson förmlich aus der Familie ausgestoßen wurde.

Ausgestoßen ist gut: zur Strecke wollte er mich bringen, er sagte: Ich trete nicht ab, bevor du zur Strecke gebracht bist.

So kam es, daß sich die polizeilichen Bemühungen und Maßnahmen des Postens Rugbüll von einem gewissen Zeitpunkt ab auf Siggi J. konzentrierten. Der einzige, der den Zustand des Knaben als Leiden erkannte, war der Maler M. L. Nansen; obwohl er sich gezwungen sah, Siggi J. das Betreten des Ateliers zu verbieten, widmete er sich ihm in uneingeschränkter Zuneigung – ein Umstand, der den Polizeiposten zu rücksichtsloser Verfolgung veranlaßte.

Nein, Wolfgang Mackenroth, es war so und war doch nicht so. Ich konnte nicht weiterlesen, da war zuviel verschwiegen, zuviel auf angenehmen Gegensatz gebracht; wo er mich schuldig sprach, tat er es, um mir mildernde Umstände zu verschaffen, und ich brauche alles andere, nur keine mildernden Umstände. Ich beschloß, ihm das Kapitel zurückzugeben mit der Empfehlung, es neu zu schreiben und in einer Art, die meinen Vorstellungen entsprach. Was ich erwartete, war die Beschreibung einer Krankheit und keine mühsame Rechtfertigung. Wir redeten doch so oft darüber. Ich habe ihm versprochen, ihm zu helfen. Ich werde ihm helfen.

18 Besuche

Auch diesmal war ich zu früh da. Nie ist es mir gelungen, irgendwo zur ausgemachten oder vorgeschriebenen Zeit aufzukreuzen: in der Schule nicht, zum Essen nicht, nicht auf Bleekenwarf und nicht auf Bahnhöfen – ich komme überall zu früh. Deshalb wunderte ich mich nicht, daß die Türen der Hamburger Galerie Schondorff noch geschlossen waren und daß die graugekleideten, handschuhtragenden Schimpansen, die den Strom der Besucher lenken und beaufsichtigen würden, nicht einmal zu mir hinsahen, sondern ihr sparsames Gespräch fortsetzten, weit auseinander stehend in der spiegelnden Empfangshalle; auch als ich, sagen wir, höflich und nur probeweise an der mittleren Glastür rüttelte, schenkten sie mir keine Aufmerksamkeit. Immer und überall zu früh: Wolfgang Mackenroth kann das ja mal auswerten.

Ich linste durch die Glastür. Ich ging gut sichtbar auf und ab im dünnen Regen, von Zeit zu Zeit am Griff ziehend. Ich las zum wievielten Male das Plakat, das die Eröffnung und Dauer der großen Nansen-Ausstellung bekanntgab. Die Wärter sahen mich nicht oder wollten mich nicht sehen. Als sich die Läufer des Alsterstaffellaufs, der an diesem Sonntag gestartet wurde, naß und mit bespritzten Trikots unten zwischen den Straßenbahnschienen vorbeiquälten, traten die Wärter an die Glastüren heran, beobachteten nicht ohne Teilnahme die Athleten, die mit aufgesprungenen Mündern, rudernd und mit klatschenden Schritten, Richtung Gänsemarkt liefen. Ich machte den Wärtern ein Zeichen, sie bemerkten es nicht; unendlich langsam, die Hände auf dem Rükken verschränkt, kehrten sie zur Mitte der Empfangshalle zurück und stellten sich unter dem großen Leuchter auf wie zur Selbstbesichtigung. Was sie da sprachen, war nur für sie bestimmt. Vielleicht begutachteten sie sich gegenseitig, taxierten den Grad der Strenge, Wachsamkeit, Autorität, der von ihnen ausging, ausgehen sollte nach Möglichkeit. Wie viele mußten sich versammelt haben, damit sie vor der Zeit öffneten?

Als zweiter kam ein alter, gebückt gehender Mann, der die dunklen, regennassen Marmorstufen mit seinem Spazierstock hinauftickte, mit der Schulter die Glastür zu öffnen versuchte und, da es ihm nicht gelang, unter wilden Augenbrauen zu den Wärtern blickte und schließlich den Knauf des Stocks an die Tür schlug. Sein Klopfen half ihm nicht. Er ging auf das Plakat zu, hob ruckartig den Kopf, sah vorwurfsvoll auf Max Ludwig Nansens Selbstporträt mit den verschiedenen Gesichtshälften, als wolle er bei ihm Beschwerde führen. Er setzte die Metallspitze seines Stocks auf den blauen Nasenrücken und las sich selbst Eröffnungszeit und Dauer der großen Nansen-Ausstellung vor, suchte die elektrische Uhr an der Straßenbahnhaltestelle, es war immer noch viertel vor elf, das mußte er anerkennen, und nach einem schnellen Blick zu mir zog er den Kopf ein und verlegte sich aufs Warten, ein großer mürrischer Vogel, der mühelos Zeit überwindet.

Nach ihm? Nach ihm schob sich das Paar längsseits, ein feister verdrossener Bursche in geflickten Gummistiefeln, barhäuptig, unrasiert, mit einem riesigen Rollkragenpullover aus ungefärbter Schafswolle, einem Ding, das ihm bis zu den Schenkeln reichte und in dem er offensichtlich auch schlief. Das dünne, aschblonde Haar fiel ihm in die Stirn, zwischen den Lippen, die eine dauernde Bereitschaft zu Spott verrieten, hielt er einen kalten Zigarettenstumtnel. Er ließ sich anmerken, daß er lustlos, wider Willen hier erschienen war, vielleicht nur überredet von dem langbeinigen, langhaarigen Mädchen in dem schwarzen, lackglänzenden Regenmantel. Einer ihrer Arme lag auf seiner formlosen Hüfte, im andern hielt sie eine selbstgemachte Kodderpuppe, die ihr zu gleichen schien nicht nur wegen des kleinen Regenmantels. Das Mädchen trug Sandalen an bloßen Füßen, es hatte sehr helle, verheulte Augen und ein breites ebenmäßiges Gesicht, ihre Zärtlichkeit war gerecht verteilt auf den Burschen und die Kodderpuppe. Sie fror.

Die beiden steuerten auf das Plakat zu, betrachteten es länger, als man sonst Plakate betrachtet, der Bursche zuckte die Achseln und fragte, ob sie es immer noch für gut halte, ihn so früh geweckt zu haben an diesem unschuldigen Sonntag; da sie darauf nichts zu sagen wußte, nur den Arm fester um seine formlose Hüfte legte, nickte er in Richtung zu Nansens Selbstporträt und redete etwas von Anstreicher ... Dieser Anstreicher von Wolken und Wind, dieser kosmische Bühnenbildner. Also nehmen wir ihn in Kauf. Wenn wir schon mal aufgestanden sind. Schau dir nur das Selbstporträt an, da hast du alles: den großen Einfärber. So redete er, und das Mädchen summte Lullaby of Birdland und wiegte die Kodderpuppe.

Die mittlere Glastür wurde geöffnet, wir strebten alle sofort zum Eingang, aber zwei sorgfältig gekämmte Wärter hielten uns zurück und ließen nur die Kerle vom Fernsehen und vom Rundfunk ein, die gewohnt schienen, nirgendwo warten zu müssen, und die mit metallenen Kisten, Kameras und Aufnahmegeräten anrückten, und nicht nur dies: kaum waren sie in der Halle, da ließen sie auch schon die zehn oder zwölf Wärter für sich arbeiten, ließen sie Kabel schleppen, Anschlüsse suchen, Scheinwerfer aufstellen und all solche Sachen. Wir drückten die Gesichter an die Glastüren und beobachteten die Vorbereitungen in der Halle, und ab und zu zurückweichend, erkannte ich auf der Glastür die stumpfen Spiegelbilder neuer Ankömmlinge, die die Marmortreppen unterschiedlich hinaufgingen und, wenn sie nicht wie wir die Gesichter an die Glastür drückten, prüfend zur elektrischen Uhr hinübersahen oder sprachen oder einfach dastanden in Gefaßtheit.

Je mehr es auf elf zuging, desto zahlreicher wurden die Besucher, die mit Taxen, Straßenbahnen, im eignen Wagen oder zu Fuß ankamen, auf die Stufen der Marmortreppe traten und einander begrüßten in allen Formen, so von kaum wahrnehmbarem Nicken bis zu langwierigem Kußabtausch und weiten, zeitschindenden Umarmungen; da hätte jeder angenommen, daß es sich hier um Leute handelte, die, wenn sie auch nicht gleich eine Familie bildeten, so doch einander bestens bekannt waren von irgendwoher. Viele Händedrücke. Reichlich Schulterklopfen. Handküsse. Aufmerksam verstreute Blicke. Denen ging einfach nicht die Lust aus, einander zu begrüßen. Lächeln von süßsauer bis jovial eroberte die Gesichter. Viel Winken. Und immer wieder Zeichen: Später, wir sehn uns später, müssen uns später noch sehen. Rauch von Zigaretten und Pfeifen stieg auf. Rufen hinauf und hinunter. Obwohl nach links und rechts geredet wurde, prüften schnelle Blicke, wer da war, wer gerade kam, wer fehlte.

Auch ich entdeckte Bekannte: Bernd Maltzahn im Regenmantel und den Hamburger Kunstkritiker Hans-Dieter Hübscher, der den Maler zweimal auf Bleekenwarf besucht hatte: seidiges gewelltes Haar, Hornbrille, wachsgelbe Haut, ein Engerling mit Stechaugen.

Von diesen Leuten auf der Treppe der Galerie Schondorff verdiente jeder, bemerkt zu werden auf ihm angemessene Weise: die Frau in Schwarz mit dem breitkrempigen schwarzen Hut, dem Pferdegebiß und den Ohrringen, auf denen mühelos drei Pinselaffen hätten schaukeln können; der Mann mit dem aufgeschlitzten Hosenbein und dem erstaunten Säuglingsgesicht zum Beispiel; der Mann mit der flammenden Gesichtshaut und der klobigen Pfeife, der unaufhörlich die Rauchgebilde beobachtete, die er ausstieß, und den ich für fähig hielt, seine Gesprächspartner in Rauch zu porträtieren; das ältliche Paar in Kamelhaarmänteln und mit dem gleichen lila Schimmer im Haar; der Mann mit der Bartflechte und dem Elfenbeinstöckchen; das Mädchen im Lederrock mit dem seegrünen Pullover, das einem untersetzten kurzbeinigen Burschen geduldig den Rücken massierte; die flache Rothaarige, deren Beine mit roten Pickeln besetzt waren: jeder verdiente bemerkt zu werden und ließ, sagen wir mal, die Vielfalt menschlicher Möglichkeiten ahnen.

Glauben Sie nicht, daß die Wärter das erkannt und etwa dadurch freudig quittiert hätten, daß sie vor der festgesetzten Zeit öffneten; sie warteten tatsächlich, bis die elektrische Uhr elf zeigte, da erst schlossen sie auf und blieben noch dazu grinsend vor der Garderobe stehen, so als wollten sie sich danken lassen für das Öffnen der Türen; wahrscheinlich grinsten sie aber deshalb, weil das Fernsehen die Eröffnung der Ausstellung filmte und die Wärter selbst erkannt hatten, daß die beiden Kameras vor allem über sie hinschwenkten. Jedenfalls drängten, schoben, drückten wir uns an ihnen vorbei – ich hatte es nicht geschafft, als erster eingelassen zu werden –, in die Tiefe der Schondorffschen Galerie, in den hellen, glatten Raum, der, durch all die leichten Pappwände, die Gassen öffneten und schlossen, von oben gesehen den Eindruck eines Labyrinths gemacht haben muß, eines Spielzeuglabyrinths. In diese Gassen und Abseiten floß der Strom ab, aber nicht endgültig, auf berechneten Wegen fanden die Besucher wieder zur großen Halle zurück wie von selbst und blieben am Rand stehen, mit dem Rücken zu den hohen Fenstern, die Gesichter dem Eingang zugewandt. Wie selbstverständlich die stehen und flüstern und einander beobachten konnten! Wie leicht die den Wunsch unterdrückten, die nach biographischen Epochen gehängten Bilder vor der Eröffnungsrede zu betrachten; denn daß einer reden würde, ließ sich schon an der Art erkennen, wie die Besucher sich aufgestellt hatten.

Reden und leises Lachen stiegen auf und dazwischen immer wieder Worte der Begrüßung. Also hier sieht man euch, das nächste Mal darf es nicht so lange, wollen wir nicht gleich etwas für nächste Woche, am besten wir telefonieren uns zusammen ... Ja, der Alte wird selbst anwesend sein, stand in der Zeitung ... Im Thalia-Theater nicht, dafür aber in den Kammerspielen ... freut euch, daß ihr nicht die Premiere mitgemacht habt ... Manchmal kommt er mir vor wie sein eigenes Denkmal ... Also wie der die Schwellkraft der Farbe eingrenzt ... Pathos, nicht wahr, zuviel Pathos der Vision. Wie Schondorff das erreicht hat, den Alten in die Stadt zu locken ... Im Gleichnis der Farbe, meine Liebe, entwickelt sich bei ihm das Sinnbildliche ... Ich halte ihn doch für einen Dekorateur ... Balduin macht nur noch Fernsehen, im Theater kannst du einfach nicht mehr zeitkritisch wirken ... Überhaupt leben wir im optischen Zeitalter, alle anderen Sinne haben nichts mehr ... Die Farbe hat bei ihm nicht nur dichterische, sondern auch metaphorische Bedeutung ... Der ist doch deutscher als sechs pommersche Grenadiere. Und nach der Glasmenagerie gehen wir essen. In der evokativen Kraft der Farbe ist er doch unerreicht. Ist das nicht Thomas Stackelberg? Das ist doch Stackelberg? Stackelberg. Langmähnig, mit seinem gefrorenen, hilflosen Leinwandgrinsen, gekleidet wie König Edward erschien tatsächlich der Sänger und Schauspieler Thomas Stackelberg, grüßte andeutend jedermann, als sei er von jedermann gegrüßt worden, schritt, an Aufmerksamkeit und abfragende Blicke gewohnt, mit geübter Unbefangenheit durch den offenen Kreis und schraubte sich mit seiner zierlichen, breitmündigen Begleiterin in eine Besuchergruppe: ganz der Vater ... Nun sieh dir an, wie der seinem Alten gleicht. Und woran wirken Sie jetzt mit? ... Das nenn ich eine Überraschung, Sie hier bei Nansen zu treffen ... Wieso? sagte Stackelberg. Jedesmal, wenn meine Gabriele entbunden hat, wünscht sie sich ein Nansen-Aquarell, und das bekam sie denn auch, nicht?

Zwei Männer mit offenen Staubmänteln sahen zu mir herüber, besichtigten mich, ein junger und ein alter Mann. Sie wurden nicht begrüßt und begrüßten selbst auch niemanden. Sie sprachen auch nicht miteinander. Sie gehörten nicht zur Familie; als die Fernsehkamera zu ihnen hinschwenkte, wandten sich beide ab in wortlosem Einverständnis und traten in den Hintergrund. Nein, sie gingen nicht fort und hörten nicht auf, mich zu besichtigen; mir kam es sogar vor, daß sie sich mehr für mich interessierten als für Rudolf Schondorff, der sein glattes, anmaßendes Gesicht jetzt durch den Kreis trug und zur Treppe ging und dort nicht nur stehenblieb, sondern Aufstellung nahm: würdig, gebieterisch.

Alle beobachteten Rudolf Schondorff. Er schien die gesammelten Blicke auf sich zu spüren, er massierte seine Finger vor der Brust, als müßte er sie geschmeidig machen für einen besonderen Händedruck. Er wandte sich um, gab irgendeinem Wärter ein Signal. Es wurde kaum noch geredet, das Lachen wurde leiser, Bewegungen hörten auf. Der Körper des Galeriedirektors straffte sich, die Arme hingen locker herab, die Füße probten einen winzigen Ausfallschritt. Max Ludwig Nansen kam. Er kam in Begleitung von Teo Busbeck, und so, wie der Maler zur großen Nansen-Ausstellung in Hamburg erschien, hatte ich ihn noch nie gekleidet gesehen: Gamaschenschuhe, enge gestreifte Röhrenhosen, ein Gehrock, der in Jahrhunderten blank geworden war, seidenes Schlipstuch mit Anstecknadel, Vatermörder, und auf dem mächtigen schweren Kopf einen steifen, altmodischen Hut. So hätte er sich dem Altonaer Heimatmuseum zur Verfügung stellen und das nachgebaute Friesenhaus von achtzehnhundertzehn mit bevölkern können. Sein Gesicht wirkte herrisch und verschlossen, seine Lippen drückten unbestimmte Geringschätzung aus. Und sein Gang, der Gang schien passend zur Verkleidung gewählt: gravitätisch, mit besitznehmendem Schritt und freie Bahn für sich beanspruchend kam er die Treppe herauf, Arm in Arm mit Teo Busbeck, seinem Freund. Kein Lächeln, keine Freundlichkeit, als Schondorff ihn begrüßte und willkommen hieß; abweisend nahm er die Begrüßung zur Kenntnis, nickte unmerklich, und als die Besucher zu klatschen anfingen, nickte er ebenfalls. Unter dem dünnen Beifall trat er in den Kreis und hielt Doktor Busbeck an seiner Seite, der versucht hatte, wegzuscheren. Jetzt hob er den Kopf und blickte feindselig in die Scheinwerfer und auf die surrende Kamera, eine hochmütige und starrsinnige Erscheinung. Als Schondorff ihm zum zweiten Mal die Hand hinhielt, übersah er sie, und als der Regisseur des Fernsehteams auf ihn zutrat und ihn bat, den Galeriedirektor noch einmal, und zwar fürs Fernsehen, langsam zu begrüßen, winkte er ihm, zu verschwinden. Mit gesenktem Gesicht deutete er sodann an, daß er bereit sei, die Eröffnungsrede zu hören: Man zu.

Also, Schondorff, als Hausherr, sprach, mild sprach er, unterstützt von einem Spickzettel, den er wie eine Schriftrolle zwischen den Fingern drehte, während der Maler in sich gekehrt aber auch mit kritischer Bereitschaft zuhörte, geradeso, als warte er auf eine Gelegenheit, zu protestieren, zumindest aber den Redner zu verbessern. Noch einmal also respektvoll angebotenes Willkommen. Ehre natürlich. Erwähnung der Mühen und Widerstände. Hinweis, daß wir in Max Ludwig Nansen den größten lebenden Vertreter des ... feierten. Zitat des in die Kunstgeschichte eingegangenen Telegramms an die

Reichskammer der Bildenden Künste in Berlin. Erinnerung an die unschätzbaren Werte, die unwiederbringlich verlorengingen. Direkte Hinwendung zum Maler: daß Sie dennoch unserer Einladung gefolgt sind ... Versicherung, daß allenthalben Dankbarkeit. Händedruck. Beifall.

Dann sprach Hans-Dieter Hübscher. Der Hamburger Kritiker hielt sich an keinem Zettel fest, während er sprach, er sprach frei und hielt die Augen geschlossen die ganze Zeit, und in kurzen harten Sätzen, sich mit der Zunge die Lippen leckend und schwach und bekümmert lächelnd, als hätten die gebrauchten Worte nicht seine volle Billigung und seien nur so ein Notbehelf, legte er los und verbreitete sich über alles, vom »Erlebniskern panischer Naturgewalt« bis zum »machtvollen künstlerischen Ausdruckspathos« des Malers Nansen.

Der sah den Kritiker erstaunt, aber zustimmend an, nickte, als von einem neuen Begriff der Fläche und von Ausdruckhieroglyphen die Rede war, und er war auch einverstanden, als von seiner Suche nach dem Urzuständlichen im Menschen gesprochen wurde.

Der Maler flüsterte mit Teo Busbeck, wandte sich aber sofort dem Kritiker zu, als der die gleichbleibenden Bildkategorien erwähnte: Fläche, Farbe, Licht und ornamentalen Dekor; wieder nickte Max Ludwig Nansen, und ich erkannte, daß das, was ihn am meisten erstaunte, seine eigene Zustimmung zur Rede des Kritikers war. Unwillkürlich trat er näher an Hans-Dieter Hübscher heran, der nun von Farbreihen sprach, die Nansen immer und überall versuche, zu einem sogenannten »Generalklang« zu vereinigen, zu einer tonigen Gesamtspannung, die alles übergreife und so weiter; auch dagegen hatte der Maler keine Einwände, und er protestierte auch nicht, als die Herstellung dieses Generalklangs sein und Rembrandts größtes Problem genannt wurde. Ich meine, er machte einen sehr betroffenen Eindruck, der Maler. Zum Schluß sagte Hübscher: Dies Werk ist ein Zeugnis dafür, wie durch das Klangbild der Farbe ein erahnter Inhalt in Malerei verwandelt wird. Danach öffnete er die Augen, verbeugte sich knapp gegen den Maler und dann gegen die Besucher, wollte abtreten, doch Max Ludwig Nansen hielt ihn am Ärmel fest, und unter stärker werdendem Beifall nahm er die Hand des Kritikers, zog sie zu sich hin und sah den Mann, der so sehr seine Zustimmung erzwungen hatte, ziemlich lange an. Er sagte auch etwas, doch das war nicht zu verstehen; jedenfalls, die Ausstellung galt als eröffnet, und rückwärts, seitwärts verließen die Besucher die große Halle, der Ring löste sich auf, Reden stiegen auf, Lachen war zu hören, vor allem dort, wo sie Thomas Stackelberg festgekeilt hatten. Die Besucher wanderten in die Gassen und Gänge, zerstreuten sich, nein, sie schoben sich einzeln oder in Gruppen an den Bildern vorbei, eroberten die Sofabänke, die zu ausdauerndem Betrachten einluden.

In der Spitzengruppe – es gab so etwas wie eine Spitzengruppe – schritten Schondorff, der Maler, Doktor Busbeck und Hans-Dieter Hübscher, sie hatten es eilig, Schondorff erläuterte hier und da etwas im Gehen, manchmal wollte er stehenbleiben, ein Wort anbringen, aber keiner war bereit, ihm zuzuhören, der Maler vor allen anderen wollte es nicht, er gab die Geschwindigkeit an, zog die Gruppe mit sich. Ab und zu machte er dem Kritiker ein Zeichen, nicht den Anschluß zu verlieren, also hatte er etwas vor mit ihm, vielleicht wollte er sich noch mehr über sich selbst sagen lassen, ich weiß nicht, aber darauf scheint er am wenigsten gefaßt gewesen zu sein: daß einer über ihn sprach und er erstaunt, betroffen, womöglich sogar erschrocken, zu allem ja sagen konnte.

Wer weiß, wie er auf mich zugekommen wäre, wenn er mich entdeckt hätte, doch ich hielt mich zurück, immer in Deckung von einigen Besuchern, immer achtsam: das letzte Mal hatte er mich von Bleekenwarf fortgeschickt mit einer Warnung und der Feststellung, daß er mir nicht mehr trauen könne; kein Verlaß mehr auf dich, hatte er gesagt, dir ist nicht mehr zu trauen, Witt-Witt, und danach hatte er auffordernd nach Rugbüll hinübergesehen. Mir genügte es, ihn zu beobachten, ihm zu folgen, so gut es ging. Doktor Busbeck, ja, der glaubte mich wohl einmal erkannt zu haben, zumindest stutzte er, als er mich bemerkte, aber da ich seinen Blick nicht erwiderte, wurde er unsicher, kein Wunder nach all den Jahren.

Teo Busbeck war es auch, der als einziger den Spott bemerkte, der dem Aufzug des Malers galt; das Kopfschütteln, Feixen, Lächeln: er nahm es zur Kenntnis und wandte sich rasch ab jedesmal. Jemand sagte: Das gibt's doch gar nicht, der is doch 'ne Erfindung von ihm selbst.

Ich möchte hier nicht alles wiederholen, vor allem deshalb nicht, weil es jetzt an der Zeit ist, auf das große Bild zu stoßen, das ich nicht kannte und das vor einer Wand hing ganz für sich.

Plötzlich also war da das Bild »Garten mit Masken«, da konnte ich nicht mehr weitergehen. Der Garten leuchtete wie eine Werkstatt der Farben, das war ein verzweifeltes Blühen und Überbieten in Formen und Erscheinungen, aber alles abgegrenzt gegeneinander, jedes bestand auch allein. Und von einem Baum, einem langen Ast, den man sich denken mußte, hingen an grünen Schnüren drei Masken herab, zwei Männer- und eine Frauenmaske. Sonne traf die Masken von der Seite, brachte sie halbseitig zum Glühen. Eine schreckliche Sicherheit ging von ihnen aus, eine rätselhafte Gewißheit. Ihre Sehschlitze waren erdbraun, obwohl der Himmel hinter ihnen hell war und wolkenlos. Bedrohten die Masken den Garten?

Ich stellte mir Wind vor, einen sachten Wind zunächst, der die Masken leicht bewegte, einen schärferen Wind, der sie hin und her gegeneinander warf und der sie in schnelle Drehung brachte. Wem glichen die Masken? Sie kamen mir bekannt vor, sie schienen von Gesichtern abgenommen, die mir schon einmal begegnet waren, ein Name fiel mir jedoch nicht ein. Ich stellte mir vor, daß sich die Masken, nachts, vermehrten, von allen Ästen und Sträuchern herabhingen, sich auf trockenen Stengeln aus den Beeten erhoben, und ich ging näher an das Bild heran, an den Garten voller Masken, und ich weiß noch, daß ich mir einen dünnen, harten Stock wünschte, um die Masken von Stengeln, Sträuchern und Ästen zu schlagen, köpfen wollte ich sie, so wie man Blumen köpft, und hinterher, meinetwegen, auf das Kompostbeet karren.

Da stellten sie sich neben mich. Da hoben sie mich an, indem sie ihre Arme unter meine Achseln schoben. Ich sah beständig auf den Garten der Masken und erkannte dennoch den hellen, imprägnierten Stoff der Staubmäntel. Der Garten tarnte sich; jetzt erst merkte ich, was sich alles zu tarnen versuchte angesichts der schwebenden Masken. Nicht gewaltsam, ruckhaft, aber mit ebenmäßigem Druck bewegten sie mich zur Seite und drängten mich vom Bild ab. Die Anwesenheit der Masken im Garten schien zu genügen, daß alles sich verstellte: das Blühen ausspielte oder verbarg, den Brand der Farben verstärkte oder milderte. Links und rechts von mir nahm ich zwei flüchtig bekannte Gesichter wahr, auch in diesem Augenblick waren sie gekennzeichnet durch Zuverlässigkeit und berufsmäßigen Argwohn.

Ein Ellenbogen und eine weiche Faust stellten sich meinen Rippen vor, immer noch so, daß es ohne Schmerzen abging. Im Abdrehn erkannte ich, verborgen zwischen den Blumen, ein Augenpaar, das gebannt die baumelnden Masken beobachtete. Warum sollte ich mich umdrehn, die Stimme heben, protestieren, da ich doch wußte, wer mich in die Zange genommen hatte und warum es geschah. Sie ließen mich los, aber das Geräusch, das ihre Staubmäntel bei jeder Bewegung machten, hörte nicht auf, blieb dicht neben mir. Wir brauchten uns nicht darüber zu verständigen, daß alles unauffällig zu geschehen habe. Nur kein Aufsehen, und dergleichen, nur keine Auseinandersetzung. Ich verhielt mich, wie ich im Kino andere sich hatte verhalten sehen in ähnlicher Lage: willig, ruhig und resigniert; das machte sie zufrieden.

Langsam ging ich dem Ausgang zu, schlendernd, hier und da im Vorübergehen ein Bild betrachtend, mit lose herabhängenden Händen. Nur einmal, kurz vor der Treppe, blieb ich stehen, ließ die Staubmäntel noch näher herankommen und fragte in einer Art, daß beide sich gemeint fühlen konnten: Geht das von Rugbüll aus?, worauf einer von ihnen Quatsch nicht sagte und der andere: Vorwärts, los.

Ich hatte es verstanden, sie brauchten mich nicht zusätzlich zu schubsen, und sie brauchten mich nicht ein zweites Mal, und zwar kräftiger, zu schubsen, nachdem ich die Treppe hinabgegangen und nur deshalb stehengeblieben war, weil ich nicht wußte, durch welche Tür sie mich hinausbugsieren wollten.

Jedenfalls, ich bekam Übergewicht, verhinderte durch zwei schnelle Schritte ein Straucheln, lief auf einmal, sprang die große Außentreppe hinab, lief weiter nach dieser unwirschen Starthilfe, bekam immer größere Lust am Laufen und hörte weder auf Haltrufe noch auf Warnungen, hörte nur den Fall meines eigenen Schritts, das Klopfen, das Hallen, das trug und hetzte mich weiter, zur Brücke hin, quer über die Straße, knapp vor der schlingernden Wand einer Straßenbahn vorbei, die die beiden Männer zum Warten zwang, die beiden Staubmäntel, die ebenfalls zu laufen begonnen hatten und die, je länger die Verfolgung dauerte, seltener und seltener Halt riefen, Stehenbleiben, dafür aber genau und mitunter wie eigensinnig meiner Spur folgten über einen Bauplatz, zwischen Buden und Materialwagen und geparkten gelben Baumaschinen hindurch, die nacheinander über dasselbe wippende Brett liefen, über das ich gelaufen war, weiter die Straße hinab bis zur Verkehrsampel, die zeigte noch Grün für mich, und dann durch die überdachten Auslagen der Kaufhäuser, wo sie mich zum ersten Mal aus den Augen verloren, wo aber andere, sonntägliche Schaufenstergucker, sich gegenseitig auf mich aufmerksam machten und sich erstaunt und befremdet umwandten, da war ich schon vorbei, lief auf die Eisenbahnbrücke zu, sah das Warnschild Rauch!, dachte an Rauch, wünschte und verlangte Rauch, eine dichte, auffahrende, bergende Wolke, aber die Tankstelle auf der andern Seite blieb unverdeckt, der Arm, der aus einem offenen Autofenster Geld herausreichte, der Tankwart, der den Schlauch in die Halterung einlegte: sie kamen mir nicht abhanden, also weiter auf den vollgestopften Parkplatz vor dem Hauptbahnhof, geduckt zwischen den Autos hindurch, die Hotels boten keine Chance, auch das Deutsche Schauspielhaus bot keine Chance, obwohl gerade ein bekannter Schauspieler, wie ich am Morgen gelesen hatte, in einer Matinee Hölderlin und Storm und Goethe rezitierte, und sie waren ja auch schon hinter der Brücke, der Tankwart wies ihnen schon, mitspielend, die Richtung, nickte zu mir herüber, da blieb mir nur noch der Hauptbahnhof zuletzt mit den Wartesälen, Toiletten, Schaltern, Kiosken und all den stehenden, nachrückenden, gehenden Personen, und ich flitzte in die kühle, zugige Halle, sah und bedachte alle Möglichkeiten, die sich zu erkennen gaben, nutzte jedoch keine, sondern durchquerte die Halle und lief zur Haltestelle und sprang auf eine anfahrende Straßenbahn – es fuhr tatsächlich gerade eine Bahn an –, und solange ich zum Hauptbahnhof zurücksah: die beiden Staubmäntel tauchten nicht auf.

Musterten sie mich? Lag Verdacht auf ihren Gesichtern? Machte sie mein schnelles Atmen mißtrauisch? Die Fahrgäste kümmerten sich nicht um mich. Die Fahrgäste betrachteten mit unterschiedlicher Aufmerksamkeit den Kontrolleur, der den Fahrschein einer alten, kräftigen Frau prüfte. Der Kontrolleur sagte: Der Fahrschein ist ungültig, was sagen Sie nun? Die Frau band sich das nasse Kopftuch ab und sagte: So ist mir noch keiner gekommen, und danach hob sie eine schwere Tasche, aus der ein Blumenstrauß herausragte, vom Boden und besetzte demonstrativ einen zweiten Platz. Der Kontrolleur rieb den Fahrschein zwischen den Fingern, hob ihn gegen das Licht. Der Kontrolleur sagte: Es hilft nichts, Ihr Fahrschein ist ungültig. Die Frau wandte sich erbittert ab und sagte leise zu ihrer Tasche: Ich hab vier Kinder großgezogen, aber so ist mir noch keiner gekommen. Der Kontrolleur im zu langen Mantel der Hamburger Straßenbahnkontrolleure trat an die Frau heran, stützte sich auf ihre Schulter, als die Bahn durch eine Kurve schleifte, dann hielt er der Frau den Fahrschein vors Gesicht. Der Kontrolleur sagte: Wer ein öffentliches Verkehrsmittel benutzt, muß im Besitz eines gültigen Fahrausweises sein. Die Frau wischte mit ihrem nassen Kopftuch über die beschlagene Scheibe. Die Frau sagte: Nehmen Sie erstmal gefälligst die Flossen von mir, wenn Sie mit mir reden, und woher soll ich wissen, daß mein Fahrschein ungültig ist? Der Kontrolleur sagte: Sie sind umgestiegen, ohne einen Umsteiger gelöst zu haben; laut Beförderungsbestimmungen müssen Sie fürs Umsteigen einen Umsteiger lösen. Die Frau sagte achselzuckend: So ist mir noch keiner gekommen, mit Beförderungsbestimmungen.

Das ging hin und her zwischen ihnen, sie kamen sich nicht näher, und ich kann auch nicht sagen, was später geschah:

ob der Kontrolleur die Frau aus der Bahn warf; oder ob die Frau dem Kontrolleur ihre Tasche ins Gesicht schlug; denn auf einmal erkannte ich die Essigfabrik wieder und mußte aussteigen.

Über den verlassenen Hof, an den Fässerstapeln vorbei ging ich zum alten Bürohaus, die Haustür stand Tag und Nacht offen, die Steinstufen hatten Sprünge, es hing eine Lampe von der Decke, aber die Birne war aus der Fassung geschraubt, die Wände waren mit Kratzern, Schleifspuren, eingeritzten Initialen bedeckt: dort im zweiten Stock also wohnte Klaas. Obwohl er nicht allein dort wohnte, stand nur sein Name an der Tür, auf einer Visitenkarte, die mit Reißzwecken befestigt war, stand: K. Jepsen, Photograph. Keine Klingel, also klopfte ich, klopfte ausdauernd, und nach einer Weile erschien mein Bruder, angetan mit einer zerknitterten Pyjamahose, barfuß, er starrte mich mißmutig an: Komm rein! Auf dem langen Flur seine Porträtgalerie »Tote Hamburger«, Aufnahmen von Leuten, die ertrunken, erschlagen, erstochen, erwürgt, erschossen oder überfahren waren, auch friedlich im Bett Gestorbene waren darunter.

Er stieß eine Tür auf, die nur angelehnt war. Ein Plattenspieler lief im Leerlauf; auf dem Tisch standen Rotweinflaschen, fünf Gläser; auf der breiten Schlafcouch lag das Bettzeug, auf einem bastbezogenen Sessel flochten sich Männer- und Frauenkleidung ineinander. Jutta, rief Klaas gegen eine Tür, und dann noch einmal: Jutta, hörst du nicht!

Also gleich darauf Jutta in verwaschenen Jeans, die fest ihren kleinen Hintern umspannten, in einem dünnen Pullover, der zu kurz war und einen Streifen ihrer Haut unbedeckt ließ. Beide tauschten einen Blick, bevor sie mich begrüßten. Jutta küßte mich, Klaas warf die Kleidungsstücke auf die Couch und rückte mir den Sessel hin: Setz dich, Jutta gibt dir Kaffee und bringt dir ein Schinkenbrot. Beide steckten sich Zigaretten an, Klaas trank einen Schluck Rotwein.

Wie geht's denn dem Kleinen? fragte Jutta, und ich: Sie haben etwas gegen mich in Hamburg, ich konnte noch gerade die Kurve bekommen, zwei Staubmäntel waren hinter mir her, am Hauptbahnhof wurde ich sie los. Während ich erzählte, hob mein Bruder das Rotweinglas, kniff ein Auge zusammen und visierte über den Rand des Glases hinweg eingebildete Ziele an den Wänden und an der Decke an, er schien nicht sehr interessiert zuzuhören, er unterbrach mich nicht ein einziges Mal, erst zum Schluß sagte er: Sieht alles belämmert aus, Kleiner, und, nach einer Pause: Bis morgen kannst du hierbleiben, dann muß dir etwas Neues einfallen. Er kann doch in der Dunkelkammer schlafen, sagte Jutta, auf dem Liegestuhl, und Klaas darauf: Siggi kann hier schlafen, wo er will, nur morgen muß uns etwas Neues einfallen: die geben doch nicht auf, sobald sie einen mal aus den Augen verlieren.

Jutta brachte mir Kaffee und ein Schinkenbrot und legte eine Langspielplatte auf, ich glaube die Andrew-Sisters, und leise die Melodie mitsummend, ab und zu an einer Zigarette ziehend, fädelte sie mit Hilfe einer Sicherheitsnadel ein Gummiband in so einen schlappen Schlüpfer ein. Klaas ging ans Fenster und sah auf den Hof hinab und, höher blickend, zur Straße, und auch dort visierte er über ein Rotweinglas angenommene Ziele an, Fenster, Dächer und vermutlich auch die grünen Schriftzüge der Essigreklame. Er fragte: Was wollen sie von dir, Kleiner? Warum auf einmal? – Ich weiß nicht, sagte ich, und Klaas: Hat er dir's eingebrockt? Der Alte in Rugbüll? – Vielleicht, sagte ich; ja, er muß es gewesen sein: wahrscheinlich hat er was entdeckt. – Dein Versteck? – Ja. – Hier kannst du leicht raus, sagte mein Bruder: wenn sie kommen, verschwindest du in Hansis Zimmer, von dort geht eine Treppe nach oben. Ich bring dich hin. – Erstmal bin ich hier. – Erst einmal bist du hier. Mein Bruder drückte mir sein Rotweinglas in die Hand, forderte mich auf zu trinken, ging in die Küche, wo er sich bei offener Tür unter hartem Wasserstrahl wusch. Tanzt du? fragte Jutta. Ich schüttelte den Kopf. Dann trink, sagte sie, und ich trank, und sie selbst füllte mein Glas nach und räumte auch das Zimmer auf, summend, in der Hand eine brennende Zigarette, von der sie die Asche abklopfte, wo sie gerade stand.

Und dann ... Wir beide erschraken, sogar Klaas in der Küche schien zu erschrecken, als draußen auf dem Gang zweimal tief und erschütternd gebrüllt wurde, Verlangen und

Triumph lagen in diesem Gebrüll, Ankündigung von etwas natürlich, Schritte kamen näher, die vor unserer Tür aufhörten, da standen wir bewegungslos und sahen uns nur an, und als Klaas mir einen Wink gab, in die Küche zu treten, flog die Tür auf und der Bursche mit dem ungefärbten Schafwollpullover und den geflickten Gummistiefeln erschien im Türrahmen, mit beiden Armen ein halbes Dutzend Rotweinflaschen gegen seine Brust pressend. Wieder brüllte er, aber knapper, verhaltener, ließ dem Brüllen ein Knurren folgen und warf den Kopf in die Richtung, in der Hansis Zimmer lag. Also das war Hansi. Und als er ohne ein weiteres Wort – und ohne die Tür geschlossen zu haben – abschob, tauchte hinter ihm das langhaarige Mädchen mit dem lackglänzenden Regenmantel auf, sie hielt ihre Kodderpuppe hoch über dem Kopf und winkte lachend im Vorübergehn zu uns herein. Wir kommen, rief Klaas.

Wie soll ich Hansis Zimmer beschreiben? Ein trüber Schlauch mit zwei Türen – eine Tür führte direkt ins Treppenhaus –, drei hohe Fenster, die auf den alten, nur noch zum Stapeln morscher Fässer dienenden Fabrikplatz hinausgingen, an den Wänden hellblau gestrichene Seekisten, die, mit säuerlich riechenden Fellen bedeckt, als Sitz- und Schlafgelegenheit dienten, mehrere Konservendosen als Aschenbecher, eine Staffelei, ein schmales Bord, bevölkert mit sitzenden, hokkenden, stehenden, auf- und nebeneinander liegenden Kodderpuppen, und unter dem Fenster, auf weißgraue Pappe gezogen, von Kohlestift, Silberstift, aber auch in Aquarellfarben behauptet, Hansis bekenntnishafter Zyklus: »Der Aufstand der Puppen«. Hinter einem Vorhang ein Gaskocher, ein Ausguß, Geschirr und ein Spalier von ungleichartigen Blechschachteln. Hinter der Staffelei, in einer Ecke, ein Liegestuhl, in dem ein junger kahlköpfiger Mann in offener Lederjacke schlief, immer schon geschlafen zu haben schien, vermutlich auch weiter schlafen würde, die nächsten Tage. Wochen. Die Tische darf ich nicht vergessen, zwei runde Gartentische mit abgesägten Beinen, und ebensowenig den Karton mit Fahrradpumpen – Hansi sammelte Fahrradpumpen, die er lackierte und numerierte.

Jetzt trank Hansi. Doris – so heißt das Mädchen im Regenmantel öffnete die Flaschen, schenkte ein, küßte jeden, dem sie ein Glas reichte, küßte, ein leises Sauggeräusch hervorrufend, besonders aufmerksam Jutta, worauf Hansi, der mit angezogenen Beinen auf dem Rücken lag, ihnen zurief: Macht Musik, ihr schwulen Neunaugen. Also Musik, Gitarre; der Plattenspieler stand neben dem Liegestuhl, in dem der kahlköpfige Mann schlief. Klaas saß auf dem Fußboden, einen Ellenbogen auf eine der Seekisten gestützt, das Glas auf dem rechten Knie balancierend; auch Doris legte sich auf den Fußboden, allerdings nahm sie eines der säuerlich riechenden Felle als Unterlage. Ein Mann sang zur Gitarre, er sang von schwarzer Sonne und einem schwarzen Fluß, in dem irgend jemand ertrunken war, ein Kind, glaube ich. Hansi rauchte und nickte, plötzlich sprang er auf, kratzte sich in den Kniekehlen, drückte mir sein Glas in die Hand. Was jetzt?

Herrschaften, sagte er, ich hab Sand zwischen den Zähnen, da ist so ein Geschmack nach Leim, ich wundere mich schon die ganze Zeit, aber jetzt weiß ich, woher das kommt; von diesen weltanschaulichen Dekorationen, von dieser Ausstellung. Wir sind dem Anstreicher persönlich begegnet, müßt ihr wissen, der größte Wolkenmaler war persönlich da. Er ging an die Staffelei, befestigte ein Blatt, suchte den Kasten mit bunter Ölkreide, fand die Ölkreide in einer Kiste hinter dem Schlafenden, Doris lachte und schlug die Beine zusammen. Also paßt mal auf. Wir gehn jetzt mal zusammen auf die Suche nach dem Urzuständlichen im Menschen, so auf deutsche Art, mit Ergriffenheit, wenn ich bitten darf. Halt deine Ständer ruhig, Doris, und hört auf zu lachen. Er entwarf eine Farbbahn mit Gelb und Weiß, verlieh ihr goldene zuckende Ränder: so, da haben wir erst einmal den Strand, ein Stück Nordseestrand, nicht wahr, an dem das Meer seine Stabreime aufsagt. Stumme Größe der Natur, oder so ähnlich; wo man hinscheißt, wächst etwas am nächsten Tag. Dann nahm er Schwarz und Weiß, ein schwarzer Winkel entstand auf dem Strand, nein, ein verwinkelter, schwarz gekleideter Mann in Röhrenhosen und Gehrock, der Mann hielt ein Buch in der Hand, las oder hatte gerade gelesen, gehend am Strand, man muß sich ein bedeutendes Buch denken. Bei solcher Arbeit, sagte Hansi, muß die Kreide natürlich stöhnen, sie muß überredet werden zu farbiger Steigerung, so wie die Natur die Pflanze überredet, sich in ihrem Wachstum zu steigern, falls ihr wißt, was ich meine. Die Farbe, die soll ja Antwort geben auf die Erregungen des Menschen vor der Welt, aus ihr soll hervorwachsen eine Ansicht des Urzuständlichen.

Er arbeitete heftig, mit zusammengepreßten Lippen und übertrieben großen, gesetzgeberischen Gesten, ließ Blau durch Gelb zucken, ließ Weiß in schimmerndem Grün explodieren, da wurde die Farbe zum gesehenen Motiv, da entstand – ich muß das zugeben – wie von selbst Furcht. Also das grüne Gesicht eines Mannes, der mit einem aufgeschlagenen Buch über den Strand ging, drückte Furcht und Überraschung aus, noch war nicht zu erkennen, woher die Furcht kam. Jetzt Braun, ein dunkles Braun mit dramatischen schwarzen Streifen, das vergrößerte, wölbte sich auf dem Strand, wurde hier ausgezogen, dort in einer Richtung begrenzt: So, hier haben wir den großen Weltvogel, ist doch klar. Die beiden erkennen sich. Der norddeutsche Prophet fürchtet sich: das ist nun mal das Urzuständliche. Aber jetzt muß auch noch die Fläche mitwirken, Wolken müssen her, sonst wird die Begegnung nicht mythisch genug, also veranstalten wir ein Wehen und Weben am Himmel, die Nacht ist nicht mehr fern. Ängstliche Tierschreie fehlen noch: wie könnte man die malen?

Während Hansi Wolken entwarf, schob, verteilte, kamen Leute herein, ohne anzuklopfen, zwei Burschen und ein untersetztes schwarzhaariges Mädchen, die ruhig ihre Mäntel auszogen, sich Wein einschenkten und wortlos hinsetzten, wo sie Platz fanden und Hansi zusahen, der, nachdem er die Wolken zum Mitspielen gebracht hatte, einen Titel für das Bild erwog: Prophet begegnet am Strand einem überlebensgroßen Vogel. Und nun wollen wir mal gemeinsam dies Urzuständliche im Menschen klarmachen, so, wie es der kosmische Dekorateur Nansen vorgemacht hat.

Er wollte ansetzen, hatte jedoch nicht mit mir gerechnet, ich hatte wohl auch nicht mit mir gerechnet, denn auf einmal hörte ich mich laut sagen: Gut, alles ganz gut und unterhaltsam, nur die Perspektive stimmt nicht, und als Hansi mich verblüfft anstarrte, war ich schon auf den Beinen, vor der Staffelei und bewies ihm die perspektivischen Mängel. Hansi hielt inne, seine Blicke verengten sich, er verzichtete darauf, zu sagen, was er augenscheinlich zu sagen vorhatte, statt dessen ließ er sich ein Rotweinglas geben und nahm einen Schluck. Beim kosmischen Dekorateur, sagte ich, stimmt nämlich die Perspektive. Immer. – Noch etwas? – Der Vogel, sagte ich, der ist doch nicht wahrgenommen, so wie bei dem Anstreicher alles wahrgenommen ist. Ich meine, seine phantastischen Wesen kommen vor und wirken folgerichtig: diesem Vogel sieht man aber schon an, daß er nichts ausbrüten kann. – Fällt dir vielleicht noch mehr auf? – Die Farbbrechung, sagte ich, ist bei dem Bühnenbildner nie zufällig, da bestätigt und rechtfertigt sich alles; hier fehlt mir einfach die Notwendigkeit. – Na schön, und was willst du mit all dem sagen? Beeil dich.

Ich sah mich nach Klaas um; Klaas blickte auf den Boden; ich sah zu Jutta hinüber, die es vermied, meinen Blick aufzunehmen und zu erwidern. Ich kenne ihn nämlich – Wen? – Nansen, den größten Landschaftsdekorateur, ich kenne fast alles von ihm, ich hab zugesehen, wie manches entstanden ist: etwas wie deinen Zyklus hätte er gewiß nicht fertig bekommen, dafür hat er seine Sachen gemacht, und mit ihnen stimmt er ganz gut überein. – Red nicht herum, sagte Hansi und trank sein Glas leer. Du bist ihm natürlich überlegen, sagte ich, nur wenn du ihn so fertigmachst, dann muß es stimmen, oder? – Ist der aber ulkig, rief Doris und machte mit ihren Ständern kreisende Bewegungen. Du kommst dir wohl sehr wichtig vor, was, sagte Hansi; vielleicht weil er dir mal ein Eis am Stiel gekauft hat oder weil du ihm die Mappe schleppen durftest. So siehst du aus. Ich sah dich doch vorhin in der Ausstellung, und weißt du, was ich gleich dachte, als ich dich sah? Ich dachte: der wäre das geborene Modell für Nansen, für bestimmte Bilder natürlich, etwa: Junger Mann bei der Heuernte.

Nun hatte Klaas etwas zu sagen; er sagte: Komm, Siggi, setz dich hin, aber ich konnte mich doch nicht einfach wegdrehen ohne Antwort. Ich sagte: Du wirst lachen, ich war mal sein Modell, daher kenne ich auch seine Mittel; und wenn du ihn so fertigmachst mit seinen eigenen Mitteln, dann müssen sie auch stimmen, meine ich. – Ich mag keine Leute, die sich wiederholen, sagte Hansi, und Doris rief wieder vergnügt: Ich finde den ulkig; mit dem sollten wir mal Bilder im Dunkeln ansehn.

Ich schwieg und trat schweigend an Hansi vorbei, und sie verfolgten alle, wie ich vor dem Zyklus »Aufstand der Puppen« in die Hocke ging und mir sehr viel Zeit nahm, die einzelnen Arbeiten anzusehen. Also das Volk der Kodderpuppen: dreieckige Gesichter, abgeplattete Kugelgesichter, Punkt-Punkt-Komma-Strich-Gesichter. Beliebig biegsame Arme. Beine, in die sich zwei Knoten machen ließen, elastische, fleckige, vor allem aber unsterbliche Körper. Die Puppen kletterten einen Fabrikschornstein hinauf und besetzten ihn. Sie sprengten einen Wasserturm, brachten eine Brücke zum Einsturz, ließen einen Zug entgleisen, holten von einem Gebäude die Fahne herunter. Puppen hoben ein Grab aus, für K. A. Puppen bei Gegenwind, Puppen auf dem Schießplatz Munsterlager. Sie fesselten ein schlafendes Mädchen, Doris natürlich. Sie flohen vor einem Brummkreisel, ritten auf einem Hahn, operierten mit zwölf Scheren gleichzeitig einen Polstersessel.

Solange ich mir die Bilder ansah, beobachteten sie mich ohne ein Wort, ich hörte ihre Atemzüge und das kleine Schnappgeräusch, das entstand, wenn sie an ihren Zigaretten saugten. Dann richtete ich mich auf, drehte mich langsam zu Hansi um, der sich das dünne Haar aus der Stirn wischte und nur spottbereit dastand. Setz dich doch hin, Siggi, rief Klaas. Na, was jetzt? – Bedeutend, sagte ich, das ist alles sehr bedeutend. – Nicht so bei mir. – Ich wundre mich nur, sagte ich: Schulterklopfen, Herablassung oder Verachtung – das ist alles, was ihr für einen Alten aufbringt, nicht mehr. Ihr kommt euch sehr überlegen vor: sieh mal an, das hat der damals auch schon gewußt, gesehn, beherrscht. – Sag du mir nicht, wer Nansen war. – Mir scheint aber, du weißt noch nicht alles. – Hör mir mal genau zu, mein Junge, sagte Hansi. Dein Nansen ist genau der Typ, den ich für ein Unglück halte: heimatbewußt, nicht wahr, seherisch und politisch.

Er hatte Malverbot, sagte ich, du weißt wohl nicht, daß sie ihm Malverbot gegeben haben; Hunderte von seinen Bildern sind vernichtet. – Das eben ist bei Nansen das Rätsel, sagte Hansi, und ich darauf: Spricht das nicht für ihn? Aber du kannst wohl alles verstehen. – Allerdings, sagte Hansi, worauf es ankommt, das versteh ich; beispielsweise kapier ich alles, was mich an dir stört. – Mir geht's genauso, sagte ich, nur eins begreif ich nicht, daß ihr es euch so leicht macht. Ihr verdammt und macht euch erst gar nicht die Mühe, zu verstehen.

Ich hatte noch mehr zu sagen, wollte auch noch mehr sagen, doch ich kam nicht dazu: schneller, als ich es ihm zugetraut hätte, hob Hansi ein Knie, stieß mir sein Knie in den Unterleib, womit er erreichte, daß ich mich in plötzlichem Schmerz verwinkelte wie sein Prophet am Strand, hatte mich jetzt gekrümmt und mit dem Schmerz beschäftigt vor sich, was es ihm ermöglichte, zwei bemessene, nicht einmal verheerende, dafür aber gut kalkulierte Schläge loszulassen, also einen Aufwärtshaken, mit dem er mein Kinn traf, und einen Hammerschlag, der mich im Genick erwischte und, sozusagen, zu Boden schickte.

Die roten Flecken, im Sturz, das weiß ich noch, tanzten rote Flecken auf mich zu, die Schnipsel des roten Fahrradschlauchs, mit denen Hansis Gummistiefel geklebt waren, schienen sich vom dunklen Hintergrund zu lösen und um mich zu rotieren, ich hörte im Sturz einen Schrei, konte jedoch nicht bestimmen, wer es war, der geschrien hatte. Das Gespräch jedenfalls war erstmal beendet, der Film gerissen, auch Hansis Gastfreundschaft erwies sich als beendet, denn als ich die Augen öffnete, erblickte ich nicht die vergilbte Tapete in Hansis Zimmer, die Jagdszenen-Tapete, auf der getroffene Enten ins Schilf stürzten, vielmehr umgab mich Dunkelheit und ein Geruch nach Chlor, ich glaube Chlor.

Ich lag in einem Liegestuhl, meine Beine waren mit einer Decke umwickelt. Ich hörte Klaas sagen: Er schläft, und hörte Jutta sagen: Dann laß ihn schlafen, und wieder Klaas: Wir gehen wieder rüber. Sie versuchten, sich leise zu entfernen, leise die Tür zu schließen, ich hörte es dennoch, und ich lag still in der Dunkelkammer und dachte daran, ohne Abschied fortzugehen. War es Nachmittag? War es Abend? Wohin sollte ich gehn? Zurück nach Rugbüll? Auf einem Fischdampfer anmustern, der nach Grönland hinauffuhr? Nach Straßburg, um in die Fremdenlegion einzutreten? Oder sollte ich von mir aus die beiden Staubmäntel suchen, mich freiwillig stellen, um zunächst zu erfahren, wieviel sie wußten und was sie mit mir vorhatten?

Ich lag, bedachte und erwog, spielte meine Möglichkeiten durch; besonders ausführlich bebrütete ich den Plan, als blinder Passagier nach Amerika zu fahren, dort meinen Namen zu ändern; etwa in Sig O'Jepsen, Geld zu verdienen, eine Kunstgalerie zu eröffnen, die jungen amerikanischen Maler um mich zu scharen, mit ihrer Hilfe nationale Kunstwochen zu veranstalten, auf denen erst der Präsident, dann ich sprach – Gott sei Dank, daß aus diesem Kulturfilm nichts geworden ist.

Prüfen und verwerfen: so ging es eine ganze Weile, ich stand nicht auf, verließ weder die Dunkelkammer noch die Wohnung von Klaas, versuchte statt dessen, einen lecken Wasserhahn zu überhören, von dem es durch meine Pläne, durch meinen Kopf tropfte, das zählte unbeirrbar und summierte sich, ich kam hoch in die Achtziger und schlief ein – unruhig, so dicht unter der Oberfläche und darauf gefaßt, daß Klaas und Jutta, vielleicht sogar Hansi, mich wachrütteln würde.

Und ich kann den Traum nicht vergessen, den ich träumte, als ich dort in der Dunkelkammer lag. Ich fuhr da, in einem breiten Holzboot fuhr ich allein zu einer Hallig hinüber, weit draußen vor der Halbinsel, ich saß im Schatten des Hilfssegels, und das Boot glitt auf die blaue, flache Erhebung der Hallig zu. Dort war mein neues Versteck. Ich hatte es mir gebaut aus den Trümmern einer Steinkirche – das einzige, was ich auf der unbewohnten Hallig gefunden hatte. Das Versteck war kühl und geräumig, die Fugen waren abgedichtet. Ich landete, zog das Boot auf den Strand, grub zur Sicherheit den kleinen Anker ein, sah hinüber zu meinem Versteck und fand es belagert von Seehunden. Die Seehunde lagen in einem Halbkreis in der Sonne, ihr Fell glänzte, sie hatten die Köpfe erhoben und musterten mich, auch junge Tiere lagen da. Hinlegen, ich legte mich in den Sand, robbte auf die Tiere zu, und sie flohen nicht; ich bewegte mich zwischen ihnen hindurch, kroch in mein Versteck, entspannte mich, da hörte ich den ersten Schuß; er fiel draußen auf See, und die Kugel traf einen Trümmerbrocken und sprang zirpend ab.

Da kamen also zwei Boote, kleine Boote, die weder Segel, Motor oder Ruder hatten, wie von einer Drahtwinde gezogen hielten sie ohne Abweichung auf die Hallig zu, man konnte denken, die liefen auf Schienen. Aufgerichtet in den Booten, sonderbar steif, mit angelegtem Gewehr standen zwei Männer: in einem Boot mein Vater, der Polizeiposten Rugbüll; im andern Max Ludwig Nansen, der Maler. Ich träumte, die beiden waren auf der Seehundsjagd; sie schossen während der Fahrt, blasse, dekorative Rauchwölkchen hingen an den Mündungen ihrer Büchsen. Die Seehunde strebten mühsam dem Wasser zu, als der erste Schuß fiel; die Herde teilte sich, fand wieder erregt zusammen und schwenkte zur Südspitze der Hallig, dicht am Eingang zu meinem Versteck quälten sich die Leiber auf den Flossen vorbei, die Flossen peitschten den Sand, die Leittiere bellten und knurrten warnend, da stürzte ich hinaus, aber ein Schuß zwang mich an den Boden, und ich robbte mit der fliehenden Herde zur Südspitze. Sie waren schneller als ich, sogar die jungen Tiere waren schneller und überholten mich, doch ich gab nicht auf, ich folgte ihnen durch den Sand, durch wilden Strandhafer, über getroffene einzelne Tiere hinweg, und ich sah, daß die ersten schon den Strand erreicht hatten, sich ins Wasser schnellten, untertauchten.

Zu langsam, zu schwerfällig war mein Versuch, mit der Herde zusammen zur Südspitze zu fliehen, weiter und weiter blieb ich zurück, die Kraft ließ nach, ich konnte nicht mehr aufstehn, nicht einmal, als die Boote der Männer den Strand erreichten, gelang es mir, auf die Beine zu kommen. Gleichzeitig sprangen sie aus den Booten, verständigten sich, entrollten ein Netz und kamen, das Netz an den Flügeln über den Boden ziehend, auf mich zu; beide trugen helle Staubmäntel.

Ich robbte, kroch, schlängelte mich durch den Sand, meine Spur unterschied sich kaum von den Spuren, die die Seehunde hinterlassen hatten. Eine geringe Anstrengung, ein paar Laufschritte genügten, und sie schlugen einen Kreis um mich mit ihrem Netz, sie verengten lachend den Kreis und drehten sich lachend um mich – immer so, daß sich die Öffnung der Reuse vor meinem Gesicht befand; aufmunternd, zur Kapitulation verleitend, der dünne hölzerne Reifen lud mich ein: Komm doch, komm, der Reifen rollte und hüpfte vor mir, und jetzt beugten sie sich über mich, tippten mir, nicht einmal unfreundlich, auf die Schulter, deuteten wie geduldige Dompteure auf die sich nach hinten verjüngende Reuse: Allez, allez hopp.

Ich sprang zwar nicht, aber zum Schluß zwängte ich mich durch den Reifen, kroch bis ans verknotete Ende der Reuse und spürte sogleich, wie sie mich hochhoben, das Netz schnitt in meine Haut, vor meinen Augen schwang und schaukelte der Sand.

Siggi Jepsen? – Ja, sagte ich. Kommen Sie mit. Die Sonne stürzte herab und blendete mich. Mach mal Licht. Ein schmales, blaues Licht flammte auf, ein Vorhang wurde zur Seite gerissen, eine Stimme sagte: Der Herr ist noch nicht ganz wach. Jemand hob mich hoch, wickelte meine Beine aus der Decke. Ich streckte eine Hand aus und berührte einen Staubmantel. Das ist tatsächlich eine Dunkelkammer, sagte eine Stimme, und eine andere antwortete: Dann paß nur auf, daß das Bürschchen nicht überbelichtet wird.

19 Die Insel

Dort auf dem Hügel, gegenüber vom blauen Direktionsgebäude, liegt immer noch das Haus, das wir Zuzugshaus nennen. Denken Sie an ein flaches, ebenerdiges Holzhaus, hängen Sie Blumenkästen vor die Fenster, lassen Sie rotweißgewürfelte Bauerngardinen wehen, die Tür steht offen, der Fußboden des hellen Ganges ist frisch gefeudelt, es gibt keine Wärterloge. Was noch? Stellen Sie sich vor, alle acht Zimmer sind belegt mit »Zugezogenen«, mit Neuen, die die Barkasse aus Hamburg herübergebracht hat, ich bin auf Zimmer sieben, zusammen mit Kurtchen Nickel, der am Tag zuvor die Einrichtung zerschlagen hat in einem seiner Haßausbrüche. Er hat schwarzes Haar, trägt ein schwarzes Hemd, das über der Brust aufgeknöpft ist, jetzt liegt er auf seinem Bett wie versteint, der ehemalige Artist, Spezialität: Kraftakt. Lauscht er? Horcht er wie ich auf die Stimme von Direktor Himpel, der mit einer Delegation ausländischer Psychologen das Zuzugshaus betreten hat und, Zimmer für Zimmer, die Möglichkeiten und Risiken eines neuen Erziehungsprogramms erläutert? Ich stehe neben meinem Bett, dicht vor der Holzwand, rauche. Draußen zieht ein Trupp schwer Erziehbarer, in Drillich gekleidet, Forken und Spaten geschultert, mürrisch zur Feldarbeit; einige sehen zu unserm Haus herüber, reden da etwas, lachen.

Direktor Himpel sagt: Eine Schleuse, wenn ich so sagen darf, dies Zuzugshaus soll die Funktion einer Schleuse haben. Ein Psychologe (skeptisch): Wenn ich recht verstehe, soll also hier der junge Verurteilte auf die Gefangenschaft vorbereitet werden? Himpel (seine Geläufigkeit künstlich unterbrechend): Man kann es auch Druckkammer nennen, oder Gleitbahn. Um dem jungen Gefangenen den Schock des neuen Zustandes zu ersparen, gleitet er gewissermaßen in die Gefangenschaft hinein. Der Übergang wird ihm erleichtert. Ich sagte schon: hier findet er zwar nicht die Freiheiten, die er draußen hatte, aber einige, sagen wir kleine Freiheiten, bleiben ihm erhalten: er darf rauchen, Radio hören, sich einen halben Tag selbst einteilen und sich außerdem frei auf der Insel bewegen. Psychologe: Und wie lange bleibt er hier? Direktor: Drei Monate. Wenn unsere Jungen als Verurteilte zu uns kommen, bleiben sie drei Monate im Zuzugshaus. Bisher hat sich diese schrittweise Vorbereitung auf die Gefangenschaft bestens bewährt.

Kurtchen, plötzlich erwachend, springt vom Bett auf, stiert mich haßerfüllt an: Wo sind sie? Wo sind die Schweine? Ich: Kannst doch hören, auf fünf. Kurtchen tritt neben mich, flüsternd: Gratulier dir! Hörst du, du kannst dir gratulieren? Ich: Wozu? Kurtchen (geht zum Fenster, dreht sich schnell um, greift mit beiden Händen, zurückgelehnt, das Fensterbrett): Du wirst dabeisein, Kleiner, du wirst Publikum sein, wenn ich einen von ihnen fertigmache. Gewalttätigkeit: deswegen haben sie mich hierher geschleppt, gewalttätiges Verhalten in siebenundzwanzig Fällen. Jetzt können sie erleben, was es heißt, wenn ich gewalttätig werde.

Direktor Himpel (im Nebenzimmer): So ist es, nicht alle Jungen bleiben gleich lange im Zuzugshaus. Wir haben da ein spezielles Stufensystem ausgearbeitet, nach dem wir entscheiden, wie lange jemand hier wohnt.

Kurtchen (knöpft sich die Hose auf, greift an die Innenseite seines linken Schenkels, löst da etwas, zieht ein kleines, stehendes Messer in einem Lederetui heraus). Ich: Laß den Quatsch. Kurtchen (haßerfüllt): Wenn nicht der Ankläger, dann einer von ihnen. Sie sind alle gleich, verstehst du. Sie hassen uns. Sie sind neidisch auf uns, weil wir jung sind. Ich (beruhigend): Steck das Messer weg; wer weiß, wozu du es noch mal gebrauchen kannst. Kurtchen (als müßte er seinem Haß Gründe nennen): Sie haben Schiß vor uns, sie wollen uns nicht verstehen.

Direktor Himpel (im Nebenzimmer): Bei leichteren Fällen genügt mitunter schon ein Aufenthalt von zwei Wochen hier in der Schleuse. Wie gesagt, die Länge des Aufenthalts richtet sich nach der psychischen Empfindlichkeit. Wenn dann der

Wechsel ins feste Haus erfolgt ist, treten kaum noch Störungen auf. Die Störungen werden vermieden, doch wenn sie auftreten, dann treten sie hier auf.

Kurtchen (weiter seinen Haß motivierend): Keiner von diesen Hunden machte auch nur den Versuch, mich zu verstehen. Ich bin nun mal so. Wer mein Mädchen nicht zu lange ansah, wer sie nicht berührte: der hatte auch nichts von mir zu erwarten. Nur wenn einer sich festsaugte an ihr, oder wenn er sie anfaßte, dann riß etwas bei mir. Ich verbat mir das, verstehst du. Ich ging hin zu dem Betreffenden und ersuchte ihn höflich, falls er nicht die Fresse poliert haben wollte, das Interesse für mein Mädchen abzulegen. Manche waren vernünftig, manche nicht. Und daß ich mich zur Wehr setzte, nennen diese Schweine Gewalttätigkeit.

Direktor Himpel: Ich schlage vor, daß wir jetzt auch nach Nummer sechs hinübergehen, dort kann ich Ihnen eine Besonderheit zeigen: einen jugendlichen Kunstdieb, der noch dazu etwas von Bildern versteht. Joswigs Stimme (tonlos): Auf Sieben, Herr Direktor. Direktor Himpel: So, na, dann also im übernächsten Zimmer. Wer ist denn auf Sechs zur Zeit? Joswig: Unser Attentäter und Roßbach.

Ich (zu Kurtchen, langsam auf ihn zugehend): Steck das Messer weg. Kurtchen (warnend): Bleib da stehn. Ich (stehenbleibend): Wenn du das machst, kommst du hier nie raus. Kurtchen (lachend): Ich will nie mehr raus, verstehst du. Ich will denen nur noch einmal etwas beweisen, was dann kommt, ist mir egal. Ich: Und wenn du den Falschen erwischst? Kurtchen: Unter denen gibt's keinen Falschen, die sind alle richtig ... Statt uns zufrieden zu lassen, uns ordentlich einzusperren, machen sie aus der Insel eine Manege und uns zu Zirkuspferden ... Auch dich, Kleiner, auch dich machen sie zu einem Zirkuspferd. (Mißtrauisch) Wieviel haben sie dir gegeben? Ich (weiter auf ihn zugehend): Drei Jahre Jugendstrafe. Kurtchen: Autodiebstähle? Ich: Wie kommst du 'n darauf? Kurtchen (mit wegwerfender Handbewegung): War deine Visage nicht mal in der Zeitung? Ich: Bilder, ich hab Bilder in Sicherheit gebracht, das ist alles. Kurtchen (verständnislos): Bilder?

Direktor Himpel (während die Delegation auf den Gang tritt): Natürlich besteht auch innerhalb der festen Häuser ein Stufenunterschied, sagen wir, Stufe eins unterscheidet sich in der Art der Gefangenschaft nur wenig von dem Zuzugshaus, das wir gerade besichtigen. Ein Psychologe: Irre ich mich, oder hat nicht demnach das ganze Erziehungsprogramm hier den Charakter einer Schleuse? Direktor Himpel (glücklich, daß er so vollkommen verstanden wurde): In der Tat, wir verstehen hier alles als Durchgangsstation; der jugendliche Gefangene erhält von Anfang an das Gefühl, daß dieser Zustand etwas Vorübergehendes ist. Kurtchen (geht auf Zehenspitzen an mir vorbei zur Tür, bückt sich, lauscht, beobachtet mich aus den Augenwinkeln; Licht fällt auf sein Haar, Licht springt von der kurzen Klinge des Messers ab, der Stoff seiner schwarzen Hose spannt sich über den Schenkeln, von den hohen Absätzen seiner Schuhe blitzen die silbernen Knöpfe von Ziernägeln auf, die Finger seiner freien Hand machen schnelle Greifbewegungen): Sie gehn nach Sechs rüber. Ich: Steck das Messer weg! Kurtchen: Misch du dich nicht ein, kapiert? Wenn du willst, geh doch auf die Toilette so lange; jetzt ist kein guter Augenblick. Ich: Die machen dich fertig, die machen dich ein für allemal fertig, wenn du das tust. Sei doch vernünftig. Kurtchen (haßerfüllt): Die haben es geschafft, diese Schweine; mein Mädchen und mich haben sie auseinandergebracht. Sie gab mir nicht mal die Hand nach meiner Verurteilung.

Direktor Himpel und die Delegation verschwinden in Zimmer sechs, werden unhörbar. Ich (das Radio anstellend): Wollen wir sie nicht mit Musik empfangen? Kurtchen (scharf): Mach den Kasten aus. Ich (das Radio abstellend): Du versaust dir alles, wenn du das tust. Kurtchen: Du hast wohl noch nicht gemerkt, Kleiner: die haben uns schon längst alles versaut. Du hättest mal den Ankläger hören sollen: die Gesellschaft wollte der vor mir schützen. Für die Gesellschaft forderte er das Recht, vor mir sicher zu sein. Also im Namen von Tante Luise und Onkel Wilhelm hat der mich hierher bringen lassen.

Er spielt mit dem Messer, wirft es in die Luft, fängt es sehr sicher; einmal läßt er das Messer propellerartig fast bis zur

Decke hochsteigen, tritt zurück und sieht zu, wie das Messer sich im Fußboden festsetzt. Ich: Denk mal daran, was deine Alte sagen wird. Kurtchen: Falls du meine Mama meinst, die fährt zur See, die war nämlich der zweite weibliche Funker auf einem deutschen Schiff. Ich: Und dein Vater? Kurtchen: Ich quatsch dich doch auch nicht von der Seite an, also verkneif dir hübsch solche Fragen, kapiert? (Er geht ans offene Fenster, Geranien wachsen aus den Blumenkästen, mit kurzen, beherrschten Schlägen seines Messers befreit er ein paar Geranien von Blättern und Blüten. Zum Fenster hinaus): Was für Bilder waren das? Aus Museen und so? Oder Fotos von Mädchen? Ich: Von manchen Bildern, da hättest du ein Jahr leben können, ich hab sie nur in Sicherheit gebracht. Kurtchen (springt zur Tür): Sie kommen. Ich: Mach keinen Quatsch.

Direktor Himpel auf dem Gang: Und diesem Zuzugshaus verdanken wir, daß die Fluchtversuche erheblich abgenommen haben; etwa acht im Jahr. Meistens sind es dieselben Gefangenen, die zu fliehen versuchen. (Ein langsam fallender Schritt nähert sich unserer Tür, Kurtchen tritt zurück, senkt die Hand mit dem Messer, konzentriert sich und verwarnt mich vorsorglich durch einen Blick.) Ich (vorm offenen Fenster): Tu's nicht, du bist verrückt. Kurtchen (zornig): Ruhig jetzt. (Die Tür wird geöffnet, zögernd, Kurtchen weicht langsam zurück, duckt sich zum Sprung. Joswig tritt ein, einen Finger ermahnend auf den Lippen, er will uns einstimmen, verwarnen, vorbereiten, sein Blick fällt auf mich, ich lenke ihn blitzschnell ab, dorthin, wo Kurtchen steht, vielleicht rufe ich auch, ich weiß nicht, ein schwacher, auf dem Flur nicht mehr hörbarer Warnruf, der Joswig reagieren, das heißt kleiner und krummer werden läßt, er knickt jedenfalls in der Hüfte ein, hebt die langen Arme wie ein Catcher, abwehrbereit, Kurtchen springt auf Joswig zu, er reißt das Messer hoch, ich bin mit zwei Sätzen bei ihm, nein, ich bleib am Fenster stehen und nehme mir vor, Joswig zu helfen, falls er unterliegen sollte, mit zwei Sätzen könnte ich bei ihm sein.

Kein Aufschrei, kein Stöhnen. Die erzwungene Lautlosigkeit, mit der Kurtchen angreift, Joswig abwehrt. Kurtchens im Sprung gestreckter Körper. Joswigs kalkulierte Bereitschaft. Nun eine Momentaufnahme, die festhält, wie Joswig einen Handkantenschlag führt gegen Kurtchens Unterarm, der Schlag wird aufwärts geführt, trifft den Arm in der Abwärtsbewegung, gleich wird er hochgeschleudert werden, die Finger werden sich öffnen, das Messer wird gegen die Decke fliegen. Also Joswig schlägt zu, Kurtchens Arm fliegt hoch, er selbst wird in eine Drehung gerissen, das Messer fällt auf den Boden, Joswig vor die Füße. Kurtchen sieht Joswig geduckt und haßerfüllt an, will sich nach dem Messer bücken, Joswig setzt einen Fuß drauf.) Joswig (bekümmert): Langt das noch nicht? Bist du so schwer von Begriff? Kurtchen (sich den schmerzenden Unterarm haltend, gepreßt): Ein andermal, wart nur, ein andermal. Joswig (hebt den Fuß vom Messer): Hol's dir doch. Komm, versuch's noch einmal. (Er tritt, sozusagen einladend, zurück; Kurtchen läßt sich täuschen, er bückt sich, streckt eine Hand nach dem Messer aus, doch bevor er es erreicht, tritt Joswig auf seine Hand. Kurtchen bäumt sich auf. Joswig nimmt das Messer und steckt es ein. Kurtchen taumelt zu seinem Bett, läßt sich fallen, behaucht und massiert seine Hand.) Joswig: Jetzt langt's doch wohl aber. Kurtchen (zischend): Wart nur, Sauhund.

In das Zimmer treten ein: sieben Psychologen aus fünf Ländern, hinter ihnen in Windjacke und Knickerbockern, Frische und erzieherische Fröhlichkeit verbreitend, Direktor Himpel. Die Eingetretenen sehen sich im Zimmer um, mustern uns wie Möbelstücke. Joswig (gutmütig zu Kurtchen): Willst du nicht aufstehn? Kurtchen: Leck mich am Arsch. Joswig: Der Direktor ist da. Kurtchen: Der kann mich zweimal am Arsch lecken.

Direktor Himpel und die Psychologen tauschen einen Blick voll leichter wissenschaftlicher Erregung aus, statt Befremden zeigen ihre Gesichter einen Ausdruck jähen Interesses. Himpel zu Joswig: Ist hier etwas vorgefallen, etwas Besonderes? Joswig: Ich glaube kaum. (Zu Kurtchen hinübernikkend): Soll ich ihm Beine machen? Wenn Sie wollen, bring ich ihm gleich mal Respekt bei. Himpel (abwinkend): Danke, mein lieber Joswig, nicht nötig. Wir werden schon allein mit ihm fertig. (An Kurtchens Bett herantretend, die Psychologen bilden einen Halbkreis um ihn): Wir verstehen das ja, Herr Nickel, jeder von uns hat mal schlechte Laune, aber nun sind wir aufeinander angewiesen, fast hätte ich gesagt: wir müssen uns gegenseitig helfen. Kurtchen (seine Hand pressend): Schieben Sie ab, Mensch, und quatschen Sie mich nicht von der Seite an. Ein Psychologe: Jussupowscher Haßfaktor, schätze ich. Himpel (mit unentmutigter Freundlichkeit): Natürlich lassen wir Sie bald allein. Aber vielleicht tun Sie mir vorher einen Gefallen. Diese ausländischen Herren möchten gern erfahren, warum man Sie hierhergebracht hat. Kurtchen: Das wissen Sie doch längst. Sie brauchen diesen Typen doch nur die Protokolle vorzulesen. Himpel: Aber von Ihnen, Herr Nickel, von Ihnen möchten die Herren das erfahren. Übrigens darf ich du zu Ihnen sagen, ich nenne hier alle Jungen du. Kurtchen: Mir ist es scheißegal, wie Sie mich anquatschen. Himpel (beharrlich): Nun, warum also, warum, glaubst du, bist du hier? Kurtchen (wirft sich auf den Rücken, starrt zur Decke, behaucht seine Hand): Weil mir kleine Kinder so gut schmecken, und weil ich schon zum Frühstück ein kleines Kind aß. Himpel (nicht ärgerlich, eher so, als ob er sich auch durch solch eine Antwort belohnt fühlt): Und außerdem? Das ist doch nicht der einzige Grund. Kurtchen (ruhig): Weil mir speiübel wird von alten Knackern und alten Tanten, und weil ich einen Verein gegründet habe. Himpel: Was für einen Verein? Kurtchen: Zur Beseitung alter Knakker und Tanten.

Ein Psychologe: Abnormer Aggressionskoeffizient. Ein zweiter Psychologe, sich über Kurtchen beugend: Starker Mann, eh? Alles zittert vor ihm, eh? Wenn du dich wirklich so stark fühlst, dann komm morgen mal rüber in die Sporthalle, da können wir Boxhandschuhe anziehn. Dann können wir mal sehen, wer wem die Fresse poliert. Kurtchen: Schieb ab, Opa. Und paß auf, daß dir nicht zuviel Kalk aus dem Hosenbein rieselt. Himpel: Mein lieber Kurt Nickel, du hast es hier doch nicht mit Gegnern zu tun. Wir wollen dir helfen. Aber um dir helfen zu können, müssen wir dich zuerst verstehen. Joswig: Wünschen Sie, daß er hochkommt, Herr Direktor? Himpel: Nein, er soll ruhig entspannen. Kurtchen: Ich kenne nur diese paar Wörter. Jetzt ist Sense bei mir. Von mir hören Sie nichts mehr. Vielleicht wenden Sie sich mal an den da (er zeigt mit dem Daumen zu mir herüber). Himpel: Na schön, wir werden ja noch oft die Gelegenheit haben. (Er wendet sich mir zu, die Psychologen flüstern interessiert auf englisch, ihre Ansichten über Kurtchen Nickel scheinen sich nicht zu decken, sie hätten, was man ihnen ansehen kann, einige Zusatzfragen auf dem Herzen, doch da Direktor Himpel mir beinahe freundschaftlich die Hand bietet, drehen sie sich um und zäunen mich mit ihrem Interesse ein.)

Himpel (zu mir): Und du bist also unser Kunstexperte. Joswig (einfallend): Siggi Jepsen, Herr Direktor. Himpel: Ich weiß, oh, ich kenne Herrn Jepsen und seine Geschichte. Aber vielleicht hat er selbst Lust, diesen Herren zu sagen, warum er hier ist. Bei uns. Joswig (leise): Mach den Mund auf, oder wir sind für immer geschiedene Leute. Ich (achselzukkend): Was wollen Sie denn von mir hören? Himpel: Warum du hier bist, ich sagte es schon. Von dir selbst möchten wir es einmal hören. Ich: Bilder, ich hab Bilder in Sicherheit gebracht, denen mein Alter nachstellte. Das war's. Alle Psychologen werden hellhörig, nicken sich zu, einer holt Notizbuch und Bleistift heraus. Himpel (geduldig): Warum hat dein Vater diesen Bildern nachgestellt, wie du meinst? Ich (blicke zu Kurtchen hinüber, der teilnahmslos auf seinem Bett liegt): Zuerst dienstlich. Da kam so ein Malverbot aus Berlin für den Maler Nansen, und mein Vater hatte das Malverbot zu überbringen und zu überwachen. Er war Landpolizist, Posten Rugbüll. Später konnte er nicht mehr aufhören. Alles andere kennen Sie ja. Ein Psychologe, sich vergewissernd: Max Ludwig Nansen? Ein zweiter Psychologe: Der Expressionist? Himpel: Dein Vater, Siggi, als Polizist, hatte also dienstlich ein Malverbot zu überwachen. Und als die Zeit des Malverbots vorüber war, sagst du, hat er die Überwachung des Malers fortgesetzt. Ich: Er hatte einen Tick zuletzt – so wie alle einen Tick bekommen, die nichts tun wollen als ihre Pflicht. Es war eine Krankheit zum Schluß, vielleicht noch schlimmer. Ein Psychologe: Schlimmer? Himpel: Hat dein Vater Bilder beschlagnahmt? Ich: Beschlagnahmt, verbrannt, zerstört, wie Sie es haben wollen. Es war nichts sicher vor ihm. Himpel: Aber nun müssen wir wohl zu dir kommen. Du hast also Bilder vor deinem Vater in Sicherheit gebracht. Wie passierte das? Erzähl uns das mal. Ich: Das begann nach dem Mühlenbrand. Ich hatte mein Versteck in der Mühle, und als die abbrannte, war alles weg. Meine Sammlungen. Die Bilder, die Schlüssel und Schlösser. Damals fing es an. Ich weiß auch nicht: ich sah mir so ein Bild an, und auf einmal bewegte sich etwas, aus dem Hintergrund da kam eine kleine Flamme, eine selbständige Flamme, ich mußte einfach etwas tun. Erster Psychologe: Gerichtete Obsession, wie? Zweiter Psychologe: Halluzinatorische Abwehrreaktion. Ich: Es war eben so, ich erkannte, wenn ein Bild bedroht war, und brachte es vor ihm in Sicherheit. Hätten Sie doch wohl auch gemacht. Nach dem Mühlenbrand hatte ich ein neues Versteck auf unserm Boden, dorthin brachte ich die Bilder. Aber er hat sie entdeckt. Er hat mir so lange nachgestellt, bis er eines Tages die Bilder entdeckte. Da hatte er mich.

Kurtchen (vom Bett): Du hättest sie aufessen sollen, du Armleuchter. Himpel (beschwichtigend): Aber dein Vater tat doch nur seine Pflicht. Ich: Er wollte mich zur Strecke bringen, das hat er selbst gesagt. Er hat es geschafft. Und wenn Sie wissen wollen, warum ich hier bin ... Direktor Himpel (eifrig): Darum haben wir dich gebeten. Ich (gehe langsam zu Kurtchen hinüber, setze mich auf sein Bett): Das kann ich Ihnen sagen, das kann ich Ihnen sogar sehr genau sagen: Ich bin stellvertretend hier für meinen Alten, den Polizeiposten Rugbüll. Und ich habe das Gefühl, daß auch Kurtchen stellvertretend für irgend jemand hier ist, für eine Tante Luise oder einen Onkel Wilhelm. Vielleicht sind sogar alle Jungen stellvertretend für irgend jemand hier. Schwer erziehbare Jugendliche: das haben sie uns angehängt vor Gericht, und hier wird es uns jeden Tag bescheinigt. Kann sein, daß einige von uns hier wirklich schwererziehbar sind, ich will mich da nicht festlegen. Aber etwas möchte ich fragen: warum gibt es nicht eine Insel und solche Gebäude für schwer erziehbare Alte? Haben die so etwas nicht nötig? Kurtchen (grimmig): Da wäre jede Insel zu klein. Ich: Wann hört denn eigentlich die Erziehung auf, möchte ich mal fragen. Mit achtzehn? Oder mit fünfundzwanzig? Himpel (eifrig zustimmend): Gut gefragt. Tadellos gefragt. Ich: Hier wird uns doch etwas vorgemacht, vielleicht machen sich auch alle etwas vor. Ich möchte nicht fragen, wie viele schlechte Gewissen hier rumlaufen. Ein Psychologe: Abgelenkte Aggression, wie? Ich: Weil man sich nicht selbst verurteilen möchte, schickt man andere hierher: die Jungen. Das gibt zumindest Erleichterung. Das befreit. Es ist einfach: das schlechte Gewissen wird auf eine Barkasse gebracht, hier herübergefahren, und dann kann man wieder mit Genuß frühstücken und abends seinen Grog schlürfen. Himpel (eifrig, doch skeptisch): Jetzt wirst du allgemein, Siggi.

Ich: Na gut, dann werde ich Ihnen sagen, warum ich auf der Insel bin. Weil keiner sich traut, dem Polizeiposten Rugbüll eine Entziehungskur zu verordnen; der darf süchtig bleiben und süchtig seine verdammte Pflicht tun. Und ich bin hier, weil er ein bestimmtes Alter erreicht hat und als Alter unabkömmlich ist, um sich noch einmal umtrimmen zu lassen. Ja, ich bin stellvertretend für ihn hier, wenn Sie mich fragen. Aber vielleicht gelingt's ja: vielleicht kann er die Fortschritte, die ich hier mache, eines Tages von mir übernehmen. Das ist zu hoffen. Aber das ist auch alles, was zu hoffen ist. Glauben kann ich es nicht. (Pause.) Himpel (sich räuspernd): Das ist hart, was du zu sagen hast, aber verstehen kann ich das. Doch, ich kann deine Enttäuschung verstehen. Solch eine Rede lob ich mir, frei von der Leber weg. Kurtchen: Hör dir das an, der kann nicht mal die Leber von der Galle unterscheiden. Und verstehen kann der auch alles. Ich mochte schon immer Leute, die alles verstehen und nichts tun. Joswig (zu Kurtchen): Du sprichst mit dem Direktor. Kurtchen: Na und? Ich bin mein eigener Direktor. Wenn ich dir sage, für wen ich alles verantwortlich bin und zu sorgen habe. Joswig (leicht drohend): Wir werden uns ja noch öfters begegnen. Kurtchen (zur Decke sprechend): Einmal noch bestimmt. Himpel (zu Joswig): Lassen Sie's gut sein. Wir wollen keine frühen Irritationen schaffen. (Zu den Psychologen): Möchte einer von Ihnen noch Fragen stellen? (Alle möchten Fragen stellen, sie blicken einander höflich an, einer möchte dem andern den Vortritt überlassen, entsprechend komplimentierende Handbewegungen gegen das Bett, auf dem Kurtchen liegt, ich sitze.) Erster Psychologe (zu Kurtchen): Darf ich mir erlauben, Sie zu fragen, ob Sie als Kind allein aufwuchsen oder Spielfreunde hatten? Kurtchen (schweigt einen Augenblick, dann grimmig): Wenn Sie's so genau wissen wollen: ich bin neben einem Altersheim aufgewachsen. Meine Spielfreunde waren die Insassen, der Jüngste war sechsundsiebzig, ich erschlug ihn mit einer Sandschaufel. Erster Psychologe (süßsauer lächelnd): Die Frage hat durchaus ihre Bewandtnis. Kurtchen: Glaub ich gern. Aber ich bin jetzt müde. Und mehr fällt mir auch nicht ein. Der Psychologe mit dem Notizbuch (zu mir): Etwas scheint mir noch offen zu sein. Sie sagten, die bedrohten, durch eine Flamme bedrohten Bilder seien von Ihnen in Sicherheit gebracht worden. Heißt das, daß Sie für diesen Akt das Wort Diebstahl ausschließen? Ich (zu Kurtchen): Woran liegt das nur, ich werd auf einmal auch müde? Ist das die Luft?

Kurtchen (sich aufstützend, zu dem Psychologen mit dem Notizbuch): Wissen Sie denn noch nicht genug? Sie sehen doch, daß der Kleine müde ist. Wieviel wollen Sie denn durchschauen? Komm, Siggi, streck dich aus. (Er zieht mich aufs Bett hinab.) Ich werde dich streicheln, bis du eingeschlafen bist. Ich: Hier stehen Leute an unserm Bett, Kurtchen. Kurtchen (ironisch): Fürchte dich nicht, Kleiner, sie haben nichts anderes gelernt.

Himpel (die Lage bilanzierend): Ich glaube, meine Herren, Sie haben einen Eindruck erhalten, Sie sind mit dem Wichtigsten vertraut. Mit Ihrem Einverständnis werden wir jetzt noch Zimmer acht besichtigen. (Direktor Himpel und die Psychologen, nach mehr oder weniger freundlichem Gruß, ab; Joswig bemüht sich offensichtlich, das Zimmer als letzter zu verlassen.) Joswig (bekümmert): Von euch hatte ich mehr erwartet. Es war keine gelungene Vorführung. Aber wir werden euch noch ändern, wartet nur. Kurtchen: Mach den Mund zu, dein Darm wird kalt, und außerdem zieht's. (Joswig ab, schließt die Tür, Kurtchen springt vom Bett, geht zur Tür, lauscht der Delegation nach.)

Kurtchen: Die haben uns ganz schön am Arsch hier. Aber mich siehst du nicht lange, ich haue ab. Ich: Acht Tage, wenn sie dich schnappen, gibt's acht Tage Arrest. Das steht in der Hausordnung. Kurtchen: Dafür kann man's doch zweimal im Monat versuchen. Hast du 'ne Zigarette? (Ich gebe ihm eine Zigarette, Feuer, wir beide rauchen.) Kurtchen: Paß auf, Kleiner: wir müssen auf die Barkasse kommen. Wir müssen uns auf die Barkasse schleichen und uns verstecken. Ich: Ohne mich. Kurtchen: Du bist wohl nicht normal? Ich: Drüben, ich weiß nicht, wo ich drüben hin soll: kein Versteck, keine Stelle. Und auf dem Hauptbahnhof möchte man doch nicht wohnen. Kurtchen: Du kannst bei mir bleiben. Wir haben einen Schrebergarten in Langenhorn; dort in der Laube findet uns keiner. Ich: Ohne mich. Ich hab genug erst einmal, ich möchte ausspannen eine Weile. Kurtchen: Du hast wohl wirklich einen Schlag seitwärts. Ich: Später vielleicht, später komme ich mit. Aber im Augenblick ... Sie haben zuviel angestellt mit mir. Du hättest mal leben müssen da oben in Rugbüll, unter diesen Leuten. Kurtchen: Ist dein Alter wirklich bei der Polente? Ich: Er hat uns geschafft, alle. Der hat aufgeräumt zwischen Glüserup und Rugbüll, auch in seiner Familie. So einem brauchst du nicht zu sagen, was er von Zeit zu Zeit zu tun hat. Wenn der nur eine Aufgabe erhält, bleibt er dabei, lebenslänglich. Kurtchen (tritt ans Fenster, sieht hinaus): Mir wird schon schlecht, wenn ich das hier sehe: diesen Klotz da drüben, die Werkstätten, die Baracken. Und diese sandigen Felder. Und die Elbe, die ist mir noch nie so schäbig vorgekommen wie von hier. Wie soll einer das aushalten? Ich: Vielleicht, indem du vergleichst: was war und was ist. Kurtchen: Du bist 'ne komische Nulpe, das hab ich schon gemerkt. (Nachdenklich.) Wenn ich den erwischt hätte vorhin. Ich: Sei froh, daß es so gekommen ist.

(Schritte nähern sich, die Tür wird geöffnet, Direktor Himpel erscheint.) Himpel: Wie schön, daß ihr wieder wach seid, da brauche ich mir nichts vorzuwerfen. Ich wollte euch etwas vorschlagen. Als Bewohner des Zuzugshauses seid ihr Freigänger: ihr dürft die Insel überall betreten. Wenn ihr Lust habt zu einem Spaziergang – ich hab zufällig Zeit. Kurtchen: Danke für die Blumen. Ein Blick von hier genügt mir. (Zu mir): Oder willst du die Insel näher kennenlernen? Ich: Später. Kann sein später. Himpel (setzt sich auf den Tisch): Heute ist übrigens der Musiktag, da dürft ihr Radio hören, soviel ihr wollt. Kurtchen: So, Musiktag nennt man das hier. Himpel (forsch und fröhlich): Ihr werdet euch daran gewöhnen. Auf unserer Insel hat jeder Wochentag einen besonderen Namen: Montag ist der stille Tag, da wird gelesen, der Dienstag heißt der blanke Tag, da ist Schuh- und Kleiderappell; heute also Musiktag, den Donnerstag nennen wir den frischen Tag, da ist Sport; Freitag ist der ordnende Tag, weil an ihm deutsche Aufsätze geschrieben werden, Sonnabend, ja, Sonnabend ist der fröhliche Tag, weil an ihm ein fröhlicher Inselchor musiziert – unter meiner Leitung übrigens; ich hoffe, auch euch im Chor zu sehen, und schließlich Sonntag, der besinnliche Tag, mit Briefschreiben, Stopfen, Gesprächen. (Er blickt uns fest an, als fordere er unsere pünktliche freudige Zustimmung.)

Kurtchen: Immerhin etwas, es gibt keinen beschissenen Tag. Himpel (unbeirrt): Wer es geschafft hat, dem Inselchor anzugehören, hat seine Vorteile: er wird zweimal für zwei Stunden in der Woche von der Arbeit befreit. Kurtchen (zu mir): Dann sing mal gleich vor, Kleiner. Himpel (geduldig): Habt ihr euch schon entschieden für eine Arbeit? Ich vermute, da ihr ein Zimmer teilt, möchtet ihr auch den Arbeitsplatz teilen. Kurtchen: Arbeiten? Was haben Sie denn anzubieten? Ich: Im Urteil steht nichts von Arbeit. Himpel (verheißungsvoll): Unsere neuen Werkstätten bieten jede Ausbildung; es ist eine Lust, in ihnen zu arbeiten. Wer will, kann hier einen Beruf erlernen: Zimmerer, Schlosser, Maler, Gärtner, alles. Auch Schneider. Auch E-Schweißer. Und man kann einen Gesellenbrief erwerben. Kurtchen: Mit dem hübschen Stempel des Gefängnisses. Himpel: Mit Stempel und Unterschrift des Meisters. Die Prüfung wird ja vor der Innung abgelegt. Kurtchen (zu mir): Was meinst du, Kleiner? Welchen Beruf sollen wir uns aussuchen? Wenn es sich schon nicht umgehen läßt? Himpel: Es besteht natürlich kein Zwang, einen Beruf zu erlernen. Nur arbeiten, das muß jeder auf der Insel. Und Möglichkeiten gibt es genug. Kurtchen: Artisten brauchen Sie hier wohl kaum? Kraftakt. Himpel (gleitet vom Tisch, geht im Zimmer auf und ab, die Hände auf dem Rücken): Ihr habt noch viel zu lernen. Ihr habt noch viel einzusehn. (Nachdenklich): Die Insel hält manches bereit für euch, Veränderungen, die nicht ohne Widerspruch erfolgen werden. Ihr scheint noch nicht einmal zu wissen, welch ein Zusammenhang zwischen Arbeit und Brot besteht. Macht nichts. Auf unserer Insel wird man ihn euch beibringen. Ihr werdet die Notwendigkeit des Gehorsams begreifen und eines Tages, hoffentlich, die Freuden der Verantwortung. Was wir auf unserer Insel brauchen, machen wir alles selbst, Gebäude, Werkzeuge, Ideale, ja, auch Ideale. Wir sind eine Gemeinschaft, eine Inselgemeinschaft, die selbst bestimmt, was sie nötig hat. Bereitwilligkeit, das ist alles.

Wenn ihr bereit seid, euch den Gesetzen der Insel anzupassen, werdet ihr neue Möglichkeiten entdecken für euch selbst. Das Schwerste ist der Anfang. (Himpel bleibt vor Kurtchen stehen, mustert ihn, schiebt langsam eine Hand in die Tasche, tastet, zieht umsichtig Kurtchens stehendes Messer heraus, betrachtet es auf flacher, halb ausgestreckter Hand, Kurtchens Körper spannt sich.) Dein Messer, nicht wahr? (Kurtchen will das Messer an sich nehmen, Himpel zieht seine Hand zurück.) Du weißt doch, du kennst doch die Vorschriften: Waffen dürfen nicht mitgebracht werden. Wenn sie in Unkenntnis mit herübergenommen werden, sind sie sofort abzuliefern, im Direktionsgebäude, Zimmer vier. (Pause. Beide sehen sich schweigend an. Himpel gibt Kurtchen das Messer, tritt einen Schritt zurück.) Du wirst hinübergehen, jetzt. Jetzt gleich. Du wirst das Messer in Zimmer vier abliefern, du wirst mir die Quittung zeigen. Geh. (Kurtchen zögert, er dreht das Messer in den Händen.) Soll ich dir den Weg beschreiben? (Kurtchen blickt Himpel haßerfüllt an, geht langsam auf ihn zu, geht an ihm vorbei zur Tür, wendet sich an der Tür noch einmal um.) Kurtchen: Mich schaffen Sie nicht, damit wir klar sehn, mich nicht. (Er verläßt das Zimmer; Himpel tritt breit vor das Fenster und beobachtet Kurtchen so lange, bis dieser im Direktionsgebäude verschwunden ist; dann, über die Schulter): Anfangen, siehst du, man muß nur anfangen. Und auch für dich, Siggi, weiß ich einen Anfang. Wie wär's mit der Inselbibliothek? Sie muß neu geordnet und katalogisiert werden. Bücher: bei dir würden sie sich wohl fühlen. Ich: Ist das alles? Himpel (in einer Tonart, die das Angebot entwertet): Du kannst natürlich auch in die Besenwerkstatt. Bei uns werden jede Sorte Besen hergestellt. Ich: Dann zuerst mal Besen. Himpel: Und warum? Ich: Weiß nicht, im Augenblick stehen mir Besen näher. Himpel: Du kannst es dir noch überlegen. Bei uns kann man den Arbeitsplatz wechseln. Wenn du willst: am Anfang Besen, dann Bücher.

(Die Tür wird aufgerissen, ein hagerer, schreckhaft wirkender Mann stürzt herein, in einer Hand schwenkt er eine zerbrochene Brille. Doktor Korbjuhn. Schnell atmend bleibt er in der Mitte des Zimmers stehen, ein Geruch von Salbe geht von ihm aus.) Himpel: Mein lieber Doktor Korbjuhn, was ist denn nun schon wieder geschehn? Korbjuhn: Ich hab Sie gesucht, Herr Direktor. Es ist unerläßlich, daß Sie über die Vorgänge Bescheid wissen. Himpel: Bei der Staatsbürgerkunde? Korbjuhn: Bei der Deutschstunde. Immer bei der Deutschstunde. Ich ließ einen Aufsatz schreiben. Himpel (die Brille betrachtend): Ist sie zerbrochen? Korbjuhn: Einer der Jungen bekam plötzlich Krämpfe und fiel aus der Bank. Ole Plötz. Ich wollte ihm helfen. Es entstand ein regelrechter Aufruhr. Himpel: Ole Plötz. Korbjuhn: Sie verlangten von mir, daß ich ihn nicht berühre. Sie bedrohten mich. Aber ich mußte ihm doch helfen. In dem Durcheinander – hier. (Zeigt auf seine Brille.) Abgestreift. Zertreten. Und ich muß annehmen: mutwillig. Himpel: Es wird alles untersucht werden. Wie lautete denn das Thema? Korbjuhn: Des Aufsatzes? Ganz allgemein, jeder durfte schreiben, was er wollte ... »Nur wer gehorchen kann, kann auch befehlen«. Himpel: Ein nützliches Thema. Korbjuhn: Zwei Jungen gaben nach der Stunde ein leeres Heft ab. Ich hab sie in die Direktion bestellt. Himpel: Die werde ich mir mal vornehmen, gleich. (Er gibt mir die Hand.) Bald, Siggi, bald wirst du deinen ersten Aufsatz hier schreiben. Du wirst deine Sache besser machen, ich bin überzeugt davon. Und gib mir Bescheid, wozu du dich entschlossen hast. Ich: Zuerst Besenwerkstatt, das ist klar. (Er entzieht mir seine Hand, spreizt die Finger, betrachtet sie aufmerksam.) Himpel: Ich wünsche dir, daß du Gefallen an der Insel findest und sie an dir. Ich: Mal sehn. (Beide ab. Ich stecke mir eine Kippe an, gehe ans Fenster, sehe den beiden nach. Ich stelle das Radio an. Ich höre die Wasserstandsmeldungen für Elbe und Weser. Ich stelle das Radio wieder ab, schließe das Fenster. Ich lege mich auf das Bett und spreize die Beine und verschränke die Arme unter dem Nacken.)

20 Die Trennung

Erst einmal habe ich die Strafarbeit weggeschlossen. Seit fünf Tagen liegen die schwarzgrauen Hefte, sauber geschichtet, in der linken Seite des Metallschranks, der Schrank ist verschlossen, der Schlüssel steckt in einem Lederbeutel, der flache Lederbeutel hängt an einer Schnur, reibt sich bei pendelnden Bewegungen an meiner Brust. Joswig hat es aufgegeben, nach meiner Arbeit zu fragen, er weiß nicht, ob ich fertig bin oder nur eine Pause eingelegt habe, vielleicht will er es auch nicht wissen, denn an dem Morgen, als er vom Guckloch aus erkannte, daß ich nicht schrieb, daß der Tisch abgeräumt und der mit Kerben bedeckte Hocker unter den Tisch geschoben war, schleppte er, den Oberkörper weit zurückgelegt, das Kinn zu Hilfe nehmend, einen weißen Turm von Schuhschachteln in meine Zelle, setzte die Last auf den leeren Tisch und erinnerte mich an mein Versprechen, ihm beim Sortieren seiner Altgeldsammlung zu helfen.

Also sortierten, glätteten, klebten, verteilten wir sein Altgeld auf Kartons, die wir mit Blaustift beschrifteten, die wir mit energischen Blockbuchstaben zum Gefängnis machten für Epochen, für Währungsperioden, für Herrscher und Bankpräsidenten, die sich auf Münzen und Geldscheinen meist bärtig, immer aber zuversichtlich und mit Garantien im Blick, dem Betrachter empfahlen. Jeweils ein Karton genügte, um Joswigs Guthaben aus dem Kaiserreich, aus der Weimarer Zeit und aus den zwölf Jahren unterzubringen, nur für sein Inflationsgeld brauchten wir zweieinhalb Kartons. Als Dank für meine Hilfe schenkte er mir fünfzig Millionen.

Fünf Tage, und ich habe die Arbeit immer noch nicht abgeliefert. Einmal schloß ich den Schrank auf und holte die Hefte hervor, das war am fröhlichen Tag, als ich zum ersten Mal wieder Besucherlaubnis erhielt und Hilke zu mir kam. Wie kurz sie jetzt das Haar trägt. Wie unabänderlich die Bitterkeit, die in ihren Mundwinkeln liegt! Wie teilnahmslos und verhangen ihr Blick – so verhangen wie ein Tag am Strand von Rugbüll. Sie kam herein, bot mir Süßigkeiten und einen schlaffen Händedruck und setzte sich mit dem gleichen Seufzer auf den Hocker, den meine Mutter oft hervorgebracht hatte, wenn sie sich niederließ, und dann erkundete sie mit langsam wanderndem Blick die Einrichtung meiner Zelle und fragte mich tatsächlich, ob sich da nicht Verschiedenes verändert habe, ihr sei so. Da ich schwieg, hob sie das Gesicht, spürte wohl meine Enttäuschung oder Abweisung und fragte, ob ich weitergekommen sei mit meiner Strafarbeit, ob ich sie womöglich auch schon abgeliefert und eine Zensur dafür bekommen hätte.

Da schloß ich also den Metallschrank auf, holte die Hefte heraus, stapelte sie vor ihr auf. Hilke legte ihren Unterarm auf die Hefte. Sie bog ein paar Eselsohren zurecht. Sie strich mit fleischigen Fingern über ein Etikett und lächelte und brauchte eine lange, eine bedenkliche Zeit, bis sie ein Heft – keineswegs das oberste – aufschlug und zu lesen begann, nicht entspannt, sondern in angespannter Sitzhaltung, geradeso, als möchte sie mir zuliebe nur eine Kostprobe nehmen. Sie las mit gekrauster Stirn, und auf einmal, als da etwas erkennbar wurde, als sie auf etwas stieß, das auch ihre Erinnerung bewahrte, begann sie unmittelbar und planlos zu ergänzen, zu bestätigen oder einfach nur zu wiederholen: Ach ja, die Möwen und das Gewitter; die Geburtstagsfeier für Doktor Busbeck, ach ja; die Homsens, die sind nun auch schon tot; der Mann im roten Mantel, ach ja; und all die Namen, daß du sie noch weißt; und der Maler bei Wind auf dem Deich; und Asmus Asmussen lebt jetzt in Glüserup; Addis Krankheit, daß du das noch weißt; und der Nachmittag im Watt; und dein Versteck in der Mühle; und den Kastenwagen, den gibt's nicht mehr; und Heini Bunje ist ausgewandert; was hast du nur gegen meine Beine; ach ja, Okko Brodersen, der einarmige Postbote, ist pensioniert; und der Posten Rugbüll, daß du von dem soviel weißt ... Aber war er wirklich so? Hat er uns nicht Geschichten erzählt, manchmal? Und denk mal an die hellen trockenen Sommer bei uns. Und als Mutter uns auf dem Milchwagen am Strand spazierenfuhr: sie konnte auch anders sein. Und denk an den Maler, wenn er tagelang nicht sprach. Und Rugbüll im Winter, wenn die Gräben zugefroren waren und Reif lag auf den Wiesen; oder im Herbst, wenn wir im Apfelgarten lagen und zuhörten, wie die Äpfel fielen; und denk an die warmen Abende auf dem Deich, als die Junikäfer schwirrten ... Aber ich werde alles lesen, Siggi, nicht heute, vielleicht schon bald.

Sie reichte mir den ganzen Stoß der Hefte zurück, und während ich sie wegschloß, versprach sie, nicht nur bald, sondern häufig wiederzukommen, das sei jetzt möglich: sie habe Rugbüll für immer verlassen und habe vor, sich noch heute im »Haus Vaterland« als Kellnerin vorzustellen, es gebe dort am Nachmittag auch Varieté, und am Abend spiele dort das »Alster-Trio«, das ist Addis Trio. Hilke hatte es jetzt sehr eilig. Fünf Tage, und ich kann mich von meiner Strafarbeit nicht trennen. Manchmal, in stillen, regnerischen Wochen, wenn kein Laut aus den Werkstätten drang, wenn die Barkasse keine Psychologen herüberbrachte, wenn keine Trillerpfeifen, Kommandos und Laufschritte den Dienstplan feierten – in solcher Zeit glaubte ich mitunter, sie hätten mich vergessen; sie hätten die Insel, so glaubte ich, aufgegeben, verlassen, den Möwen und Krähen ausgeliefert, aber eines Tages erinnerten sie mich dann, daß ich nicht allein war und daß sie mich auch aus der Ferne im Auge behielten.

So hätte ich heute morgen mit allem gerechnet, nur nicht damit, daß Direktor Himpel mich rufen lassen würde. Los, sagte Joswig, komm mal hoch, kämm dich und zieh das Appellzeug an: in der Direktion hat man Sehnsucht nach dir. Und nimm deine Fleißprobe mit. Er begleitete mich nur bis zur Pförtnerloge und ließ mich von da ab allein weitergehen, und ich beeilte mich nicht, mit den zu einem Bündel geschnürten Heften in die Direktion zu kommen, tätschelte vielmehr die Büste des Senators Riebensahm, linste durch das tief gelegene und vergitterte Küchenfenster, bis die Köchin mich vertrieb, die ihre Gefühle für uns in dem Fraß ausdrückte, den sie bereitete, und als ich den Hund des Direktors mit einem andern, mir unbekannten Hund einträchtig, wie in philosophischem Gespräch, zum Strand hinunterschnüren sah, beschleunigte ich ihre Gangart, indem ich sie mit herumliegenden Scherben von zerbrochenen Dachpfannen unter Feuer nahm.

Nicht über den hartgestampften Platz ging ich, sondern an der Rückseite der Werkstätten entlang, dann an den Grünkohl-, Rotkohl-, Weißkohl- und Rosenkohlbeeten vorbei zu dem gekrümmten Weg, der zum Direktionsgebäude, aber auch zum Anlegeponton hinabführte. Es war auflaufendes Wasser, ich trat auf den Ponton, der in seinen hängenden Verbindungen knirschte, der sich hob und senkte, der nicht nur von einem fremden Atem bewegt, sondern auch selbst zu atmen schien; der locker aufgesetzte Laufsteg rieb hin und her. Kurze, schwappende Wellen. Der Wind walkte und plünderte das Schilf, in dem kaum etwas zu holen war. Auf dem großen Sandfeld verbrannten sie Kartoffelkraut, und der Wind drückte die grauen und giftgrünen Rauchschwaden flach auf die Elbe hinaus, und vom Ponton sah es so aus, als ob wir mit eigener Kraft den Strom hinabführen: die ganze Insel fuhr, dampfte an herbstlichen Ufern vorbei, bewegt vom Kartoffelfeuer und von unserm Wunsch, den Liegeplatz zu ändern, in wärmere, hoffnungsvollere Zonen abzuschwimmen.

Himpels Sekretärin entdeckte mich, sie öffnete ein Fenster, sie pfiff und winkte, und ich winkte zurück und ging zum Direktionsgebäude. Im Treppenhaus, in den Gängen, auf den Toiletten herrschten die Maler. Hier wurde gewaschen, hier wurden mehrere Schichten von Ölfarbe mit der Lötlampe weggebrannt, dort wurden Fußleisten nachgezogen. Auf Gerüsten turnten sie, hockten vor Schwellen, lümmelten sich vor Fensterbänken; mehr als vierzig Schwererziehbare, die sie überredet hatten, Maler zu werden. Eddi Sillus war dabei, sonst kannte ich kaum einen von ihnen, doch wenn ich schon kaum einen von ihnen kannte, sie schienen mich zu kennen, sie tuschelten, zischten, signalisierten sich klopfend etwas zu, das Klopfen begleitete mich die Treppe hinauf, Spachtel-, Pinsel- und Besenstiele brachten so einen hämmernden Salut für mich aus, ja, es war ein Salut, es war ihre Ehrenbezeigung, die Gesichter bestätigten es mir.

Wen grüßten sie? Den älteren Gefährten? Den zur Strafarbeit Verurteilten? Oder ihr Vorbild für dauerhaften Starrsinn? Für die draußen, sagte Joswig einmal, bist du so'n vorzeitliches Tier, eine Legende, vielleicht sogar ein Symbol: wenn's ihnen mies geht, richten sie sich an dir auf. Jedenfalls, die Maler klopften ihren Salut, bis ich selbst an Himpels Tür klopfte, und in dem Augenblick, als ich in das Zimmer des Direktors trat, hörte ich, wie Spachtel, Pinsel und Besen zu den ihnen zugedachten Arbeiten gebraucht wurden.

Himpel erwartete mich in Hemd und Knickerbockern, an seiner Windjacke putzten die beiden Sekretärinnen herum, rieben da, wischten, reinigten mit Terpentin. Er wies mit einer Hand auf den Flur hinaus, mit der anderen zeigte er bekümmert auf die Windjacke und sagte: Die Maler, du hast ja gesehn, Siggi, wir haben die Maler im Haus.

Auf dem Aufschlag seiner Jacke war ein Namensschild befestigt, Dir. Himpel, woraus ich schloß, daß er, wenn auch nicht gleich, so doch demnächst zu einem Kongreß nach Hamburg hinüber mußte. Ob ich nicht Lust hätte, mich zu setzen, mit ihm eine Tasse Tee zu trinken, ausnahmsweise eine Zigarette zu rauchen? Ich hatte Lust. Ich legte das Heftbündel auf seinen Schreibtisch und setzte mich und beobachtete, wie er die Sekretärinnen durch kleine, flatterhafte Bewegungen seiner Hände, vor allem aber mit schnellen Schnalzgeräuschen, die er mit der Zunge hervorrief, zur Eile antrieb, ihnen, die von der Jacke nicht lassen, die jeden, auch den unscheinbarsten Spritzer gefühlvoll entfernen wollten, durch rhythmische Schläge eines Fußes seine Zeitnot zu verstehen gab, und wie er schließlich seine Jacke gewaltsam aus ihren Händen zog und sie sich erst einmal überwarf.

Also, Siggi, du sitzt ja schon, gleich kommt unser Tee, er ist schon aufgegossen, und jetzt wollen wir uns mal unterhalten. Langer Blickabtausch. Kreisen um mich und um seinen Schreibtisch. Ein rascher, aber energischer Anschlag auf dem Klavier: Dim-da-da. Ob ich auch alles gemerkt hätte? Ob mir klargeworden sei, warum die Direktion einwilligte, mich so lange an der Strafarbeit schreiben zu lassen? Nicht? Dann wolle er es mir sagen.

Die Direktion habe ein Beispiel geben wollen, das vor allem, ein Beispiel dafür, daß sie die freiwillige Einsicht und Einkehr des Jugendlichen bis an eine zumutbare Grenze anerkenne und unterstütze. Man habe mich schreiben lassen, weil man erkannt habe, daß ich das Thema rechtfertigen, seine Möglichkeiten beweisen wolle. Er, Himpel, habe da allerdings noch etwas anderes bemerkt; ihm sei aufgefallen, wie sehr die Erinnerung für mich zur Falle wurde, und er habe es mir überlassen wollen, aus dieser Falle herauszukommen. Ja, er habe auch entdeckt, daß die Strafe, die er gegen mich verhängte, bescheiden sei gegenüber der Strafe, die ich gegen mich selbst aussprach, als ich darauf bestand, die Arbeit zu Ende zu machen. Nun aber sei es genug. Es dürfe nicht mehr weitergehen. Die zumutbare Grenze sei ein für allemal erreicht. Ob ich mich dazu äußern möchte? Nicht? Dann möchte er mich fragen, was ich davon hielte, die Insel in zehn Tagen zu verlassen, für immer. Dim-da-da. Es sei in meinem Fall ein Erlaß erwirkt worden, ich könne gehen, wohin ich wolle, zwar hätte ich keinen Beruf erlernt – was er persönlich bedaure –, aber die Leistungen, die ich sowohl in der Besenwerkstatt als auch in der Inselbibliothek gezeigt hätte, seien überdurchschnittlich gewesen, so daß es ihm leichtfalle, mir entsprechende Zeugnisse mitzugeben. Ob das beschlossen sei? Ja, das sei unabänderlich, nun könne es keinen Aufschub mehr geben. Auch nicht für einige Wochen? Auch nicht für einige Wochen. Aber die Arbeit sei noch nicht fertig. Das sei gleichgültig, solch eine Arbeit könne ja ohnehin nur zu einem vorläufigen Abschluß gebracht werden, das reiche aus. Wann ich denn abliefern solle? Morgen früh. Und das sei unabänderlich? Unabänderlich, er werde mich gegen acht erwarten. Dim-da-da. Ob dies alle Hefte seien? Ja, aber ich möchte sie noch einmal mitnehmen, das sei doch gestattet? Selbstverständlich; also morgen um acht; und überlege dir, welch eine Antwort du der kleinen Kommission geben willst. Antwort? Man wird dich fragen, was du nach deiner Entlassung zu tun gedenkst. Ob ich ihn nun entschuldigen möchte, er müsse in die Stadt hinüber, zu einem, selbstverständlich internationalen, Kongreß.

Wer hätte da an den versprochenen Tee erinnern mögen, an die versprochene Zigarette; ich nahm mein Heftbündel, verbeugte mich und schmierte ab und passierte diesmal unaufmerksam und, ich gebe zu, wohl auch undankbar die Salutgasse, die die vierzig schwererziehbaren Maler mir klopfend öffneten.

Also Entlassung. Also Ablieferung der Strafarbeit. Was blieb mir da? Was bewegte sich auf mich zu? Was konnte ich noch erwarten? Rasch verließ ich das Direktionsgebäude, ging jedoch nicht zu meiner Zelle zurück, sondern, obwohl es meine vorzeitige Entlassung fraglich machen konnte, über den hart gestampften Platz, an der Schlosserwerkstatt vorbei, am Arresthaus – wo ich das unbewegliche Gesicht von Ole Plötz sah, der nicht die üblichen acht Tage für einen Fluchtversuch absaß, sondern einundzwanzig Tage: er hatte es fertiggebracht, eine weibliche Diplom-Psychologin, die sich studienhalber auf der Insel befand, um den Inhalt der Handtasche zu erleichtern –, strich dann zur Besenwerkstatt hinüber und öffnete die Tür.

Die Maschinen standen still, es war Mittagspause. Gerüche flogen mich an, ein Geruch nach Kiefernholz und ein Geruch nach Leim. Dort die versenkbare Kreissäge, dort die Stanz-, die Fräs-, die Bohrmaschine. Etwas drängte sich auf, ein Einfall: ich legte den Stapel meiner Hefte, sorgfältig zusammengeklopft, unter die Stanzmaschine, stellte das Stromaggregat ein, legte den Sicherheitshebel um und stanzte durch sämtliche Hefte, am oberen linken Rand, ein besenstielgroßes Loch, durch das ich eine Schnur zog; die beiden Enden der Schnur knotete ich zusammen, so daß die Hefte nun wie erlegte und aufgezogene Rebhühner an ihr hingen. Ich streifte die Schnur über die Schulter, verließ die Besenwerkstatt, wanderte, ein zielloser Jäger, am Rand des sandigen Kartoffelfeldes zum Strand hinab und setzte mich unter einen sonngebleichten Pfahl, der eine dem Wasser zugekehrte, von der Jugendbehörde unterschriebene Warntafel trug.

Ich saß da und rauchte und sah aus Richtung Hamburg ein Spezialschiff auf mich zukommen, einen Kabelleger mit eingeschnittenem Bug. Was soll ich tun, wenn sie mich entlassen, wohin gehn, wo ein Versteck für mich suchen? Klaas ist fort, und Hilke ist fort – kann ich da noch nach Rugbüll zurückgehn? Aber selbst wenn ich in Hamburg bleibe: bin ich dann schon Rugbüll entkommen?

Es war ein englischer Kabelleger, tief lag er im Wasser, über und über mit schwarzen Trommeln beladen. In welche Meere würde er seine Fracht senken, welche Länder miteinander verbinden? Mein Kabel, das weiß ich, wird nie über Rugbüll hinauslaufen, zumindest wird das eine Ende immer zu dem unverputzten Ziegelhaus führen, in dem sich, wenn ich die Leitungen einmal öffne, mit Gewißheit eine brüllende Stimme melden wird: Hier Polizeiposten Rugbüll. Kein Ereignis, kein Seebeben und kein Erdbeben, wird diese Verbindung aufheben, an diesen Ort bin ich ein für allemal angeschlossen. Da hilft kein Wegdrehen, kein Ohrenzuhalten, und Fortgehn hilft schon gar nicht. Ich brauch nur zu lauschen, dann summt es schon, knackt es, und wenn sich die Stimme gemeldet hat, höre ich auch schon klagendes Möwengeschrei im Hintergrund, da weitet und dehnt sich der Raum, Anwesen versammeln sich unter dem Wind, und ich höre das Geräusch der schäumenden Waschungen, die die Nordsee an den Buhnen vornimmt. Rugbüll ist unweigerlich da, der Ort, den ich nach so vielen Richtungen ausfragte, und der mir dennoch so viele Antworten schuldig blieb. Da kann einer doch nicht aufgeben. Und mit irrsinnigem Möwengeschrei, mit ziehendem Wellengeräusch und dem Rascheln im Ohr, das der Wind beim Stöbern in unsern Hecken verursacht, höre ich nicht auf, alles weiter zu befragen.

Und ich frage, wer bei uns in den Gewittern an die Tür klopft oder zuckende Rauchschwaden aus dem Ofen pafft; und ich frage, warum sie den Kranken so gering schätzen und einem, der »schichtig kieken« kann, mit Schaudern, womöglich mit Furcht begegnen. Wer für Dunkelheit sorgt und für Trübnis, wer im Moor seine blasige Suppe kocht, den Nebel um seine Schultern zieht, wer mit den Dachbalken ächzt, mit den Pötten pfeift, die Krähen mitten im Flug auf das Feld hinabschleudert: ich frage danach. Und ich frage mich, warum sie den Fremden draußen lassen und seine Hilfe verachten.

Und warum sie nicht umkehren können auf halbem Weg und sich eines Besseren besinnen, frage ich mich. Wer schwärzt die Weiden zur Nacht, wer berennt den Schuppen? Und ich frage, warum sie bei uns tiefer und folgenreicher sehn am Abend als am Tag, und warum sie so verstiegen sind in die Erfüllung einer übernommenen Aufgabe. Die schweigende Eßgier, die Selbstgerechtigkeit, die Heimatkunde, die ihnen jede Badeanstalt ersetzt: auch sie befrage ich. Und ich befrage ihren Gang, ihr Dastehn, ihre Blicke und ihre Wörter, und mit dem, was ich erfahre, kann ich nicht zufrieden sein.

Jedenfalls, ich rauchte eine Zigarette dort unter dem Pfahl, begrub die Kippe und schrieb, bevor ich ging, mit dem Absatz das Wort »Mist« in den nassen Sand. Am Strand entlang, am Schilf, in das zur Nacht die Zugvögel einfielen, umrundete ich die Insel zur Hälfte, ohne gesehen oder angerufen zu werden, nicht einmal die beiden Hunde sahen mich: sie saßen einträchtig nebeneinander auf ihren Hinterläufen.

Zurück, ich schlenderte zu unserm Haus zurück und fand die Wärterloge unbesetzt, offensichtlich war Joswig beim Mittagessen. Die Schubladen seines Schreibtisches boten kaum Neuigkeiten: das gekrümmte und mittlerweile versteinerte Käsebrot war immer noch da, in einem Umschlag Altgeld, das anscheinend zum Tausch bestimmt war; unbekannt war allenfalls eine schätzungsweise zwanzigjährige Makrele, die sanft und phosphoreszierend vor sich hinfaulte und die Glasloge mit einem Gestank erfüllte, an den man sich auch dann schwer gewöhnen konnte, wenn man viel für unseren Lieblingswärter empfand. Und den Brief darf ich nicht vergessen, einen angefangenen Brief, der, zu meiner Überraschung, an mich gerichtet war und in typisch Joswigscher Art anfing: Lieber Siggi! Nun wirst Du wohl bald unsere Insel verlassen, und drüben erwartet Dich das Leben. Da können wir uns denken, daß Du uns schnell vergessen haben wirst. Uns aber fällt es nicht so leicht, Dich gehen zu lassen, nicht, weil wir Dir die Entlassung mißgönnen, sondern weil Du uns ans Herz gewachsen bist. Aber so muß es ja wohl sein. Ich sage immer, uns auf der Insel geht es wie den Lehrern: wenn man sich mit viel Mühe an einen Menschen gewöhnt hat, dann muß man auch schon von ihm Abschied nehmen.

Mehr war Joswig noch nicht eingefallen. Immerhin, auch er wußte von meiner bevorstehenden Entlassung. Also war sie beschlossen. Also mußte ich die Strafarbeit abliefern. Wird Himpel sie lesen? Wird Korbjuhn sie lesen und zensieren? Und danach? Werden die Hefte auf ein Regal wandern und dort einen stillen Archiv-Tod sterben? Oder wird man sie in den Reißwolf werfen? Oder wird Korbjuhn sie seinem Enkel zum Spielen geben, der nicht genug Papier haben kann, um seine farbige Ölkreide auszuprobieren? Oder wird man sie an die Jugendbehörde weiterleiten? Was liegt daran! Ich hab nichts mehr zu sagen, ich hab nur noch Fragen übrig, die mir keiner beantwortet, auch der Maler nicht, auch er nicht.

Diesmal kam Joswig leise zurück, richtete sich plötzlich vor der Glasscheibe auf, pochte und grinste, hob sein Gesicht an das Sprechloch: Bitte eingeschlossen zu werden, Zelle zwo. Ich ging zu ihm auf den Korridor. Wär doch nicht übel, Siggi, überleg mal: du wirst Wärter hier. Du trägst Uniform, ein Schlüsselbund, hast eine Spezialausbildung. Man gehorcht dir. Dein Feierabend ist gesichert. Bei den Nachwuchssorgen in unserm Beruf hast du gute Chancen. Überleg's dir mal. – Geschenkt, sagte ich, zog die Schnur mit meinen Heften über die Schulter und ging ihm ohne ein weiteres Wort voraus zu meiner Zelle. Er schloß auf. Er ließ mich eintreten und trat dann selbst ein. Er angelte sich den Hocker, ich stellte mich ans Fenster, entdeckte Himpel auf dem Landungsponton, der der schräg gegen den Strom mahlenden Barkasse zuwinkte.

Die Zeit ist wohl um? – Welche Zeit? – Deine Zeit auf der Insel. Es sieht so aus. – Freust du dich? – Worauf? – Hier wegzukommen, nach drüben zu fahren, drüben etwas Neues anzufangen? – Etwas Neues? Was soll das sein? – Vielleicht etwas, was man ganz allein macht. – Das gibt's doch nicht: in jede Suppe, die wir rühren, hat schon jemand gespuckt. Joswig kam zu mir ans Fenster, schlurfend, ich spürte, daß er mir etwas Leichtes, Tröstliches, von mir aus Gleitfähiges sagen wollte, doch es gelang ihm nicht, alles, was ihm glückte, war ein Hinweis darauf, daß mir zum Abschied ein Wunschessen zustand und daß er sich, an meiner Stelle, Finkenwerder Ewerscholle in Speck wünschen würde, das sei »reell«. Ich versprach, auf seinen Vorschlag zurückzukommen. Eine scheue Berührung zum Abschied, und er ließ mich allein. Wie behutsam, wie rücksichtsvoll er abschließen konnte, wenn er es nur wollte, und mit wieviel Gefühl er sich entfernen konnte, wenn er es nur darauf anlegte.

Seit fünf Tagen ist die Strafarbeit fertig, morgen muß ich sie abliefern. Muß? Nicht auf die Resultate kommt es an, hatte Himpel einmal gesagt, sondern auf Haltung und Ausdauer, die zu den gewünschten Resultaten führen. Da er mit meiner Ausdauer zufrieden ist – brauchte er da noch meine Hefte? Ich könnte sie Hilke schenken oder Wolfgang Mackenroth oder der gleichgültig strömenden Elbe. Ich könnte sie ins Kartoffelfeuer werfen oder, nach meiner Entlassung, als Altpapier verkaufen. Möglichkeiten. Noch gibt es Möglichkeiten. Aber werde ich sie nutzen?

Eingerahmt von meinen Leuten, von Erinnerungen umstellt, getränkt von den Ereignissen an meinem Ort, unterwandert von der Erfahrung, daß Zeit nichts, aber auch gar nichts heilt, weiß ich, was ich zu tun habe und was ich tun werde morgen früh. Scheitern an Rugbüll? Vielleicht kann man es so nennen.

Jedenfalls werde ich um sechs aufstehen, wenn die tobsüchtigen Trillerpfeifen der Wärter auf den Korridoren loslegen, in allen Räumen wird Licht aufflammen, hinter die Gucklöcher werden sich Augen klemmen. Bevor ich zum Ausguß gehe, um mich zu rasieren und zu waschen, werde ich, wie immer, die Elbe absuchen, ich weiß auch nicht, wonach, werde eine Weile schwach blinkende Positionslichter in der Dämmerung beobachten, ihren gleichmäßigen, beinahe feierlichen Kurs, dabei werde ich, mit leichtem Schwindelgefühl, die erste Zigarette rauchen. Ich werde das Appellzeug anziehen und Joswig hereinlassen, der mir auf einem Tablett das Frühstück bringen wird: dünnen Kaffee und zwei Scheiben Brot mit Vierfruchtmarmelade, die auf der Insel eingekocht wird; wie immer werde ich zunächst nur eine Scheibe essen, allerdings werde ich von der zweiten Scheibe die Marmelade ablecken. Während des Essens werde ich das Lied hören, mit dem die schwer erziehbaren Jugendlichen unten im Speisesaal den Morgen begrüßen – natürlich ist auch das Lied auf der Insel entstanden.

Was dann? Ich werde zum Zählappell gehen, falls gerade Zählappell ist, werde mich, wie hundertmal davor, zur Strafarbeit abmelden und in meine Zelle zurückkehren, von wo aus ich die Uhr am Direktionsgebäude erkennen kann. Meine Hefte, ich werde die Hefte aus dem metallenen Schrank holen, mich an den Tisch setzen, werde lesen und rauchen, vielleicht auch nicht; vielleicht werde ich, bis Joswig mich holen kommt, das Geduldspiel spielen, das Hilke mir bei ihrem Besuch zurückließ, und vielleicht gelingt es mir, die drei Mäuse gleichzeitig in die Fallen rutschen zu lassen. Ich werde nichts beschließen, überlegen, planen, keine dramatischen Worte bereitlegen, keine besonderen Gesten in petto halten; mit meinen Heften an der Schnur werde ich hinübergehen, wenn der Augenblick gekommen ist, schweigend neben Joswig, der, das weiß ich schon, den Sitz meiner Jacke verbessern, mein Haar über dem Wirbel glattstreichen wird, bevor er mich zu Himpel hineinführt.

Und Himpel? Der wird sich vergnügt geben, aufgeräumt, der wird kameradschaftlich tun und mir eine Hand auf die Schulter legen, und falls ihm gerade ein Liedchen gelungen ist, wird er mir womöglich eine Tasse Tee anbieten. Ich werde die Strafarbeit auf seinen Schreibtisch legen; er wird nachdenklich, mit nickender Anerkennung darin blättern, ohne sich festzulesen. Eine Handbewegung, und wir werden uns setzen, werden einander reglos gegenübersitzen, zufrieden mit uns, weil jeder das Gefühl haben wird, gewonnen zu haben.

Siegfried Lenz

Fundbüro

Roman

Henry Neff verspürt trotz seiner jugendlichen 24 Jahre keine Lust, Karriere zu machen. Er sucht stattdessen Unterschlupf in einem Fundbüro und gewinnt schnell Gefallen an seinem neuen Arbeitsplatz, der reich an Kuriositäten und absonderlichen Vorkommnissen ist. Siegfried Lenz' warmherziger Humor lässt die farbige Szenerie eines unvergleichlichen Schauplatzes vor die Leser treten - grundiert von einer feinen Symbolik des Verlierens und (Wieder-) Findens. „Siegfried Lenz auf der Höhe seiner Kunst." *FAZ*

336 Seiten, gebunden